Constantin Virgil Gheorghiu

La horo 25

Serio Oriento-Okcidento, n-ro 61

Sub aŭspicio de UEA
en Konsulta Partnereco kun Unesko

Constantin Virgil Gheorghiu

La horo 25

Romano

El la rumana tradukis
Ionel Oneţ

MONDIAL

Mondial
Novjorko

Constantin Virgil Gheorghiu:
La horo 25

Romano tradukita el la rumana en Esperanton
de Ionel Oneţ

Originala rumanlingva titolo:
Ora 25

Kontrollegis: Rob Moerbeek kaj Angela Tellier.

Desegno sur la kovrilo: Pablo Pikaso (1902):
Etudo pri kapo rigardanta supren
(Pikaso-muzeo de Barcelono, Hispanio)

Serio Oriento-Okcidento, n-ro 61
Sub aŭspicioj de UEA
en Konsulta Partnereco kun Unesko

ISBN 9781595694393

www.esperantoliteraturo.com

La horo 25 estas la nuna horo

La horo 25 estas la horo, kiun oni atendas sed kiu ne alvenas. Ja ĉiu homo havas malsaman vizion de kia tempo venu post la pasinta tempo. Johann Moritz – honesta simpla rumana kamparano – atendas ĝin dum sia tuta vivo. La horo 25 povus esti la horo de la paco kaj liberiĝo. Iam li revis kaj eĉ planis elmigron al Usono, por fuĝi de la malriĉeco kaj iam reveni kiel novriĉulo. Sed li rezignis por savi la amatan knabinon kaj konstrui sian vivon kun ŝi sur la tero de siaj prauloj.

La familio de Johann vivas en antaŭmilita kamparo enradikiĝinta en patriarkaj tradicioj ŝajne for de la mondo kaj ignorante multon pri la ekstero. Rapide homoj konsciiĝas, ke ili troviĝas meze de tempesto nehaltigebla. Sian malriĉecon ili ŝuldas al la forta bato kiun ricevis Rumanio en la 1930-aj jaroj pro la krizo kiu haltigis la ekonomian kaj socian evoluon de la antaŭa jardeko. Dank' al nafto tiam Rumanio estis enorme evoluinta kaj ĝia loĝantaro atingis preskaŭ la vivnivelon de Francio. Sed en la antaŭmilitaj jaroj la situacio inversiĝis draste kaj al la malriĉeco respondis ĉiam pli aŭtoritataj kaj naciismaj registaroj. Etnaj malplimultoj iom post iom perdis sian statuson. En 1938, de hungaroj kaj judoj oni forprenis la rumanan naciecon. La naciigo okazis sub la premo de fanatika, armeeca organizaĵo. En la urboj kaj en la ruro iom post iom fortiĝis la potenco de la Fera Gvardio, kiu ĉantaĝis la registaron per faŝisma kontraŭjuda, mistika naciismo kaj timigis la socion. Sed la politika respondo de la reĝo estis ĉiam pli rigida kaj maldemokrata. Lia nura celo estas montri neŭtralecon sur internacia tereno esperante iel savi la landlimojn de la Granda Rumanio difinitajn post la unua Mondmilito. Liaj nerealismaj esperoj kaj politikaj kompromisoj estis vanaj: en 1940 hitleraj armeoj subigis Rumanion kaj transdonis Besarabion (pli-malpli la aktualan respublikon Moldavion) al Sovetunio.

El tiu densa kaj komplika kunteksto nenio aperas rekte en la romano la *La horo 25*. La ideologia evoluo de la lando vaporiĝas;

la politika dispartiĝo inter liberalismo, stalinismo kaj hitlerismo ne estas klare perceptebla. Ankaŭ la figuroj ŝajnas ne markitaj de politikaj pozicioj sed nur de siaj nacio kaj socia pozicio. La aktuala mondo aperas kiel geografia tavolo, kie landoj konkeras aŭ savas aliajn landojn, kie landlimoj aperas kaj malaperas, kie iuj homoj simple vivas aŭ mortas. Sed tiuj eventoj, kiuj havas dimension pli larĝan ol nur geografian, tamen tenas la strukturon de la rakonto: ili provokas sinsekvajn kaj senĉesajn konsekvencojn en la vivo de Johann Moritz. Enkateniĝas individuaj dramoj provokataj de la milita ŝakludo, kiu laŭgrade senvalorigas la homan vivon. Se la politika fundo restas nebula, ĝi estas trudema. Jes, eĉ ekstreme trudema. La fikcia vivopado de Johann koncentras ĉiujn perfortojn, popolmovojn, amasmurdojn, sociajn premojn, naciajn konflikojn, interrasajn malamojn kaj porokazajn aliancojn, kiuj en la daŭro de nur kelkaj jaroj detruis kaj sklavigis tiun parton de Eŭropo.

La verkisto Gheorghiu ne deziras pritrakti la politikon abstrakte kaj teorie sed el la vidpunkto de la ĉiutaga vivo. Li montras kiel iuj konstante suferis dum aliaj large profitis el la situacio. Iu ĝendarmo de la vilaĝo de Johann, avidante lian edzinon, fidenuncas lin kiel judon kaj Johann estas sendata al laborkolonio. Ĉies provoj pruvi lian nejudecon fiaskas, ĉar aŭtoritata ŝtato ne povas permesi al si rekoni siajn erarojn. La burokrata maŝino estas neatingebla. Iam Johann kaptas la okazon fuĝi kun grupeto de judoj al Hungario. Dank' al la juda interhelpo liaj kunespakintoj intencas daŭrigi la vojaĝon kaj baldaŭ survojiĝas al Usono. Sed Johann estas kaptita de la budapeŝta polico, kiu traktas lin kiel rumanan spionon, torturas kaj pridemandas lin kaj fine sendas lin al deviga laboro en germana koncentrejo. La hungaraj aŭtoritatoj aldonas lin al la kvoto de hungaraj laboristoj, kiujn la kunlaboranta registaro de Miklós Horthy devas amike liveri al la germana industrio. Sed denove en la laborejo, neatendita evento ŝanĝas lian vojon. Dum kontrolvizito, kolonelo de la hitlera armeo rimarkas lian fizionomion kiel unikan prototipon de protogermana arja raso kaj sugestas lin al la nazia instituto por rasaj studoj. De tiam lia statuso tuj pasas de madjara "triba raso" al plej alta de SS-ano (protektotaĉmento). Senvole Johann fariĝas ikono de nazia propagando en tiu brila uniformo, kiu famiĝis pro plej abundaj kaj atrocaj militkrimoj cele al la konservado de la germana rasa pureco.

Por travivi, Johann denove adaptiĝas al la situacio, modifas sian identecon – nur portempe li esperas. Malgraŭ (aŭ dank' al) lia manko de politika klarvido, Johann estas perfekta kultura kameleono. Li lernas tuj lingvojn, kie ajn li troviĝas, kaj alprenas aliulajn kutimojn. Li integriĝas en kaj disiĝas de grupoj kun samaj facileco kaj rapideco. De ortodoksa rumano, li fariĝis judo, poste hungaro kaj fine etna germano. Li tamen ĉiam estas la sama homo, iom naiva sed bonkora, kiu konstante suferas sed fine saviĝas pro neatendeblaj cirkonstancoj.

Ankaŭ ĉe la liberiĝo, Johann sukcesas neatendite saviĝi, malgraŭ la SS-uniformo, kiun li portas. Amikiĝinte kun francaj deviglaboristoj en la kampo, li unue konvinkas la usonanojn pri sia nekulpeco. Tamen fine li estas enkarcerigita kiel rumano kies pozicio de suspektata SS-ano ne klaras. Johann estas kondamn-ita de la Nurenberga Tribunalo kiel militkrimulo. La romano prenas ekde tiam alian dimension, ĉar en la usona koncentrejo por militkaptitoj, Johann renkontas Traian Korugă, la filon de lia vilaĝa popo. Fakte la fikcia Johann Moritz tiam renkontas la verkiston Virgil Gheorghiu. La romano miksiĝas kun la aŭtobio-grafio.

Korugă/Gheorghiu estas konata verkisto kiu, por protekti sian juddevenan edzinon, akceptis dummilite postenon ekster-lande ĉe la rumana ambasadejo en Zagrebo. Kiam la sovetia armeo eniris Rumanion kaj Bukareŝto ŝanĝis aliancon, li ne plu estis konsiderata oficiala reprezentanto de la ŝtato sed kunlabor-into de la pasinta naziema reĝimo. La historio de Korugă ne plu distingeblas de tiu de Gheorghiu. Arestite de titistaj partizanoj fuĝante el Kroatio, la paro estis sendita al Aŭstrio, Ĉeĥoslovakio kaj fine al la liberigita Germanio. Dum longaj jaroj en postmilitaj koncentrejoj, Gheorghiu skribis nenombreblajn leterojn al diversaj aŭtoritatoj kaj unuavice al la estroj de la koncentrejoj esperante plibonigi la vivkondiĉojn de la prizonuloj. Tiuj estas la 7 peticioj transkribitaj en la romano, kies temaro miksas samnivele nutraĵon kaj estetikon, ambaŭ same esencaj por la vivo. Tiuj peticioj tamen ne estas loko de memkritiko kaj introspekto. Tiuj peticioj ne enketas la historion, nur la tujan nuntempon.

Tial la horo 25 estas ankaŭ la horo de la lasta dia juĝo, la horo kiu venas post la definitiva malapero de la pekinta mondo. La horo de la decida liberiĝo de la surteraj homaj turmentoj. Ekde la komenco la tuta romano disvolviĝas sub la signo de kritiko de la moderna socio kaj diskreta sed konstanta readmono al spiritaj valoroj. Laŭ Gheorghiu la pezaj suferoj, kiujn travivas la mondo, ŝuldiĝas al iu "teknika sklavo", epitomo de industriaj socioj en kiuj la ŝtatoj fariĝis sistemoj sen homa vizaĝo, ĉio sub nekontrolebla aŭtoritato, kiu blinde punas kaj devigas sian popolon. Gheorghiu estis ege ligita ne nur al sia nacio sed ankaŭ al sia religio, kiu esprimas la esencon de la nacio. Lia patro estis popo kaj dum la franca ekzilo, ankaŭ li fariĝis en 1963 pastro de la rumana ortodoksa eklezio. Sed nacio, tio estas la rumana nacio, laŭ li ligiĝas ankaŭ al monarkia sistemo. En tiu senco la romano kritikas la teknikan burokratan sistemon same kiel la "civitano(n, kiu) estas homo, kiu spertas nur la socian dimension de la vivo" (p. 45). La spirita dimensio ebligus liberiĝi de homaj konfliktoj kaj submetiĝi al iu objektiva mondo-ordo kies celo estas paca kunvivado. Sed tiel ne okazis.

La horo 25 estas fine la horo de la nuntempo, de la maltrafita okazo: "la horo 25 [...] estas la tempo kiam ajna savprovo estas tro malfrua – eĉ se la Mesio venus, estus tro malfrue. Ĝi ne estas la lasta horo, sed la horo post la fina. Ĝi estas, ekzakte, la tempo de la okcidenta socio" (p. 44). Gheorghiu ekverkas sian romanon dum la restado en la koncentrejoj kaj finpoluras la tekston post la alveno al Parizo. Rapide ĝi aperis en 1949, unue en franca traduko. La instaliĝo en Parizo ŝanĝas lian mensan geografion: la divido inter okcidento kaj oriento ne rigardas, laŭ la figuroj de la romano, la dividon de Eŭropo inter liberalaj landoj kaj komunismaj landoj. Cetere en tiuj jaroj la divido inter la du blokoj estas ankoraŭ ne klara; ĵus instaliĝas popolaj respublikoj, milito daŭras en Grekio, la estonto de Aŭstrio ne jam deciditas... Laŭ Gheorghiu, komunismo kaj kapitalismo markas fakte du materialismajn opciojn, kies establiĝo signifas morton de spirituala ordo povinta savi la mondon. La divido inter okcidento kaj oriento rilatas al okcidentaj kristanaj eklezioj, kiuj rezignis pri sia politika dimensio, kaj orientaj ortodoksaj eklezioj, kiuj kapablus enpreni tiun dimension kaj kunteni la socion.

La romano tuj havis grandan sukceson en Francio kaj rapide estis tradukita en diversajn lingvojn. La publiko scivolis tiam pri la centra Eŭropo iom post iom izoliĝanta interne de Eŭropo. La publiko volis ankaŭ legi pri la postmilitaj koncentrejoj pri kiuj oni malmulte tiam verkis. La publiko fine esperis iun kolektivan elaĉeton de sia pasinta indiferento kaj tial aprezis legi pri ies destino, kiu samgrade estis draŝita de nazioj, de stalinistoj kaj de uson-anglaj aliancanoj. La kristana gazetaro laŭdis "malesperigan libron, kiu [instigas] al rajto kaj devo ne malesperi"[1]. Ankaŭ parto de la maldekstra gazetaro interesiĝis pri la verko. Socialista gazeto valorigis "la fakton ke en la romano troviĝas drasta kontraŭstaro al la fortoj kiuj detruas la homon" kaj sugestis la neceson inventi trian vojon inter "la socia soveta monstro kaj la dekadenca usona kapitalismo"[2].

La romano aperas en momento en kiu diversaj rumanaj kontraŭkomunismaj intelektuloj akceptiĝas en okcidenta Eŭropo. Ilia dummilita pasinto ne estas ĉiam tre klara, sed ili estas konsiderataj ĉefe kiel defendantoj de libereco kontraŭ la sovetia "karcera socio". Ilia ĉeesto anoncas la etoson de malvarma milito kaj forgesigas la pasintajn jardekojn de faŝismo. En Parizo postmilite troviĝas la rumanoj Mircea Eliade, Eugène

---

1   L. Estang, "La vingt-cinquième heure", *La Croix*, 17/07/1949, p. 3.
2   T. Ottavy, "La 25e heure", *La Révolution prolétarienne*, 05/1950, 38, p. 10-138.

Ionesco kaj Emil Cioran[3]. Eliade, Ionesco kaj Gheorghiu estis diplomataj reprezentintoj eksterlande de la rumana registaro en la militempo de kunlaborado kun Germanio. Ĉiuj estis ne sin-demandaj naciistoj, konvinkitaj kontraŭkomunistoj kaj divers-grade subtenis la Feran Gvardion, kiu konstante premis la rumanan registaron al pli forta etna "puriga" politiko kaj per-forta agado. Kiam ili pensis ke Germanio venkos Eŭropon, ili ankaŭ pruntis siajn plumon kaj talenton al ties ideologio kaj propagando. Spontane. Profunde ligitaj al sia neŝancelebla eterna nacia identeco, ili eĉ ne plu komprenis la historiajn evo-luojn kaj politikajn manovrojn. "En 1937 – rakontas Gheorgiu – demokrataj partioj alianciĝis kun totalismaj [...] judaj partioj kun antisemitaj partioj [...] hungaraj kontraŭrumanaj partioj kun rumanaj kontraŭhungaraj. Ĉiuj tiuj aliancoj estas kontraŭnaturaj kaj malbone aŭguras"[4]. Ĉu politiko estas natura fenomeno kaj ĉu naciaj kategorioj estas la ĉefa decido-kialo? La limoj de tiu analizo-sistemo, vaste disvastigata en la tiutempa Eŭropo, ape-ras rapide. Ĝi kondukis Gheorghiu kaj la aliajn al ekstremoj kies kontraŭdiron ili eĉ ne perceptas en la momento. En 1941, kiam Rumanio helpe de Germanio reprenis Besarabion de Sovetunio, li estis sendita al la fronto kiel ĵurnalisto. Sian vojaĝon tra la rekonkerita lando li distilas en *Brulas la riverbordoj de Dnestro*, lirika-propaganda rakonto[5]. En tiu libro, li senpere atakas la kolektivan respondecon de la judoj, el kiuj kelkaj partoprenis en la komunista partizana movado kaj poste soveta administracio. Li tiom blinde kaj amare suferas pro la perdo de tiu parto de Rumanio, ke li eĉ ne perceptas kial judoj (kaj aliaj grupoj) ne povis esti akceptitaj en rumano-naciaj rondoj bazitaj sur etna kaj religia difino. Ke ekskludante oni kreas malamikojn. Kiel multaj eŭropanoj de sia tempo li ne vidis kontraŭdiron inter la senlima amo kiun li dediĉis al sia juddevena edzino Ecaterina Burbea kaj

3 Florin Ţurcanu "Un moment roumain à Paris – 1949", *Memory, Humanity, and Meaning. Selected Essays in Honor of Andrei Pleşu's Sixtieth Anniversary*, M. Neamţu, B. Tătaru-Cazaban (eld.), Bukareŝto, Zeta Books, 2009, p. 515-530.
4 V. Gheoghiu, *Mémoires: le témoin de la 25ᵉ heure*, Parizo, 1986, p. 338.
5 V. Georghiu, *Ard malurile Nistrului*, Bukareŝto, 1941.

la malamo kiun li direktas al judoj kiam ili klopodas renversi la monarkia-naciistan ordon de Rumanio. Ĉar ĉio laŭ li ligiĝas al iu natura neracia ordo.

La romano *La horo 25* atestas pri tiu kolektiva blindeco, tiu granda konfuzo, kiu regis kaj kondukis multajn homojn paroli kaj eĉ agi nekonscie kontraŭvole. La despero de la post-milita socio, malgraŭ la sopirata liberiĝo de la hitlerismo kaj de la germana ekspansio, estas tie plej elokvente pripentrita, montrante la sorton de homoj, kiuj eĉ ne plu kapablas memstari sed nur viktimiĝas. En letero aperinta en franca semajna gazeto en 1949, Gheorghiu deklaris: "Mi verkis tiun libron pro despero. Ĉiam mi pensis ne fini la libron ĉar mi atendis la morton. [...] La nomoj de la roluloj estas veraj. La peticiojn mi reale mem verkis dum mi estis internigita . [...] Mi nek troigis nek tro pesimismis pensante ke ni vivas nun la 25-an horon"[6]. La bio-fikcio de *La horo 25* pensigas nin hodiaŭ pri tiuj momentoj kiam oni tiom profunde dronas en mita historio, ke eĉ ne plu eblas rigardi la realon, rigardi sin mem kaj denove aliĝi al la homo komunumo. La horo 25 estas la nuna horo.

Pascal Dubourg Glatigny

---

6   "En exclusivité, l'histoire de la vingt-cinquième heure", *Elle*, 1/08/1949, p. 8.

Biobibliografiaj notoj

La aŭtoro de tiu ĉi romano apartenis, en la opinio de la komunisma reĝimo en Rumanio, al la kategorio "patriperfidantoj". En tiun kategorion oni klasis, inter aliaj, tiujn rumanianojn, kiuj forlasis la "komunisman paradizon" kaj fuĝis al la "okcidenta infero", kaj tiujn, kiuj, pro diversaj kialoj, ne revenis al sia denaska lando restante en la "putra okcidento". En tiu ĉi lasta kategorio troviĝis ankaŭ C. V. Gheorghiu, kiu, en somero 1944, anstataŭ reveni orienten, migris okcidenten el Zagrebo, kie li estis gazetara ataŝeo ĉe la Rumana legacio. Ankaŭ en tiu jaro estis milito, same kiel en la jaro 1916, kiam li naskiĝis. La Milito kaj ĝiaj hororoj ŝajnis akompani la aŭtoron de *La horo 25* dum lia tuta vivo.

Biobibliografio

1916 – la 9an (laŭ aliaj fontoj, la 15an) de septembro naskiĝas en la vilaĝo Valea Albă, komunumo Războieni, distrikto Neamţ[1], Constantin Virgil (CV), la unua el la kvin infanoj de Constantin kaj Maria Gheorghiu.

1923 – la 1an de septembro CV komencas studi en la lernejo de Petricani, vilaĝo en la sama distrikto. Antaŭ la jarfino li translokiĝas al la lernejo en Blebea (sama distrikto).

1928 – la 1an de septembro li komencas studi en la Armea liceo de Kiŝinevo (nun en Respubliko Moldavio).

1935 – li ekstudas en la Armea kolegio en Ĉernovico (nun en Ukrainio).

1936 – li alvenas en Bukareŝton, kie li trapasas la abiturientan ekzamenon kaj enskribiĝas en la Fakultato pri literaturo kaj filozofio de la Universitato de Bukareŝto. Li debutas kiel poeto.

1937 – en februaro li debutas libroforme per la poemaro *Viaţa de toate zilele a poetului* (La ĉiutaga vivo de la poeto), bone ricevota de la kritiko. Li komencas kunlabori kun pluraj periodaĵoj.

---

1   En orienta Rumanio.

1939 – la 29an de julio li edziĝas kun Ecaterina Burbea, advokat-ino ĉe la Apelacikortumo en Bukareŝto.

1940 – la 10an de marto CV gajnas la poezian premion de la Reĝa Fondaĵo, kiu publikigas lian poemaron *Caligrafie pe zăpadă* (Kaligrafio sur neĝo). Samjare li finas la universitatajn studojn kaj estas mobilizata por la milito.

1941 – fine de junio li estas dungita kiel militraportisto kaj send-ita en la militon en Besarabio. Liaj militraportaĵoj aperos libroforme sub la titolo *Ard malurile Nistrului* (Brulas la bordoj de Dnistro[2]).

1942 – siajn raportaĵojn el la krimea kaj kaŭkaza militoj li kolektas en du volumojn titolotajn *Cu submarinul la Sevastopol* (Per submarŝipo ĉe Sebastopolo), respektive *Am luptat în Crimeea* (Mi luktis en Krimeo). Samjare aperas lia poemareto *Ceasul de rugăciune* (La preĝhoro).

1943 – jarkomence li estas sendita kiel gazetara ataŝeo ĉe la Rumana legacio en Zagrebo. En Rumanio aperas lia unua romano, *Ultima oră* (La lasta horo), kiu republikiĝos nur en 2019.

1944 – la 24an de aŭgusto la paro Gheorghiu forlasas la legacion en Zagrebo rifuzante reveni en sian landon, ekokupaciitan de sovetiaj trupoj la antaŭan tagon. Ĝis 1948, kiam ĝi finfine atingos Francion, la paro "gastos" en pluraj rifuĝintejoj, koncentrejoj kaj malliberejoj en Aŭstrio kaj Germanio.

1947 – CV ekstudas teologion en Heidelberg.

1947-1948 – li kompilas la volumon *Rumänische Märchen* (Ruma-naj fabeloj), kiu aperos en novembro 1948. Dume li verkas centojn da paĝoj el tio kio iĝos *La horo 25*.

1949 – aperas ĉe la pariza eldonejo Plon la romano *La vingt-cinquième heure* (La dudekkvina horo), tradukita el la ruman-lingva manuskripto. La sukceso estas tuja kaj skua.

1950 – tradukoj de *La horo 25* komencas aperi en diversaj lingvoj kaj landoj.

1953 – aperas lia romano *La seconde chance* (La dua ŝanco), ankaŭ ĝi tradukita el rumana manuskripto.

---

2   En PIV, Dnestro.

1954 – li publikigas la romanon *L'homme qui voyagea seul* (La viro kiu vojaĝis sola), refoje tradukita el la rumana.

1955 – aperas *Le peuple des immortels* (La popolo de la senmortuloj), *Le suspect* (La suspektato) kaj *On embauche des héros* (Oni dungas heroojn), romanoj tradukitaj el la rumana.

1957 – publikiĝas du pliaj romanoj tradukitaj el la rumana: *Les sacrifiés du Danube* (La oferitoj ĉe Danubo) kaj *Saint Jean Bouche d'Or* (Sankta Johano la Orbuŝa).

1958 – antaŭ la jarfino aperas *Les mendiants des miracles* (La almozuloj de mirakloj).

1960 – publikiĝas *La cravache* (La rajdovergo).

1961 – aperas *Perahim* kaj *La maison de Petrodava* (La domo de Petrodava[3]).

1962 – la publikon atingas *La vie de Mahomet* (La vivo de Mahomedo), konsiderota la plej bona historio de la profeto, verkita de eŭropa aŭtoro.

1963 – la 23an de majo CV estas ordinita pastro en la rumana ortodoksa preĝejo "La sanktaj ĉefanĝeloj" en Parizo.

1964 – li publikigas *Les immortels d'Agapia* (La senmortuloj de Agapia[4]), sian unuan romanon verkitan rekte en la franca.

1965 – aperas du rakontoj liaj:

– unu membiografieca: *De la vingt-cinquième heure à l'heure éternelle* (De la dudekkvina horo al la eterna horo).

– unu biografieca: *La jeunesse du Docteur Luther* (La junaĝo de Doktoro Luther).

1966 – publikiĝas lia romano *Le meurtre de Kyralessa* (La murdo de Kyralessa).

1967 – aperas du pliaj romanoj: *La tunique de peau* (La fela tuniko) kaj *La condotierra* (La kondotiero).

– lanĉiĝas la filmo de Henri Verneuil *The 25th Hour / La Vingt-cinquième heure* (La horo 25) laŭ la samtitola romano de Gheorghiu.

1968 – publikiĝas lia membiografia-filozofia-teologia verko *Pourquoi m'a-t-on appelé Virgil?* (Kial oni nomis min Virgil?)

---

3   Latin-daca nomo de la hodiaŭa urbo Piatra Neamţ.
4   Monaĥejo en la distrikto Neamţ.

1969 – li publikigas *La vie du patriarche Athenagoras* (La vivo de la patriarko Athenagoras[5]), pri la ortodoksa patriarko, kiun li vizitis en Konstantinopolo en la antaŭa jaro.

1970 – en la ortodoksa centro en Chambésy en Svisio CV ricevas la honoran titolon de protopresbitero de la Patriarkio de Konstantinopolo.

1971 – publikigas la romano *L'espionne* (La spionino).

1972 – aperas la romano *L'œil américain* (La usona okulo).

1973 – republikigas *L'homme qui voyagea seul* (La viro kiu vojaĝis sola).

1975 – nova romano: *Dieu ne reçoit que le dimanche* (Dio akceptas nur dimanĉe).

1977 – aperas *Les inconnus de Heidelberg* (La nekonatoj de Heidelberg).

1978 – du pliaj novaj romanoj: *Le grand exterminateur* (La granda ekstermisto) kaj *Les amazones du Danube* (La amazonoj de Danubo), plus nova eldono de *Les mendiants des miracles* (La almozuloj de mirakloj).

1979 – publikigas *Le Christ au Liban: de Moïse aux Palestiniens* (Kristo en Libano: de Moseo al la palestinanoj).

1980 – nova eldono de *Le grand exterminateur* (La granda ekstermisto) kaj la nova romano *Dieu à Paris* (Dio en Parizo), plus *Éloge de la Corée* (Laŭdo al Koreio).

1982 – nova eldono de *Les sacrifiés du Danube* (La oferitoj ĉe Danubo).

1986 – aperas la unua volumo de memoraĵoj, kun la titolo *Mémoires I – Le témoin de la 25-e heure* (Memoraĵoj I – La atestanto de la 25a horo).

1987 – okaze de la Olimpikaj ludoj en Seulo, Gheorghiu publikigas *La Corée: la belle inconnue de l'Extrême-Orient à l'heure des jeux olympiques* (Koreio: la bela nekonato de la Ekstrema Oriento en la momento de la Olimpikaj ludoj).

1991 – aperas en Rumanio la unua eldono rumana de *Ora 25* (La horo 25).

---

5   Athenagoras la 1-a, patriarko de Konstantinopolo de 1948 ĝis 1972.

1992 – Constantin Virgil Gheorghiu forpasas la 22an de junio. Li estos enterigita en la pariza tombejo Passy.

1994 – sur la konstruaĵo ĉe la strato de Siam n-ro 18, en Parizo, kie la aŭtoro vivis, instaliĝas memortabulo.

1995 – publikiĝas la dua volumo kun memoraĵoj, *Mémoires 2 – L'épreuve de la liberté* (Memoraĵoj 2 – La tento de la libereco), verkita jam en 1991.

2004 – la pariza eldonejo Pardès publikigas la unuan ampleksan monografion dediĉitan al CV, *Gheorghiu*, de Amaury d'Esneval.

La horo 25

La historio, same kiel la dramo kaj la romano, evoluis el la mitologio, primitiva formo de percepto kaj esprimo, en kiu – same kiel en la fabeloj aŭskultataj de la infanoj aŭ en la revoj mem de la multsciaj plenkreskuloj – la limo inter realo kaj imago ne estas strekita. Oni asertas pri, ekzemple, la **Odiseado,** *ke iu, kiu ĝin legas kiel historian rakonton, trovas en ĝi fikcion kaj, inverse, iu, kiu legas ĝin kiel fikcion, trovas en ĝi historion.*

El tiu perspektivo, ĉiuj historioj similas al la **Odiseado,** *ĉar ili neniam povas plene seniĝi je la fikcio. La nura ago elekti, ordigi kaj prezenti la faktojn konsistigas teknikon kiu apartenas al la kampo de la fikcio…*

Arnold J. Toynbee
A Study of History

FÂNTÂNA

I

– Mi ne povas kredi ke vi foriros! – diris Suzana, premante sin al la korpo de Johann Moritz.

Ŝi metis la manojn sur la kapon de la viro kaj karesis lian nigran hararon. Li retiris sin unu paŝon.

– Kial vi ne kredas? – respondis li malmilde. – Postmorgaŭ matene, ĉe la sunleviĝo, mi foriros.

– Mi scias! – balbutis ŝi.

Ili ambaŭ staris apud la barilo. Estis friske. Estis jam post la noktomezo. Li forigis de si ŝiajn manojn kaj diris:

– Nun, ĝis revido!

– Restu plian minuton! – flustris ŝi.

– Kial mi restus? – lia voĉo estis firma. – Estas malfrue. Morgaŭ mi devos labori.

Ŝi ne respondis sed pli premiĝis kontraŭ lin. Ŝi premis la vizaĝon kontraŭ la haŭton de lia brusto, foriginte lian ĉemizon, poste levis la okulojn al la ĉielo.

– Rigardu, kiel bele vidiĝas la steloj! – diris ŝi.

La viro atendis ke ŝi diros ion gravan. Li supozis ke tial ŝi petis lin resti plian minuton. Sed ŝi nur parolis pri steloj. Li retiris sin de ŝi kaj volis malproksimiĝi.

Sed li memoris ke li foriros kaj ke, dum almenaŭ tri jaroj, li ne revidos ŝin. Kaj ankaŭ li rigardis la stelojn por plezurigi ŝin.

– Ĉu estas vere ke ĉiu homo havas sian propran stelon sur la ĉielo kaj kiam homo mortas, ĝia stelo falas?

– Kiel mi scius tion? – respondis li.

Nun li decidis foriri:

– Ĝis revido! – li diris.

– Ĉu ankaŭ ni havas niajn stelojn sur la ĉielo? – demandis Suzana.

– Ankaŭ ni, kiel ĉiuj aliaj homoj! – respondis Moritz. – Sur la ĉielo aŭ sur la frunto.

Li prenis ŝian kapon kaj forigis ĝin de sia brusto. Poste li for-
iris. Ŝi akompanis lin ĝis la vojo tenante lin je la mano. Ŝi rigardis
jen la stelojn, jen lin.

– Mi atendos vin morgaŭ vespere! – diris ŝi.

Li ne retrorigardis. Li respondis foriĝante:

– Mi venos, se ne pluvos.

Suzana pretis postkuri lin kaj peti ke li venu eĉ se pluvos,
sed li malproksimiĝis grandpaŝe. Poste li malaperis malantaŭ la
ĝarden-angulo. La virino plu restis kelkan tempon surloke.
Ŝi iom glatumis permane la robon sur la gluteoj, forskuante
la herberojn; antaŭ ol eniri en la korton ŝi rigardis la taŭzitan
herbon sub la juglandarbo, kie ili kuŝis unu apud la alia. En ŝia
nazo ankoraŭ restis la odoro de liaj haŭto kaj korpo, la odoro de
premita herbo, de tabako kaj ĉerizkernoj...

Johann Moritz trairis la kampon kaj alhejmis fajfante. Li
surportis nigran soldatpantalonon, blankan ĉemizon, malbuton-
itan kole, kaj estis nudpieda. Kelkfoje li ĉesis fajfi kaj oscedis.
Poste li pensis pri la virino kiun li postlasis – pri Suzana – kaj
emis ridi pro ŝiaj demandoj pri steloj. "La virinoj estas kiel
infanoj. Ĉiuspecaj demandoj venas al ili en la kapon", pensis
li. Poste li pensis pri la farota vojaĝo, al Usono, post unu tago.
Poste li pensis pri nenio. Li estis dormema. Li senpaciencis alveni
hejmen kaj enlitiĝi. Morgaŭ li devos ellitiĝi ĉe la eklumiĝo. Estis
lia lasta labortago. Kaj ĝis la tagiĝo restis nur kelkaj horoj.

Johann Moritz ekrapidis.

2

La sekvan tagon, eklumiĝe, Johann Moritz haltis ĉe la akvo-
pumpilo centre de la vilaĝo kaj, large malferminte la ĉemizon,
prenis kelkfoje malvarman akvon en la manoj kaj frotis la
vangojn kaj la kolon. Ĉirkaŭe estis neniu. La vilaĝanoj ankoraŭ
ne vekiĝis. Li ekis centre de la vojo. Li sekigis la manojn pasig-
ante ilin tra la hararo. Poste li aranĝis la kolumon de la ĉemizo,
sen fermi ĝin, kaj rigardis la vilaĝon, el kiu leviĝis laktoblanka
nebulo.

Ĉi tiu estas la vilaĝo Fântâna[6] en Rumanio. Johann Moritz naskiĝis ĉi tie antaŭ 25 jaroj. Nun, rigardante la malgrandajn domojn kaj la tri preĝejojn – katolikan, protestantan kaj ortodoksan –, li memoris ke Suzana iam demandis lin, ĉu li ne sopiros la vilaĝon, kiam li estos for. Tiam li ridis pro ŝia demando kaj respondis ke li estas viro: nur la virinoj sopiras. Sed nun li sentas en la brusto bedaŭron, kvazaŭ vaporon, ĉar li devas foriri. Li rekomencis fajfi kaj ne plu rigardis la vilaĝon.

La domo de la popo Alexandru Korugă sidas rande de la ŝoseo, ne for de la ortodoksa preĝejo. La kortopordo estas ŝlosita. Johann Moritz kliniĝis kaj prenis la ŝlosilon, kaŝitan sub la pordo tiel ke li trovu ĝin matene, kiam li venas labori. Li malŝlosis senhaste la malnovan kverkan pordon kaj eniris en la korton. La hundoj lin bonvenigis kaj ĉirkaŭis amike. Ili konis lin, ĉar Johann Moritz de ses jaroj laboras ĉiutage ĉe la popo Alexandru Korugă. Ĉi tie li estas hejme. Sed hodiaŭ estas la lasta labortago. Poste li ricevos sian salajron kaj diros al la popo ke li foriras. Li ankoraŭ ne informis lin.

Johann Moritz eniris en la tenejon, elprenis la korbojn kaj metis ilin en la ĉaron. La popo, nur en blanka linĉemizo kaj pantalono, eliris sur la portikon. Li ĵus ellitiĝis. Moritz salutis lin ridete. Li demetis la korbon, forskuis la polvon de la manoj kaj supreniris al la portiko. Li prenis el la manoj de la maljunulo la blankan akvokarafon:

– Permesu, mi verŝos por vi!

Johann Moritz verŝis lavakvon al la popo. Li observis la longajn fingrojn, kvazaŭ virinajn, helhaŭtajn, kaj rigardis plezure la maljunulon, kiu sapis la grizan barbon, la kolon kaj la frunton. Rigardante, Moritz forgesis plu verŝi la akvon. La popo atendis kun la manoj etenditaj kaj kovritaj de sapŝaŭmo. Moritz ĝeniĝis kaj ruĝiĝis.

La popo Korugă estas la parohĥestro de la ortodoksa preĝejo en Fântâna. Li estas nur kvindekjara. Sed liaj barbo kaj hararo estas arĝentgrizaj. Lia alta kaj maldika korpo preskaŭ ne havas

---

6   La puto.

karnon kaj similas al la korpoj de la sanktuloj sur la ikonoj en la ortodoksa preĝejo. Lia korpo maljunas. Sed kiam oni rigardas liajn okulojn kaj oni aŭdas lin paroli, oni vidas ke li estas juna.

Fininte lavi sin, la popo komencis sekigi la vizaĝon kaj la kolon per malfajna tuko. Moritz staris apud li, kun la karafo enmane.

– Patro, mi volas diri al vi ion! – li ekparolis.

– Atendu ke mi vestiĝu! – respondis la popo.

Li eniris la domon preninte la malplenan karafon el la mano de Moritz. Ĉesojle li turniĝis:

– Ankaŭ mi havas ion por diri al vi! – daŭrigis li ridete. – Ion, kio ĝojigos vin. Nun metu la korbojn en la ĉaron kaj jungu la ĉevalojn.

En la fruaj horoj de la mateno, Johann Moritz kaj la popo Alexandru Korugă silente plukis la pomojn kaj metis ilin en sakojn. Kiam la suno jam frapis iliajn ŝultrojn, la popo haltis. Li streĉis la brakojn, laca.

– Ni paŭzu!

– Ni ja! – respondis Moritz.

Ili iris al la pomplenaj sakoj kaj eksidis, ĉiu sur alia sako. La popo serĉis en la pantalonpoŝoj la cigaredpaketon, kiun li ĉiam portis por Moritz kaj donis ĝin al li.

– Do, ŝajne vi volis diri ion al mi, – diris la popo.

– Mi ja volis, patro!

Moritz ekbruligis cigaredon kaj ĵetis la alumeton en la herbon rigardante ĝin estingiĝi. Nun estis malfacile diri al la popo ke li foriros. Li volus prokrasti.

– Unue mi diru al vi la bonan novaĵon! – diris la popo.

Moritz ĝojis ke li ne jam devas paroli pri la foriro.

– La ĉambreto apud la kuirejo estas tute malplena, – daŭrigis la popo. – Mi pensis ke estus bone se vi transloĝiĝus en ĝin. Mia edzino kalkis ĝin kaj metis kurtenetojn ĉe la fenestro kaj purajn litaĵojn. Ĉe vi hejme ne estas spaco. Vi kaj viaj gepatroj havas nur unu ĉambron. Morgaŭ, kiam vi venos, kunportu viajn aĵojn.

– Morgaŭ mi ne venos labori!

– Tiam, postmorgaŭ! – respondis la popo. – Ekde hodiaŭ la ĉambro estas via.

– Mi tute ne plu venos labori, – diris Moritz. – Morgaŭ mi iros al Usono!

– Morgaŭ?

La popo malfermis la okulojn larĝe.

– Morgaŭ! Sunleviĝe!

La voĉo de Moritz estis firma. Sed vualita de varma bedaŭro. Kaj de iom da ĝeno.

– Mi ricevis leteron ke la ŝipo estas en Konstanco[7]. Ĝi restos nur tri tagojn en la tiea haveno!

La popo sciis ke Johann Moritz volas iri al Usono. Multaj junaj kamparanoj foriras al Usono kaj, post du-tri jaroj, revenas en la vilaĝon kun mono kaj aĉetas grundon. La kamparanoj kiuj estis en Usono havas la plej belajn bienojn en Fântâna. La popo ĝojis ke Moritz foriros. Post kelkaj jaroj ankaŭ li havos belan bienon en la vilaĝo. Sed li ne sciis ke Moritz foriros tiel baldaŭ. Li diris nenion ĝis nun. Kaj ili laboris kune, ŝultro-ĉe-ŝultre, ĉiun tagon.

– Apenaŭ hieraŭ mi ricevis la leteron, – respondis Moritz.

– Ĉu vi foriros sola?

– Kun Ghiţă Ion! – respondis Moritz. – Ni dungiĝos sur la ŝipo por labori ĉe la kaldronoj. Tiel ni devos pagi por la tuta vojaĝo nur po 500 leojn. Li havas amikon en Constanţa, en la haveno mem, kiu jam aranĝis ke oni dungu nin en la ŝipo.

La popo deziris al li bonŝancon. Sed li bedaŭris disiĝi de li. Johann Moritz estis juna. Li estis laborema kaj bonkora. Sed li estis malriĉa kaj havis eĉ ne colon da grundo.

Dum la cetero de la tago la du viroj silentis plejparton de la tempo plukante pomojn. Jen kaj jen la maljunulo rakontis pri Usono; Moritz aŭskultis. Kelkfoje li suspiris. Nun ankaŭ li bedaŭris ke li foriros. Vespere, ricevinte la salajron, Moritz staris antaŭ la popo rigardante malsupren. Li prokrastis plian momenteton, kvankam ne necese. Li ne povis disiĝi. La maljunulo frapetis lin surŝultre.

---

7 Rumane: Constanţa. Haveno en sud-orienta Rumanio, ĉe la Nigra Maro.

– Alveninte tien, leteru al mi! – diris la popo. – Morgaŭ matene venu por ke mi donu al vi pakaĵon kun manĝaĵoj.

Kakulinte al li kromajn kvin centleajn bankbiletojn, aldone al la salajro, la popo daŭrigis:

– Venu ĉe la ektagiĝo! Frapetu malforte ĉe mia fenestro; prefere mia edzino ne aŭdu. Vi scias, la virinoj estas pli avaraj. Mi pretigos la manĝaĵsakon jam ĉi-vespere. Kiam vi volas foriri?

– Ĉe la sunleviĝo mi renkontiĝos kun Ghiţă rande de la vilaĝo.

– Vi ja havos sufiĉe da tempo halti ĉe mi. Se ne, mi venigus vin ĉi-vespere.

– Pli bone morgaŭ! – respondis Moritz.

Li pensis ke vespere atendos lin Suzana. Poste li foriris.

3

La popo Korugă metis la tornistron kun manĝaĵoj ĉe la muro, sub la fenestro. Li estingis la lampon kaj enlitiĝis.

Antaŭ ol fermi la okulojn, li pensis pri la vojaĝo de Johann Moritz al Usono. Preparante la sakon, li havis la senton ke forironta estas li mem. Antaŭ tridek jaroj ankaŭ li pretigis siajn kofrojn por foriri. Li estis ĵus akirinta la titolon de doktoro pri teologio kaj estis dungita kiel misiisto en la ortodoksa kolonio de Miĉigano. Unu semajnon antaŭ la foriro, li telegramis ke li rezignas la postenon. Li estis ekkoninta la ontan popedzinon kaj li edziĝis. Ekde tiam li estas paroĥestro en Fântâna. La vilaĝo malgrandas. La vivo malmildas. Post la alveno en Fântâna li bedaŭris esti rezigninta la foriron. Sed estis tro malfrue. Usono restis neplenumita revo. Ĉiufoje kiam kamparano foriras trans la oceanon, la popo donacas al tiu cigaredojn, manĝaĵon, vojaĝmonon kaj petas lin leteri de tie. Ĉion ĉi li faris kaŝe de la edzino. Ŝi ne kontraŭus. Sed la maljunulo havis la senton ke kiam li pensas pri Usono li iel malfidelas al la edzino. Li rezignis Usonon por ŝi. Sed la rivaleco restis, kaŝite, kaj la batalo inter la du amoj daŭradis. Moritz estis lia fidindulo. Pro tio li sentis ke, je la alveno de Moritz sur la usonan grundon, ankaŭ parto de lia estaĵo paŝas en la Novan Mondon.

Pluvis ekstere. La popo Alexandru Korugă ne povis endormiĝi. Li ellitiĝis kaj ekbruligis la lampon. Li serĉis en la biblioteko, kies bretoj okupis tri murojn de la planko ĝis la plafono. Li elprenis libron. Antaŭ ol malfermi ĝin li rigardis la plenplenajn bretojn. Estis tie libroj anglaj, germanaj, francaj kaj italaj. Sur alia breto estis la klasikuloj, en la greka kaj latina. Ĉiu el ĉi libroj estis lia amiko laŭlonge de la tridek jaroj da vivo en Fântâna. Foje li demandas sin, kial li ne sekvis universitatan karieron. La amikoj insistis ke li iru al la universitato en Bukareŝto aŭ al tiu en Iaşi[8]. Dufoje oni proponis al li la katedron pri la historio de la eklezio. Li rifuzis. Kaj li ne bedaŭris la rifuzon. Ĉi tie, en Fântâna, li plenumis la diservon en ĉiu dimanĉo kaj festotago, dum en la cetero de la semajno li okupiĝis pri agrikulturo, abelbredado kaj fruktokultivado. Vespere li legis. Li akceptis la estontecon tia, kian li ricevis el la manoj de la destino. Unu solan fojon li testis la destinon: tiam kiam li volis foriri al Usono. Li utiligis ĉiujn homajn fortojn por foriri. Tamen, kvankam li neglektis nenion, li ne foriris. Post tiam li ne plu faras al si planojn por la estonteco, je kies plenumo li kredu sen ajna dubo.

La popo remetis la libron sur la breton. "Ĉu mi vere bedaŭras ne esti foririnta al Usono antaŭ tridek jaroj?" li demandis sin. "Se mi ne bedaŭras, kial do mi tenas enmane *Reisefieber*[9] nun, kiam foriras Johann Moritz?" Volvante sin per la litkovrilo, li pensis: "Ne temas pri la bedaŭro ne esti foririnta. Temas pri la doloro de nostalgio por kozo pri kies ekzisto ni iluzias, sed kiun ni neniam akiros. Se ni tuŝas per la sentoj tiun kozon, ni konstatas ke ĝi ne estas tio kion ni deziris. Eble Usono ne estas tio kion mi serĉas. Ĝi estas nur la preteksto por serĉado. Usono estas nur inventaĵo de nia nostalgio. Eble la doloro ne koni Usonon malpli grandas ol la doloro koni ĝin."

8   Urbo en orienta Rumanio.
9   Vojaĝfebro. (germ.)

Tamen la popo Korugă ne sukcesis endormiĝi. Li estis emoci-ita. Li atendis la tagiĝon, kvazaŭ li estus tiu kiu devos renkonti Ghiţă'n Ion rande de la vilaĝo kaj foriri al Constanţa, kie atendas ilin la ŝipo kiu "restos nur tri tagojn en la tiea haveno".

Kiam li vekiĝis estis ankoraŭ mallume. Nur la virkokoj jam anoncis la tagon. Li malfermis la fenestron. La vojo estis dezerta. La vilaĝo estis volvita de blankeca nebulo. La popo malfermis la sakon, apogitan kontraŭ la muro, kaj metis en ĝin la cigaredskatolon de sur la tablo. "Se Johann Moritz foriras, mi havas neniun al kiu doni cigaredojn. Por li mi aĉetis ilin", li pen-sis. Tra la fenestro ekvidiĝis lumo. Sur la vojo aŭdiĝis paŝoj. Ili preterpasis la kortopordon kaj malaperis en la foron. "Se li ne rapidas, li malfruos por la rendevuo", pensis la popo. Poste li eliris sur la portikon. Li lavis sin per malvarma akvo. Moritz ne estis sur la korto por veni verŝi al li la akvon.

La suno jam aperis; Johann Moritz ankoraŭ ne venis. La popo atendis lin ĝis la tagmezo. Poste li pensis ke Moritz vekiĝis tro malfrue kaj ne plu havis tempon por preni la sakon kun manĝaĵoj antaŭ la foriro. "Domaĝe ke li ne venis. Mi pakis por li manĝaĵojn por tri semajnoj," pensis la popo. "Li havus eĉ en Usono por la unuaj tagoj!"

– Venu manĝi, Alexandru! – alvokis la popedzino.

Ŝi aperis sojle de la pordo.

– Tuj! – respondis la popo.

Li puŝis la sakon sub la liton. Li puŝis ĝin kun tiu doloro kun kiu oni flankenmetas aĵon kiun oni rezignas malgraŭvole, sed por ĉiam. Lia lasta ŝanco atingi Usonon, eĉ se "per prokuro", estis maltrafita. Same kiel ĝi estis antaŭ tridek jaroj.

Li iris al la tablo. "Per Johann Moritz, se li prenintus la sakon, ŝajnus al mi ke mi mem vojaĝas. *Qui facit per alium facit per se.*[10] Domaĝe ke li ne venis!" pensis la popo.

En la ĉambro de Iolanda, la edzino de Iorgu Iordan, estas ankoraŭ lumo. Lumo blanka, delikata: antaŭ ol trapenetri la fenestron, ĝi trapasas la silkan ŝirmilon.

---

10 Kiu faras per alia, faras per si. (lat.)

Laŭ onidiroj Iolanda estas malfeliĉa virino. Ŝi venis en la vilaĝon, kune kun Iorgu Iordan, antaŭ dudek kvin jaroj. Ili haltis rajde ĉe la vilaĝa drinkejo. Neniu sciis de kie ili venas. Videblis tamen ke ili venas de for. Ŝi estis rumanino, li ne. Poste oni eksciis ke ili venas el Hungario. Ambaŭ estis vestitaj per longaj peltmanteloj. Manĝinte rostaĵojn kaj trinkinte vinon – li englutis duoblajn porciojn, ŝi, kvazaŭ pasero, apenaŭ tuŝis la manĝaĵon kaj trinkaĵon –, ili dormis en la ĉambro de la drinkejposedanto. Tri tagojn poste oni eksciis ke ili restos en la vilaĝo por ĉiam, kaj kelkajn semajnojn poste ili aĉetis la drinkejon. Ekde tiam ili loĝas en Fântâna. Kiam ili alvenis, Iorgu Iordan ne parolis la rumanan. Nun li bone parolas ĝin. Sed en la vilaĝo ili estas nenies amikoj. Ankaŭ kiam ili havis la infanon, Suzana'n, ili ne sendis ŝin al la vilaĝa lernejo, por ke ŝi ne amikiĝu al la vilaĝaj infanoj. Suzana studis en la urbo.

La vilaĝanoj vidas Suzana'n nur kiam ŝi ĉeestas la meson en la ortodoksa preĝejo, aŭ kiam ŝi vojaĝas al la urbo, en la kaleŝo apud Iorgu Iordan, eta – nur duono de la korpo de la giganto. Ŝi havas blondan, silkecan hararon kaj bluajn okulojn. Suzana kaj ŝia patrino similas unu la alian kiel du akvogutoj. Tio estas ĉio sciata pri Iorgu Iordan. Iun vintron li pafis viron kiu volis eniri lian domon. Li pafis lin per la ĉaspafilo, ekzakte en la frunton. Laŭ la ĝendarmoj, Iorgu Iordan rajtis pafi homon enirantan lian domon por ŝteli lian monon. Sed la vilaĝanoj ne samopiniis kun la ĝendarmoj. Laŭ ili, murdo estas murdo. Sed oni komencis forgesi la farojn. Ili okazis antaŭ multaj jaroj.

Johann Moritz vidis tra truo en la barilo la lumon en la ĉambro de Iolanda malkreski, flagri momenteton, poste estingiĝi. Li metis la manojn funele ĉe la buŝo kaj komencis krii:

– Hu-hu-hu!

La krio de Moritz ŝiris la aeron kiel tranĉilo. La eĥo ripetis ĝin. Sekvis silento. Momento da. La fenestro ĉe la norda angulo de la domo de Iorgu Iordan malfermiĝis. Suzana elsaltis el sia ĉambro, apenaŭ tuŝante la fenestrokadron. Ŝi trakuris la korton piedfingre. Ŝi eliris el la korto tra la truo en la barilo, kie atendis ŝin Johann Moritz.

4

– Kial vi ĉiam alvokas min per hu-hu-hu? – demandis ŝi.

Ŝi estis ĉe la alia flanko de la barilo. Moritz volis brakumi ŝin. Ŝi kontraŭis.

– Mi jam petis vin ne plu hu-hu-hui!

– Kiel mi alvoku vin? – demandis Moritz.

– Kiel ajn, – respondis ŝi. – La striga krio mavas; ĝi alportas malbonŝancon kaj morton. Jen kion ĝi alportas!

– Oldulinaj sensencaĵoj! – replikis Moritz. – Ne ekzistas alia birdo, kiu krias tage kaj nokte, en bona vetero kaj en malbona, somere kaj vintre! Nur la strigo. Ĉu vi konas iun alian birdon tian? La najtingalo kantas nur printempe. Se mi najtingale alvokas vin vespere, via patro komprenas ke temas pri homa voĉo. Ĉu vi volas ke la giganto eksciu?

– Mi ne volas ke li eksciu, – respondis ŝi. – Sed la strigo alportas morton.

– Mi ne kulpas pri tio, – reagis Moritz. – Kial Dio ne faris alian birdon, kiu kantas ĉiusezone kaj ĉiuhore, sen antaŭanonci morton? Sed nun ne indas disputi. Ĉi tiu estas la lasta vespero, kiam mi alvokis vin. Ekde nun ni ne renkontiĝos kaŝe. Morgaŭ matene mi foriros. Kiam mi revenos, mi edziniĝos vin. Ne plu necesos alvoki vin per strigokrioj.

Li prenis ŝin enbrake. Ŝi gluiĝis al li kaj ĉirkaŭbrakis lian kapon. Ili staris sub la juglandarbo, sub kiu ili estis ankaŭ en la antaŭa vespero kaj en ĉiuj vesperoj, en la lastaj kvar monatoj, ekde kiam ili renkontiĝis unuafoje. Moritz sentis la korpon de la virino kiu plene lasis sin teni de liaj brakoj. Li apogis ŝin por ke ŝi ne falu kaj kuŝigis ŝin sur la herbon. Li kuŝiĝis apud ŝi. Nun ŝia korpo envolviĝis ĉirkaŭ la lia, kiel serpento, kiel hedero. Ili diris nenion – nek ŝi, nek li. Iliaj manoj serĉis sin reciproke en la mallumo. Kaj li kaj ŝi fermis la okulojn. Iliaj buŝoj algluiĝis.

Ie, en la fundo de la ĝardeno de Iorgu Iordan, ekaŭdiĝis la griloj. Poste la griloj silentis. La du estis daŭre brakumantaj unu la alian sen diri ion ajn. Je kelkaj paŝoj kuŝis la blua robo de Suzana. Ŝi demetis ĝin, por ke ŝia patrino ne vidu ĝin ĉifita kaj herbmakulita. La inkeca nubo ĝis tiam kovrinta la lunon flankeniĝis kaj nun la ŝultroj de la virino brilis. Ankaŭ Moritz demetis la ĉemizon kaj sternis ĝin surherbe, sub la korpo de Suzana. Lia ŝvitinta brusto brilis. Apud la blankaj ŝultroj de Suzana, la haŭto de Moritz aspektis kiel nigra arboŝelo.

– Iani, mi ne volas ke vi foriru, – ekparolis ŝi.

– Kiel vi povas diri ion tian? – demandis li ĉagrenite. – Vi scias ke se mi ne foriras al Usono, ni ne povos aĉeti grundon. Se ni ne havas grundon, mi ne povas edzinigi vin. Kie vi volas ke ni loĝu, se ni ne havas domon kaj eĉ ne colon da grundo? Post tri jaroj mi revenos kun mono kaj ni geedziĝos. Aŭ, ĉu vi ne plu volas ke ni geedziĝu?

– Mi ja volas, – respondis ŝi. – Sed mi ne volas ke vi foriru al Usono.

– Kaj, per kio vi volas ke ni aĉetu grundon?

Johann Moritz ridetis:

– Ĉu vi scias ke mi jam antaŭpagis por la parcelo de Nicolae Porfir? Kiam mi revenos, mi portos al li la reston.

Johann Moritz komencis rakonti, kiel li diskutis kun Porfir pri la parcelo, kiel li iris por vidi ĝin, kiel li konstruigos la domon, la stalon kaj la aliaĵon.

– Iani, se vi foriras, sciu ke vi ne trovos min viva, kiam vi revenos! – respondis Suzana, sen aŭskulti liajn rakontojn.

– Kio okazis al vi tiel subite?

Moritz estis ĉagrenita.

– Nenio, – respondis ŝi. – Mi nur diras, kion mi sentas en la koro. Vi ja rajtas ne kredi. Sed vi ne plu trovos min kiam vi revenos!

– Mi ja trovos vin, – reagis Moritz. – Vi ja restas hejme, ĉe viaj gepatroj, same kiel ĝis nun. Mi ne zorgas pri vi. Mi ja ne postlasas vin survoje!

Ŝi eksploretis.

Poste li kisis ŝin sur la buŝon. La lipoj de la virino estis malvarmaj kaj larme salaj.

– Diru al mi, kio okazas!

– Nu, vi refoje diros ke estas virinaj sensencaĵoj! Prefere mi ne diru!

– Mi ne plu diros ke estas virinaj sensencaĵoj!

– Mi kredas ke paĉjo mortigos min, – diris ŝi.

– Kiu metis tion en vian kapon?

Lia voĉo estis malmilda.

– Kial via patro mortigus vin?

– Mi ja sciis ke vi ne kredos! – respondis ŝi. – Sed mi plentremas pro timo. Mi scias ke tio kion mi sentas, estas vera. Paĉjo eksciis ion. Mi ne scias de kie, sed li eksciis. Pro tio li mortigos min!

– Kion scias via patro?

– Pri ni, – respondis ŝi. – Pri nia amo!

5

Elirinte el la korto de la popo, Johann Moritz haltis ĉe la akvo-pumpilo rande de la ŝoseo. Li lavis sin. Poste li direktis sin al la sudo de la vilaĝo. Tie loĝas Nicolae Porfir, la kamparano kiu havas, ĉe la rando de la arbaro, parcelon por vendi. Moritz eniris en lian korton.

– Morgaŭ mi foriros al Usono! – diris li. – Mi revenos kun mono por aĉeti la parcelon. Antaŭ la foriro mi volas doni al vi antaŭpagon, por ke vi ne vendu ĝin al iu alia.

– Kiom longe vi volas resti en Usono? – demandis la kamparano.

– Sufiĉe por kolekti la monon. Du aŭ tri jarojn.

– Vi eĉ ne bezonos pli! Dum tri jaroj vi kolektos la necesan sumon. Neniu restis tie pli ol tri jarojn. En Usono oni facile gajnas monon.

– Kiom mi lasu kiel antaŭpagon! – demandis Moritz.

– Ne necesas antaŭpagi. Se vi venos post tri jaroj kun 50 000 leoj, vi havos la parcelon. Mi vendos ĝin al neniu. Mi atendos vin.

Tamen Moritz elpoŝigis manplenon da monbiletoj kaj kalkulis ilin sur la portiko.

– Jen 3 000 leoj, – li diris. – Pli bone se mi lasas antaŭpagon!

Johann Moritz manpremis al Nicolae Porfir, signe ke la konsento estas farita. Poste li foriris. Ankoraŭ ne noktiĝis. Li volis vidi la parcelon kiun li antaŭpagis. Li jam rigardis ĝin plurfoje. Li konis ĝin tre bone. Ekde nun estos malsame: ekde nun la parcelo estas lia. Restas nur porti la monon.

6

Johann Moritz ekis rekte tra la kampo. Li rapidis. La ĉemizo algluiĝis al la haŭto, malseka pro ŝvito. Li ne paciencis marŝi malrapide. Kiam li alvenis vid-al-vide de la kverka arbaro, li haltis. Inter li kaj la arbaro kuŝis lia parcelo. Ĝi estis prisemita per maizo, kiu estis same alta kiel li. Ne estis granda parcelo. Sufiĉe por domo, korto, ĝardeno kaj fruktarbareto. Li mezuris ĝin perokule de unu finaĵo al la alia. Unufoje laŭlonge, poste laŭlarĝe. Li imagis, super la verdaj maizspadikoj, la tegmenton de la domo, la baskulon de la puto, la altan kverkan kortopordon, la stalon. Plurfoje li estis jam rigardinta la parcelon kaj ŝajnis vere vidi la bienon, sed neniam estis kiel nun. Ĉio ŝajnis tiel reala. Nun, planinte ĉion, Johann Moritz ridetis, rigardante la maizondojn susurantajn en la vento. Poste li kliniĝis kaj prenis manplenon da grundo. Ĝi estis varma. Moritz havis la senton premi enmane ion vivan. La varmo de la parcela grundo estis sama kiel la varmo de viva korpo. Kiel la varmo de paserido tenata interpolme. Johann Moritz kliniĝis kaj prenis ankaŭ per la dekstra mano pugnon da grundo. Li forte premis la grundon en la manoj kaj poste ŝutis ĝin sur la kampon. Li antaŭeniris tra la maizo al la arbaro. Meze de la agro li refoje prenis iom da grundo. "Ankaŭ tiu ĉi estas varma", li diris. "La tuta agro estas varma, kiel vivaĵo." Poste li tuŝis la vizaĝon per la grundo. Ĝia odoro penetris ĝis la pulmoj. "'stas forta odoro… kvazaŭ tabaka… tiu ĉi odoro de grundo", li pensis.

Johann Moritz levis la frunton kaj larĝe malfermis la bruston. Li enspiris forte ĝis li plenigis la pulmojn per la bonodora aero de sia parcelo. Li faris tion kelkfoje. Poste li revenis laŭ la sama vojo, laŭ kiu li estis veninta. "Nun Suzana atendas min!" pensis Johann Moritz kaj komencis fajfi.

7

Iorgu Iordan, la patro de Suzana, havas domon rande de la vilaĝo Fântâna. Grandan domon, kun ruĝtegola tegmento. Johann Moritz proksimiĝis, tra ĝardenoj, al la fundo de la korto. Li haltis kaj rigardis tra la truo en la barilo.

Iorgu Iordan eliris el la domo. Li paŝis peze sur la portiko kaj fermis la ŝutrojn. Li riglis kaj ŝlosis laŭvice la pordojn. Moritz sekvis liajn movojn. Riglinte la pordojn kaj la fenestrojn, Iorgu Iordan ĉirkaŭrigardis suspekteme. Poste li malsupreniris laŭ la ŝtuparo. La lignaj ŝtupoj krakis sub la pezo de liaj giganto-paŝoj. Li estis vestita, kiel kutime, per jako, malaltaj botoj kaj rajdo-pantalono. Li trairis la korton antaŭ la domo ĝis la kortopordo. Li riglis ĝin, nervoze, turnis la ŝlosilon dufoje kaj revenis ŝanceliĝe. Li ĉirkaŭis la konstruaĵon, rigardante ĉien, kvazaŭ li serĉus iun kaŝitan en la korto. Li eniris la domon tra la malantaŭa pordo. Aŭdiĝis ŝlosilo dufoje turnata en la seruro. Poste estis silento.

Iorgu eniris sian dormoĉambron. La muroj estas plenaj je ĉas-trofeoj, remburitaj kapoj de cervoj, lupoj kaj ursoj. Inter la remburitaj vulturoj kaj la cervokornoj pendas ĉaspafiloj, pistoloj, kartoĉujoj. Rande de la enorma lito, du nigraj ursofeloj. Iorgu Iordan surpaŝis la felojn kaj dehokis pafilon, kiun li apogis kontraŭ la muron. El la ĉelita tirkesto li prenis revolveron, kandelon kaj alumetskatolon. Li metis ilin sur la tablon kaj eksidis sur la randon de la lito. Li spiris peze. Li demetis la botojn kaj lasis ilin, unu apud la alia, sur la finoj de la ursofeloj. Tiel li metis ilin ĉiunokte, ĉiam en la sama loko, por povi trovi ilin en la mallumo. Fine, li senvestiĝis kaj eniris la liton kaj ŝovis sin inter la blankajn kusenojn, kiel urso en neĝon.

De apud la barilo, Johann Moritz vidis la lumon en la ĉambro de Iorgu Iordan estingiĝi. Unue ĝi etiĝis, flagris kelkajn fojojn kaj malaperis. La fenestro iĝis nigra kiel okulpleno da mallumo.

Johann Moritz disiĝis de ŝi. La korpo de Suzana brilis nuda, kiel marmoro, sur la herbo.

– Ĉu via patro diris ion? – demandis li.

– Ne!

– Ĉu li skoldis vin?

– Ne!

– Tiam, kiel vi scias ke li malkovris?

– La koro diras al mi, – respondis ŝi.

Nun ŝi ploris pli forte.

– Sed ne nur la koro diras al mi ke li mortigos min. Hodiaŭ, tagmeze, kiam mi portis la manĝon al la tablo, paĉjo rigardis min grandokule kaj malamikeme. Poste li kriis: "Turnu vin kun la vizaĝo al la muro!" Mi turnis min. Kvankam mi estis kun la dorso al li, mi sentis lin rigardadi miajn gluteojn. Poste li diris: "Turnu vin kun la vizaĝo al la fenestro!" Li same longe rigardis min. El la flanko. Li rigardis mian ventron, miajn gluteojn, same kiel li rigardas ĉevalojn. Poste li kriis kolere: "For, aĉulino!" Kaj ne manĝis. Mi eliris. En tiu momento mi eksciis ke li malkovris. Li malkovris ĉion. Li ja skoldis min antaŭe. Li eĉ batis min, kiam mi estis malgranda. Li batis min ĝis mi kovriĝis per sango, sed li neniam nomis min "aĉulino"!

– Kiel li povintus ekscii? – demandis Moritz. – Li ne vidis nin renkontiĝi.

– Li ne vidis nin, sed scias ĉion.

– Kiel li povas scii?

– Li rigardis min kaj vidis!

Johann Moritz ridis. Poste li kisis ŝin sur la frunton.

– Eĉ se li rigardis vin per binoklo, li nenion vidis! – respondis li. – Kion li povis vidi? Ĉu vi supozas ke videblas ĉe virino, ke ŝi amoris? Ĉio ĉi estas nur viaj imagaĵoj!

– Ne videblas post kiam oni amoris, tion mi scias, – daŭrigis ŝi. – Sed paĉjo scias. Li vidas tion ankaŭ ĉe ĉevalinoj. Rigardante de for, li scias ĉu ĉevalino havos idon. Ĉiuj liaj amikoj miras, kiel li povas scii tion.

– Ĉu vi supozas ke vi estas graveda?

– Mi ne estas!

– Tiam estas nenio malbona, – respondis li. – Post du aŭ tri jaroj mi revenos kun multe da mono. Ni aĉetos grundon, geedziĝos ĉe la preĝejo de la popo Korugă, konstruigos domon kaj belan bienon, kaj estos feliĉaj! Ĉu ne, Suzana?

Ŝi premiĝis kontraŭ lin kaj ĉirkaŭbrakis lin plenforte. Kvazaŭ ŝi timus. Ŝi tremis.

– Se vi estus ĉi tie, mi ne timus! – respondis ŝi. – Sed post kiam vi foriros, mi mortos pro timo. Eĉ se la patro ne pafos min per la ĉaspafilo, vi tamen ne trovos min viva. Sen vi mi mortos pro timo. Ĉiunokte mi ŝlosas kaj riglas la pordon. Kiam mi aŭdas la patron, mi kovras la kapon per kuseno, pro timo.

Johann Moritz karesis ŝian dorson, ĉirkaŭbrakis kaj altiris ŝin al si. Ili silentis. Ŝi estis feliĉa ke li estas apud ŝi. Li kontentis ke ŝi ne plu ploras kaj timas.

Kiam la virkokoj anoncis la matenon, ili stariĝis. Suzana surmetis la robon, malvarman kaj malsekan pro roso. Moritz surmetis la ĉemizon kaj akompanis ŝin brak-en-brake, poste rigardis ŝin pasi tra la truo en la barilo, en la korton.

Trapasinte Suzana kriis. Mallonga krio. Johann Moritz serĉis ŝin perokule. Sed la virino ne plu estis en la korto: ŝi premiĝis ĉe lia brusto, senespera. Li eĉ ne vidis ŝin reveni. Ŝi tremis kiel kano en la vento. Ŝia tuta korpo tremis. Ĝi estis varmega. Johann Moritz rigardis tra la truo en la barilo.

La fenestro de la ĉambro de Suzana estis lumigata kaj larĝe malfermita. Iorgu Iordan, en nokta ĉemizo, promenis tra la ĉambro. Li havis lanternon en la mano, kvazaŭ li serĉus ion. Moritz karesis la kapon de la virino, alpremante ŝin al sia korpo, pli por ŝirmi ŝin vidi la patron esplorantan ŝian ĉambron kun lanterno enmane. Sed Suzana jam vidis kaj tial premiĝis kontraŭ lin. Pro teruriĝo eĉ plori ŝi ne povis. Poste aŭdiĝis la voĉo de Iorgu Iordan, kiu sakris. Johann Moritz rigardis la korpon de la giganto. Apud li aperis la minca Iolanda. Ŝi restis apud Iorgu Iordan nur momenton. La giganto turnis la dorson al la fenestro. La virino ne plu videblis. Ŝi malaperis en la ombro de la masiva korpo de Iorgu Iordan. Poste aŭdiĝis la krioj de Iolanda. Ŝi tute ne videblis. Sed la krioj estis akraj kaj longaj: ili penetris tra ĉiu poro. La lumo en la ĉambro de Suzana estingiĝis. La fenestro restis malfermita, sed malluma. La krioj de Iolanda ŝiris la nokton, eĉ pli senesperaj, poste estingiĝis. Dum iom da tempo ili aŭdiĝis sufokate, poste ĉesis. La virino estis falinta. Iorgu Iordan surtretis ŝin, en la mallumo.

– Panjon! – diris Suzana. – Li mortigas panjon.

Ŝi abrupte deŝiris sin de lia brusto, kun la intenco forkuri. Johann Moritz tenis ŝin forte kaj daŭre karesis ŝin. Dum momento li liberigis ŝian kapon: li volus kuri por helpi la frakasatan virinon. Moritz sentis ke, se li ne tuj kuras por preni ŝin el la manoj de la giganto, estos tro malfrue. Liaj muskoloj estis streĉitaj. Sed li ne iris. Li sciis ke estus vane. Li estis nudmana, la giganto havis pafilojn. Tiu ĉi estis kiel monto. La instinkto malhelpis lin komenci malegalan batalon.

Johann Moritz prenis Suzana'n enbrake. Ŝi baraktis; li tenis ŝin firme kaj ekis tra la agroj, rapidpaŝe. Ŝajnis al li ke la giganto, kun ĉaspafilo, ekis serĉi Suzana'n. Li devis kaŝi ŝin, porti ŝin for. Kiel eble plej for de la domo kun ruĝtegola tegmento. Li kuris kun la okuloj fermitaj. Li kvazaŭ aŭdis malantaŭ si la paŝojn de la giganto, kiu sekvis lin por pafi la virinon en liaj brakoj.

8

Johann Moritz daŭrigis nur tra la agroj, evitante la vojon. Jen kaj jen li stumblis kontraŭ la talpomontetoj, preskaŭ falonte. Signo ke li laciĝis. Li ne sciis kiel for li iris. Liaj fortoj elĉerpiĝis; li sentis la brakojn senaj je energio. Ŝvito fluis laŭ lia frunto en la okulojn kaj li ne plu vidis kie li paŝas. Li haltis tie kie li estis, meze de maizkampo, kaj demetis la pezaĵon el la brakoj sur la grundon. Li ne plu povis porti ŝin. Li etendis la krurojn de Suzana sur la grundo malseketa pro roso kaj volvis ŝiajn genuojn per la blua robo. Li bele aranĝis ŝiajn brakojn laŭlonge de la korpo. Li genuis apud ŝi. Moritz plukis el apud siaj flankoj maizfoliojn kaj metis ilin kusene sub la kapon de Suzana. Li plukis pliajn foliojn kaj metis ilin sub ŝian korpon, farante kuŝejon el verdaĵoj. Ŝi eligis eĉ ne unu vorton. La polmoj de Moritz karesis ŝiajn vangojn, frunton, hararon.

Poste li stariĝis. Apenaŭ nun li sentis la doloron en la korpo. La ŝultroj, la muskoloj de la brakoj kaj piedoj estis kvazaŭ pikataj de nadloj. "Mi kuris belan distancon", pensis li. Levante la frunton, li rimarkis ke la ĉielo komencas heliĝi bluece. Turnante la rigardon, Johann Moritz ekvidis la kverkarbaron, troviĝantan kelkajn paŝojn malantaŭ li. Unue li ne povis kredi. Li imagis ke li sonĝas. Poste li konvinkiĝis ke tiel estas. Li tremis. Li kaj Suzana troviĝis sur la parcelo de Nicolae Porfir. Tien ĉi ili alvenis, senscie, post la blinda kuro. La maizfolioj, kiujn li elŝiris – kaj sur kiuj nun kuŝis Suzana – estis maizfolioj de la agro antaŭpagita de li la antaŭan tagon. Sur la vizaĝo de Johann Moritz ekfluis du larmogutoj, kiuj miksiĝis kun la ŝvitovicoj fluantaj de sur lia frunto. Poste la larmoj falis sur la grundon de la agro, kiu – nun Johann Moritz sciis – neniam estos lia, ĉar li ne foriros al Usono por reveni kun mono per kiu li elpagu ĝin.

9

De sur la parcelo de Nicolae Porfir videblis la tuta vilaĝo Fântâna. Johann Moritz rigardis la blankajn domojn, laŭvice, de unu finaĵo de la vilaĝo al la alia. Poste li rigardis la virinon kiu kuŝis sur maizfolioj, ĉe liaj piedoj. Rerigardante la domojn en la vilaĝo, li demandis sin, kie li povos ŝirmi ŝin. Li rezignis la foriron al Usono. Li rezignis la grundon antaŭpagitan en la antaŭa tago. Ĉio ĉi ĉar la virino kiun li amis, bezonis lian helpon. Li ne povis lasi ŝin sola. Sed tio ne sufiĉis. Li bezonis ŝirmejon por ŝi. El ĉiuj domoj kiujn li rigardis atente, nur en du li povas iri: aŭ la propran aŭ tiun de la popo Alexandru Korugă. La aliaj vilaĝanoj ne donus al li ŝirmilon, li sciis tion. Ili timas Iorgu'n Iordan. Ĉiuj timas la giganton. Ĉe liaj gepatroj ne estas spaco por Suzana. Ili havas nur unu ĉambron. Al la popo Korugă li ne povas iri kun virino kun kiu li ne estas edziĝinta. Li ankaŭ ne volus krei embarason por la popo: Iorgu Iordan venus kun pafilo enmane por peti klarigojn kial li gastigas Suzana'n. Moritz ne volis ke tio okazu. Sed ankaŭ lasi Suzana'n sur la kampo li ne povis.

Post momento da pensado, li reprenis Suzana'n enbrake kaj ekis kun ŝi al la vilaĝo. La virino estis pala. "Ŝi malsaniĝis pro timo", pensis li. Jen kaj jen li aŭskultis ŝian koron: ĝi batis malforte. Moritz rapidis atingi la vilaĝon.

10

Kiam li alvenis antaŭ sian domon, la suno estis jam leviĝinta. Johann Moritz sidigis Suzana'n sur la portikon, apogis ŝin kontraŭ la muron kaj rigardis la sunleviĝon. Ĝuste nun, rande de la vilaĝo, lin atendis Ghiţă Ion, por ke ili foriru al Usono. Li grincigis la dentojn por rekolekti la volon, poste turnis la dorson al la sunleviĝo kaj eniris la domon de la gepatroj. Li volis peti ke ili akceptu Suzana'n ĉe si. Aristiţa, la patrino de Johann Moritz, estis ĉagreniĝema virino. Li prefere parolus kun la patro. Sed kiam li transpaŝis la sojlon, Aristiţa levis la kapon de sur la kuseno.

– Ĉu vi volas preni vian vojaĝsakon? – ŝi demandis. – Ĝi estas apud la pordo!

Moritz ne respondis.

– Kial vi staras meze de la ĉambro kiel fantomo? – demandis la maljunulino. – Kisu la vangon de via patrino, ĝisu vian patron kaj forrapidu! Ne malŝparu la monon tie, portu ĝin hejmen!

– Mi ne iros al Usono, – respondis Johann Moritz.

– Ĉu?

La maljunulino ellitiĝis.

– Ne!

– Ĉu ankaŭ Ghiţă ne?

– Li ja foriras! – respondis Moritz.

Aristiţa sentis ke io okazis. Ŝi komencis vestiĝi, tirante la robon super la kapon.

– Kial vi ne foriras? Ĉu iu ŝtelis vian vojaĝmonon?

– Ne!

– Ĉu vi disputis kun Ghiţă?

– Ne, ni ne disputis.

– Sed, tiam, kio okazis?

Aristiţa estis nun meze de la ĉambro, kolera.

– Okazis nenio, – respondis li. – Mi volas edziĝi! Tial mi ne foriros al Usono.

La voĉo de Moritz tremis. Li ne sciis kiel klarigi.

Aristiţa kaptis lin je la ŝultroj, per torditaj fingroj. Ŝi skuis lin.

– Mi volas paroli kun la patro, – li diris. – Mi ne parolas kun vi.

– Kun mi vi parolu, – ŝi kriis. – Mi vin faris, el miaj karno kaj sango! Ne via patro faris vin!

– Trankviliĝu, virino! – ekparolis la maljunulo.

Li levis la kapon el la kuŝloko kaj estis paciga. Aristiţa ne aŭskultis lin; ŝi frapis permanee sian ventron.

– El mia interno vi suĉis! Mian lakton vi suĉis, perfidulo! Kaj rekompence vi diras ke vi ne parolos kun mi?

– Mi parolos ankaŭ kun vi, – respondis Moritz.

Lia patrino ploris. Li volis konsoli ŝin:

– Mi parolas nur kun vi, sed estu trankvila, mi petas!

La maljunulino eksidis sur la randon de la lito, kun la vizaĝo inter la manoj. Ŝia patrina fiero estis vundita. Sed eĉ la doloro ne povis silentigi ŝin; en nenia vivcirkonstanco ŝi povis silenti.

– Kun kiu vi volas edziĝi? – ŝi demandis.

– Mi tuj diros, – respondis Moritz. – Sed nur se vi restas trankvila!

– Unue diru kun kiu vi volas edziĝi! Mi estas via patrino kaj devas scii!

– Nu, Ion, diru al ŝi kun kiu vi volas edziĝi, por ke via patrino trankviliĝu.

La maljunulo rimarkis ke Aristiţa eksplodos en novan atakon de kolero.

Johann Moritz estis konvinkita ke la nomo de la knabino ne kvietigos lian patrinon. Male, ĝi kolerigos ŝin eĉ pli.

– Mi edziĝos kun la filino de Iorgu Iordan, – li diris. – Kun Suzana!

Aristiţa saltis de sur la lito, alsturmante lin kiel leonino. Ne por disŝiri, sed por brakumi lin.

– Nun mi komprenas kial vi ne iros al Usono, – ŝi diris longe kisante lin sur la okulojn, sur la frunton, sur la vangojn. – Vi ne estas stultulo iri al Usono por labori tie kiel servutulo kaj reveni elĉerpita kaj malsana nur por kelkdek mil leoj. Vi ja obeis la konsilon, kiun mi ĉiam donis al vi, nome edziĝi kun riĉa knabino!

La okuloj de Aristiţa brilis pro feliĉo.

– Ekde nun ankaŭ mi vivos bone! Mi havos velurajn robojn! Mi havos kaleŝon! Mi transloĝiĝos en la domon de viaj bogepatroj. Estas mia rajto! La rajto de Aristiţa! Ĉar mi faris Ion'on tiel bela kaj saĝa, ke enamiĝis en li kaj edzigos lin la plej riĉa knabino en la vilaĝo; knabino kun domo, kun ŝtona kelo, kun multe da grundo, kun ĉevaloj kaj kaleŝo!

– Silentu, virino! – admonis ŝin la maljunulo.

Sed ankaŭ lia voĉo tremis. La perspektivo de riĉeco emociis ankaŭ lin. Li faris al si cigaredon, sen lasi la kuŝlokon.

– Mi transloĝiĝos en la domon de Iorgu Iordan, – daŭrigis Aristiţa. – Vin mi lasos ĉi tie, – ŝi alparolis la maljunulon. – Mi devas esti flanke de mia filo. Kiu donos konsilojn al la juna edzino, se mi ne estos tie?

– Panjo, mi ankoraŭ ne finis! – diris Moritz.

– Diru ĉion kion vi volas, kara! Panjo aŭskultas vin!

– Promesu ke vi aŭskultos min trankvila!

– Mi faros kion ajn vi petas!

Aristiţa karesis lian vizaĝon.

– Panjo, – daŭrigis Moritz, – mi ediĝas kun Suzana sen la permeso de Iorgu Iordan.

– Gravas ke vi edziĝu kun ŝi, – respondis Aristiţa. – Mi nur iĝu boparencino de Iorgu Iordan, la riĉulo! Al mi apenaŭ gravas, ĉu li volas aŭ ne!

– Lia boparenco vi ja estos, panjo, sed riĉa vi ne estos!

– Kaj kiu ricevos lian havaĵon? – demandis Aristiţa. – Li havas nur Suzana'n. Ŝi ne povas edziniĝi sen doto, dum lia kelo plenas je kruĉoj kun oraj moneroj, kaŝitaj en la grundo. Pri la doto, kara, zorgos mi! Vi ne kompetentas!

– Panjo, mi edziĝos kun Suzana, ne kun ŝia havaĵo! – respondis Moritz.

– Ĉu vi volas diri ke pli karas la knabino ol la havaĵo?

– Jes, panjo!

– Stultaĵoj! Sed mi komprenas vin. Lasu, mi aranĝos la aferojn. Min neniu trompos!

Aristiţa pensis kiel ŝi traktos kun Iorgu Iordan pri la doto kaj kiel ŝi koncedos nenion. Johann Moritz rakontis la pasintnoktan okazaĵon.

Lia patrino eksaltis kaj demandis:

– Ĉu ŝi ne plu volas reveni al sia patro? Neniam?

– Ne, – respondis Johann Moritz. – Iorgu Iordan mortigos ŝin, se ŝi revenos.

– Li ja mortigos ŝin, – aldonis la maljunulo. – Kun Iorgu ne eblas ludi. La knabino pravas. Ŝia patro estas kiel bestio. Kiam kolera, li elprenas la pistolon kaj pafas. Li kolere mortpafis la plej belajn ĉevalojn propramane. Kaj li amis siajn ĉevalojn pli ol la proprajn okulojn. Li pafos la knabinon se ŝi revenos. Nun, post kiam li malkovris ke ŝi fuĝis nokte el la domo…

– Dankon, patro, ke vi komprenas min, – respondis Moritz.

– Se tiel statas la aferoj, kiel mi ne komprenus? – daŭrigis la maljunulo. – Mi konas Iorgu'n.

– Tamen, post kelkaj tagoj, ni povus resendi la knabinon hejmen, – diris Aristiţa. – Mi akompanos ŝin!

– Suzana ne plu revenos hejmen! – respondis Moritz. – Mi ne permesos al ŝi.

– Kaj kion vi volas fari kun ŝi sen la havaĵo! – demandis Aristiţa. – Ĉu malsatmorti pro amo al ŝi? Virinoj troviĝas ĉie; sen la havaĵo neniu edzinigos ŝin. Ankaŭ vi, Ion, ne estas tiel stulta edziĝi kun ŝi sen ŝia havaĵo!

– Mi edziĝos kun ŝi, sen la havaĵo! – respondis li.

– Ĉu vi freneziĝis? Por virino sen doto rezigni ĉion kaj ne foriri al Usono? Ĉio pro nur nura stinkulino?

– Via patrino pravas! – diris la maljunulo. – Tiajn stultaĵojn oni ne faru. Vi ja iros al Usono, kiel planite. Reveninte, vi aĉetos grundon, konstruigos domon kaj edziĝos. Virinoj ja abundas!

– Mi ne iros! – respondis Moritz.

– Ĉu vi supozas ke estas tro malfrue? – demandis la maljunulo. – Ghiţă ankoraŭ atendas vin rande de la vilaĝo. Se vi rapidas, vi trafos lin. La suno apenaŭ ekaltiĝis!

– 40 –

– Ĉu vi vere havas tian koron por postuli ke mi forlasu la knabinon por foriri al Usono?

– Kie estas la knabino? – demandis Aristița.

– Antaŭ la pordo, – respondis Moritz.

La gemaljunuloj grimacis pro surprizo. Aristița ekstaris por vidi Suzana'n. Moritz stariĝis en la pordo por malpermesi al ŝi eliri el la ĉambro.

– Panjo, mi petas vin, akceptu Suzana'n ĉe ni por kelkaj tagoj, ĝis ni trovos por ŝi ŝirmejon. Nun ŝi estas via filino.

– Ĉu vi volas ke ŝi vivu kun ni?

Aristița koleris.

– Ĉu vi volas ke Iorgu Iordanu pafu min kaj vian patron?

– Ĉu vi ne vidas ke eĉ por ni ne sufiĉas la spaco en la domo? – demandis la maljunulo. – Kie ŝi dormu? Ne, Ion, ne eblas!

– Ĉu, eble, vi volas ke ŝi ankaŭ manĝu ĉe ni? – demandis Aristița. – Ĉu vi volas ke ni seniĝu je la propra manĝo por manĝigi ŝin?

Johann Moritz ekrigardis planken. Li ja antaŭvidis kontraŭstaron flanke de sia patrino, sed li ne imagis ke ankaŭ la patro estos kontraŭ li.

– Tiam Suzana restos ĉi tie ĝis la vespero, – diris li. – Mi ne scias kien porti ŝin nun. Vespere ni iros al la urbo kaj mi serĉos laboron tie. Ŝi estas malsana pro la pasintnokta timego. Se ŝi ne dormas iom, ŝi ne povos marŝi ĝis la urbo.

– Hodiaŭ ni havas nenion por manĝi, – respondis la maljunulino. – Se vi volas ke ŝi estu malsata, ŝi restu!

– Mi portos manĝaĵon, – diris Moritz. – Ŝi restos nur por ripozi. Eĉ stari ŝi ne kapablas.

– Via patro malsanas kaj devas resti la tutan tagon en la lito! – diris Aristița. – Kie vi volas ke ŝi kuŝu? Ĉu en la lito kun la patro?

– Se ne estas spaco en la domo, tiam ŝi dormos ekstere, sur la pajlo, kie ankaŭ mi dormas, – respondis Moritz.

– Tio ja eblas, – diris Aristița. – Sed mi havas nenion por manĝi!

Johann Moritz aliris la pordon. Ĉe la sojlo li haltis kaj alparolis la maljunulon, kiu estis pretiganta cigaredon:

– Patro, mi havas peton, – li diris. – Dum tiuj kelkaj horoj kiam la knabino restos kun vi, mi petas vin bele konduti al ŝi. Ŝi jam estas sufiĉe ĉagrenita!

– Ĉu vi, senhontulo, kuraĝas instrui vian patron kaj vian patrinon kiel konduti? – ekkriis Aristiţa. – Ekde kiam ovo pli saĝas ol kokino? Anstataŭ foriri al Usono kaj aranĝi vian vivon, vi alportas al ni virinon kaj volas ke ni, gemaljunuloj, manĝigu ŝin! Kaj nun vi eĉ donas al ni konsilojn kiel konduti!

Aristiţa kliniĝis por preni lignopecon por frapi Moritz'on. Li tute ne moviĝis. Se lia patrino frapus lin, li ne kontraŭus. Li jam estis kutimiĝinta al batoj kaj skoldoj. Lia tuta infanaĝo estis nur senfina vico de batoj kaj skoldoj.

– Vi bele kondutos kun ŝi, ĉu ne? – demandis li ridete. – Mi revenos baldaŭ. Mi iras en la vilaĝon por alporti ion por manĝi.

Poste li eliris el la ĉambro. Suzana sidis antaŭ la domo, senmove, tie kie lasis ŝin Moritz. Li metis la manon sur ŝian kapon kaj karesis ŝin.

– Mi iras en la vilaĝon. Mi revenos post kelkaj minutoj, – li diris. – Ĉu vi volas ripozi iom? Kiam vi leviĝos, ni manĝos kaj iros al la urbo.

– Ĉu ni ne restos ĉi tie? – demandis ŝi terurite de la penso pri la vojaĝo.

– Ne. Nun venu kun mi!

Li levis ŝin je la akseloj kaj portis malantaŭ la domon, kie estis pajlaro. Li helpis ŝin kuŝiĝi kaj kovris ŝiajn genuojn per la robo.

– Nun dormu! – diris li. – Se vi ne ripozas, vi ne povos marŝi. Ĝis la urbo estas 20 kilometroj!

Suzana ridetis dankeme, ĉar li donis al ŝi la eblon kuŝi sur molaĵo kaj resti sola. Ŝia kapo brulis pro febro, ŝiaj oreloj siblis. Ŝi apenaŭ komprenis liajn vortojn.

– Se mia patrino venas kaj volas disputi kun vi, ŝajnigu ke vi ne komprenas! Ŝi ne estas en bona humoro.

Johann Moritz foriris. Atinginte la ŝoseon li retrorigardis kaj ridetis al ŝi. Sed ŝiaj okuloj estis fermitaj.

II

Aristiţa eliris el la ĉambro tuj post la foriro de sia filo. Kun la manoj sur la lumbo, ŝi longe rigardis la korpon de la virino kuŝanta sur la pajlo. Suzana malfermis la okulojn. Ŝi rigardis ŝian pintan, aglecan nazon, la sulkitajn vangojn olivkolorajn, kaj refermis la okulojn, timigite.

– Mi estas la patrino de Ion, – diris la maljunulino.

Suzana faris per la kapo geston de respondo kaj saluto. Poste ŝi tiris malsupren la bluan robon, kiel eble plej multe, kovrante la genuojn, ĉar la maljunulino rigardis ŝiajn krurojn kaj gluteojn, kvazaŭ ŝi trovus ŝin nuda.

– Vi volas edziniĝi, ĉu ne? – demandis la maljunulino ridaĉante.

– Jes, – respondis Suzana.

– Mi ja kredas ke vi volas edziniĝi, – daŭrigis Aristiţa. – Vi grandas kiel ĉevalino.

Suzana kaŝis la vizaĝon en la pajlo. La maljunulino proksimiĝis al ŝi kaj kriis ĉe ŝiaj oreloj:

– Sed vi, belulinaĉo, ne trovis la stultulon, kiu edzinigu vin. Sen doto neniu faros tion. Se vi kuŝis kun li, tio estas via afero. Sed li ne edzinigos vin.

Suzana stariĝis sur la kubutoj. Ŝi emis foriri. Sed Aristiţa estis super ŝi.

– Ĉu Iani foriris? – demandis Suzana.

Ŝi demandis time, nur por ŝanĝi la temon.

– Kiu Iani? – demandis Aristiţa surprizite. – Neniu ĉi tie nomiĝas Iani.

Suzana rigardis la maljunulinon konsternite. Ŝi ne sciis kion fari.

– Pri kiu Iani vi parolas? – refoje demandis la maljunulino. – Aŭ, ĉu vi freneziĝis kaj kredas vin aliloke?

– Pri Iani, via filo, – murmuris Suzana duonbuŝe.

– Mia filo nomiĝas Ion! – respondis la maljunulino malmilde. – Tiel mi nomis lin kaj neniu havas la rajton ŝanĝi la nomon kiun mi donis al li. Ĉu vi komprenas?

Suzana rigardis la minacan pugnon de Aristiţa.

– Mi komprenis, – diris ŝi.

Ŝi memoris la konsilon de Moritz esti paciga, kaj aldonis:

– Ion aŭ Iani estas la sama nomo. Tiel mi pensis.

Ŝia ekskuzo incitis eĉ pli la maljunulinon:

– Ĉu vi volas instrui al mi kiel nomiĝas mia filo? Mi rompos vian kapon per ŝtono, se vi aŭdacas! Senhontulino, putino!

– Mi ne volis ĉagreni vin! – diris Suzana.

Sed la manoj de la maljunulino kaptis ŝin je la ŝultroj kaj komencis skui ŝin. Ŝi kriis. De malantaŭ la domangulo aperis la maljuna Moritz, vestite nur per ĉemizo. Li ellitiĝis, altirate de la krioj. Li havis cigaredon inter la lipoj. Aristiţa liberigis la knabinon kaj, nigra je kolero, turnis sin al la maljunulo:

– Ĉu vi povas imagi pli grandan senhontaĵon? Ĉi stinkulino diras al mi ke mi ne scias kiel nomiĝas nia filo! Ŝi frenezigas min!

Aristiţa prenis ŝtonon.

– Mi frakasos al ŝi la kapon kiel al serpento! – kriis ŝi kun la ŝtono enmane. – Mi tuj rompos al ŝi la kapon.

La maljunulo kaptis ŝin je la brako.

– Trankviliĝu, virino! – diris li, puŝante ŝin al la pordo.

Poste li proksimiĝis al Suzana. Li prenis ŝian manon kaj rigardis ŝin kompate.

– Ne ploru plu! Ne indas plori!

– Kie estas Iani? – demandis Suzana.

– Li revenos baldaŭ. Trankviliĝu!

Suzana sentis sin ŝirmata. La mano de la maljunulo estis granda kaj aspra.

– Knabino, mi donos al vi konsilon, kiun estus bone se vi sekvus. Revenu hejmen, al viaj gepatroj!

Ŝi ploris.

– Ĉi tie vi ne povas resti, – daŭrigis la maljunulo. – Se vi restas ĉi tie, Aristiţa aŭ strangolos vin aŭ rompos al vi la kapon per ŝtono. Tiel ja okazos… Estus bedaŭro se okazus sangoverŝado. Kiam Ion vidos, li mortigos sian patrinon. Kaj tio estas granda peko! Ĉu vi aŭdas min?

– Mi ja aŭdas!

La lipoj de Suzanas respondis kvazaŭ sen moviĝo.

– Mi konsilas vin stariĝi kaj foriri. Foriru antaŭ ol Ion revenos el la vilaĝo. Eku tra la maizkampo kaj iru al viaj gepatroj! Kiam Ion revenos, mi diros al li ke vi iris laŭ la ŝoseo, kaj li ne retrovos vin. Poste vi ambaŭ forgesos. Vi estas junaj, la juneco rapide forgesas. Ek, stariĝu kaj foriru!

Suzana sidis kun la vizaĝo malsupren. Ŝiaj oreloj estis kovritaj. Ŝi aŭdis nenion el tio, kion la maljunulo diris.

– Ĉu vi ne volas foriri? – demandis la maljunulo.

Li ekvolis ŝin preni enbrake kaj porti hejmen. Li pensis, tamen, ke Ion ne pardonos lin. Li stariĝis.

– Se okazos murdo, – diris li, – nur vi kulpos, ĉar vi ne obeas min. Mi faris mian taskon kaj diris al vi.

Suzana restis sola. La maljunulo eniris en la domon. Johann Moritz revenis el la vilaĝo kun poto da lakto kaj ekboligis ĝin.

– Al ni vi neniam portis lakton, – diris Aristiţa. – Al la putino en la korto vi ja donas lakton! Vin mi pli bone strangolintus kiam vi estis malgranda, anstataŭ teni ĉesine kaj mamnutri.

Johann Moritz genuis apud la fajrejo kaj rigardis la fajron bruli. Li ŝajnigis ne aŭdi la diraĵojn de la patrino. Aristiţa proksimiĝis al li.

– Foriru tuj el mia domo kune kun ŝi! – diris ŝi. – Forportu ŝin de ĉi tie, se ne, mi mortigos ŝin! Se vi ne forigas ŝin el antaŭ miaj okuloj, mi strangolos ŝin per ĉi tiuj fingroj. Ĉu vi vidas ilin?

– Post kiam ŝi trinkas la lakton, ni foriros! – respondis Moritz.

Li ne rigardis la manojn de la patrino, kiuj montris kiel ili strangolos Suzana'n.

– Ni iras al la urbo kaj vi neniam plu revidos ŝin!

– Kaj, ĉu la grafino ne povas iri sen trinki lakton? – demandis Aristiţa. – Via patrino povas elteni sen trinki lakton matene! Ŝi ne!

Moritz prenis la poton de sur la fajro. La lakto ankoraŭ ne bolis, sed ĝi ja estis varma. Li eliris el la ĉambro sen rigardi la gemaljunulojn. Suzana saltetis aŭdante paŝojn direktiĝantajn al ŝi.

– Estas mi, – diris Moritz. – Mi portis al vi varman lakton.

Li proponis al ŝi la poton.

– Mi ne volas lakton, – balbutis ŝi.

– Nur iomete!

Suzana prenis la tason. Johann Moritz eniris en la domon por preni sian sakon. La sakon kiun li preparis por la foriro al Usono.

– Ĉu vi foriras kun ŝi? – demandis Aristiţa.

– Mi ja! – respondis li.

– Bone!

Aristiţa grincigis la dentojn.

Dum Moritz elprenis siajn aĵojn el sub la lito, Aristiţa eliris en la korton. Suzana vidis ŝin veni al ŝi kaj ŝtoniĝis kun la taso en la mano.

– Stariĝu dum vi ankoraŭ povas marŝi! – diris Aristiţa. – Mi frakasos al vi la ostojn, putino!

Antaŭ ol fini la frazon, per la maldekstra mano ŝi kaptis Suzana'n je la hararo kaj per la dekstra komencis frapi ŝin. Suzana ekkriis. Supozante aŭdi la kriojn de Iolanda, Johann Moritz eliris en la korton.

– Patrino, kion vi faras? – kridemandis li.

La maljunulino turnis la kapon kaj trafulmis lin per rigardo. Ŝi frapis Suzana'n unu plian fojon, sen rigardi ŝin. Poste ŝi kuris en la maizkampon.

La vizaĝo de Suzana estis plena je sango. Ŝiaj lipoj kaj okuloj estis ŝvelintaj. La laktopoto rompiĝis sur ŝiaj kruroj kaj la rompaĵoj vundis ŝin ambaŭmane. Ruĝaj sangogutoj miksiĝis kun la lakto, en grandajn makulojn, sur la blua jupo. Johann Moritz prenis ŝin en la brakoj.

Li ekiris. Antaŭ la pordo li haltis por preni sian sakon. Poste li forlasis la korton, kun la sako sur la dorso kaj la virino en la brakoj. Li marŝis ŝancelpaŝe. Sed la pezaĵoj sur la dorso kaj en la brakoj estis troaj por ke li marŝu kun la frunto supren. Li marŝis rigardante malsupren.

12

Kiam tagiĝis Iorgu Iordan donis al la ĉevaloj akvon kaj avenon. Li karesis ĉiun sur la kapo kaj la nukhararo. Li havis ok ĉevalojn. Kvar el ili li neniam jungis, sed tenis nur por rajdado kaj pro ilia beleco. Ili estis nigraj, arabsangaj, kun kruroj maldikaj kaj nervozaj. Tiuj ĉi estis liaj amikoj. Iorgu Iordan rakontis al la ĉevaloj la okazaĵon kun Suzana. Al la ĉevaloj li diris ĉion kio premis lin. La homojn li ne fidis. La ĉevaloj rigardis lin per okuloj brilaj kiel speguloj.

– Nun mia edzino kuŝas, kun la ostoj frakasitaj, sur la planko, en la domo! – diris li.

La ĉevaloj ne palpebrumis. Iorgu Iordan prenis ilian rigardon kiel riproĉon:

– Nu, se vi tion diras, mi portos ŝin al la hospitalo!

Duonan horon poste li eliris el la vilaĝo en la kaleŝo direkte al la urbo. Iolanda estis volvita en mantelo. Ŝi kuŝis, inter kusenoj, kun la rigardo supren. Al la hospitalo ili alvenis tro frue. Neniu kuracisto estis alveninta jam.

Li atendis en la kaleŝo, ĉe la pordego de la hospitalo, ĝis la oka horo. Dume li parolis al la ĉevaloj. Kun la edzino li interŝanĝis eĉ ne unu vorton. Eĉ rigardon li ne ĵetis al ŝi. Je la oka li stiris la kaleŝon al la ŝtuparo, prenis Iolanda'n en la brakoj tia, kia ŝi estis, volvita, kune kun la kusenoj sur kiuj ŝi kuŝis – liaj brakoj estis laŭ lia staturo – kaj portis ŝin al la konsultoĉambro. Ili estis la unuaj vokitaj por kontrolo. La kuracisto rigardis la virinon kun ŝvelinta kapo, kovritan de sango, dum la flegistino elprenis la mantelon. Iolanda restis kuŝa, nur en noktoĉemizo, kiu, plene kovrita de sango, gluiĝis al ŝia haŭto. La malsanulino eligis neniun vorton.

– Kiu batis ŝin? – demandis la kuracisto.

– Tio ne koncernas vin! – respondis Iorgu Iordan. – Via tasko estas sanigi ŝin! Tial vi estas kuracisto kaj tial mi portis ŝin ĉi tien, en la hospitalon!

Post tiuj ĉi vortoj, Iorgu Iordan rifuzis doni pliajn klarigojn. La kuracisto esploris Iolanda'n kaj portis ŝin al la operaciĉambro. Ŝi bezonis operacion senprokraste.

– Mi revenas hejmen kaj lasas vin plenumi vian metion, – diris Iorgu Iordan.

Li surmetis la ĉapelon kaj aliris la pordon.

– Mi pagos tiom kiom necesas! Mi povas eĉ antaŭpagi, se vi havas la tempon fari la kalkulon antaŭ la operacio; aŭ mi povas lasi partan antaŭpagon!

Li enpoŝigis la manon por elpreni la monujon.

– Ankoraŭ vi ne povas foriri! – diris la kuracisto. – Vi devas atendi iom!

– Kial atendi? – demandis Iorgu Iordan.

Li ne ŝatis ricevi ordonojn. Li volis foriri kiel eble plej tuj: la odoro de medikamentoj sufokis lin. Li ankaŭ sentis kompaton. "Post kiam mi frakasis ŝin perpiede, nun la kuracistoj tranĉos ŝin!" pensis li. Li kompatis ŝin. Sed li ne volis elmontri tion. Tion, tute ne. Li bezonis aeron. Li bezonis enspiri freŝan aeron en la fundon de la pulmoj...

Post horkvarono aperis prokuroro, akompanata de ĝendarmo. Li alvokis Iorgu'n Iordan en la hospitalan kancelarion kaj pridemandis lin. Li demandis pri la nomo, loĝadreso, aĝo kaj ĉu li estas tiu kiu batis la virinon. Iorgu Iordan respondis moroze ĉiujn demandojn. Lia rigardo estis vitreca. Kaj sama ĝi estis kiam la prokuroro informis lin ke li arestas lin pro violento. Nur kiam la ĝendarmo metis la manon sur lian ŝultron por elporti lin el la ĉambro, Iorgu Iordan paliĝis.

– Ĉu vi portas min al malliberejo? – li demandis.

– Jes, ja!

– Kaj al miaj ĉevaloj, la ĉevaloj jungitaj ĉe la kaleŝo antaŭ la hospitalo, kio okazos?

La prokuroro rigardis la ĝendarmon.

– Ĉu vi havas neniun, kiu povus prizorgi ilin?

– Neniun! – respondis Iorgu Iordan.

– Ni transdonu ilin al la fajrobrigadistoj! – diris la ĝendarmo. – Ili havas aliajn ĉevalojn. En la malliberejo ni ne havas lokon por ili.

La prokuroro dankis per rideto la ĝendarmon, ĉar tiu ĉi savis lin el embaraso. Li tute ne scius kion fari kun la ĉevaloj de la arestito. Poste li foriris. La prokuroro nomiĝas George Damian kaj venis en la urbon antaŭ nur kelkaj tagoj. Tiu ĉi estas lia unua posteno.

Tagmeze, pretiĝante por lunĉo, la prokuroro ricevis la informon ke Iorgu Iordan provis sinmortigi ĵetante sin kun la kapo kontraŭ la betonon de la ĉelo. La raporto de la malliberejestro tekstas:

La arestito deklaris en la hospitalo ke li provis ĉesigi sian vivon, ĉar li ne povas elteni la penson ke, hejme, la kvar purrasaj ĉevaloj, kiujn li posedas, soifas kaj malsatas. Ŝajnas ke la sinmortig-provinto estas pasia ĉevalŝatanto. Lia sanstato estas serioza.

Alia noto, veninta kune kun la ĉi-supra, anoncis ke Iolanda Iordan mortis en la hospitalo. La prokuroro George Damian sentis en la buŝo amaran guston de cindro. Ĉe la restoracio li longe lavis la manojn, kun multe da akvo kaj sapo. "La leĝo", pensis li, "punos Iorgu'n Iordan per kelkaj jaroj da malliberejo, pro liaj mortigaj batoj kontraŭ la edzino. Sed ĉi tiuj batoj kaj la fakto ke li ŝatas la ĉevalojn pli ol la homojn ne estas liaj ĉefaj pekoj; ili estas nur la efikoj de certa mensostato. La peko de Iorgu Iordan estas la barbareco. Kiel ĉiu barbaro li subtaksas la homon ĝis nuligo. Sed pro ĉi tiu peko – el kiu nature devenas ĉiuj aliaj – li ne estos punita de la leĝo. La barbareco ne estas kontraŭleĝa sinteno, escepte de kelkaj kazoj."

13

Marŝinte kelkajn kilometrojn, Suzana sidiĝis rande de la vojo. Ŝi estis mortlaca. Ŝia korpo brulis pro febro.

– Iani, mi ne plu povas marŝi! – diris ŝi, ekkuŝante en la herbo.

Ili estis meze de la vojo inter Fântâna kaj la urbo. Li lasis ŝin dormi, atendante ĉaron por porti ŝin al la urbo. Sed nur rajdantoj kaj piedirantoj preterpasis ilin. Ĉirkaŭ je la kvina posttagmeze ekpluvis. Johann Moritz turnis la rigardon al la ĉielo. La malvarma pluvo falis sur lian vizaĝon. Li pensis: "Se hieraŭ vespere pluvus, mi ne irintus renkonti Suzana'n. Nun ŝi estus hejme, kaj mi enŝipe, en Constanța. Sed la aferoj ne okazas laŭ la volo de la homo, sed laŭ la volo de Dio!"

La pluvo ne ĉesis ĝis la vespero. Kiam eknoktiĝis, Johann Moritz decidis entrepreni ion.

– Mi iras en la vilaĝon por trovi ĉaron! – diris li.

Antaŭ ol ekiri li rigardis kompate Suzana'n, kiu kuŝis sub folikovraĵo. Ŝiaj blua robo kaj hararo estis malsekaj. Ŝi tremis. Ŝiaj dentoj kunfrapiĝis pro malvarmo.

– Laŭ via plaĉo, Iani.

– Ĉu vi ne timos sola? – demandis li.

– Se vi revenos, mi ne timos.

Li kisis ŝin kaj ekiris. Kiam li alvenis en Fântâna, estis plene mallume. La vilaĝanoj jam enlitiĝis. Li iris de domo al domo, sen trovi iun ajn por helpi lin. Ĉiuj demandis, kiu estas la virino. Aŭdinte ke temas pri la filino de Iorgu Iordan, ili ekskuzis sin ke ili ne havas spacon. Ili timis. Preskaŭ je la noktomezo Johann Moritz eniris en la korton de la popo Korugă. En la biblioteko estis lumo. Antaŭ la ŝtuparo estis granda, nigra aŭto. En la mallumo ĝi brilis, sub la pluvo, kiel spegulo. El la domo aŭdiĝis fremdaj voĉoj. "La popo havas gastojn", pensis Moritz preta foriri. „Ne decas ĝeni lin ĝuste nun!"

La pluvo falis torente sur la tegmenton de la domo. Moritz aŭskultis dum momento. Li memoris ke Suzana estas tute sola en la kampo, kaj li frapis, malforte, sur la fenestron.

14

– Vi venis ĝuste kiam mi plej bezonis vin! – diris la popo Korugă helpante sian filon Traian preni la valizojn el la kofrujo de la aŭto haltigita ĉe la portiko, kun la granda kaj brila fronto eniĝinta en la foliaron de la vito kaj grimprozoj. Pluvegis.

– Ĉu vi ne estas sola? – miris la popo.

Alia junulo elaŭtiĝis.

– Jen George Damian, – klarigis Traian, – universitata kolego kaj tre bona amiko. Mi renkontis lin ĉi-posttagmeze en la urbo; li estas la nova prokuroro en nia distrikto.

La popo pardonpetis ke li ne estas taŭge vestita por akcepti gastojn, poste akompanis la junulojn en la salonon. Li lasis ilin solaj. La prokuroro rigardis la kukolhorloĝon, la orientajn tapiŝojn sur la muroj kaj la bretojn kun libroj, kiuj estis ĉie.

— 50 —

– Mi scias kion vi pensas, – diris Traian ridante. – Vi demandas vin, kiel eblas ke moderna romanverkisto, kiu prikantas la aŭton, aviadilon, drinkejon kaj elektron, povis naskiĝi kaj infani en domo en kiu nenio ŝajnas estis ŝanĝiĝinta dum jarcento. Ĉu ne?

La prokuroro ruĝiĝis:

– Ĝuste pri tio mi pensis.

La popo Korugă eniris la ĉambron. Liaj manoj, kun longaj, velkintaj fingroj, ekbruligis la gaslampon kaj solene starigis ĝin meze de la tablo.

Traian malfermis ledan valizon kaj prenis el ĝi pakaĵojn bele volvitajn. Li metis ilin sur la tablon. Poste li senkorkigis vinbotelon kaj alvokis la patrinon. Kiam aperis la popedzino, Traian plenigis la glasojn kaj prenis el oreca volvaĵo du librojn ledbinditajn.

– Jen mia plej freŝa romano! La oka! Kiel kutime, mi portis al vi du, patro kaj patrino, la unuajn du ekzemplerojn elirintajn el la presejo kaj tostas kun vi per la sama vino de Capşa[11], el kiu ni trinkis ankaŭ ĉe la apero de la aliaj sep libroj. Ĉu vi memoras, kiel feliĉa mi estis kiam mi venis hejmen kun mia unua romano?

La popo Korugă enmanigis la libron de sia filo kvazaŭ li prenus sanktan libron ĉe la altaro. La popedzino ĝin prenis fingropinte kaj metis sur la randon de la tablo.

– Mi havas grasmakulitajn vestaĵojn, – diris ŝi, – kaj ne volas makuli la libron de Traian!

– La tria ekzemplero estas por vi, George!

La popo kisis Traian'on sur la frunto. La prokuroro manpremis. La patrino kisis lin sur la vango, flustrante al lia orelo – sufiĉe laŭte por ke ĉiuj aŭdu:

– La aliajn mi ankoraŭ ne legis; pardonu min, Traian! Via patro rakontis ilin al mi. Ĉi tiun mi legos propraokule. Mi ne volas morti antaŭ ol legi libron verkitan de mia filo!

Traian estis kortuŝita. Li glastintigis kun ĉiu.

– Mi devas iri al la kuirejo, – ekskuzis sin la popedzino.

– Restu momenton, panjo! – diris Traian. – Mi venis kun plia celo. Same grava kiel la libro!

---

11 Fama kafejo en la centro de Bukareŝto.

Traian Korugă elpoŝigis koverton kaj enmanigis ĝin al la patro.

– Jen estas mia tantiemo por la unua eldono de ĉi tiu romano. Per ĝi mi deziras aĉeti terenon por domo ĉi tie, en Fântâna; se eblas, apud vi. Mi volas konstruigi domon en kiun mi transloĝiĝu por vivi ĝis la vivofino!

La popo prenis la koverton kaj metis ĝin sur la tablon ridetante. La popedzino viŝis al si la okulojn per la basko de la antaŭtuko kaj diris:

– Mi scias ke vi diras tion nur por plezurigi nin! Vi neniam povas vivi en Fântâna pli ol tri tagojn. Ĉiufoje vi promesas ke vi restos tutan monaton, kaj post du-tri tagoj vi enaŭtiĝas kaj foriras. Poste dum monatoj mi ne plu vidas vin...

– Nun mi konstruigos domon ĉi tie! – respondis Traian.

– Eĉ se vi konstruigos al vi domon, vi ne restos en ĝi! – diris la popedzino. – Vi ne havas la paciencon resti en unu loko. Mi ja scias: trankvilo erodas vin!

– Nu, neniu kredas min! Mi vidas ke vi ne kredas. Sed, se mi daŭre vivos, post du jaroj mi invitos vin en mian domon en Fântâna. Tiam vi kredos min! Pli mi ne diros nun.

15

Post la vespermanĝo la popo demandis Traian'on pri liaj literaturaj projektoj. Tiu ĉi hezitis respondi, sed poste diris:

– Mia sekva romano estos reala historio. Nur la tekniko estos romana. La roluloj ekzistos en la realo. Ili estos videblaj, intervjueblaj de la legantoj kaj saluteblaj sur la strato. Foje mi eĉ pensas aldoni iliajn adresojn kaj, eventuale, telefonnumerojn...

– Kaj kiuj estas tiuj personoj al kiuj vi volas fari reklamon! – demandis ridete la prokuroro.

– Ĉiuj miaj roluloj estas homoj surteraj! – respondis Traian. – Sed, ĉar eĉ Homero ne povus verki romanon kun du miliardoj da herooj, mi prenos minimuman nombron da roluloj. Probable dek – pli ne necesos. Sed ili travivos la samajn eventojn, spertatajn de ĉiuj.

– Do, ĉu viaj herooj estos elektitaj laŭ sciencaj kriterioj, por ke ili reprezentu la esencon de la homa raso? – demandis la prokuroro.

– Ne, – respondis Traian. – Ili estos hazarde prenitaj. Ne necesas elekti laŭ sciencaj kriterioj. Tio kio okazas al ili, okazos al ĉiuj homoj, kun sensignifaj diferencoj dataj kaj nuancaj. Temas pri eventoj, kiuj evitos neniun homan estaĵon, kaj por montri ilin ne necesas elekti la heroojn. Mi povas preni ilin laŭ la hazardo. El la du miliardoj mi prenos dek, kiujn mi konas pli bone. Mi prenos familion, precipe, mian familion. Patron, patrinon, min, vin, la servutulon en la korto de mia patro, unu aŭ du el niaj geamikoj kaj kelkajn najbarojn.

La popo Korugă ridetis kaj plenigis la glasojn per vino.

– Mi notos ĉion kio okazos al tiuj rolantoj laŭ la jaroj, – daŭrigis Traian. – Mi kredas ke estos eksterordinaraj aferoj. Al ĉiu homo sur la tero okazos, en la sekvaj jaroj, aferoj eksterordinaraj, kiaj neniam okazis en la historio.

– Se temas pri tragedioj, mi esperas ke ili okazos nur en via romano! – diris la prokuroro.

– La tragedioj okazos unue en la realo kaj nur poste en mia romano, – aldonis Traian.

– Do, ankaŭ mi travivos tragediojn? – demandis la prokuroro.

– Vi scias ke mia vivo ne interesus romanlegantojn. Mi ne estas aventurema!

– Plejparto de la homoj ne estas aventurema, kara George! Tamen ili devos travivi dramecajn aventurojn, kiujn eĉ la aŭtoroj de sensaciaj romanoj ne kuraĝus imagi!

– Kaj kio okazos al ni? – demandis la prokuroro ironie.

– Ne estu ironia, George! – respondis Traian. – Mi sentas ke ĉirkaŭ ni okazis grava evento. Mi ne scias kiam ĝi komenciĝis, kie ĝi okazis unue kaj ankaŭ kiom longe ĝi daŭros. Sed mi sentas ĝin. Ĝi kaptis nin en sia kirliĝado kaj disŝiros nin, eltirante nian karnon, frakasante ĉiun nian oston. Mi sentas tiun eventon same kiel la musoj sentas la sinkon de ŝipo kaj fuĝas al la bordo. Ni povas fuĝi nenien…

– Kiun eventon vi aludas?

– Nomu ĝin revolucio, se vi volas, – respondis Traian. – Revolucion neimageble grandan, kiun eskapos eĉ ne unu homo. Ĉiuj estos ĝiaj viktimoj.

– Kaj kiam startos tiu revolucio! – demandis la prokuroro, ne taksante seriozaj la dirojn de Traian.

– La revolucio jam komenciĝis, kara George. Ĝi ja ekis, malgraŭ viaj – kaj aliulaj – skeptikeco kaj ironio! Paĉjo, vi, mi, panjo kaj la aliaj ekkonscios iom post iom kaj provos kaŝi nin. Kelkaj jam komencis kaŝi sin, samkiel la sovaĝaj bestoj sentantaj tempeston. Mi volas veni en la ruron. La komunistoj asertas ke la faŝistoj kulpas kaj kredas ke la danĝero forigeblos se ili sukcesos detrui la faŝistojn. La nazioj volas savi sin murdante la hebreojn. Sed ĉio ĉi estas nur la simptomoj de la timego kiun la homoj spertas antaŭ la danĝero, kiu estas sama ĉie. Nur la agitiĝoj de la homoj estas malsamaj.

– Kaj kiu estas la granda danĝero, kiu minacas ĉiujn homojn? – demandis la prokuroro.

– La teknika sklavo! – respondis Traian. – Ankaŭ vi, George, konas ĝin. La teknika sklavo estas la servisto kiu ĉiutage plenumas por ni milojn da servoj. Ĝi puŝas nian aŭton, enŝaltas nian lumon, verŝas al ni akvon kiam ni lavas nin, masaĝas nin, diras al ni amuzaĵojn kiam ni enŝaltas la radion, konstruas ŝoseojn, tratranĉas la montojn...

– Mi ja supozis ke temas pri poezia metaforo kaj ne pri realaĵo.

– Ne temas pri poezia metaforo, kara George! – respondis Traian. – La teknika sklavo estas realaĵo. Ĝia ekzisto ne estas dubebla.

– Mi ne dubas ĝian ekziston, – diris la prokuroro. – Sed kial mi nomu ĝin "teknika sklavo"? Ĝi estas la mekanika forto, nenio pli!

– La homaj sklavoj, la kolegoj de la teknikaj sklavoj en la nuntempa socio, estis konsiderataj de helenoj kaj romianoj blinda forto, egala al la nevivaĵoj. Ilin oni povis vendi, aĉeti, donaci aŭ mortigi. Ilia sola valoro estis la forto de iliaj muskoj kaj ilia laborkapablo. Ĝuste la samaj kriterioj laŭ kiuj hodiaŭ ni valorigas la teknikan sklavon.

– Tamen, ekzistas grandaj diferencoj, – diris la prokuroro. – Oni ne povas anstataŭigi la homan sklavon per teknika sklavo.

– Tamen jes! – respondis Traian. – La teknika sklavo montriĝis pli ordema kaj malpli kosta ol la homa sklavo. La anstataŭigo de unu per la alia okazis rapidege, komence kun la galeroj. Nun la ŝipoj estas puŝataj surmare ne de sklavoj homaj, sed de tiuj teknikaj. Vespere la riĉulo – kiu povas permesi al si havi sklavojn – ne plu interfrapas la polmojn, kiel faris lia homologo en Ateno aŭ Romo, por alvoki la sklavinojn kun brulantaj kandeloj, sed li premas apudan butonon kaj la teknikaj sklavoj lumigas ĉirkaŭ li. La teknika sklavo pretigas fajron kaj hejtas la apartamenton, varmigas la banakvon, malfermas la fenestrojn, aerumas per ventolilo. Ĝi havas – super sia homa kolego – la avantaĝon esti pli bone dresita, ne aŭdi kaj ne vidi; ĝi aperas nur invitite. Ĝi portas vian amleteron ene de sekundo kaj vian voĉon ĝi portas ĝis la orelo de la amatino. La teknikaj sklavoj estas perfektaj servistoj. Ili faras agrikulturon, militon, policon, politikon, administradon. La teknikaj sklavoj lernis kaj praktikas ĉiujn homajn agadojn. Ili faras la kalkulojn en oficejoj, pentras, kantas, dancas, flugas en la aero, submergiĝas en la akvon. La teknika sklavo servas kiel ekzekutisto de la mortkondamnitoj, kuracas malsanojn en hospitaloj, apud kuracistoj, asistas la popon en la diservo.

Traian Korugă paŭzis kaj trinketis. Ekstere aŭdiĝis la pluvo.

– Mi tuj finos ĉi tiun devojiĝon, – diris li. – Mi mem, por fari al vi konfeson, sentas min ĉiam en kompanio, eĉ kiam oni supozus ke mi estas sola. Mi vidas ĉirkaŭ mi ĉi tiujn teknikajn sklavojn, pretajn en ĉiu momento servi kaj helpi min. Ili ekbruligas mian cigaredon, diras al mi tion kio okazas ĉirkaŭ mi, lumigas mian vojon dum la nokto. Mia vivo disvolviĝas en la sama ritmo kun tiu de ĉi tiuj nevideblaj amikoj. Mi estas en ilia akompano pli ofte ol en tiu de la homoj kaj mi kapablas oferi por ili. Pro tio mi ne povas longe resti en Fântâna, kiel la patrino rimarkis: en Bukareŝto atendas min la teknikaj sklavoj. Ni estas multe pli riĉaj ol la antikvuloj, kiuj havis nur po kelkdek sklavojn. Ni havas centojn, milojn da sklavoj. Nun mi volas demandi vin: kiom da teknikaj sklavoj vi supozas ke aktivas nun sur la tero? Kelkdek miliardoj! Kaj kiom da homoj ekzistas sur la tero?

– Du miliardoj, – respondis la prokuroro.

– Ekzakte! La kvanta supero de la teknikaj sklavoj estas do subiga. Se oni enkalkulas ke ili tenas la referencpunktojn en la organizado de la hodiaŭa socio, la danĝero estas evidenta. Se paroli en armeaj terminoj, la teknikaj sklavoj havas en la manoj la esencajn strategiajn punktojn de nia socio. La armeon, la komunikadrimedojn, la provizadon kaj la industrion, por mencii nur la ĉefajn en la socia ekzistado. La teknikaj sklavoj estas proletaro – se per ĉi tiu vorto oni komprenas grupon kiu kolektiĝas en socio en certa momento, sen esti integrita en tiu socio. La regado estas en la mano de la homoj. Mi ne verkos fantasman romanon. Do mi ne priskribos kiel tiuj ĉi kelkdek miliardoj da teknikaj sklavoj subite ribelas kaj estigas revolucion, sendante homojn en koncentrejojn aŭ malliberejojn, senkapigante ilin eŝafode aŭ ekzekutante ilin sur la elektra seĝo. Tiajn revoluciojn povas fari nur la homaj sklavoj. Mi priskribos realajn eventojn: fakte, ĉi tiuj teknikaj proletoj revolucias, sed ne sur la barikadoj, kiel faris aŭ faras iliaj homaj samuloj. La teknikaj sklavoj havas frakasan majoritaton en la hodiaŭa socio. Tio estas konkreta fakto. Kadre de tiu ĉi socio ili agas laŭ propraj leĝoj, kiuj malsamas dis de la homaj. El tiuj kondutleĝoj de la teknikaj sklavoj, mi menciu nur aŭtomatecon, unuformecon kaj anonimecon. Socio en kiu ekzistas kelkdek miliardoj da teknikaj sklavoj kaj nur du miliardoj da homoj – eĉ se la homoj regas – havos la trajtojn de la proleta majoritato. En la romia imperio, la sklavoj parolis, preĝis kaj vivis laŭ la propraj kutimoj, alportitaj el Helenio, Trakio aŭ aliaj okupitaj landoj. Ankaŭ la teknikaj sklavoj en nia socio konservas siajn trajtojn kaj vivas laŭ la leĝoj de sia naturo. Ties ĉi influo estas pli kaj pli granda. Por povi mobilizi la teknikajn sklavojn, la homoj estas devigataj ekkoni kaj imiti iliajn kutimojn kaj leĝojn. Ĉiu patrono devas lerni iom el la lingvo kaj kutimoj de siaj dungitoj por povi ordoni al ili. La okupacianto, kiam kvante malsupera, preskaŭ ĉiam adoptas –

pro komforto aŭ praktikaj interesoj – la lingvon kaj la kutimojn de la venkita popolo kvankam ĝi regas.

Tio okazas ankaŭ en nia socio, kvankam ni ne emas agnoski. Ni lernas la leĝojn kaj la lingvaĵon de niaj sklavoj – t.e. de la teknikaj sklavoj – por pli bone regi ilin. Samtempe, senkonscie, ni rezignas niajn homajn kvalitojn kaj leĝojn. Ni senhomiĝas, adoptante la vivmanieron de niaj teknikaj sklavoj. La unua simptomo de la senhomiĝo de la homo, estas ĝia subtaksado. La homo taksas sin mem kaj siajn samulojn laŭ teknikaj kriterioj, kiel anstataŭigeblan elementon. La hodiaŭa socio, kiu entenas unu homon por ĉiuj du aŭ tri dekoj da teknikaj sklavoj, devas organiziĝi laŭ teknikaj leĝoj, se ĝi funkciu. Ĝi ne plu estas socio konstruata centprocente laŭ la necesoj de la homa naturo, sed altigata laŭ la teknikaj necesoj. Ĉi tie komenciĝas la dramo.

La homoj malkovras sin devigataj vivi kaj konduti laŭ leĝoj fremdaj al la homaj leĝoj. Tiu kiu ne respektas la maŝinajn leĝojn – iĝintajn leĝoj de la socio – estas punata. La homo, vivanta kiel minoritato, iĝas laŭ la tempo proleta minoritato. Ĝi estas forigita el la socio al kiu ĝi apartenas, sed en kiu ĝi ne povas integriĝi, ĉar la homa kondiĉo ne permesas tion. El tio rezultas sento de malsupero kaj la deziro imiti la maŝinon, seniĝi je la trajto de homa estaĵo, kiu tenas ĝin for de la centro de la socia agado. La senhomiĝo daŭras en diversaj formoj: rezigno pri sentoj, la redukto de la sociaj rilatoj al io kategoria, preciza kaj aŭtomata, kiel la rilatoj inter la eroj de maŝino. La ritmo kaj lingvaĵo de la teknika sklavo estas imitataj en la sociaj rilatoj, en administrado, en artoj – pentrado, literaturo, danco. La homoj iĝas la papagoj de la teknikaj sklavoj; ĉi-momente ni estas nur en la komenco de la dramo. Ekde ĉi tiu punkto mi komencas la romanon, nome la vivon de la patro, la vian, la mian kaj tiun de la aliaj herooj.

– Ĉu tio signifas ke ni transformiĝas en homoj-maŝinojn? – demandis la prokuroro per la sama ŝercema tono.

– Fakte, ni ne povas transformiĝi! – respondis Traian Korugă. – Pro tio la eventoj estas dramecaj. La kolizio inter la du realaĵoj – teknika kaj homa – jam okazis. La teknikaj sklavoj gajnos la batalon. Ili emancipiĝos kaj iĝos la teknikaj civitanoj de nia socio.

La homoj iĝos la proletoj de socio organizita laŭ la postuloj kaj naturo de la majoritato, t.e. de la teknikaj civitanoj.

– Kaj kiel tio okazos en la praktiko? – demandis la prokuroro.

– Ankaŭ mi scivolas. Sed samtempe mi estas envolvita de timo. Mi preferus esti mortinta por ne ĉeesti mian krucumon kaj tiun de miaj ĉirkaŭuloj.

– Ĉu vi pensas pri konkretaj eventoj? – daŭrigis la prokuroro.

– Ĉiuj eventoj okazantaj ĉi-hore sur la tero kaj kiuj okazos en la sekvaj jaroj estas nur etapoj kaj simptomoj de la revolucio de la teknikaj sklavoj. Fine, la homoj, kun sia homa naturo, ne plu povos loĝi en la socio. Ili estos konsiderataj egalaj, unuformaj, kaj estos traktataj laŭ la samaj leĝoj kiuj aplikiĝas al la teknikaj sklavoj, sen ajna koncedo rilate ilian naturon. Okazos aŭtomataj arestoj, aŭtomataj kondamnoj, aŭtomataj distroj, aŭtomataj ekzekutoj. La individuo ne plu havos ekzistorajton kaj estos ridindigata kiel piŝto aŭ iu ajn alia ero de maŝino, kiu volus havi apartan ekziston. La revolucio etendiĝos sur la tuta tero. Ankaŭ en arbaroj ni ne povos kaŝiĝi. Ankaŭ ne sur insuloj. Nenie. Ĝi estos sangoverŝa. Neniu nacio povos defendi sin. Ĉiuj armeoj en la mondo estos formitaj de dungsoldatoj, kiuj batalos por la firmigo de teknika socio, kie la homo, kun sia homa naturo, ne plu havos lokon. Ĝis nun la armeoj batalis por la konkero de novaj teritorioj kaj riĉaĵoj, por aferoj rilataj al nacia fiero, por la privataj kialoj de la reĝoj kaj imperiestroj, por prirabo aŭ kresko. Ĉio ĉi estis homaj kialoj. Nun la soldatoj batalos por la interesoj de socio en kiu ili volas vivi nur marĝene, kiel proletoj. Mi kredas ke estas la plej malhela epoko en la homa historio. Neniam la homo estis tiel ignorata kaj disdegnata; ekzemple, en la barbaraj socioj homo valoris malpli ol ĉevalo. Tio videblas eĉ hodiaŭ ĉe certaj popoloj kaj individuoj. Vi ĵus rakontis al mi pri vilaĝano kiu murdis sian edzinon kaj ne bedaŭris, sed provis sinmortigi pro la despero ke neniu povos doni akvon al liaj ĉevaloj dum li estas en la malliberejo. Jen la subvalorigo de la homo en la primitivaj socioj, kie la homa ofero estas kutima. En la hodiaŭa socio, la homa ofero iĝis fakto eĉ pli banala. La homa vivo havas valoron nur kiel fonto de energio. La taksokriterioj estas pure teknikaj. La nigra teknika barbareco! Ĝin ni atingos post la plena venko de la teknikaj sklavoj!

– Kaj kiam okazos la revolucio, kiun vi profetas? – demandis la prokuroro.

– Ĝi jam komenciĝis! Ni povos partopreni ĝian disvolviĝon. Plejparto el ni ne postvivos ĝin. Pro tio mi timas ke mi neniam finos la libron. Ankaŭ mi estos neniigita en la revolucio...

– Nigraj pensoj! – diris la prokuroro.

– Mi estas poeto, George. Mi havas ekstran senton, per kiu mi antaŭvidas la estontecon. Poeto estas profeto. Mi bedaŭras vidi la estontecon nigra, devi diri tristajn aferojn. Sed mia misio kiel poeto devigas min eldiri ilin laŭtvoĉe, eĉ se ili estas malplaĉaj!

– Ĉu vi vere kredas kion vi diras?

– Bedaŭre mi estas konvinkita!

– Mi kredis ke temas nur pri literaturo.

– Ne, ne estas literaturo, – respondis Traian. – Ĉiunokte mi atendas ke io okazu.

– Kio povus okazi? – demandis la prokuroro.

– Kio ajn! – respondis Traian. – Ekde la momento kiam la homo estis reduktita al unu dimensio – tiu de teknika-socia valoro – al ĝi povas okazi kio ajn. Mi povas esti arestita, sendita al punlaboro, ekstermita, devigata plenumi kiu scias kiajn laborojn por kvinjara plano, por la plibonigo de la raso aŭ por aliaj celoj necesaj al la teknika socio, sen ajna konsidero pri mia persono. La teknika socio laboras ekskluzive laŭ tehnikaj metodoj, nur per abstraktaĵoj, planoj, kaj havas unu solan moralon: la produkt-adon.

– Ĉu vi supozas ke ni povus esti arestitaj?

La prokuroro ne plu estis ironia. Li demandis kun la sama timo kun kiu oni petas aŭguristinon diri onian estontecon, kvankam oni ne kredas je tarokoj.

– Neniu homo sur la tero restos libera! – respondis Traian Korugă.

– Do, ni mortos en malliberejo sen esti kulpaj pro ajna krimo, ĉu? – daŭrigis la prokuroro.

– Ne! – respondis Traian. – La homo restos en la katenoj de la teknika socio tre longe. Sed ĝi ne mortos en la katenoj. La teknika socio povas krei komforton, sed ne spiriton. Kaj sen spirito ne ekzistas genio. Socio sena je geniuloj malaperas. Ankaŭ la teknika socio, kiu nun instaliĝas, anstataŭ la okcidenta, kaj kiu konkeros la tutan teron, malaperos!

Traian prenis libron el la biblioteko kaj serĉis fragmenton, kiun li voĉlegis:

La renoma Albert Einstein[12] asertas ke sufiĉus rompo en la kunligo de nur du sinsekvaj generacioj, en la vico de la unuarangaj cerboj, aparte dotitaj por fiziko, por ke ĉiuj konstruaĵoj bazitaj sur tiu ĉi scienco disfalu.[13]

Demetinte la libron, li daŭrigis verve:

– Post la falo kaj diseriĝo de la teknika socio venos la renaskiĝo de la homaj kaj spiritaj valoroj. Tiu ĉi granda lumo venos, probable, el la oriento. El Azio. Sed ne el Rusio. La rusoj adorkliniĝis antaŭ la okcidenta elektro kaj malaperos kune kun ĝi, pro la peko de la okcidento. La orienta homo venkos la teknikan socion kaj utiligos la elektran energion nur por la lumigado de la stratoj kaj loĝejoj! Ĝi ne adorkliniĝos antaŭ la elektro, kiel hodiaŭ faras, en siaj barbareco kaj idolemo, la homoj de la okcidenta teknika socio. La vojon de la homa vivo kaj de la animo ĝi lumigos ne per elektro, sed per la eterna lumo de la spirito. Ĉar per spirito la orienta homo regos la maŝinojn de la teknika socio, per la genio de la muzika harmonio, same kiel dirigento regas la orkestron. Sed ni ne estas destinitaj vivi en tiu epoko. Ni vivas en la tempo kiam la homo kliniĝas antaŭ la elektra suno, kiel barbaro...

– Ni, do, mortos en katenoj! – diris la prokuroro.

– Ni mem mortos preskaŭ certe en la katenoj de la teknikaj barbaroj! Mia romano estos la libro pri tiu epilogo.

– Kiel ĝi titoliĝos?

– La horo 25, – respondis Traian. – Tiu estas la tempo kiam ajna savprovo estas tro malfrua – eĉ se la Mesio venus, estus

---

12 Germana-usona fizikisto (1879-1955).
13 Hermann von Keyserling.

tro malfrue. Ĝi ne estas la lasta horo, sed la horo post la fina. Ĝi estas, ekzakte, la tempo de la okcidenta socio. Ĝi estas la nuna horo. La ekzakta horo!…

16

La popo, kun la tempioj en la manoj, silentis.

– Patro, – diris la prokuroro, – se la profetaĵoj de Traian estas veraj kaj se la homo estas destinita al neniigo aŭ sklavigo, ĉu la eklezio ne povas iel helpi la savon de la nuna socio? Se la eklezio ne povas savi la homon en ĉi malfacila tempo, kian rolon ankoraŭ havas la eklezio?

La popo Alexandru Korugă pensis dum momento. Poste li diris:

– La eklezio ne povas savi la sociojn, sed povas alporti savon al la individuoj kiuj konsistigas ilin.

– Ĉu vi, via Sankteco, kredas ke la profetaĵoj de Traian povas plenumiĝi?

– Kutime mi fidas je la vortoj de la poetoj, – respondis la popo. – Kaj, en mia opinio, Traian estas granda poeto!

– Dankon, paĉjo! – diris Traian. Li ruĝiĝis flatite de la laŭdo. – Ŝajnis al mi ke estas iu sur la portiko.

La tri viroj aŭskultis atente. Aŭdeblis nur la pluvo, torente falanta.

– Se estus iu, ni aŭdintus la hundojn, – diris la popo. – Nur kontraŭ Johann Moritz, la servisto, la hundoj ne bojas. Sed nun, li dormas en la ŝipo.

– Tamen mi aŭdis iun laŭ la ŝtuparo, – diris Traian. – Mi havas akrajn sentojn.

– Probable estas iu teknika sklavo eskapinta el via aŭto! – ridis la prokuroro. – Eble ili startigis la revolucion kaj venis kapti nin jam ĉi-nokte! Fakte, kiom da teknikaj sklavoj vi havas en via aŭto, Traian?

– Kalkulu mem, – respondis Traian. – 55 ĉevaloj-povo, kaj ĉiu el ili egalas al sep homoj!

– La povo de kelkaj kompanioj! Kaj ni estas tri! Kaze de atako, ni ne havas alian eskapon, ol senkondiĉan kapitulacon.

– Sen la kompliceco de homo, la teknikaj sklavoj ne povas ataki la homojn! – diris Traian. – Sed, kun la kompliceco de nur unu civitano – kio estas alia ol la homo – la teknikaj sklavoj estas apokalipsaj!

– Kion vi nomas civitano? – demandis la prokuroro. – Ni ĉiuj estas civitanoj!

– La civitano estas homo kiu spertas nur la socian dimension de la vivo. Ĝi estas kiel maŝina piŝto, faras nur unu movon kaj ripetas ĝin senfine. La civitano estas la plej apokalipsa bestio, aperinta sur la tero el la pariĝo de la homo kun la teknika sklavo. Ĝi havas la kruelecon de la besto kaj la fridan indiferentecon de la maŝino. La plej perfekta speco de civitano estis kreita de la rusoj: la komisaro.

Ĉe la fenestro aŭdiĝis du diskretaj frapoj.

– Mi jam diris al vi ke mi aŭdis iun ekstere! – diris Traian. – La sentoj de la poetoj neniam mensogas.

17

La popo eliris sur la portikon, lasante la pordon malfermita. Ondo da malvarma aero penetris en la ĉambron. La maljunulo revenis akompanate de junulo. La novalveninto estis kun la kapo nekovrita, nur en ĉemizo kaj pantalono. Li estis ĝisoste malseka.

– Jen Johann Moritz, – diris la popo.

Li proponis al Moritz glason da vino kaj montris perokule seĝon. La junulo rifuzis kaj restis staranta, apud la pordo. Li ne volis malsekigi la tapiŝon kaj, sidante, la seĝon. El lia hararo fluis akvo kiel el defluejo. Videblis ke li longe marŝis en la pluvo.

– Ĉu io okazis al vi? Ĉu vi volas paroli nur kun mi? – demandis la popo.

– Mi povas paroli ankaŭ ĉi tie, – respondis Moritz.

– Mi bedaŭris ke vi ne venis matene por preni la sakon!

– Mi ne iros al Usono! – respondis Moritz.

Li rigardis la du junulojn ĉe la tablo. Poste en la okulojn de la popo kaj aldonis:

– Hieraŭ vi diris ke vi permesos al mi dormi en la ĉambro apud la kuirejo.

Nun la popo komprenis kial Johann Moritz venis en la mezo de la nokto kaj frapis sur la fenestron.

– La ĉambro estas via! – li diris. – Vi rajtas transloĝiĝi kiam vi volas.

– Ĉu iu alia rajtas dormi en ĝi ĉi-nokte? – demandis Moritz.

– Certe jes! – respondis la popo. Li estis denove konfuzita: li sentis ke al Moritz okazis io ne ordinara. – Se iu havas bezonon kaj vi ŝirmas tiun, estas tre bele viaflanke!

– Ŝi havas grandan bezonon! – diris Moritz. – Temas pri Suzana, la filino de Iorgu Iordan. Ŝi fuĝis de la hejmo por ke ŝia patro ne mortigu ŝin.

– Se estas malvarme en la ĉambro, pretigu fajron! – diris la maljunulo. – Vi scias kie estas la fajroligno…

Johann Moritz ne moviĝis de apud la pordo. Li ne volis foriri antaŭ ol konfesi al la popo ĉion okazintan. Kiam li atingis la finon kaj diris ke la knabino estas sur la kampo, meze de la vojo al la urbo, Traian Korugă stariĝis kaj surmetis la surtuton. Li kaj Johann Moritz foriris per la aŭto.

Post duona horo la aŭto haltis en la sama loko, apud la portiko. Moritz prenis Suzana'n en la brakoj. La prokuroro staris sur la portiko kaj rigardis la scenon. La popedzino marŝis dekstre de Johann Moritz apogante lin. Dekstre de li estis la popo. Ĉiuj tri paŝis malrapide en la pluvo. La knabino kuŝis en la brakoj de Moritz, kiel infano dormanta. La prokuroro rigardis la malsekan bluan robon gluiĝintan al ŝiaj kruroj. Kiam Traian eniris en la salonon, la prokuroro sekvis lin.

– Vi estas tute malseka! – diris George Damian.

Traian ruĝiĝis rigardante siajn ŝuojn makulitajn de koto kaj la malsekajn vestaĵojn. Li malsekiĝis tute senutile. Sur la kampo ne estis bezono de li. Moritz sola levis la knabinon kaj metis ŝin en la aŭton. Traian staris la tutan tempon apud li en la pluvo. Lia konduto estis absurda. Analizante sin, Traian Korugă konkludis ke, se li troviĝus denove en la sama situacio, li agus same. "Estas la neceso partopreni la doloron de la homo apud mi, eĉ se mia helpo havas nenian praktikan valoron", pensis li.

La popo eniris en la domon. Liaj hararo kaj vestaĵoj estis malsekaj. La akvo fluis de lia frunto sur liajn vangojn kaj barbon. Li akompanis Johann'on Moritz en la pluvo, same kiel faris Traian Korugă sur la kampo: sen esti bezono pri li.

"Ankaŭ Dio plenumis tiajn senutilajn farojn, kiam li kreis la universon", pensis Traian. "Dio faris tiom da aferoj sen praktika utilo! Sed ĝuste ili estas la plej belaj sur la tero! La vivo de la homo, ekzemple, estas kreaĵo senutila el logika vidpunkto. Same kiel mia restado kaj tiu de la patro en la pluvo, apud Johann Moritz. Sed la vivofebro estas grandioza. Malgraŭ sia vaneco, ĝi estas senegale bela!"

– Zorgu ne malvarmumiĝi, Traian! – diris la popo.

– Mi ne kredas ke mi malvarmumiĝos! – respondis Traian. – Kiel fartas la malsanulino?

– Ŝi havas febron. Via patrino pretigis por ŝi teon kaj nun flegas ŝin. Dio helpos vin, Traian, ĉar vi venigis ŝin aŭte. La povraj homoj bezonas nian helpon!

La kukolhorloĝo indikis la noktomezon.

18

Johann Moritz frapis sur la pordon. Li ne povis atendi ĝis la sekva tago. Li venis por danki la popon kaj Traian'on antaŭ ol dormi. El la tuta mizero kiu trafis lin en la lastaj dudek kvar horoj, restis nur la sento pri dankemo al tiuj kiuj helpis lin. Li ĝojis ke la knabino estas ŝirmata, ke ne okazis io eĉ pli malbona.

Traian Korugă rigardis Moritz'on grandokule. Li interrompis lin abrupte kaj diris:

– Patro, kiam mi venos en Fântâna, mi gastos ĉe vi. Donu al Johann Moritz la monon kiun mi konfidis al vi! Li konstruigu domon – li havas pli grandan bezonon havi domon en Fântâna.

La popo prenis la koverton kaj, per simpla gesto, donis ĝin al Moritz, sen ajna vorto. Johann Moritz malfermis la koverton. Ŝajnis al li ke li ne bone komprenis. Sed kiam li vidis la monbiletaron, liaj okuloj malfermiĝis larĝe, kiel tiuj de homo vidanta mirindaĵon plenumiĝi. Li pretis diri ion, sed eĉ en lia animo ne estis spaco por vortoj. Li premis la koverton inter la manoj kaj silentis.

– Danku sinjoron Traian! – diris la popo post iom da tempo.

– Poste iru dormi. La monon donu al Suzana. La virinoj pli bone zorgas ĝin.

– Eble Moritz volas trinki plian glason da vino, nun, kiam li estas bienulo en Fântâna! – diris ridete la prokuroro.

En la ĉambron eniris la popedzino. Moritz ĉesis trinki kaj rigardis ŝin. Ŝi diris ke la knabino fartas pli bone. Poste ŝi flankentiris la popon kaj flustris al li ion en la orelo. La maljunulo sulkis la frunton, poste malstreĉiĝis. Moritz atentis ĉiun lian movon.

– Nenio malbona! – diris la popo. – Mia edzino diris al mi ke vi estos patro. Antaŭ tiam vi devas edziĝi!

Johann Moritz manpremis al Traian Korugă kaj la prokuroro, kaj foriris. Pluvis.

Antaŭ ol eliri el la portiko, li metis la monon sub la ĉemizon por ne malsekigi ĝin. La koverto estis varma. Kaj mola. Premante ĝin sub la brako, Moritz vidis antaŭ si la domon, la barilon, la puton, la ĝardenon. Ĉiujn ĝuste kiajn li revis ilin. Suzana estis dormanta kiam li eniris la ĉambron. Li metis la monon sub ŝian kusenon kaj li iris kuŝi en la fojno.

Kiam Moritz preterpasis la fenestron de la biblioteko, la popo diris al Traian:

– Mi ne devintus mencii ĝuste nun la geedziĝon. Ĉi-hore la patrino de Suzana kuŝas mortinta, en la hospitala kadavrejo, kaj ŝia patro estas en la mallibereo, kun la manoj makulitaj de sango. Ne estis ĝusta momento paroli pri nupto!

– Ili scias nenion el tio kio okazis! – diris Traian. – Ili faras al si planojn por la estonteco kaj estas feliĉaj kun sia amo kaj la ricevita mono!

– Ili estas feliĉaj, dum ili havus kialojn por malĝojegi, por funebri!...

– Vere! – diris la prokuroro. – Kiam oni konas la plenan veron, ilia nuna ĝojo ŝajnas profana.

– Ĉia homa ĝojo, – diris Traian, – se analizata kaj rilatigata al la tuto, estas ago profana kaj cinika!

La kukolhorloĝo indikis la unuan horon. La tri viroj en la biblioteko de la popo Korugă aŭskultis la horloĝon kaj la pluvon.

LIBRO UNU

19

Post du jaroj Iorgu Iordan forlasis la malliberejon. Poste li revenis en la landon el kiu li estis veninta antaŭ 27 jaroj. Antaŭ ol foriri li pasis unu plian fojon tra Fântâna.

Marŝante laŭ la vilaĝa strateto, la ĝendarmestro rimarkis ke la fenestroj de la ruĝtegmenta domo, kiuj estis ĉiam kovritaj de ŝutroj, estas nun malfermitaj, kaj eniris por vidi, kio okazas. Iorgu Iordan umis en la malantaŭo de la domo. Li estis pakanta.

– Ja, videblas ke vi estas riĉa homo, sinjor' Iorgu! – diris la ĝendarmo. – Ĉu kostis multe via liberiĝo?

La giganto levis la kapon rigarde la ĝendarmon:

– Mi ne komprenas! – diris li.

Li parolis malmilde.

– Mi demandis, ĉu vi multe pagis por eliri el la malliberejo. Vi ja estis kondamnita al dek jaroj!

Iorgu Iordan demetis la martelon kiun li havis en la mano kaj prenis el la poŝo de la verdeca jako paperpecon, kiun li ĵetis sub la okulojn de la suboficiro. Poste li daŭrigis marteli kaj diris peze:

– Nur por ke vi sciu pri kia homo temas! Post kelkaj tagoj mi surmetos la uniformon de SS-suboficiro. Mi estas germana civitano kaj foriros por plenumi mian devon por la patrio. Nun vi sciaskial oni liberigis min. Tute ne estis tio kion vi imagis!

La ĝendarmo legis la mobilizalvokon de Iorgu Iordan. Li sciis ke la germanaj civitanoj estis liberigitaj, kondiĉe ke ili revenu en sian landon kaj enarmeiĝu. Li faldis la paperon kaj redonis ĝin al la giganto ridetante.

– Legu ankaŭ ĉi tie! – diris Iorgu Iordan, montrante alian paperpecon.

Temis pri dankletero. La giganto donacis sian tutan hav-aĵon al la germana armeo, por ke tiu aĉetu unu *Panzer*[14]. La

---

14 Tanko. (ger.)

ambasadoro de la Granda Germana Regno sendis al li dankleteron. La ĝendarmo ĝin malfaldis sed ne povis legi, ĉar ĝi estis germanlingva. Li ja rigardis la svastikojn kaj la vulturojn en la supro de la letero kaj poste la stampojn.

– Ĉu vi vendos la domon, aŭ vi daŭre konservos ĝin? – demandis la ĝendarmo.

– La *Panzer* aĉetita per mia mono jam militas! – diris Iorgu Iordan sen respondi la demandon. – Baldaŭ ankaŭ mi sekvos ĝin. Mi ne plu estas juna, sed la Granda Germana Regno bezonas min, tia kia mi estas!

Iorgu Iordan faldis la paperojn kaj reenpoŝigis ilin. Poste li reprenis la martelon kaj turnis sin al la vojaĝkofroj. Li ne plu rigardis la ĝendarmon. Kiam tiu ĉi diris "ĝis revido", Iorgu Iordan malĝentile murmuris ion en sia lingvo, sen levi la kapon.

20

El la korto de Iorgu Iordan la ĝendarmestro direktis sin al la drinkejo. Estis la mezo de majo. Li paŝis fiere laŭ la vilaĝa strateto, evitante polvokovri la botojn. Plaĉis al li vidi ilin brilaj kiel spegulo. Krome, al li plaĉis la virinoj. Kaj la brando. Ekde nun li ricevos brandon, senpage, de la hebreoj. "Se ne estus novaj leĝoj, la ĝendarmoj mortus pro soifo!" li pensis. Sed la ŝtato ja zorgas pri la leĝoj. En januaro li ricevis la ordonon amasigi ĉiujn hebreojn kaj sendi ilin al koncentrejoj. En Fântâna estis nur unu hebreo: Goldenberg, la drinkejposedanto. La ĝendarmo montris al li la ricevitan ordonon. Tiu ĉi estis sekreta. Unue li bedaŭris esti montrinta ĝin al la hebreo. Poste li konsciis ke li bone faris. Ekde tiam ĉiun trian monaton li sendos atestilon, ke la hebreo Goldenberg estas malsana kaj ne laboriva. Pro tio li ricevas de la hebreo tri mil leojn monate. Tio signifas plian salajron. Nun li povas vivi dece. Aldone, ŝajnas al li ke li faris bonaĵon. La maljuna Goldenberg restis hejme kaj prizorgas sian negocon, anstataŭ esti en la koncentrejo.

Trinkinte glason da brando, la ĝendarmo flankenpuŝis la kurtenon kaj rigardis tra la fenestron en la loĝoĉambron de la hebreo. Li volis vidi kaj saluti Roza'n, la filinon de la drinkej-posedanto. Tiel li ĉiam faras. Roza havas helan kaj molan karnon. Kiam li pinĉas ŝian brakon, la ĝendarmo havas la impreson esti tuŝanta veluron. La haŭto de Roza ne estas kiel tiu de la kamparaninoj. Kutime ŝi sidas ĉe la fenestro kaj legas romanojn. Nun, apud ŝi estas junulo. Ili sidas kune kaj interparolas.

– Kiu estas la ulo? – demandis la ĝendarmo malĝentile.

La maljuna Goldenberg hezitis, ĉu diri la veron aŭ ne; poste li decidis:

– Li estas Marcu, mia filo. Li estis en Parizo ĝis nun.

– Prezentu lin al mi! – diris la ĝendarmo.

Ĝis tiam li konis neniun, kiu estis en Parizo. Li povus lerni de li ion…

Sed Marcu Goldenberg estis moroza homo. Necesis elhoki la vortojn el lia buŝo. La ĝendarmo estis senrevigita. Li supozis ke la junuloj, kiuj studis en Parizo, estas malsamaj. Tiu ĉi estis moroza kaj fermita. Li eĉ rifuzis la brandoglaseton, kiun la ĝen-darmo proponis al li. Ulo antipatia. Tamen, elirante el la drink-ejo, la ĝendarmo diris al Marcu:

– Venu vespere al la ĝendarmejo por kune ludi triktrakon.

Li foriris pensante ke la hebreo elspezis vane la monon por sia filo.

21

Kiam li preterpasis la domon de Johann Moritz, la ĝendarmo haltis. Suzana estis en la korto knedante perpiede argilon por brikoj. Ene de du jaroj Johann Moritz konstruis sian domon. Li laboris, kun sia edzino, tage kaj nokte. La domo estis bela, alta, kun portiko.

– Kial vi ankoraŭ faras brikojn? Vi jam finkonstruis la domon, – diris la ĝendarmo haltante ĉe la kortopordo.

Li enirus, sed la pordo estis ŝlosita.

– Ni masonas stalon por la brutoj, – respondis la virino daŭre knedante la argilon perpiede.

Ŝiaj helaj gamboj estis malkovritaj.

– Ĉu via edzo estas hejme? – demandis la ĝendarmo.

– Iani estas ĉe la muelejo, – respondis ŝi ride.

Funde de la korto, sub la suno, estis la du infanoj de Johann Moritz. Unu en la lulilo, la alia ludis surtere. Jen kaj jen Suzana ĵetis rigardon al ili. Poste ŝi verŝis akvon sur la argilon sub la piedoj kaj daŭre knedis ĝin. Ŝi estis vestita per streta robo, kiu evidentigis ŝiajn rondajn gluteojn. La ĝendarmo provis refoje malfermi la pordon, forgesinte ke ĝi estas ŝlosita.

– Ĉu vi ne malŝlosos por mi? – demandis li.

– Ĉu vi ne povas resti tie?

– Mi neniam trovas vin sola. Nun, kiam via edzo forestas, vi igas min stari antaŭ la pordo!

– Tiel decas! – respondis ŝi. – Nun vi staris sufiĉe antaŭ la pordo. Daŭrigu vian vojon!

– Malfermu iom, ne estu fia!

– Venas Iani. Se li trovas vin ĉi tie, li frakasos al vi la kapon per hakilo!

– Se iu frakasus al mi la kapon per hakilo, ĉu vi bedaŭrus? – demandis la ĝendarmo.

– Ĉu pli saĝajn demandojn vi ne havas? – respondis ŝi. – Pli bone daŭrigu vian vojon. Iani devas reveni ajnamomente.

– Mi demandu ion pli kaj mi foriros.

– Demandu!

Ŝi ĉesigis la knedadon kaj metis la manojn sur la lumbon.

– Se vi scius ke via edzo ne venas, ĉu vi malfermus la pordon por mi?

– Vi volas scii tro da aferoj! – diris Suzana kaj rekomencis knedi la argilon.

Antaŭ tiam ŝi neniam pensis, kion ŝi farus se Iani estus ie for kaj la ĝendarmo venus al ŝi.

– Nun vi estas edziniĝinta virino, – diris li. – Kion vi timas?

– Lasu min en paco, sinjor' estro, kaj foriru de mia pordo! – diris ŝi kolere.

– Mi ne foriras ĝis vi respondas! Se forestus via edzo, ĉu vi akceptus min ĉe vi, aŭ tenus min ĉe la pordo kiel nun?

– Mi ne scias! – respondis ŝi mallonge.

– Respondu per jes aŭ ne! – diris la ĝendarmo. – Se vi ne respondas, mi ne foriras!

Li apogis sin sur la kubutoj kontraŭ la pordon.

– Kial vi volas scii? – demandis ŝi. – Kiel ajn, Iani neniam foriras de la hejmo!

– Sed se li forirus?

– Provu kaj vi vidos tiam, ĉu mi akceptas vin aŭ ne! – diris ŝi. – Sed Iani ne foriras. Nun ni devas masoni la stalon. Poste la puton. Kial li forirus, dum ni havas tiom da laboro?

– La okuloj de la ĝendarmo ekbrilis. Li malproksimiĝis de la pordo dirante:

– Mi sciis ke vi estas bona knabino!

La ĝendarmo foriris. Suzana aŭdis lin fajfi forirante kaj ĉesis labori. Ŝi estis timigita. Ŝi eltiris la piedojn el la argilpasto kaj kuris al la infanoj. Ŝi prenis la pli aĝan kaj premis lin ĉesine. Ŝi havis la senton ke ŝi pekis. Ke ŝi faris ion seriozan, ne farendan. Ion kontraŭ Moritz kaj kontraŭ la infanoj. "Sed per kio mi pekis?" ŝi demandis sin. "Mi ektimis pro nenio!" Ŝi delasis la infanon. "Mi faris neniun pekon!" ŝi daŭrigis. Ŝi rekomencis knedi la argilon, kun la robo supren kuspita.

22

Pasis semajno. Sur la kortopordon de Johann Moritz frapis soldato el la ĝendarmejo. Moritz estis sidanta ĉetable. Li rigardis tra la fenestron kaj, vidinte la soldaton, diris:

– Mi iras vidi kion li volas.

Li eliris en la korton kaj revenis kun paperpeco. Post kiam li residiĝis ĉe la tablo kaj komencis manĝi, Suzana demandis lin:

– Kion li donis al vi?

Johann Moritz englutis la mordaĵon en la buŝo kaj respondis:

– Rekviziciordonon. Ni vidu posttagmeze kion la ŝtato volas ankoraŭ preni de ni.

Li ŝajnis trankvila. Li sciis ke la kamparanoj ricevas rekvizici-ordonojn por ĉevaloj, ĉaroj, brutoj. Li havas nek ĉevalojn nek ĉaron. Nun li ĝojis ne esti aĉetinta ilin. La ŝtato nun rekvizicius ilin kaj li kiel ajn piedirus. "Eble la ŝtato volas de mi sakon da maizo aŭ tritiko", pensis Moritz. Ankaŭ la tritikon oni ek-rekviziciis.

Manĝinte, Johann Moritz viŝis la manojn por ne makuli la paperon alportitan de la ĝendarmo, poste ĝin malfaldis kaj eklegis. Suzana sekvis atente lian vizaĝon, kiu unue ruĝiĝis, poste flaviĝis kaj refoje iĝis ruĝ-viola.

– Kio estas skribita tie? – demandis Suzana.

La infanoj silentis rigardante sian patron. Moritz kuŝiĝis sur la liton, kun la manoj sub la kapo.

– Ĉu vi ne volas diri al mi, kio estas skribita? – redemandis Suzana, kiu rimarkis ke io malbona okazis.

– Vane mi diras, ĉar kiel ajn vi ne komprenos! – respondis li.

– Ankaŭ mi ne komprenas.

– Ĉu io malbona, Iani?

– Nu, certe eraris la oficanta soldato, – diris Moritz. – Tiuj soldatoj estas ĉiam kun la kapo en la nuboj, kiam ili skribas. Kion vi diras? Ĉi tiu estas rekviziciodono. Mi rekonas ĝin. Jam dufoje ni ricevis rekviziciodonon. Unu fojon por tritiko kaj la alian kiam oni forprenis la sakojn kiujn ni aĉetis de Porfir. Nun la rekviziciordono estas nek por sakoj, nek por tritiko, sed por mi. Kiel rekvizicii homon? Ĉu vi komprenas tion?

Suzana legis malrapide. Moritz perdis la paciencon kaj prenis la paperon el ŝiaj manoj. Li legis por ŝi. Poste li diris:

– Kiel rekvizicii min? Mi estas homo! Oni rekvizicias ĉevalojn, domojn, brutojn, sakojn. Homojn, ne! Kaj jen, ĉi tie estas mia nomo. Certe la oficantaj soldatoj freneziĝis!

– Kaj kion vi devas fari nun? – demandis Suzana.

– Morgaŭ matene je la sepa mi devas esti ĉe la ĝendarmejo, – respondis li.

– Eble eraris la oficantaj soldatoj, – diris Suzana, – kiel ankaŭ vi diris.

– Certe ili eraris! – respondis Moritz.

Sed en lia kapo estiĝis dubo. Li pensis: "Kaj se la oficantaj soldatoj ne eraris?"

Li pretiĝis por vojaĝo, tiel kiel oni pretiĝas por enarmeiĝo. Se la ordono estas erara, eble oni tenos lin tie unu-du monatojn.

23

Posttagmeze Moritz estis disputema. Suzana ne ĉagreniĝis: ŝi komprenis ke li koleras pro la ordono. Vespere Moritz prenis la paperon, ĝin volvis en ĵurnalfolio, por ne makuli, kaj enpoŝigis.

– Mi iras al la popo por montri ankaŭ al li la ordonon, – diris li elirante.

En la korto de la popo estis nur la popedzino. La popo Alexandru Korugă iris al la urbo pro devoj kaj ankoraŭ ne revenis. Moritz preskaŭ rakontis ĉion al la popedzino, sed rezignis. Li kisis ŝian manon kaj foriris.

Laŭ la strato aŭdiĝis la bojantaj hundoj. La nokto falis malrapide. Moritz stumblis kontraŭ ŝtono kaj sakris. Li ekrapidis kaj alvenis hejmen.

24

La vespero estis malkvieta. Post kiam li eniris la liton, la pensoj invadis Johann'on Moritz. Suzana proksimiĝis al li kaj ĉirkaŭbrakis lian kolon. Ŝi volis igi lin forgesi la ĉagrenon. Sed Moritz estis tro maltrankvila. Li forigis ŝiajn brakojn kaj turnis la dorson al ŝi. La trankvilo tamen ne venis. Li pensis pri ĉiaj aferoj. En bieno estas centoj da plenumendaj taskoj. Oni laboras tage kaj nokte, kaj tamen restas tiom da neplenumitaj taskoj. Kaj kiam oni foriras neatendite, sen scii kiom longe oni forestos, kaj ĉion postlasas en malordo, oni teruriĝas. Estas kvazaŭ morti: nur tiam oni ne scias kien oni iras kaj nur tiam oni lasas ĉion kiel estas. Kelkaj taskoj farendas antaŭ la foriro. Tio turmentis Johann'on Moritz. Antaŭ kelkaj tagoj li aĉetis okdek sterojn da ligno. Li pagis, tranĉis kaj lasis ĝin, en stakoj, en la arbaro. Restis nur porti ĝin hejmen. Nun li foriras. Temis pri multekosta, kverka konstruligno. Li senpaciencis vidi ĝin en la korto. Li eĉ decidis kie staki ĝin: apud la barilo, la trunkoj estis ja dikaj. Nun li foriras kaj la ligno restas en la arbaro!

Moritz turnis sin al Suzana. Ŝi eĉ ne sciis ke li aĉetis la lignon. Kiel, do, ŝi scius kie ĝi estas? Estas malfacile trovi ĝin en la arbaro. Suzana dormis. Moritz metis manon sur ŝian ŝultron. "Mi devas diri al ŝi ke la ligno estas malantaŭ la arbargardistejo, kelkcent metrojn for de la rojo. Tie estas ankaŭ aliaj lignostakoj. Se mi ne detale klarigas al ŝi, ŝi ne trovos ĝin", pensis Moritz. Suzana sentis lian manon sur la ŝultro kaj, endorme, ridetis.

Estis plena luno kaj en la ĉambro videblis kiel dumtage. Johann Moritz sciis ke la virino ne povos porti sola la lignon. Tio ne estis virina tasko. "La maljuna Artemie trovos la lignon, se li akompanos ŝin. Sed ŝi devas scii ke mi aĉetis ĝin. Kaj iri por vidi ĝin. Tion mi devas diri al ŝi." Moritz premis pli forte sur ŝian nudan ŝultron. La virino ridetis denove. Li vidis ŝian vizaĝon lumigatan de la luno. Ridetinte, ŝi malsekigis la lipojn. Moritz ŝin kompatis kaj lasis dormi. Suzana dormis profunde, kiel bebo. Li pensis vekiĝi matene pli frue kaj klarigi al ŝi pri la ligno kaj kie ĝi estas. Poste li deprenis la manon de sur ŝia ŝultro kaj restis kun la vizaĝo supren. Li facile endormiĝas kun la vizaĝo supren, sed ĉi-foje li ne povas endormiĝi. Li memoris pri la ordono. Li forgesis ĝin pensante pri la ligno. Li ekkoleris. Johann Moritz armeservis ĉe la landlimgardistoj. Tie li ankaŭ lernis la serban. Li sciis kiel estas en la armeo. Ne eblas ke la leĝoj estis ŝanĝitaj kaj nun oni rekvizicias ankaŭ homojn!

Johann Moritz frotis la tempiojn kaj decidis pensi pri nenio. Kiel ajn sekvatage li ekscios, kio okazis. Eble estas nur eraro de la deĵorantaj soldatoj, kaj tiam lia tuta ĉagreno estas vana. Eble soldato deĵoranta en la kancelario de la kompanio volis ŝerci kun li kaj sendis al li rekvizician ordonon anstataŭ mobilizan.

Post kiam li trankviliĝis iom kaj kredis esti endormiĝonta, Moritz memoris ke Anton Baltă ŝuldas al li 500 leojn. Li ne sciis kiom longe li forestos. Eble Suzana bezonos la monon. Li turniĝis denove al ŝi. Suzana dormis sur la maldekstra flanko, kun kuseno inter la brakoj. "Kiu scias kion ŝi sonĝas nun", pensis li. Kaj refoje kompate li ne vekis ŝin. Ankaŭ pri la mono li diros al ŝi sekvatage.

Poste li pensis ke, se komencos pluvi, la muroj de la puto, ankoraŭ sen masonaĵo, disfalos. "Eble antaŭ ol komenciĝos la pluvoj, mi revenos!" li pensis. Poste li ne plu pensis pri la puto. Sed li memoris pri la brikoj por la stalo. Tio estis tasko, kiu ne povis resti nefinita. Li estis farinta 800 brikojn, kiujn li stakis apud la dommuro, por ke ili sekiĝu. Nun necesus baki ilin. Se ili tro sekiĝas ili diseriĝos. La tuta laboro estus vana. Ĉagrenite, li turnis sin en la lito kaj denove rigardis Suzana'n. Eble ŝi helpos lin per konsilo. Ŝi estis malkovrita, dormanta inter la kusenoj. Moritz konsciis ke li vekus ŝin vane. Tio estis tasko por viro. Li pensis pri la vilaĝanoj kun kiuj li estis amiko. Nun li povis pensi pri neniu kiu pretus baki liajn brikojn. Ĉiu havas sian bienon, siajn taskojn. Se estus dum la tago, li provus ĉe kelkaj. Sed nun ĉiuj dormas. Li ne povas iri por veki ilin kaj paroli pri siaj brikoj. "Se mi kovras ilin per pajlo kaj karekso, ili ne sekiĝos tiel rapide. Ili rezistos kelkajn pliajn semajnojn!" pensis Moritz. "Ĝis tiam mi revenos!"

Moritz ellitiĝis. La pordo estis malfermita. Li eliris sur la portikon. Li estis nuda. Li turnis sin por reveni preni ĉemizon kaj pantalonon, sed li ne volis veki la edzinon kaj infanojn. Li prenis brikon kaj esploris ĝin en la lunlumo. Li palpis ĝin: ili estis bakendaj ene de du-tri tagoj. Ne eblis plu atendi. Li turnis sin al la puto. Poste li esplorrigardis la tutan korton. Li forgesis ke li estas nuda. Li rigardis la murojn de la domo. Ĝian tegmenton. Ĉio videblis bele kiel dumtage. De longe ne estis tia klara luno. Moritz forgesis ke li foriros. Li pensis kiel li konstruos la stalon. Li planis aĉeti ĉaron kaj du virbovojn. Poste, bovinon. Li atingis la fundon de la korto, apud la kareksamaso. Li prenis brakoplenon kaj portis ĝin apud la brikovicojn. Li sciis ke tion faros Suzana sekvatage. Sed, ĉar li jam estis apud la karekso, li komenci porti ĝin. "Al Suzana estos pli facile, se ĝi estas proksime." Poste li portis la pajlon. Li varmiĝis. Li bone kovris la brikojn. Li laboris rapide.

Kiam la virkokoj anoncis la tagon, Moritz rigardis la vojon kaj memoris ke li foriros. Li ekhontis esti tute nuda. Li eniris la domon kaj haltis meze de la ĉambro. La virino dormis nuda, sternite sur la tuta lito. Moritz kuŝiĝis apude sen veki ŝin. Ŝi sentis lin veni kaj etendis kruron super la lian. Moritz rapide endormiĝis.

Post mallonge li saltis endorme. Li vekiĝis kaj rigardis ĉirkaŭe. Suzana dormis. La luno estis ĉe la malsupra rando de la fenestro, kiel ĝendarma kepo atendanta sur la portiko. Johann Moritz rigardis ĝin kaj ne povis plu fermi la okulojn ĝis la tagiĝo.

25

Sekvamatene Johann Moritz iris al la ĝendarmejo. Survoje li renkontis vilaĝanojn irantajn al la muelejo, al la kampoj, al la arbaro. Moritz turnis la kapon por ne vidi ilin. Ankaŭ li devus iri al la kampo aŭ al la muelejo. Ankaŭ al la arbaro li devus iri. Sed li devis ĉion forlasi. Li estis rekviziciita. La okuloj de Moritz rigardis hate la pordegon de la ĝendarmejo. Lian menson trapasis la ideo fuĝi. Se li kaŝas sin en la arbaro, la ĝendarmoj ne trovos lin kaj li eskapos la rekvizicion. Sed li restis senmova ĉe la pordego de la ĝendarmejo. Li havas edzinon, infanojn. Li ne povas fuĝi.

Johann Moritz eniris la korton de la ĝendarmejo. En la oficejo, la ĝendarmestro estis razanta sin. Moritz, sidanta sur la herbo, atendis ke li finu. Li volis eniri kaj demandi, ĉu ne okazis eraro rilate la rekviziciordonon. En la korto odoris je bruligita lakto.

Iu metis la manon sur la ŝultron de Moritz. Li turnis la kapon. Estis soldato, alia ol tiu kiu portis al li la ordonon. Unu paŝon for de la soldato staris Marcu Goldenberg, la filo de la hebreo en Fântâna. Moritz ne vidis de kie kaj kiam ili aperis apud lin. Li rigardis ilin ambaŭ. Ili estis malamikemaj. La soldato kaptis Moritz'on je la ĉemizo kaj starigis lin, same kiel oni starigas sakon. Li cedis. Li supozis tion ŝerco de soldato. Sed li rimarkis ke la manoj de Marcu estas katenitaj.

– Kubuton ĉe kubuto! – ordonis la soldato.

"Se Marcu estas katenita, ne estas ŝerco!" pensis Johann Moritz. Li proksimigis la kubuton al tiu de la hebreo. Li timis. Ĉiufoje kiam li vidas katenitajn homojn, Moritz timas.

Malantaŭ ili la sentinelo ŝargis la pafilon. Sen rigardi, Moritz sciis ke li faras tion – li ja estis soldato. La soldato muntis la bajoneton al la pafilo. Johann Moritz komprenis, kio okazas kaj fermis la okulojn. Kiam ili eliris el la korto de la ĝendarmejo li rigardis unu plian fojon la fenestron de la oficejo. Ĝia estro estis apoginta spegulon kontraŭ la fenestro. Li daŭre razis sin. La vilaĝanoj en la strato haltis kaj rigardis la vicon. La virinoj eliris ĉe la kortopordo. Ankaŭ ili rigardis ilin.

Antaŭ la domo de Nicolae Porfir, aliaj virinoj, kiuj estis port-antaj akvon de la puto, delasis la sitelojn meze de la vojo kaj, kiam la vico preterpasis, krucosignis. Moritz fermis la okulojn. Io rompiĝis ene de li. La virinoj ĉiam krucosignas kiam ili vidas katenitajn homojn kondukatajn laŭ la vojo sub eskorto.

Malantaŭe aŭdiĝis la paŝoj de la soldato. Krom la ritma bruo de la botoj, ĉio estis silenta. Moritz marŝis en la sama ritmo kun Marcu Goldenberg. La kruroj kvazaŭ ne estis liaj. Ili paŝis solaj. Ankaŭ la karno de lia korpo kvazaŭ ne plu estis lia. Kaj ankaŭ la pensoj. Ĉio ŝajnis estis aliula. Li havis nenion sian.

La ĝendarmestro finrazis sin kaj eliris en la korton fajfante. La mateno estis bela. Soldato verŝis al li akvon por ke li lavu la vizaĝon. Li komprenis ke la estro iras al virino. Li vidis lin razi sin trankvile kaj eĉ du fojojn.

– Ĉu estas iu nova, ĉefo? – demandis ride la soldato.

La ĝendarmo signis per la okulangulo, sed ne respondis. Sekiginte sin per la viŝtuko, li surmetis la novan tunikon kaj eksidis ĉe la skribotablo. Li prenis el dosiero la kopion de la raporto, kiun li sendis matene al la legio, kune kun la du arestitoj, kaj relegis ĝin:

Ni havas la honoron sendi al vi sub eskorto la individuojn Goldenberg Marcu, doktoron pri juro, 30-jaran, kaj Moritz Ion, agrikulturiston, 28-jaran, laŭ la stipuloj de la leĝo kaj de viaj ordonoj, rilataj al la rekvizicio kaj sendo al koncentrejoj de ĉiuj hebreoj kaj dubindaj individuoj en nia teritorio.

Subskribis: *ĝendarma adjutanto Nicolae Dobrescu, ĝendarmestro en la vilaĝo Fântâna.*

Kontenta, la ĝendarmo remetis la raporton en la dosieron. Li glatumis la lipharojn kaj rigardis en la poŝspegulon. Poste li stariĝis, surŝultrigis la fusilon kaj ekis al la domo de Johann Moritz.

Suzana estis nun sola. De du jaroj li atendas la momenton kiam ŝi estu sola. La ĝendarmestro komencis fajfi.

Post unu horo la ĝendarmestro revenis. Li estis lasinta la informon ke li forestos la tutan tagon, sed nun li estis denove en la oficejo. Kaj li estis furioza. Li eĉ ne sciis kion enmanigi por trankviliĝi. Trafante la korespondaĵdosieron sur la tablo, li malfermis ĝin. Li relegis la kopion de la raporto pri la arestitoj, sendita al la legio, kaj koleris eĉ pli. Li volis ŝiri ĝin pro kolero. Li estis skribinta ĝin vane. Kvankam sola, Suzana ne volis akcepti lin. Kiam li volis eniri perforte, ŝi prenis hakilon kaj minacis frakasi lian kapon se li eniras ŝian korton. Ŝi ne ŝercis. La ĝendarmo konas la virinojn. Se li enirus tiam en la korton, ŝi ja frakasus al li la kapon. Pro tio li rezignis kaj revenis al la oficejo. Sed li estis kolera. La tuta manovro pri la aresto de Johann Moritz, por havi la virinon sola, estis vana. Li laboris tutan vesperon por kunmeti la rekvizicordonon. "Mi malŝparis la inkon kaj la paperon vane!" pensis li. Poste li sakris pri la patrino de Johann Moritz.

28

En la korto de la ĝendarmlegio estis kolono da arestitoj preta ekmarŝi. Moritz rigardis iliajn belajn vestaĵojn kaj la valizojn en la mano. Li estis laca. Liaj plandoj doloris. Dum la tuta vojaĝo Goldenberg eligis eĉ ne unu vorton. Sed ankaŭ li estis elĉerpita. Ili atendis sidiĝi ie.

La pordego restis malfermita malantaŭ ili. La kolono da arestitoj komencis eliri. Oficiro kiu preterpasis ilin kure, kun paperaro en la mano, rigardis la palan vizaĝon de Goldenberg. Poste li rigardis Moritz'on kaj demandis la ĝendarmon:

– Judaĉoj?

Li eltiris la flavan koverton el la mano de la soldato kaj, sen atendi respondon, montris al Moritz la kolonon elirantan tra la pordego, ordonante:

– Enviciĝu!

Johann Moritz rigardis la oficiron. Li ne komprenis. La leŭtenanto kaptis lin je la ŝultro kaj turnis lin kiel turbon. Poste li kikis lian postaĵon. Johann Moritz adaptis la paŝadon al la lastaj arestitoj en la vico kaj eliris kun ili.

Kiam li rigardis malantaŭen, li vidis Marcu'n Goldenberg marŝi post li.

29

La marŝado daŭris ĝis la vespero. Kiam ili paŭzis, ĉe la eliro el la urbo, Goldenberg proksimiĝis al Johann Moritz.

– Malligu miajn manojn! – diris li kaj turnis la dorson al Moritz.

La manoj de Marcu estis helaj kaj maldikaj. Ĉe la manartiko, kie estis la ŝnuro, restis spuro sange ruĝa. Post kiam Moritz malligis la nodon, Marcu diris:

– Dankon!

Li nek ridetis nek rigardis en la okulojn de Moritz. Li nur sidiĝis sur la herbon. Li rigardis en la foron, per okuloj fridaj, kvazaŭ vitraj. Moritz sidiĝis apud lin. Por ekdialogi kun li, li proponis redoni la ŝnuron per kiu la manoj de Marcu estis ligitaj:

– Ĉu vi bezonas la ŝnuron, aŭ ĉu vi lasas ĝin ĉe mi?

– Vi povas teni ĝin! – respondis Marcu.

Nun li ne plu estis malĝentila.

Johann Moritz volvis la ŝnuron kaj zorge enpoŝigis ĝin.

– Estas bone havi pecon de ŝnuro kun si, – diris li. – Oni ne povas scii kiam ĝi utilos.

Marcu Goldenberg ridetis. Estis la unua fojo kiam Johann Moritz vidis lin rideti.

30

En la sama tago vespere, la vico de la hebreaj arestitoj alvenis al la bordo de la rivereto Topoliţa. Tio estis la celo de la transporto. La fluejo estis seka: eĉ guto da akvo ne enestis. Laŭ la bordoj kreskis salikoj kaj arbustoj. Ĉi tie la hebreoj devis fosi kanalon. Fone videblis domoj. Ĉirkaŭe ne estis vilaĝoj. Nur du forlasitaj staloj, el la tempo kiam la ĉirkaŭa tereno apartenis al monaĥejo kaj ĉi tie estis tenataj la ĉevalaroj. La staloj situas ĝuste ĉe la rando de la arbaro. Antaŭ ili estis armea kamiono, ŝarĝita per pioĉoj, fosiloj kaj kuireja kaldrono. La arestitoj rigardis la kamionon. Kiel ajn ne estis io alia rigardinda.

Tiunokte la arestitoj dormis en la staloj. Moritz kuŝiĝis sur la herbon antaŭ la staloj, ĉar ĝi estis pli mola, kaj endormiĝis tuj. Dum la nokto li vekiĝis plurfoje. La luno lumigis kvazaŭ estus tago. Li povus kredi sin hejme. Sed vidante la korpojn volvitajn en manteloj, li memoris ke li ne estas en Fântâna kaj fermis la okulojn.

La sekvan matenon la hebreoj estis starigitaj en du vicoj kaj nombritaj. Johann Moritz kaj Marcu Goldenberg estis denove unu apud la alia. Moritz salutis lin. Marcu respondis kaj al Moritz ŝajnis ke li ridetas. Adjutanto pasis antaŭ la vicoj kaj disdonis al la arestitoj fosilojn kaj pioĉojn. Ĉiu ricevis po unu ilon. Dek homoj elkamionigis la kuirejan kaldronon kaj instalis ĝin sub kverko antaŭ la staloj. Poste la adjutanto, kun oraj dentoj kaj nigraj lipharoj, faris paroladeton. Li diris ke la hebreoj devos fosi la kanalon por la bono kaj defendo de la patrio. Li diris ke li – la adjutanto – estas la Dio de la hebreoj kaj ke se li diras ion, eĉ Moseo en la ĉielo devas diri la samon. Li diris ankaŭ ke li nomiĝas Apostol Constantin kaj ke li havas du filojn – unu, advokato, la alian, oficiro. La hebreoj aŭskultis atente. Kelkaj ridetis. Sed ĉiuj timis.

– Hodiaŭ oni ne disdonas manĝon! – finis la adjutanto. – La kuirejo ankoraŭ ne estas instalita. Ekde morgaŭ, teo kaj, du fojon tage, fazeolsupo, plus duono da pano.

Post la paroladeto komenciĝis la laboro. Ĉiu arestito devis fosi ĉiutage certan distancon. Kiam li finis, li estis libera ĝis la vespero. Se li ne finis, signifis ke li sabotas la interesojn de la patrio. Li estos katenita kaj sendita al la Milita kortumo kiel malamiko de la patrio. Tiel diris la adjutanto. La arestitoj kredis ke tiel estas.

Johann Moritz eliris el la vico kaj diris al la adjutanto ke li ne estas hebreo. La adjutanto respondis ke li ne okupiĝas pri reklamacioj antaŭ ol instali sian kancelarion. Johann Moritz revenis al sia loko apud Marcu Goldenberg kaj ekatendis. Li sciis ke en la armeo oni devas atendi.

Post dek tagoj la kancelario estis instalita en nova tabulbarako, kun tabloj, seĝoj kaj litoj por la deĵorantaj soldatoj, konstruita apud la fosejo. Kiam Johann Moritz aperis antaŭ la kancelaria pordo, la adjutanto diris al li reveni post semajno, ĉar li ankoraŭ ne havas tempon por reklamacioj.

31

Dum ili fosis la kanalon, Moritz, pioĉante la ŝtonecan grundon, demandis sian najbaron dekstraflanke, kiel li nomiĝas. Al Moritz plaĉis babili kun la homoj ĉirkaŭ si. Kiam la homoj ne parolas unu al la alia, ili aspektas malamikaj. La najbaro rigardis lin oblikve.

– Ĉu vi hontas paroli jide? – demandis li

– Mi ne scias la jidan, – respondis Moritz.

– Honton!

La hebreo kraĉis kaj turnis la kapon en la alia direkto.

Moritz alparolis la najbaron maldekstre. Li volis klarigi.

– Parolu la jidan! – diris la najbaro.

– Ĝuste tion mi volas diri al vi, – diris Moritz. – Mi ne parolas la jidan.

La hebreoj rigardis Moritz'on malame. Li ĉesis labori kaj provis klarigi al ili. Sed neniu aŭskultis lin. Moritz pensis: "Ili interkonsentis paroli nur jide. Nu, tio koncernas ilin. Ili estas hebreoj, kaj la jida estas ilia lingvo. Sed kial mi parolu ĝin?"

– Eble vi parolas la hebrean, se vi forgesis la jidan? – demandis unu el ili.

Moritz levis la kapon por respondi. Ĉiuj haltis kaj rigardis lin. Poste ili eksplodis en ridego.

Johann Moritz ekkoleris. Li estis nigra pro kolero kaj ne povis regi sin.

– Se paroli pri lingvoj, tiam mi ridas pri vi! – diris li. – Mi scias kvar lingvojn, kiujn mi flue parolas. Kiom vi scias?

Li turnis sin al la najbare dekstre. Tiu respondis mallonge:

– Mi scias la jidan!

Moritz frapis per la piĉo en la grundon. Li sentis ke ili mokas lin. Ili ĉiuj sciis la rumanan, sed rifuzis paroli ĝin.

Post la laboro, la maljuna Ízsák Lengyel, la estro de la vico, prenis Johann'on Moritz flanken kaj diris:

– Almenaŭ en ĉi malfacilaj momentoj por la hebrea popolo kaj almenaŭ kiam ni estas kune, inter ni, ni devas paroli la jidan!

– Mi ne estas hebreo! – respondis Moritz.

– Estas stulte kaŝi vin, nun kiam vi estas ĉi tie! – diris Ízsák Lengyel. – Antaŭ ol oni arestis vin, vi povis. Kaj vi farintus bone, se vi kaŝintus vin kaj evitus la kapton. Sed ĉi tie estas vane. Se vi faras tion rilate al ni, vi estas renegato!

– Komprenu, sinjoro Lengyel, mi ne estas hebreo!

La voĉo de Moritz tremis.

– Diru kion vi volas, – diris la maljunulo. – Eble plaĉas al vi esti renegato.

Johann Moritz restis sola. Oni ne kredis ke li ne estas hebreo. Oni diris ke li mensogas. Ke li ne estas rumano kaj insistas nur por eskapi el la koncentrejo.

En ties ĉi registro, kiun kompilis la maljuna Lengyel, li aperas kiel Moritz Iacob.

– Ne ekzistas hebreoj kun la nomo Johann, – diris Lengyel. – La hebrea nomo estas Iacob. Tiel vi nomiĝas! Ankaŭ Ion vi ne nomiĝas. Ion estas la rumana traduko de Iacob!

Ĉiuj en la koncentrejo nomis lin Iankel. Li ne kontraŭis. Estis iom malfacile ĝis li kutimiĝis kun la nova nomo.

– Vi povas nomi min kaj Iacob kaj Iankel, – li diris. – Mi bedaŭras ke vi ne kredas min.

32

Johann Moritz eksciis ke ĉiuj hebreoj estis venigitaj en la koncentrejon per rekviziciordono. Li konvinkiĝis ke nun la ŝtato rekvizicias ne nur la ĉevalojn, ĉarojn kaj sakojn, sed ankaŭ la hebreojn. Sed li ne estis hebreo. Tion li volis diri al la adjutanto. Al alia li ne povis diri. Sed la adjutanto neniam havis tempon. Nun li sukcesis paroli. La adjutanto estis furioza.

– En la kvar monatoj de restado ĉi tie, vi kreas nur malordon! Kiam mi malfermas la pordon de la kancelario, mi ĉiam trafas vin. Ĉiutage vi havas ion por reklamacii. Ĉu vi ne ŝatas la manĝaĵon? Ĉu vi ne povas labori? Ĉu vi sopiras la edzinon?

Johann Moritz pretigis paroladon, kiun li ripetis ĉiutage. Li volis rakonti al la adjutanto la tutan historion.

– Diru mallonge, kion vi deziras! – diris la adjutanto.

– Mi volas ke vi liberigu min, – respondis Moritz. – Mi ne estas hebreo.

– Ĉu?

La adjutanto fiksrigardis ironie Johann'on Moritz. Li prenis de sur la skribotablo la registron kun la nomoj de la arestitoj, malfermis ĝin ĉe la litero M kaj legis:

Moritz Iacob, 28-jara, edziĝinta, du infanoj, domicilo en la vilaĝo Fântâna. Nomo de la edzino: Suzana.

– Ĉu vi estas tiu?

– Mi estas, – respondis Moritz.

– Do, kiel vi ne estas hebreo?

– Tiu estas mi, – ripetis Moritz. – Sed mi ne estas hebreo.

– Pensu pri la seriozeco de la deklaro kiun vi faras, – diris la adjutanto. – Ajna mensogo signifas malliberejon. Vi asertas nun ke ĉio skribita en la dokumentoj – kaj ĉi tiuj estas armeaj dokumentoj – estas falsa. Pensu bone kion vi diras! Vi scias, kio atendas vin. Ĉu vi daŭre asertas ke vi ne estas hebreo?

– Mi ne estas! – respondis Moritz mallonge.

– Kion, do, vi faras ĉi tie?

– Mi ne scias!

– Kial vi ne diris ĝis nun? – demandis la adjutanto. – Ĝis nun mi subskribis en ĉiuj dokumentoj, ke la 250 homoj laborantaj por la kanalo estas hebreoj. Kaj nun vi venas kaj diras ke vi ne estas hebreo! Tio signifas ke mi subskribis falsajn dokumentojn, kio signifas ke mi estas malliberigenda.

La adjutanto estis ruĝa pro kolero.

– Vi meritas tian baton, ke via kapo vertiĝu tutan semajnon! Tamen, mi akceptas vian deklaron. Tio kion vi diras estas serioza.

Pro tio mi prenos de vi skribitan deklaron. Tiu, kiu sendis vin ĉi tien, iros al malliberejo, se estas vere ke vi ne estas hebreo. Sed, se vi ja estas hebreo, vi forlasos la koncentrejon kaj iros al la bagno, por elmini salon.

Moritz restis stara ĉe la pordo. La adjutanto skribis deklaron, kiun li donis al Moritz por subskribi. En ĝi estis skribite ke Johann Moritz ne estas hebreo kaj petas liberiĝon.

– Nun vi povas eliri, – diris la adjutanto. – Morgaŭ matene mi sendos la deklaron kiun vi subskribis. Poste ni atendos la respondon.

Moritz ridetis. Kiam li eliris el la kancelario, estis kvazaŭ li irus rekte hejmen. Sed la deĵoranta soldato Ştrul lin postkuris kaj revokis. La adjutanto volis aldoni ion.

– Aŭskultu, Moritz, – diris la adjutanto. – Mi havas 52 jarojn da laboro. Mi estas familipatro. Mi ne volas piedbati mian karieron pro via deklaro. Via kazo ne estas simpla. Unue: Vi havas hebrean nomon: Moritz. Kial vi nomiĝas Moritz, se vi ne estas hebreo? Due: Vi parolas la jidan. Kiu aŭdis pri rumano, kiu parolas la jidan? Ĉu mi parolas la jidan?

– Mi lernis ĉi tie, en la koncentrejo, – respondis Moritz. – Se oni konas la germanan kaj se oni konstante aŭdas la jidan, oni lernas ĝin. Ne estas malfacile.

– Aŭskultu! – daŭrigis la adjutanto. – Antaŭ ĉio vi havas hebrean nomon. Poste, vi parolas la jidan. Trie, en la dokumentoj estas skribite ke vi estas hebreo. Ĉu mi povas kredi ke vi estas rumano? Nu, diru! Mi ne povas!

La adjutanto havis en la mano la deklaron subskribitan de Moritz. Li ĵetis ĝin sur la tablon kvazaŭ li ĵetus ĝin en rubujon. Pro kolero, en la okuloj de Moritz aperis larmoj.

– Je la nomo de Dio, mi ja estas rumano, sinjoro adjutanto!

– Tion ni klarigos poste! – respondis la adjutanto. – Momente mi notas vian deklaron kaj alnotas kion mi konstatis. Mi ŝatas esti justa, tia kia mi estis dum la tuta vivo. Aldone al via deklaro, mi notis ke vi havas judan nomon kaj ke vi ne konas ĝian devenon. Trie, mi notis ke vi parolas la jidan, sed en la raporto mi skribos ke, laŭ la deklaro de la atestantoj, vi lernis ĝin en la koncentrejo. Kiam vi alvenis, vi ne sciis ĝin. Ĉu estas vera tio kion mi diras?

– Jes! – respondis Moritz.

– Kaj nun, io alia. Kian religion vi havas?

– Mi estas ortodoksa, sinjoro adjutanto!

La adjutanto rigardis Moritz'on dubeme.

– Ĉu vi scias kiel oni baptas la hebreojn?

– Mi scias.

– Vi scias, sed vi asertas ke vi ne estas kiel ili, – daŭrigis la adjutanto.

– Mi ne estas.

– Ĉu certe?

– Certe, sinjoro adjutanto!

– Iru al la fenestro, en la lumon, kaj montru ke vi ne estas baptita kiel la hebreoj! – ordonis la adjutanto.

Johann Moritz iris al la fenestro. Li malbukis la pantalonan zonon kaj lasis la pantalonon fali. Li restis nuda. Poste li rigardis la adjutanton.

– Kial vi hontas kiel virino? – demandis la adjutanto. – Nenio por honti. Iru en la lumon kaj montru! Mi devas konstati propra-okule, por scii kion noti en la raporto.

La adjutanto stariĝis el la seĝo. Li genuis ĉe la piedoj de Moritz kaj pristudis liajn nudajn partojn. Enmense li komparis ilin kun tio kion li sciis el onidiroj aŭ mem vidis. Sed li ne estis plene konvinkita. Pensante ke en la raporto li devas skribi ekzakte, li stariĝis, ruĝvizaĝa, kaj ekbruligis cigaredon.

– Vi kreas al mi nur problemojn, Moritz! – diris li. – Ĉu vi supozas ke la patrio sendis min ĉi tien, nun, dummilite, por ke mi rigardu viajn kojonojn? Knabo, mi estas armeano, kaj tio ĉi ne estas mia tasko. Sed mi faras ĝin, ĉar mi volas esti justa. Eble vi vere ne estas hebreo, kaj tiam ne estas juste teni vin ĉi tie.

La adjutanto malfermis la pordon al apuda ĉambro kaj alvokis la deĵorantan soldaton Ştrul.

– Esploru Moritz'on, – ordonis li. – Raportu al mi, ĉu li estas cirkumcidita laŭ la hebrea leĝo!

Ŝtrul genuis antaŭ Moritz. Li estis banka oficisto. Li ĉion plenumis precize kaj atente. Tiel decas kun ciferoj. Li tuŝis kaj rigardis atente. Poste li stariĝis kaj raportis:

– Se li estas cirkumcidita, li estas nur supraĵe.

– Kion signifas supraĵe? – kridemandis la adjutanto. – Al mi diru klare, ĉu li estas aŭ ne!

– Oni ne povas diri precize! – respondis Ŝtrul. – Ekzistas parta tranĉo, sed oni ne povas diri, ĉu ĝi estas farita de rabeno aŭ havas aliajn kaŭzojn.

– Moritz, kiel vi mem povas vidi, – diris la adjutanto, – via kazo estas tre komplika. Sed mi ja sendos la dokumentojn. Nun eliru! Vi, Ŝtrul, restu por helpi min skribi!

Subigite de pensoj, Moritz eliris el la kancelario, rebukante la pantalonzonon.

33

Post la aresto de Johann Moritz, la popo Alexandru Korugă iris al la ĝendarmejo. Estis ĉirkaŭ la naŭa matene. La adjutanto ĵus revenis furioza el la vilaĝo.

– Mi ricevis rekviziciordonon kaj plenumis ĝin! – diris la ĝendarmo. – Aliajn klarigojn mi ne povas doni al vi. Ankaŭ mi ne scias pli. Demandu ĉe la ĝendarma stabo!

– Ĉu Moritz estas nun ĉe la ĝendarma stabo? – demandis la popo.

– Ankaŭ tion mi ne scias. Eĉ se mi scius, mi ne dirus al vi. Temas pri armeaj sekretoj. Homoj estas rekviziciataj por laboro ĉe fortikaĵoj, kaj oni ne malkaŝas la lokon kien oni portas ilin.

La popo stariĝis dankante pro la klarigoj. Posttagmeze li iris al la urbo, al la ĝendarma stabo. Moritz ne estis tie. Neniu aŭdis pri li.

– Ĉu li estas hebreo? – demandis juna oficiro.

– Li estas kristanortodoksulo el mia paroĥo, – respondis la popo.

– Oni ne sendis lin al ni, – diris la oficiro. – Provu refoje ĉe la loka ĝendarmejo. Petu la numeron laŭ kiu oni sendis lin! Hieraŭ kaj hodiaŭ ni ricevis kaj traktis nur transportojn de hebreoj. Se vi diras ke la homo pri kiu vi interesiĝas ne estas hebreo, tiam li ne estas inter ili…

– Li ne estas hebreo! – ripetis la popo forirante.

Sekvatage li venis denove al la legio, kun la numero de la raporto. La hieraŭa oficiro serĉis en registro kaj diris:

– Bedaŭre, ni povas doni al vi nenian informon. Temas pri sekreta dosiero. Petu permeson de la Ministerio pri milito!

– Mi volas scii nur, ĉu Moritz estas arestita kaj kie li troviĝas, – diris la popo. – Tio ne povas esti sekreto.

– Li estas arestita, – respondis la oficiro. – Sed mi ne povas diri al vi, kie li troviĝas. Ankaŭ ni ne scias. Li estis transdonita al la Ĉefstabo, kaj tiu ĉi ne informas nin kien ĝi sendas la homojn kaj kion ĝi faras kun ili.

La voĉo de la oficiro iĝis malĝentila. Trovinte la nomon de Johann Moritz en la registro, li rigardis la popon malestime.

La popo Alexandru Korugă eliris. Post tio la juna oficiro diris laŭtvoĉe:

– Li estas popo, sed mensogas kiel finegocisto! Hieraŭ li deklaris ke tiu ulo estas kristanortodoksulo kaj hodiaŭ mi trovas lin en la registro kun la hebreoj… Se la popo revenas, ne akceptu lin!

34

La popo skribis al Traian pri la aresto de Johann Moritz kaj petis lin iri al la Ministerio pri milito kaj al la Ĉefstabo por provi akiri lian liberigon. Traian respondis ke li faris demarŝojn ĉien kaj ricevis la promeson ke Johann Moritz estos liberigita. Post la alveno de la respondo pasis du, poste tri kaj fine kvar semajnoj. Pasis du monatoj. La somero estis finiĝanta. Venis la aŭtuno, sed Johann Moritz ne revenis hejmen.

La popo Alexandru Korugă iris al la distrikta prefekto. Survoje al la urbo li renkontis la maljunan Goldenberg. La hebreo estis piediranta. Li estis malfortika. La popo vokis lin, en la kaleŝon, apud sin.

– Ekde la tago de lia aresto mi scias nenion pri Marcu, – diris la negocisto kaj suspiris. – Mi elspezis tiom da mono por sendi lin al lernejoj kaj universitatoj, en Bukareŝto kaj Parizo... Nun, post kiam li doktoriĝis kaj revenis hejmen, oni arestis lin! Oni sendis lin fosi tranĉeojn... Ĉu por tio li venis doktoro el Parizo, por fosi tranĉeojn?

La popo Korugă prenis freŝan panon el la teko. Li rompis ĝin en du pecojn kaj donis unu al Goldenberg. Poste ili ekmanĝis silente. Ili supreniris deklivon. La ĉevalo iris lante. Kiam ili atingis la pinton, la hebreo parolis denove:

– Sciu: ili forprenis mian domon! Rekviziciitan! Ene de kelkaj tagoj mi devas transloĝiĝi. Se ne, la ĝendarmoj eldomigos min. El la domo, kiun mi konstruigis per mia propra ŝvito... Unue oni rekviziciis mian Marcu'n. Nun la domon! Kiel mi eraris, patro?

La hebreo silentis. La ĉevalo haltis.

– Sciu ke mi finos min! – daŭrigis la hebreo. – Mi pendumos min!

La ĉevalo restartis. Rande de la urbo Goldenberg elkaleŝiĝis. La popo rigardis lin malaperi laŭ la stretaj stratoj de la hebrea kvartalo.

35

Disiĝinte de Goldenberg, la popo Korugă iris al la prefektejo. Li lasis la ĉevalon iri malrapide, por ne lacigi ĝin. Li rigardis la domojn kun etaĝoj unu super alia, amason da domoj unu super alia, kiuj grimpis pli kaj pli supren...

Antaŭ la prefektejo la ĉevalo haltis sola. La popo venis almenaŭ unu fojon semajne por demandi pri la sorto de Johann Moritz. La ĉevalo lernis kien iras la popo kiam li venas en la urbon...

La prefekto preskaŭ neniam estis en la oficejo. Kaj, kiam li ja estis, li estis okupita. La popo Korugă ankoraŭ ne sukcesis paroli kun li. La sekretarioj kaj la pordistoj jam konis lin kaj ridetis al li kompate. Hodiaŭ la sekretario ridetis alie.

– Sinjoro prefekto akceptos vin! – diris li. – Ene de duona horo estos via vico.

Pasis tuta horo. La popo Korugă estis antaŭ la prefekto.

– Junulo el mia paroĥo estis arestita antaŭ ses monatoj, – diris la popo. – Mi volas scii, kie li estas kaj kial li estis arestita. Mi aŭdis ke li estas en koncentrejo por hebreoj. Sed li estas rumano, kristano. Mi mem baptis lin. Mi volas interveni por lia liberigo.

– Principe mi rifuzas ajnan intervenon, – respondis la prefekto.

– La homo pri kiu mi parolas estas tute senkulpa! – diris la popo.

– Sed li estas en koncentrejo por hebreoj! Vi mem deklaris tion!

– Sed li ne estas hebreo!

– Ne gravas! – diris la prefekto. – Dum li estas en koncentrejo por hebreoj, li estas tie laŭ specialaj leĝoj kaj ordonoj, pri kiuj ne mi okupiĝas. Tio estas unu aspekto. La dua, kiun mi konsideras ĉefa kaj pro kiu mi akceptis vin aŭdience, estas atentigi vin ke mi ne volas ke la popoj en mia distrikto, anstataŭ zorgi pri la eklezio, okupiĝu pri ĉiuspecaj intervenoj. Ni estas en militstato kaj ĉiu devas resti ĉe sia posteno. Ĉi tiu estas oficiala atentigo miaflanke! Mi ne volas trafi en situacion kiam mi devas agi pune kontraŭ vin.

– Ĉia ago por la bono de la Homo kaj por justeco estas ago por la Eklezio kaj por Dio! – respondis la popo. – Intervenante por Johann Moritz, mi intervenas por la Eklezio kaj por Dio. Tio estas mia misio kiel popo. Al Johann Moritz okazis granda maljustaĵo!

– Maljustaĵo ekzistas nur en via fantazio! – La prefekto parolis nun malafable. – Ni estas en milito. Ni luktas por la patrio kaj por la Eklezio, kontraŭ la Antikristo! Ĉu vi asertas ke estas maljustaĵo se iu ulo estis sendita por labori ĉe la fortikaĵoj por nia sankta afero?

– Tiu individuo estas Homo! – diris la popo. – Tiu Homo estis arestita kaj sendita al punlaboro sen esti kulpa kaj sen esti juĝita de juĝisto.

– Bagateloj, patro! Se ni aparte okupiĝus pri ĉiu individuo, la bolŝevistoj alsturmus kaj pendumus nin ĉiujn, komence kun vi. Ni scias batali por la Kruco!

– Tiu kiu preteratentas la Homon ne povas pretendi lukti por la Kruco! – respondis la popo. – Oni ne povas samtempe esti kaj defendanto de la Kruco kaj ĝia malamiko!

– Ĉu vi volas ke ni liberigu vian Moritz'on kaj permesi la bolŝevistojn invadi nin, bruligi niajn preĝejojn, perforti niajn virinojn kaj kateni nin? Ĉu tiel vi komprenas batali por la Eklezio?

– Eĉ la plej altaj idealoj naciaj, sociaj aŭ religiaj ne povas esti ekskuzo por maljusteco farita al unu Homo. *Accusatio ordinatur ad bonum commune quod intenditur per cognitionem criminis: nullus autem debet nocere alicui injuste, ut bonum commune promoveat.*[15] La sklavigo de homo nome de Kristo estas krimo kontraŭ Kristo!

– Ĉu vi certas ke tiu ulo ne estas hebreo? – demandis la prefekto.

– Absolute certa!

– Tiukaze, tio kio okazis al li estas fiaĵo! La kulpanto estas punenda. Kiu donis la rekviziciordonon?

– Mi ne scias, – respondis la popo. – De ses monatoj mi demandas ĉe ĉiuj instancoj: polico, ĝendarmoj, armeo, ĉie. Neniu respondas al mi. Ĉie oni diras al mi ke temas pri sekreto.

– Tiel estas, – diris la prefekto. – Temas pri sekretaj operacioj. Ankaŭ mi povas diri al vi nenion. Vi devas iri unue al la Ĉefstabo. Ricevinte permeson, vi revenu ĉi tien. Ni serĉos en la dosieroj kaj vidos, kiu subskribis la ordonon. Se temas pri misfaro, vi povas esti certa ke la aŭtoro estos ekzemple punita. Sed antaŭ ol vi

---

15 La akuzo estas ordonata por la komuna bono, kiu estas intencata per la ek-kono de la krimo: sed neniu devas maljuste noci al iu por helpi al la progreso de la komuna bono. (lat. Tomaso la Akvinano)

alportas skribitan permeson ke vi rajtas interesiĝi pri la kazo, ni povas doni al vi nenian informon.

La prefekto gestis ke la aŭdienco finiĝis. La popo Korugă ne moviĝis de sur la seĝo.

– Ĉu eblas, sinjoro prefekto, ke homo atingu tian staton de dezerteco kaj surdeco, ke – same kiel la maŝinoj – ĝi ne plu aŭdu la voĉon de samulo parolanta al ĝi? – demandis la popo. – Mi tamen ne povas kredi ke vi ne komprenas mian peton. Vi ja estas homo. Homo havas sentojn. Animon. Homo ne estas maŝino. Ĉu veras ke vi ne sentas la maljustaĵon faritan al Johann Moritz?

– Aŭskultu, patro, – diris la prefekto. – Por esti sincera, mi bedaŭras ne povi helpi vin. Mi kredas ke vi pravas. Mi diras tion, ĉar ankaŭ mi estas popido. Sed, principe, mi ne okupiĝas pri la dosieroj de hebreoj, framasonoj kaj legianoj[16]. Ili estas aferoj danĝeraj. Ili eksplodas en viaj manoj, kiam vi tuŝas ilin. Mi estas oficiro kaj ne volas fuŝi mian karieron. Pri tiuj aferoj mi ne okupiĝas, ĉu bone, ĉu malbone.

La popo Alexandru Korugă stariĝis. Ĉe lia foriro, la prefekto manpremis kaj diris:

– Mi bedaŭras ne povi fari ion ajn por via homo... kiel li nomiĝas? Moritz, se mi ne eraras... Sed pri aliaj aferoj ne hezitu, mi helpos vin!

36

Rande de la urbo estis preĝejo. Kiam li alvenis antaŭ ĝin, la popo haltigis la kaleŝon. Li memoris pri la ĝendarmo en Fântâna, pri la juna oficiro ĉe la legio, ĉiuj policanoj kaj funkciuloj kiuj atendigis lin ĉe la pordo kaj kiuj tenas Johann'on Moritz mallibera. Li demetis la ĉapelon kaj recitis mense la jenan preĝon de W. H. Auden[17]:

Kaj aparte nun ni preĝu por tiuj okupantaj poziciojn de malgrava kaj nepopulara aŭtoritato, per kiuj ni devas suferi la senpersonecan

---

16 La Legiana movado aŭ la Legio de la Ĉefanĝelo Mikaelo – rumana faŝista-naciista movado aginta inter 1927 kaj 1941.

17 Wystan Hugh Auden (1907-1973), brita-usona poeto.

tiranion de la ŝtato, por ĉiuj kiuj enketas kaj reenketas, por ĉiuj kiuj eldonas la permesojn kaj aplikigas la malpermesojn, ni preĝu ke ili ne konsideru la skribitan vorton kaj la statistikan nombron pli realaj ol la karnon kaj la sangon... kaj igu, Sinjoro, ke ni, simplaj civitanoj de tiu ĉi tero, ne konfuzu la homon kun la funkcio kiun ĝi okupas... igu ke ni konstante tenu en la menso, ke pro nia senpacienco aŭ pigro, pro niaj misagoj aŭ pro nia timego je libero, pro niaj maljustaĵoj, naskiĝis ĉi tiu ŝtato, kiun ni devas elteni, por la pardono kaj savo de niaj animoj.

La popo kovris sian hararon per la ĉapelo kaj daŭrigis la vojon al Fântâna. Ĉe la vojkruciĝo li renkontis denove Goldenberg'on. Ankaŭ li revenis el la urbo. Kiam li atingis la hebreon, la ĉevalo haltis: ĝi rekonis la negociston kaj sciis ke la popo prenis lin en la kaleŝon.

37

La ĝendarmestro en Fântâna ricevis la ordonon sendi raporton pri ĉiuj nemoveblaĵoj de la judoj en la vilaĝo. Li pretigis liston en kiu li skribis kion posedas la maljuna Goldenberg, sed ne sendis ĝin. Li sciis ke ankaŭ Johann Moritz estas en la hebrea koncentrejo. Kiam li sendis lin al la legio, li ne skribis en la rekviziciraporto ke Moritz estas hebreo. Li eĉ ne povintus fari tion: tio estus falsaĵo, ĉar Moritz ja estas rumano. La instrukcioj por la rekvizicio de laborfortoj menciis nur du kategoriojn: hebreojn kaj nedezirindajn elementojn. Li rekviziciis Moritz'on kiel nedezirindan elementon. Tio ja estis laŭleĝa. Kiu ajn povis esti konsiderata de la ĝendarmo kiel nedezirinda. Ĉi-rilate la instrukcioj ne estis precizaj. Sed ĉe la ĝendarmlegio oni enskribis lin inter la hebreojn. Tio estas la kulpo de la legio. Aŭ, ĉefe, la kulpo de Johann Moritz, ĉar li havas hebrean nomon. La vilaĝa ĝendarmestro bedaŭris la okazaĵon. Li pensis ke oni tenos Moritz'on en la koncentrejo kelkajn semajnojn. Sed jam pasis ses monatoj. Nun venis rekviziciordono por la domoj de la hebreoj. En vero la domo de Moritz ne estis rekvizicienda. Sed en la registroj ĉe la legio estas skribite ke en Fântâna estas du judoj: Goldenberg kaj Moritz. La ĝendarmo turmentis sin kiel agi. Se li anoncas al la legio ke Moritz ne estas hebreo kaj pro tio lia domo ne estas en la listo de rekviziciendaj domoj, sekvos enketo por espori kial li estis sendita en la koncentrejon. Li diros ke Johann Moritz estas nedezirinda. Sed la ĝendarmestro ne volas havi enketon. Pli bone sen esploroj. Suzana povus fari deklaron kontraŭ lin. Necesas trovi alian vojon. La ĝendarmo demandis la hebreon kion fari.

– Se Suzana divorcas disde Moritz, ŝi havas la rajton resti en la domo. Pri ŝi estas nenie skribite ke ŝi estas hebrea. En la urbo tiel faris ĉiuj hebreoj edziĝintaj al kristaninoj, – diris Goldenberg.

La ĝendarmo pensis ke Suzana ne akceptos divorci. Ŝi sciis ke Moritz ne estas hebreo kaj ŝi startigos skandalon. Ŝi eĉ povus dungi advokaton. Kaj tiam la ĝendarmo povus esti enketota.

– La divorco estas facile farebla, – aldonis Goldenberg. – Sufiĉas skriba deklaro de la virino ke ŝi volas disiĝi pro rasaj kialoj. La divorco riceviĝas aŭtomate ĉe la prezento de la peto. Nenia pridemandado, ĉio solviĝas laŭ administra vojo. Tiaj estas la novaj leĝoj.

38

Li skribis divorcpetan leteron, kvazaŭ ĝi venus de Suzana, kaj iris kun ĝi al ŝi, por ke ŝi subskribu ĝin.

– Via edzo estas en la koncentrejo por judoj, – diris li. – Nun venis la ordono rekvizicii vian domon. En la dokumentoj estas skribite ke li estas hebreo. Mi scias ke li ne estas. Lia nomo kulpas. Kial diable li nomiĝas Moritz?

Suzana aŭskultis kun la mentono kontraŭ la pordego. Ŝi fiksrigardis la ĝendarmon. El ŝiaj okuloj komencis flui larmoj.

– Vi forprenis mian edzon! – diris ŝi. – Nun vi volas forpreni ankaŭ la domon, ĉu? Mi mortigos vin propramane, malgraŭ via ĝendarmeco. La domon vi ne forprenos!

Suzana prenis ŝtonon kaj kolere ĵetis ĝin super la kortopordon. La ĝendarmo evitis ĝin.

– Mi ne volas forpreni vian domon. Mi portis al vi ĉi tiun paperon por ke vi povu konservi la domon.

Li donis al Suzana la divorcpeton. Poste la fontoplumon. Ŝi prenis ilin. Sed ŝi ne povis legi – ŝiaj okuloj ankoraŭ larmoplenis.

– Kio estas skribita tie? – demandis ŝi.

– Temas pri divorcpeto, – respondis la ĝendarmo. – Temas pri nura formalaĵo, por ke oni ne eldomigu vin.

– Ĉu vi volas igi min divorci? – kriis ŝi.

Ŝi estis kiel leonino. Ŝi pretus ŝiri lin. Li kaptis ŝin je la mano, super la pordo kaj provis trankviligi ŝin:

– Estas nura formalaĵo. Ne estas vera divorco. Se vi ne subskribas ĝin, post kelkaj tagoj mi devos eldomigi vin. Kien vi volas iri kun la infanoj, nun sojle de la vintro?

Suzana tute ne volis aŭdi pri divorco.

– Iani estas mia edzo, – diris ŝi. – Mi prefere mortigos min anstataŭ disiĝi de li.

La ĝendarmo restis ĉe la pordego pli ol unu horon. Suzana, laca pro plorado, eniris la domon kaj revenis al la pordego. Ŝi ĵetis ŝtonojn kontraŭ la ĝendarmon. Ŝi venis kun hakilo kaj minacis lin. Fine ŝi pensis ke tamen estas pli bone subskribi pecon de papero ol esti eldomigota. Kiam Moritz revenos, li komprenos kaj pardonos ŝin. Li vidos ke ŝi restis fidela, ke ŝi laboris kaj prizorgis la domon kaj la infanojn. Ke ŝi restis virino nur por li. Ĉion ĉi Moritz vidos, kiam li revenos. Kaj ŝi subskribis.

La ĝendarmo metis la divorcpeton en la poŝon de la tuniko kaj foriris. Nun li certis ke ne okazos enketo. Se la kapitano venos por esplori, eblus nur du-tri tagoj da aresto por la ĝendarmo. La danĝero estis for! Li ridetis kaj komencis fajfi.

39

La malliberuloj en la koncentrejo de Moritz povus ĉiuj eskapi – ilin gardis nur kvin soldatoj. Sed ili sciis ke, kaptite, ili estos revenigitaj, sekve neniu provis eskapi. Tamen Marcu Goldenberg eskapis. Fuĝinte, li renkontis la adjutanton survoje. Nun Marcu estis denove en la koncentrejo. Antaŭ la laboro la adjutanto amasigis la malliberulojn kaj demandis ilin:

– Ĉu mi katenu Marcu'n Goldenberg kaj sendu lin al la Milita Kortumo, aŭ mi lasu lin en via prizorgo, por ke li ne fuĝu denove?

La malliberuloj prenis Marcu'n sub sia respondeco. Ĝis tiam li laboris eĉ ne unu tagon por la kanalo. Preskaŭ konstante li estis malsana. Poste li estis helpdeĵoranto en la kancelario. Nun, la maljuna Lengyel donis ankaŭ al li pioĉon kaj montris kion li devas fosi. Marcu Goldenberg rifuzis. Li asertis ke eĉ kun la risko havi la brakojn fortranĉitaj, li fosos eĉ ne colon da kanalo.

– Tiu ĉi laboro estas kontraŭa al miaj politikaj kredoj! – li diris.

La malliberuloj kolektiĝis ĉirkaŭ li. Neniu laboris ĉe la kanalo pro politikaj konvinkiĝoj.

– Tiu ĉi kanalo konstruatas por bari la antaŭeniron de la Ruĝa Armeo! – daŭrigis Marcu. – Mi estas komunisto. Mi ne povas fosi obstaklojn en la vojo de miaj kamaradoj!

Al la malliberuloj plaĉis la kuraĝo de Marcu. Ili konsentis kun li. Sed kiam ili komprenis ke, se Marcu ne fosas, la aliaj devas prizorgi ankaŭ lian pecon, la entuziasmo malkreskis.

La maljuna Lengyel signalis la komencon de la laboro kaj promesis mem solvi la problemon. Li venis apud Marcu, kiu sidis rande de la fosaĵo, kun la manoj en la poŝoj.

– Ni, judoj, – diris Lengyel, – havas kvaliton, kiun neniu en la okcidento atingis: ni scias transakcii. La saĝo de nia raso estimas la kompromison kaj malestimas la kategoriajn sintenojn. Tio estas virto lernita en la oriento. Ĉu vi komprenas kion mi volas diri? Saĝas tiu kiu kontentigas la katon kaj kune la raton, kiel diras la proverbo. Vi neglektis tiun saĝon kaj prenis sintenon, forgesante ke tia sinteno estas karakterizaĵo de la barbaroj popoloj, de la soldatoj. La rafinitaj kaj kulturitaj nacioj permesas al si la luksaĵon havi pli da opinioj samtempe, por povi alvoki la plej taŭgan por la situacio. Se vi ne enkalkulas la saĝon, tio estas via persona problemo. Ni ja komprenis ke vi ne volas fosi la kanalon.

– Mi ne volas! – respondis Goldenberg.

– Sed vian pecon iu devas fosi ĉiutage, dum vi estas en la koncentrejo. Ĝis nun vi estis en la flegejo. Ekde hodiaŭ...

– Mi scias! – daŭrigis Goldenberg. – Sed mi ne fosos!

– Se vi ne fosas, ni devos fosi. Hodiaŭ ni faris tion, – diris Lengyel. – Sed ne eblas ke vi restu kun la manoj en la poŝoj dum ni fosas por vi.

– Mi ne petis vin fari tion! – respondis Marcu moke. – Se vi faras tion, ĝi koncernas nur vin. Eble vi ŝatas fosi...

– Ni ne ŝatas kaj vi scias tion. Sed ni ankaŭ ne povas diri al la adjutanto sendi vin katenitan al la Milita Kortumo.

– Diru al li ke mi estas sabotanto. Kial vi ne diras tion?

– Vi estas doktoro pri juro, – respondis Lengyel. – Vi komprenas la situacion. Ni ne povas peti ke oni vin katenu kaj forprenu el la koncentrejo inter bajonetoj. Nuntempe la hebreoj estas ĉasataj kvazaŭ bestoj tra la tuta Eŭropo. Tion faras la faŝistoj. Kaj vi volas ke unu el la niaj sendiĝu antaŭ la Militan Kortumon? Vi scias ke ni ne povas fari tion. Sed ankaŭ fosi por vi ni ne povas. Ni apenaŭ fosas niajn pecojn...

– Kial vi faras al mi tian sentimentalan predikon? – demandis Marcu, same ironie. – Ĉu vi volas persvadi min fosi?

– Mi estus naiva se mi provus, – respondis Lengyel. – Vi estas fanatikulo. La fanatikuloj estas rabiaj bestoj; oni ne devas proksimiĝi al ili. Sed vi havas patron kaj patrinon. Vi ne pensas pri ili; sed ni ja pensas pri viaj patrino kaj patro, kiuj atendas vin hejme. Vi estas hebreo, kaj ni ne forgesas tion. Vi estas nia frato. Vi havas la saman sangon kiel ni, eĉ se vi forgesis. Pro tio ni serĉis kompromisan solvon, por pacigi kaj vian fanatikecon kaj la interesojn de nia komunumo kaj nian sentimentalecon, kiun vi mokas.

La ceteraj malliberuloj kolektiĝis ĉirkaŭe kaj aŭskultis.

– Por la kanalo vi ne volas labori, ĉar ĝi estas obstaklo sur la vojo de viaj kamaradoj en la Ruĝa Armeo, – daŭrigis Lengyel. – Vi pretas rezigni vian vivon nur por tio. Ni ne devigos vin. Sed tiam vi devas fari alian laboron. Laboron, kiu havas nenian politikan aŭ armean signifon. Ĉu vi pretas, ekzemple, purigi la latrinon de la koncentrejo anstataŭ fosi? Ni purigas la latrinon laŭvice. Se vi purigas la latrinon ĉiutage, tiu kiu devas purigi ĝin tiutage, fosos vian porcion. Mi devas averti vin: temas pri peza kaj naŭza laboro!

La maljunulo estis konvinkita ke, metite antaŭ tia alternativo, Marcu Goldenberg akceptos la laboron ĉe la kanalo. Li sciis ke neniu povus labori ĉe la latrino pli ol du-tri tagojn. Precipe ne intelektulo...

– Ne necesas doni al mi la respondon nun, – daŭrigis Lengyel. – Pensu ĝis la vespero kaj diru al mi tiam.

– Mi ne bezonas pensi, – respondis Marcu. – Mi decidis.

– Por kiu laboro vi decidis?

– Certe por la latrino, – respondis Marcu. – Purigi la latrinon estas laboro por la komunumo. Estas konstruiva laboro. Fosi la kanalon estas krima laboro, reakcia kaj faŝista. Mi preferas purigi latrinojn ol fari ion kontraŭ miaj kamaradoj en la Ruĝa Armeo!

La maljuna Lengyel paliĝis. Liaj planoj malsukcesis.

– Estus bone plu pensi antaŭ ol decidi! – li diris.

– Mi jam decidis, – diris Marcu kaj turnis al li la dorson.

Eĉ ne unu el la malliberuloj kuraĝis plu paroli al Marcu. Nur Johann Moritz proksimiĝis al li.

– Marcu, ĉu vi estas freneza? – li demandis. – Ĉu vi volas purigi latrinojn ĉiutage? Estas pli aĉe ol en bagno!

– For de ĉi tie! – kriis Goldenberg. – Mi scias kion mi faras.

– Eble vi scias kion vi faras, sed vi faras malbone, – respondis Johann Moritz.

En tiu momento li rimarkis ke la rigardo de Marcu Goldenberg estas kiel tiu de Iorgu Iordan kaj li foriris.

40

Sekvatage Lengyel havis konsciencriproĉojn pro la maniero en kiu li traktis Marcu'n Goldenberg. Li estis sentema maljunulo. Vespere li venis ĉe Goldenberg, decidinte konvinki lin rezigni pri la latrinoj. Li volis preni lin el tiu laboro ajnapreze, ĉar ŝajnis ke li kondamnis lin al tiu laboraĉo. Marcu ankoraŭ ne finis la laboron. Li estis preninta la plenajn sitelojn el la fosaĵo servanta kiel latrino kaj portis ilin ekster la koncentrejon por malplenigi sur la kampon. Dum la tago pluvis kaj la latrinoj konstante pleniĝis je pluvakvo. La laboro estis duobla kompare kun aliaj tagoj. Marcu estis laca. Li estis malfortika kaj havis problemojn kun la pulmoj.

– Mi kredas ke vi rezignos, – diris Lengyel. – Tio ĉi ne estas laboro por vi.

Marcu malsupreniris en la fosaĵon de la latrino kaj plenigis denove la sitelojn. Poste li eliris kaj kolektis la restaĵojn per ŝovelilo.

– Se mi estus en via situacio, mi ne povus resti la tutan tagon en tiuj ĉi haladzo kaj malpuro, – diris Lengyel.

Ankaŭ ĉi-foje Marcu ne respondis. Li apenaŭ povis stari. Sed li daŭrigis. Li levis la sitelojn kaj preterpasis la maljunulon. Li iris malplenigi ilin. Kiam li revenis, Lengyel diris:

– Ekde nun viaj vestaĵoj kaj haŭto stinkos je latrino dum la tuta nokto kaj vi ne povos dormi.

La maljunulo pretiĝis informi Marcu'n ke, ekde morgaŭ, li resendos lin kiel helpdeĵoranton en la kancelario. Sed Marcu ne plu havis la forton atendi. Li jam atingis la finon de sia rezistoforto. Li havis la ŝovelilon en la manoj. Li levis ĝin, fermis la okulojn kaj frapis. La frapo falis kiel trankĉilo sur la kapon de Lengyel. La maljunulo ŝanceliĝis. Marcu ne vidis lin – li havis la okulojn fermitaj. Liaj manoj premiĝis ĉirkaŭ la ŝovelilo. Kaj li frapis denove. Poste trian fojon. La sekvaj frapoj ne plu trafis la maljunulon – li estis falinta. Marcu restis kun la ŝovelilo en la mano. Li malfermis la okulojn kaj vidis ĉe siaj piedoj Lengyel'on kun la kapo splitita. Li ne volis mortigi la maljunulon. Li frapis pro malespero. Sed li ne bedaŭris.

41

Pasis kvar monatoj de kiam Marcu Goldenberg mortigis Lengyel'on. Johann Moritz memoris la kapon de la maljunulo, splititan en du per la ŝovelilo, kaj la matenon kiam Marcu estis prenita el la koncentrejo inter bajonetoj, sed ĉio ĉi ŝajnis okazinta antaŭ multaj jaroj. La mortintojn oni forgesas. Marcu ne estas mortinta, sed ankaŭ tiujn fermitajn en malliberejoj oni forgesas, samkiel la mortintojn. Tiutage neĝis. La adjutanto anoncis ke generalo venos inspekte.

– Ni atendas ankaŭ viziton de la reĝo! – diris la adjutanto. – La reĝo volas vidi la kanalon kiun vi fosis. La planojn de la kanalo desegnis la reĝo mem propramane. Pro tio li volas vidi ĝin.

Moritz pensis pri Marcu Goldenberg, kiu dispecigas salon en la bagno. Poste li pensis pri la reĝo, kiu mem desegnis la kanalon. Li kvazaŭ vidis la reĝon, kiel sur fotoj, sidi ĉe la skribotablo kaj desegni per krajono. La kanalo estas tre longa. Laŭdire ĝi havas pli ol cent kilometrojn. Sed ĉiu malliberulo vidas nur la pecon kiun li fosas kaj tiom kiom la okuloj povas atingi dekstre kaj maldeskstre. La kanalo profundas je tri metroj kaj havas krutajn randojn. Ĝi estos plenigita per akvo. Moritz provis imagi kiel ĝi aspektos kiam akvo fluos tie kie li nun staras kaj fosas. Li aŭdis ke, post la milito, tra la kanalo navigos ŝipoj. Ĝin oni konstruis por malhelpi la rusojn, kiam ili provos invadi Rumanion. Pro tio la fosado de la kanalo estas sekreta. Pri ĝi scias nur la reĝo kaj kelkaj generaloj. Tiel diris la adjutanto. Moritz sonĝis plurfoje la reĝon paroli flustre en la oreloj de siaj generaloj pri la kanalo kiun Moritz fosas. Kaj li komprenis kial la malliberuloj ne rajtas leteri hejmen, al la edzino, al la gepatroj – por ke la sekreto ne riveliĝu kaj la rusoj ne eksciu ĝin. La adjutanto asertas ke la rusoj havas spionojn ĉie. Ili volas foti la kanalon ĉe kiu Moritz fosas. Sed la polico kaptas ilin ĉiufoje. Ankaŭ liberigoj ne okazas, por ke tiuj kiuj fosis ne parolu pri la kanalo reveninte hejmen.

Johann Moritz ŝatus reveni iam, post la fino de la milito, kun Suzana kaj iliaj filoj, por montri al ili la kanalon. Tiam estos akvo en ĝi, sed li registris en la memoro la lokon kie li fosis. La infanoj miregos. Eble ili eĉ ne kredos ke ĉi tie iam estis kampo sur kiu paŝtis sin brutoj. Ili rakontos en la lernejo kion ilia patro faris kaj fieros havi tian patron. La aliaj infanoj ne havos gepatrojn kiuj faris tiajn nekredeblaĵojn. Moritz sentis fieron. En la komenco turmentis lin la memoro pri la bieno. Li pensis ke la brikoj en la korto difektiĝas. Ke Suzana ne sukcesas venigi la lignon el la arbaro. Ke la maizo restas nesarkita. Nokte li ne povis dormi pro la pensoj. Tio estis en la komenco. Poste li pensis malpli kaj malpli. Li imagis ke Suzana zorgas pri ĉio. Kaj kion ŝi, virino, ne faris, faros li kiam li revenos hejmen. Ekde la tago kiam la adjutanto esploris lin, igis lin faligi la pantalonon kaj konstatis ke li ne estas hebreo, Johann Moritz atendas sian liberigon. Li kredas ke la liberigordono jam delonge venis, sed oni daŭre tenas lin tie, ĉar la kanalo ne estas finita. Nun, post kiam venos la generalo kaj, poste, la reĝo, por vidi ĉu la kanalo plaĉas al ili, oni resendos lin hejmen. Moritz ne rankoras kontraŭ la rumana ŝtato pro tio ke ĝi sendis lin ĉi tien. Komence li estis furioza kontraŭ la soldato kiu eskortis lin de Fântâna ĝis la urbo. Li supozis ke li estas rekviziciita. Li daŭre kredas ke la adjutanto Dobrescu kulpas. Sed la granda kolero jam pasis. Li kutimiĝis al la ĉiutagaj ĉagrenoj kaj forgesis la koleron. Kiam li revenos en la vilaĝon kaj renkontos la adjutanton Dobrescu, li salutos lin demetante la ĉapelon, kiel antaŭe. Eble iam, renkonte, li blasfemus lin pro la maljustaĵo kaŭzita de la rekviziciordono. Sed nun lia ardo estingiĝis. Ĉio pasas kun la tempo. Li scias ke baldaŭ li estos hejme. Li sopiras Fântâna'n, la edzinon. Certe la infanoj kreskis. Petru bonvenigos lin ĉe la kortopordo. Moritz lasis sin ĉirkaŭvolviĝi de la pensoj. Li imagis kiel li eniros la korton, kiel li prenos en la brakoj Petru'n, kiel li brakumos la etan Nicolae'n.

Estis kvazaŭ nun li brakumus ilin. Poste li diros al Suzana kiel li laboris, kie li estis. Li ne diros ke li estis batita, ke li malsategis. Kial ĉagreni ŝin? Sed li rakontos kiel li lernis la jidan kaj kiel neniu, eĉ ne la hebreoj, kredis ke li estas rumano. Ŝi ridos. Poste li rakontos ke oni kredis ke li ne estas hebreo nur post kiam la adjutanto igis lin faligi la pantalonon kaj rigardis lian intimaĵon. Suzana falos pro ridego aŭskultante. Precipe kiam ŝi aŭdos ke la adjutanto alvokis ankaŭ la deĵorantan soldaton Ştrul kaj igis ankaŭ lin esplori. Li diros al ŝi ke kaj la adjutanto kaj la deĵoranta soldato miris kaj diris: "Moritz, vin ni devas liberigi, ĉar vi ne estas hebreo, kaj la reĝo ordonis ke nur hebreoj fosu la kanalon!" Suzana estos feliĉa ke ĉio bone finiĝis kaj ke li ree estas hejme, kaj ŝi proksimiĝos kaj arde brakumos lin dirante: "Vi estas mia edzo kaj mi amas vin kiel la sunon en la ĉielo!"

Tion revis Moritz atendante la venon de la generalo. Poste anonciĝis ke la generalo venos sekvatage. La malliberuloj – en tri vicoj antaŭ la kanalo – kun fosiloj kaj pioĉoj en la mano, disiĝis.

Moritz estis alvokita al la kancelario.

– La adjutanto volas paroli al vi! – diris Ştrul.

La koro de Moritz bategis. Li sciis ke alvenis la liberigordono, pro kio la adjutanto alvokis lin. Sed li demandis nenion de Ştrul. Li apenaŭ regis sian ĝojon. Li estis pensinta ke li estos liberigita nur kiam la kanalo pretos. La alvoko venis kvazaŭ el la ĉielo.

La adjutanto estis vestita per nova tuniko. La planko estis freŝe lavita por la inspekto de la generalo. Sur la skribotablo, kovrita per pura blua papero, la dosieroj staris vice unu apud la alia. Moritz haltis ĉe la pordo kaj salutis. Li atendis senspire la novaĵon. Sed li ŝajnigis ne scii, kial li estas alvokita. Li ne volis montri ke li ĝojas kvazaŭ infano. Apud la adjutanto sidis doktoro Samuel Abramovici. Ankaŭ li malliberulo, sed amiko de la adjutanto – li ĉiam estis en la kancelario. Ştrul sidis en angulo ĉe sia tableto. Ankaŭ ĝi estis kovrita per nova blua papero. Ĉiuj rigardis Moritz'on. Ili estis seriozaj. La adjutanto ekparolis:

– Moritz, knabo, via edzino divorcis disde vi. – Li daŭrigis turnante la angulon de siaj lipharoj: – Oni sendis al ni la divorcdecidon, por ke vi subskribu ĝin agnoskocele.

La adjutanto metis paperpecon sur la randon de la tablo kaj proponis al Moritz plumon por subskribo. Sed Moritz ne moviĝis de la pordo.

– La divorco estis petita pro rasaj kialoj. Ŝi ne plu volas esti la edzino de hebreo.

La adjutanto aldonis skolde:

– Kaj vi diris al mi fabelojn, ke vi estas pura rumano, kristano! Ĉu vi kredis ke vi trompos min? Mi estas maljuna vulpo: mi ne sendis la raporton kaj vian peton. Mi ja pravis! Jen, via edzino rezignis pri vi, ĉar vi estas hebreo. Ŝi devas scii pli bone ol iu ajn.

La adjutanto ridetis. Sed kiam li trafis la okulojn de Moritz kaj vidis kiel li paliĝis, lia rideto malaperis. Johann Moritz estis blanka kiel la neĝo. Kvazaŭ li estus mortinta. La adjutanto kompatis lin.

– Tiaj estas la virinoj, – li diris. – Tuj post kiam vi foriris de la hejmo, ili trovas iun alian. Ĉiuj virinoj estas putinoj. Ne indas ĉagreniĝi pro virino!

Moritz rigardis la adjutanton kvazaŭ li pretus ŝiri lin. Li ne toleris ke la adjutanto diras ke lia edzino estas putino. Li kunpremis la pugnojn kaj grincigis la dentojn. La furiozo bolis en li. Li volus regi sin, sed la bolado atingis lian gorĝon. Li pretus frapi.

– Mia edzino ne estas putino! – li kriis.

– Vi plene pravas, – respondis la adjutanto. – Vi estas viro kies edzino ne estas putino, ĉar vi ne havas edzinon. Vi havis ĝis la…

La adjutanto prenis la paperpecon kaj legis la daton:

– Ĝis la 30a de januaro. Tiam oni registris la divorcon. Ekde tiam vi estas fraŭlo.

La adjutanto ridetis denove. Ankaŭ doktoro Abramovici ridetis el la lipangulo.

– Mia edzino ne divorcis! – diris Moritz. – Mi konas Suzana'n.

– Tio kion vi kredas, estas nur via afero, – respondis la adjutanto. – Nun subskribu ĉi tie ke vi eksciis pri la aprobo de la divorco kaj ke vi sentas vin denove fraŭlo.

– Mi ne estas fraŭlo! – diris Moritz.

– Bone, vi ne estas fraŭlo, sed subskribu por agnoski.

Moritz rigardis la fontoplumon, kiun la adjutanto proponis al li kaj diris:

– Mi ne subskribas!

La vizaĝo de la adjutanto ruĝiĝis pro kolero. Li estis armeano kaj tia respondo estis signo de malobeo.

– Subskribu! – ordonis li. – Ĉu vi forgesis, kie vi troviĝas?

Johann Moritz prenis la fontoplumon kaj subskribis. Ĉi-foje temis pri ordono, kiun li devis plenumi. Skribinte sian nomon en la malsupra dekstra angulo de la papero, tie kie la adjutanto indikis fingre, li demetis la fontoplumon kaj pretis foriri. Liaj okuloj nebuliĝis kaj li vertiĝis.

– Legu! – diris la adjutanto. – Por ke vi sciu kion vi subskribis.

– Mi ne bezonas legi, – respondis Moritz. – Kiel ajn mi scias ke ne estas vero.

Li volis malfermi la pordon. Sed lia mano treme palplis kiel en mallumo kaj li ne trafis la anson.

– Restu por fumi cigaredon, – diris doktoro Abramovici, proponante al li la cigaredujon.

Moritz revenis de la pordo. Li prenis cigaredon kaj ekfumis sen konscii kiam la doktoro donis al li la fajrigilon. Li provis memori sed vidis antaŭ si nur la flamon de la fajrigilo. Flamon flavecan, brulantan antaŭ liaj okuloj, kaj kiu iĝis pli kaj pli granda.

– Ĉu vi havas infanojn? – demandis la doktoro.

Moritz vekiĝis kiel el sonĝo. Li respondis kvazaŭ per aliula buŝo. Poste li eliris el la kancelario, daŭre sen scii kiam kaj kiel. En tiu tago li sidis sur la rando de la kanalo, sur la frosta grundo. Sed li ne sentis malvarmon. Li pensis pri ĉiuspecaj aferoj. Jen kaj jen li memoris pri la paperpeco kiun li subskribis. Tiam li koleris.

Matene li reiris al la adjutanto. Li petis la divorcordonon kaj legis ĝin. Ĝis tiam li ne kredis. Nun li sciis ke estas vere – Suzana divorcis disde li. Ĉar ankaŭ ŝi kredis lin hebreo kaj trovis iun alian. Li ne plu koleris kontraŭ la adjutanto kiu diris al li ke li denove estas fraŭlo. Lia koro doloris, sed li sciis ke estas vere. Li mem legis propraokule.

42

Sekvatage la adjutanto venis denove kun la nova tuniko. La malliberuloj atendis ĝis la tagmezo, en vicoj antaŭ la kanalo, sed la generalo ne venis. La trian tagon la adjutanto portis la labortunikon. Li anoncis ke la generalo estas ĉagrenita kaj ne venos por vidi la kanalon. Dum tuta semajno oni ne plu laboris.

Poste la koncentrejo de Moritz translokiĝis norden. Ĝis tiam ili fosis en flava mola grundo. Nun necesis fosi en ŝtono. La adjutanto foriris kun la kamiono por venigi novajn ilojn, per kiuj eblas fosi en ŝtono – la aliaj taŭgis nur por mola grundo. Li forestis tri tagojn. Poste alvenis du kamionoj kun maŝinoj por bori kaj rompi rokojn. La laboro estis peza kaj dume iĝis malvarme.

Moritz laboris la tutan vintron. La manĝaĵo estis aĉa kaj la malliberuloj malsaniĝis unu post la alia. Kelkaj mortis. Moritz ne malsaniĝis; nur unu semajnon doloris lia gorĝo.

La laboro antaŭeniris malrapide. En aprilo ili estis daŭre en la sama loko kie ili komencis fosi kristnaske. Ili fosis nur kelkdek metrojn da kanalo. Oni diris ke kvin cent homoj laboris la tutan vintron por fosi la kanalon. Kaj tio daŭros ankaŭ dum la somero. Nur aŭtune ĝi pretos – iam en oktobro oni enlasos akvon en ĝin. Sed komence de majo venis ordono ĉesigi la laboron. La adjutanto anoncis ke la Ĉefstabo rezignis pri la fosado de la kanalo. La reĝo Karolo la Dua de Rumanio estis detronita kaj fuĝis el la lando. Kune kun li fuĝis aŭ estis sentaskigitaj ĉiuj generaloj kun kiuj li konsiliĝis pri la konstruado de la kanalo. Nun al la reĝa palaco venis aliaj generaloj, kiuj asertis ke la plano desegnita de la reĝo mem estis malbona. Ili ordonis la ĉesigon de la laboro. La hebreoj estis entrajnigitaj kaj veturigitaj al la okcidenta landlimo de Rumanio por tie konstrui fortikaĵojn kontraŭ la hungaroj.

Kiam li forlasis la kanalkonstruejon, Johann Moritz bedaŭris ke la reĝo ne bone desegnis la planon. La tuta laboro estis vana.

43

La nova koncentrejo estis ĉe la landlimo inter Rumanio kaj Hungario, en arbaro. Por atingi ĝin ili vojaĝis tri tagojn kaj tri noktojn per trajno. Forire ili prenis kun si la ilojn per kiuj ili fosis ĉe la kanalo. La adjutano translokis la tutan kancelarion, kiu konsistis el tabulbarako, kaj entrajnigis ĝin. Ŝtrul kunprenis la registrojn. Nenio restis tie kie estis la antaŭa koncentrejo. La malliberuloj kunprenis ankaŭ la pedikojn – ĉiu havis po centojn.

Sed en la nova koncentrejo ili ne bezonis la ilojn per kiuj ili fosis ĉe la kanalo. Ĉi tie ili devis fortranĉi arbojn por la fortikaĵoj. Johann Moritz ne sciis, kiaj estas la fortikaĵoj. Sed ili fortranĉis tutajn arbarojn kaj transportis ilin ĝis la landlimo. Estis dekoj da miloj da malliberuloj kiuj faris nenion krom tranĉi arbojn kaj transporti ilin malsupren. De for Johann Moritz rigardis en la direkto de la fortikaĵoj sed ne vidis ilin. Laŭ tio kion li komprenis, per la ligno kiun ili tranĉis oni konstruas enorman barilon inter la rumanoj kaj la hungaroj. Eble ĝuste tion volis la Ĉefstabo. Li ne sciis. Li atendis vidi la enorman barilon kiu dividos la du landojn. Li aŭdis ke ankaŭ la hungaroj pretigas fortikaĵojn ĉe la alia flanko de la landlimo, sur sia tero. Johann Moritz scivolis, kies fortikaĵoj estos pli altaj. Li ĝojis kiam la adjutanto diris ke la fortikaĵoj de la hungaroj valoras neniom kaj ke la rumanoj povus, se ili volus, trapasi ilin en unu nokto. Sed la rumanoj ne volas. Johann Moritz imagis plurfoje kiel la rumanoj pasos en Hungarion. Se li estos ankoraŭ en la koncentrejo kiam la batalo komenciĝas, li rigardos ilin de supre, el la arbaro. La adjutanto diris ke la fortikaĵoj de la rumanoj estas tiel bonaj ke eĉ birdoj ne povus superflugi ilin. Pro tio Moritz imagis ke ili estos ege altaj. Ekzistas birdoj kiuj flugas tiel alte, ke oni apenaŭ povas vidis ilin de sur la grundo. Se ankaŭ ili ne povos superflugi la rumanajn fortikaĵojn – kiel asertas la adjutanto – tio signifas ke iliaj pintoj ne videblos de sur la grundo. Ili perdiĝos en la nuboj. Johann Moritz pensis, kien oni metos la arbojn kiujn li fortranĉas propramane. Se li signus ilin, ili estus videblaj, eble eĉ ĉe la pinto.

Ĉiutage fortranĉante kverkojn en la arbaro, li pensas pri tiuj aferoj. Kaj la tempo pasas pli facile. Li scias ke multo el tio kio venas al li en la kapon, estas stultaĵoj. Iu kiu vidus liajn pensojn, mortus pro ridado. Sed pri la hejmo li ne volas pensi. Ankaŭ ne pri Fântâna. Se li pensas pri tio, li bolas pro kolero.

Iun tagon Ştrul venis en la arbaron kaj vokis lin al la kancelario. Subskribinte la divorcpaperon li ne plu iris al la kancelario. Li ankoraŭ vidis la tablorandon sur kiu estis la papero kaj kiel li apogis sin sur la kubutoj kaj subskribis ĝin. Li memoras ĉion ĉi. Pro tio li ne plu volas eniri la kancelarion kaj ankaŭ ne rigardi ĝin, eĉ de for. Sed nun, ĉar oni alvokis lin, li devas iri.

La adjutano ne estis en la oficejo. Tie estis nur doktoro Abramovici, Ştrul kaj Hurtig, la kuiristo de la koncentrejo. Moritz salutis ilin. Ili respondis amike. Poste ili proponis al li seĝon. Moritz rigardis ĉirkaŭe por vidi la adjutanton. Se oni alvokis lin el la arbaro, tio signifas ke la adjutanto havas ion gravan por diri al li.

– La adjutanto ne estas ĉi tie, sekve ni povas trankvile paroli, – diris doktoro Abramovici kaj proponis al Moritz cigaredon.

Abramovici ĉiam havis cigaredojn. Inter la plej multekostaj.

– Iankel, – daŭrigis la doktoro, – la edzino forlasis vin.

Moritz paliĝis.

– Kaj kiel koncernas vin tio ke ŝi forlasis min? – demandis li.
– Tio estas nenies afero, krom mia.

– Mi volis diri ke neniu atendos vin hejme, kiam vi forlasos la koncentrejon. Kvankam mi kredas ke neniu estos liberigita antaŭ la fino de la milito. Kaj la milito povas daŭri dek pluajn jarojn.

Johann Moritz suspiris. Li pensis ke se li devos resti dek pluajn jarojn en la koncentrejo, lia tuta hararo griziĝos.

– Ĉu vi volus foriri al alia lando! – demandis la doktoro.

Moritz memoris pri la iamaj planoj foriri al Usono kun Ghiţă Ion. "Se pluvus en tiu vespero, hodiaŭ mi estus en Usono, ĉar mi ne irintus al Suzana", pensis li. Kaj se li ne renkontus Suzana'n, li ne estus en la koncentrejo…

– Mi ja volus! – respondis Moritz kun lumiĝinta vizaĝo. – Mi jam volis foje foriri al Usono, sed okazis alie…

– Nun ne okazos alie, – diris doktoro Abramovici. – Se vi volas foriri, ene de kelkaj monatoj vi estos en Usono.

Moritz rigardis la doktoron, Ŝtrul'on kaj Hurtig'on. Ili rigardis lin. Videblis ke ne temas pri ŝerco. Se estus ŝerco, ili ne alvokus lin el la arbaro.

– Mi volas, – konfirmis Moritz.

– Tiam vi iros kun ni, – diris Abramovici. – Ni tri volas eskapi al Hungario. Ĉu vi timas?

– Mi ne timas, – respondis Moritz.

– En Hungario ne estas antisemitaj leĝoj, – daŭrigis la kuracisto. – Mi havas fratinon edziniĝintan en Budapeŝto, kiu atendas min. Ankaŭ sinjoro Hurtig havas parencojn en Hungario. Sed ni bezonas iun kiu helpu nin transporti la bagaĝon. Mi havas multon: ses kofrojn. Mi kunprenis ĉiujn valoraĵojn. Ekde la landlimo, sur la hungara tero, ni devas piediri ĉirkaŭ dek kilometrojn. Mi ne povas ĉion porti. Krome, ni ne konas la hungaran. Pro tio ni pensis kunpreni vin.

– Kaj kiel ni eliros de ĉi tie? – demandis Moritz.

– De la koncentrejo ĝis la landlimo transportos nin la adjutanto, – respondis la kuracisto. – Alie ni ne povus foriri. Sur ĉiuj vojoj estas patroloj. Li transportos nin per kamiono.

– Ĉu la adjutanto scias ke ni fuĝos? – miris Moritz.

– Certe li scias, – respondis Hurtig. – Nu, ankaŭ li havas grandan familion kaj bezonas monon. Ĉu vi ne farus same lia-situacie?

Moritz ne respondis.

– Prenu plian cigaredon kaj iru pretigi vian bagaĝon! – diris doktoro Abramovici. – Atentu ke neniu el la malliberuloj suspektu ion.

– Ĉu mi iru ĝuste nun? – demandis Moritz.

– Kiel eble plej rapide! – respondis la doktoro. – Je la naŭa horo la adjutanto atendos nin kun kamiono ĉe la pordo. Prenu viajn aĵojn kaj revenu tuj kun ili al la kancelario. Ni atendos vin. Ne prenu tro da bagaĝoj – vi devos porti la miajn!

Johann Moritz foriris. Li revenis kun teko en kiu li havis ĉemizon, pantalonon kaj duonan panon. Je la naŭa ili eliris tra la pordego de la koncentrejo. La adjutanto estis tie. Li prenis ilin en la kamionon kaj portis ĝis la landlimo. Je la tria matene, Johann Moritz jam portis la kofrojn de doktoro Abramovici sur la hungara tero.

Kiam eklumiĝis ili estis antaŭ stacidomo. La doktoro donis al Moritz monon kaj sendis lin aĉeti duaklasajn biletojn ĝis Budapeŝto.

44

Okaze de akcepto ĉe la legacio de Finnlando en Bukareŝto, Traian Korugă konatiĝis kun generalo Tăutu, la rumana ministro pri milito. Post kelkaj tagoj li vizitis lian oficejon kaj prezentis al li la kazon de Johann Moritz. La generalo aŭskultis kun intereso. Li notis la plenan nomon kaj naskiĝ- kaj aresto-datojn de Johann Moritz, kaj poste diris:

– Ene de maksimume unu semajno, via homo estos hejme! Mi tuj ordonos ke oni esploru la kazon kaj preparu la liberig-dokumentojn. Ni vidu: Hodiaŭ estas... – la generalo rigardis en la kalendaron:

– ... la 21a de aŭgusto. La 28an vi povas viziti min por ricevi la liberigordonon por via homo. Ĉu tiu Moritz estas servisto de via patro?

– Li estas domhelpanto, – respondis Traian. – Nur helpanto, ne vere servisto...

– En la ruro estas akuta manko de laborforto, – diris la generalo, sen aŭskulti la frazon ĝis la fino. – Mi komprenas kial vi tiom penas por povra servisto. Nun ĉiu homo valoras por la kamplaboroj. Precipe ke ni estas en plena sezono.

La diskuto daŭris samteme. Traian provis klarigi al la ministro, ke li intervenas por Moritz ne ĉar tiu ĉi estas necesa por la ĝardenlaboro, sed ĉar li estas malliberigita maljuste.

– Mia interveno por Moritz ĉe vi estas ago pro homamo. Ago senpaga!

– Ankaŭ mi estas devigata plenumi tiajn agojn, – diris la generalo. – Ĉiufoje kiam mi iras al la bieno, mi devas bapti aŭ edz(in)igi kamparanojn. Hodiaŭ kun la servistoj oni devas utiligi ĉiajn metodojn por igi ilin labori. Eĉ necesas krei ĉe ili la iluzion ke vi estas ilia amiko kaj sidas ĉe la sama tablo kun ili. Mi ja komprenas kion vi volas diri. Via patro estas en la sama situacio kiel mi.

La generalo malfermis tirkeston, el kiu li prenis la lastan romanon de Traian kaj metis ĝin sur la skribotablon. Temis pri ekzemplero tute nova, kun la folioj netranĉitaj.

– Antaŭ nelonge mi sendis la adjutanton al librovendejo por aĉeti ĝin por mi. Bonvolu skribi dediĉon por mia filino. Ŝi nomiĝas Elisabeta. Ŝi estas dek-okjara kaj estas pasia leganto de romanoj. Vi apartenas al ŝiaj plej ŝatataj aŭtoroj. Tagmeze, kiam mi rakontos ke vi estis en mia oficejo, ŝi demandos kiel vi estis vestita, kian kravaton vi portis, kiajn cigaredojn vi fumis. Tiel estas, kiam oni estas juna!

Traian malsupreniris laŭ la ŝtuparo de la Ministerio pri milito konvinkite ke ĉi-foje li sukcesis akiri la liberigon de Johann Moritz. Li prenis el florvendejo la blankarozan bukedon kiun li mendis matene, poste haltis ĉe poŝta oficejo kaj sendis telegramon al la patro: 29 *AUGUSTO ALVENO FANTANA KUN FIANCHINO KAJ LIBERIGORDONO MORITZ.*

45

– Ĉu la 29an de aŭgusto ni estos en Fântâna, en la domo de via patro? – demandis Eleonora West. Ŝi entuziasmis. – Tio estos post unu semajno, ĉu ne? Mi mortas pro senpacienco!

Ŝi prenis la blankajn rozojn el la mano de Traian, karesis per ili sian dekstran vangon kaj metis ilin en vazon. Kiam ŝi turnis la dorson al li, Traian rigardis ŝiajn rufajn buklojn falantajn sur la ŝultrojn de la nigrasilka robo. Li rigardis ŝian altan konturon, ŝiajn krurojn en fumkoloraj ŝtrumpoj.

– Nora, ĉu vi scias kion mi demandas min, ĉiufoje kiam mi rigardas vin?

Ŝi turnis la kapon al li ridete.

– Mi demandas min, samkiel Tudor Arghezi[18]:

> Ĉu 'stis via panjo vjolo,
> kanotig' aŭ kapreolo
> kaj en ŝia ventr' estiĝis
> ido princa aŭ spirita?
> Ĉar vi certe ne naskiĝis
> el homparo neelita.

Vi estas tro bela. En via genealogia arbo oni devas serĉi kapreolojn, alie vi ne estus tiel svelta. Inter viaj antaŭuloj devas ekzisti ankaŭ marplantoj – via korpo havas ion el la ondado de la akva vegetaĵaro. Viaj okuloj havas la timeman rigardon de sciuro, sed vi estas dorlotita kiel angura kato.

Eleonora West restis kun la dorso al Traian kaj la vangoj tuŝantaj la rozbukedon.

– Ĉu miaj diroj ĉagrenas vin? – demandis Traian.

– Ne, – respondis ŝi.

– Sed vi tristiĝis. Eĉ se mi ne vidas viajn okulojn, mi sentas ilian melankolion. Ĉu mi kulpas?

– Ne, – ripetis ŝi provante rideti. – Mi nur pensis pri mia genealogia arbo, en kiu estus vere malfacile trovi kapreolojn, princojn, feinojn, algojn, sciurojn…

Ili sidiĝis ĉe la tablo, solaj en la enorma manĝsalono, kun mebloj el kverko kaj forĝita fero. La domo de Eleonora West estis fama en Bukareŝto. Ŝi mem desegnis ĝian planon same kiel la modelojn por la mebloj kaj tapiŝoj.

En la aĝo de 29, Eleonora estis la direktorino de la grava rumana ĵurnalo *Okcidento*. Ŝi studis en eŭropaj universitatoj kaj nun verkis ĉiutage ĉefartikolojn, estris eldonejon, literaturan kaj artan revuon, kaj partoprenis en la politika, kultura kaj monduma vivoj. Traian konis ŝin de kelkaj jaroj. Ilia amo estis

---

18 Rumana poeto, prozisto kaj ĵurnalisto (1880-1967).

kiel en la komenco. Eble eĉ pli forta. Sed ili ne geedziĝis. Ĉiufoje kiam Traian tuŝis tiun temon, Eleonora West deklaris ke ŝi ne povus esti bona edzino: "Mi amas mian profesion tro multe por esti edzino, sen ŝajni al mi ke mi rezignas ion karan en mia vivo."

– Nora, mi kredas ke Johann Moritz estos liberigita! – diris Traian. – La ministro pri milito promesis al mi hodiaŭ ke li ordonos lian liberigon antaŭ la 28a de aŭgusto. Mi jam telegrafis al la patro ke mi iros al Fântâna kun mia fianĉino kaj la liberigordono de Moritz. Li enorme ĝojos pro ambaŭ.

– Ĉu vi nepre volas prezenti al via patro fianĉinon? – ŝi demandis.

– Treege! Sed se vi ne volas, mi submetiĝos al via volo. Paĉjo ĉagreniĝos, sed, kiel ĉiam, li pardonos.

– Kial prezenti al li fianĉinon kaj ne edzinon? – demandis Nora. – Se ni geedziĝos postmorgaŭ matene, ni povos iri al Fântâna kiel geedzoj.

Traian Korugă kredis ke ŝi ŝercas. Dum du jaroj li provis konvinki ŝin edziniĝi kun li. Ŝi rifuzadis, kvankam ŝi amis lin. Nun, subite, ŝi proponis edziniĝi kun li.

– Ĉu vi parolas serioze? – Traian stariĝis kaj kisis ŝian manon. – Ĉu estas vere? Kiel vi decidis, tiel abrupte? Ĉi-matente vi diris al mi nenion telefone. Ĉu okazis io?

– Okazis nenio, – respondis ŝi. – La 29an de aŭgusto, kiam ni iros al Fântâna, ni estos geedziĝintaj. Ĉu vi ne petis multfoje ke mi iĝu via edzino? Aŭ, ĉu vi rezignis intertempe? Mi ĝojas ke vi ne rezignis.

Traian Korugă sentis ke okazis io serioza, kio igis Nora'n subite decidiĝi pri la edziniĝo. Sed li ne povis diveni, kio.

– Por la momento ni havu nur la laikan geedziĝon, – ŝi daŭrigis. – La religian ni havos en Fântâna poste. Vi ĉiam diris ke vi volas ke ni geedziĝu en la preĝejo de via patro. Mi eĉ vidas min en blanka robo, ĉirkaŭita de junaj vilaĝaninoj, paŝanta antaŭ la lignan altaron... La permeson por la laika geedziĝo mi mem akiros. Mi telefonos al la ĝenerala prokuroro.

– Nora, diru al mi, kio okazis! – petis Traian. – Mi sentas ke vi pasis tra io malfacila.

– Mi ĵuras ke okazis nenio, – respondis ŝi. – Absolute nenio. Nur ke mi decidiĝis esti via edzino. Mi faris la decidon tute spontane kaj volas plenumi ĝin kiel eble plej baldaŭ, antaŭ ol aperus ajna ŝanĝo. La feliĉo kiun mi elektis estas tiel grava por mia vivo, ke mi volas atingi ĝin tuj. Mi timas perdi ĝin, se mi atendos plu. Jen la tuto! Ĉu vi kredas min?

46

Dum la posttagmezo Traian Korugă kaj Eleonora West restis en la biblioteko kaj rigardis artlibrojn kaj pentraĵojn. Traian estis konvinkita ke ŝi diris al li la veron. Tamen ili ne parolis pri la geedziĝo. Ĉiu sentis la bezonon eliri el sia sio. Ili longe rigardis pentraĵon de Picasso[19], kiu prezentis virinon grimacantan pro sufero, tiel ke ŝia vizaĝo ne plu estis homa. Portreto de dispecigita karno, de estaĵo kun elementoj pro doloro malmuntitaj: okuloj, nazo, buŝo, oreloj. Ĉiuj iĝis sendependaj. Pro tiom da suferoj la partoj de la homa korpo diŝiĝis unu de la alia.

Traian Korugă turnis sin al Nora. Dum momento li havis la impreson ke la virino en la pentraĵo havas ŝiajn trajtojn. Fotilo ne kaptus ilin, ĉar la doloro sur la vizaĝo de Eleonora estis same profunda, kiel tiu sur la vizaĝo de la virino de Picasso. Kvazaŭ tra ŝi pasus alttensia kurento, kiu ne karbigas, ĝuste ĉar tro forta.

– Kio okazas al vi, Nora? – demandis Traian.

– Nenio, – respondis ŝi. – Ĉu vi volas ke ni trinku kafon?

Sen atendi respondon, ŝi turnis al li la dorson same kiel ŝi faris antaŭtagmeze, kiam li parolis pri ŝia parenceco kun kapreoloj kaj marplantoj.

---

19 Pablo Ruiz y Picasso (1881-1973), hispana pentristo.

47

La laika geedziĝo okazis ĉe la Urbodomo. Traian Korugă kaj Eleonora West venis vestitaj en ĉiutagaj vestaĵoj, akompanate de du amikoj de Traian, kiuj servis kiel atestantoj. Post la ceremonio, ili manĝis en restoracio en Băneasa[20].

– La religia geedziĝo okazos grandpompe, – diris Traian. – Geedziĝfesto laŭ la rumana tradicio.

Kaj li rakontis kiel ĝi estos:

– En la kapo de la procesio, survoje al la preĝejo, estos la ĉevalrajdantoj. Kvindek junaj vilaĝanoj, en popola kostumo, rajdantaj sur blankaj ĉevaloj. Ilin sekvos ĉaro tirata de kvar bovoj, en kiu tradicie estas la donacoj ricevitaj de la novedzino kaj ŝia doto. Ni ne prezentos la donacojn; anstataŭe la ĉaro estos plena de floroj. Ni havos dekduon da atestantoj dum oni kantas *Jesaja dancas* kaj la novgeedzoj, kun la atestantoj kaj la popoj, rondodancas meze de la preĝejo, oni disĵetas bombonojn, kiujn la infanoj kolektas el inter la piedoj de la dancantoj. Ni disĵetos tutan sakon por ke la infanoj en Fântâna satiĝu. Kiam mi estis infano, ankaŭ mi kolektis bombonojn ĉe geedziĝfestoj, sed neniam sukcesis kapti pli ol kvar. Mi volas ke la infanoj plenigu siajn poŝojn. Ni venigos dekduon da ciganaj muzikbandoj, kun violonoj kaj liutoj. Ni spilos tiom da vinbareloj, ke la tuta vilaĝo ebriiĝos. La festmanĝo okazos sur herbejo kaj ni havos milojn da gastoj. Ĝi daŭros tutan semajnon!

Nora rigardis la horloĝon. Post kvarona horo ŝi devis renkonti la advokaton Leopold Stein.

– Ni iru! – diris ŝi. – Mi havas kelkajn gravajn taskojn en la oficejo.

Traian ne rakontis la daŭrigon de ilia geedziĝfesto. Ili stariĝis kaj foriris.

---

20 Kvartalo en la nordo de Bukareŝto, iam memstara vilaĝo.

48

Traian Korugă akompanis Nora'n ĝis la pordo de la redakcio. La sidejo de la ĵurnalo *Okcidento* estas modernega konstruaĵo kun blankamarmora fasado. Eleonora West konstruigis ĝin sur la loko kie antaŭe situis la malnova konstruaĵo de presejo. Traian rigardis la ses etaĝojn kiuj altiĝis en la sunlumo fruposttagmeza kaj ridetis, kiel kutime, admire: "Jen la verko de Nora!"

– Mi atendos vin en la aŭto, – li diris.

Li sciis ke Nora mem stiras sian aŭton kiam ŝi venas oficejen. Sed li supozis ke hodiaŭ estos escepto: estis, ja, ilia geedziĝfesto.

– Mi venos sola post kiam mi finis, – respondis ŝi atendante ke li foriru.

Poste ŝi supreniris laŭ la marmora ŝtuparo kaj malaperis tra la masivfera pordego, kiun, kun granda riverenco, malfermis al ŝi pordisto en uniformo kun grandaj pasamentoj

49

Eleonora West eniris la oficejon kun reĝa indiferento, ŝajnigante ne vidi la maljunulon nigre vestitan, kiu stariĝis ĉe ŝia eniro. Ŝi metis la gantojn kaj mansakon sur la skribotablon kaj signis al la maljunulo sidiĝi. Ŝi prenis cigaredon, devigis sin ekbruligi ĝin sen fingrotremoj kaj poste, eksidinte en la fotelon, rigardis fikse la sinjoron antaŭ si.

– Mi aŭskultas, sinjoro Stein! – diris ŝi.

La maljunulo prenis el malfermita teko faskon de paperoj kaj metis ilin sur la skibrotablon. Nora sekvis atente ĉiun lian movon.

– La afero estas solvita, fraŭlino West, – diris Stein. – Jen la dokumentoj.

Li puŝis antaŭ ŝin du foliojn, kiujn li elektis el la fasko sur la tablo.

– Ĉu tiuj estas la solaj dokumentoj troviĝantaj en la arĥivo en Ploieşti[21]? – demandis Nora.

– La solaj troviĝintaj en la arĥivo ĝis hodiaŭ. Nun ili estas sur via skribotablo. En la arĥivo restis nenio.

Eleonora West rigardis malrespekte unu plian fojon la dokumentojn. Ŝi faldis kaj metis ilin en tirkeston.

– Estus pli prudente detrui ilin tuj! – diris la maljunulo.

Nora rigardis liajn okulvitrojn kun oraj kadroj, la rigidan kolumon, nigrajn vestaĵojn tajloritajn laŭ malnova modo.

– Dum la dokumentoj estas en mia oficejo, mi havas neniun kialon timi, sinjoro Stein, – diris ŝi.

– Ne por mi, – daŭrigis li, – sed por vi estus pli prudente bruligi ilin.

– Kiom tio kostis al vi? – demandis Nora por ŝanĝi la diskut-temon.

Ŝi rimarkis ke la maljunulo timis. Ŝi ja neniigos la dokumentojn, sed ne antaŭ ol rigardi ilin unu plian fojon.

– Ekzakte 100 000 leojn, – respondis Leopold Stein.

– Kaj via parto?

– Inkluzivigita, – respondis li.

Eleonora West prenis el la tirkesto du faskojn da monbiletoj kaj donis al li. Li metis ilin en la tekon rezignante daŭrigi la refleksan geston kalkuli ilin.

– Jen la tuto! – diris Nora.

Ŝi deziris resti sola por povi rigardi la dokumentojn. Sed la maljunulo ne stariĝis el la fotelo.

– Ĉu vi havas alian aferon por trakti kun mi? – demandis ŝi.

– Mi havas nenion, – respondis Leopold Stein. – La afero estas solvita, por tiel diri.

– Ĉu io ne estas ĝusta?

– Restas nenio, – respondis li. – Sed per la detruo de la doku-mentoj, la afero solviĝas nur parte. Tion mi volis diri. Se mi ne estus amiko kaj kunlaboranto de via patro kaj se mi ne tenintus vin enbrake kiam vi estis malgranda, mi ne aŭdacus atentigi vin

---
21   Urbo ĉ. 60 km. norde de Bukareŝto.

pri tiu ĉi fakto. Sed mi ripetas ke la bruligo de la dokumentoj solvas nur parte la aferon.

– Parolu klare! – diris Eleonora West.

– Nu, estas sufiĉe klare, fraŭlino West. Vi deziris havi la originalajn naskiĝdokumentojn de viaj gepatroj, por ke oni ne povu pruvi ke ili estis hebreoj. Mi kaŝprenis ilin el la urbodoma registro kaj portis ilin al vi.

– Do, la afero estas fermita!

– Tiel vi detruas la dokumentojn sed ne la faktojn, – daŭrigis Leopold Stein. – Kiel ajn vi restos hebreino kaj, se iu volas pruvi tion…

– Se iu volas, tiu ne povos, – respondis Eleonora West. – Mankas pruvoj.

– Sed oni petos ilin de vi!

– Mi akiros ilin, – respondis ŝi. – Per mono mi akiros kiujn ajn dokumentojn mi volas.

– Prave, – diris la advokato. – Sed tiel ni estas en la tereno de la kriminala kodo. Per fajro kaj kriminala kodo ne estas prudente ludi; prefere eviti.

– Ĉu ne estas vi tiu, kiu ĉi-matene ŝtelis dokumentojn el la arĥivo en Ploieşti? – ironiis Nora. – Kaj nun vi donas al mi lecionojn pri moralo!

– Mi ne donas lecionojn, – diris la maljunulo. – Mi nur atentigas vin ke la ludo estas danĝera kaj ne senfina.

– Vi scias ke ne eblas alie, – diris Nora ekbruligante plian cigaredon. – Mi povas ŝanĝi nenion. Kiam la socio malpermesas al mi vivi mian vivon, havi proprajn domon, profesion, edzon, tiam mi despere luktos per ĉia armilo. Mi luktos kiel leonino, per mia tuta konserviĝinstinkto.

– Ĉefe estas, fraŭlino Eleonora, ne lukti sed gajni la lukton! – diris la advokato.

– Mi ĝin gajnos! – diris ŝi nervoze premestingante la cigaredon en la cindrujon.

– Ĉu vi supozas ke vi ankoraŭ povos longe resti posedanto kaj direktoro de la ĵurnalo? – demandis Stein. – Ĝis nun vi rifuzis deklari ke vi estas hebreino. Tio estas ago de junula aŭdaco. Sed vi ja havis bonŝancon! Pro timo aŭ kovardeco neniu kuraĝis ĝis nun postuli la rekvizicion de la presejo kaj ĵurnalo, laŭ la rasleĝoj. Vi ŝmirpagis la enketistojn kaj gajnis. Nun vi detruos la dokumentojn pri la etna origino kaj refoje gajnos tempon. Sed la rasleĝoj aplikiĝas pli kaj pli severe. Fine, neniu hebreo eskapos ilian rigoron – ni estas nur en la komenco. Pro tio vi restis la direktorino de grava ĵurnalo, kvankam, kiel hebreino, laŭ la leĝo, vi ne havus la rajton eĉ publikigi artikolon. Ni pensu pri la estonteco!

– Mi restos la direktoro kaj posedanto de la ĵurnalo ankaŭ en la estonteco, – respondis Nora.

Leopold Stein sciis ke la virino antaŭ li havas senriproĉan logikon. Sed la respondo kiun ŝi ĵus donis estis de fanatikulo kaj la fanatikuloj ne havas logikon. Li ne kontraŭis ŝin. Tiu kiu rezignas pri senpasia rezonado ne estas kontraŭebla – ĉia provo montri al tiu persono la veron estas vana.

– Hodiaŭ tagmeze mi edziniĝis kun kristano! – diris Eleonora West. – La ĵurnalo registriĝos en la nomo de mia edzo. Tiel, neniu forprenos de mi *Okcidento*, eĉ se Rumanio fariĝos pli rasisma ol Germanio.

– Ĉu vi vere edziniĝis?

Leopold Stein estis miregigita.

– Nun mi estas sinjorino Eleonora West-Korugă, – diris ŝi. – Mia edzo estas la romanisto Traian Korugă, kiu, ene de kelkaj tagoj, iĝos la direktoro kaj posedanto de la ĵurnalo. Kaj li, siavice, apartenas al mi.

Nora West ridis kontente. Leopold Stein serĉis en la poŝoj, sen scii kion li serĉas, nur por ne devi paroli aŭ trafi ŝian rigardon. Li bezonis kelkajn momentojn por rekonsciiĝi kaj plenkompreni kion li ĵus aŭdis.

– Alivorte, – diris li tusante en la poŝtukon, – vi transdonas la ĵurnalon, vi forlasas ĝin.

– Male, – respondis Nora. – Ne nur mi ne transdonas la ĵurnalon – mi reorganizas ĝin, pligrandigante ĝin: mi dungis novan direktoron!

– La ideo estas genia! – diris Stein. – Mirinda! Ĉu li akceptis tion?

– Mi ne komprenas, – diris Nora malĝentile.

– Ĉu sinjoro Traian Korugă, via edzo, akceptis la situacion? Por viro estas iel malagrable. Tio signifas ke li estis aĉetita de virino por certa celo.

– Mi aĉetis neniun! – respondis Nora nervoze. – Mi edziniĝis pro amo.

Leopold stariĝis por gratuli ŝin. Ŝi ne donis al li la manon. Ŝi ludis per la naskiĝdokumentoj de la gepatroj. Ŝiaj okuloj brilis pro larmoj.

– La homoj rajtas ricevi gratulojn nur kiam ili mortas, – diris ŝi. – Tio, se oni estas objektiva. Sed mortinte oni ne plu povas akcepti gratulojn…

La advokato residiĝis en la fotelon. Li bedaŭris gratuli ŝin.

– Mi kredis ke vi vere edziniĝis pro amo, – diris li.

– Ĉu vi ne kredas ke mi estas enamiĝinta? – ŝi demandis. – Eĉ vi, saĝa homo, ne komprenas tion?

– Tiam, kial vi estas malfeliĉa? – demandis li. – Mi havas la impreson ke vi ploras.

– Kaj mi havas la impreson ke vi estas laca, sinjoro Stein. Mi ne scias, kio okazas al vi. Vi komprenas nenion, kvazaŭ vi ne estus hebreo. Mi estas enamiĝinta al Traian Korugă. Li estas mia unua amo kaj mi amas lin de kelkaj jaroj. Mi estas terure enamiĝinta. Sed ne pro tio mi edziniĝis – la amo ne estas kialo por edziniĝo. Mi edziniĝis pro la rasleĝoj, por savi la ĵurnalon kaj mian vivon. Ĉu vi komprenas nun?

Leopold Stein daŭre ne ŝajnis estis kompreninta. Li kisis la manon de Eleonora Stein kaj aliris la pordon. Ŝi revokis lin.

– Fine de ĉi semajno mi iros al la ruro, – diris ŝi. – Mi iros al mia bopatro kiu estas ortodoksa pastro. Mi restos tie kelkajn tagojn. Dume mi volas ke pretiĝu la donacdokumentoj de mia tuta movebla kaj nemovebla posedaĵo, inkluzive de la ĵurnalo, al Traian Korugă. Se ne eblas donace, tiam ni pretigu vendo-dokumentojn. Trovu la plej bonan juran solvon. Necesas agi rapide!

– Vi estas tiel saĝa, sinjorinjo Eleonora!

– Mi ne estas saĝa. Mi estas virino kiu batalas per ĉiuj siaj fortoj, per sia tuta instinkto kaj per sia tuta lucido, por defendi sian rajton je vivo. Ĝis revido, sinjoro Stein!

50

Post la foriro de la advokato, Eleonora West eksidis ĉe la skribotablo kun la kapo inter la manoj kaj ploris tiel kiel nur la virinoj povas plori. Ne nur per la okuloj, sed per la tuta estaĵo. Poste ŝi telefonis al Traian:

– Bonvolu veni al la redakcio por preni min!

– Ĉu okazis io? – demandis li.

– Okazis nenio. Mi ĵuras ke okazis nenio, absolute nenio. Sed venu rapide!

Traian Korugă ekis al la redakcio. Elironte el la biblioteko li rigardis denove la virinon de Picasso. Duono de ŝia okulo ridis, la alia duono ploris. Pro tio ŝia okulo estis disigita en du, por ke ŝi povu ridi kaj plori samtempe kaj samintense.

51

Atendante Traian'on, Eleonora West telefonis al Leopold Stein. Li loĝis apude kaj jam alvenis hejmen.

– Sinjoro Stein, bonvolu diri al mi tute sincere, ĉu vi supozas ke mi edziniĝis pro amo aŭ pro intereso. Bonvolu respondi sen ajna deteniĝo.

– Kion vi kredas? – demandis la advokato.

– Mi ne certas kial mi faris tion, – respondis ŝi. – Eĉ se iu fortrancŭs al mi la kapon, mi ne povus diri precize. Foje ŝajnas al mi ke mi faris tion pro intereso, foje pro amo. Foje pro ambaŭ. Sed neniu klarigo ŝajnas al mi plene vera. Certe estas ke mi ne povis atendi plu kaj ke mi devis fari tion kion mi faris. Sed mi volas scii la realan kialon.

– Neniu el tiuj menciitaj!

– Do, mi ne edziniĝis pro intereso, kiel virino…

– Ne, sinjorino Eleonora. Vi estas tro fiera por edziniĝi pro materiaj interesoj, eĉ se ili signifus la savon de la ĵurnalo kaj de la havaĵo.

– Ĉu vi estas certa pri tio?

– Tute certa.

– Do, ĉu mi edziniĝis pro amo?

– Por vere ami, necesas kredi je la estonteco, – diris Leopold Stein. – Necesas kredi je feliĉo kaj – kio estas plej absurda – necesas kredi ke tiu feliĉo estas eterna kaj ke ĝin povas havigi al vi la amata persono. Vi, sinjorino, ne kredas je tio – vi estas tro lucida. Pro tio – pardonu ke mi diras tion – vi ne edziniĝis pro amo.

– Tiam? – demandis ŝi.

– Nek pro intereso nek pro amo – vi edziniĝis pro timo. Vi faris tion kun la mirinda rapideco de la senespero.

– Ĉu la amo plene mankas el mia gesto? – daŭrigis Eleonora.

– Ĝi ne mankas, – respondis Stein. – Sed via amo estas la amo kiun spertis la virino en la epoko kiam la homo loĝis en arbaroj, ĉiumomente minacate esti ŝirota de sovaĝaj bestoj. Nur tiam la virinoj, desperaj, ĵetis sin al la genuoj de la viroj petante ŝirmadon, amon, certecon – ĉiujn kune, kun la samaj intenso kaj pasio. Tiaspecan amon spertas la virinoj okaze de tertremoj, inundoj aŭ aliaj kataklismoj, kiam la grundo minacas dispeciĝi.

– Kial vi ne diris al mi ĉion ĉi kiam vi estis ĉi tie?

– Mi ne volis dispeli la iluzion pri povo kaj memfido, kiun vi havis, – respondis Leopold Stein. – Mi bone vidis ke vi timas, ke ĉio okazis pro timo, kaj mi kompatis vin. Ne forgesu ke mi tenis vin sur la genuoj, kiam vi estis malgranda…

Traian Korugă eniris en la oficejon. Nora remetis la aŭskult-ilon kaj aliris lin. Ŝi brakumis lin. Ŝi premis sin ĉe lia brusto kaj ridis. Traian kisis ŝin.

– Mi ĝojas ke vi estas gaja. Telefone ŝajnis al mi ke vi ploras.

52

En la 28a de aŭgusto, la tago antaŭ la foriro al Fântâna, Traian
iris al la ministro pri milito por preni la liberigordonon de Johann
Moritz. Li estis feliĉa, kvazaŭ li jam havus la dokumenton en la
mano. Li supreniris la ŝtuparon kure. Rekonante lin, la adjutanto
tuj enkondukis lin.

Traian eniris la oficejon de la generalo. Li kunportis luksan
ekzempleron, ilustritan kaj ne surmerkatigitan, de sia unua
romano, en kiu li estis enskribinta flatan dediĉon. La generalo
ne stariĝis por bonvenigi lin, kiel li faris antaŭ unu semajno. Li
ŝajnigis legi.

– Ŝajnas ke mi ĝenas vin, sinjoro ministro, – diris Traian.

– Ne! – respondis seke la generalo. – Bonvolu sidiĝi.

Traian rimarkis ke la generalo ne proponas al li manpremi.

– Mi bedaŭras devi doni al vi malgrablan informon, – diris
la generalo tuj alirante la temon. – La individuo por kiu vi
intervenis antaŭ unu semajno – kaj por kiu, probable, vi venis
ankaŭ hodiaŭ – ne estas liberigebla. Almenaŭ ne tuj. Unue ni
devas prienketi la kazon kaj certi ke via aserto, ke li ne estas
hebreo, havas bazon.

Traian Korugă volis stariĝi. Sed li pensis pri Moritz kaj restis
sur la seĝo.

– Do, sinjoro Korugă, restas al vi nur atendi ĝis la konkludo
de la enketa komisiono.

Tiu ĉi estis konkluda frazo, per kiu la generalo invitis lin
forlasi la oficejon. Traian komprenis sed ne foriris – sekvatage li
estis ironta al Fântâna, kie lia patro atendis la liberigordonon de
Johann Moritz.

– Sinjoro ministro, – diris Traian, – antaŭ unu semajno vi
promesis al mi ke vi ordonos la liberigon. Vi diris, laŭvorte, ke al
vi sufiĉas mia deklaro ke Moritz ne estas hebreo kaj ke vi farigos
neniun enketon.

– Antaŭ unu semajno estis alia situacio, – diris la generalo.

– Mi kredas ke ĝi estis la sama kiel hodiaŭ. Johann Moritz

estas fermita en koncentrejo por hebreoj kvankam li estas rumano!

– Tion konfirmos la enketa komisiono.

– Sed pensu ke la laboroj de la komisiono povas daŭri kelkajn monatojn, – diris Traian. – La povrulo estas arestita de preskaŭ jaro kaj duono!

– Mi scias, – konfirmis la generalo, – la laboroj de la komisiono povas daŭri eĉ unu jaron. Aŭ eĉ du! Ni estas en milito – ni ne havas tempon kiel dum paco.

– Sed, sinjoro generalo, ĉu mia deklaro ne estas garantio por liberigi lin kaj enketi poste?

– Ne!

– Mi bedaŭras ke vi ŝanĝis la opinion ene de semajno! – diris Traian kaj stariĝis.

– Ankaŭ mi bedaŭras, sed ne estas mia kulpo.

– Ĉu vi aludas al io, sinjoro generalo?

– Mi ne aludas sed parolas pri konkretaj faroj.

– Ĉi-foje estas mia rajto peti klarigojn, – diris Traian paliĝinte.

– Klarigojn, sinjoro Korugă? En momento kiam la tutmonda hebrearo batalas flanke de la bolŝevistoj kontraŭ nia lando kaj volas prirabi la patrion, vi – pura rumano kaj reprezenta verkisto de la popolo – edziniĝis kun hebreino!

La generalo ruĝiĝis pro kolero.

– Kiel armeano, mi konsideras vian faron kiel perfidon! Perfidon, ĉu vi komprenas? Kian valoron ankoraŭ havas via aserto ke Moritz ne estus hebreo? Male, via interveno igas min kredi ke li ja estas. Kaj mi ne estus surprizita ekscii ke mia suspekto estas reala. Ĉu mi povas ankoraŭ fidi vin?

– Ne, sinjoro ministro! – respondis Traian kaj foriris.

Malsuprenirante laŭ la ŝtuparo, li sentis la libron sub la brako. Li malfermis ĝin kaj elŝiris la paĝon kun la dediĉo. Poste li enaŭtiĝis.

53

"Eleonora estas hebreino", pensis Traian. "Ŝi nenion volis diri al mi!" Li sentis sin trompita en la amo.

Rande de la urbo li haltigis la aŭton. "Ŝi ne diris, ĉar mi neniam demandis ŝin. Estus ridinde demandi - neniu viro demandas sian amatinon pri ŝia etna deveno." Li memoris, kiam li demandis ŝin tenere, ĉu en ŝia genealogia arbo estas kapreoloj, algoj, sciuroj kaj vojevodoj. Tiam ŝi tristiĝis. Nun li sentis sin kulpa. "Eble ŝi pensis ke mi aludas al ŝia hebrea origino! Probable ŝi enorme suferis kiam mi demandis ŝin…" Li fermis la pordon de la aŭto kaj revenis al la urbo. "Nun mi bedaŭras ke mi ne eksciis pli frue. Se mi sciintus mi indulgus ŝin. Kompatinda Nora!"

Traian Korugă haltis ĉe la unua florvendejo kaj aĉetis blankajn rozojn por Nora. La vendistino pretigis la bukedon ridetante.

54

– Rakontu, kion vi verkas nun, – demandis Nora.

Traian komencis sian novan romanon. Je la kvara matene, Eleonora sentis lin ellitiĝi de apud ŝi, surmeti la kitelon kaj forlasi la dormoĉambron. Li restis fermita en la skriboĉambro ĝis la tagmanĝo. Nun ili estis matenmanĝantaj kune. Ĵus pasis du monatoj ekde ilia geedziĝo. Sur la tablo estis floroj.

– Ĉu vi ne volas rakonti kion vi verkas? – insistis Nora.

Ŝi estis senpacienca. Traian ĉiam hezitis paroli al ŝi pri la romano. Nun li ne plu povis rifuzi.

– Foje mi faris krozon per submarŝipo, – diris li. – Mi restis mil horojn subakve. Por scii kiam necesas freŝa aero, en la ŝipo ekzistis specialaj aparatoj. Sed antaŭe ne ekzistis tiaj aparatoj kaj la ŝipanoj kunprenis kaĝon kun blankaj kunikloj. Kiam la atmosfero iĝis toksa, la kunikloj ekmortis kaj la ŝipanoj sciis ke ili povos vivi ankoraŭ kvin-ses horojn. Tiam la ŝipestro devis fari finan decidon: aŭ ili despere penis iri al la surfaco aŭ restis en la profuno kaj la tuta ŝipanaro pereis. Kutime por ne vidi aliajn morti, ili pafis unu la alian.

En la submarŝipo kie mi estis, estis ne blankaj kunikloj sed aparatoj. La ŝipestro rimarkis ke mi iel sentas ĉian malkreskon de la kvanto de oksigeno en la aero kaj mokis mian sentemon. Sed, ĝis la fino de la krozo, la ŝipanaro ne plu utiligis la aparatojn – ili nur rigardis min. Kaj mi diris, kun precizo kiun la aparatoj konfirmis, ĉu ni havas sufiĉe da aero aŭ ne... Tio estas trajto mia kaj de la blankaj kunikloj: senti kiam la atmosfero ne plu taŭgas por la vivo, je seshora antaŭsento. De kelka tempo mi havas la saman senton kiel en la submarŝipo: mi sentas sufokan atmosferon!

– Kiun atmosferon? – demandis Nora.

– La atmosferon en kiu vivas la nuna socio – ĝi iĝis nespirebla por la homo. La burokrateco, armeo, registaro, ŝtatorganizo, administracio, ĉiuj ĉi funkcias tiel ke la homo estas sufokata. La nuna socio taŭgas por maŝinoj kaj teknikaj sklavoj – ĝi estas kreita de ili kaj por ili. La homoj asfiksiiĝas kaj ne konscias. Ili kredas ke ĉio estas normala, kiel antaŭe. Ili estas kiel la ŝipanoj en submarŝipo, kiuj rezistas kaj laboras ses pliajn horojn post la morto de la blankaj kunikloj. Sed mi scias ke ĉio estas finita...

– Ĉu tio estas la temo de la romano? – demandis Nora.

– Mi priskribas en la romano, kiel la homoj pereas, en teruraj suferoj, mortigate de atmosfero, kiu malpermesas la vivon. Sed, ĉar mi ne povas okupiĝi pri ĉiuj homoj en la mondo, mi prenis nur dek, kiujn mi konas plej bone.

– Kaj, ĉu ĉiuj herooj mortas?

– Post la morto de la blankaj kunikloj, la homoj povas vivi maksimume ses pliajn horojn. La romano prezentas la lastajn ses horojn en la vivo de miaj plej bonaj amikoj.

– Kaj kion vi skribis ĝis nun?

– La unuan ĉapitron, – respondis Traian. – Unu el la herooj estis forŝirita de ni kaj...

– Kio okazas al li?

– Por la momento oni senigis lin je libero, edzino, infanoj, domo… Li suferis pro malsato kaj batado. Oni komencis eltiri liajn dentojn. Poste oni elpikos la okulojn, deŝiros la karnon. La lastaj turmentoj estos, probable, elektraj kaj aŭtomataj.

– Ĉu ĉio ĉi okazas en la realo? – demandis Nora.

– Absolute ĉio! En la romano mi indikis la straton, urbon kaj landon kie loĝas la herooj. Mi indikis ankaŭ ilian telefonnumeron. Fakte, la unuan heroon konas ankaŭ vi… vi povas kontroli la verecon de ĉio skribita.

– Kiu estas la unua heroo?

– Johann Moritz.

La vizaĝo de Eleonora malheliĝis. Ĉio kion Traian rakontis jam okazis al Johann Moritz.

– Mi enorme kompatas Johann'on Moritz! – diris Nora. – Do, li estas la unua ĉapitro de via romano. Kiu estos la dua?

– Mi ankoraŭ ne scias, – respondis Traian. – Eble mi, eble la patro aŭ la patrino, eble vi… Kiel ajn, unu el ni!

– Kaj, ĉu ĉiuj ĉapitroj estos kiel tiu pri Johann Moritz? Ĉu en la tuta romano ne ekzistas bela sorto, iu *happy end*[22]?

– Eĉ ne unu! – konkludis Traian. – Post la morto de la blankaj kunikloj ne plu ekzistas *happy end*. Ekzistas nur horoj ĝis ĉio finiĝos…

---

22 Pozitiva, bona fino. (angl.)

LIBRO DU

55

Pasis du horoj de kiam Johann Moritz troviĝis en Hungario. La tri hebreoj kaj li unue atendis malantaŭ la stacidomo – ili timis eniri la atendejon. Poste venis ilia trajno.

Doktoro Abramovici, Ştrul kaj Hurtig envagoniĝis en dua-klasan vagonon. Johann Moritz restis sur la kajo por doni al ili la kofrojn tra la fenestro. Ankaŭ li sukcesis grimpi sur la ŝtuparon de la vagono ĝuste kiam la trajno ekmoviĝis. Hurtig kaptis lin je la mano kaj tiris lin enen. Poste li fermis la pordon. Moritz estis pala. Li timegis pensante ke se li malfruus momenteton, li restus sur la kajo. Kio okazus al li en Hungario sen doktoro Abramovici kaj la aliaj? Li dankis Dion ke li sukcesis entrajniĝi ĝustatempe.

La doktoro kaj Hurtig trovis sidlokon tuj. Ştrul kaj Johann Moritz rigardis en ĉiujn kupeojn, kie homoj dormis kun la lumo estingita, sed trovis neniun liberan sidlokon. Sekve ili restis sur la koridoro kaj sidis sur la kofroj. Post iom da tempo virino eltrajniĝis kaj Ştrul eniris en la kupeon kaj okupis ŝian lokon. Moritz restis sola sur la koridoro. Doktoro Abramovici malfermis la pordon kaj diris:

– Ne dormu, ĉar oni ŝtelos niajn kofrojn.

– Mi ne dormos, – respondis Moritz.

Sed li endormiĝis tuj post kiam la doktoro fermis la pordon de la kupeo. Li ne plu povis elteni pro dormemo. Li ne vekiĝis ĝis Budapeŝto. Kiam ili eltrajniĝis estis jam mateno. Moritz soifis. Sed Hurtig ne permesis al li eniri la restoracion por trinki limonadon – la polico povus malkovri ke li estas eskapinto el Rumanio kaj ili ĉiuj povus arestiĝi.

– Vi trinkos akvon ĉe mia fratino, – diris doktoro Abramovici.

Ili daŭrigis. Elirinte el la stacidomo ili haltis ĉe la vico de aŭtoj kaj kaleŝoj.

– Estas pli saĝe piediri, – diris Hurtig. – La kaleŝisto povus denunci nin, kaj estus domaĝe trafi en policejon, ĝuste nun kiam ni estas en Budapeŝto.

Ili ekis piede. Moritz portis du pezajn kofrojn surŝultre kaj du en la manoj. Sed nun li portis ilin pli facile ol sur la kampo, tuj post la transiro de la landlimo. "Eble ĉar mi marŝas sur la asfalto ŝajnas al mi pli facile", li pensis tuŝante per la nudaj plandoj la malvarman trotuaron. La tramoj ankoraŭ ne cirkulis – estis tro frue. Moritz rigardis kiel estingiĝas la elektraj lumoj sur la strato kaj demandis Hurtig'on, kiu estingas ilin.

– Ne plu parolu rumane, stultulo! – diris Hurtig furioze. – Se iu aŭdas vin paroli rumane, oni portos nin al la polico.

– Ĉu estas malpermesate paroli la rumanan? – demandis Moritz.

– Estas permesate, – respondis Hurtig. – Sed ĉi tie la rumanoj estas metataj en koncentrejojn. Hungario estas malamiko de Rumanio! Ĉu vi nun komprenas?

– Kaj kiel ni parolu?

– Jide, – intervenis doktoro Abramovici. – Malkiel en Rumanio, en Hungario la judoj ne estas persekutataj. Almenaŭ ĝis nun ne ekzistas antisemitaj leĝoj.

Johann Moritz evitis eldiri rumanajn vortojn. Sed ankaŭ jide li ne povis paroli – li estis tro laca. Kiam ili atingis la straton Petőfi, kie loĝis la fratino de la doktoro, li ŝanceliĝis kun la kofroj sur la ŝultoj. Li demetis ilin antaŭ la pordon. Poste venis la servistino kaj helpis porti ilin en la domon. La servistino nomiĝis Juliska. Ŝi portis bluan robon. Dum li sekvis ŝin survoje al la kuirejo, al li ŝajnis ke li jam vidis ĝin ie. Li memoris ke tia estis ankaŭ la robo de Suzana.

56

La fratino de doktoro Abramovici estis virino dika, kiu parolis multe kaj rapide. Ŝi portis kitelon kun ruĝaj floroj. Ŝi vokis Johann'on Moritz en la ĉambron en kiu estis la doktoro, Hurtig, Ştrul kaj Ízsák Nagy, la bofrato de la doktoro, kaj donis al ĉiu glason da brando. Moritz restis staranta – ne estis sufiĉe da seĝoj. La fratino de la doktoro alportis tason da teo kaj metis ĝin sur la tablon. Poste ŝi rigardis Moritz'on kaj diris al li:

– Vi ne havas sidlokon. Iru kaj trinku vian teon en la kuirejo!

– Tre bone, – aldonis hungare Ízsák Nagy. – Ni havas ion priparolendan nur inter ni.

Moritz komprenis ke al la sinjoroj ne plaĉas se li sidas samtable kun ili. Sed li ne koleris. Juliska ĝojis ke li ne restis en la ĉambro kun la mastroj kaj verŝis al li tri tasojn da teo kun multe da sukero kaj citrono. Ŝi donis al li ankaŭ kelkajn pantranĉaĵojn kun butero kaj ŝinko. Moritz manĝis lupe. Li estis mortmalsata. Poste li volis lavi sin, sed Juliska diris:

– Nun venu kun mi al la bazaro. Vi lavos vin post la reveno.

Johann Moritz prenis la korbon kaj iris butikumi kun Juliska. Ekde tiam li akompanas ŝin al la bazaro ĉiumatene.

Tiutage, post kiam ili revenis, li dispecigis lignon kaj portis ĝin en la kuirejon. Manĝinte ili kune lavis la manĝilaron. Ŝi estis tre gaja knabino kaj parolis ŝerce. Al Johann Moritz plaĉis la domo kie li troviĝis.

57

Kaptite de la kuirejaj laboroj kaj de la ŝercoj de Juliska, Johann Moritz eĉ ne rimarkis ke la tago pasis kaj li ne vidis doktoron Abramovici kaj la ceterajn. Foje, ĉirkaŭ la tagmezo, li demandis pri ili. La fratino de la doktoro diris ke la sinjoroj dormas. Poste li forgesis demandi. Nur post la alveno de la vespero kaj jam en la lito Moritz konsciis ke li ne parolis kun ili dum la tuta tago.

Li sciis ke ili manĝis kun Ízsák Nagy, ĉar li lavis iliajn telerojn. Kaj ankaŭ por la kafo, je la kvina posttagmeze, ili estis en la domo, ĉar li devis lavi kvin tasojn. Johann Moritz ne memoris kiom da manĝilaroj kaj teleroj venis el la vespera manĝo. Juliska metis ilin en la lavujon kaj li ne kalkulis antaŭ ol lavi ilin. Nun li ne povas dormi pro zorgoj. Li havas la impreson ke vespere estis malpli da teleroj. "Eble Hurtig iris al siaj parencoj", pensis Moritz. Li ne bedaŭris ke Hurtig foriris. Poste li pensis ke eble ili ĉiuj vespermanĝis sed la manĝilaro estis malpli nur en lia imago. Sed sekvamatene Johann Moritz eksciis ke li pravis: Hurtig foriris la antaŭan tagon kaj ne vespermanĝis kun la ceteraj. La doktoro kaj Ştrul estis daŭre tie. Ĉirkaŭ la deka Juliska alportis iliajn ŝuojn kaj li bele poluris ilin per vakso kaj ciro. Fininte li volis porti ilin en la domon, sed Juliska haltigis lin sojle. Ŝi prenis la ŝuojn de la doktoro kaj de Ştrul kaj mem portis. Reveninte ŝi diris al li:

– La mastrino ordonis ke vi ne eniru en la domon. Tia ŝi estas – ŝi timas ke oni ŝtelos ŝiajn aĵojn.

58

Posttagmeze doktoro Abramovici alvokis Moritz'on en la salonon.

– Prenu tiujn ĉi kofrojn kaj venu kun mi! – ordonis li.

Moritz ĝojis. Li ja sciis ke la doktoro ne forgesis lin kaj alvokos lin.

– Kial vi marŝas nudpieda? – demandis Abramovici kolere kiam ili estis en la strato.

Moritz hontis ne havi ŝuojn. Li rigardis ĉirkaŭe kaj vidis ke neniu estas nudpieda. La ceteron de la vojo li faris rigardante suben. Li atente rigardis la piedojn de ĉiuj preterirantoj. Ĉiuj havis ŝuojn aŭ botojn. Moritz malaperus pro honto. Li provis peti pardonon de la doktoro, sed tiu ĉi marŝis antaŭ li kun la manoj en la poŝoj. Kvazaŭ ili ne estus kune.

59

Ili haltis ĉe la pordo de malnova domo, kun florĝardeno antaŭ ĝi. La kuracisto prenis la kofrojn kaj eniris sola. Moritz restis ĉe la pordo kaj legis la ŝildon sur la muro, sur kiu estis skribite KONSULEJO. Poste li rigardis la preterpasantojn.

Doktoro Abramovici ne restis longe interne. Li revenis ridetante sen la kofroj. Vidante Johann'on Moritz, kiu atendis lin apogante sin kontraŭ la muro, la kuracisto ĉesis rideti. Li haltis, enposĝis la manojn kaj pensis dum momento. Survoje hejmen li eligis eĉ ne unu vorton. Johann Moritz sekvis lin, je certa distanco, por ke la homoj ne divenu ke sinjor' kuracisto marŝas kun nudpiedulo – li ne volis ke Abramovici ridindigus sin pro li.

Antaŭ la pordo de Ízsák Nagy, la doktoro haltis kaj atendis ĝis Moritz alvenis apud li.

– Iankel, via situacio estas tre komplika. La hebrea komunumo en Budapeŝto, kiu donas al ni la dokumentojn por migri al Usono, ne volas doni ankaŭ al vi. Mi petis ilin, mi klarigis ke vi venis kun ni, sed estas vane. Ili diris ke ili ne donas pasportojn al kristanoj, ke por tio ili estas hebrea komitato, por helpi la hebreojn. Kaj vi ne estas hebreo, ĉu ne?

– Mi ne estas, sinjoro doktoro!

– Ili pravas, – daŭrigis Abramovici. – Mi bedaŭras ke tiel estas. Mi ja volis preni vin kun mi al Usono. Sed sciu ke mi ne forlasos vin en malfacila situacio – mi ja ne estas tia.

Doktoro Samuel Abramovici elposĝis la monujon kaj komencis kalkuli. Johann Moritz rigardis la hungarajn monbiletojn kaj miris ke ili estas tiel malgrandaj.

– Jen 20 pengoj, – diris la doktoro. – Tio, ĉar vi portis miajn kofrojn. Ĉi tie, en Hungario, necesas labori unu semajnon por gajni tiom da mono; vi gajnis ĝin portante miajn valizojn dum kelkaj horoj!

Johann Moritz neniam pensis peti monon pro la portado de la kofroj – li ne faris tion por ricevi pagon. Sed la doktoro restis kun la mano etendita. Moritz prenis la monbiletojn kaj enposĝis ilin.

– La ĉefaĵo estas ke mi prenis vin el la koncentrejo kaj venigis vin ĉi tien! – aldonis Abramovici. – Sen mi, kiu scias kiom longe vi ankoraŭ restus malliberigita. Sed por tio mi petas nenion de vi. Mi ne estas homo kiu petus ion por la faritaj servoj.

60

Pasis unu semajno de kiam Johann Moritz troviĝas en Budapeŝto. Li laboras kiel en la unua tago, irante al la bazaro kun Juliska, dispecigante lignon, elportante la rubon kaj lavante la manĝilaron. Vespere li purigas la kuirejon, lavas la plankon kaj la ŝtuparon.

En la unua dimanĉo Ízsák Nagy renkontis Johann'on Moritz en la koridoro kaj, rigardante lin malĝentile, diris:

– Ĉu vi ankoraŭ ne trovis laboron? Pasis semajno de kiam vi loĝas ĉe mi. Mi esperas ke vi ne volas ke mi almoztenu vin por ĉiam.

Ízsák Nagy foriris sen diri plian vorton. Johann Moritz bedaŭris ne esti serĉinta laboron ĝis tiam. Li konsideris sin laboranta ĉe Ízsák Nagy. "Kiel mi povis esti tiel stulta kaj ne serĉi laboron ĝis nun?" li pensis. "Ĉi homoj pravas – ili ne povas nutri min por ĉiam!" Tiuvespere Johann Moritz parolis kun Juliska. Ŝi promesis trovi laboron por li. Ŝi konis iun kiu laboras en la ĉokoladfabriko.

– Eble vi portos ankaŭ al mi ĉokoladon, – diris ŝi. – Aŭ eble vi donos ĝin al alia knabino...

– Kial mi donus al alia knabino? – respondis Moritza ĉagrenite ke Juliska povus pensi tiel. – La tutan ĉokoladon kiun mi ricevos, mi portos al vi. Mi manĝos eĉ ne peceton.

Tiunokte li sonĝis kiel li laboros en la ĉokoladfabriko.

Sekvamatene, doktoro Abramovici adiaŭis la fratinon kaj bofraton kaj foriris. Moritz portis liajn kofrojn al la stacidomo kaj metis ilin en dormvagonon.

– Ĉu vi vojaĝas for? – li demandis.

– Al Svislando, – respondis la doktoro. – Ripozinte kelkajn semajnojn, mi foriros al Usono.

Kiam ili disiĝis, la kuracisto manpremis kun Johann Moritz, kiu tute ruĝiĝis. Ĉiuj ĉirkaŭe rigardis kiel doktoro Abramovici manpremas kun li, kiu estas nudpieda.

Kiam la trajno ekmoviĝis, Abramovici kriis el la fenestro:

– Ĝis revido, kara Iankel! Sciu ke mi ne forgesos vin. Mi ja faros ion por vi.

– Ĝis revido! – respondis Moritz.

Post kiam la trajno malproksimiĝis, larmoj invadis liajn okulojn. Li sentis sin tute sola. Hurtig kaj Ştrul jam foriris sen eĉ adiaŭi lin. Nun ankaŭ la doktoro foriris. Moritz restis longan tempon sur la kajo. Neniam antaŭe li sentis sin tiel fremda…

Poste li memoris pri la ĉokoladfabriko kaj lia tuta ĉagreno forvanuis. Li ekis al la strato Petőfi pensante: "Eklaborinte mi aĉetos por Juliska bidan kolringon!"

61

Johann Moritz kaj Juliska iris al la bazaro pli frue ol kutime. Ili rapide aĉetis viandon, legomojn kaj aliajn necesaĵojn por la domo, kaj ekis laŭ strato kun dometoj. Johann Moritz havis la korbon en la dekstra mano kaj per la maldekstra tenis Juliska'n. Ili rapidis.

– La fabriko situas ĝuste ĉe la rando de la urbo, – diris ŝi. – Ni devas rapidi.

Ili estis ruĝvizaĝaj kaj ŝvitintaj. Se ili revenos hejmen tro malfrue, Juliska ne havos sufiĉe da tempo por kuiri. Ŝi estis parolinta kun viro el ŝia vilaĝo, kiu diris ke Moritz devas veni al la fabriko en iu mateno kaj paroli kun la estro. "Se li venas, oni dungos lin tuj, ĉar ni bezonas laboristojn!"

– Eble mi dungiĝos tuj, – diris Moritz dum li penis tra amaso da homoj kolektiĝinta ĉe stratkruciĝo. – Se oni dungos min hodiaŭ, la venontan sabaton mi jam ricevos salajron. Eble ankaŭ ĉokoladon por vi.

Li forte premis ŝin. Ili rigardis unu la alian kaj ridis.

– Poste mi luprenos ĉambron, – daŭrigis Moritz. – Mi ne povas por ĉiam trudresti ĉe viaj gemastroj. Mi serĉos ĉambron apud la fabriko.

– Kaj ĉu mi povos viziti vin? – demandis Juliska.

Li ne aŭdis ŝin. Li rigardis antaŭen por vidi, kial homoj staras tie, sed li ne povis vidi. Estis centoj da homoj amasiĝintaj tie, kunpuŝantaj unu la alian, kaj ne eblis trapasi. Juliska haltis provante ekscii, kio okazis. Sed ŝi memoris ke ili devas rapidis.

– Ni iru laŭ alia strato, – diris ŝi. – Alie mi ne havos sufiĉe da tempo por kuiri hodiaŭ.

Ili retroiris, nun eĉ pli rapide por regajni la perditan tempon. Fine de la strato estis policistoj unu apud la alia. Juliska rigardis ilin per la okulangulo kaj preterpasis.

– La policistoj kaj la soldatoj estas fiuloj, – diris ŝi. – Mi neniam edziniĝus kun policisto.

Ŝi retrorigardis por vidi, ĉu Moritiz aŭdis ŝin. Sed li ne plu estis apud ŝi. Juliska ĉirkaŭrigardis serĉante lin en la amaso. Li restis ĉe la policanoj kaj mansignis al ŝi. Nun ŝi komprenis, kio okazas: estas razio. La polico baris la straton kaj neniu rajtis transiri sen prezenti identigilon. La virinojn oni ne kontrolis, tial ŝi povis transiri. Juliska memoris ke Johann Moritz ne havas dokumentojn kaj ektimis. Ŝi revenis tra la vico de policanoj. Unu el ili volis pinĉi ŝian brakon, sed ŝi eltiris sin kaj aliris Moritz'on. Nun li estis en grupo kun aliaj, kaj policano kun pafpreta fusilo kondukis ilin al kamiono. Moritz levis la korbon super la kapon por ke Juliska vidu kaj venu preni ĝin. Ŝi vidis la korbon, sed ne povis antaŭeniri kaj ankaŭ Moritz ne plu videblis el la amaso. Policanoj malpermesis al ŝi proksimiĝi. Ŝi klarigis al ili ke ŝi volas la korbon kun aĉetaĵoj, sed ili aŭ ne aŭskultis aŭ ne komprenis. Juliska komencis krii kaj sakri kontraŭ ili. Vane – ili ne permesis al ŝi trapasi. Moritz estis jam en la kamiono kaj tenis la korbon ekstere esperante ke ŝi sukcesos preni ĝin. Poste la kamiono foriris. Moritz metis la korbon kun aĉetaĵoj inter la genuoj pensante: "La mastrino mortigos ŝin, se ŝi revenos hejmen sen la korbo." Li pretus salti el la kamiono por doni ĝin al ŝi. Sed ne eblis. Fine de ĉiu benko estis ĝendarmo portanta fusilon kun la bajoneto instalita. Rigardante ilin Johann Moritz forgesis pri la korbo, konscia ke li estas arestita.

62

En la kvar semajnoj, de kiam li estis disigita de Juliska en la surstrata svarmado, Johann Moritz ne plu eksciis ion ajn el la ekstero. Ankaŭ la sunon li ne vidis. La ĉelo en kiu li troviĝas havas fenestron al la nordo, kie altaj kaj grizaj muroj kaŝas la ĉielon. Dum kvar semajnoj li enspiris eĉ ne guton da freŝa aero. Aliaj malliberuloj eliras en la korton unu horon tage. Li aŭdas ilin kaj laŭ la bruo de iliaj paŝoj li scias kiam ili eliras kaj revenas. Nun estas silento en la koridoro. Ankoraŭ ne tagiĝis.

Moritz malfermis la okulojn. La palpebroj malfacile disiĝis unu disde la alia. Li metis manon sur la okulojn kaj sentis ilin ŝvelintaj kaj kovritaj de koaguliĝinta sango. Li ne memoris kiam li revenis en la ĉelon. "Eble oni portis min", pensis li. Johann Moritz estis batata ĉiutage. Foje li ne povis moviĝi dum horoj. Tio ofte okazis. Li ĉiam sciis, ke la batado finiĝis, kiam oni portis lin sur la liton en la ĉelo. Sed nun li ne memoras kiam li alvenis tien la antaŭan vesperon. Nek kiel. Tio okazis por la unua fojo. "Hieraŭ oni terure bategis min!" pensis Moritz parolante pri si mem kvazaŭ li estus iu alia. Li palpis la vizaĝon. La barbo estis aspra. La sango inundis lian hararon kapan kaj vizaĝan, kaj la brovojn, kaj nun ĝi estis koaguliĝinta kaj malmola kiel malseka grundo. Johann Moritz malsekigis la lipojn per la lango. Ili estis ŝvelintaj kaj doloris kiel infektiĝintaj furunkoj. Ankaŭ la dentoj doloris. Ĝis hieraŭ oni elbatis kvar liajn dentojn. Li elkraĉis ilin kune kun la sango, kvazaŭ kernojn, post kiam oni pugnobatis liajn makzelojn. Ankaŭ tiam liaj makzeloj doloris kiel nun. "Se ankaŭ hieraŭ ili elbatis denton restos al mi neniu por maĉi la panon!" pensis li. Sed li ne kontrolis per la lango, ĉu pliaj dentoj mankas – ĉia movo estis doloriga. Li refermis la okulojn.

— 135 —

La tempo pasis. Sur la koridoro aŭdiĝis paŝoj. Sed li ne provis diveni perorele, de kie ili venas kaj kien ili iras, kiel li kutime faris. Lia tuta karno doloris. Ankaŭ liaj pensoj endormiĝis.

Oni venis por porti lin al pridemandado kaj li ellitiĝis. Kiam li tuŝis la cementon per la plandoj, li kriemis pro doloro. Liaj plandoj estis ŝvelintaj kiel bone kreskintaj bulkoj. Li ne memoris kiam oni batis liajn plandojn. La provoso puŝis lin. Moritz eliris el la ĉelo. Kelkajn momentojn li sentis ne la doloron en la plandoj, sed la doloron en la dorso, kie frapis lin la provoso. Poste la plandoj ree doloris. Ĉiupaŝe ŝajnis ke iu ŝiras pecon el lia karno. Ĝis la oficejo de la enketisto Varga, kiu pridemandos lin, estis pli ol cent paŝoj. Pensante ke li devas fari ilin ĉiujn, Johann Moritz falis sur la cementon… Li estis nur kelkajn paŝojn for de sia ĉelo. La provoso levis lin je la akseloj kaj portis lin plu. Johann Moritz ne estis malfacile portebla. Nun lia korpo pezis kiom tiu de bazlernejano. Iom pezis la ostoj kaj la haŭto… karnon kaj grason li ne plu havis.

63

Arestite, Johann Moritz faris deklaron en kiu li rakontis kiel li alvenis en Hungarion. La policistoj ne kredis kaj batis lin: ili volis la veron. Ankaŭ post la batado, li faris la saman konfeson. Oni batis lin denove. Nun li estas en la malliberejo de la hungara sekreta servo. Ĉiutage oni pridemandas kaj poste batadas lin.

— Kial oni sendis vin al Hungario? – demandis la enketisto.

— Neniu sendis min! – respondis Moritz.

— Sed vi deklaris ke ĝis la landlimo adjutanto transportis vin per kamiono.

— Transportis nin adjutanto Apostol Constantin, la estro de la koncentrejo.

— Tiu estas adjutanto Tănase Ioan, de la rumana spiona servo. Ni scias ke li laboras en tiu sektoro. Ĉiumonate li sendas agentojn en nian landon. Li sendis ankaŭ vin. Sed ni volas scii kial, kun kia misio.

Moritiz ekrigardis malsupren kaj silentis. Poste li pensis ke oni portos lin denove en la torturĉambron en la subteretaĝo. Je tiu penso lia karno jam ekdoloris. Li respondis:

– Mi diris la veron!

– Ĉu vi ne konscias ke vi estas malkaŝita? Estas stulte persisti! Vi deklaris ke vi restis dek ok monatojn en la koncentrejo por judoj en Rumanio.

– Mi restis, – diris Moritz.

– Eĉ ne unu tagon vi restis en koncentrejo por hebreoj! Vi estas rumano!

– Mi ja estas rumano, – respondis Moritz.

– Vi volis ŝajnigi vin hebreo en Hungario, – diris la enketisto. – Por ke ni kredu vin, vi deklaris ke vi restis en koncentrejo por hebreoj. Poste vi deklaris ke vi transpasis la landlimon kun aliaj hebreoj.

– Ankaŭ tio estas vera, – diris Moritz.

– Ne estas vere. Vi venis sola. Kaj vi ne loĝis ĉe Ízsák Nagy. Neniu loĝis ĉe la familio Nagy en la lastaj ses monatoj. Ĉu vi imagis ke ni kredos viajn deklarojn, sen espliri? Mi havas ĉi tie la skribitajn deklarojn de la gesinjoroj Nagy. Ili eĉ ne aŭdis pri vi. Sinjorino Rózsa Nagy ne havas fraton doktoro.

– Ĉu ili diris ke ili ne konas min? – demandis Johann Moritz.

– La sinjorino ne povas diri ke ŝi ne konas min. Mi helpis ŝin ĉiutage. Mi butikumis kun Juliska, mi lavis la manĝilaron...

Larmoj inundis liajn okulojn. La enketisto kriis:

– Jen plia mensogo: sinjorino Nagy tute ne havas servistinon kun la nomo Juliska. Se vi intencis mensogi, vi devintus unue interesiĝi kiel nomiĝas la servistino de la familio Nagy! Ni pridemandis ankaŭ ŝin. Ŝi estas ilia servistino de ok jaroj. Juliska estis nur via kreaĵo, por trompi nin. Ĉu adjutanto Tănase instruis al vi la rakonton kun Juliska?

Johann Moritz fermis la okulojn atendante ke oni alvoku la provoson kiu portu lin al la torturĉambro. Li volis pensi pri nenio. Tamen la fakto ke la fratino de la kuracisto deklaris ke ŝi ne konas lin, turmentis lian menson. Tion li ne povis kredi.

Johann Moritz aŭdis la pordon malfermiĝi kaj poste bruon de paŝoj. Ne estis la paŝoj de la sentinelo kondukonta lin al la subteretaĝo. Li malfermis la okulojn. Antaŭ li estis aperinta Ízsák Nagy. Li portis novan, kafkoloran kompleton kaj tute ne rigardis lin.

– Ĉu vi konas ĉi tiun individuon? – demandis la enketisto.

– Mi vidas lin la unuan fojon en mia vivo, – respondis Ízsák Nagy, malestime rigardante Moritz'on.

– Ĉu loĝis ĉe vi tri hebreoj rifuĝintaj el Rumanio? – daŭrigis la enketisto.

– Krom mi, mia edzino kaj la servistino, neniu dormis en nia domo de pluraj monatoj.

– Dankon! – diris la enketisto.

Ízsák Nagy eliris el la oficejo. Tuj poste eniris lia edzino. Ankaŭ ŝi respondis ke ŝi ne konas Johann'on Moritz, ke ŝi neniam antaŭe vidis lin.

– Mi estas solinfano, – respondis Rózsa Nagy.

La enketisto rigardis malĝentile Johann'on Moritz, poste turnis sin al Rózsa:

– Ĉu vi havis servistinon kun la nomo Juliska?

– Neniam! – respondis ŝi. – De kiam ni venis al Budapeŝto, antaŭ ok jaroj, ni havas nur unu servistinon, kiu nomiĝas Jozefina.

Sinjorino Nagy eliris el la oficejo ridetante. Post ŝi oni pridemandis maljunulinon, kiu diris ke ŝi nomiĝas Jozefina kaj estas servistino ĉe la familio Nagy de ok jaroj.

La enketisto restis sola kun Johann Moritz.

– Ĉu vi nun agnoskas ke vi mensogis? – demandis li. – Diru la veron: kial oni sendis vin al Hungario?

Johann Moritz komencis plori.

64

El la oficejo de la enketisto Varga, Johann Moritz estis kondukita al la torturĉambro. Kiel en ĉiu tago. Sed neniam antaŭe li timis la batadon kiel hodiaŭ. Kiam li eniris la ĉambron en la subteretaĝo, la lumo frapis lin en la vizaĝon. Ĉi tie ĉiam estis blanka lumo kreteca. La ampoloj estis grandaj kaj fortaj. Johann Moritz fermis la okulojn. Sed la lumo rostis lian vizaĝon kiel fajro.

– Senvestiĝu! – ordonis la provoso ridaĉante.

Estis unu el la du dikaj viroj kun lipharoj, kiujn li trovis kartludantajn ĉe tablo. Moritz malbutonis la ĉemizon ĉe la kolo. Li sciis ke se li ne rapide senvestiĝas, unu el la du skurĝos al li la vizaĝon. Sed liaj fingroj estas ŝvelintaj kaj ne trafas la etajn butonojn de la ĉemizo. Ekkaptas lin la timo, ke li prokrastos senvestiĝi. Neniam li timis la skurĝon kiel hodiaŭ. Li rigardis la du dikulojn ĉe la tablo. Ili ne rimarkis ke li malfruas. Ili daŭre kartludis. Moritz sukcesis demeti la ĉemizon; la pantalonon li ne devis demeti. Li restis staranta.

Antaŭ li staris rako kun metalaj vergoj, similaj al tiuj uzataj por purigi pafiltubojn. Ili estis ordigitaj laŭ la dikeco. Maldekstre estis iuj dikaj kiel fingro. Sekvis aliaj pli kaj pli maldikaj. Ĉiufoje po du. Entute dudeko da dikecoj. Moritz neniam kalkulis ilin. La plej maldika, dika kiel pajlero, estis ĉe la dekstra flanko de la rako. Li sciis kiel dolorigas ĉiu el tiuj vergoj.

– Al la laboro, knabo! – ordonis unu el la du dikuloj, stariĝante kaj lasante la kartojn sternitajn sur la tablo. – Kiu ne laboras ne manĝos!

Moritz vidis lin streĉi sin. Li surportis blankan kamizolon, kiu kraketis pro la streĉo. Li ŝajnis esti dormema. La alia provoso estingis la cigaredon kaj rigardis Moritz'on.

– Do, ĉu hodiaŭ vi diros, kial oni sendis vin?

La voĉo de la provoso estis milda. Kvazaŭ li petus Moritz'on doni al li alumeton por bruligi sian cigaredon. Demandinte, li oscedis kaj streĉis sin, same kiel faris ankaŭ la alia stariĝinte de ĉe la tablo.

– Neniu sendis min, – respondis Moritz.

Tuj ambaŭ turnis la rigardon al li. Ili eksaltis kvazaŭ tuŝite de varmruĝa feraĵo. Iliaj okuloj brilis pro furiozo. Ili koleris. Johann Moritz ektremis. Unu el la provosoj venis apud lin kaj frapis lin sub la mentonon, unu fojon, du fojojn, ĝis Moritz ne plu sentis la mentonon. La alia kaptis lin je la ŝultro kaj ĵetis lin sur la benkon apud la rako, kun la vizaĝo suben. Poste ili eksidis rajde sur lin. Ĉiufoje kiam provoso rajdis lin, Moritz sentis ke li mortos pro sufokiĝo. Hodiaŭ li vere volas morti. Li sentas kiel frakasiĝas la riparo, premate kontraŭ la benkaj tabuloj. La pulmoj estas premataj de la pezo sur la dorso, kvazaŭ de muelilaj ŝtonoj.

– Ĉu li diris ion? – demandis la provoso kiu frapis lin sub la mentonon.

La alia ne respondis. Moritz sentis la unuan frapon sur la plandoj. Li provis faldi la krurojn. La provoso kiu rajdis lin, kaptis kaj tenis ilin sur la benko. Sekvis plia frapo, per dika vergo. Nun al Moritz ne doloris la plandoj. La frapon li sentis en la cerbo. Nur en la cerbo. Poste, kiam la frapoj daŭris, li ne plu sentis ilin en la cerbo, sed en la brusto. Poste doloris la ŝultroj. Poste li sentis nenion. Li estis kvazaŭ rigida. Sed tio ne longe daŭris. En la plandoj li sentis doloron kiel de tranĉoj. Estis la maldikaj vergoj. Tiuj ĉi kvazaŭ tranĉis ĉe la genuoj kaj aparte ĉe la renoj. Li perdis la regon de la veziko kaj de la ceteraj organoj. La tranĉoj kaj pikoj ŝajnis senfinaj. Moritz naŭziĝis. Antaŭ liaj okuloj aperis malforta lumo. La manĝitaĵoj en lia stomako komencis eliri tra la buŝo. La pantalono, malseka, algluiĝis al la haŭto. La akvo kaj la pano, kiujn li englutis, ne plu volis resti en la stomako. Moritz sentis ke li mergiĝas en tiun flavan lumon. Lia buŝo estis plena je verdeca kaj amara suko. Likvaĵoj eliris el lia korpo tra la nazo, buŝo kaj ĉiuj orificoj, miksite kun verdeca ŝaŭmo.

Nun Johann Moritz estis ĉe la rando de la vivo. Nur lia menso restis veka. La provoso frapis lin per vergoj pli kaj pli maldikaj – li ne plu sentis ion ajn. La sango, kiu mem ne plu povis elteni la batojn, provis eskapi el la torturata karno kaj elfluegis tra ĉiuj pordoj kiujn ĝi trovis malfermitaj. Ĝi forlasis la korpon de Johann Moritz tra la buŝo, nazo, oreloj, miksite kun la urino. En kelkaj lokoj ĝi fuĝis el la ŝirita korpo tra la poroj. Ĝi devis eskapi. Tra ĉie.

65

Kiam li vekiĝis, li memoris la hieraŭan konfrontiĝon kun Ízsák kaj Rózsa Nagy. "Se ili dirintus la veron, oni liberigus min kaj hieraŭ mi ne estus torturita."

Neniam antaŭe Johann Moritz estis tiel torturita. Lia korpo estis, de la plandoj ĝis la verto, sanganta vundo.

"Ízsák Nagy diris ke li ne konas min. Li rigardis min kaj diris ke li neniam vidis min. Same lia edzino!" Moritz memoris kiel ĉiumatene li purigis la ŝuojn de Ízsák Nagy, kiel Rózsa Nagy petis ke li dispecigu lignon, lavu la plankon… "Kiel ili povas diri ke ili ne konas min? Ili diris ke ankaŭ Juliska'n ili neniam vidis, ke ili ne scias kiu ŝi estas, ke ili ne havis servistinon kun tiu nomo…"

Johann Moritz ne plu povas rezisti. Li scias ke liaj korpo kaj menso estas malfortaj. Ke hieraŭ kaj antaŭhieraŭ li estis portita en la ĉelon sen memori kiam kaj kiel. Pro la batado. Sed ke li loĝis ĉe Ízsák Nagy, li estis certa. Same ke Juliska estas servistino ĉe ili. Tamen, Ízsák Nagy neis, same kiel lia edzino. Li mem aŭdis ilin diri "ne".

Johann Moritz fermis la okulojn.

66

Post iom da tempo oni venis preni lin el la ĉelo. Moritz tremis. Por la unua fojo li estis decidinta sinmortigi. Li ne plu povis suferi la torturadon. La provoso lasis la pordon de la ĉelo malfermita kaj restis ĉe la sojlo. Inter la okulharoj Moritz vidis lin ridi.

– Stariĝu! – ordonis la provoso.

Moritz ŝajnis vidi antaŭ siaj okuloj la enketiston Varga. Li aŭdis lian voĉon. Poste aperis la torturĉambro, la rako kun diversaj vergoj, la provoso rajdanta lin... Li flustris pete:

– Ne...

– Stariĝu! – ordonis denove la provoso.

Johann Moritz ne aŭdis lin. Li estis kvazaŭ mortinto. La provoso venis ĉe la lito kaj levis lin perforte. Moritz malfermis la okulojn kaj petegis:

– Ne... Hodiaŭ, ne... Morgaŭ... En ĉiuj tagoj... Ĝis la fino de mia vivo... Ĉiutage... Kaj al la pridemandado kaj al la torturado... Sed ne hodiaŭ...

– Hodiaŭ ni liberigas vin! – diris la provoso.

Johann Moritz ne kredis. Li kredas nenion. Tamen, ĝuste en tiu tago oni lasis lin el la malliberejo, kvankam oni ne plene liberigis lin: li estis rumana civitano. Oni portis lin al koncentrejo.

67

Antaŭ ol forlasi la malliberejon, Johann Moritz ricevis leteron de Juliska. Portis ĝin la provoso ĉe la oficejo de la enketisto Varga. Li eniris la ĉelon ĝuste kiam Moritz estis forironta. Juliska skribis propramane:

Kara János,

De kvar tagoj mi ne plu laboras. Mi skribas al vi por ke vi sciu kaj ne serĉu min ĉe la adreso en la strato Petőfi, post via liberiĝo. Mi estos en la ruro, ĉe mia patrino, en la komunumo Balaton, distrikto Tisza, kie mi atendas vin plename. Venu tuj post la liberiĝo! Juliska

Sur la dorso de la folio estis aldonita, rapide:

Mi estis hieraŭ ĉe miaj mastroj por forpreni iom da aĵoj, kiujn mi havis tie. La sinjoro kaj la sinjorino petas vin ne esti kolera kontraŭ ili ĉar ili deklaris ĉe la polico ke ili ne konas vin. Oni komencis aresti la judojn en la urbo, kaj ili timis deklari ke ili akceptis fremdulojn en la domo. Ili salutas vin. La sinjoro donis al mi kompleton por vi. Ĝi estas preskaŭ nova. Vi trovos ĝin ĉe mi, kiam vi venos. Li estas tre bonkora homo. Ankaŭ sinjorino Rózsa. Ne koleru kontraŭ ilin. Ili timis esti arestotaj kaj pro tio ili deklaris ne koni vin. Tiaj estas la tempoj hodiaŭ. Kisas vin

Juliska

68

La membroj de la hungara registaro estas de tri horoj en sekreta kunveno ĉe la regenta palaco. La konferenco finiĝis. Sed la ministro pri eksteraj aferoj stariĝis denove:

– La demando pri la 50 000 laboristoj restis nesolvita! – diris li. – Kaj ĝi estas plej grava!

– La demando pri la laboristoj estas solvita! – diris malĝentile la registarestro. – La decido estis farita unuanime!

La departementestroj staris kun la teko en la mano, pretaj foriri. La ministro pri eksteraj aferoj ŝajnis ne rimarki. Li daŭrigis:

– Ion ni ja devas liveri. La ekvilibro de la rilatoj inter ni kaj Germanio konservendas tia kia ĝi estas. Ne temas pri egalec-rilatoj, tion ni ja agnoskas. La situacio de Hungario rilate al la Tria Regno estas fakte tiu de subulo, ne de aliancano. Sed ĝin ni povas ŝanĝi nur kontraŭ tiu de okupaciata lando, kaj tio estas eĉ pli malbona! Komence oni petis de ni 300 000 laboristojn. Post senesperaj traktadoj, la nombro estis reduktita al 50 000. Tiujn ni ja devas liveri!

– Mia registaro sendos al la germanoj neniun hungaran civit-anon kiel sklavon! – diris la registarestro, ruĝvizaĝa pro kolero. – La afero estas fermita!

– Germanio taksas tre grava tiun postulon! – insistis la mini-stro pri eksteraj aferoj. – La postulo estis sendita al ni kiel ulti-mato. Ĝia industrio bezonegas laborforton. Se ni ne liveras minimume 50 000 homojn, la rifuzo povas esti fatala por ni.

Mi estas informita ke, kaze de rifuzo de la peto, la okupacio de Hungario far la germana armeo estos neevitebla. Mi havas la taskon informi ankaŭ vin. La respondecon surprenas vi mem!

– Ni povas trovi kompromison! – sugestis ministro.

– Se ni sendas eĉ unu hungaron kiel sklavon al la germanoj, la situacio restos same serioza kaj la historio ne pardonos nin, – diris la registarestro, – sekve nia respondo estas firma rifuzo. Ĉi tie ne ekzistas kompromisoj!

– Ni sendu al la germanoj 50 000 laboristojn, sed ne hungarajn, – diris la ministro pri internaj aferoj. – Ni havas pli ol 300 000 eksterlandanojn malliberigitaj.

– Mi oponas tiun solvon! – diris la ministro pri eksteraj aferoj. – Tio kreus al ni pli da komplikaĵoj. Ĝi estas kontraŭa al la internaciaj leĝoj pri militkaptitoj kaj politikaj malliberuloj. Ni bezonas simpation eksterlande. Se ni adoptas tiun solvon, la honoro de la krono de Sankta Stefano estos serioze makulita kaj ni kreos por ni senfinan serion da malamikecoj.

Post duona horo da diskutoj, oni alvenis al kompromiso. Oni decidis sendi al Germanio 50 000 nehungarajn laboristojn, sed kiuj, laŭeble, ne havu pruvitan naciecon. La ministro pri internaj aferoj diris:

– Tiel ni savas la hungaran sangon. La historio ne povos akuzi nin ke ni sendis hungarojn en sklavecon. Nia celo estas tiel nobla, ke la historio pardonos al ni la uzitajn rimedojn.

69

La grafo Bartholy, la proparolisto de la hungara registaro, eniris sian oficejon kaj alvokis la sekretariinon por dikti al ŝi la oficialan gazetaran komunikon pri la decidoj faritaj dum la sekreta kunveno.

– Homo kiu ne havas la rajton vivi en respekto kaj digno estas sklavo, – diris la grafo parolante al si mem. – Nia socio malpermesas la personajn dignon kaj respekton, t.e. la vivon de libera homo. Ĝi permesas nur la vivon de sklavo. Sed tio ne povas daŭradi. Socio en kiu ĉiuj homoj, de ministro ĝis servisto, estas sklavoj devas disfali. Kaj estus bone se ĝi disfalus tuj!

– Ĉu vi diris ion, sinjoro ministro? – demandis la tajpistino enirante en la oficejon.

– Nenion! – respondis li. – Bonvolu skribi:

Oficiala komuniko

En la hieraŭa fermita kunveno, la Konsilio de la ministroj decidis faciligi la kondiĉojn por akiri vizon kaj vojaĝi por tiuj hungariaj laboristoj, kiuj volas iri al Germanio por spertiĝi en diversaj branĉoj de la teknika industrio. La nombro de la laboristoj, al kiuj la registaro proponas tiun ĉi eblon, estas por la momento maksimume 50 000.

La sekretariino stariĝis.

– Sendu ĝin al la gazetaro, – ordonis la ministro. – Ĝi aperu sur la unua paĝo!

70

La grafo Bartholy vespermanĝis en restoracio kun sia filo, kiu estis ankaŭ lia kabinetestro. Ĉe la kafo, la maljunulo demandis:

– Kion vi opinias pri la demando rilate la laboristojn sendotajn al Germanio?

– Vera knokaŭto en la politika areno! – respondis Lucián. – Oni agis mirinde. Anstataŭ hungarajn laboristojn, ni sendas al la germanoj kelkdek mil fremdulojn kolektitajn el malliberejoj kaj koncentrejoj. Pro sia insolento, la germanoj meritas tian lecionon. La ideo estis genia!

– Ĉu vi scias ke por tiuj laboristoj ni ricevos de la germanoj certajn avantaĝojn? Aŭ, pli bone dirate, ĉu vi scias ke oni pagos al ni pro ili?

– Memkomprenebile, – respondis Lucián. – Ni ne donu al la germanoj laborforton senpage!

– Kaj ĉu vi ne sentas vin insultita pro tio ke via patro partoprenis hodiaŭ vendon de homoj? – demandis la maljunulo. – La homnegocado estas la plej malalta ŝtupo de la morala falo.

– Paĉjo, vi estas amuza! – diris Lucián. – Ĉu pro tio vi estis malbonhumora dum la tuta vespero?

– Ne provu eviti! Ĉu vi agnoskas ke hodiaŭ ni faris sklavotrafikon?

– Nu, se tiel analizi, tiam vi partoprenis sklavotrafikon, – diris Lucián ridetante.

– Kaj ĉu tio ne ĝenas vin?

– Estus absurde se tio ĝenus min, – respondis Lucián. – Fakte mi supozas ke ankaŭ la kialo de via malbonhumoro estas alia. Tio ne povas esti kialo de malbonhumoro… eĉ pormomenta. Ni estis devigataj sendi laboristojn al Germanio. Se ni ne agus tiel, ni devintus sendi hungarojn, kaj tio estus vere serioza.

– Jes, el hungara vidpunkto estus pli serioze, – diris la grafo. – Sed el homa vidpunkto estas same. Ni vendis vivajn homojn!

– Tiaj estas la politikaj necesaĵoj, paĉjo! Ni ne povas eviti ilin!

– Eŭropo rezignis pri la sklav-negocado antaŭ jarcentoj! La lastaj homoj venditaj, estis la negroj, en Usono. La leĝoj pri la abolo de la sklaveco estas unu el la plej grandaj sukcesoj de nia civilizacio. Kaj nun ni retroturnas la horloĝon kaj rekomencas la homnegocadon. Subite, el la 20a jarcento ni estas transportitaj en la antaŭkristanan eraon, transsaltante la Renesancon kaj la Mezepokon.

– Paĉjo, oni ne prenu la aferojn tiel tragike! – diris Lucián. – Fine, tiujn ĉi homojn neniu katenos en Germanio. Tie ili estos laboristoj.

– Oni ne katenos ilin, ĉar estas neniu danĝero ke ili fuĝos. La moderna socio disponas pri metodoj gardi la sklavojn, kiujn la antikvuloj ne havis. Kaj mi ne aludas nur mitralojn kaj pikdratajn barilojn kun alttensia elektro, sed la metodojn de la burokrata tekniko: manĝokuponojn, aprobon de la polico por enhoteliĝi, entrajniĝi aŭ promeni laŭstrate aŭ transloĝiĝi en alian urbon. Nek la helenoj nek la egiptoj katenus la sklavojn se ili havintus la teknikan regaparataron kiun ni inventis. Sed la sklaveco restas la sama!

– La plej bona afero estus ne plu pensi pri tio, – diris Lucián.

– Kiel ajn ni povas ŝanĝi nenion. Ĉu vi kredas ke oni povus agi alie? Al Germanio oni vendis sklavojn – kiel vi diras – el preskaŭ ĉiuj landoj de Eŭropo: Kroatio, Rumanio, Francio, Italio, Norvegio… Kion ni povus fari, estas retiriĝi el la registaro kaj batali kontraŭ Germanio, ĉar ĝi aĉetas sklavojn kaj devigas aliajn landojn vendi ilin. Tiam en Hungario venus alia registaro, kiu daŭre sendus al la germanoj sklavojn. Kaj, eĉ se ni detruus Germanion, ni ne solvus la problemon. La lokon de la germanoj prenus la rusoj, kiuj estas la plej grandaj sklavnegocantoj en la mondo. En la Soveta Rusio, ĉiu homo estas la propraĵo de la bolŝevista registaro.

– Kaj ĉu vi ne estas terurata de tia aferstato? – demandis la grafo.

– Ne!

– Tio estas tre serioza! – diris la maljunulo. – Tio signifas ke vi ne plu havas respekton por la homa estaĵo. Ankaŭ vi estas homa estaĵo. Do, vi ne plu havas respekton por vi mem!

– Mi respektas ĉiun homon laŭ ĝia valoro, – respondis Lucián. – Mi esperas ke vi havas nenion por riproĉi al mi ĉi-rilate.

– Vi respektas la homon, – diris la maljunulo, – same kiel vi respektas vian aŭton, ĉar ĝi estas objekto kun certa valoro.

– Ĉu vi vidas ion malbonan en tio?

– Sed, ĉu vi respektas la homon… pro ĝia imanenta valoro?

– Certe! Mi ne povus kaŭzi suferon al homo, sen senti kompaton kaj sen havi rimorsojn.

– Ankaŭ al hundo vi ne kaŭzus suferon sen senti kompaton, ĉar vi scias ke, se vi frapas ĝin, tio dolorigas. Tio estas la kompato de homo kiel vivanta animalo. Mi volas scii, ĉu vi respektas la homon kiel unikan valoraĵon, neanstataŭigeblan, eĉ kiam ĝi havas nenian socian valoron kaj kiel animalo ne estigas ĉe vi kompaton aŭ amon.

– Mi neniam faris al mi tiun demandon, – respondis Lucián. – Sed mi scias ke mi respektas la homon laŭ ĝia socia valoro kaj kiel vivantan animalon. Ĉiuj pensas kaj sentas kiel mi.

– Ĉu vi estas certa, Lucián, ke ĉiuj nuntempe pensas kaj sentas kiel vi?

– Absolute certa! La logiko postulas tion. La homo estas socia valoraĵo. Nenio pli. Ĉio alia estas hipotezoj.

– Tio estas tre serioza!

– Kion vi trovas serioza?

– Lucián, nia kulturo malaperis. Ĝi havis tri kvalitojn: ĝi amis kaj respektis la belon – tradicio lernita de la helenoj; amis kaj respektis la juston – tradicio lernita de la romianoj; amis kaj respektis la homon – tradicio kiun ĝi lernis, malfacile kaj malfrue, de la kristanismo. Nur respektante tiujn tri simbolojn – Homon, Belon kaj Juston – nia okcidenta kulturo iĝis tio kio ĝi estis. Kaj nun ĝi perdas la plej gravan heredaĵon: la respekton kaj amon al la homo. Sen tiuj respekto kaj amo, la okcidenta kulturo ne plu ekzistas. Ĝi mortis!

– Laŭlonge de la historio la homo spertis epokojn multe pli nigrajn ol la nunan, – diris Lucián. – Ĝi estis bruligita en la publika placo, oferita sur altaro, frakasita per rado, vendita kaj traktita kiel objekto. Ne justas esti tiel severaj kontraŭ la nuna socio.

– Tio, kion vi diras, estas vera, – respondis la grafo. – Tiam, en tiuj nigraj epokoj, la homo estis ignorata kaj la barbararo praktikis la homoferon. Sed ni jam venkis la barbarecon kaj komencis aprezi la homon; tiu ĉi etapo apenaŭ komenciĝis. Sed aperis la socio de la teknika civilizacio kaj ĉio, kion ni gajnis kaj kreis dum jarcentoj estis detruita. La teknika civilizacio reenkondukis la malrespekton kontraŭ la homo, ĝuste kiel ĉe la barbaroj. Hodiaŭ la homo estas reduktita al nur sia socia dimensio… Ĉu ni foriru? Estas malfrue!

Lucián rigardis sian horloĝon.

– Mia horloĝo haltis, – diris li. – Bonvolu diri al mi kioma horo estas?

– Estas la 25a horo!

– Mi ne komprenis! – diris Lucián.

– Mi ja kredas ke vi ne komprenis. Neniu volas kompreni. Estas la 25a horo – la horo de la eŭropa civilizacio!

71

– Kaj jen vi, kara Moritz, vendita al la germanoj! – diris la teamestro. – Mi demandas min kiom da mono ricevis la hungaroj pro via haŭto. Ĝi ne multon valoras. Eble ili ricevis keston da kartoĉoj. Mi aŭdis ke la germanoj ne pagis per mono. Ili donis armilojn kaj municion. Mi ne kredas ke pro vi ili donis pli ol munici-keston. Unu keston pro ĉio – haŭto, ostoj, karno!

La teamestro frapis lin sur la ŝultron kaj ridis denove:

– Temas pri prezo sufiĉe bona. La rusoj ne pagintus tiom – ĉe ili la homoj estas malpli karaj.

Al Johann Moritz ne plaĉis la ŝerco, sed li diris nenion. La teamestro estis eksstudento el Bukareŝto, ankaŭ li malliberigita de la hungaroj. Ili estis laborantaj ĉe la fortikaĵoj de ok monatoj. Johann Moritz sciis ke la studento Antim ŝatas diri ĉiuspecajn aferojn, kiel nun. Sed li ne estas malbonulo.

– Ĉu vi ne kredas ke oni vendis vin? – demandis la studento.

– Certe mi ne kredas, – respondis Moritz. – Homojn oni povas meti en koncentrejojn kaj malliberejojn, oni povas laborigi, torturi aŭ murdi, sed vendi oni ne povas.

– Oni ja vendis vin, Moritz! Mi povas ĵuri je io ajn! Ĉiujn – min, vin kaj ĉiujn rumanojn, serbojn kaj rutenojn ĉi tie en la koncentrejo – oni vendis al la germanoj. Oni jam pretigis la dokumentojn por kvindek mil homoj!

La studento foriris. Moritz pensis pri liaj diroj. "Li volis moki min", li pensis. "Tio ne povas esti vera!" Sed dum la tuta tago li havis en la penso la vortojn de la studento. Li ne povis elkapigi la fakton ke la germanoj aĉetus lin kaj pagus por li keston da kartoĉoj. Sed, pensante pli profunde Johann Moritz konsciis ke estus stulte kredi tion. Kaj li ne kredis.

Ilia koncentrejo troviĝis ĉe la landlimo inter Hungario kaj Rumanio. Ili fosis tie tranĉeojn kaj fortikaĵojn. La laboroj estis ĉe sia duono. Antim diris ke la hungaroj bezonos minimume dek pliajn monatojn por fini la fortikaĵojn en ilia sektoro. Por rapidigi la laborojn oni konstante venigis novajn malliberulojn. Oni venigis eĉ bagnulojn, markitajn per la ruĝa fero. Oni ne havis sufiĉe da homoj. Tamen, en iu tago oni ordonis la formarŝon. Ĉiuj rumanoj kaj serboj en la koncentrejo de Moritz estis entrajnigitaj kaj portitaj aliloken. Moritz aŭdis ke la hungaroj ne kontentis pri la laboro de la rumanoj kaj serboj kaj anstataŭ ilin volas venigi ukrainojn por pli rapide fini la fortikaĵojn. Antim diris ke oni portos ilin al Germanio, ĉar ili estas venditaj. Ankaŭ aliaj rumanoj diris la samon. Sed plejparto ne kredis. Ankaŭ Moritz ne kredis.

En iu mateno Moritz eltrajniĝis pro necesaĵo. En la trajno ne estis necesejoj kaj ili devis atendi ĝis la trajno haltas. Tiam ili disiĝis ĉirkaŭ la trajno, gardate de sentineloj. Nun la trajno haltis plenkampe. Estis pluvoza tago. Moritz restis ekstere, apud la trajno, pli longe. Kiam li turnis sin, li rimarkis ke sur ĉiu vagono estas kretskribita io germanlingva. Li proksimiĝis kaj legis: *La hungaraj laboristoj salutas siajn kamaradojn en la Granda Germana Regno.* Sur la dua vagono estis: *La hungaraj laboristoj laboras por la sukceso de la Akso.* Moritz komencis timi ke estas vere ke oni portas ilin al Germanio. Sur la sekva vagono estis skribite: *La hungaraj laboristoj laboras por la Nova Ordo en Eŭropo.* Johann Moritz alvokis Antim'on kaj montris al li.

– Do, ĉu nun vi kredas ke oni vendis nin al la germanoj? – demandis la studento.

– Mi daŭre ne kredas, – respondis Moritz. – Tio ne estas kredebla.

– Atendu kaj vi konvinkiĝos!

Moritz atendis.

La trajno restis en la kampo ĝis la vespero. Ĉe la sunkuŝiĝo la sentineloj iris al herbejo kaj plukis florojn. Neniam antaŭe Moritz vidis soldatojn, kun la bajoneto muntita, pluki florojn sub la komando de oficiro kiu mem plukis florojn. Poste ili venis kun la bukedoj kaj ornamis ĉiun vagonon per floroj, verdaj branĉoj kaj girlandoj, kiel ĉe nupto.

Nun estis mallume. La trajno ekmoviĝis. Moritz volis resti veka por vidi, kio okazos, sed li endormiĝis.

Kiam li vekiĝis estis taglumo. Tra la ŝlositaj pordoj de la vagono enpenetris la eksteraj bruoj. Ili estis haltantaj en stacio. Ĝis tiam la trajno haltis nur meze de kampoj aŭ rande de urboj. Aŭdiĝis la anhelado de la lokomotivoj kaj la svarmado de la homoj. Johann Moritz pintigis la orelojn kaj ekaŭskultis. Iu preterpasis ilian vagonon parolante laŭte.

– Li parolas la germanan.

Nun li sciis ke la studento Antim ne mensogis. Ili estis venditaj al la germanoj. "Eble estas vero ke la germanoj pagis keston da kartoĉoj por havi min – ostojn, karnon, haŭton!" li pensis.

– Ni ĉiuj estis venditaj kiel dumvivaj sklavoj! – diris la studento.

Ankaŭ li eksciis tiumomente ke ili alvenis sur la germanan teritorion. Antim stariĝis kaj komenci diskurson. La aliaj aŭskultis lin.

La pensoj de Moritz vagis aliloken. En lia menso restis du vortoj: *dumvivaj sklavoj*! Li vidis sin pasigi sian tutan vivon en koncentrejoj, laborante ĉe kanaloj, ĉe kazematoj kaj fortikaĵoj, malsata, batata, invadita de pedikoj. Poste li pensis ke li mortos en koncentrejo kaj liaj okuloj pleniĝis je larmoj. Li jam vidis sufiĉe da malliberuloj morti. Ankaŭ li fosis tombojn por ili. La mortintoj estis senvestigitaj kaj enterigitaj nudaj. "Kiel hundoj", li pensis. "La hundojn oni senfeligas antaŭ ol enterigi, por fari el la felo gantojn. La malliberulojn oni senvestigas. Post kiam oni lernos fari gantojn el la homa haŭto, oni senhaŭtigos ankaŭ la malliberulojn antaŭ ol enterigi ilin. Eble antaŭ ol mi mortos, ili ekfaros tion."

Moritz ekstaris. "Ili tenu min en koncentrejo la tutan vivon. Tamen, mi ŝatus liberiĝi ĵus antaŭ la morto. Eĉ horeton antaŭ senanimiĝi, por ke mi ne mortu kiel malliberulo. Estas granda peko morti kiel malliberulo. Sed nun, post kiam oni vendis min al la germanoj, oni ne liberigos min... eĉ ne unu horon antaŭ..."

72

– Ene de dek tagoj mi devas esti for, – diris Eleonora West. – Se mi ne forlasos la landon, oni eldonos arestordonon je mia nomo. Dek tagoj estas la plej longa periodo kiun oni povas doni al mi. Eble eĉ tio estas tro!

Eleonora West rigardis Leopold'on Stein, kiu sidis antaŭ ŝi, sur la sama fotelo kiel ĉiam, kaj resumis mense la situacion por konvinkiĝi ke ŝi ne troigas. La limdato fiksita por la personoj kun semida origino por enskribiĝi ĉe la oficejoj de la Ministerio pri internaj aferoj jam pasis. Tiuj kiuj evitis la postulon, estis punataj laŭ dekreto-leĝo per dekjara peza bagno. Ŝi evitis. Post denunco, la prokurorejo estis informita kaj enketo startis. En la dosiero ĉe la prokuroro troviĝis dokumentoj kiujn ŝi ignoris kaj kiuj pruvis eksterdube ŝian originon. La dosiero ne estis fermebla – ĉiuj ŝiaj provoj subaĉeti, kiel en la pasinteco, la enketistojn malsukcesis.

– Ĉi-foje ni estas venkitaj, sinjoro Stein, – diris ŝi. – Mi devas forlasi la landon kaj forfuĝi. Estas la sola afero kiun mi ankoraŭ povas fari. Du jarojn kaj duonon mi kontraŭstaris ĉiujn atakojn. Estis malfacile, sed mi sukcesis. Tamen la sorto ne helpas por ĉiam la aŭdacajn!

– La batalo ne estas jam perdita, – respondis Leopold Stein. – Sed dek tagoj estas tro mallonga periodo. Ni ja povas vendi la presejon, ĵurnalon kaj vilaon. Ni ricevos prezojn relative bonajn. La meblaro, biblioteko kaj pentraĵoj ja havos aĉetantojn. Tiujn ni povas aranĝi. La akiritajn sumojn ni deponos en svisan bankon. Sed estas maleble akiri la nomumon de sinjoro Traian kaj la pasportojn ene de dek tagoj.

– El Rumanio rajtas eliri nur tiuj kiuj vojaĝas por oficialaj misioj, – diris Nora. – Kiel mi jam diris al vi, mia edzo estas nomumenda kiel direktoro de la Rumana Kultur-Instituto en Ragusa[23]. Baze de tiu nomumo, mi – kiel edzino – ricevos

23 La latina kaj itala nomo de la hodiaŭa kroata urbo Dubrovnik.

pasporton kaj la necesajn diplomatajn vizojn. Sed tio devas urĝe okazi. La prokuroro sciigis al mi ke la nura afero kiun li povas fari, estas prokrasti la enketon dek tagojn. Post tio li nenion povas promesi. Li devos eldoni la arestordonon.

Dum momento Leopold Stein havis antaŭ la okuloj la bildon de Eleonora West en malliberejo. Terurite, li forigis el la menso tiun ideon.

– Ĉu vi diris nenion al via edzo? – li demandis. – Tio estas eraro. Nun li ekscios ĉion. Kaj se li eksciis unu horon pli frue, li povos helpi nin. Kion li diros ricevinte la nomum-dekreton kaj la pasportojn, sen esti petintaj ilin?

– Mi ankoraŭ ne povas diri al li! – respondis Eleonora West. – Mi ne plu havas motivon por kaŝi for de li fakton kiun ene de du semajnoj distamburos ĉiuj ĵurnaloj. Li eksciis ke mi estas judino. Sed mi ankoraŭ ne povas diri al li. Mi laciĝis. Mi ne plu toleras ajnan ŝanĝon, mi ne plu povas fari ajnan strebon. Kaj, por diri al li la solan sekreton kiun mi kaŝis for de li dum du jaroj, mi bezonus kuraĝon kiun mi ne plu havas. Mi estas ĉe la fino de miaj povoj. Mi tro streĉis mian volon ĝis nun. Mi estas laca, laca, laca…

Eleonora West apogis la kapon en la polmoj. Ŝi sidis kun la kubutoj sur la skribotablo. Leopold Stein rigardis ŝin fikse. Ŝi efektive aspektis elĉerpita. Li estis kortuŝita. Sed tio helpis al nenio. La maljunulo malfermis sian tekon, por ne plu rigardi Nora'n kaj ne plu vidi ŝin, falintan, kun la kapo sur la polmoj. Inter la dokumentoj pri la vendo de la domo, bieno, presejo, ĵurnalo kaj pentraĵoj de Eleonora, troviĝantaj en lia teko, estis ankaŭ monujo kun la ora monogramo de Traian Korugă. Leopold Stein elprenis kaj metis ĝin sur la skribotablon antaŭ Eleonora. Ŝi ĝin rigardis kaj poste prenis.

– Morgaŭ estos la dua datreveno de via geedziĝo. Mi scias ke vi estis okupita pri aliaj aferoj kaj ne havis la tempon aĉeti donacon por sinjoro Traian. Mi portis ĉi tiun monujon por donaci al li. Ĝi plezurigos lin: ĝi estas artaĵo.

Eleonora rigardis denove la monujon karesante ĝin maŝine kaj diris:

– Mi ne scias, kial mi forkaŝas min de Traian. Eble ĉar mi tro forte amas lin. Mi certas ke, se li ekscius, li helpus min. Kaj tamen mi ne emas diri al li. Mi timas perdi lin. Absurda timo. Ĉiufoje kiam mi decidis paroli al li, timo kaptis min kaj mi daŭrigis konservi tiun hororan sekreton. Traian estas la sola estaĵo, kiu tenas min en la mondo. Se mi perdus lin, mi perdus ankaŭ min.

Eleonora West haltis abrupte kaj lasis la monujon el la mano.

– Ĉu vi scias kion diris al mi la ĝenerala prokuroro? Li diris, sinjoro Stein, ke mi ne estas edziniĝinta!

La voĉo de Eleonora tremis.

– La prokuroro pravas. Mi edziniĝis post la ekvalidiĝo de la leĝo kiu malpermesas la geedziĝojn inter rumanoj kaj hebreoj. La leĝo publikiĝis en aprilo kaj mi edziniĝis en aŭgusto. La geedziĝo estas, aŭtomate, malvalida. Ĉiuj tiaj geedziĝoj post aprilo estas aŭtomate malvalidaj.

Eleonora West silentis. En ŝiaj oreloj daŭre eĥiĝis la vortoj de la prokuroro: "Sinjoro Traian Korugă rajtas kiam ajn edziĝi kun alia virino, sen esti konsiderata bigamia. Se vi havus infanon, tiu estus bastardo kaj havus la nomon West, ne Korugă. Vi mem, sinjorino, kulpas pri falso ĉiufoje kiam vi subskribas per la nomo Eleonora Korugă: vi estas fraŭlino Eleonora West!"

– Pagu ajnan sumon, sinjoro Stein! – diris Eleonora. – Ene de kelkaj tagoj ni devas havi la pasportojn kaj la necesajn vizojn por eliri el Rumanio. Ili estu por sinjoro kaj sinjorino Korugă!

73

Post kvin tagoj Leopold Stein aperis kun la dekreto pri la nomumo de Traian Korugă kiel direktoro de la Rumana Instituto en Ragusa kaj kun la diplomataj pasportoj kun kovriloj el ruĝa ledo.

– Ni gajnis ankaŭ tiun ĉi batalon, sinjorino Nora! – diris li kontenta. – La lokoj en la dormvagono estas rezervitaj ĝis Vieno. Vi foriros lunde. Mi ĝojas ke vi foriros.

Leopold Stein viŝis siajn okulvitrojn. Eleonora West, kiu kontrolis la pasportojn, rigardis lin. Li maldikiĝis. Ŝi volus demandi kial li ne foriras, sed Leopold Stein diris:

– Mi ne scias, ĉu ni revidiĝos iam! La pasintan nokton kvar mil hebreoj el Bukareŝto estis transportitaj al Ĉednistrio²⁴. Se vi revenos, vi trovos eĉ ne unu hebreon en Bukareŝto. Ankaŭ ne min. En la koncentrejoj ĉe Bug estas malfacile vivi por homoj miaaĝaj!

74

Traian Korugă estis laboranta en sia oficejo. Nora neniam ĝenas lin kiam li verkas. Sed nun ŝi eniris la ĉambron, kun la pasportoj enmane. Traian sidis ĉe la skribotablo, kun la kapo inter la manoj.

– Mi havas donacon okaze de la datreveno de nia geedziĝo, – ŝi diris. – Mi aranĝis ke vi estu nomumita direktoro de la Rumana Instituto en Ragusa!

Ŝi donis al li la nomumdekreton kaj diris:

– Dalmatio estas unu el la plej belaj marbordaj regionoj en la mondo. Vi povos daŭrigi vian romanon tie.

– Kiam kaj kiel vi sukcesis fari ĉion ĉi? – demandis Traian. – Kiel vi sukcesis teni la sekreton?

Li venis apud ŝin kaj brakumis ŝin.

– Nora, vi estas eksterordinara! Se vi scius kiom ĝoja mi estas pro tiu nomumo! Mi bezonegis ŝanĝon por daŭrigi la romanon. Mi sentis ke mi ne povos verki ĉi tie la sekvan ĉapitron. Ĝi estas skribenda aliloke. Mi antaŭvidas ke ĝi estos forta ĉapitro, la plej forta de la libro!

Eleonora kisis lin sur la buŝon, por ke li ne povu priskribi la sekvan ĉapitron. Ŝi timis aŭdi.

---

24 Teritorio administrita de Rumanio en la dua mondmilito, limigita oriente de la rivero Bug, sude de la Nigra Maro, okcidente de la rivero Dnistro (en PIV, Dnestro) kaj norde de la rivero Njomĵyj.

LIBRO TRI

75

– Oni rekomendas al ni doni al vi malpezan laboron, – diris la funkciulo de la fabriko. – Vi estas ankoraŭ malsana. Oni sendis al ni nur malsanajn homojn!

La funkciulo rigardis Moritz'on kun malamo. Poste li rigardis la paperon en la mano kaj refoje Moritz'on, ĉi-foje kun malfido. En la du jaroj de kiam li estas en Germanio, Moritz estas konstante rigardata kun malfido, kvazaŭ li estus suspektata pri krimoj kiujn li ne faris, sed pri kiuj oni scias certe ke li faros.

– Hungaro? – daŭrigis la funkciulo. – Mi jam havis ĉi tie kelkajn hungarojn, sed ne estis kontenta pri ili. Eble mi estos pri vi!

Li ridetis ironie kaj voĉlegis:

Moritz János, hungaro, 32 jaroj, laboristo sen kvalifikoj, alvenis en Germanion la 21an de julio 1941.

Moritz, kiu sciis ke li estas hungara civitano, ĉar tiel estas skribite en liaj dokumentoj, sekvis la gestojn de la funkciulo, kiu nun estis leganta la liston de la fabrikoj, uzinoj kaj koncentrejoj en la Granda Germana Regno, kie laboris la novalveninto. Temis pri longa listo kun ĉiuspecaj industrioj. Moritz fieris esti estinta en tiom da lokoj. Dum momento antaŭ liaj okuloj pasis la dekoj da koncentrejoj ĉirkaŭitaj per pikdrato, en kiuj li estis, la fabrikoj kaj urboj, la suferoj kiujn li spertis. Li atendis ke la funkciulo estos mirigita de la braveco kun kiu li alfrontis kaj trapasis ilin antaŭ ol alveni ĉi tien. Sed tiu rigardis seninterese la nomojn de la lokoj kie suferis Moritz kaj haltis ĉe la lasta enskribo: "… ellasita el la hospitalo por eksterlandaj laboristoj n-ro 707, la 8an de marto 1943." Moritz miris kiel homo povas legi ĉion kion li suferis, sen kortuŝiĝi. La funkciulo prenis krajonon kaj skribis en malsupra angulo de la paĝo, tie kie li trovis iom da loko: "Prezentiĝis por laboro ĉe la butonfabriko Knopf und Sohn la 10an de marto 1943." Poste li metis la kartonslipon en tirkeston kie troviĝis multaj similaj slipoj kaj rigardis denove Moritz'on:

– Nia devizo por la eksterlandaj laboristoj estas: *Disciplino, submetiĝo, laboro, ordo!* Ĉi tie ni havas ankaŭ germanajn laboristinojn. Mi atentigas vin ke ajna kontakto kun germana virino puniĝos per minimume kvin jaroj da mallibero. Sinjoro direktoro toleras nenion. Ĉiu germana virino havas ĉesine kondamnodecidon por kvinjara mallibero. Se vi metas manon ĉe ŝia sino, vi akiros la decidon. Ne pensu ke vi ricevos de ŝi ion alian! La hungaro kiun ni havis ĉi tie antaŭ unu monato estas nun en malliberejo. Ankaŭ al li mi diris la samon, sed li ignoris ĝin. Li supozis ke se estas mallume kaj se li kaŝiĝas kun la virino sub la kovrilo, neniu vidos lin. Sed en la Granda Germana Regno oni vidas ĉian movon. Eĉ sub la kovrilo. Oni nenion povas fari sen nia scio! Eĉ kion vi pensas ni scias. Dek fojojn tage ni fotas viajn pensojn. Nun, punkto du: nia fabriko laboras por la milito. Ĉio kion vi vidas kaj aŭdas estas militsekreto. La eksterlanda laboristo ne devas scii kion, kiel kaj kiom faras la fabriko. Se vi provas ekscii, vi perdos la kapon. En januaro estis ekzekutita italo. Nun okazas la proceso de ĉeĥo. Ambaŭ provis ekscii la sekretojn de la uzino Knopf und Sohn.

La funkciulo stariĝis kaj aliris la pordon. Moritz sekvis lin.

– Pri la hungaroj kiujn ni havis ĝis nun ni ne estis kontentaj, – diris la funkciulo. – Ĉiuj trafis en malliberejon. Unu eĉ ricevis dudek jarojn da punlaboro pro sabotado. Eble vi estos escepto… kvankam mi ne kredas je esceptoj.

La funkciulo haltis antaŭ maŝino alportanta, per dentobendo, fermitajn lignokestojn. Fine de la bendo estis laboristo kiu prenis po keston kaj metis ĝin en apudan vagoneton. En la momento kiam la funkciulo alproksimiĝis, la vagoneto, ŝarĝita per kestoj, ekmoviĝis laŭ la reloj. En ĝian lokon aperis alia malplena vagoneto. La laboristo ne atentis la ŝanĝon kaj daŭrigis preni la kestojn, unu post la alia, de sur la dentobendo kaj meti ilin en la malplenan vagoneton, same kiel li faris pri la antaŭa vagoneto. Videblis ke la kestoj estas pezaj.

– Jen la laboro kiun ankaŭ vi faros ekde morgaŭ! – diris la funkciulo. – La plenajn kestojn, kiuj eliras el la fabriko, vi metas en vagoneton, kiu transportas ilin en la deponejon. La unua leĝo estas ordo! Ĉu vi antaŭe laboris en fabriko?

Johann Moritz rigardis la laboriston kiu mekanike kliniĝis, streĉis la brakojn, prenis la keston kun butonoj kaj metis ĝin en la vagoneton, same mekanike, sen pensi pri tio kion li faras nek pri io alia. Ankaŭ pri ili, kiuj estis apud li, li ne pensis. Eble li eĉ ne vidis ilin.

– La maŝinoj ne toleras mankon de ordo, – daŭrigis la funkciulo. – La maŝinoj ne toleras la homajn anarkion, pigron kaj maldiligentecon!

Johann Moritz rigardis la funkciulon kiu daŭre parolis.

– Vi ne rajtas pensi pri io alia! Se vi tion faras, la maŝinoj punos vin. Poste ankaŭ ni punos vin. Via tuta atento koncentriĝu al la roboto, via kamarado, via teknika laboristo, kiu portas kaj proponas al vi la keston. Vi kliniĝas, prenas ĝin el ĝiaj manoj kaj metas ĝin en la vagoneton.

La funkciulo ridetis. Moritz provis vidi la brakojn de la teknika kolego, sed trovis ilin nenie. Poste li rigardis denove la funkciulon, kiu daŭre ridetis.

– La roboto ne povas ŝanĝiĝi laŭ la homo. Vi devas ŝanĝiĝi kaj adapti viajn movojn laŭ ĝi. Tiel estas nature, – diris la funkciulo –, ĉar ĝi estas perfekta laboristo, sed vi ne. Neniu homo estas perfekta laboristo. Nur la maŝinoj estas. Ilin ni devas rigardi por lerni kiel labori. Ĉu vi komprenis? Lernu de la maŝinoj la disciplinon, ordon de la movoj kaj kontinuecon en la laboro! Kiam vi povos imiti ilian perfektecon, vi estos unuaklasa laboristo. Sed vi neniam iĝos unuaklasa laboristo. Vi estas hungaro, kaj la hungaroj, en la fabriko, rigardas la virinojn anstataŭ rigardi la maŝinojn.

Johann Moritz volis diri ke li ne estas hungaro sed rumano. Li volis ekrakonti la tutan historion, pri la malliberejo, la batadoj ricevitaj en Budapeŝto, sed la funkciulo rigardis admire kiel la maŝinoj silente alportas la blankajn kestojn je regulaj intervaloj; poste li rigardis malrespekte Moritz'on. Tiu ĉi sentis la malrespekton kaj rezignis rakonti pri la budapeŝta malliberejo kaj la enketisto Varga.

– La homo estas malsupera laboristo, – diris la funkciulo. – Precipe la homo el la oriento. Vi, aldone al tio esti homo, estas ankaŭ orientano – tri fojojn malsupera al maŝino! Krome, vi venas el hospitalo. Vi estas malsana!

Johann Moritz komprenis ke la funkciulo suferas. Li volus certigi lin, ke li faros sian plejeblon por bone labori.

– Kiel vi povas stari apud maŝino? Rigardu vin!

La funkciulo rigardis naŭzite Moritz'on kaj okule mezuris lin de la kapo ĝis la piedoj.

– Estas insulto, malpiaĵo kontraŭ la maŝinoj, kiuj estas perfektaj! Al ili ni devus ne porti tiajn servantojn. Nun venu kun mi por ricevi la laborvestaĵojn. En la uzino vi rajtas eniri nur en la laborista uniformo. La uniformo laborista estas kiel la pastra! Sed vi ne komprenas kion mi diras al vi. Vi, la hungaroj, neniam vidas en la uzino ion ajn krom la virinojn. Vi ĉiuj estas barbaroj!

76

Sekvamatene je la kvara horo Johann Moritz eniris sola en la grandan halon kun cementa planko kaj proksimiĝis al la vagoneto kiun montris antaŭatage la funkciulo. Restis kvin pluaj minutoj ĝis la komenco de la laboro. Li estis emociita. Li portis bluan kombineon kiu kovris lian tutan korpon; la lignoŝuoj sonoris sur la cemento kiel martelbatoj. Li ne ŝatis la penetran bruon de la lignoŝuoj. Li provis marŝi sur la pintoj, sed ili sonis same forte. Kiam li estis meze de la halo, iu alvokis lin. Tiu ne prononcis lian nomon, sed Moritz sciis ke lin oni alvokis. Li certis. Dum li turnis la kapon por vidi kiu alvokis, la voĉo aŭdiĝis denove:

– Salve, sclave![25]

El malantaŭ fenestreto kradita, aperis kapo kun grandaj nigraj okuloj, nigraj hararo kaj lipharoj, kaj porcelanblankaj dentoj. La kapo, kiu aspektis juna kaj ostoza, fikse rigardis Moritz'on per okuloj grandaj kaj varmaj. La korpo de la viro ne videblis tra

---

25 Saluton, sklavo! (lat.)

la malgranda fenestro. Kiam lia rigardo trafis tiun de Moritz, li ripetis, per la tono de malnova konato:

– *Salve, sclave!*

– Mi estas János Moritz! – diris Johann Moritz, kiu certis ke la junulo nigraharara konfuzas lin kun iu alia, nomita Salve Sclave.

La sireno de la fabriko sonoris. La maŝinoj startis. Moritz estis sur la platformo ĉe sia laborloko. La junulo kun nigra hararo restis pluan momenton ĉe la fenestro ridetante al li amike. Li aŭdis la vortojn de Moritz. Tamen, antaŭ ol malaperi, li kriis unu plian fojon rigardante fikse Johann'on Moritz:

– *Salve, sclave!*

Johann Moritz levis la unuajn kestojn venantajn sur la dento-bendo kaj metis ilin en la malplenan vagoneton. Se la kestoj ne estus tiel pezaj, eĉ sepjara infano povus fari la laboron. Moritz sciis ke en la kestoj estas butonoj. Plaĉus al li rigardi ilin, sed la kestoj estis fermitaj. Eĉ se ili estus malfermitaj, li ne kuraĝus forigi la kovrilon kaj enrigardi. "En januaro estis ekzekutita italo. Nun okazas la proceso de ĉeĥo. Ambaŭ provis ekscii la sekretojn de la uzino Knopf und Sohn", memoris Johann Moritz. Li pensis pri la ĉeĥo kiu nun staras antaŭ la juĝistoj kaj petas pardonon, ĉar li eksciis la sekreton de la butonfabriko. Poste li pensis pri la senkapigita italo. Moritz vidis multajn italojn, kaj ĉiuj estis gajaj. Pro tio li imagas ankaŭ la ekzekutiton gaja. Li kvazaŭ vidas la fortranĉitan kapon de la italo, kun liphararreto nigra kaj streta, kiu ridetas ruliĝante ĉe la piedoj de la ekzekutisto.

Johann Moritz ĵuris al si neniam rigardi la butonojn eĉ se hazarde kesto malfermiĝus. Ne indas perdi la kapon nur pro iuj butonoj! Poste li pensis ke la butonoj estas por la armeo. Prenante la keston kaj metante ĝin en la malplenan vagoneton – la plena jam foriris sen ke li rimarkus – li demandis sin, kiaj butonoj estas en ĝi. Ja, ekzistas butonoj infanteriaj, mararmeaj, aerarmeaj... Iuj estas orecaj, aliaj nigraj, kelkaj kakiaj – laŭ la koloro de la uniformo. Al Moritz plaĉas kredi ke en la kesto kiun li nun tenas estas orecaj butonoj... Tiuj estas belaj. Ili estas kiel ormoneroj. Tiajn havas la mararmeanoj. "Eble en la kesto estas butonoj por la mararmeo..." Johann Moritz memoris la vortojn de la funkciulo: "Eĉ kion vi pensas ni scias! Ni fotas viajn pensojn!" Li penis ne plu pensi pri la butonoj en la kesto. Tio estis sekreto kaj li ne volis ekscii sekretojn.

Tamen post iom da tempo li ekdemandis sin, kion Germanio faras kun tiom da butonoj. Ĉiuj germanaj soldatoj kaj oficiroj, kiujn li vidis, jam havis tunikojn kaj mantelojn kun butonoj. Do, tiuj kiujn oni fabrikas nun estas por novaj uniformoj. Johann Moritz rigardis la kestojn kiuj venis flue, kiel rivero, kaj pensis: "Ĉi tie devas esti milionaj da butonoj! Ili sufiĉas por la tuta germana armeo. Eble estas iu ordono havigi novajn uniformojn al ĉiuj soldatoj kaj pro tio oni fabrikas tiom da butonoj."

Johann Moritz pensis ke eble pretiĝas novaj uniformoj por la militofina parado, kiam la armeo defilos laŭ la ĉefstrato, kun la standardo kaj militmuziko. "Ĉiuj soldatoj portos orecajn butonojn sunbrilajn!" Johann Moritz ridetis. Li vidis ankaŭ sin mem en la amaso, spektanta la paradon, fiera ke la butonoj portataj de la oficiroj kaj soldatoj, kaj eĉ la butonoj sur la tunikoj de la generaloj, pasis tra liaj manoj. "Eble eĉ la butonoj kiujn mi nun tenas, estos alkudritaj sur generaltuniko... Kaj la manteloj kaj ĉiuj uniformoj havos butonojn el ĉi tiu kesto. Eble la generalo ricevas la tutan butonkeston!"

Kaptite de pensoj Johann Moritz forgesis preni la keston antaŭ si. La dentobendo unue puŝis, poste ĵetis ĝin surplanken. La kesto brufalis sur la cementon. Sed ĝi ne rompiĝis. Moritz rapidis levi ĝin. Dume venis aliaj kestoj, sed li ne estis sur la platformo por preni ilin. La sekva kesto falis de sur la bendo sur la cementon eĉ pli brue. Moritz provis levi ankaŭ ĝin. La unuan li prenis subbrake. La tria kesto, ĵetite de sur la bendo, falis sur lian dorson. Li lasis fali ankaŭ la unuajn du. Kaptis lin paniko. Paniko, kiun li ne spertis antaŭe. Falis la kvara kesto. Poste, la kvina. Moritz revenis sur la platformon. Li lasis la falintajn kestojn kaj daŭrigis meti en la vagoneton la novajn, kiuj alvenis senĉese. Dum momento li rigardis la maŝinon kvazaŭ peteganto ĝin halti dum li kolektas la falintajn kestojn, sed la bendo daŭre alportis kestojn, unu post la alia. Moritz ĉirkaŭrigardis. Li timis punon, sed neniu venis por skoldi lin. Tagmeze la maŝino haltis. Ĝis tiu momento li tremis pro la timo estis malkovrita. Li descendis de la platformo, levis la falintajn kestojn kaj metis ilin en la vagoneton, kontenta ke neniu ekscios pri la eraro kiun li faris.

Sed ankaŭ la aŭtomata vagoneto haltis kune kun la tuta maŝino kaj nun staris senmova apud la dentobendo, kun la kvin kestoj ene. Moritz volis puŝi ĝin. Sed la vagoneto restis senmova: ĝi funkciis nur aŭtomate. Johann Moritz volis preni la skatolojn subbrake kaj mem porti ilin al la deponejo. Sed poste li konsciis ke li ne povos pasi tra la aperturo en la muro, tra kiu nur la vagoneto povis pasi. Nun li staris kun du skatoloj subbrake nesciante kion fari kun ili. Voĉo sonis malantaŭ li. Moritz metis, kun timo, la skatolojn en la vagoneton kaj poste turniĝis. Ĉe la kradfenestreto funde de la halo reaperis la kapo kun ostozaj vangoj kaj nigra hararo, kiu kriis matene. La junulo rigardis amike Moritz'on kaj diris:

– *Salve, sclave!*

Moritz forgesis pri la kestoj kaj la eraro kaj respondis al la rideto per rideto:

– Mi ne tiel nomiĝas! Mia nomo estas Moritz János. Vi konfuzas min kun iu alia.

La lipoj de la junulo malfermiĝis larĝe vidigante la blankajn dentojn. Li ridegis. Poste li malaperis el la fenestro dirante:

– *Salve, sclave!*

Moritz iris manĝi pensante ke li devas ege simili al tiu Salve Sclave, se la grandokula junulo daŭre alparolis lin per Sclave eĉ post kiam li jam sciigis lin ke li nomiĝas Moritz.

Poste li eksciis ke la junulo malantaŭ la fenestro nomas ĉiujn siajn kamaradojn en la fabriko Salve Sclave. Li estis franco kaj diris ke ankaŭ li nomiĝas Sclave. Fakte li nomiĝis Joseph.

77

Johann Moritz laboras de kvin monatoj en la butonfabriko. Liaj kestoj ne plu falis. Kiam ili venas, li prenas kaj metas ilin en la vagoneton sen vidi ilin. Pri la butonoj en la kestoj li ne plu pensas; nek pri la generaloj kiuj surportos ilin, nek pri la soldatoj kiuj defilos sur la placo, dum la parado militfina, en novaj uniformoj kun butonoj el la skatoloj pasintaj tra liaj manoj. Moritz pensas pri nenio. Eĉ ne pri la kapo de la italo, kiu ruliĝas ridetante ĉe la piedoj de la ekzekutisto. Tamen, foje, li volus scii, kio okazis al la juĝita ĉeĥo, ĉu li estis kondamnita aŭ pardonita. Sed tio estis en la komenco. Nun Moritz ne plu estas scivola.

Kiam li eniras en la uzinon, la franco aperas ĉe la fenestro de la muldejo kaj krias:

– *Salve, sclave!*

Ankaŭ Moritz respondas *Salve, sclave!*, sen pripensi kion li diras. Li ridetas al la franco, sen senti ke li ridetas. Poste li stariĝas sur la platformon kaj ekatendas la butonkestojn. Foje li provis simpligi la laboron kaj preni du kestojn samtempe. Sed la dentobendo ne permesis: ĝi tuŝis la angulon de unu el ili. La dentoj de la bendo grincis kvazaŭ ili volus mordi. Kiel rabia hundo. Tio tremigis Moritz'on, kvazaŭ oni eltirus liajn dentojn. Poste li ne plu provis preni du kestojn samtempe. La maŝino ne volis tion, kaj li devas fari tion kion ĝi volas. Nun, eĉ se li povus preni po kvin kestojn samtempe, li prenas nur po unu. Tiel kiel ĉiam estis. Moritz eniris la ritmon kaj ne plu povas eliri.

La laboro estas nek peza nek facila. Kiam li laboris pene, li ŝvitis, laciĝis kaj sakris. Nun li nek ŝvitas nek sakras. Nun ŝajnas ke li nek laboras nek mallaboras. Antaŭe laborante Johann Moritz pensis pri ĉiuspecaj aferoj. Tio igis la tempon pasi pli rapide. Nun li pensas pri nenio. Dum li prenas la kestojn kaj metas ilin en la vagoneton, li povus pensi pri multaj aferoj. Sed nenio venas al li en la kapon: lia kapo estas kiel malplena kesto. Neniu penso, neniu revo fontas el ĝi. Eĉ pri la laboro kiun li faras, li ne pensas. La laboristo ne bezonas pensi ke li levas la kestojn ne nur per la manoj, sed ankaŭ per la cerbo. Se tiel estus, liaj koro kaj cerbo estus aliloke. Sed ili estas ĉe la kestoj, ĉe la maŝino.

Moritz sentas kiel li velkas. Li velkas iom post iom, kiel la plantoj kiuj ne ricevas akvon. Vespere, kiam li enlitiĝas, estas kvazaŭ li kliniĝus por preni butonkeston. Matene, kiam li ellitiĝas, estas kvazaŭ li rektiĝus metinte la keston en la vagoneton kaj nun havas la manojn liberaj. Li eĉ ne plu sonĝas. Liaj frunto kaj okuloj estas malhelaj. Ne kiel la grundo, sed kiel la maŝinoj. De kelka tempo Moritz forgesis ke en la kestoj, per kiuj li ŝarĝas la vagonetojn, estas butonoj. Kiam li memoras – kaj tio okazas tre malofte – li ridetas. Seka rideto, kiel la grundo post sekeco. La kuracistoj diris ke li estas malsana kaj ordonis lin al la flegejo de la koncentrejo.

78

Johann Moritz troviĝas en ligna barako kun pikdrato ĉe la fenestroj. Li estas en la flegejo de kvar semajnoj. Li havas pneŭmoniton. Lia korpo ardas kiel flamo. Kaj li sentas kiel li fandiĝas. Li povas pensi nur pri unu afero: la butonfabriko. Li sopiras je ĝi.

Nun li kuŝas kun la okuloj fermitaj. Ĉirkaŭ li estas bruo – eble la kuracistoj venas por kontrolado. Li atendas sen rigardi. Subite li sentis en la nazo parfumon de freŝe lavita haŭto, kiun li konis sed delonge ne sentis. Li ridetis kaj malfermis la okulojn. Apud lia lito staris virino, juna kaj blonda, en armeuniformo. Ŝia korpo odoris je sapo kaj freŝo. Ŝi rigardis malĝentile Johann'on Moritz. Sed li daŭre ridetis. Ŝin akompanis du policistoj kaj la kuracistoj de la flegejo. Unu el ili demandis:

– Ĉu tiu?

La virino legis la informfolion ĉe la kapo de Moritz, kaj de tempo al tempo ĵetis al li suspekteman rigardon, kiel ĉiuj en Germanio.

– Ĉu hungaro? – demandis ŝi. – Ili kaj la italoj estas la plej danĝeraj!

La manoj de la virino kaptis la finaĵon de la kovrilo per kiu estis kovrita Moritz kaj flankentiris ĝin malkovrante lian bruston. Poste ŝi diris, sen rekovri lin:

– Ne estas li! Tiu havis harojn sur la brusto.

La grupo plu iris, haltante ĉe ĉiu lito. Ŝi rigardis ĉiujn vizaĝojn. Ĉe kelkaj ŝi malkovris la bruston, sed ne trovis la serĉaton. Post kiam ŝi foriris, sekvate de la policanoj, en la flegeja ĉambro restis odoro kiu estis ne nur akva, sapa kaj parfuma. Moritz memoris ke same odoris ankaŭ la haŭto de Suzana kaj Juliska…

Unu el la kuracistoj diris:

– Unu el viaj kamaradoj amoris kun germana knabino la pasintan nokton. La virino kiu ĵus estis ĉi tie, malkovris ilin. La knabinon oni jam arestis, sed li fuĝis. Temis pri bruna viro kun haroj surbruste. La knabino ne volas riveli lian nomon, sed oni trovos lin. La provrulo ricevos kvin jarojn da karcero.

La kuracisto estis nederlandano. Nun li rigardis tra la fenestron.

– Oni trovis lin! – diris li.

Moritz stariĝis. Sub la fenestro de la flegejo pasis, inter la du policistoj, bela viro nigrahara kun la manoj katenitaj ĉedorse. Estis serbo, kiun Moritz konis. Li laboris en la ŝnurfabriko kaj estis gaja knabo. Malantaŭ ili marŝis la fraŭlino en uniformo.

– Mi jam diris al vi ke mi kaptos la krimulon! – diris ŝi.

79

Joseph estas la sola homo apud kiu Johann Moritz ne timas. Lastatempe li timas ĉion. En la uzino li timas faligi aŭ ne preni ĝustatempe butonkeston; aŭ rigardi germanan virinon; aŭ, senvole, ekscii sekreton rilate la butonojn. Li timas ĉion germanan. Ne nur la homojn: la germanan teron, la germanajn vortojn kaj la aeron kiun li spiras, ĉar ankaŭ ĝi estas germana. En Rumanio Johann Moritz estis malliberigita, senrajtigita, malsatigita, batita. Sed li ne timis. Ankaŭ la hungarojn kiuj bategis lin ĝis lia karno elŝiriĝis, li ne tiom timis. Ili estis homoj. Ankaŭ Iorgu Iordan estis homo kaj Moritz ne timis lin. Johann Moritz neniam timis homojn. Li sciis ke la homoj estas kaj bonaj kaj malbonaj – iuj plejparte bonaj, aliaj male. Sed ĉiuj estas kaj bonaj kaj malbonaj. La adjutanto en Rumanio proponis al Moritz cigaredon elbatinte du liajn dentojn per pugnobato. En Hungario, la policanoj donis al li akvon kaj tabakon, post kiam ili bruligis liajn plandoj per brulferaĵo. En Germanio li ne estis batita. Ĉiutage li ricevas kvaronon de pano, varmajn kafon kaj supon. La laboro estas pli facila ol tiu ĉe la kanalo en Rumanio, ol ĉe la fortikaĵoj apud Hungario. Sed li ne plu povas vivi ĉi tie. Moritz estas certa ke la germanoj senkapigos lin. Li konscias ke pensi tiel estas stulte. Sed li sentas ke oni katenos liajn manojn kaj piedojn eĉ se li faros nenion. Oni sendos lin en malliberejon eĉ se li ne eksciis la sekreton pri la butonoj. Ĉi tie la homoj estas malbonaj, kiel la maŝinoj. Eble la maŝinoj ne estas malbonaj. Eble ankaŭ la homoj en Germanio ne estas malbonaj. Sed Johann Moritz ne povas vivi kun la maŝinoj. Li velkas apud ili; kaj li timas. Ĉiujn maŝinojn kaj ĉiujn homojn kiuj estas kiel la maŝinoj li timas. Li sentas sin sola inter ili, same kiel li sentas sin sola inter la maŝinoj. Pro sia soleco li hurlemas. Pro tio li ŝatas la francon.

Nun la franco venis apud Moritz.

– *Salve, sclave!*

– *Salve, sclave!* – respondis Johann Moritz ridete: tiel plaĉis al Joseph ke oni respondu al lia saluto.

– Ni ĉiuj estas sklavoj, – diris Joseph. – Estas bone tion memorigi unu al la alia mil fojojn tage, por ke ni ne forgesu. Se ni forgesas ke ni estas sklavoj, ĉio estas perdita. Ĉio! La konscienco devas resti veka!

Estas dimanĉo posttagmeze. Johann Moritz kaj Joseph sidas sur la herbo en la ombro de barako. Joseph rakontis al Moritz ke li havas amatinon. Moritz scias ke la knabino nomiĝas Béatrice, ke ŝi loĝas en Parizo, ke ŝi havas grandajn, nigrajn okulojn, kaj ke ŝi ploras ĉiunokte ĉar Joseph estas prizonulo. La franco rakontis pri Béatrice tiom, ke Johann Moritz estas konvinkita ke se li renkontus ŝin en la strato, li rekonus ŝin inter mil virinoj. Foje eĉ ŝajnis al li aŭdi ŝin paroli. Ŝi parolas kvazaŭ ŝi kantus. Moritz sentis ŝian ĉeeston inter ili. Pro tio, kiam li estas kun Joseph, li havas la impreson ke ne du sed tri personoj interdialogas. Li miras ke Béatrice ne respondas kaj ne enmiksiĝas en la diskuton…

80

– Ĉiuj en la barakojn! – ordonis megafone la estro de la koncentrejo.

– Refoje traserĉado! – diris Johann Moritz kaj stariĝis.

Joseph sekvis lin grumblante:

– Kaj kion ili nun volas serĉi ĉe ni?

La franco koleris ĉar ili estis senditaj en la barakon en dimanĉa posttagmezo.

La prizonuloj forlasis la korton grupe. Ekstere estis sune kaj varme. Moritz kaj Joseph eksidis ĉe fenestro kaj rigardis en la korton, tra la pikdrata krado.

– Jen: tamen estas vere! – diris Moritz.

En la korton de la koncentrejo eniris tri grandaj armekamionoj, kiuj haltis ĝuste sub ilia fenestro. De kelka tempo cirkulis onidiroj ke oni venigos virinojn en la koncentrejon. En aliajn koncentrejojn oni ja venigis ilin. La prizonuloj ne kredis tion. Kaj nun la virinoj estis tie. Por ili. Virinoj blondaj, brunaj, rufharaj. Virinoj por ili…

– Ĉu vi vidas ke estas vere? – ripetis Moritz, kvazaŭ por konvinki sin mem.

Tamen li ne povis kredi, kvankam li vidis propraokule. Sed la virinoj estis tie. Kaj li ligardis ilin. Ili estis pudritaj kaj havis ruĵitajn lipojn kaj maldikajn jupojn. Ili rigardis la fenestrojn de la barakoj, kie amasiĝis la kapoj de la prizonuloj, kaj ridis. Poste ili komencis elkamioniĝi. Kiam ili saltis, la vento levis iliajn jupojn. Moritz vidis iliajn subjupojn, la kolorajn kalsonetojn maldikajn kiel cigaredpapero kaj iliajn gambojn ĝis la supro. Malantaŭ Moritz, la viroj ĉe la fenestroj ridis. Li estis mirigita. Li ne povis ridi.

– La virinoj restu en la kamionoj! – ordonis la estro de la koncentrejo. – Neniu ordonis la elkamioniĝon.

La voĉo en la megafono estis malĝentila kaj ordonema. La estro de la koncentrejo ne videblis – li parolis el sia oficejo.

La virinoj revenis kaj reenkamioniĝis same rapide, kunpuŝante unu la alian. Ili timis esti punotaj, ĉar ili elkamioniĝis senordone. Kiam ili enkamioniĝis, refoje videblis iliaj genuoj, subjupoj kaj koloraj kalsonetoj. Ankaŭ nun ili ridis, sed kaŝe kaj time.

– Ĉiu barako ricevos po dek virinojn! – reaŭdiĝis la voĉo en la megafono. – Ili restos ĝis la naŭa horo vespere. La barakestroj havas specialajn ordonojn pri la disvolviĝo de la programo kaj estas mem respondecaj pri la ordo kaj disciplino.

La megafono silentis. La virinoj restis trankvilaj en la kamionoj – ili atendis ke oni aldonu ion.

– *Merde!*[26] – elkraĉis la franco inter la dentoj.

Moritz kredis ke la franco alparolas lin kaj turnis la kapon al li. Joseph estis furioza, sed rigardis tra la fenestron.

– La virinoj silente elkamioniĝu en grupoj! – ordonis la megafono.

Jen la ordono kiun ili atendis. Aŭdinte ĝin, ili saltis el la kamionoj. Ili disiĝis en kvin grupojn. Venis kvin viroj – la estroj de la kvin barakoj – kaj signis al la virinoj sekvi ilin. La virinoj sekvis ridante.

Moritz ne povis imagi, kiel disvolviĝos la programo kaj estis scivola. Li sciis ke la virinoj venis por seksumi kun la viroj. La germanoj asertis ke se la laboristoj ne seksumas, ili ne laboras bone. Kaj la germanoj ja volis ke la laboro funkciu perfekte. Pro tio ili venigis la virinojn: por ke la laboristoj en la butonuzino, ŝnurfabriko kaj la muldejo rande de la urbo laboru pli bone. Sed Moritz ne komprenis kial la homoj en la uzino laboras pli bone se ili seksumas kaj ankaŭ nek kiel seksumos la viroj kun la virinoj venintaj en la barakojn. Iliaj dormejoj estis grandaj, kun multaj

---

26 Merdo(n)! (fra.)

litoj. La viroj multis – la virinoj malmultis. Ne ĉiu prizonulo povis kuŝi en sia lito kun virino. "Eble la virinoj transiros de lito al lito", pensis Johann Moritz. Poste li pensis ke eble la virinoj hontos iri de unu viro al alia. Li neniam imagis virinojn en sia barako kun pikdrato ĉe la fenestroj.

Sed nun la virinoj estis ĉe la pordo. La barakestro diris ion al ili. Probable li instrukciis al ili kiel seksumi. Ili laŭtridis.

– Ni eliru! – diris Joseph. – Ni revenu tien, kie ni sidis.

Moritz stariĝis kaj eliris kun la franco. Ankaŭ aliaj eliris. Ĉe la pordo ili preterpasis la virinojn. Tie odoris je parfumo kaj pudro. Ili rigardis Joseph'on kaj Johann'on Moritz, kiu sekvis lin, kaj ridis. Ili priridis la virojn, ĉar ili foriras. Moritz sentis virinan manon karesi lian vangon, kiam li transpaŝis la sojlon. La mano estis malseka kaj odoris je parfumo.

– *Salvete, sclavae![27]* – diris Joseph preterpasante ilin.

Ili komencis ridi eĉ pli laŭte pro la vortoj de Joseph. Li ne ridis. Lia frunto estis sulkita.

En la korto Joseph kuŝiĝis sur la herbon, kun la vizaĝo supren, kaj rigardis la ĉielon sen diri vorton. Moritz eksidis apud li kaj ekpensis pri la virinoj. Ankaŭ Joseph pensis pri la virinoj, sed Moritz ne sciis kion li pensas.

– Se vi volas eniri, eniru! – diris la franco.

– Mi ne eniros! – respondis Moritz.

Dum iom da tempo ambaŭ silentis. Estis la unua fojo kiam Joseph estis apud li kaj ne parolis pri Béatrice.

– Ĉi tiuj estas polinoj el la koncentrejoj, – diris la franco. – Se la virinoj en la koncentrejoj plenumas tiun metion dum ses monatoj, ili estas liberigitaj. Sed en ses monatoj ili ruiniĝas. Ili eliras el la koncentrejo nur por eniri hospitalon, mensmalsanulejon aŭ rekte kadavrejon.

– Mi supozis ke ili estas putinoj, – respondis Moritz. Nun li kompatis ilin. – Mi ne sciis ke ankaŭ ili estas malliberigitaj.

– Ili ne estas putinoj, Jean. (La franco nomis Johann'on Moritz Jean.) Ĉi tiuj virinoj estas sklavinoj kiuj faras gandan penon por regajni sian liberon. Sklavinoj kiuj provas rompi la

---

27 Saluton, sklavinoj! (lat.)

katenojn nudamane. Tio kion ili faras estas heroaĵo! Bedaŭre ke ili sukcesas nur ŝiri sian karnon. La katenoj de la sklaveco estas pli fortaj ol la homa karno!

Je la naŭa vespere la virinoj forlasis la koncentrejon. Kiam ili enkamioniĝis, ili ne plu ridis. Ili nur fumis. Joseph ĵetis al ili amikan saluton:

– *Salvete, sclavae!*

Tiunokte la franco eskapis el la koncentrejo.

81

– La sinjoroj oficiroj bezonas tradukonton por la balkanaj lingvoj, – diris la fabrika funkciulo akompananta Johann'on Moritz al la oficejo. – Bone kondutu: ili estas oficiroj de la Ĉef-stabo!

Johann Moritz atendis ĉe la pordo de la oficejo preskaŭ horon. Poste oni envokis lin. Interne estis densa cigaredfumo kaj forta vinodoro. Sur la tablo videblis malplenaj glasoj kaj boteloj. Neniu turnis la kapon kiam li eniris. Moritz restis ĉe la pordo: li sufokiĝis pro la fumo. Li volus diri ke li ne estas bona tradukanto kaj, sekve, oni resendu lin al la butonkestoj. Almenaŭ tie estis silento kaj la cigaredfumo ne sufokis lin.

Tamen liaj okuloj rigardis admire la ruĝajn flankstriojn, polmolarĝajn, sur la pantalonoj de la oficiroj. Tiuj ĉi estis ĉiuj junaj. Moritz kalkulis ilin: ili estis sep. Unu el ili proksimiĝis al Moritz kaj turnis lian kapon kvazaŭ pilkon, kiam oni volas ludi. Li rigardis Moritz'on el la dekstro, poste el la maldekstro.

– Turnu la dorson! – ordonis la oficiro.

Li rigardis de malantaŭe la kapon de Moritz, palpis lian ŝultron kaj metis la manon sub lian mentonon. Li ordonis al li malfermi la buŝon kaj rigardis liajn dentojn. Poste li ordonis:

– Senvestiĝu!

Moritz demetis la kombineon kaj metis ĝin sur la plankon, apud la muron. La oficiro rigardis lin senĉese mezurante ĉiun lian movon. La aliaj daŭre interparolis sen rigardi Moritz'on.

- Sinjoroj, - diris la oficiro kiu ordonis al Moritz senvestiĝi kaj kiu estis SS-kolonelo, - mi volas fari demonstron.

Ĉiuj eksilentis kaj ĉirkaŭis Moritz'on, kiu staris nuda kaj konfuzita en la centro. Li estis alvokita por esti tradukonto. Sed la kolonelo diris ke li faros kun li demonstron. En la menso de Moritz aperis la bildoj kiujn li iam vidis en cirko. Homo en la salono estis invitita sur la scenejon kaj la prestidigitisto eligis el liaj poŝoj vivajn katojn, kuniklojn kaj birdojn. Li scias ke tio estas demonstroj, aliajn li ne konas. Eble la kolonelo volas fari unu kiel tiuj kiujn Moritz vidis en la cirko, kiam li estis soldato.

Moritz estis scivola. Li ridetis. Li ne timis. La homoj en la salono kie la prestidigitisto faras demonstrojn sentas nenion. Ili estas nur mirigataj. Certe, ankaŭ li estos mirigata vidante kiel la kolonelo elprenas el liaj kapo, akseloj aŭ manartikoj kuniklojn, katojn aŭ birdojn.

Moritz daŭre ridetis al la kolonelo - li ĉiam ŝatis prestidigit-istojn. "Mi ne povus fari eksperimentojn kaj demonstrojn, eĉ se mi lernus dum mil jaroj!" pensis Johann Moritz. Li admiris la kolonelon, ĉar ankaŭ li lernis fari prestidigitaĵojn. Poste li memoris la parolojn de Aristiţa. Ŝi diris ke la prestidigitistoj ricevas helpon de la diablo. Nun Moritz ektimis kaj ne plu ridetis. Li ĉiam timis la diablon.

- Sinjoroj, ĉi tiun individuon mi ne vidis ĝis antaŭ deko da minutoj, kiam li eniris en la oficejon! - diris la kolonelo. - Kaj mi ankaŭ ne scias, kial li eniris.

- Li estas la tradukonto por la balkanaj lingvoj, - diris la funkciulo

- Mi forgesis ke mi mendis tradukonton. En la momento kiam li eniris, lia figuro frapis min.

La kolonelo remetis manon sur la kapon de Johann Moritz, kiu ridetis denove, atendante senpacience vidi kiel la kolonelo eligos kuniklon el lia hararo. La kolonelo estis serioza. Moritz ja sciis, el la cirko, ke ĉiuj prestidigitistoj estas seriozaj. Eĉ kiam la publiko en la salono bruridas, ili estas seriozaj. Johann Moritz atendis nun la bruridadon, preta mem ridi. Delonge li ne ridis.

– Kvankam mi ekvidis lin nur antaŭ dek minutoj, same kiel vi, kaj ni interŝanĝis eĉ ne unu vorton, mi diros al vi detale, laŭ sciencaj bazoj, la biografion de ĉi tiu homo kaj la historion de lia tuta familio en la lastaj tri cent jaroj!

Johann Moritz memoris ke li vidis tiajn prezentojn en la cirko, kiam li estis soldato. La prestidigitisto alvokis homon el la publiko kaj diris al tiu, kiom da jaroj li/ŝi havas, ĉu edz(in)iĝinta kaj aliajn aferojn. La publiko miris, kiel la prestidigitisto scias ĉiujn ĉi sekretojn. Sed al Moritz ne plaĉis tiuj demonstroj. Li ŝatis nur tiujn kun katoj kaj kunikloj. Li bedaŭris ke la oficiro ne scias fari tiajn ĉi prestidigitaĵojn. Li ŝatus vidi kiel oni eligas el nenie katon. En la cirko ankaŭ li iris por la eksperimento. Sed amasiĝis tro da homoj kaj la prestidigitisto elektis ĉiufoje iun alian.

– La rasscienco progresis sub la naci-socialista reĝimo, – diris la kolonelo, kiu nomiĝis Müller, – tiom ke la aliaj restis malantaŭ ni je cent jaroj! Prenante ĉi tiun nudan individuon, mi povas diri, de kie devenas liaj prauloj, kiaj geedziĝoj okazis ĉe ili kaj kiajn tradiciojn havas lia familio, kiujn metiojn ili praktikis k.t.p. Vi povos tuj kontroli miajn asertojn, per demandoj kiujn vi faros rekte al la subjekto.

– Nekredeble! – diris la aliaj oficiroj mallarĝigante la cirklon ĉirkaŭ Moritz.

– Laŭ la formo de la kranio, laŭ la tipo de la ostaro frunta, naza kaj vizaĝa, kaj ankaŭ laŭ la strukturo de la skeleto – aparte la torako kaj la pozicio de la klaviklo –, la individuo apartenas al ĝermana grupo kiu ankoraŭ vivas, etnombre, laŭ la Rejnvalo, en Luksemburgo, Transilvanio kaj Aŭstralio. Krome ekzistas dek ok familioj en Ĉinio kaj Usono, sed ili ne jam registriĝis en la statistikoj, ĉar ilia malkovro okazis apenaŭ kelkajn monatojn antaŭ la eksplodo de la milito. En niaj statistikoj, kiujn ni publikigos en festa numero, ni aperigos precizajn kaj – por la unua fojo – kompletajn informojn pri tiu ĝermana grupo, kiu havas la nomon *Heroa familio*. Tiu familio havas maksimume okcent anojn. Iliaj prauloj elmigris el la sud-okcidento de Germanio, inter 1500 kaj 1600. Ili estas inter la plej puraj germanoj kaj sukcesis konservi ĝis hodiaŭ la puran sangon, malgraŭ la teruraj premoj faritaj sur ili laŭlonge de la historio. La raso, sinjoroj, havas sian konserviĝ-instinkton, foje pli fortan ol tiun de la individuo. La *Heroa familio*, al kiu apartenas la junulo antaŭ vi, pruvis pretermezure la tenacecon de la rasa konserviĝ-instinkto. Kio, laŭ vi, igis la praulojn de ĉi junulo, dum tri aŭ kvar jarcentoj, edzinigi nur virinojn samrasajn, dum ĉirkaŭe, eble, estis virinoj pli allogaj? La rasa konserviĝ-instinkto! La voĉo de la sango, kiu defendis la membrojn de tiu familio kontraŭ la pereiga peko de la ras-intermiksiĝo! En ilia historio ekzistas eĉ ne unu kazo de edziĝo kun alirasa virino! Tiel klariĝas la fakto ke hodiaŭ, post kvar cent jaroj, la junulo antaŭ vi estas ekzakte kiel liaj prauloj. Rigardu ĉi tiun hararon fortikan sed silkecan! Ĝi estas la hararo de la *Heroa familio*, tia kia ĝi estis antaŭ kvar cent jaroj kaj kian ni trovis en la konservitaj relikvoj. Ĝi estas nekonfuzebla, kaj la fakuloj rekonas ĝin tuj. Ĝi estas iom pli silkeca ol tiu de la ĉefa ĝermana grupo, sed bone videblas ke la radiko estas sama. La nazo, frunto, okuloj, mentono de tiu ĉi junulo estas ekzakte samaj kiel en niaj pentraĵoj de antaŭ kvar jarcentoj. Nenio ŝanĝiĝis!

La oficiroj tuŝis la kapon de Johann Moritz kaj palpis lian hararon, rigardante lin admire. Kiel neniam antaŭe, Moritz sentis sin konsiderata heroo. Tamen li timis desaponti la oficirojn. Nun li bedaŭris esti farinta nenion por esti je la nivelo de la ricevitaj laŭdoj. Tiajn laŭdojn – li estis aŭdinta – oni faras nur al tiuj kiuj estis dekoraciitaj sur la fronto, per la Ora kruco kun briliantoj aŭ kverkofolioj.

La fingroj de kolonelo Müller tuŝis denove la ŝultrojn de Johann Moritz, kun admira pieco, kvazaŭ ili estus la relikvoj de la Sankta Paraskeva[28] mirindaĵfaranta, en la relikvejo de la preĝejo "la Tri ĉefepiskopoj"[29]. Johann Moritz klinis la kapon, honta ke li ne estis sur la fronto kaj faris eĉ ne unu bravaĵon.

– La grupo kiun mi nomas la *Heroa familio*, – daŭrigis la kolonelo, – donas la plej skuan ekzemplon de rasa egoismo.

---

28 Sanktulino 11ajarcenta, kultata precipe en la kristanortodoksa eklezio.
29 Biserica Trei Ierarhi – preĝejo en la orientrumania urbo Iași, konstruita en la 17a jc.

Por mi hodiaŭ, la tago en kiu mi trafis ĉi tiun ekzempleron, estas vera festo! Pretere mi volas diri al vi ke ankaŭ unu el miaj prauloj edziĝis kun knabino el la *Heroa familio*. Bedaŭre li ne havis posteulojn ĉar, tri monatojn post la edziĝo, li mortis sur la batalkampo. Sed tio estas malgrava epizodo. Mi enmetos la foton de ĉi tiu junulo, akompanatan de la antropologiaj kaj historiaj datumoj, en la verkon kiun mi pretigas jam dek jarojn, sub la direktado de la *Reichsführer*[30] d-ro Rosenberg[31]. Ĉi tiu malkovro konsistigos kronadon de mia penado.

– Gratulojn! – diris la oficiroj en solenpozicio.

La kolonelo ruĝiĝis pro emocio. Li levis la rektan brakon kaj salutis, post kio li manpremis kun ĉiu. Moritz staris senmove kaj rigardis ilin.

– Ĉu vi devenas de Rejnlando, Luksemburgo aŭ Transilvanio? – demandis la kolonelo, turninte sin al Moritz.

– El Transilvanio! – respondis Moritz.

La oficiroj eksklamaciis admire. Kolonelo Müller elradiis feliĉon.

– Mi diros al vi, kaj eĉ tre precize, de kie venas la junulo! – daŭrigis la kolonelo post kio li alparolis Moritz'on:

– Ĉu vi naskiĝis en Timişoara[32], Braşov[33] aŭ Sikullando[34]?

– En Sikullando! – respondis Johann Moritz.

– Mirinde! – diris la kolonelo interfrotante la manojn ĝoja ke Moritz naskiĝis en Sikullando. – Estus maleble ke mi trompiĝus! Kiam mi vidis lin, ŝajnis al mi vidi vizaĝon descendintan el la galerio kun portretoj de la *Heroa familio*. Mi konas ilin parkere. Ankaŭ vi povos admiri ilin en mia verko: mi publikigos ilin en grandigitaj koloraj gravuraĵoj. Jen, mi diru al vi: ĉi tiu junulo estas perfekta ekzemplero de la *Heroa familio*! Li konfirmas mian teorion!

La kolonelo petis la funkciulon venigi la personan slipon de Johann Moritz.

30 Regnogvidanto. (ger.)
31 Alfred Rosenberg (1893-1946), politikisto en la nazia Germanio.
32 Urbo en okcidenta Rumanio.
33 Urbo en centra Rumanio.
34 Regiono en orienta Transilvanio; rumane: *Ţinutul Secuiesc*; hungare: *Székely-föld*; germane: *Szeklerland*.

– Fiuloj! – kriis li, koleriĝinte tuj post kiam li ĵetis rigardon al ĝi. – Membro de la *Heroa familio* neniam nomiĝis János! Tiu nomo estas sakrilegio!

La kolonelo turnis sin al Moritz. Lia vizaĝo estis malhela.

– Ĉu la nomon János donis al vi via patro?

– Ne, sinjoro kolonelo! Mi ne nomiĝas János! – respondis Johann Moritz. Li volis diri ke li nomiĝas Ion.

– Estus tute maleble ke membro de la *Heroa familio* baptu siajn infanojn per aliaj nomoj ol tiuj troviĝantaj en la germana kalendaro! Tio neniam okazis en kvar cent jaroj. Estus neeble ke la junulo antaŭ vi nomiĝus János. Tute neeble!

La kolonelo rigardis Moritz'on. Nun li estis gaja. Li ĝojis ke Moritz ne nomiĝas János.

– Kiu donis al vi la nomon János? – demandis la kolonelo.

– Mi ne scias! – respondis Johann Moritz. – Ĉi tie en Germanio, antaŭ du jaroj, oni enskribis ĝin en la dokumentojn.

– Li ne nomiĝas János! – diris la kolonelo. – Estas la sama fiaĵo, kiun oni konstante faris kontraŭ la *Heroa familio*. La popoloj meze de kiuj ili vivis ŝanĝis ilian nomojn. Sed la sangon ili ne sukcesis ŝanĝi! La sango de la *Heroa familio* restis kristalpura.

La kolonelo turniĝis al la fabrika funkciulo kaj diris:

– Ekde hodiaŭ la junulo restas je la dispono de la Nacia Instituto pri Rasaj Studoj. Li estas ekzemplero kiun ni bezonas!

– Ĉu li ne plu laboros en la uzino? – demandis la funkciulo.

– Ne! – respondis seke la kolonelo. – Poste mi sendos speci-alajn instrukciojn skribe.

La kolonelo rigardis Moritz'on kaj pensis: "La scienco progresis eksterordinare! Tamen ni estas for de perfekteco. Ĉi tiu elita ekzemplero de rasa grupo ekstreme interesa, estas konservenda en antropologia ĝardeno. Ĝardeno en kiu konserviĝu la maloftaj kaj valoraj tipoj de la homa raso ankoraŭ ne kreiĝis! En Eŭropo ja ekzistas parkoj por la kultivado, selektado kaj konservado de la bestaj kaj birdaj rasoj. Sed la antaŭjuĝoj malpermesis al ni krei antropologiajn parkojn, kio estas granda perdo por la scienco. Domaĝe! En tiu fako la usonanoj antaŭas nin. Ili havas parkojn en kiuj ili konservas interesajn ekzemplerojn de la indiana raso. Sed ankaŭ ni funkciigos tiajn en Eŭropo. Unue ni venku! En onta konferenco mi proponos la estigon de la unua antropologia parko. La scienco havos je sia dispono rarajn ekzemplerojn kaj povos pristudi ilin. Ĉi tiu membro de la *Heroa familio* estos unu el la unuaj homaj ekzempleroj kiuj riĉigos nian parkon. Li estos donacita de mi!"

Kolonelo Müller rigardis Moritz'on kaj ridetis. Li imagis lin en la antropologia parko, loĝantan en la pavilono de la germana raso, kune kun la edzino kaj la infanoj… "Ankaŭ tiu momento alvenos!" pensis la kolonelo. Poste li daŭrigis voĉe:

– Antaŭ ol ni finaranĝos la situacion, mi volas trovi por la junulo okupon indan por lia origino. Plej multe plaĉus al li esti soldato. Mi bone konas la *Heroan familion*: ĝiaj viraj anoj estas feliĉaj nur en milito. Ĝi estas la plej militema grupo de la ĝermana familio. Do, ni donu ankaŭ al li eblon esti soldato!

La aliaj oficiroj gratulis denove kolonelon Müller. Lia propono plaĉis al ili. Ruĝa pro plezuro, la kolonelo petis de la adjutanto la tekon kaj skribis sur oficiala papero de la Ĉefstabo rekomendon por la enskribo de Johann Moritz kiel SS-soldato. Li transdonis ĝin al la fabrika funkciulo ordonante:

– Plenumu ĉiujn necesajn formalaĵojn! Senprokraste!

Poste li turnis sin al Johann Moritz kaj diris ridete:

– Ene de unu monato mi volas ricevi de vi foton kun vi en soldatuniformo. Ĝi estas ekstreme utila por mia studaĵo pri la *Heroa familio*, al kiu vi apartenas. Kopion mi sendos ankaŭ al doktoro Goebbels[35]. Vi vidos vin en ilustritaj ĵurnaloj kaj revuoj!

82

– La junulo ne estas iva por militservo! – diris la kapitana kuracisto de la rekrutiga komisiono, ekzameninte Johann'on Moritz. – Li havas makulojn sur la pulmoj. La soldatoj devas havi plensanajn pulmojn!

---

35   Joseph Goebbels (1897-1945), politikisto en la nazia Germanio.

Post la renkonto kun kolonelo Müller pasis jam tri semajnoj. Johann Moritz pensis ke la soldatoj ricevas preskaŭ duonan panon tage, botojn en kiujn la akvo ne penetras, varmajn vestaĵojn, pli bonanj manĝojn kaj cigaredojn. Li sciis ke estas pli bone esti soldato ol prizonulo. Sed, kiam li eksciis ke oni rifuzis lin, li ĝojis.

– La junulo estas rekomendita de kolonelo Müller, de la Ĉefstabo kaj de la Nacia Instituto pri Rasaj Studoj, – diris unu el la kuracistoj, trafoliumante la dosieron. – Ni ne povas rifuzi lin!

La tri kuracistoj en uniformo rigardis Johann'on Moritz.

– Ĉu vi kapablas plenumi oficejan laboron? – demandis la kapitano. – Kiun metion vi havas kiel civilulo?

– Kamparano, – respondis Moritz.

La kuracistoj konsiliĝis inter si kaj ordonis al Moritz atendi ekstere. Poste, ili revokis lin kaj komunikis al li ke ili akceptis lin esti soldato kaj donis al li la decidon kun kiu li prezentu sin al la armetaĉmento.

– Vi estas asignita al la helpa servo! – diris la kapitano. – Ĉar vi ne kapablas pri oficeja laboro, oni asignos vin al gardkompanio.

83

La estro de la reeduka koncentrejo signalis la kolektiĝon por la manĝo. La soldato Johann Moritz saltetis aŭdante la signalon. Li forgesis ke li estas en gvatturo kaj ekserĉis sian gamelon. Li ruĝiĝis pro ĉagreno.

– Stulta mi! – diris Moritz premante sian fusilon. – Mi denove forgesis ke mi ne estas prizonulo sed sentinelo!

En la tri tagoj de kiam li estas sentinelo, regule okazas al li la samo kiam oni signalas la kolektiĝon por la manĝo. Li ne povas enkapigi la fakton ke li estas soldato. Kiam li vidas la pikdratan barilon kaj la vicon de prizonuloj, li forgesas en kiu flanko li estas kaj kredas sin malliberigita. Post tiom da jaroj da koncentrejo, en liaj karno kaj sango gravuriĝis la ideo ke li estas prizonulo. Li ne povas imagi sin io alia ol prizonulo. Kiam kamarado venas por preni lian lokon, li ektremas: ŝajnas al li ke la soldato venas por forporti lin!

Nun, rigardante la prizonulojn viciĝintajn antaŭ la kaldrono kun manĝaĵo, li denove forgesis ke li estas en la gvatturo kaj surpriziĝas ke ne venas lia vico por la supo. Li vidas ankaŭ sin en la vico de prizonuloj...

Ekde la unua tago la okuloj de Moritz serĉis sur la korto de la koncentrejo konatajn vizaĝojn, sed trovis neniun. Li miris. Li estis fermita en dekoj da koncentrejoj kaj certis ke tie li estis kun iu en ĉi tiu *Straflager*[36]. Plaĉus al li vidi konaton. Paroli kun la prizonuloj estas malpermesate. Sed li ŝatus vidi – eĉ de for – amikan vizaĝon.

Johann Moritz forgesis ke li estas soldato kaj sentinelo, kaj komencis voki:

– Joseph! Joseph!

La prizonuloj sur la korto rigardis lin. Ankaŭ Joseph rigardis, sed poste daŭrigis la manĝadon. Li ne rekonis lin. Moritz alvokis lin plian fojon. La franco, kun la kulero en la mano, rigardis lin fikse. Poste li plu iris.

– Ĉu vi ne rekonas min? – kriis Moritz. – Estas mi, Moritz János.

– *Salve, sclave!* – diris la franco ridante: nun li rekonis lin.

Li metis la gamelon surgrunden kaj proksimiĝis al la pikdrata barilo.

– Kiel vi alvenis tien, Jean? – demandis Joseph.

Johann Moritz mallonge rakontis al la franco, kiel li iĝis soldato. Joseph komprenis nun pli bone la germanan. Dume li estis lerninta. Sed inter ili estis granda distanco kaj la vento blovis, sekve ili malfacile interkompreniĝis.

– Sed, kiel vi alvenis ĉi tien? – demandis Moritz.

– Oni kaptis min kvin tagojn post kiam mi eskapis, – respondis Joseph. – Ĉu vi volas sendi leteron de mi al Béatrice? De ĉi tie ni ne rajtas leteri kaj mi ne havas novaĵojn de ŝi de kvar monatoj.

Johann Moritz petis la adreson. La franco skribis ĝin sur

---

36 Punkoncentrejo. (ger.)

paperpecon. Dum Joseph skribis, la soldato Johann Moritz elpoŝigis la cigaredpaketon, kiun li ricevis la antaŭan tagon de la kompanio, kaj ĵetis ĝin trans la pikdratan barilon, en la korton de la koncentrejo, ĉe la piedoj de la franco.

– Morgaŭ mi denove portos al vi cigaredojn kaj panon! – diris Moritz. – La leteron mi sendos jam ĉi-vespere.

Joseph prenis la cigaredpaketon kaj ĵetis al li la paperpecon kun la adreso de Béatrice, volvinte per ĝi ŝtonon. Sed la papero falis inter la dratojn. Joseph volis skribi plian.

– Lasu, mi prenos ĝin el inter la dratoj, – diris Johann Moritz. – Min oni ne alpafos, se mi proksimiĝas al la barilo.

Ĝuste kiam Johann Moritz komencis malsupreniri laŭ la turŝtuparo, aperis la ŝanĝkaporalo. Moritz haltis. Li revenis supren kaj kriis al Joseph:

– Nun venas la kaporalo kaj mi ne povas preni ĝin. Morgaŭ je la naŭa mi ekdeĵoros denove. Atendu min! La adreson mi prenos el la barilo morgaŭ. Nun, ĝis revido!

– *Salve, sclave!* – respondis Joseph kaj foriris bruligante cigaredon.

Li estis vestita per la samaj grizaj vestaĵoj, pli ŝiritaj nun ol antaŭ kvar monatoj. Li multe maldikiĝis – en la koncentrejo la manĝaĵoj estis tre malbonaj.

Dum li transdonis la taskon al la anstataŭonto, Johann Moritz rigardis per la okulangulo Joseph'on kaj pensis: "Morgaŭ mi alportos por li tutan panon!"

84

Tiunokte Johann Moritz havis febron. La sekvan tagon oni transportis lin per ambulanco al la hospitalo. Li sciis ke Joseph atendos lin ĉe la barilo, por doni la adreson de Béatrice kaj ricevi panon kaj cigaredojn, kiel promesite. Li bedaŭris ke la franco vane atendos. "Povra Joseph!" pensis Moritz. "Eble la tutan nokton li pensis pri mi kaj senpacience atendis la tagiĝon kaj la naŭan horon, por ke mi portu al li panon!" Johann Moritz konsolis sin per la penso ke baldaŭ li resaniĝos kaj ĉiutage povos porti al Joseph cigaredojn, panon kaj leterojn de Béatrice.

Sed Johann Moritz havis duoblan pneŭmoniton kaj restis en la armea hospitalo du monatojn.

La unuan de februaro la kuracisto diris:

– Ĉi-semajne ni elhospitaligos vin. Vi ankaŭ ricevos tridek-tagan forpermeson pro malsano.

Johann Moritz pensis ke, se li akceptas la foreston, li ne sukcesos vidi Joseph'on. La franco ĉiam atendis Moritz'on por ke tiu ĉi prenu la adreson de Béatrice kaj leteru al ŝi, kaj ankaŭ por ke li alportu panon kaj cigaredojn. Johann Moritz decidis rezigni la foreston kaj reveni rekte al la kompanio.

– Knabo, vi devas refortikiĝi! – diris la kuracisto. – Vi bezonas bonan manĝaĵon kaj ripozon. Se ne, vi estos finita! Kie vi volas pasigi vian foreston?

Johann Moritz ne havis la kuraĝon diri ke li rezignas la foreston kaj ruĝiĝis.

– Mi komprenas, – diris la kuracisto. – Vi ne scias kien iri! Mi povas sendi vin al sanatorio por konvaleskantoj. Sed mi supozas ke ne tion vi bezonas. Vi bezonas varman, familian etoson.

Johann Moritz kortuŝiĝis: la kuracisto kvazaŭ legis liajn pensojn. Li deziris nek bonan manĝaĵon, nek sanatorion, nek monon. Li deziris lokon, kie li sentu sin hejme.

– Vi bezonas ne sanatorion, sed virinon, kiu prizorgu kaj helpu vin! – diris la kuracisto. – Vi devas regajni la memfidon, alie vi ne resaniĝos. Tiun memfidon povas doni al vi nur virino. En la sanatorioj por konvaleskantoj vi trovos virinojn laŭplaĉe, sed nur por la seksaj bezonoj. Por paciento en via stato psika kaj fizika, ili estus varo precipe maltaŭga. Vi, knabo, bezonas teneron ne eksciton.

La kuracisto rigardis ĉirkaŭe. Li jam faris la diagnozon kaj scias kion la paciento bezonas. La profesia konscienco diktis al li preskribi teneron, familian etoson, fidon, dediĉon de virino. Sed li mem ne povis doni tiujn medikamentojn al la paciento. Kaj tiu ĉi ne povas resaniĝi sen ili.

La okuloj de la kuracisto haltis sur la flegistino, kiu staris apud li kun la slipoj en la mano.

– *Schwester*[37] Hilda, – diris li, – vi loĝas en la urbo, kun via patrino, ĉu ne?

– Mi loĝas tuj apud la hospitalo, – respondis la flegistino, – kune kun mia patrino.

Hilda rigardis en la okulojn de la kuracisto kun la sama fido kun kiu la soldatoj rigardas la oficiron. Ŝi atendis, discipline, la ordonojn.

– Mi transdonos al vi Johann'on Moritz por ke vi traktu lin kiel vian edzon. Post unu monato reportu lin al mi sana! Mi volas revidi lin antaŭ ol sendi lin al la taĉmento. Li bezonas virinon, kiu estu por li kaj amantino, kaj fratino kaj patrino.

– Mi komprenas, sinjor' kuracisto! – respondis Hilda.

Hilda estis malalta kaj diketa knabino, kun ruĝaj, pufaj vangoj. Ŝi havis dudek jarojn. La kuracisto rigardis ŝin kontenta. Ŝi sajnis havi ankaŭ la teneron necesan al Moritz. Rigardante ŝian hararon, la kuracisto pensis: "Estas bone ke ŝi estas blonda. Brunulino ne estus rekomendinda por nia paciento. La blond-ulinoj trankviligas per sia simpla apudesto!"

– Por tio vi ricevas 14-tagan forpermeson! – diris la kuracisto. – Dum tiu tuta tempo vi okupiĝu nur pri li. La manĝojn vi prenos el la hospitalo, sed ankaŭ hejme kuiru! Li bezonas manĝojn pretigitajn kun amo, ne manĝojn el la kaldrono.

– Mi komprenas! – respondis Hilda, fiera pro la ricevita misio. Ŝi sciis ke ĉiuj ŝiaj koleginoj ĵaluzos kontraŭ ŝi.

– Ĉu vi havas ĉambron apartan de tiu de via patrino?

– Evidente! – respondis Hilda ruĝiĝante.

– Mi supozas ke la knabo plaĉas al vi, – diris la kuracisto kaj, sen atendi la respondon de la flegistino, ordonis:

– Portu al mi la elhospitaligajn dokumentojn por li kaj la forpermesajn dokumentojn por ambaŭ! Ankaŭ plenigu kuponon por nutraĵoj por 30 tagoj, por du personoj, kun A-kategoriaj suplementoj. Portu ĉion al mi por subskribo!

---

37 Flegistino. (ger.)

– *Jawohl!*[38] – respondis Hilda kaj malfermis al li la pordon. Ĉe la sojlo, la kuracisto rigardis Moritz'on kaj diris haste:
– Ĝis revido, knabo! Resaniĝu!

85

Johann Moritz rigardis en la korton de la hospitalo. Neĝis. En la fono videblis la pikdrata barilo de la koncentrejo. Li staris longe ĉe la fenestro, ĝis du malvarmaj manoj kovris liajn okulojn, el malantaŭe. Li turniĝis. Estis Hilda. Li estis forgesinta pri ŝi kaj pri la diroj de la kuracisto.

– Surmetu vian tunikon kaj venu al la kaso por preni vian soldon! – diris Hilda. – Viaj elhospitaliga kaj forpermesa dokumentoj estas ĉe mi. Ankaŭ mia forpermesa dokumento estas jam subsribita!

Hilda parolis rapide. Ŝi helpis Moritz'on butoni la tunikon. Ŝi ŝovis la manon sub lian puloveron kaj glatumis ĝin ĉe la brusto. Johann Moritz sentis ŝian manon sur sia haŭto kaj havis la senton ke ĝi estas familiara mano, kiun li rekonas. Ŝi vestis lin kvazaŭ li longtempe estus ŝia edzo aŭ filo. Ĝis tiam Hilda estis dista kaj malvarma kun li. Ŝi portis al li la medikamentojn, mezuris lian temperaturon kaj foriris. Nun ŝi estis amikema kaj intima. Eĉ pli intima ol Suzana kaj Juliska estis kun li. Johann Moritz sentis ke Hilda estas enamiĝinta al li. Ŝi abrupte enamiĝis, laŭ la ordono de la kuracisto. Ŝi amis lin. Ŝi plenumis la promeson faritan al ŝia superulo. La mano, kiu tuŝis la bruston de Moritz kaj kiu glatigis lian puloveron kaj kiu butonis lian tunikon, estis la mano de enamiĝinta virino, de amantino kaj fratino. Tiel kiel la kuracisto ordonis.

– La kuracisto aprobis ke ni prenu liton el la hospitalo! – diris Hilda. – Unu grandan, blankan, ĥirurgian. Kaj du lanajn litkovrilojn. Mia lito estas tro malgranda por du personoj.

Hilda pensis pri la lito.

---

38 Jes ja! (ger.)

– La kuracisto diris ke ni ne devas tro ardi, – diris ŝi. – Estas normale. Vi estis serioze malsana. Sed post unu semajno da dieto, kun bonaj manĝoj kaj ripozo, ĉio estos tute alia.

– Kio estos tute alia? – demandis Moritz.

Ŝi haltis kaj rapide kisis lin sur la lipojn.

– Vi vidos!

Johann Moritz prenis sian soldon. Li ne sentis sin feliĉa. Li plenumis ordonon. La ordono ne estis labori ĉe kazematoj, butonfabriko aŭ koncentreja gardado. La ordono estis iri kun Hilda kaj amori kun ŝi unu monaton por ke li resaniĝu psike kaj fizike. Estis bela ordono. Sed, ja, ordono! Kaj li ĝojas pro neniu ordono.

86

– Ĉu vi sciis ke se ni geedziĝos, mi ricevos dek kvar aldonajn feritagojn? – demandis Hilda post unusemajna kunvivado.

Li ĵetis al ŝi longajn, varmajn rigardojn.

– Ĉu vi ne diris hieraŭ ke vi volas edziĝi kun mi?

– Tiel estas! – konfirmis Moritz.

Li nun memoris ke en la antaŭa tago ili – li, Hilda kaj ŝia patrino – fortrinkis kvin botelojn da vino.

– Kial ni ne geedziĝu? – demandis Hilda. – Se ni rapidas, ni ricevos la aldonajn feriojn. Ankaŭ vi havos aldonajn feriojn, ne nur mi. Ni ricevos loĝejon, meblojn kaj subtenon de du mil markoj. Vi ne plu devos dormi en la kazerno, krom en la tagoj kiam vi deĵoros. Mi konsiliĝis ankaŭ kun la patrino, kaj konkludis ke plej bone estas geedziĝi tuj!

Moritz silentis. Hilda supozis ke li ne volas malŝpari el siaj ferioj okupiĝante pri la geedziĝaj formalaĵoj.

– Vi devas ĝeniĝi pri nenio, – diris ŝi. – Vi restas hejme, kiel ĝis nun, kaj pasigas viajn feriojn trankvile. Mi okupiĝos pri ĉiuj formalaĵoj ĉe *Standesamt*[39], *Wohnungsamt*[40], *Ernährungsamt*[41], *Arbeitsamt*[42], *Polizeiamt*[43] kaj ĉe la aliaj instancoj. Mi scias ke vi ne volas fuŝi viajn feriojn.

Johann Moritz konsentis. La argumentoj de Hilda estis logikaj. Ili povis havi nur avantaĝojn se ili geedziĝos. Kaj ili geedziĝis. Ili ricevis triĉambran loĝejon, kun banĉambro kaj kuirejo. Ili ricevis du mil markojn. Ili ricevis kuponojn por subvestaĵoj kaj litaĵoj. Ili ricevis meblojn, manĝilarojn, fajrolignon kaj karbon, vinon kaj viandon por la nupto, radioaparaton kaj multajn aliajn aferojn.

– Estus stulte ne geedziĝi, kun tiom da avantaĝoj! – diris Hilda helpante Johann'on Moritz surmeti la uniformon por iri al la kazerno. – Ĉu ne estas pli bone dormi hejme anstataŭ ĉe la kompanio?

– Certe estas pli bone! – respondis li.

– Kaj vespere, ĉu ne estas pli bonaj la manĝoj, kiujn mi kuiras, ol tiuj en la kazerno?

Hilda estis kontentega.

– Post du monatoj, kiam mi anoncos ke mi estas graveda, mi ricevos pliajn feriojn, kaj tiam ankaŭ tagmeze vi manĝos hejme! – diris Hilda. – Tiam ni ricevos multe da nutraĵoj – la gravedulinoj ricevas tri kuponarojn! Vi manĝos tre bone. Vi ja scias ke mi volas vidi vin dika!

Johann Moritz ridetis kaj diris:

– Hilda, vi estas bona knabino!

87

Al la ĝendarmejo en Fântâna alvenis, en du ekzempleroj, cirkulero afiŝenda. La adjutanto Nicolae Dobrescu legis ĝin:

La judo Moritz Ion, nomata ankaŭ Johann, Iacob, Iankel, estas serĉata de la polico. Li eskapis el koncentrejo. Tiuj kiuj ŝirmas lin aŭ scias kie li estas sed ne informas la instancojn, estos malliberigitaj.

---

39 Oficejo pri civila stato. (ger.)
40 Oficejo pri loĝejoj. (ger.)
41 Oficejo pri nutraĵoj. (ger.)
42 Oficejo pri laboro. (ger.)
43 Policoficejo. (ger.)

En la dekstra angulo de la diklitera afiŝo estis fotoj, el la fronto kaj profilo, de Johann Moritz.

La ĝendarmestro rigardis ĝin kaj pensis: "Do, la ulo ja estas hebreo!" kaj alvokis la soldaton.

– Prenu la fusilon kaj tuj venigu ĉi tien la gepatrojn de la hebreo! – ordonis li. – La afiŝon gluu sur la pordon ekstere. Bone gluu por ke la vento ne forŝiru ĝin!

Neĝis en la vilaĝo. La ĝendarmestro rigardis tra la fenestron al la strateto. Antaŭ la ĝendarmejo pasis la popo Alexandru Korugă, kurbiĝinta, kun la teko subbrake.

Post mallonge revenis la soldato.

– Mi venigis nur la virinon! – raportis li. – La oldulo estas malsana.

La ĝendarmestro koleris. Li volis pridemandi ambaŭ.

– Se vi ordonas, mi portos lin surdorse, – diris la soldato. – Proprakrure li ne povas veni! Mi flankentiris la kovrilon sur li: lia tuta korpo estas unu granda ŝvelaĵo!

La ĝendarmestro pensis dum momento. Poste li rezignis pridemandi la maljunulon kaj alvokis la virinon, kiu atendis ekster la pordo.

Aristiţa ensturmis, nigra pro kolero.

– Kial vi sendis la ĝendarmon por venigi min kun la pafilo miadorse, kiel krimulinon? Ĉu mankas al vi ŝtelistoj kaj murd-istoj por porti al la ĝendarmejo kun la bajoneto iliadorse kaj vi komencis aresti honestajn homojn? Aŭ ĉu mi estas murdinto?

Aristiţa bolis. Kiam la ĝendarmo eniris la domon por kunpreni ŝin, ŝi estis preta elpiki la okulojn de la ĝendarmestro.

– Vi ne estas murdinto! – diris la ĝendarmestro. – Sed vian filon serĉas la polico tra la tuta lando.

Aristiţa rigardis la afiŝon kiun li montris al ŝi kaj kiam ŝi vidis lian foton, larmoj invadis ŝiajn okulojn.

– Kiom li maldikiĝis! – diris ŝi.

Krom la fakto ke Ion estis maldika, sekve fartas malbone, nenio interesis ŝin.

– Legu! – ordonis la ĝendarmo.

– Kial mi legu? – diris ŝi viŝante la okulojn. – Mi vidas la foton kaj scias ke li suferas pro malsato; eble la pedikoj invadis lin, eble li estas batata kaj mallibera. Alie li ne estus tiel maldika. Kion mi legu? Al mi sufiĉas!

La ĝendarmestro komencis voĉlegi la cirkuleron. Aristiţa haltigis lin post la unuaj vortoj.

– Legu plian fojon, ĉefo! Eble mi ne bone komprenis. Vi diris "la hebreo Moritz Ion", ĉu ne? Se vi bone legis, tiam tiu ne estas mia filo: mi ne havas filon hebreon!

La ĝendarmestro montris la afiŝon al ŝi. Aristiţa kortuŝiĝis denove vidante kiel maldika estas ŝia filo.

– Ĉu estas li? – demandis la ĝendarmo.

– Estas li, povrulo! – respondis Aristiţa. – Dio ne pardonu la pekojn de tiuj kiuj malliberigis lin!

– Se vi rekonas lin, kial vi diras ke li ne estas hebreo? Ni malŝparas la tempon. Pli bone aŭskultu kion mi legas. Kiel ajn, tio kion vi diras, havas nenian valoron. Vi estas privata persono. Mi kredas nur kion diras la dokumentoj. Ĉi tiu estas dokumento kiu venas de instanco. Do, ĝi estas sankta! Kaj ĝi asertas ke via filo estas hebreo.

– Se vi diras unu plian fojon ke mia filo estas hebreo, mi elpikos al vi la okulojn! – diris Aristiţa. – Ĉu vi ne vidas kiel ĉagrenita mi estas? Povra knabo! Li foriris bela kiel juna abio, kaj nun li estas nur haŭto kaj ostoj!

– Ne insultu la instancon! – kriis la ĝendarmo. – Mi tuj protokolos kontraŭ vi pro insultego!

– Ion'on faris mi kaj mia edzo, ne la instanco. – Aristiţa kriis. – Mi, ne la instanco, portis lin en la ventro kaj mamnutris! Mi scias ke li ne estas hebreo.

– La Ministerio pri internaj aferoj diras klare en la cirkulero ke Moritz Ion estas hebreo!

– Nu, la ministerio venu kaj diru tion rekte al mi; mi volas vidi ĉu ĝi kuraĝos fari tion! Mi kraĉos ĝin en la vizaĝon, se ĝi diros ke ĝi scias pli bone ol mi kion mi portis en la ventro!

– Sed, ĉu vi estas pura rumano? – demandis la ĝendarmo.

– Aŭ eble via edzo estas hebreo? Unu el vi ja devas esti! Ĉi tiu estas oficiala dokumento. Eble vi ne scias ke vi estas hebreoj.

– Ĉu vi 'stas ebria? – ekkriis Aristiţa kvazaŭ bruligita. – Ĉu mi ne scias antaŭ kiu ikono mi adorkliniĝas?

– Ne temas pri ikonoj, – diris la ĝendarmo. – Oni povas esti ankaŭ kristana hebreo. Temas pri la sango!

– Mia sango kaj tiu de mia edzo estas kristanaj! Paganoj estas tiuj kiuj forprenis mian filon kaj turmentas lin en malliberejoj!

– Ĉu vi certas ke via edzo estas kristano? – demandis inside la ĝendarmestro. – Dum tiom da jaroj kune, vi povis rimarki ion. Ĉe viroj estas pli facile pruvi ol ĉe virinoj! Aŭ, eble, vi ne detale konas lin?

– Ĉu vi diras ke mi ne scias apud kiu mi dormis tridek jarojn? – kriis Aristiţa. – Eĉ putino scias, kia viro eniras ŝian kuŝejon, kaj vi diras ke mi dormis apud mia edzo dum tridek jaroj sen koni lin? Ĉu la instanco scias pli bone, kiu estas mia edzo? Ĉu la instanco kaj vi, kompatinda ĝendarmaĉo, pridubas la frukton de mia ventro kaj kion mi nutris propramame?

La rigardo de Aristiţa fiksiĝis sur la inkujon sur la skribotablo. Ŝi vidis ruĝe. La inkujo kiun ŝi pretus preni kaj rompi kontraŭ la kapo de la ĝendarmo estis ruĝa. La muroj estis ruĝaj. Ankaŭ la ĝendarmo estis ruĝa. La ĝendarmestro sentis ke ŝi rigardas la metalan inkujon kaj movis ĝin de la tablorando al si. La fingroj de Aristiţa premis la ŝtofon de la robo kun la sama kolero kun kiu ŝi volus premi la gorĝon de la instanco. Kiam la inkujo malaperis de antaŭ ŝi, ŝi sentis ke oni forprenis de ŝi la lastan haveblan armilon.

Aristiţa grincigis la dentojn. Poste, ambaŭmane ŝi levis la baskon de la jupoj super la kapon. La longaj, krispaj jupoj de Aristiţa sorŝvebis, kvazaŭ blovite de ventego, ĝis super ŝia kapo. Ankaŭ la bluzo leviĝis. Ŝia velkinta olivkolora korpo restis malkovrita. La mamoj pendis kiel du malplenaj nigriĝintaj sakoj. Dum momento la ĝendarmestro vidis la intimaĵojn de Aristiţa, kaj de antaŭe kaj de malantaŭe, kaj fermis la okulojn. La pordo de la oficejo brufrapiĝis furioze. La muroj tremis. De la plafono falis grandaj, blankaj kalkotavoloj. Aristiţa eliris. En la oreloj de la ĝendarmestro ŝia voĉo eĥiĝis kiel raŭka hupo:

– Jen mia respondo! Leku ĝin laŭvice, vi kaj la instanco.

88

Alveninte hejmen Aristiţa ĵetis la ŝalon ĉirkaŭ la ŝultroj kaj sidiĝis antaŭ la fajron. Ŝi metis pli da ligno sur la braĝon kaj rigardis kiel altiĝas la longaj, ruĝaj flamoj. Larmoj fluis el ŝiaj okuloj. "Al mia edzo mi ne diros", pensis ŝi. "Li estas malsana kaj mi ne ĉagrenu lin!"

Aristiţa turnis la kapon. La maljunulo kuŝis kun la vizaĝo supren. Ŝi rigardis lin inter la larmoj pensante pri Ion, kiun la instanco kaj la ĝendarmoj turmentas de kvin jaroj en malliberejoj, ĉar ili kredas lin hebreo. Se li vere estus hebreo, li ne estus malliberigita. Sed Ion estas dupo kaj fidas iun ajn. Se oni batis lin por konfesi ke li estas hebreo, li konfesis. Kaj la instanco kredis.

Aristiţa sidis kun la kapo inter la manoj kaj ploris. Poste ŝi ne plu eltenis. Ŝi devis diri al la edzo ke la foto de ilia filo estas printita sur verdaj afiŝoj, kiel tiuj kiujn oni disdonas antaŭ balotoj, kaj estas gluita sur la pordo de la ĝendarmejo. "Al li mi ne diros ke Ion estas maldika kiel hundaĉo. Tio estus tro doloriga. Sed mi diros kion la ĝendarmo diris, ke Ion estas hebreo!"

– Iancu! – kriis Aristiţa. – Vekiĝu, ĉar vi ne povos dormi dum la nokto se vi dormas nun!

La maljunulo ne respondis. "Li neniam respondas, kiam mi vekas lin. Sed li ne dormas. Li nur kuŝas kun la okuloj fermitaj kaj aŭdas ĉion. Li estas tro pigra por respondi."

– Iancu! – diris ŝi pli laŭte. – La ĝendarmestro diris al mi ke vi estas hebreo. Kion vi opinias pri tiu impertinentaĵo? Sed sciu ke mi respondis al li kiel decas!

Al Aristiţa ŝajnis ke la viro ridetas. Ili multe disputis en la tridek jaroj da geedzeco, sed ŝi ĉiam amis lin. Ŝi skoldis lin nur ĉar li estis tro malvigla kaj tro bonkora. Ĉiuj trompis lin. Tamen ŝi amis lin. Precipe nun Aristiţa amas sian edzon plej varmkore.

– Iancu, se ĝis morgaŭ vi ne resaniĝos, mi iros al la urbo por venigi kuraciston por ekzameni vin! – diris ŝi. – Mi vendos la porkidon kaj pagos la kuraciston. Post via resaniĝo, ni aĉetu alian. Vi devas resaniĝi, kara!

Ankaŭ nun la maljunulo ne respondis.

– Iancu, malfermu la okulojn: mi volas doni al vi cigaredon, – diris ŝi. – Mi havas por vi unu kaŝitan.

Ŝi stariĝis kaj prenis de sur plafontrabo la cigaredon, kiun ŝi kaŝis tien por li.

– Ĉu vi havas alumetojn apude? – demandis ŝi proksimiĝante kun la cigaredo por meti ĝin inter la lipojn de la edzo, kiel foje ŝi faris matene, kiam ili estis enamiĝintaj.

Ŝi sciis ke li ne malfermas la okulojn kaj nur pintigas la lipojn kiam li sentas la cigaredon ĉe la buŝo.

Nun la ŝvelintaj lipoj de la maljunulo restis senmovaj. Eĉ kiam Aristiţa tuŝis ilin per la cigaredo.

– Kio okazas al vi, Iancu? – demandis la virino skuante lian ŝultron.

Ŝia mano sentis tra la ĉemizo la malvarman haŭton de la viro. Ŝi palpis lian frunton. Ĝi estis glacimalvarma. La maljunulo estis mortinta.

Aristiţa komencis krii. Poste ŝi volis eliri el la domo, sed revenis apud la mortinon. Per la alumeto kiun ŝi havis en la mano kaj per kiu ŝi volis ekbruligi lian cigaredon, ŝi ekbruligis kandelon liakape. Ŝi ploris laŭte, kun singultoj – ŝi sciis ke neniu aŭdas ŝin plori.

89

Aristiţa ploris ĝis ŝi raŭkiĝis. Nun ŝi ploretis flustre. Ankaŭ ŝiaj lipoj laciĝis. Ŝi daŭre ploris senvoĉe ĉe la kapo de la mortinto. Ŝi ploris nur enpense. Ŝia doloro estis same granda. Ĝi nun estis muta kaj la larmoj elĉerpiĝis.

Poste ankaŭ la penso laciĝis. La plorado ĉesis. Tiumomente Aristiţa konsciis sin sola. Dum ŝi ploris, iu kvazaŭ apudestis. Ŝi emus komenci denove, sed ŝi ne plu povis plori. Ŝi stariĝis kaj aldonis lignon al la fajro. En la ĉambro estis mallume. Aristiţa ekbruligis la lampon, mirante ke ĝis tiam ŝi ne rimarkis ke noktiĝis.

Ŝi surfajrigis akvon por la vespermanĝo, kiel en ĉiu vespero. Poste ŝi kovris la fenestrojn per la kurtenoj. Fininte ĉion ĉi ŝi sentis sin eĉ pli sola. Ŝi havis kapturniĝon. Ŝi estis elĉerpita.

Ŝi rigardis la vizaĝon de la mortinto. Aristiţa ne timis mortintojn. Tiunokte ŝi estis dormonta sola, en la sama ĉambro kun la mortinto. Ankaŭ en la sekvaj tri noktoj, ĝis lia enteriĝo, ŝi dormos kaj restos sola kun la mortinto.

Aristiţa memoris la vortojn de la ĝendarmo: "Eble via edzo estas hebreo!"

Ŝi restis meze de la ĉambro, kun la manoj krucitaj sur la brusto, ne sciante pri kio ekokupiĝi. La akvo bolis, sed ŝi ne estis malsata. La lito estis apude, preta, kaj ŝi povus kuŝiĝi. Sed ŝi ne estis dormema. Tamen ŝi devis fari ion. Ŝiaj cerbo kaj korpo estis renversitaj kaj turmentataj de doloro. Ili ne povis kvietiĝi: ili bezonis iun agadon. Aldone estis la soleco. Aristiţa pensis denove pri la vortoj de la ĝendarmo.

Ŝi kovris pli bone la fenestrojn per la kurtenoj. Poste ŝi proksimiĝis al la lito sur kiu kuŝis la mortinto. Estis kvazaŭ la ĝendarmo estas apud ŝi kaj flustras al ŝi: "Eble via edzo estas hebreo!" Aristiţa rigardis la vizaĝon de la mortinto. Ŝi flankentiris la kovrilon: lia korpo estis ŝvelinta. Aristiţa rigardis liajn ĉemizon kaj dikan kalsonon, kiujn ŝi tiom ofte lavis kaj flikis propramane. Ŝi malligis la kalsonan zonon kaj tiris la kalsonon ĝis la genuoj. La haŭto de la mortinto estis livida.

– Kial mi hontus? – diris Aristiţa. – Li ja estas mia edzo!

Ŝi memoris pri la tempo kiam ili estis junaj kaj ŝi vidis lian nudan korpon apud si. Nun la korpo de la maljunulo estis livida. Preskaŭ blua. "Eble via edzo estas hebreo!" Ŝi tuŝis perfingre liajn viraĵojn. Ankaŭ ili estis lividaj, same kiel la nazo kaj la lipoj. Kaj ankaŭ malvarmaj. La manoj de Aristiţa retiriĝis. Ŝi skuiĝis kaj, haste, religis la zonon de lia kalsono. Ŝi rekovris lin per la kovrilo. Poste ŝi stariĝis kaj krucosignis.

– Dankon, Dio, ke vi haltigis min ĝustatempe! – diris ŝi.

Ŝi krucosignis denove.

– Se mi estus rigardinta, mi irus en la inferon. Mi estus farinta grandan pekon! Sed mi ne rigardis. Mi vidis nenion. Mi eĉ ne volas vidi kaj scii, ĉu li estas hebreo. Mi ne volas!

Aristiţa turniĝis al la mortinto:

– Pardonu min, Iancu! – diris ŝi plorante. – Mi ĵuras ke mi vidis nenion. Mi eĉ ne volis vidi. Mi neniam estis tiel pekema! Vi, ja, konas min! La ĝendarmo kaj la instanco – la fajro de la infero bruligu ilin ambaŭ! – enkapigis al mi la pekopenson.

90

La soldato Johann Moritz iras laŭ la stratoj de la urbo eskortante kvin prizonulojn. Estas la sepa horo matene. Kiam li pasis antaŭ sia domo, Hilda venis ĉe la fenestro kaj mansignis al li. Ŝi havis en la brakoj ilian filon, Franz. Moritz aŭdis ŝin:

– Tiu estas via patro! Rigardu: li havas fusilon kaj kaskon!

Franz estas nur trimonata kaj ne vidas ke Moritz havas fusilon kaj eskortas prizonulojn en la urbo. Sed Hilda montras al li ĉiumatene tiun bildon, por ke li fieru. Ŝi ja fieras.

La ceteron de la vojo Johann Moritz pensis pri la filo kaj Hilda. Elirinte el la urbo, la prizonuloj pasis tra herbejo. Moritz sekvis ilin silenta, kun la fusilo surŝultre. Poste ili eniris grupe sub ponton. Tie estas la konstruejo, kie ili laboris ĉiutage.

Kiam ili alvenis ĉe la seka fluejo sub la ponto, la prizonuloj turnis sin al la soldato, ridante brue. Tie neniu vidis ilin.

– *Salve, sclave!* Kiel vi dormis? – demandis unu el la prizonuloj, amike manpremante al Moritz.

Estis Joseph.

– *Salve, sclave!* – respondis Moritz kaj manpremis al ĉiuj aliaj.

Poste li apogis la pafilon kontraŭ ŝtonegon, malbutonis la mantelon kaj prenis el la poŝoj kvin cigaredpaketojn.

– Mi ankoraŭ ŝuldas al vi dek kvin markojn, – diris Moritz donante la cigaredojn al Joseph. – Sapon mi ne sukcesis aĉeti. Eble morgaŭ.

El la ŝultroteko pendanta sur lia dorso li prenis ankaŭ panon kaj donis ĝin al Joseph. La prizonuloj sidiĝis surgrunden kaj komencis fumi. Ankaŭ Moritz ekbruligis cigaredon.

En ĉiu mateno, de kiam ili laboras ĉe la riparado de la ponto, ili ripozas kaj ridas kune kun Moritz. Poste ili laboras ĝis la tagmezo. Por la prizonuloj kaj por Moritz tiu ĉi estas la plej bela horo de la tago. Nun li disdonas al ili la leterojn kiujn li ricevas el Francio ĉe sia adreso, la cigaredojn, panon kaj varojn, kiujn li aĉetas en la urbo por ili.

Foje ankaŭ Moritz helpas ilin en la laboro. Li kaŝfaras tion, por ke oni ne vidu lin, sed plezure li faras tion. Ili ne permesas al li. Tamen li kompatas ilin. Ĉiuj kvin estas intelektuloj kaj mallertas. Li prenas la pioĉon kaj montras al ili. Liaj manoj faras pli bonan laboron. Li estas kutimiĝinta al tia laboro.

– Jean, hodiaŭ mi volas diskuti kun vi ion tre gravan! – diris Joseph.

La aliaj kvar stariĝis kaj eklaboris. Aŭdiĝis iliaj fosiloj frapi la ŝtonon.

– Ni eskapos, – diris Joseph, post kiam li restis nur kun Moritz. – Ne hodiaŭ, sed en unu el ĉi tagoj ni eskapos.

Moritz rigardis la francon: li supozis lin ŝerci. Sed Joseph ne ŝercis.

– Kion malbonan mi faris al vi kaj la aliaj por ke vi eskapu? Ĉu vi volas sendigi min en malliberejon por la cetero de la vivo?

Moritz plu regis sian koleron.

– Vi scias ke mi ne havas la koron pafi vin, se vi provas eskapi. Mi ne povas! Kaj se mi ne pafas, mi iros en malliberejon. Mi esperas ke, tamen, vi ŝercis!

– Mi ne ŝercis, – respondis Joseph. – Ni devas eskapi. Sed vi ne iros en la malliberejon.

Moritz ne plu volis aŭskulti.

– Mi petos ĉe la kompanio anstataŭigi min! – diris li. – Ekde morgaŭ mi ne plu venos kun vi ĉi tien. Ĉar vi volas eskapi. Mi volas nek pafi vin, nek eniri malliberejon. Mi pafis neniun! Kaj en malliberejoj mi restis sufiĉe dum mia vivo! Ekde morgaŭ mi ne plu venos kun vi! Kiam mi ne plu ĉeestos, vi eskapu! Tio koncernas nur vin.

– Kial vi ne permesas al mi diri nian planon? – demandis Joseph. – Vi devas eskapi kun ni.

– Mi ne havas kialon eskapi, – diris Moritz malĝentile. – Mi havas edzinon kaj infanon. Mi ne estas malliberigita. Se mi ja estus malliberigita, mi eskapus!

– Ankaŭ vi estas malliberigita, Jean! – diris Joseph. – La diferenco estas ke vi havas fusilon sur la ŝultro kaj ni ne havas. Sed, alie, ni ĉiuj estas samaj. Vi devas eskapi kune kun ni!

– Ekde morgaŭ mi ne venos kun vi! – respondis Moritz, ekbruligante cigaredon.

Nun li estis nigra pro kolero.

– Ni volas nur vian bonon, kara Jean! – diris Joseph. – Vi scias ke la milito baldaŭ finiĝos. La aliancanoj antaŭeniras. Ĉu vi konscias ke se ili trovos vin en SS-uniformo, tio ne estos bona por vi? Ili malliberigos vin por dek aŭ dudek jaroj!

– Ne provu trompi min! – diris Moritz. – Se la aliancanoj venos, ili ne havos kialon por malliberigi min. Mi faris nenion malbonan. Ankaŭ radie oni diras ke la aliancanoj estas homoj bonaj!

– Vi estas ilia malamiko, Jean. La malamiko de Francio, mia patrio, kaj de ĉiuj alianciĝintaj nacioj!

– Mi, malamiko de Francio? – demandis Moritz kolere. – Pro tio mi aĉetas por vi panon kaj cigaredojn, kaj plenumas ĉion kion vi petas?

Moritz ĵetis la cigaredon kaj ekbruligis novan por trankviliĝi farante ion per la manoj.

– Mi ne sciis ke vi konsideras min via malamiko. Mi konsideris min via amiko!

– Vi estas amiko de la germanoj kaj luktas por ili! – diris Joseph. – Vi estas soldato de Hitler. Vi ne rajtas forgesi tion!

– Ĉu, kiam mi havas botelon, mi trinkas ĝin kun la germanoj, en la kazerno, aŭ kun vi, ĉi tie sub la ponto? – demandis Moritz furioze. – Respondu, Joseph: kun kiu mi fumas la tabakon, kiun mi havas? Kun kiu mi babilas kaj al kiu mi diras miajn ĉagrenojn?

Mi neniam diras ilin al la germanoj, en la kazerno. Tion mi diris nur al vi. Ĉar mi estas via amiko. Sed vi diras ke mi estas via malamiko. Vi diras ke mi estas amiko de la germanoj. Ĉu vi iam vidis min esti inter la germanoj kiel ilia amiko? Mi estis nur via amiko!

La manoj de Moritz tremis levante la cigaredon al la buŝo.

– Vi diras ke la aliancanoj sendos min en malliberejon por dudek jaroj. Ĉu eble la francoj mem faros tion?

– Prave! – diris Jospeh. – Se la francaj trupoj alvenos ĉi tien, ili arestos vin!

– Se tiel estas, tiam signifas ke la justeco plene mortis! Kaj mi ne bedaŭros, eĉ se oni mortpafos min! Kial vivi kiam ne plu estas justeco en la mondo? Se vi kaj la ceteraj diras ke mi estis kaj estas via malamiko? Ekde morgaŭ mi ne plu venos al la ponto. Se vi volas eskapi, eskapu – tio koncernas nur vin. Mi ne enmiksiĝos. Mi ne malhelpos vin. Se mi iel povas helpi vin, sen eniri malliberejon, mi helpos. Estas bona faro helpi prizonulon kiu volas eskapi. Tion mi faros. Sed mi ne eskapos kun vi, nek volas eniri pro vi malliberejon por la cetero de la vivo.

– Ne tiel statas la afero, – diris Joseph. – Ni volas savi ankaŭ vin. Tio estas amikeco. Ni volas preni vin kun ni, en Francion!

– Mi havas edzinon kaj infanon! – diris Moritz. – Mi ne povas veni kun vi.

– Ene de kelkaj monatoj la aliancanoj alvenos ĉi tien. Tiam ni prenos viajn edzinon kaj infanon kaj portos ilin en Francion. Mi havas bienon apud Parizo. Vi restos en la bieno. Vi estas kamparano, vi prizorgos ĝin. Vi ŝparos monon kaj aĉetos grundon kaj domon. Francio estas bela, kaj la homoj estas bonaj – vi mem vidos. Kion vi volas fari ĉi tie, en Germanio, post la fino de la milito? Ni eskapu kune!

– Mi ne eskapos! – diris Moritz.

– Al via edzino ni lasos monon, por ke ŝi havu per kio vivi ĝis ni venos por porti ŝin en Francion, – diris Joseph. – Ni eĉ jam kolektis monon por ŝi: kvin mil. Post kelkaj monatoj ni revenos por forpreni ŝin. Francio estos dankema al vi, se vi nun savas kvin francajn prizonulojn. Kion vi diras pri ĉio ĉi?

Johann Moritz diris nenion. La tutan tagon li pensis pri la bieno en Francio. Li provis imagi la grundon kiun li aĉetos tie, la domon kiun li konstruos kaj la vivon tie kun Hilda kaj Franz. "Mi havos pliajn infanojn!" pensis li. "Mi volas havi filinon, kiu nomiĝu Aristiţa, kiel mia patrino." Moritz ridetis al sia nova vivo. Poste li malheliĝis kaj diris:

– Mi ne eskapos!

91

Hilda bonvenigis Moritz'on ĉe la sojlo. Ŝi estis vestita por iri al la kinejo. Moritz ne scias kiun filmon li vidis – liaj pensoj estis aliloke. Li memoras nur pri *Wochenschau*[44]. Ĝi montris la batalojn sur la fronto. Frakasitajn tankojn, bruligitajn domojn, mortintajn homojn. La fronto estis nun ĉe la landlimo de Germanio. Kiam ili eliris el la kinejo, Johann Moritz silentis. Ŝi rimarkis ke li estas malgaja kaj demandis, ĉu li malsanas. Moritz ne estis parolema.

Antaŭ la enlitiĝo li rigadis la infanon en la lulilo. Poste li enlitiĝis, sed ne povis endormiĝi.

– Hilda, se Germanio perdos la militon, kion ni faros? – demandis li.

– Germanio ne perdos la militon! – respondis Hilda.

Moritz pensis pri la bataloj sur la fronto, kiujn li vidis en la kinejo, pri la mapo, pri Joseph, pri la infano en la lulilo, kaj diris:

– Hilda, mi scias ke Germanio ne perdas la militon. Sed, se ĝi tamen perdos ĝin, kion ni faros? Min oni kaptos kaj enprizonigos. Per kio vivos vi kaj Franz?

– Ni aŭ venkos aŭ mortos ĝis la lasta! – diris Hilda. – Neniu vera germano akceptos vivi en okupita Germanio.

– Kaj se ni ne mortas? – demandis denove Johann Moritz.

– Ni mortos luktante, – respondis Hilda. – Tiu kiu ne pereos en la batalo, kiam ĉio estas perdita, sinmortigos!

– Tio okazos kun la viroj, – diris Moritz. – Sed kion faros la virinoj?

44 Semajna filmraporto en kinejoj pri novaĵoj, montrata antaŭ la ĉefa filmo. (ger.)

– Ankaŭ la virinoj same faros! – diris Hilda. – Mi estos la unua kiu mortigos sin, kune kun mia infano, se ni malgajnos la militon. Eĉ ne unu horon mi postvivos la malvenkon. Sed Germanio ne malgajnos la militon! Certe ĝi ne malgajnos ĝin! Kiel vi pensas ke ni povus malgajni? Nun, bonan nokton!

Hilda kovris la kapon per la litkovrilo.

Johann Moritz pensis pri Hilda kaj Franz. Li kvazaŭ vidis ilin morti. Nokte li sonĝis ke la aliancanoj eniris Germanion kaj estas antaŭ lia domo, kun la tankoj. Li sonĝis ke Hilda prenas lian pafilon kaj mortpafas Franz'on kaj poste sin. Moritz vekiĝis plenkovrita de ŝvito kaj krianta.

Tra la fenestro vidiĝis la lumo. Jam tagiĝis. Hilda ankoraŭ dormis. Moritz ellitiĝis kviete por ne veki ŝin, kaj iris al la kazerno. Li ne petis anstataŭigon kiel li intencis la antaŭan tagon.

– *Salve, sclave!* Kiel vi dormis ĉi-nokte?

Johann Moritz ankoraŭ memoris la sonĝojn kun la mortpafo de la filo kaj la sinmortigo de Hilda.

– Joseph, – diris li, – ĉu vi ĵuras ke vi venigos miajn edzinon kaj infanon en Francion, se la germanoj malgajnos la militon?

– Tuj post kiam la alianciĝintaj trupoj alvenos ĉi tien, ni prenos kaj portos ilin al Parizo. Ni ĵuras ke ni faros tion!

Johann Moritz flankenmetis la fusilon kaj rakontis al la francoj la diskuton, kiun li havis kun Hilda, reveninte el la kinejo.

– Kaj se vi alvenos tro malfrue, post kiam ŝi mortpafis la infanon kaj sinmortigis?

La francoj promesis ke ili venos kun la unua kolono da aliancanoj. La okuloj de Moritz malsekiĝis.

– Se vi promesas fari tion, tiam mi venos kun vi! – diris li. – Kiam ni eskapu?

– Morgaŭ matene, – diris Joseph, – ni venos, kiel kutime, al la laboro sed ne revenos en la koncentrejon. Sciu ke vi plenumas imponan faron por Francio! Francio estos al vi dankema!

– Mi faras nenion por Francio! – respondis Moritz. – Mi konas Hilda'n: ŝi tenos la promeson. Se mi ne malhelpos, ŝi mortigos sin kun la infano en la brakoj. Ambaŭ mortos! Hilda havas ŝtonan koron!

– Kaj samtempe vi helpas Francion! – insistis Joseph.

– Kial vi diras ke vi scias pli bone ol mi, kion mi havas en la animo? – diris Moritz. – Kial vi kredas ke mi eskapos por Francio? Vi estas homo edukita kaj devus kompreni! Mi eĉ ne scias, kia estas via Francio. Kion mi havas kun ĝi? Mi scias miajn edzinon kaj infanon en danĝero. Por ili mi eskapos kun vi.

92

La letero de Traian Korugă al sia patro:

Paĉjo, mi leteras al vi per la diplomata kuriero de la Ministerio pri eksteraj aferoj kaj petas vin respondi al mi sen ajna minuto da prokrasto. Mi sentas soni en mi ĉiujn alarmsonorilojn: mi timas ke io okazis al vi. Eble vi ridas pri mia paniko, kiun vi povas nomi histerio, se vi volas. Sed mi petegas vin respondi tuj! Mi volas ekscii, ĉu vi ankoraŭ vivas!

Mia romano kreskadas. Mi atingis la kvaran ĉapitron: la tria horo post la morto de la kunikloj. La teknikaj sklavoj nun ĉie sur la tero disrompas la olekandelojn kaj estingas la lanternojn. La homoj vagadas en mallumo najbara al la nokto…

Ni brakumas vin kaj panjon. Traian kaj Nora.
Ragusa, Dalmatio, 20 aŭgusto 1944

LIBRO KVAR

93

La popo Korugă respondis tuj al Traian, sciigante lin ke li kaj la popedzino estas en plena sano kaj ke en Fântâna ĉio estas tia, kia li ĝin lasis. Nur Johann Moritz mankas kaj daŭre oni scias nenion pri li. Dum la maljunulo relegis la leteron, en la korton aperis la prokuroro George Damian. Li venis por pasigi du tagojn kun la popo en la ruro; li vizitvenis preskaŭ ĉiusemajne. Ili kune iris por porti la leteron al la poŝtoficejo.

– Jen, kiel maltrankvila estas Traian! – diris la popo montrante survoje la leteron el Ragusa.

Damian legis ĝin kaj ridetis.

– Traian estas poeto. Li troigas! – diris li. – Krome, mi supozas ke li estas ellaciĝinta.

En la korto de la vilaĝdomo estis multe da homoj. La kaleŝo de la poŝtisto ankoraŭ ne foriris. La maljunulo volis doni la leteron, sed la poŝtisto rifuzis ĝin:

– Ni ne plu akceptas leterojn por eksterlando. Hodiaŭ, je la sesa posttagmeze, Rumanio kapitulacis. La lando estas okupita de la rusoj. La reĝo parolis radie.

La popo Korugă metis la leteron en la poŝon.

94

Vespere, la vilaĝanoj kolektiĝis en la korton de la popo Alexandru Korugă. Ili venis por peti konsilojn. La rusoj jam eniris la apudan urbon. La urbanoj fuĝis al la vilaĝoj. Oni rakontis teruraĵojn. Virinoj estis perfortitaj kaj pendumitaj. Homoj estis mortpafitaj en la stratoj.

La popo Alexandru Korugă aperis sur la portikon. Premite de zorgoj, la vilaĝanoj havis malhelajn vizaĝojn.

– Kape de la lando ni havas alian regadon, – diris la popo, – malpli bonan ol la antaŭan, ĉar ĝi estas fremda regado! Sed la veraj kristanoj scias ke ĉiuj regadoj estas duraj. La perfekta regado estas en la ĉielo.

– Ĉu ni rifuĝu en la arbarojn kaj daŭrigu batali kontraŭ la invadinto? – demandis juna vilaĝano. – Kion vi konsilas al ni fari?

– La eklezio ne konsilas la kristanojn lukti por konkeri la potencon en ĉi tiu mondo.

– Ĉu la eklezio konsilas ke ni proponu la manojn por ke oni katenu ilin? – demandis la vilaĝano. – Ĉu la eklezio volas ke ni restu kun la manoj ĉesine kaj rigardu kiel niaj edzinoj estas perfortataj kaj niaj domoj bruligataj? Ni kredas ke la eklezio ne rajtas postuli de ni tion! Kaj, se ĝi tion postulas, tiam ni ne estas kun la eklezio!

La junaj vilaĝanoj aprobis. La popo Korugă restis trankvila.

– Jesuo Kristo instruas la kristanojn submetiĝi al la ekzistanta regado. Vi respondos ke la nova regado en la Rumana Lando estas regado kruela, pagana kaj fremda. Sed ankaŭ la regado en la lando kie naskiĝis kaj vivis la Filo de Dio estis fremda, kruela kaj pagana. Pensu pri la miloj da infanoj buĉitaj en Judeo, laŭ la ordono de reĝo Herodo, post la naskiĝo de Jesuo Kristo. La regado ja estis kruela. Eble same kruela kiel la komunisma regado. Sed Jesuo ne ribelis kontraŭ ĝi, nek instigis la kristanojn ribeli. Li diris: "Donu al Cezaro la propraĵon de Cezaro kaj al Dio la propraĵon de Dio, kaj penu akiri la ĉielan regon!"

– Ĉu via moŝto preĝos en la preĝejo por Stalin? – demandis la unua vilaĝano. – Se vi preĝas por Stalin, tio signifas ke vi preĝas por la Antikristo. Kaj ni ne plu vizitos la preĝejon!

– Se la regantoj de la lando ordonos ke mi preĝu por Stalin, same kiel mi ĝis nun faris por la reĝo, mi obeos. Stalin estas ateisto kaj pagano. Sed ankaŭ la ateistoj estas homoj. Kaj iliaj animoj estas ŝarĝitaj de pekoj, ĉar ili devojiĝis de la Jesua kredo. La popo estas devigata preĝi por la redempto de ĉiuj homoj kaj, precipe, por la animoj de la pekantoj!

– Nu, preĝu por Stalin, sed ni ne plu venos al la preĝejo! – diris la juna vilaĝano, kiu nomiĝis Vasile Apostol. Poste li demandis malamike:

– Kaj se ni fuĝas en la arbarojn kaj montojn por lukti kontraŭ la bolŝevistoj, por libero kaj homeco, ĉu via moŝto preĝos por ni dimanĉe en la preĝejo?

– La popo preĝos por tiuj kiuj luktas en la arbaroj kaj montoj, ne nur dimanĉe, sed ĉiutage, du fojojn, ĉar la vivo de la luktantoj estas ĉiam en pli granda danĝero, kaj ili bezonas la preĝojn de la popoj kaj la kompaton de la Dipatrino.

La amaso iĝis silenta.

– Se vi preĝas por ni, vi estos pafita, – diris Vasile Apostol.

– Tio ne estas kialo por ĉesi preĝi por vi. La morto ne timigas la kristanojn!

– Ni fuĝas en la arbaron, – diris Apostol. – Antaŭ nia foriro, mi petas vin beni kaj komunii nin ĉiujn! Oni ne scias, ĉu ni iam revenos… Ni foriras por batali por la kruco kaj la eklezio!

– Se vi volas batali por la kruco kaj la eklezio per la sabro, tiam vi faras grandan pekon! – diris la popo. – Prefere restu ĉi tie. Ne per armilo oni defendas la eklezion kaj la kredon!

– Ni batalos por Rumanio, kiu estas kristana lando! – diris Vasile Apostol.

Li dividis la vilaĝanojn en grupojn. Ĉiaj homoj decidis fuĝi en la arbaron. La plej bonaj en la vilaĝo. Inter ili ankaŭ virinoj kaj lernejaĝaj knaboj. Ĉiuj genuis sur la herbo, en la korto de la popo Korugă. El la portiko li legis preĝon kaj poste benis ĉiun aparte.

– Bonvolu beni ankaŭ min, – diris la prokuroro George Damian, genuante antaŭ la popo Korugă. – Ankaŭ mi volas fuĝi en la arbaron kun ili, por batali por la libero kaj digno de la homoj!

– La eklezio benas ĉiujn, kiuj tion petas, – respondis la popo.

– Ĉu la eklezio benas ankaŭ tiujn, kiuj foriras por fari malbonan agon? – demandis la prokuroro. – Ĉu vi certas ke nia faro estas bona?

– Amu kaj faru ĉion kion vi volas! – diris la popo. – Se via faro, George, naskiĝas el vera amo, ne timu pekon! Vi estas sur la ĝusta vojo.

La prokuroro kisis la manon de la popo Alexandru Korugă, same kiel faris la vilaĝanoj, kaj eliris el la korto kune kun la grupoj forirantaj al la arbaro.

En la domo, la popedzino Corina Korugă ploris.

95

Pasis du horoj ekde la foriro de la vilaĝanoj kaj la prokuroro. La popo provis legi por kvietigi sian animon, sed en la bibliotekon eniris, sen frapi sur la pordon, du kamparanoj el alia vilaĝo, kun trikoloraj banderoloj ĉirkaŭ la brako.

– Ŝajnas ke oni alvokas min al la vilaĝdomo, – diris la popo laŭtvoĉe por ke la edzino en la apuda cambro aŭdu lin kaj ne timu pro lia foriro.

– Ni havas ordonon porti vin al la Popola tribunalo! – diris unu el la kamparanoj laŭtvoĉe, provante soni solena.

La popo rigardis la ĉambron kie li sciis ke estas la edzino. "Eble ŝi ne aŭdis. Pli bone se ŝi ne aŭdis!" pensis li. Poste li metis la libron sur la fotelon kaj eliris.

Antaŭ ol forlasi la korton, li ĵetis rigardon malantaŭen. Adiaŭan rigardon. La du kamparanoj eskortis lin ambaŭflanke. Li eliris rektadorsa el la korto. Li ne paŝis kiel la prizonuloj. Li kvazaŭ tuŝis la ĉielon per la frunto. Tiel li marŝis de la domo, laŭ la vilaĝa ĉefstrato, al la vilaĝdomo.

96

La Popola tribunalo estis estrata de Marcu Goldenberg, kiu sidis sur la seĝo de la vilaĝestro, en la granda salono de la vilaĝdomo.

La kapo de Marcu Goldenberg estas razita, kiel estas la kapo de bagnuloj. La rusoj liberigis lin, antaŭ nur kelkaj tagoj, el la bagno, kie li estis malliberigita pro la murdo de Lengyel.

Dekstre de li, ĉe la vilaĝestra tablo, sidis Aristița, la patrino de Johann Moritz. Ŝi estis elektita juĝisto, ĉar la plej malriĉa "civitano" en Fântâna. Dekstre de Marcu sidas Ion Călugăru. Antaŭ dek kvin jaroj li murdis ĝendarmon frakasante lian kapon per fosilo. Pro tio li estis elektita juĝisto.

Enirante, la popo Korugă salutis ilin. Marcu Goldenberg rigardis lin fikse sed ne respondis. Aristița kaj Ion Călugăru ekrigardis planken, ŝajnigante ne vidi lin. Antaŭ li aliaj estis juĝitaj. Nun la salono de la vilaĝdomo estis malplena. Restis nur la juĝistoj kaj la du kamparanoj kun trikoloraj banderoloj. Marcu Goldenberg demandis la popon, kiel li nomiĝas, kiom aĝa li estas kaj kiu estas lia metio.

– Popo ne estas metio, – diris Goldenberg. – Botisto faras botojn. Tajloro faras vestaĵojn. Ĉiu laboristo produktas ion. Kion produktas popo?

Aristița kaj Călugăru daŭre rigardis malsupren. La kamparanoj kun banderoloj ridis malantaŭ la popo.

– Vi ne havas metion, – diris Goldenberg. – Estas krimo ne esti lerninta ajnan metion en via aĝo! Vi parazitis la laboristojn!

La vangoj de Marcu Goldenberg estis citronflavaj. Liaj lipoj estis maldikaj kaj lividaj. La popo memoris ke ankaŭ la lipoj de la maljuna Goldenberg, la patro de Marcu, estis maldikaj. Sed ili ridetis. La lipoj de Marcu estis kuntiritaj.

– Ĉu vi scias, kial vi estis alvokita antaŭ la Popolan tribunalon? – demandis Marcu Goldenberg.

– Ne! – respondis la popo.

– Tipa respondo de reakciuloj! – kriis Marcu furioze. – La reakciulo ĉiam deklaras ne scii kial li estas prijuĝata. Ĉu vi rekonas ke vi organizis la bandojn de faŝistoj, kiuj iris en la arbaron?

– Mi ne organizis bandojn! – diris la popo. – Mi rekonas ke mi preĝis en la korto de mia domo por la vilaĝaj junuloj, kiuj petis min preĝi por ili al Jesuo Kristo.

– Ĉu vi ne sciis ke ili estas bando da faŝistoj? – demandis Marcu. – Kial vi preĝis por ili, se vi ne estas la spirita patro de la bandoj?

– Mi scias nur ke la junuloj por kiuj mi preĝis, estis dubemaj, – diris la popo. – Ili bezonis la helpon de la Dipatrino. Kaj mi preĝis al ŝi lumigi al ili la vojon per la lumo de la vero kaj justo.

– La Popola tribunalo kondamnas vin al morto per pendumo! – diris Marcu Goldenberg. – Vi estas akuzita pri armita ribelo kontraŭ la publika ordo.

Timigite Aristiţa kaj Ion Călugăru levis la okulojn kaj rigardis Marcu'n. Tiu ĉi skribis kaj ne rimarkis ilin. Aristiţa kaj Ion Călugăru turnis la rigardon al la popo. La maljuna Korugă ridetis al ili milde.

– La ekzekuto okazos morgaŭ je la tagiĝo! – aldonis Marcu. – La kunsido de la Popola tribunalo estas finita!

97

La du kamparanoj kun banderolo prenis la popon Korugă kaj enfermis lin en stalo de la vilaĝdomo. Enfermitaj tie estis ankaŭ la prokuroro George Damian, kaptita antaŭ ol alveni en la arbaro, Nicolae Dobrescu, la ĝendarmestro en Fântâna, Vasile Apostol kaj pliaj ok prosperaj kamparanoj el la vilaĝo. Ĉiuj estis kondamnitaj al morto per pendumo kaj estis ekzekutendaj sekvatage, antaŭ la sunleviĝo. Tiel decidis la Popola tribunalo.

Dum la nokto, la arestitoj estis prenitaj po unu el la stalo kaj mortpafitaj apud la rubfosaĵo. Marcu Goldenberg ricevis la ordonon ne havi publikajn ekzekutojn por ne ribeligi la masojn kontraŭ la Ruĝa Armeo. La arestitoj estis pafitaj de li mem per revolvero, de malantaŭe.

98

Post la noktomezo Aristiţa aŭdis iun frapi sur ŝian fenestron. Estis Suzana, la edzino de Johann Moritz.

La voĉo ekstere sonis plore. Aristiţa imagis ke la rusoj eniris la vilaĝon kaj perfortis ŝian bofilinon. Ŝi sciis ke en Fântâna devas alveni sovetia patrolo kaj ke la rusoj perfortas la virinojn, sed ŝi ne permesus ke la unua perfortita virino estu ĝuste ŝia bofilino, la bofilino de juĝisto en la Popola tribunalo.

– Kio okazis al vi? – demandis Aristiţa malfermante la pordon.

– Oni pafis la popon Korugă! – diris Suzana.

– Ne estas vere! – respondis Aristiţa. – Goldenberg volas pendumi lin morgaŭ matene en la korto de la preĝejo. Sed oni ne povos pendumi lin. Ankaŭ mi estas juĝisto ĉi-vilaĝe, ne nur li. Morgaŭ matene ni procesos denove kaj liberigos la popon. Mi parolis ankaŭ kun Ion Călugăru. Iru al la popedzino kaj diru ke ŝi dormu trankvile.

– La popo Korugă estas mortinta! – diris Suzana. – Tion diris al mi la homoj kiuj vidis kiel li estas pafita.

Aristiţa ne volis kredi. Ŝi ne revenis en la domon, sed ekis kun Suzana al la vilaĝdomo. Ŝi estis vestita por dormi. La nokto estis luma. La du virinoj marŝis meze de la strato rapide, senparole. Suzana ploretis, viŝante jen kaj jen la okulojn per la robobasko. Aristiţa spiradis brue, kolere. Ŝi turnis sin al la bofilino kaj kriis:

– Vi marŝas kvazaŭ vi dormus! Ĉu en vi fluas akvo anstataŭ sango?

Suzana ekrapidis, sed pensis ke la tuta hasto estas vana. La popo estis mortinta. Neniu povis helpi lin.

Ĉe la vilaĝdomo la lumo estis enŝaltita, sed neniu estis ene.

– Ni iru en la stalon! – diris Aristiţa. – Mi estas juĝisto kaj havas la rajton demandi kaj ekscii, kio okazis.

La stalo estis malluma kaj la pordo ŝajnis esti ŝlosita; tamen ĝi estis nur fermita. Kiam ili eniris, Aristiţa ektimis.

– Ĉu vi havas alumetojn? – demandis ŝi.

– Ne, panjo!

– Vi neniam havas ion ajn! – diris Aristiţa furioze. – Ankaŭ kiam vi edziniĝis, vi havis nenion. Nur stultulo, kia mia filo, povus edzinigi tian nenihavantinon!

Suzana ne ĉagreniĝis. Ŝi sciis ke la kolero de Aristiţa ne ŝuldiĝas al ŝi. Aristiţa timis ke la informo pri la morto de la popo estas vera. Pro tio ŝi skoldis ŝin.

– Ĉu 'stas iu ĉi tie? – kriis Aristiţa centre de la stalo.

– Estas neniu, panjo! – diris Suzana. – Marcu prenis ĉiujn el la stalo kaj pafis ilin apud la rubfosaĵo.

– Ĉu vi sonĝas? – demandis Aristiţa. – Kiel li povus pafi ilin sen demandi nin, la juĝistojn?

Suzana silentis. La du virinoj eliris en la korton kaj serĉis, en la mallumo, la kadavrojn de la pafitoj.

– 'stas nenio en la korto, – diris Aristiţa. – Mi ja diris al vi ke vi sonĝas! Eble oni fermis ilin en alia loko, kaj la reakciuloj en la vilaĝo lanĉis la onidiron ke oni pafis ilin.

Suzana disiĝis de Aristiţa kaj komencis atente esplori la korton ĉirkaŭ la rubfosaĵo. Ŝi estis certa ke la popo estis pafita. La vilaĝanoj kiuj vidis, rakontis en la tuta vilaĝo, kiel tiuj en la stalo estis portitaj en la korton, unu post la alia, kun la manoj ligitaj ĉedorse, kaj pafitaj en la nukon.

– Ni iru serĉi Goldenberg'on! – diris Aristiţa.

Suzana eligis kurtan krion kaj falis sur la herbon. Kolera, Aristiţa venis apud ŝin.

– Kio okazis al vi, mallertulino? – kriis Aristiţa. – Ĉu vi vidis vian ombron kaj stumblis kontraŭ ĝin?

Ŝiaj vortoj haltis en la gorĝo kaj ŝi ne povis daŭrigi. Apud Suzana, rande de la rubaltaĵo, kuŝis pluraj korpoj. Aristiţa vidis unue la korpon de maljunulo en blanka ĉemizo, tuj apud la kapo de Suzana. Alia, vestita nigre, kuŝis kelkajn paŝojn for. Pli for, la aliaj. Aristiţa krucosignis por regajni la kuraĝon.

– Stariĝu! Mi bezonas vin! – ordonis Aristiţa.

Aristiţa ne timis mortintojn, sed en tiu momento ŝi ne volis esti sola. Suzana stariĝis tremante. Aristiţa prenis ŝian manon. Ambaŭ serĉis la mortintojn kliniĝante super ĉiu. Ili atente rigardis ilian vizaĝon provante rekoni ilin. Estis entute naŭ mortintoj kuŝantaj apud la rubfosaĵo. Tri estis ĵetitaj en la fosaĵon.

Aristiţa kliniĝis super kadavro, provante rekoni ŝin.

– Jen estas la vilaĝestro Nicolae Ciubotaru! – diris ŝi. Poste ŝi genuis kaj gluis la orelon al lia brusto por vidi, ĉu lia koro ankoraŭ batas. Ŝi stariĝis kaj diris:

– Mortinta!

Aristița paŝis pli for kaj denove klinĝis. Ŝi aŭskultis ĉe la brusto de alia kadavro.

– Lia karno estas ankoraŭ varma, sed la koro estas mortinta. Jen estas Constantin Solomon. Dio pardonu lin! Li proponis al mi iĝi lia edzino, kiam mi estis juna.

Por ke la doloro ne plene subigu ŝin, ŝi kriis al Suzana:

– Kontrolu ankaŭ vi, ĉu iu ankoraŭ vivas! Kial vi ploretaĉas kiel infanaĉo?

– Mi ne povas, panjo, – respondis Suzana. – Mi timas!

– Kion vi timas? Metu orelon sur ilian bruston! Haltu spiri momenton kaj aŭskultu, ĉu ilia koro batas. Se ĝi ne batas, diru "Dio pardonu lin!" kaj krucosignu. Se ĝi batas, ni povas pli ol krucosigni. Ĉu vi komprenis?

– Mi komprenis, sed mi timas, – diris Suzana.

– Virino senforta! – kriis Aristița. – Kiel eblis ke mia filo edzinigis vin?

Ŝi estis nun super alia kadavro.

– Tiu ĉi devas esti la juna prokuroro, kiu vizitadis la popon Korugă. Li estis amiko de sinjoro Traian. Bonkora knabo!

Aristița flankenpuŝis la jakon de George Damian kaj silentis. Ŝi aŭskultis lian koron.

– Dio pardonu lin! Ankaŭ li estas mortinta. La povrulo eble havis edzinon kaj infanojn, kiuj atendas lin hejme…

Poste Aristița forgesis pri Suzana. Ŝi trovis la korpon de la popo Korugă kaj kliniĝis super lin kun pieco. Ŝi malbutonis la sutanon ĉe la brusto, aŭskultis kaj diris:

– Knabino, la popo ne mortis!

Suzana komencis plori eĉ pli forte, aŭdinte ke la popo ne estis mortinta.

– Kio okazas al vi, stultulino? Anstataŭ ĝoji, vi ploras? Venu aŭskulti kiel bele batas lia koro!

Suzana genuis apud la popo, sed ne metis la orelon sur lian bruston. Aristița prenis la manon de la popo kaj diris:

– Li estas varma, knabino! Jen kiel varma li estas!

La orelo, okuloj kaj manoj de Aristiţa volus senti eĉ pli klare la vivon troviĝantan en la korpo de la popo. Sed, krom la varmon de la mano kaj de la vangoj, kaj la malfortan baton de la koro, ŝiaj sentoj ne povis kapti ion alian.

– Jen la vivo: kelkaj korbatoj kaj varmbloveto eliĝanta el la karno!

Al Aristiţa ŝajnis ke tio estas tro malmulta.

– Se vere tio estas la homa vivo, tiam ĝi ne estas io impona! – diris ŝi.

Ĉirkaŭe estis silento.

– Kiel bele ĝi odoras je incenso kaj bazilio! – diris Aristiţa. – La korpo de la popo estas kiel preĝejo: ĝi tiel bele odoras!

Escepte de la popo, ĉiuj aliaj estis mortintaj. Kelkaj estis ankoraŭ varmaj. Tiuj ne mortis tuj, ili suferis. Iliaj kadavroj montris ke ili longe baraktis en la herbo antaŭ senanimiĝi. Aliaj estis malvarmaj kaj rigidaj: ili mortis tuj post la eniro de la kuglo en ilian korpon.

Aristiţa viŝis la manojn per la robo. Ŝi faris tion jam la kvinan aŭ sesan fojon, nesciante kial. Nun ankaŭ ŝiaj genuoj estis malsekaj.

– Estas la sango elfluinta el ili! En ĉi mallumo mi paŝis en ĝi kaj malsekigis la fingrojn per ĝi. Estas granda peko paŝi sur homa sango! Sed Dio pardonos min, ĉar mi ne vidis kie mi paŝas.

Dum Aristiţa estis en la rubfosaĵo kaj esploris la aliajn korpojn, Suzana frotis la frunton de la popo.

– Kie estas la vundo? – demandis Aristiţa elirante el la fosaĵo kaj viŝante denove la manojn per la robo.

– Mi ne scias, panjo!

– Vi neniam scias ion ajn! – diris Aristiţa. – Oni devas tuj pansi la vundon. Se oni ne pansas ĝin, tra ĝi elfluas la tuta sango kaj la tuta vivo!

Aristiţa trovis la lokon, kiu estis plej malseka pro la sango. La popo estis vundita en la dorso, ĉe la dekstra ŝultro.

– Donu ĉifonon por pansi la vundon! – ordonis Aristiţa,

Suzana pensis, de kie preni ĉifonon. Aristiţa levis la jupon por elŝiri pecojn el la ĉemizo. La manoj serĉis freneze inter la haŭto kaj la robo, sed ne trovis la ĉemizon. Serĉadante, Aristiţa levis la robon ĝis la brusto.

– Kie, diable, estas mia ĉemizo? – demandis ŝi.

Poste ŝi memoris ke matene, pro la hasto tuj iri al la Popola tribunalo, ŝi forgesis surmeti la ĉemizon.

Aristiţa prenis la popon en la brakoj kaj malkovris al li la ŝultrojn, tie kie estis la vundo.

– Donu al mi vian ĉemizon! – ordonis ŝi al Suzana.

Ŝi viŝis permane la sangon sur la ŝultroj de la popo.

– Kiel bele li odoras! Kiel preĝejo! – ripetis Aristiţa, turnante sin al Suzana, kiu estis depreninta la robon kaj nun deprenanta la ĉemizon.

– Ĉu vi freneziĝis, senhontulino? – Vi nudiĝas antaŭ la popo kaj la mortintoj? – kriis Aristiţa.

– Kiel mi deprenu la ĉemizon, se mi ne demetas unue la robon? – demandis Suzana.

– Aĉulino! – diris Aristiţa sen aŭskulti ŝin. – Vi montras vian nudaĵon al la mortintoj kaj la popo! Fi!

99

Aristiţa kaj Suzana haltis rande de maizkampo kaj kuŝigis la korpon de la popo sur herbon. Ili portis ĝin el malantaŭ la stalo, volvitan en la sutano kvazaŭ en litotuko. En la komenco ĉiu tenis unu finaĵon de la sutano kaj portis lin kiel sur brankardo. Sed la portaĵo estis tro peza. La ŝvito fluis sur ilia vizaĝo. Ĉe ĉiu halto Aristiţa aŭskultis, ĉu la koro de la popo daŭre batas. Poste ili daŭrigis. Nun, ili ne plu portis lin kvazaŭ sur brankardo, sed trenis lin sur la sutano.

– Dio helpu ke li ne mortu survoje! – diris Aristiţa. – Ni rapidu! Ripozi ni povos kaj morgaŭ kaj poste.

Aristiţa timis porti la popon al lia domo: tie, la komunistoj povus malkovri lin.

– Se unu fojon li eskapis, la duan fojon li ne restos viva! – diris ŝi. – Pli bone ni portu lin al niaj knaboj en la arbaro. Ili flegos kaj refortikigos lin. En la arbaro la komunistoj ne retrovos lin!

– Ankaŭ la vilaĝa flegisto estas en la arbaro, – diris Suzana.

– Se ni povus trovi lin! Mi aŭdis ke li prenis kun si ankaŭ la skatalon kun kuraciloj kaj bandaĝoj.

– Ni ja trovos lin! – diris Aristiţa.

Sed ju pli ili proksimiĝis al la arbaro, des pli malkreskis ilia entuziasmo. La arbaro estis granda kaj la flegisto – en ĝi – estis kiel nadlo en fojnostako.

– Se ni ne trovas la knabojn, – diris Aristiţa, – almenaŭ ni kaŝos la popon for de la komunistoj kaj tio ja estas io. Poste ni vidos kion ni faros. Vi restu en la arbaro kaj mi reiros en la vilaĝon. Antaŭ la tagiĝo mi revenos kun manĝaĵoj, akvo kaj eble ankaŭ oldulino scia pri vundoj.

Suzana komencis plori. Ŝi timis resti sola en la arbaro dum la nokto. Mense ŝi preĝis por renkonto kun la knaboj.

100

Rande de la arbaro estis ŝoseo. Antaŭ ol transiri ĝin, Aristiţa aŭskultis, ĉu iu pasas. Kolono da aŭtoj antaŭeniris kaŝe, kun la lanternoj malŝaltitaj. La bruo de la motoroj aŭdiĝis sufokate, kiel zumo de burdoj. Ili venis malrapide, sorante laŭ la deklivo. La du virinoj kuŝiĝis la popon sur la herbon kaj kaŝis sin en la maizkampon apud la ŝoseo.

– Estas la rusoj! – diris Aristiţa. – Sed ne gravas. Ni lasos ilin pasi: ili ne povas vidi nin.

Kiam la kolono alvenis apud ilin, ĝi haltis. La zumado de la motoroj ĉesis. Aŭdiĝis la griloj. Kelkaj soldatoj elaŭtiĝis. Ili parolis flustre.

– Ili estas germanoj! – diris Suzana.

Ankaŭ Aristiţa pintigis la orelojn. Ambaŭ treniĝis tra la maiz-kampo ĝis apud la kolono. Ili aŭskultis denove.

– Ili ja estas germanoj! – konfirmis Aristiţa. – Ĉu ni petu de ili helpon kaj bandaĝojn? Ili devas havi flegiston aŭ kuraciston kun si!

La du virinoj eliris el la maizkampo.

– Ĉu vi scias eĉ ne unu vorton en la gemana? – demandis Aristiţa. – Almenaŭ unu vorton! Se ni diras nenion, ili kredos ke ni estas malamikoj kaj pafos nin.

– Mi scias eĉ ne unu vorton germanan! – respondis Suzana.

La virinoj pli proksimiĝis al la kolono. Poste ili haltis en la ŝoseo, kunpremante sin unu kontraŭ la alian. Aristiţa prenis Suzana'n je la mano kaj tenis ŝin forte.

– Vi estas pli juna, – diris ŝi. – Provu memori almenaŭ unu germanan vorton. Certe vi aŭdis la germanan en via vivo. Ankaŭ via patro parolis germane. Kiam oni estas juna, oni havas bonan memoron.

– Nenio venas al mi en la menson! Ni diru ion en la rumana!

– Kion vi volas diri en la rumana al la germanoj? – demandis Aristiţa koleriĝante denove. – Ili ne komprenas! Ili pensos ke ni estas komunistaj!

– Ni kriu "Jesuo Kristo", panjo! Ankaŭ la germanoj estas kristanoj kaj, aŭdinte ke ni kriis "Kristo", ili komprenos ke ni ne estas komunistoj. "Kristo" signifas purajn kaj bonajn pensojn.

– Provu mem! – diris Aristiţa. – Se vi sukcesas, tio montros ke vi ne estas tiel stulta kiel vi aperas.

– Mi ne kuraĝas sola, – diris Suzana. – Ni ambaŭ kriu!

Ili premiĝis eĉ pli unu kontraŭ la alian kaj kriis, unue duonvoĉe, poste pli forte:

– Kristo! Kristo!

– Kiu estas tie? – demandis ordonema voĉo en la unua aŭto.

Ili ne komprenis kion demandis la germano kaj respondis ĥore:

– Kristo!

Du soldatoj venis al ili. Aristiţa tremis pro timo, pli forte ol Suzana. La germanoj ne komprenis kion ili volas. La virinoj eniris la maizkampon kaj portis la popon Korugă en la mezon de la ŝoseo, ĝuste antaŭ la kolonon. La germanoj lumigis siajn poŝlampojn kaj rigardis la vizaĝon de la popo.

– Ĉu popo? – demandis oficiro.

– Kristo! – respondis Aristiţa.

– Ĉu la bolŝevistoj pafis lin? – demandis la oficiro.

Aristiţa kredis ke la oficiro demandas, ĉu la vundito estas bolŝevisto kaj respondis konvinke:

– Kristo!

La germana kolono estis en retreto. La oficiro kiu parolis al la virinoj ordonis la foriron kaj signis al Aristiţa forigi la vunditon el la vojo por ke la aŭtoj pasu. Aristiţa kaptis lin je la mano, petante germanan kuraciston aŭ flegiston, kiu prizorgu la vunditon. Kiam la motoroj komencis zumi denove, kaptis ŝin la despero ke la germanoj foriras kaj lasas tie la popon. Ŝi genuis antaŭ la oficiro kaj kisis al li la manon.

– Kion volas la virino? – demandis la komandanto de la kolono.

– Ŝi volas ke ni prenu la vunditon en la urbon! – diris la oficiro. – Ŝajnas esti ortodoksa pastro.

– Kial ne? – diris la komandanto. – Ni estas civilizita popolo eĉ kiam venkita. Metu la vunditon en la ambulancon, sed rapide, kaj ordonu la daŭrigon de la vojo.

Aristiţa kaj Suzana vidis la soldatojn meti la popon Korugă sur brankardon kaj kovri lin per litkovrilo. Aristiţa pretiĝis enambulanciĝi kun la popo, sed la soldatoj ridis kaj fermis la pordojn de la ambulanco. La kolono da kamionoj ekis. La virinoj, restintaj meze de la vojo, rigardis kiel ĝi malproksimiĝas en la nokton.

Subite Suzana komenci plori laŭte, kvazaŭ petante helpon.

– Kio trafis vin, frenezulino? – demandis Aristiţa skuante ŝin je la ŝultroj. – Ĉu vi volas ke la rusoj aŭdu viajn kriojn?

– Dio punos nin, panjo, pro la farita peko! Ni ne devintus doni lin al la germanoj. Kiu scias, kion ili faros kun li!

– Ili portos lin al hospitalo, – diris Aristiţa. – Estas pli bone en hospitalo ol en arbaro!

Sed, post kelkaj momentoj, ankaŭ Aristiţa komenci plori. Ŝi bedaŭris la faritaĵon.

– Ni ne devintus doni lin al la germanoj, – diris ŝi. – Ni estas pekulinoj! Dio punos nin! Ni trafos en la inferon! Kaj nur vi kulpas ke ni transdonis al la germanoj la povran popon!

La virinoj volis postkuri la aŭtojn kaj retropeti la popon. Sed la ŝoseo estis malplena. Ili ekis al la vilaĝo.

101

Matene, Aristiţa estis arestita. Ĉe la vilaĝdomo oni batis ŝin per malseka ŝnuro. Ŝi konfesis esti elpreninta la popon kaj transdoninta lin al la germanoj.

Je la naŭa Aristiţa estis mortpafita rande de la rubfosaĵo. Suzana fuĝis el la vilaĝo kun la du infanoj. Kiam la homoj de Marcu Goldenberg venis por aresti ŝin, ili trovis la domon de Johann Moritz dezerta.

102

– Ĉi tiu estis la plej bela tago en mia vivo! – diris Joseph enlitiĝante.

La francaj prizonuloj, eskapintaj helpe de Johann Moritz, transpasis la frontlinion antaŭ kelkaj horoj kaj estis ĉe la usonanoj.

Johann Moritz kaj Joseph estas en bela ĉambro en UNRRA[45]-hotelo. Ili manĝis ĉiajn bonaĵojn. Ili fumis multekostajn cigaredojn kaj ricevis pakaĵojn kun manĝaĵoj, vestaĵoj kaj amaso da aliaj aĵoj.

Johann Moritz rigardas la pakaĵojn amasiĝintajn unu super alia, sur la tapiŝo apud la muro. Li sentas sin honorita kiel neniam antaŭe en sia vivo. La usonanoj donacis al li ĉemizojn,

---

45 UNRRA – *United Nations Relief and Rehabilitation Administration* (La UN-administracio por helpo kaj rekonstruo).

novajn vestaĵojn, razilon, ŝuojn, sapon, cigaredojn. Ĉion ĉi jam ekde la unua momento. Johann Moritz fieras: nun, por la unua fojo en sia vivo, ankaŭ li kredas ke li plenumis grandan faron por la venko de la aliancanoj. "Alie la usonanoj ne donacus al mi tiom da aferoj!" pensis li. Li memoris ke ili eĉ ne demandis kiel li nomiĝas: li imagis ke ili eksciis pri ilia eskapo jam antaŭ ilia alveno. Ĉiuj usonanoj ridetis al li kvazaŭ komprenigante al li ke ili scias tra kio li pasis kaj kiel brave li kondutis.

Johann Moritz estas laca, sed ne volas enlitiĝi. Li rigardas ĉirkaŭe kaj ne povas kredi ke li estas tiu por kiu oni pretigis ĉi tiun cambron. Ĉiuj aĵoj dissternitaj sur la seĝoj, tablo kaj planko estas liaj. Ĉiuj estis donacitaj al li de la usonanoj pro la braveco kun kiu li savis la kvin francajn prizonulojn.

– Nia eskapo estis perfekta! – diris Joseph.

Johann Moritz memoris kiel matene li eliris kun la prizonuloj el la koncentreja korto kaj pasis laŭ la stratoj de la urbo. Hilda estis ĉe la fenestro, kun la infano, al kiu ŝi diris: "Jen, tiu kun fusilo kaj kasko estas via patro!" Moritz ridetis, kiel li faris en ĉiu mateno. Sed ili ne haltis ĉe la ponto kiel kutime. La prizonuloj daŭrigis kaj li sekvis ilin, kun la fusilo, ĝis la rando de la arbaro. Survoje, la homoj kiuj renkontis ilin supozis ke soldato eskortas kvin prizonulojn. Sed ili estis ses fuĝantoj. Foje, al Moritz ŝajnis ke virino longe rigardas lin. Tiam lia koro bategis pro timo. Ankaŭ aliaj rigardis suspekteme, sed Moritz ŝajnigis ne vidi ilin. Post kiam ili alvenis en la arbaron, li vestis sin per civilaj vestaĵoj alportaj de la francoj. Joseph prenis lian pafilon kaj frakasis ĝin kontraŭ kverkon. Kiam el la pafiloj elflugis splitaĵoj, Moritz sentis kvazaŭ io rompiĝas en li. Sed li ne volis montri tion. Poste la francoj bruligis lian uniformon. Vidante sian tunikon bruli, Moritz emis plori. Sed li regis sin por ne ĉagreni la francojn. Ili sakris kontraŭ Hitler. Moritz komprenis nenion el tio kion ili diris.

Post tio ili marŝis tutan semajnon nur tra arbaro. Iun tagon, kiam ili eliris el la arbaro, ili vidis sur la ŝoseo usonajn aŭtojn. La francoj komencis kanti. Ili estis lacaj, sed kantis tiel ke la tuta arbaro eĥis. Ili ligis trikolorajn rubandojn al la butontruoj. Ankaŭ al Moritz. Poste ili eliris antaŭ la aŭtojn. La usonanoj donacis al ili cigaredojn kaj ĉokoladon kaj portis ilin al UNRRA.

Tie oni atendis ilin kun manĝaĵoj kaj loĝejo pretaj, kvazaŭ oni scius ke ili venas. Ekde kiam ili alvenis ĝis la vespero, la usonanoj faris nenion alian ol donaci al ili pakaĵojn kaj manĝaĵojn. Al Moritz ŝajnas ke ĉio estis fabelo. Sed kiam li rigardas la pakaĵojn kaj Joseph'on, li konscias ke ĉio estas vera. Tio ja okazis al li. Kaj nur ĉar li plenumis grandiozan faron por la venko de la aliancanoj.

Joseph endormiĝis. Johann Moritz pensas ke de ĉi tie li iros al Francio; li pensas pri la domo kiun li konstruos, pri Hilda kaj Franz. "Kiam finiĝos la milito, mi venigos en Francion ankaŭ la patron kaj patrinon", pensis li. Poste li endormiĝis, revante pri sia estonta feliĉo. Li endormiĝis vestite, rande de la lito, kaj restis tiel ĝis la mateno.

103

Jam pasis dek kvar tagoj de kiam Johann Moritz troviĝas ĉe UNRRA. Li rakontis al la usonanoj, kiel li eskapis kun la kvin francoj. La usonanoj gratulis lin. Poste ili igis lin skribi, kiel okazis la tuto. Ili volis aperigi en ĵurnaloj la historion de Moritz. Ĉiuj gratulis lin kaj provis paroli kun li. Kun ĉiu pasanta tago, Moritz konvinkiĝis pli kaj pli ke li helpis la aliancanojn gajni la militon. Li estas kontenta kaj fiera ĉar li faris ion por la alianc-iĝintaj nacioj kaj ĉar tiuj ĉi kontentas pro lia faro.

Iun tagon la direktoro de UNRRA alvokis Johann'on Moritz en sian oficejon. Li jam alvokis lin plurfoje kaj igis lin rakonti pri la eskapo. Moritz eniris gaje. La direktoro invitis lin sidiĝi sur fotelon, proponis al li skatolon kun cigaredoj kaj ridetis al li. Moritz miregis pro tia honoro. Ĉiufoje estis same: li ne povis alkutimiĝi.

– Vi ne plu havas la rajton ricevi loĝejon kaj manĝaĵojn de UNRRA, – diris la direktoro, ekbruliginte la cigaredon de

Moritz. – Ekde morgaŭ vi ne plu rajtas veni por manĝi ĉi tie kaj vi devas liberigi la hotelĉambron, kiun vi uzas!

Moritz paliĝis. Li demandis sin, kion li faris por tiom ĉagreni la usonanojn. "Mi certe grave eraris, se tiel subite ili ĵetas min en la straton!" li pensis. Ĝis tiam li ricevis tiom da donacoj de la usonanoj! Li havas kvin kofrojn plenajn kun aferoj ricevitaj donace por li kaj Hilda. Aŭdinte ke li havas infanon, eĉ por Franz la usonanoj donacis al li ludilojn kaj vestaĵojn. Ili eĉ petis la foton de Franz kaj rigardis ĝin. "Nun, abrupte, la samaj sinjoroj elĵetas min. Certe mi faris grandan eraron!" daŭre pensis Moritz.

– UNRRA protektas nur la civitanojn de la alianciĝintaj ŝtatoj! – daŭrigis la direktoro. – Vi estas malamiko de la alianciĝintaj nacioj!

Moritz pensis ke ĉiuj diris al li ke li faris ion gravan por la aliancanoj. Pro sia faro, dum du semajnoj li estis festata kiel heroo. Kaj nun li, Johann Moritz, eksciis ke li estas malamiko de la alianciĝintaj nacioj!

– Mi faris nenion kontraŭ la alianciĝintaj nacioj! – diris Moritz. – Mi ĵuras, sinjoro direktoro, ke mi neniel eraris kontraŭ la aliancanoj!

– Ĉu vi ne estas rumano? – demandis la direktoro severtone. – La rumanoj estas malamikoj de la aliancanoj. Vi estas rumano, sekve, vi estas nia malamiko! UNRRA ne nutras kaj ne ŝirmas malamikojn. Morgaŭ vi liberigu la ĉambron!

Johann Moritz eliris kun la rigardo suben. Li volus reveni al la kompanio. Sed lia pafilo estis frakasita en la arbaro kaj la uniformo bruligita de la francoj. Sen ili li ne povis reveni al la kompanio. "Kien mi iru?" li demandis sin.

104

Post la eskapo de Johann Moritz, Hilda estis arestita. Ĉe la polico ŝi deklaris ke ŝi scias nenion. Post tri tagoj ankaŭ la patrino de Hilda estis arestita. Ambaŭ estis pridemanditaj kaj batitaj, sed la policanoj sukcesis ekscii nenion de ili. Dum la doma traserĉado estis trovitaj la leteroj de kolonelo Müller.

– Li estas la amiko de Johann! – klarigis Hilda. – Kolonelo Müller sendis al ni ĉiumonate po du cent markojn. Krisnaske, Paske kaj okaze de niaj naskiĝdatrevenoj li sendis al ni manĝaĵojn kaj cigaredojn.

La armepolico informis la kolonelon pri la dizerto de Moritz, esperante ricevi de li iun informon. Post du tagoj, de la Ĉefstabo venis tutpaĝa telegramo. Kolonelo Müller skribis al la polico:

DUM 400 JAROJ, EN LA HISTORIO DE LA HEROA FAMILIO, AL KIU APARTENAS MORITZ JOHANN, REGISTRIGHIS ECH NE UNU KAZO DE DIZERTO. STOP. ESTAS TUTE NE EBLE KE JOHANN MORITZ DIZERTIS. STOP. MI ESTAS KONVINKITA KE LIA MALAPERO ESTAS KAUZITA DE KAPERO AU MURDO. STOP. STARTIGU DETALAJN ESPLOROJN TIUDIREKTE. STOP. LA MALAPERO DE MORITZ KONSISTIGUS POR LA HISTORIO DE LA HEROA FAMILIO NERIPAREBLAN PERDON. STOP. LI ESTAS TROVENDA AJNAPREZE. STOP. NE JHETU SUSPEKTOJN SUR UNU EL LA PLEJ KURAGHAJ KAJ HONORAJ FAMILIOJ GERMANSANGAJ. STOP. NE PLU UZU LA VORTON "DIZERTO" EN LA FARATA ENKETO. STOP. LA EDZINO KAJ INFANO DE JOHANN MORITZ IGHAS AUTOMATE PROTEKTATOJ DE LA NACIA INSTITUTO PRI RASAJ STUDOJ. STOP. GHIS LA MALKOVRO DE JOHANN MORITZ ILI RICEVOS ALIMENTON DE LA INSTITUTO. STOP. LA LOKA POLICO ESTAS PETATA ZORGI PRI LA SEKURECO DE LA VIRINO KAJ INFANO. STOP. GHISDATIGADU MIN PRI LA ESPLOROJ. STOP. CHIU NOVA INFORMO PRI LA KAZO MORITZ ESTAS SENDENDA AL MI TELEGRAFE CHE LA CHEFSTABO. STOP. KOLONELO MUELLER, CHEFSTABO DE LA GERMANA ARMEO. STOP.

– Se la kolonelo ekscias ke ni arestis la edzinon de Moritz, ene de dudek kvar horoj ni estos punsenditaj sur la fronton! – diris la estro de la armepolico, iu kapitano. – Estus bone peti la virinon ne informi lin ke ŝi estis arestita.

– Kaj kion ni faru rilate la enketon? – demandis la leŭtenanto respondeca pri la jura polico.

– Ni tuj fermas la kazon. Estas danĝere ludi kun la Ĉefstabo! – diris la kapitano. – Sed estas stulte ne kredi ke ĉi tie temas pri dizerto. La superuloj faras foje stultaĵojn pli grandajn ol la subuloj. Kolonelo Müller estas sciencisto. Mi legis kelkajn liajn artikolojn en periodaĵoj. Sed li estas tro naiva. Kiel eblas ne vidi ke Moritz dizertis?

Hilda estis portita hejmen per la aŭto de la kapitano.

– Kiam vi bezonos aŭton, telefonu min! – diris la policestro. – Mia Mercedeso estas je via dispono. Ajnajn dezirojn bonvolu sciigi rekte al mi. Ne skribu al kolonelo Müller ke vi estis arestita. Estis nur formalaĵo!

– Do, mia edzo ne dizertis? – demandis Hilda. – Ĉu li estas sendita en speciala misio?

– Mi ne rajtas riveli ĉion, – respondis la policano. – Sed via edzo ne dizertis. Ĉio alia estas sekreto!

Hilda ruĝiĝis pro emocio. Ekde tiu tago la vivo ŝajnis rakonto el *Mil kaj unu noktoj*. Ŝi estis konvinkita ke ŝia edzo estas sendita de la Ĉefstabo en specialan mision. "Alie oni ne disponigus al mi la aŭton!" pensis ŝi. Ŝi restis ĉe la fenestro dum horoj imagante Johann'on Moritz en ĉiaj situacioj risko- kaj misterplenaj, kiel en kinaĵoj. "Kaj al mi li volis diri nenion… Li konsideras min malsupera. Tamen mi penos tage kaj nokte esti je lia nivelo!" Hilda kisis sian infanon kaj diris:

– Mi estas feliĉa kiel neniam antaŭe en mia vivo! Nur la edzino de Johann Moritz povas sperti la feliĉon esti edzino de heroo!

105

– Mi ne kredas ke la milito estas perdita! – diris Hilda. – La homoj en la urbo fuĝis en arbarojn kaj la ruron. Ĉiuj najbaroj estas for. Ili diras ke la rusoj estas jam dek kilometrojn de ĉi tie. Sed mi ne kredas. Tio estas propagando de la malamiko por provoki panikon. Mi restos ĉi tie. Mi scias ke Germanio gajnos la militon!

– Portu al mi pelvon kun lavakvo! – ordonis la oficiro kun kiu parolis Hilda.

Li demetis la ledmantelon kaj pendigis ĝin sur la vestaĵhok-aron. Lia valizo estis sur seĝo. Li demetis la tunikon kaj metis ĝin sur la dorsapogilon de la seĝo. Li restis en la pulovero.

Hilda sekvis ĉiun lian movon. Ŝi povus rigardadi lin dum horoj, por vidi kiel li demetas la ledmantelon kaj pendigas ĝin, kiel li malbutonas sian tunikon.

– Portu al mi ankaŭ varman akvon por razado! – aldonis la oficiro, turnante al ŝi la dorson kaj malfermante la valizon.

Hilda eliris el la ĉambro lasante la pordon malfermita. Tra la kuireja fenestro ŝi rigardis la armean aŭton haltigitan antaŭ la pordo. Per ĝi venis la oficiro. Hilda rigardis la horloĝon. Eĉ ne horkvarono pasis de kiam li alvenis. "Ŝajnas ke mi konas lin de jaroj", pensis ŝi.

La oficiro frapis sur la pordon. Hilda estis sola. Ŝi malfermis al li. Li diris, kun ordona voĉo, same kiel li parolis al la soldatoj, ke li volas lavi sin kaj ŝanĝi la vestaĵojn. Sen atendi respondon, li eniris en la domon, preterpasante kaj lasante ŝin ĉe la sojlo. Ŝi sentis la odoron de la ledmantelo, miksitan kun ventodoro kaj militpolvo. Ŝi sekvis lin kvazaŭ vertiĝe.

La novalveninto estis altulo, vera giganto. Li malfermis la pordon de la *Wohnzimmer*[46], kvazaŭ li estus hejme, kaj eniris. Poste li komencis senvestiĝi, kun la pordo malfermita. Hilda atendis liajn ordonojn ĉe la sojlo, sed la giganto senvestiĝis sen rigardi ŝin. Kiam li demetis la kepon, Hilda rimarkis ke li havas blank-arĝentan hararon. Sur la tuniko estis la insignoj de leŭtenanto. "Li estas rezervisto", pensis ŝi. La giganto turnis la kapon al ŝi kelkfoje, sed lia rigardo trapenetris ŝin sen vidi ŝin.

Hilda komencis paroli. Ŝi diris ĉion kio venis al ŝi en la kapon. Li respondis nenion, nek rigardis ŝin. Nur post kiam li demetis la tunikon, li petis akvon kaj pelvon. Hilda invitis lin lavi sin en la banĉambro. Ilia domo havas belan banejon. Sed, ĉar li petis pelvon, ŝi ne kuraĝis kontraŭstari.

Plenigante la kruĉon per akvo, Hilda rigardis denove la aŭton antaŭ la pordo. Ĝi estis polvokovrita, same kiel la mantelo de la giganto. Kiam ŝi eniris kun la pelvo, li estis nur en ĉemizo.

---

46 Salono. (ger.)

– Portu al mi spegulon! – ordonis li.

Li estis plonĝinta en pensadon. Li ŝajnis laca. Hilda pensis ke eble li volas dormi. Ŝi volonte pretigus por li la liton en la dormocambro kaj lasus lin ripozi.

En la lastaj tagoj tra la vilaĝoj pasis multaj armeaj kolonoj. Soldatoj aŭ oficiroj frapis sur ŝian pordon kaj petis ŝirmejon por unu nokto, akvon por lavi sin aŭ nur varmigi iliajn konservaĵojn. Ŝi ĉiam faris ĉion eblan por la soldatoj. Ŝi pensis pri sia edzo. Johann estis en speciala misio, kaj ŝi volis esti je alta nivelo, servante sian patrion.

Por aliaj ŝi pretigis la liton en la *Wohnzimmer*. Al la giganto ŝi permesos dormi en la dormocambro kaj ŝi mem dormos en la *Wohnzimmer*. Hilda pensis ke eble li kuŝos ne en la lito de Johann, sed en la ŝia. Tiu penso ruĝigis ŝiajn vangojn.

Hilda prenis la porrazan spegulon de Johann kaj portis ĝin al la giganto. Li promenis en la ĉambro, kun la ĉemizo malbutonita ĉe la kolo. Li prenis la spegulon kaj serĉis lokon kie pendigi ĝin, sed ne trovis. Li estis ege alta kaj, se li starigus la spegulon sur la tablon, li devus tro kliniĝi por vidi sin en ĝi. Sen diri vorton li metis ĝin en la manojn de Hilda kaj komencis sapi la vizaĝon.

– Pli supren! – ordonis li.

Lia vizaĝo estis draŝita de suno kaj vento. Sur liaj vangoj kreskis ruf-blonda barbo. Ŝi tenis la spegulon je la nivelo de sia buŝo. Ŝi levis ĝin ĝis la nivelo de la frunto. Kiam li proksimiĝis al la spegulo, ŝi sentis lian spiron. Ŝiaj manoj tremis, sed ŝi forte tenis la spegulon kaj penis teni ĝin senmova.

– Iom pli supren! – diris li per la sama malmilda voĉo.

Hilda levis la spegulon super la frunton. Ŝiaj brakoj ekdoloris, sed al ŝi plaĉis. Ŝi volus diri ion, sed nun aŭdiĝis la bruo de la razilo tranĉanta la molan barbon de la giganto kovritan de sapoŝaŭmo. Hilda fermis la okulojn kaj aŭskultis la ŝiran sonon de la razilo. Ŝiaj naztruoj larĝe malfermiĝis kaj enspiris la sapodoron. Estis odoro ne nur de sapo, sed ankaŭ de vireco, de milito, de longa vojo. Same kiel odoris ankaŭ la ledmantelo. Li ne rimarkis ke ŝi ŝanceliĝas. Li zorgis ne vundi sin.

Finrazinte sin, li lavis la sapitajn manojn en la blanka pelvo.

– Levu la manikon de mia ĉemizo! – diris li.

Hilda kuspis lian manikon. Ŝi timis tuŝi lian haŭton. Sed ŝia mano tuŝis la lian. Ŝi tremis. La arbara kaj venta odoro, kiun la giganto alportis, plenigis la tutan domon. Hilda sentis ĝin penetri en la meblojn, tapiŝojn, murojn, kaj sciis ke ĝi neniam eliros. Ĝi eniris ŝiajn robon, porojn, harojn, ĉemizon. Ŝi ne sukcesos eligi ĝin malgraŭ ĉia lavado.

– Nun mi volas resti sola, – diris la giganto.

Kiam Hilda turniĝis por fermi la pordon, ŝi vidis lin nuda ĝis la talio. Li estis deprenanta la ĉemizon tirante ĝin super la kapon. Videblis nur lia brusto. Hilda, kiu estis flegistino, vidis centojn, eble milojn, da nudaj viroj, sed neniam bruston kiel tiun de la giganto.

Hilda iris al la kuirejo kaj rigardis denove eksteren, al la aŭto. La infano dormis. Ŝi demandis sin, ĉu la giganto foriros tuj aŭ restos por ripozi. Ŝi volus prepari por li manĝaĵon. Nun ŝi estis atenta, por povi respondi tuj post lia alvoko.

– La rusoj estas tri kilometrojn for! – diris najbarino pasante sub la fenestro. – Ĉu vi restas ĉi tie?

– Mi restas! – respondis Hilda.

Poste ŝi demandis sin, kial ne alvokas ŝin la giganto. Ŝi ne plu havis paciencon atendi. Ŝi frapis sur la pordon kaj eniris. Li estis surmetinta la paraduniformon. Lia brusto plenis je dekoracioj.

Hilda haltis mirigite ĉe la pordo. La giganto ridetis. Li ridetis por la unua fojo. En la ĉambro ne plu odoris je vento, milito kaj ledo, sed je floroj.

– Mi volas scii, ĉu vi estas vera germana virino! – diris li. – Mi volas peti de vi servon, kiun povas fari al mi nur germana virino!

– Mi ja estas! – respondis ŝi. – Ne nur estas mi vera germanino, sed mia edzo estas sendita de la Ĉef…

Hilda volis rakonti al la giganto la sekreton pri la foriro de Johann, sed abrupte silentis. Sur la tablo estis la kadritaj fotoj de du belaj virinoj. Hilda rigardis ilin kaj ne plu havis la kuraĝon rakonti la sekreton kiun, ĝis tiam, ŝi diris al neniu, sed kiun ŝi volonte rivelus al la giganto. Nun, vidante la fotojn de la virinoj, ŝi ekbedaŭris esti volinta riveli sekreton.

– Tiuj ĉi estas miaj edzino kaj filino, – diris li. – Ambaŭ estas mortintaj. Mi multe amis ilin, sed ili perfidis mian amon. Kaj la edzino kaj la filino perfidis min. Mia edzino estas en tombo. Mia filino estas ie en la mondo. Ŝi edziniĝis kun sentaŭgulo. Pro tio, por mi ŝi estas mortinta.

Hilda rigardis denove la fotojn. "Mi neniam perfidus lin!" pensis ŝi.

Apud la du fotoj de la virinoj estis ankaŭ la foto de la *Führer*[47] en leda kadro.

– Nun ankaŭ la *Führer* estas mortinta! – daŭrigis li. – Germanio ne plu ekzistas! Mi vivis nur por ili. Kiam mi estis juna, mi ŝatis ankaŭ la ĉevalojn, sed tio estis junaĝa amo. Ĉiuj miaj idealoj mortis antaŭ miaj okuloj, unu post la alia: la edzino, la filino, la *Führer* kaj la patrio! Nun venis mia vico. Ene de horduono la rusoj estos ĉi tie. Antaŭ ilia alveno mi volas plenumi la lastan taskon de mia vivo!

Larmoj invadis la okulojn de Hilda. Ŝi pensis ke la giganto dormos ĉe ŝi, en ŝia dormoĉambro. Ŝi pensis ke li diros ke li malsatas, kaj ŝi manĝigos lin. Kaj poste ŝi vidis lin en la paraduniformo.

– Mi faros ĉion, kion vi postulos de mi! Ĉu vi unue volas iri ien? – demandis ŝi rigardante la uniformon.

– Mi foriros nenien! Tiu ĉi estas la lasta vojo de mia surtera vivo!

La giganto ridis nun.

– Ĉu vi supozis ke mi iros ien, ĉar mi razis kaj lavis min, kaj surmetis la paraduniformon? – aldonis li, frapetante ŝin sur la ŝultron.

Ŝi sentis sin humiligita, eta, kompare kun li, same kiel ŝi sentis sin kompare kun Johann, eksciante ke li estis sendita en speciala misio.

– Atentu tion kion mi volas peti de vi! – diris la giganto. – Fakte, estas tre simple. Sed nur germana virino povas fari tion.

---

47 Gvidanto, kondukanto. (ger.) La *Führer* = Hitler.

Mia edzino ne povintus, vi ja povas. Ŝi estis tro *Weib*[48]. De ŝi mi eĉ ne petintus. Sed de vi mi petas!

Hilda fieris ke la giganto petas de ŝi ion, kion li ne petus eĉ de la propra edzino.

– Post kiam mi mortos, vi trenu mian korpon en la korton kaj ekbruligu ĝin. Vi trovos min ĉi tie, sur la baŝo.

La giganto estis sterninta sur la planko armean baŝon, preskaŭ novan. Li kovris per ĝi preskaŭ la tutan plankon.

– Ĉi tie vi havas kerosenon. Treninte min en la korton, volvu min en la baŝo, verŝu sur min la kerosenon kaj ekbruligu per la fajrilo.

La giganto ridetis, prenante el la poŝo oran fajrilon, kiun li donis al Hilda.

– Per ĝi ekbruligu la kerosenon, – diris li. – Post kiam la fajro estingiĝis, verŝu la kerosenon en la dua ladbotelo kaj ekbruligu denove. Post tio, mi supozas, restos nenio bruligenda. La rusoj trovos nur mian cindron. Digna armeano ne povas lasi sian korpon en la manoj de la malamiko! Tiel faris ĉiuj germanaj batalantoj en la historio. Kiam ĉio finiĝis, ili iris al la morto, neniigante sian korpon. La malamikoj trovis nur cindron…

La giganto interfrotis la manojn. Hilda silentis. Li rigardis la fotojn.

– Se vi volas bruligi la fotojn, volvu ilin en la baŝo, por ke ili brulu kun mi. Se vi volas konservi, konservu ilin. Sed estus sensence. Mi ne estas lokano: mi estas el Rumanio…

Hilda staris senmova, imagante la giganton mortinta, sternita sur la baŝo. Ŝi ne povis kredi ke tio eblas. Al ŝi ŝajnis ke la giganto mortos neniam. Li estis eterna…

– Ĉu vi timas? – demandis li. – Germana virino neniam timas, precipe kiam ŝi faras ion por la patrio. Mi kredas ke vi estas konvinkita ke vi servas la patrion plenumante la testamenton de armeano.

– Mi estas konvinkita, – respondis Hilda. – Kaj mi ne timas.

48 Virino, edzino. (ger.)

Tamen mi ne povas kredi ke estas vere. Mi ne kredas ke la rusoj alvenos ĉi tien. Mi ne kredas ke Germanio estas venkita!

– Ĉio estas finita! Ĉio estas neripareble perdita! Ne forgesu remeti la pistolon en la ledan pistolujon kaj bruligi ĝin kune kun mi! Soldato estas enterigenda aŭ bruligenda kune kun sia armilo!

Sekvis momento da silento. La giganto rigardis ien for, plonĝinte en siajn pensojn kiel en senfundan akvon…

– Nun, ĉio estas finita! – diris li.

Hilda levis la okulojn. Ŝi kredis ke la giganto volas pafi sin antaŭ ŝiaj okuloj. Tion ŝi ne povus elteni. Sed li ne volis pafi sin. Li turnis sin al la foto de la *Führer* kaj alprenis la salutpozicion, kun la dekstra mano etendita antaŭen.

– Adiaŭ, amikino, kaj dankon! Mia nomo estas leŭtenanto Iorgu Iordan. Sed ne necesas diri al iu ajn. Estu fiera pri via faro: estas honoro por germana virino plenumi la testamenton de armeano!

Li manpremis kun Hilda. Li premis forte. Adiaŭa premo.

– Nun mi volas resti sola! – diris li ordone. – Revenu aŭdinte la pafon!

106

En la stratoj aperis la unuaj rusaj kamionoj. Unue Hilda aŭdis ilian bruon. Poste ŝi vidis ilin tra la kuireja fenestro. Ŝi kuris al la ĉambro kie estis la giganto. Li ordonis ke ŝi eniru nur aŭdinte la pafon, sed ŝi aŭdis nenion kaj ne kuraĝis malrespekti la ordonon.

La rusaj kamionoj pasantaj laŭ la strato skuis la murojn de la domo. Hilda ne plu povis atendi. Ŝi ektimis. Ŝi frapis sur la pordon kaj poste eniris. La giganto kuŝis meze de la ĉambro, sur la baŝo, kun la vizaĝo supren. "Kial mi ne aŭdis la pafon?" ŝi demandis sin.

Lia korpo estis rekta. Kvazaŭ li mortintus en la pozicio en kiu li salutis la foton de la *Führer*. La kepo estis sur la kapo. La vizaĝo estis livida, kiel cindropolvo. La dekstra vango, buŝo kaj nazo estis makulitaj de sango. Ne multe. Nur kelkaj strioj.

Hilda prenis la revolveron de apud lia kokso kaj metis ĝin en la pistolujon ĉe la zono. Ŝi butonis la pistolujon. Ŝi pensis nur pri tio ke li pafis sin kaj ŝi ne aŭdis.

Hilda levis la randojn de la baŝo kaj kovris la korpon kuŝantan surplanke. Antaŭ ol kovri la vizaĝon, ŝi rigardis lin unu plian fojon. "Kvazaŭ mi ne estus apud mortinto", pensis ŝi. "Mi ne timas la morton. Eĉ estante apud ĝi mi ne vidas ĝin. Eble ĉar en la hospitalo mi vidis tiom da homoj morti…"

Ŝi kovris la vizaĝon de la giganto, sen tuŝi lin. Nun li estis kiel ĉiuj mortintoj, kiujn ŝi vidis. Viva, la giganto ne estis kiel ĉiuj viroj. Sed Hilda apenaŭ memoras la tempon kiam li estis viva, razis sin kaj vestis sin per la paraduniformo… Tiam ŝia tuta karno tremis. Sed tio ŝajnis esti okazinta antaŭ dek jaroj… Ŝi preskaŭ forgesis.

Ekstere bruis rusaj kamionoj kaj tankoj. Hilda ektimis. Ŝi volis preni la infanon kaj fuĝi, tra la malantaŭa ĝardeno, en la arbaron, sed memoris la promeson faritan al la giganto. "Mi bedaŭras esti promesinta bruligi lin", pensis ŝi. La kadavro ne estis portebla en la ĝardenon. Se ŝi farus tion, vidus ŝin la rusaj soldatoj pasantaj antaŭ la pordo. "Mi devas atendi ĝis la vespero. Post la mallumiĝo mi portos lin en la korton, bruligos lin kaj poste fuĝos kun la infano!"

Hilda restis apud la mortinto sen pensi pri io alia. Sed, se trovita kun la mortinto en la domo, ŝi estos arestita, ŝi pensis. Ŝi portis la infanon el la apuda ĉambro kaj sidiĝis, kun li en la brakoj, sur seĝon apud la mortinto. "Mi devas plenumi la promeson faritan al mortonta armeano!" Poste ŝi ŝlosis la pordon kaj decidis atendi ĝis la noktiĝo. Restis maksimume du horoj ĝis la vespero.

Hilda ne havis horloĝon, sed memoris ke la giganto havis grandan brakhorloĝon. Ŝi flankentiris la baŝon kaj rigardis la horloĝon de la mortinto, por vidi kiom ŝi devas plu atendi.

En tiu momento aŭdiĝis frapoj sur la pordo. Ŝi premis la infanon en la brakoj kaj ne respondis. Poste ŝi aŭdis rusajn vortojn. Kaj denove frapojn. Hilda malfermis la fenestron al la ĝardeno. "Mi ne povas fuĝi sen plenumi la promeson! Johann estas heroo: mi ne rajtas konduti kiel poltrono!"

Hilda deprenis la ŝtopilon de la unua ladbotelo kaj verŝis la kerosenon sur la baŝon. Nun oni frapis sur la pordon per kolboj. Ŝi malfermis ankaŭ la duan ladbotelon, sed verŝis nur duonon el ĝi: ŝi timis ke la rusoj rompos la pordon kaj ŝi hastis. Ŝi prenis la infanon en la brakojn kaj iris al la fenestro. "Saltinte en la ĝardenon, mi ĵetos la fajrigitan fajrilon tra la fenestro en la ĉambron. Li brulos kaj mi estos plenuminta mian promeson!"

En la ĉambro odoris forte je keroseno. La infano komencis tusi. Hilda rapidis eĉ pli. Kiam ŝi ekpaŝis sur la fenestrobreton, la rusoj frapis la pordon perŝultre. Sed la pordo rezistis. De la fenestrobreto ĝis la florbedoj estis malmulte – ŝi povos elteni tian salton. Sed tiumomente ĉe la fenestro aperis tri rusaj kepoj.

En la ĝardeno videblis aliaj soldatoj. Tra la fenestro ne plu eblis fuĝi. Hilda rigardis la pordon. La infano sufokiĝis pro la kerosenodoro. Ŝi decidis salti tra la fenestro kaj fuĝi, ajnariske, inter la rusaj soldatoj. En tiu momento tuŝis ŝin mano etendita por kapti ŝian kruron. Hilda eligis krion kaj volis defendi sin. En la mano ŝi havis nur la fajrilon. Sen pensi, ŝi premis la fajrilan butonon same kiel oni premas la ellasilon de revolvero kiam onia vivo estas en danĝero.

Dum sekundero estis lumo. Poste fariĝis mallumo. Mallumo pli profunda kaj nigra ol la nokto. Kaj poste neniam plu estis lumo.

Hilda Moritz estis forkonsumita de la samaj flamoj kiuj bruligis ankaŭ la gigantan korpon de Iorgu Iordan, kune kun Franz, la filo de ŝi kaj Johann Moritz. Kaj en la sama fajro brulis ĝisgrunde la domo kaj ĉio en ĝi inkluzive de la fotoj de Suzana, la unua edzino de Johann Moritz, kaj de ŝia patrino. La keroseno alportita de la giganto brulis kun flamoj altaj ĝis la ĉielo.

107

Traian Korugă kaj Eleonora West sidis unu apud la alia antaŭ la majoro Brown, la usona gvidanto de la urbo Weimar[49].

– Jen la tuto, sinjoro gvidanto! – diris Traian Korugă. – La 23an de aŭgusto, kiam Rumanion okupaciis la rusoj, la kroatoj internigis min kaj mian edzinon, kune kun la membroj de la rumana legacio. Estis diplomata internigo en hotelo, kiel oni agas, laŭ la internaciaj leĝoj, kun la diplomataj reprezentantoj de la malamikoj. Poste Kroatio estis okupita de la partizanoj de Tito[50]. Ni estis internigitaj en Aŭstrio, poste en Germanio kaj, fine, en Ĉeĥoslovakio. Kiam Germanio kapitulacis kaj restis neniu por teni nin internigitaj, ni ekis al la okcidento. Ni postlasis ĉion kaj ekis piede.

En la menson de Eleonora venis bildoj el la du cent kilometroj trairitaj piede. Ŝiaj piedoj ŝvelis kaj la plandoj estis plenaj je kaloj.

– Ni forlasis ĉion kaj fuĝis tra arbaroj kaj kampoj por atingi la zonojn okupitajn de usonanoj, angloj aŭ francoj, – daŭrigis Eleonora West. – Ni ne volis fali vivaj en la manojn de la rusoj aŭ partizanoj. Ni estis decidintaj sinmortigi se kaptite.

– Kial vi timas la partizanojn kaj la rusojn? – demandis la gvidanto. – Nur la faŝistoj timas ilin. La rusoj kaj la partizanoj estas niaj aliancanoj kaj batalis por la venko de la alianciĝintaj nacioj.

– Ankaŭ vi, sinjoro gvidanto, ne estas faŝisto, sed mi kredas ke vi ne akceptus ke via edzino restu eĉ 24 horojn en zono okupita de bolŝevistoj, – diris Traian. – Ne pro politikaj kialoj, sed pro timo de kruelo kaj teroro. Mi ankaŭ kredas ke vi persone ne havas la kuraĝon eniri en ilian zonon sen uniformo kaj forta gvardio. Ĉu estas juste demandi nin, du homojn sendefendajn, kial ni forfuĝas de la barbaraj hordoj armitaj per la lastaj modeloj de usonaj aŭtomataj pafiloj?

– Kaj kion vi deziras nun? – demandis la gvidanto. – El Germanio vi ne rajtas foriri. Ĉi tie vi estas traktataj kiel civitanoj

---

49 Urbo en la centro-oriento de Germanio.
50 Josip Broz Tito (1892-1980), jugoslavia oficiro kaj ŝtatpolitikisto.

de malamika ŝtato. Vi havas la samajn devojn kiel la germana loĝantaro. Kaj la samajn rajtojn. Neniom pli!

– Tio signifas neniun rajton! – diris Traian. – La germanaj virinoj en Weimar estas devigataj purigi la necesejojn en Buchenwald[51] kaj lavi la vestaĵojn de la liberigitaj prizonuloj almenaŭ unu fojon semajne. Ĉu vi volas sendi ankaŭ mian edzinon fari la samon?

– Ni ne estas malamikoj de Usono kaj de la alianciĝintaj nacioj, – diris Eleonora West. – Ni estis internigitaj dum preskaŭ tuta jaro de la malamikoj de la alianciĝintaj nacioj. Nun ni venis por peti la aprobon loĝi en ĉambro, ie, aŭ la eblon foriri, se oni ne permesas al ni resti. Ni ambaŭ estas senhejmaj: ni ne havas kie dormi, manĝi, lavi nin. Al ni estas malpermesate resti kaj malpermesate foriri!

– Vi estas civitanoj de malamika ŝtato, – aldonis la gvidanto. – Tio kion vi diras ne interesas min. Ĉu vi havas rumanajn pasportojn? Se jes, vi estas malamikoj!

– Sed Rumanio luktas de monatoj flanke de la aliancanoj, kontraŭ Germanio! – eksplodis Eleonora West. – Tion scias ankaŭ vi! 80 000 rumanoj donis sian vivon por la kaŭzo de la aliancanoj. Ĉu vi konsideras malamikoj tiujn kiuj luktas flanke de vi?

– Rumanio estas malamika ŝtato! – diris majoro Brown.

Li prenis el tirkesto paperpecon kaj laŭtlegis:

– *Malamikaj landoj: Germanio, Japanio, Italio, Rumanio, Hungario, Finnlando.* Ĉu ne estas klare ke vi estas malamikoj de Usono?

Traian Korugă stariĝis. Eleonora rigardis petege en la okulojn de la gvidanto.

– Ĉu vi ankoraŭ ne eksciis el ĵurnaloj ke Rumanio batalas tiom da tempo flanke de la aliancanoj? – demandis ŝi. – Ĉu ankaŭ niaj dokumentoj ne sufiĉas, el kiuj videblas ke ni venas el germana internigo? Ĉu ni estas viaj malamikoj?

– Eĉ se tiel estas, tio ne interesas min, – respondis la gvidanto. – En la ordonoj kaj instrukcioj kiujn mi ricevis, estas skribite ke

---

51 Nazia koncentrejo-malliberejo apud Weimar.

la rumanoj estas malamikoj de Usono, kaj mi jam malŝparis tro da tempo parolante kun vi. Vi estas miaj malamikoj. Vi, sinjorino, estas mia malamiko! Malamiko! Kaj, se mi falintus en viajn manojn, vi pafus min kaj ne parolus kun mi tiel kiel mi nun parolas kun vi. Tio kion mi faris, estas kontraŭleĝa kaj mi ne ripetos la eraron. Kun la malamikoj oni ne parolu!

La majoro Brown, la armea gvidanto de la urbo Weimar, estis nigra pro furiozo kaj ne respondis al la saluto de Traian Korugă kaj de Eleonora.

– Jen la okcidento! – diris Traian, malsuprenirante laŭ la ŝtuparo. – Onin interesas nek la fakto nek la homo. Oni ne vidas la individuon. Oni ĝeneraligis ĉion kaj kliniĝas nur antaŭ la skribita regulo.

– Mi ne plu povas marŝi, – diris Nora.

Traian tenis ŝian brakon. Ŝi apogis sin sur lian ŝultron kaj ekploris.

– Ni marŝis 200 kilometrojn por trafi ilin! Ni kuris kiel al Mekko!...

– Ne bedaŭru, Nora! Ni forfuĝis de la sovaĝa teroro de la rusoj. Kaj estas bone ke ni eskapis ĝin. Sed nenie estas vere bone por la homoj. La Tero ĉesis esti por la homoj!

108

Post kvar tagoj Traian Korugă kaj Eleonora West iris denove al la gvidanto. Ili bezonis aprobon por loĝi en Weimar unu plian semajnon. La kruroj de Eleonora estis ŝvelintaj kaj ŝi ne plu povis marŝi.

Ŝi vestis sin per la plej bela silkorobo kiun ŝi havis. Ŝi surportis ĉapelon kaj altkalkanumajn ŝuojn.

Informinte la sentinelon ĉe la enirejo ke ili volas paroli kun la gvidanto, Traian turnis sin al Nora:

– Vi vestis vin kiel por oficiala akcepto!

Ŝi ridetis. Tiun robon ŝi surportis lastan fojon antaŭ tri jaroj, kiam ili vizitis la ministron de Finnlando.

– La gvidanto petas vin atendi momenton! – diris afable la sentinelo.

Pasis kelkaj minutoj. Nora ŝajnis trankvila kaj kontenta. Poste venis alia soldato:

– Ĉu vi estas la rumanaj diplomatoj kiuj volas paroli kun la sinjoro gvidanto? Bonvolu atendi momenton!

Kaj li malaperis. Eleonora West pensis ke la majoro Brown estas, fakte, bona homo, kiu scias konduti: du fojojn li pardonpetis ĉar li atendigis ilin kvin minutojn.

La sidejo de la gvidanto estis en granda konstruaĵo, kun enorma halo. Nora rigardis sin en la spegulo. Ŝi maldikiĝis kaj nun la robo konvenis al ŝia korpo pli bele ol la antaŭan fojon, ĉe la finna legacio.

– Venu kun mi! – diris la dua soldato, reveninte.

Eleonora West foriris de la spegulo, ridetante al si. Traian apogis ŝin kaj ambaŭ sekvis la soldaton, kiu, tamen, ne supreniris laŭ la ŝtuparo al la oficejo de la gvidanto, kie ili estis la pasintan fojon: ili direktiĝis al la elirejo. Ekstere li invitis ilin en ĵipon atendantan antaŭ la pordo. La aŭto ekis.

– Kien ni iras? – demandis Traian.

La ŝoforanta soldato levis la ŝultrojn.

La vento blovis. La aŭto rapidegis laŭ la stratoj de la urbo. Traian kliniĝis al la orelo de la alia soldato:

– Kien ni iras?

Same kiel la unua, ankaŭ tiu ĉi levis la ŝultrojn sen respondi.

Traian Korugă turnis sin al Nora. Ŝi tenis la randon de la ĉapelo kaj ridis: rapidego ĉiam plaĉis al ŝi.

La ĵipo haltis rande de la urbo, antaŭ pordego, kun ŝtonaj fostoj. Pordisto kun kepo malfermis ĝin, sed la aŭto ne eniris en la korton. Unu el la soldatoj donis al la pordisto koverton kaj poste signis al Traian kaj Eleonora West elaŭtiĝi.

– Kio estas ĉi tie? – demandis Nora.

La usonanoj rigardis, ĉu ŝi elaŭtiĝis sed ne respondis.

– Kio estas ĉi tie? – demandis Nora la pordiston, en la germana.

– La malliberejo, – respondis li kaptante Nora'n je la brako.

Ŝi volis diri ion al la soldatoj, sed estis tro malfrue: la aŭto malaperis same rapide kiel ĝi venis. Nora turnis sin al Traian. Li estis pala.

La pezaj feraj pordegoj fermiĝis. Nun ili estis en la korto de la malliberejo.

109

Traian Korugă estis fermita en la ĉelo numero 5, teretaĝe, kaj Nora en la ĉelo 26, sur la tria etaĝo.

"Certe temas pri eraro", pensis Traian restinte sola.

Li provis diveni kiel li eraris, sed pensis ke en tiu momento ankaŭ Nora estas malliberigita en ĉelo simila al la lia, kaj li perdis la trankvilon. Ĉe la disiĝo li volis kuraĝigi ŝin kaj diri karesvortojn. La provoso tiris lin je la ŝultro kaj malpermesis al li proksimĝi al ŝi. Nora turnis sin pete al la provoso, sed li puŝis ŝin malantaŭ angulo de la koridoro. Tia estis la momento de ilia disiĝo en la koridoro de la malliberejo.

"Mi supozas ke oni konfuzas min kun iu krimulo kiu havas la saman nomon kiel mi aŭ kiu similas al mi, kaj pro tio oni arestis min", pensis Traian. "Sed kial oni arestis ankaŭ Nora'n?" Traian Korugă komencis frapi perpugne sur la pordon por venigi la provoson.

"Mi ja povus atendi ke la rusoj arestus min", daŭrigis li. "Ĉe la rusoj manko de kalaĵoj sur la manplatoj estas kialo por arestiĝi. Kaj, eĉ se ili arestus min sen kontroli miajn manplatojn, mi ne surpriziĝus: de la rusoj mi atendus kion ajn! Mi fuĝis du cent kilometrojn por eskapi el socio en kiu manko de kialo estas kialo por aresto, deportado aŭ mortpafado!"

Liaj pugnoj bruldoloris, sed li daŭrigis frapi sur la pordon de la ĉelo. Nun li ne plu frapis por alvoki la provoson, sed por puni sin mem, pro la stultaĵo vane fuĝi du cent kilometrojn, trenante ankaŭ Nora'n, kun ŝiaj piedoj ŝvelintaj kaj plandoj vunditaj kaj sangantaj.

"Mi atendus ke la germanoj arestus Nora'n", pensis li, "ĉar ili estas naziaj kaj antisemitaj."

– Kion vi volas? – demandis la provoso aperinte ĉe la sojlo de la ĉelo.

– Mi volas tuj paroli kun la direktoro de la malliberejo! – respondis Traian. – Mi kaj mia edzino estis arestitaj erare.

– Mi scias: kiam vi alvenas ĉi tien, vi ĉiuj estis arestitaj erare! – respondis la provoso ironie.

– Mi ne permesas al vi esti ironia! Mi sciigas vin ke mi volas tuj paroli kun la direktoro.

– Ĉi tie estas neniu direktoro! Vi estas arestita de la usonanoj. Ni estas nur administrantoj. Ni eĉ ne rajtas paroli kun la arestitoj: ankaŭ ni estas iaspecaj arestitoj.

– Mi volas paroli kun la usonanoj!

– La serĝento venas nur unu fojon semajne! – diris la provoso. – Nur lunde.

Traian memoris ke hodiaŭ estas lundo.

– Ĉu vi volas diri ke mi devas atendi ĝis la venonta lundo? – demandis li. – Ĉu vi supozas ke mia edzino restos tutan semajnon en la malliberejo?

– Vane vi diras al mi! Vane vi frapas sur la pordon! La serĝento venas nur lunde!

La provoso fermis la pordon.

– Sciigu kiun ajn aŭ sciigu neniun! Antaŭ ol mi parolos kun la direktoro de la malliberejo por ekscii la kialon de mia aresto, mi tuŝos nek la akvon nek la manĝaĵojn! Tio estas mia sola rimedo protesti kaj mi uzos ĝin!

– Ĉu vi deklaras malsatstrikon? – demandis la provoso.

– Kaj soifostrikon!

La provoso restis iom ĉe la sojlo, kun la ŝlosiloj en la mano. Li rigardis Traian'on kompate kaj fermis la pordon dirante:

– Domaĝe por vi! Vi estas ankoraŭ juna!

Poste li turnis dufoje la ŝlosilon en la seruro.

110

Nora West frapadis pugne sur la pordon preskaŭ duonan horon. Venis provoso, sed li ne malfermis. Li nur rigardis tra la vazistaso.

– Se vi daŭre frapas sur la pordon, vi estos punata, – diris li. – La malliberuloj ne rajtas frapi sur la ĉelpordon!

La provoso foriris. Nora kuŝiĝis sur la liton, sed post momento ŝi abrupte stariĝis. "Probable ĉi tie estas pedikoj!" ŝi pensis. Ŝi ektimis. Ŝi volus frapi sur la pordon kaj peti alian litkovrilon aŭ almenaŭ demandi, ĉu tie estas pedikoj. Sed nun ŝi sciis ke ŝi ne rajtas frapi sur la pordon kaj daŭrigis la promenadon en la ĉelo.

Funde de la animo ŝi sentis sin kulpa; ŝi sciis ke ŝi estas arestita juste. Falsinte dokumentojn pri la etna origino kaj paginte por ŝtelo de dokumentoj el arĥivoj, dum tutaj noktoj ŝi pensis pri malliberejo. Ĉiutage ŝi atendis la alvenon de la polico. Ŝi sciis ke ŝi estos malkovrita kaj arestita. Vojaĝante en Germanio, ŝi tremis je ĉiu ekvido de policano: ŝiaj dokumentoj estis falsaj. La lastaj jaroj estis nur turmenta atendado de la momento kiam ŝi estos arestata. "Tiu momento alvenis", pensis ŝi. "Nun oni malkovris ke mi estas hebreo. Nun mi ne plu povas savi min!" Ŝia korpo tremis pro timego. "Estas absurde pensi ke la usonanoj arestis min ĉar mi kaŝis mian semidan originon kaj falsis dokumentojn en Rumanio. Sed mi sentas ke ĉi-foje oni arestis min nur pro tio. Ne estas logike, sed ne povas esti alie. La kulpo estas mia! Kaj nun mi estos kruele kaj juste punata!"

Al Eleonora estis malvarme. La subvestaĵoj, ŝaŭmecaj kaj leĝeraj kiel sapoŝaŭmo, la robo, maldika kiel vualo, ne povis defendi ŝin kontraŭ la malvarma humideco de la ŝtonaj muroj. La sento pri malseko kaj malvarmo penetris ŝian haŭton kaj tra la haŭton, en la ostojn. Ŝi sentis ĝin en la profundo de sia korpo. Neniam antaŭe ŝi sentis malvarmon ĉe la renoj. Ŝi eĉ ne sciis, el anatomia vidpunkto, kie situas kaj kiel aspektas la renoj. Al ŝi ili frostis. Kaj ne nur ili, sed ĉiuj internaj organoj.

Ŝi volvis la genuojn per la robo, sed tio ne helpis; sidiĝi sur la liton ŝi timis. La malvarmo de la ĉela cemento eniĝis en ŝian korpon, tra la maldikaj plandumoj, ĝis la genuoj kaj eĉ pli supren. La dentoj interfrapiĝis. Ekstere estis varme. Sed tio tute ne gravis dum ŝi tremis kiel meze de la vintro.

Por varmiĝi Eleonora West ekkaŭris centre de la ĉelo. En tiu momento ŝi sentis ke ŝi devas iri al la necesejo. Urĝe ŝi devis iri. Ŝia veziko estis kvazaŭ pikata de pingloj, kaj ŝi ne plu povis streĉi la muskolojn. Eleonora memoris ke en malliberejoj anstataŭ necesejoj estas siteloj. Sed en ŝia ĉelo estis nur lito, tableto, kradita fenestro. Kaj la pordo. Nora aliris la pordon kaj pretigis pugnon por frapi sur ĝin. "Ili devas permesi al mi iri al la necesejo!" pensis ŝi.

Sed en tiu momento revenis en ŝian menson la minacaj vortoj de la germana provoso: "Se vi plu frapas sur la pordon, vi estos punata!" Ŝi lasis la pugnon fali: ŝi timis frapi.

"Mi kulpas ĉar mi frapis sur la pordon kiam ne necesis", ŝi pensis kaj komencis promeni denove. Ŝi haltis antaŭ la pordo kun la pugnoj supren. Sed ankaŭ ĉi-foje ŝi ne kuraĝis frapi. "Se vi plu frapas, vi estos punata!" Dum ĉi tiuj vortoj eĥiĝis en ŝiaj oreloj, ŝian korpon trafis, kvazaŭ elektro, timego. La muskoloj ne plu submetiĝis al ŝia volo. Ŝi sentis kiel la mallonga kaj maldika kalsoneto malsekiĝas, kiel la ĵartelzono kaj robo malsekiĝas, kiel la malsekaĵo glitas, varma, laŭ la gamboj, sur la ŝtrumpoj kaj ŝuoj.

Nora West penis deteni sin. Sed la muskoloj, karno, la tuta korpo ŝajnis ne plu esti ŝiaj. Ŝi ekkaŭris. Dum la kalsoneto iĝis pli kaj pli varma kaj ŝi kaŭris, ŝi havis senton de liberiĝo, de volupto, kian ŝi neniam antaŭe spertis. Ĉiu muskolo, ĉiu poro, ĉiu fibro de ŝia korpo malstreĉiĝis. Tiu sento estis pli forta ol ajna plezuro: ĝi estis volupto ĝis la profundo. Kaj estis io alia: ekstazo. Ŝi sentis kiel ŝi disiĝas de ĉio tera. Ŝi ŝvebis.

Tiu momento de plena disiĝo, de absoluta ekstazo, ŝajnis senfina... senfina. Ĝi estis ekstertempa. Ŝia tuta korpo liberiĝis. Nora West havis la senton ke ŝi urinas de horoj, senĉese.

Kiam ŝiaj okuloj trafis la malsekan cementon ĉirkaŭe, timego kaptis ŝin. Ŝi stariĝis kaj kuris al ĉelangulo, kvazaŭ ŝi volus kaŝi sin. Estis la plej drameca momento de ŝia vivo. La cemento de la ĉelo estis malseka. La urino etendiĝis, sub la liton, sub la tablon, ĝis ŝiaj piedoj.

Ŝi sciis ke ŝi faris ion malpermesitan; ŝi sciis ke ŝi estos kruele punita. La raŭka voĉo de la provoso revenis minace en ŝiajn orelojn: "Vi estos punata!…"

Eleonora West volus ŝiri la robon por sekigi la plankon, sed tio ĉi ne eblus: sur la planko estis tro da likvaĵo por povi forigi ĝin per ŝiaj vuala robo kaj subvestaĵoj, leĝeraj kaj maldikaj. Kaj iu konstante kriis al ŝi: "Vi estos punata! Vi estos punata!…"

Konsciante ke ŝi ne povos kaŝi sin, ke ŝia faro estos malkovrita kaj ke ajna provo eskapi la punon estas senutila. Eleonora kovris la okulojn per siaj malgrandaj manoj, de kiuj ŝi ankoraŭ ne deprenis la kroĉetitajn gantetojn travideblajn kiel araneaĵo kaj komencis plori.

III

– Tio kio okazis al vi estas ekstreme bedaŭrinda! – diris la serĝento Goldsmith, la estro de la malliberejo. – Mi persone pardonetas! Mi bedaŭras ne esti eksciinta pli frue pri via kazo!

Ekde la aresto de Traian Korugă kaj Eleonora West pasis semajno. Nun Traian kuŝis sur lito: li ne plu povis moviĝi. De sep tagoj li tuŝis nek akvon nek manĝaĵojn.

La serĝento Goldsmith portis propraaŭte iliajn aĵojn kaj nun helpis Nora'n malpaki ilin. Li proponis al ambaŭ cigaredojn. Li ŝajnis ekstreme ĝeniĝanta.

– Morgaŭ matene vi estos liberigitaj! Mi mem serĉos por vi loĝejon kaj transportos vin per mia aŭto. Mi bedaŭras el la profundo de mia animo pro tio kio okazis al vi!

Eleonora West kaj Traian Korugă eligis eĉ ne unu vorton.

– La gesinjoroj ne estas arestitaj! – diris la serĝento alparolante la ĉefprovoson. – Ili estis venigitaj ĉi tien erare. Ili restos ĝis morgaŭ, ĉar ili ne havas loĝejon. Ili ambaŭ dormos en ĉi tiu ĉambro. Alportu purajn littukojn kaj kovrilojn. Ili estas nur gastoj!

La serĝento malaperis kaj revenis post duona horo kun paketo. Li portis manĝaĵojn kaj por Traian oranĝojn kaj grapfruktojn. Li manpremis kun Traian, refoje pardonpetis pro la okazintaĵoj kaj foriris.

La ĉefprovoso gapis al la disiĝo per grandegaj okuloj, kvazaŭ li vidus ĉielan mirindaĵon.

– Mi ĉiam sciis ke la usonanoj venos por pardonpeti pro tio kion ili faris, – diris Nora. – Usono estas granda kaj civilizita lando.

Traian havis febron. Li endormiĝis tuj. Dum la nokto li sonĝis ke li estas en submarŝipo, kaj ĉiuj blankaj kunikloj mortis ĝis la lasta. Li vekiĝis kun la piĵamo tute malseka, kaj diris laŭte:

– Post kiam la blankaj kunikloj mortis, restas neniu espero.

Dumdorme li kriis plenforte, sed la submarŝipanoj ne volis kredi lin.

112

Sekvatage la serĝento Goldsmith ne aperis en la malliberejon. Nora atendis lin la tutan tagon.

– Kiu scias, kiuj taskoj malhelpis lin veni. Sed certe li venos morgaŭ!

Ankaŭ la ĉefprovoso samopiniis. Tamen la serĝento Goldsmith venis nek la duan, nek la trian tagon. Post semajno venis alia serĝento.

– Mi havas neniun konon pri via kazo, – diris la nova *Sachbearbeiter*[52]. – Sinjoro Goldsmith foriris al Usono kaj lasis neniun noton por mi. Tamen mi interesiĝos. La venontan lundon mi sciigos al vi la rezulton.

Poste li foriris. Li estis junulo kun rufa hararo kaj efelidkovrita vizaĝo. Li ne volis diri sian nomon eĉ ne al la ĉefprovoso. Lia subskribo estis nelegebla kaj li estis konstante nervoza.

---

52 Fakoficisto. (ger.)

La serĝento revenis post unu semajno, sed restis en la oficejo nur kelkajn minutojn. Kiam serĉis lin la geedzoj Korugǎ, li ne plu estis tie. Li estis for. Post plia semajno la serĝento venis en la malliberejon malbonhumora.

– Mi interesiĝis pri via kazo, – diris li. – Vi estas arestitaj kiel la ceteraj. Ekzistas neniu instrukcio por ke vi havu specialajn kondiĉojn.

Li turnis la dorson al Nora West kaj Traian Korugǎ.

– Fermu ilin en apartaj ĉeloj, – ordonis li al la ĉefprovoso, – kaj apliku por ili la samajn kondiĉojn kiel por la aliaj malliberuloj. Mi permesas nenian escepton en la malliberejo!

La provoso gapis grandokule: li rigardis fikse la serĝenton volante konvinkiĝi ke li bone komprenis. Poste li diris:

– Mi komprenis! Apartaj ĉeloj! Malliberejaj kondiĉoj! Neniu escepto!

La voĉo de la provoso tremis.

113

– Nun li venas por disigi nin! – diris Nora aŭdante la paŝojn de la provoso laŭ la koridoro.

Ŝi alkroĉiĝis al la kolo de Traian kaj ploris kun singultoj.

– Pli bone mi mortus ol esti denove sola en la ĉelo!

La ĉefprovoso haltis ĉe la sojlo. Nora ne turnis sin al li: ŝi ja sciis, kial li venis. Ankaŭ Traian sciis. Li fiksrigardis lin. Li volus peti lasi ilin kune kvin pliajn minutojn. Sed li silentis: estus senutile.

– Ĉi-somere oni maldungos min, – diris la provoso. – Mi estas tro maljuna. Miaaĝe mi ne plu povas lerni kaŝludojn. Kaj mi eĉ ne volas!

La provoso paŭzis. Li kolektis la fortojn kvazaŭ li devus levi ion pezan. Poste li daŭrigis:

– Vi restos kiel vi estas: kune kaj kun la pordo malfermita...

– Ĉu la serĝento repensis la ordonon? – demandis Nora.

– Ne, la serĝento ne repensis la ordonon, – respondis la provoso kaj foriris sonorigante la ŝlosilojn.

La pordo de la ĉelo restis larĝe malfermita.

114

– Kion la usonanoj havas kontraŭ ni? – demandis Nora senespere. – Kial ili tenas nin arestitaj de ses semajnoj?

– La usonanoj havas nenion kontraŭ ni! – respondis Traian. – Ili eĉ ne konscias pri nia ekzisto.

– Kaj kiom da tempo ili bezonas por ekscii ke ili nin arestis kaj tenas fermitaj? Mi ne plu eltenas!

– Pri via kaj mia ekzisto ili neniam ekscios! – diris Traian. – La okcidenta civilizacio, en sia lasta evolufazo, ne plu registras la ekziston de individuo. Kaj estas neniu espero ke ĝi ekkonscios en la estonteco. Tiu ĉi socio konas nur certajn dimensiojn de la homo. Sed la tuta homo, kiel individuo, ne ekzistas por ĝi. Vi – Eleonora West –, kiu restas senkulpa en malliberejo, mi kaj aliaj kiel ni simple ne ekzistas. Ni estas nur eroj ekstreme malgrandaj de kategorio. Ekzemple, vi estas civitano de malamika ŝtato, arestita sur germana grundo. Jen la maksimumo de datumoj, kiujn pri vi povas alpreni la okcidenta teknika socio. Ĝi rekonas vin nur laŭ tiuj viaj karakterizaĵoj kaj traktas vin laŭe, kune kun la tuta grupo al kiu vi apartenas, laŭ la reguloj de multipliko, divido aŭ subtraho: laŭ la naskiĝinta problemo. La kulpo aŭ la krimo kiu portis al la aresto, apartenas al la kategorio.

– Tamen la usonanoj ne arestis nin vane, – diris Nora. – Ili havas ion kontraŭ ni, ili suspektas nin pri io. Alie, ili liberigus nin. Mi suferas ĉar mi ne konas la kialon de la aresto. Kialo ja devas ekzisti!

– Kialo ja ekzistas, – diris Traian. – Ĝi estas absurda el homa vidpunkto, sed perfekte pravigebla el maŝina vidpunkto. Ĉar la okcidento vidas la homon nur tra la okuloj de la tekniko. La homo el karno kaj ostoj, kapabla je ĝojo kaj sufero, ne ekzistas. Pro tio, la fakto ke oni arestis nin, oni tenas nin malliberaj kaj, eble, morgaŭ oni ekzekutos nin, ne estas konsiderebla kiel krima ago. Ĝi ja estus krima, se ĝi rilatus al homoj el karno kaj ostoj. Sed al la okcidenta socio estas maleble konscii pri la ĉeesto de la viva homo: kiam ĝi arestas aŭ mortigas homon, ĝi mortigas ne ion vivan, sed nocion. Sekve la okcidenta teknika socio ne estas akuzebla pro krimo. Neniu maŝino estas akuzebla pro krimo! Kaj ankaŭ oni ne povas postuli ke maŝino traktu la homojn enkalkulante iliajn individuajn trajtojn.

– Kaj kiu estas tiu kialo pravigebla kaj perfekta el teknika vidpunkto, pro kiu la usonanoj arestis nin? – demandis Nora.

– Mi ne konas ĝin! – respondis Traian. – Sed mi scias ke submeti la homon al la teknikaj leĝoj kaj kriterioj, kiuj taŭgas por maŝinoj, egalas al mortigo. Homo devigata vivi en la medio kaj kondiĉoj de la fiŝoj mortas ene de kelkaj minutoj. Kaj inverse. La okcidento kreis socion kvazaŭ maŝinon. Ĝi devigas la homojn vivi en tiu socio kaj adapti sin al la leĝoj de la maŝinoj. Foje ĝi havas la impreson esti sukcesinta. Sed la homoj mortas kiam traktataj laŭ la leĝoj aplikeblaj al kamionoj kaj horloĝoj.

> People are not alike…
> Nations are not alike.
> Everybody is not the same or as clever or strong as
> everybody else.[53]

Nur la maŝinoj estas ligitaj inter si. Nur la maŝinoj estas anstataŭigeblaj, malmunteblaj kaj redukteblaj al la konsistigaj partoj aŭ al kelkaj movoj. Kiam la homoj estos kiel ili, tiam sur la tero ne plu estos homoj!

Nora suspiris. Traian daŭrigis:

– Vi, kiel persono, ne ekzistas. Aŭ, se vi volas, vi ekzistas nur vidate tra la teknikaj okuloj, kiuj misformas. Sed en la teknika socio, ekzakte kiel en la barbaraj socioj, la homo havas neniun valoron. Aŭ, se ĝi ja havas, ĝi estas sensignife malgranda. Via aresto estas etaĵo. Senfine eta. Kaj, se ĝi estas malĝusta, tiam ankaŭ la malĝustaĵo estas senfine malgranda. Fakte, vi eĉ ne estas arestita!

---

53 La homoj ne estas similaj… La popoloj ne estas similaj. Ne ĉiuj estas samaj, nek same lertaj aŭ same fortaj kiel ĉiuj aliaj. (Jawaharlal Nehru)

– Ĉu mi ne estas arestita?

– Ne nur tio, – diris Traian. – Ne ni, t.e. vi kaj mi, estas arestitaj: arestitaj estas la kategorioj al kiuj ni apartenas. Niaj personoj, individue, ne ekzistas por la okcidenta teknika socio. Do, ili ne povis kaj ne povas esti arestitaj!

– Jen konsolo! – diris Nora. – Vi sidas en malliberejo kaj oni montras al vi ke vi ne estas arestita!...

– Estas ja konsolo. Kaj eĉ la sola en tiu ĉi malfrua horo de la historio!

115

– Nun estas la fino! – diris la ĉefprovoso enirante la ĉelon de la geedzoj Korugă. – Legu la komunikaĵon! Turingio kaj la urbo Weimar estas transdonitaj al la rusoj! La sovetiaj trupoj estas jam en la urbo. La tutan nokton alvenis kamionoj plenaj je soldatoj. La usonanoj retretis. Ili konservas nur la konstruaĵon de la registaro, la malliberejon kaj kelkajn domojn. Neniu rajtas foriri. La armepolico ĉirkaŭis la urbon.

Nora legis la komunikaĵon en la ĵurnalo. Ŝi rigardis Traian'on poste la provoson, kiu apogis sin kontraŭ la pordon.

– Kaj kiam oni transdonas la malliberejon? – demandis ŝi. – Ĉu ankaŭ ni estos transdonitaj al la rusoj kune kun la malliberejo?

– Mi kredas ke jes, – respondis la provoso. – La malliberejo estos transdonita ĉi-matene aŭ en la posttagmezo. Eble morgaŭ matene aŭ nokte. Ni ne scias la precizan horon.

Traian Korugă kovris la frunton permane. Kaj denove resumis la tuton. La fuĝon. 200 kilometrojn. Rusion. Teroron. Perfortojn. Siberion. La ŝvelintajn kaj vundokovritajn piedojn de Nora. La politikajn komisarojn. La transdonon en la ĉelon, same kiel oni transdonas la sklavojn en ĉenoj.

– *Ne vous occupez plus que de l'essentiel, car les temps sont venus!*[54] – diris li. – Jam ne plu estas tempo por sekretoj. Kaj ankaŭ ne por iluzioj. La ĉefprovoso rajtas ja aŭdi. Mi scias ke la

---

54 Plu okupiĝu nur pri la neprajôj, ĉar la tempo alvenis. (fr.)

usonanoj transdonos nin al la rusoj. Estas krime. Sed, el ilia vidpunkto, temas pri senkulpa ago. Ili havas la simplanimecon de la lokomotivoj, kiuj kvazaŭ ridetas frakasinte homon sur la reloj. La okcidentanoj reduktis ankaŭ la pekon al nur unu dimensio; ili minimumigis ĝin ĝis ekstremo. Mi dirus ke ili eĉ ne konas ĝin. Kulpas ne ili, sed ilia civilizacio. Sed tio tute ne gravas ĉi-hore. Mi menciis ĝin nur por ke ni ne faru al ni iluziojn. Ene de kelkaj minutoj eble ni estos transdonitaj al la rusoj, t.e. al la plej sangavidaj teroristoj iam ajn agintaj, organizitaj kiel ŝtato ĉi-tere. Se mi ankoraŭ eltenas la meĥanizitan homon, reduktitan al robota funkcio, la meĥanizitan bestion mi ne povas alfronti. Mi ne volas! Antaŭ ol esti transdonita al la rusoj, mi provos eskapi. Kaj se mi ne sukcesos, mi suicidos!

Traian turnis sin al la provoso:

– Ĉu vi helpos nin eskapi? – li demandis.

– Mi faros ĉion eblan, – respondis la provoso. – Ankaŭ mi volas fuĝi. Mi estas aŭstro. Mi revenos hejmen, en Vienon. Sed mi foriros poste.

– Kaj kion mi faru? – demandis Nora. – Mi ne povas eskapi. Mi timas! Pli bone mortigu min, Traian!

– Ni suicidos kune, – diris Traian.

– Pli bone provu eskapi! – diris la provoso. – Mi kredas ke tio eblas. La muro estas damaĝita de bombardado. Grave estas alveni en la korton. De tie estas facile...

116

– Mi ne kuraĝas descendi laŭ la ŝnuro el la tria etaĝo! – diris Nora. Vi estas viro, vi povas. Sed mi timas!

Traian plektis ŝnuron el ŝiraĵoj littukaj, kusenujaj kaj litkovrilaj.

– Vi ne devas descendi, – respondis li. – Vi faros nenion. Mi ligas vin kaj malhisas vin el la fenestro. Kiam vi alvenos surgrunden, vi kaŝiros laŭlonge de la muro kaj atendos min funde de la korto, ĉe la arbo kiun mi montris al vi.

Nora helpis Traian'on plekti la ŝnuron, tenante ĝin je unu finaĵo. Ŝi faligis ĝin.

– Mi ne povas eskapi! Kiam vi malhisos min, mi pensos nur ke oni pafos min ajnamomente. Eĉ nur je tiu penso mi havos vertiĝon. Ĉu vi ne pensas ke oni povas pafi dum mi sobas?

– Oni ja povas! – respondis Traina. – Sed ni devas provi. Eble oni ne pafos vin. Kiel ajn, ni havos pli da ŝancoj eskapi ol se ni suicidos.

– Kaj se ni restos ĉe la rusoj? – demandis Nora. – Eble ne tiom nigras la diablo! Ankaŭ sub komunistoj ekzistas homoj. Se ili vivas, ankaŭ ni vivos!

– Vi pravas, – diris Traian. – Ankaŭ en la soveta ŝtato estas homoj. Kaj eble ilia vivo ne estas multe pli malbona ol tiu de la homoj en la okcidento. Ne ekzistas objektivaj taksokriterioj. Objektivaj veroj ne ekzistas. Ĉio estas subjektiva. Sed mi ne akceptas vivi eĉ unu horon en la ruĝa paradizo. Eble por aliaj tiu mia obstino estas absurda; el mia vidpunkto ĝi estas pravigebla. Kaj por homa estaĵo la aferoj estas justaj nur el ĝia vidpunkto. Mi ne volas fali en la manojn de la meĥanizitaj bestioj ĉe Volgo. Jen mia frenezeco. *A spirit with any honour is not willing to live except in its own way; a spirit with any wisdom is not over-eager to live at all.*[55] Mi tute ne estas avida je vivo. Mi povas rezigni pri ĝi iam ajn. Sed, se mi ne rezignas pri la vivo, tiam mi volas vivi tiel kiel mi konsideras plej bone. Mi akceptas ajnan argumenton. Sed mi ne akceptas ke aliaj instrukciu al mi kiel vivi, nek vivi kiel aliaj kredas ke estas bone. Mia vivo estas nur mia. Ĝi estas nek de la kolĥozo, nek de la komunumo, nek de la politika komisaro. Do, mi havas la rajton vivi laŭ mia elekto kaj povas kunordigi la vivon kun tiu de la komisaro, se tio plaĉas al mi. Sed tio ne plaĉas al mi! Kaj se mi farus tion, neniu havas la rajton akuzi min kaj decidi, ĉu mi faras bone aŭ malbone. Kun mia vivo mi faras kion mi volas! Kaj mi rifuzas vivi ĝin laŭ la sovetia modo. Pro tio mi suicidos!

---

55 Iu ajn kun minimuma honorsento ne pretas vivi krom laŭ la propra maniero; iu ajn kun minimuma saĝo ne estas aparte ema eĉ vivi. (George Santayana)

Nora komencis plori. Traian daŭrigis la plektadon de la ŝnuro. Ŝi forte tenis ĝian finaĵon.

– Rigardu, ĉu la usonanoj foriris el la turoj! – diris Traian.

Nora eliris en la koridoron kaj rigardis la gvatoturojn ĉe la enirejo de la malliberejo por vidi, ĉu en ili jam aperis la rusaj provosoj.

– Ni devas rigardi ĉiun kvinan minuton, – diris Traian. – La plej bona momento estas kiam la rusaj provosoj ekanstataŭas la usonajn. Poste estos tro malfrue!

La tutan matenon ili laboris pri la ŝnuro. Ili kontrolis, ĉu ĝi estas sufiĉe forta kaj sufiĉe longa. Kaj ĉiun kvinan minuton unu el ili eliris por rigardi la turojn sur la muroj kiuj ĉirkaŭis la malliberejon, kaj revenis raportante:

– La usonanoj!

Ambaŭ ĝojis. Ili havis la iluzion ke se la usonanoj ankoraŭ troviĝas en la turoj de la malliberejo, ne ĉio estas perdita.

117

Je la sesa vespere Traian Korugă kaj Eleonora West estis prenitaj el la ĉelo kaj metitaj en usonan kamionon, kune kun aliaj prizonuloj. Traian estis pala. Nora ploris.

– Ili volas transdoni nin al la rusoj en alia loko, – diris Traian. – Nia kamiono direktiĝas orienten.

La stratoj de la urbo Weimar estis plenaj je rusaj soldatoj kaj aŭtoj.

– Ĉu vi volas ke ni elsaltu el la kamiono? – demandis Traian. – Nun oni certe transportas nin al rusa malliberejo.

Ili eliris el la urbo. Nora rigardis la verdan kampon. Poste ŝi rigardis la sunon. Ankaŭ ŝi vidis ke ili iras orienten.

– Antaŭ ni estas arbaro, – diris Traian. – Vi elsaltu la unua. Kaŝu vin en arbetaro kaj atendu min: ankaŭ mi elsaltos tuj post vi.

Nora ploris.

– Prepariĝu! – diris Traian.

– Ni elsaltu poste, – respondis ŝi. – Nun mi ne povas. Mi tro timas.

– Kiu scias, ĉu ni plu havos same bonan okazon! Jen kiaj bonaj arbetaroj troviĝas ĉi tie por kaŝiĝi en ili! Ĉu vi volas elsalti? La kamiono moviĝas tre malrapide!…

Li prenis ŝin je la brako. Ŝi tenis sin forte de la benko, ambaŭmane.

Traian Korugă sidiĝis denove apud ŝin kaj fermis la okulojn por ne plu vidi la arbaron, kun ĝiaj densaj arbetaroj, en kiuj tiel bone eblis kaŝi sin. Li sciis ke simila okazo ne plu aperos.

Kiam li malfermis la okulojn, la suno frapis lin en la vizaĝon blindigante lin. Nun ili direktiĝis okcidenten.

– La usonanoj estas tamen bonaj knaboj! – diris Traian prenante Nora'n je la brako.

Lia vizaĝo radiis pro ĝojo.

– Tio signifas ke ili ne transdonos nin al la rusoj!

– Kaj kien ili portas nin? – demandis Nora.

La frunto de Traian malheliĝis denove.

– Al usona malliberejo! – respondis li.

Li hontis esti ĝojinta.

– Pardonu min, Nora, ke mi estis ĝoja! Estas stulte ĝoji ke oni transportos vin al iu malliberejo kaj ne al alia! Sed tio estas la fazo en kiun alvenis la homo en Eŭropo: ĝi povas nur elekti inter du malliberejoj.

118

– Ĉu vi estas Johann Moritz? – demandis la usona oficiro kaj, ridetante, daŭrigis:

– La urba komandanto deziras ekscii de vi, kiel okazis la eskapo. Vi estas tiu kiu savis kvin francajn prizonulojn el la koncentrejo, ĉu ne?

Johann Moritz ruĝiĝis pro plezuro. Li ne imagus ke usonaj oficiroj prenos lin aŭte por ke li rakontu siajn farojn. "Eĉ la urba komandanto aŭdis pri mi!" pensis Moritz. Diri sian nomon faris al li plezuron kiel neniam antaŭe.

– Mi estas Johann Moritz!

– Ni iru! – diris la oficiro. – Mi estas kun aŭto.

Johann Moritz volis surmeti la jakon: li surhavis nur la ĉemizon kaj pantalonon. Li volis surmeti ankaŭ ŝtrumpojn sur la nudajn piedojn en la ŝuoj.

Sed la oficiro urĝis lin:

– La komandanto atendas! Venu tiel kiel vi estas: ene de duona horo mi reportos vin.

Ambaŭ eniris la ĵipon kaj foriris. Survoje Moritz pensis kiel rakonti al la komandanto la faktojn sen troigi. Jam nun li elektis la vortojn. Liaj vangoj ruĝiĝis; li imagis kiel aspektas la urba komandanto kaj jam vidis sin sidi antaŭ li kaj rakonti la eskapon.

Dume la aŭto haltis antaŭ granda ŝtona konstruaĵo. La oficiro turnis sin al Moritz:

– Vi restos ĉi tie!

Johann Moritz elaŭtiĝis. Li bedaŭris ke la oficiro ne venos kun li: li havus pli da kuraĝo. Sed la aŭto foriris. La sentinelo ĉe la pordo kondukis Moritz'on en la korton. Poste venis du germanaj policistoj kaj akompanis lin pluen. Moritz rigardis dekstren kaj maldekstren. Li ne povis kredi ke urba komandanto loĝus en tiel malbela domo. Sed li ne volis demandi ion ajn.

Tamen, kiam li eniris kaj vidis ferkradojn ĉe ĉiuj fenestroj, kiel en malliberejoj, Johann Moritz demandis:

– Ĉu ĉi tie loĝas la urba komandanto?

La policistoj komencis ridegi laŭte. Ili ne povis halti. Ili ŝlosis Moritz'on en ĉelo sur la subteretaĝo, kie ne estis lumo. Turnante la ŝlosilon en la seruro la duan fojon, ili ankoraŭ ridis pro la demando de la arestito.

119

La popedzino Corina Korugă estis alvokita al la vilaĝdomo. Estis noktomezo kiam du vilaĝanoj kun trikoloraj banderoloj ĉirkaŭ la brako frapis sur ŝian fenestron kaj ordonis al ŝi iri kun ili. Ekstere estis luno. La popedzino zorge ŝlosis la pordon kaj tenis la ŝlosilon en la mano.

En la vilaĝdomo ĉirkaŭ dek rusaj soldatoj festenis kun vilaĝanoj. La popedzino estis portita antaŭ ilin. Ili proponis al ŝi glason da vino kaj rigardis ŝin diversmaniere. La popedzino ekrigadis grunden kaj recitis mense preĝon al la Sankta Nikolao. La soldatoj devigis ŝin drinki, sed ŝi daŭre recitis la preĝon, sen rigardi ilin kaj sen tuŝi la glason. Soldato verŝis al ŝi vinon sur la sinon. Alia levis ŝian jupon kaj ŝprucigis vinon sur ŝiajn subaĵojn. Ŝi nek aŭdis kion ili diras, nek vidis ilin. Ŝi staris kun la okuloj fermitaj recitante la preĝon kaj pensante pri Sankta Nikolao, kiu similis al la popo Alexandru Korugă, ŝia edzo. La rusoj kaj la vilaĝanoj verŝis pli da vino sur ŝiajn sinon kaj kapon, kaj sub ŝia jupo. Ŝiaj jupo kaj cemizo estis tute malsekaj.

Poste ili ĵetis ŝin sur la plankon. La popedzino sentis la jupon kaj la korpon malsekaj, kvazaŭ ŝi falintus en akvon. Poste ŝi havis la senton ke ŝi mergiĝas kaj dronas. Sankta Nikolao restis sur la bordo kaj preĝis por ŝi.

La tagon post la okazintaĵo ĉe la vilaĝdomo, la popedzino Corina Korugă pendumis sin en la kokinejo.

120

Nora West. La unua nokto en la koncentrejo Ohrdruf[56].

"Devas ekzisti kialo por la aresto. Sen kialo oni ne turmentus min tiel!" pensis ŝi. Ŝi kuŝis. Ŝi havis nek kusenon nek litkovrilon: nur la nudan tabulon. Doloris ŝiaj koksoj, kubutoj, ostoj.

Ŝi estis alveninta en la koncentrejon nokte. Tio okazis antaŭ kelkaj horoj. Post kiam ili eliris el la kamiono portinta ilin de Weimar, Traian'on oni kondukis aliloken. Ŝin oni portis ĉi tien.

La koncentrejo por virinoj estas en lignaj barakoj. En ŝia barako dormas trideko da aliaj virinoj. Ŝi ne vidis ilian vizaĝon

---

56 Apud Gotha; parto de la koncentrejo Buchenwald.

enire, ĉar estis jam nokto. Sed ili ŝajnis junulinoj. Nora kuŝiĝis sur la tabulliton kaj ploris. Poste ŝi endormiĝis pensante: "Devas esti jam noktomezo. Kiuj estas ĉi virinoj fermitaj kun mi?"

El angulo de la barako aŭdiĝis sufokata rido. Nora havis la impreson ke estas rido de viro. Sed en koncentrejo por virinoj ne povas esti viroj. Ŝi aŭskultis atente kaj konvinkiĝis: ja estas viro. Nun li ne plu ridis, sed aŭdiĝis kiel li amoras. Klare aŭdiĝis ĉiuj movoj.

La viro ridis denove. Ĉi-foje la rido venis el alia angulo de la barako. Nora ektimis. "Kial mi timu homojn kiuj amoras?" pensis ŝi provante kuraĝigi sin. Sed ŝi ne povis trankviliĝi: ŝi timis la virojn amorantajn en la barako.

Ŝi kovris la orelojn kaj kunpremis la palpebrojn. Ŝi aŭdis nenion, sed, eĉ kun la okuloj fermitaj, ŝi ŝajnis vidi ilin. La tabulo de ŝia lito skuiĝis. Nora malfermis la okulojn. La pordo estis larĝe malfermita. Aliaj viroj estis enirintaj kaj nun staris centre de la barako interparolantaj. Apud ili estis virino en nokta ĉemizo. Nora ne plu eltenis kaj komencis krii. Ŝi fermis la okulojn kaj kriis tiel forte kiel ŝi povis. Unue sen scii kial. Nun ŝi daŭrigis krii ĉar ŝi timis la virinojn kaj la virojn en la barako. Ili bategos ŝin ĉar ŝi kriis kaj ne lasis ilin amori.

"Estas stulte!" pensis ŝi. "Mi ne devintus krii. Ĉiuj sturmos kaj mortbatos min. Ili pravas mortigi min. Kial mi kriis?" La viroj stariĝis kaj forkuris. Ili estis multaj. Kelkaj estis kuŝintaj surplanke. Tiujn Nora eĉ ne aŭdis. Unu estis eĉ en la lito najbara al la ŝia. Ankaŭ lin ŝi ne aŭdis veni kaj amori. Nun la viroj eliris kiel ombroj.

Al Eleonora West ŝajnis ke la viroj estas tre altaj kaj nigraj. Pli nigraj ol la mallumo.

Ankaŭ kelkaj virinoj eliris kun la viroj, sed revenis en la barakon piedpinte kaj enlitiĝis.

Nun estis silente. La virinoj estis en la lito, ĉiu en sia loko. Nur du restis staraj centre de la ĉambro. Ili portis mallongajn ĉemizojn, tra kiuj vidiĝis ilia dika konturo. Ili ne parolis; ili staris kungluitaj unu al la alia. Nora komprenis ke ili manĝas. Ili laŭtmaĉis ion: ĉokoladon.

Ŝi atendis ke la du virinoj centre de la barako enlitiĝu. Ŝi timis ke se ŝi endormiĝas, ili batos kaj mortigos ŝin.

Sed la virinoj manĝis trankvile sian ĉokoladon.

– Kiu estas tiu, kiu kriis! – demandis mallaŭte unu el ili. – Ĉu ne estas la fremdulino rufhara, kiu alvenis ĉi-vespere?

– Mi ne scias, – respondis la alia. – Mi ne bedaŭras ke ŝi kriis: mi estis fininta kun la mia kaj ne emis plu.

Ili daŭrigis maĉi sian ĉokoladon sen paroli. Nora sekvis ĉiun ilian movon. Fine ili disiĝis. Unu iris al la angulo de la barako, la alia al la alia angulo. La litoj bruis. Ili rapide endormiĝis.

Sed Nora eksufokiĝis. Ŝi ne povis dormi. En la barako ne plu estis viroj kaj la virinoj dormis. Sed la aero estis peza pro miksita odoro de ŝvito, drinkaĵoj kaj viroj kiuj amoris. La fenestroj estis malfermitaj sed la odoro ne eliris.

"Tamen devas ekzisti kialo!" obsede pensis Nora. "Alie oni ne fermintus min ĉi tie kaj ne lasus min sufokiĝi!"

Ŝi volis tusi, sed kovris la buŝon permane kaj sindetenis. Ŝi timis ke tusante ŝi vekos la virinojn, kiuj batos ŝin.

121

La unua mateno en la koncentrejo. Kiam li malfermis la okulojn, Traian Korugă vidis Johann'on Moritz.

– Ni dormis la tutan nokton unu apud la alia, – diris Traian manpremante kun Johann. – Kiel vi alvenis ĉi tien?

Johann Moritz rakontis. Li komencis per la fino, ekde la oficiro kiu alvokis lin rakonti pri la savo de la francoj.

– Anstataŭ porti min al la urba komandanto, – diris Moritz, – li portis min al la malliberejo. Mi restis tie ok semajnojn. Ĉelo sen ajna lumradio. Mi atendadis ke la komandanto alvokos min. Poste oni movis min ĉi tien. Jen la tuto.

Johann Moritz ĉesis rakonti. Poste li demandis:

– Kaj kiel vi alvenis ĉi tien?

Traian Korugă ŝultrolevis.

La prizonuloj, kiuj estis dormintaj surgrunde, komencis vekiĝi. La koncentrejo Ohrdruf estis kampo ĉirkaŭita de pikdrato. Tie troviĝis 15 000 prizonuloj. Nur la ĉielo, grundo kaj homoj. Ĉe la anguloj de la pikdrata barilo staris tankoj. Soldatoj kun aŭtomataj pafiloj gardis la koncentrejon.

– Ĉu vi havas novaĵojn el Fântâna?

Kaj rigardante Traian'on li daŭrigis:

– Mi ankoraŭ ne povas kredi ke vi estas ĉi tie! Kiel okazis ke ni trafis unu apud la alia? La tutan nokton ni dormis unu apud la alia! Tion mi ne povas kompreni…

122

La komandanto de la koncentrejo Ohrdruf estis hebreo. Eleonora West ĝojis.

"Hebreo pli bone komprenos mian suferadon. Li helpos min, kiel parencon, eskapi de ĉi tie!" pensis ŝi. Ŝi decidis diri al li ĉion. Peti de li helpon, kiel de frato. Petegi lin.

La oficejo de la komandanto estis tapetita per fotoj el la germanaj koncentrejoj. Nora rigardis ilin: ili estas murgrandaj. Ili prezentis homojn mortintajn, pendumitajn, malsatajn prizonulojn en strivestaĵoj, amasojn da kadavroj, kamionojn plenajn je mortintaj virinoj. Nora West forgesis, kie ŝi estas. Al ŝi ŝajnis ke ankaŭ ŝi troviĝas en ekstermejo de judoj en la nazia Germanio.

Ŝi rigardis la leŭtenanton kun rufa hararo, kiu sidas malantaŭ la skribotablo. Ŝiaj okuloj petegis lin savi ŝin el ekstermo, malsato, gasumo, torturo.

"Mi estas via fratino", pensis ŝi. "Helpu min!"

Neniam antaŭe ŝi sentis sin tiom hebrea kiel nun.

– Sinjoro leŭtenanto! – komencis ŝi per tremanta voĉo.

Ŝi havis en la gorĝo plornodon, kiu ne permesis al ŝi paroli.

– Ci parolu nur kiam demandite! – ordonis la oficiro.

Nora West mordetis la lipon kaj silentis. Ŝi atendis la demandojn. La oficiro legis sen rigardi ŝin.

– Ĉu cia nomo estas Eleonora West-Korugă? – demandis li severvoĉe. – Ĉu tiu estas ci? Ĉu ankaŭ cia edzo estas arestita?

La oficiro cidiris al Nora, sed ne kiel al fratino.

– Ĉu cia edzo estis funkciulo de la diktatoro Antonescu[57]?

– Mia edzo estis funkciulo de la reĝlando Rumanio! – respondis Eleonora West.

La oficiro ruĝiĝis: lia pala vizaĝo kovrita de efelidoj estis nun sangokolora. Liaj lipoj tremis.

– En Rumanio okazis sovaĝaj pogromoj, ĉu ne? – demandis li.

– Jes, okazis, – respondis Nora.

– En Rumanio estis koncentrejoj por hebreoj! – kriis li. – Estis ankaŭ koncentrejoj en kiuj la hebreoj estis ekstermitaj, gasumitaj, pendumitaj, senkapigitaj, mortpafitaj...

La leŭtenanto stariĝis. Nora decidis diri al li ke ankaŭ ŝi estas hebreo. Ke ŝi devis falsi siajn dokumentojn. Ke ŝi devis fuĝi. Ke ŝi timtremis ĉiun nokton.

– Respondu mian demandon! – hurlis la oficiro proksimiĝante al ŝi kun la pugnoj kunpremitaj.

Nora antaŭsentis ke li frapos ŝian vizaĝon kaj fermis la okulojn. Ŝi atendis la baton. Ŝia korpo tremis kaj ŝi ne havis la kuraĝon diri eĉ unu vorton.

– Parolu, krimulino! – hurlis li denove. – Kiom da hebreinoj ci murdis propramane? Diru! Se ci silentas, mi dispecigos cin! Kiom da hebreinoj ci murdis propramane!

Nora silentis.

– Ci ne volas diri! – daŭrigis li. – Nun ci timas! Nun ci tremas! Nun ci fekas sur ci... Ĉu murdante ci ne timis?

– Ankaŭ mi estas... – ekparolis Nora.

– For, nazia putino! For!

Lia pugno leviĝis minace antaŭ ŝiaj okuloj. Eleonora West eliris el la oficejo.

---

57 Ion Antonescu (1882-1946), rumana oficiro kaj ŝtatpolitikisto.

LIBRO KVIN

123

Traian Korugă skribas. Johann Moritz sidas apud li kaj rigardas kiel li tenas la krajonon kaj zorge desegnas la literojn kvazaŭ li surfadenigus bidojn.

Johann Moritz ne havas la paciencon skribi. Li ankaŭ ne ŝatas. Sed li povas rigardi dum horoj, sen tediĝi, kiel skribas Traian Korugă.

"Kiam li skribas, sinjoro Traian kvazaŭ preĝas al ikonoj", pensis Johann Moritz. "Se oni vidas sinjoron Traian skribi, oni forgesas ke oni estas prizonulo. Oni ne plu vidas ke li estas nudpieda, nerazita kaj kun truita pantalono. Kiam li skribas, Traian Korugă estas sinjoro, antaŭ kiu oni emas depreni la ĉapelon kaj paroli mallaŭte."

– Ĉu vi aŭdis ke ekzistas homoj, kiuj malsovaĝigas serpentojn? – demandis Traian haltante.

– Mi ja aŭdis, – respondis Moritz.

– La sankta Danielo restis en la fosaĵo kun leonoj, kaj la leonoj ne manĝis lin! – Li malsovaĝigis ilin. Mussolini[58] havis en sia oficejo du tigrojn kiujn li malsovaĝigis. La homoj povas malsovaĝigi serpentojn, leonojn kaj ĉiujn bestojn. Nun aperis sur la tero nova specio de vivaĵoj. Ili nomiĝas civitanoj. Ili vivas ne en arbaroj kaj ĝangalo, sed en oficejoj; tamen ili estas pli kruelaj ol la sovaĝaj estaĵoj. Ili naskiĝis el la kuniĝo de la homo kun la maŝinoj. Ĉi tiu miksaĵo estas la plej forta sur la tero. Ilia vizaĝo estas kiel tiu de la homoj; foje oni eĉ povas konfuzi ilin. Sed oni tuj rimarkas ke ili kondutas ne kiel la homoj sed kiel la maŝinoj. Mi kredas ke anstataŭ korojn ili havas horloĝojn. Kaj ankaŭ ilia cerbo estas speco de maŝino. Tamen ili estas nek maŝinoj, nek homoj. Ili havas la dezirojn de la sovaĝaj bestoj. Sed ankaŭ sovaĝaj bestoj ili ne estas. Ili estas civitanoj! Kurioza miksaĵo! Ili plenigis la teron!

---

58 Benito Mussolini (1883-1945), itala ŝtatpolitikisto.

Johann Moritz provis imagi kiel aspektas la civitanoj, sed li ne sukcesis. Dum momento li pensis pri Marcu Goldenberg, sed Traian interrompis lian penson:

– Mi estas verkisto, – diris li. – Verkisto estas malsovaĝiganto, almenaŭ en mia opinio. Kiam oni montras al la homoj la Belon, t.e. la Veron, ili iĝas malsovaĝaj. Nun mi volas malsovaĝigi la civitanojn. Mi komencis verki libron. Mi estis atingonta la kvaran ĉapitron, kiam mi estis kaptita, kaj mi ne povis daŭrigi. La ĉapitro restis nekomencita. Nun ne plu indas verki ĝin: mi neniam plu publikigos librojn! Anstataŭ la kvaran ĉapitron mi volas verki ion por malsovaĝigi la civitanojn. Se mi sukcesos, mi mortos kontenta. Mi legos ankaŭ al vi kion mi verkos. Ne temos pri romano aŭ teatraĵo: al la civitanoj ne plaĉas la literaturo. Por malsovaĝigi ilin mi verkos ĝenron kiun ili ŝatas. Mi verkos *peticiojn*! Ĉar la civitanoj ne havas tempon por malŝpari pri poezio, romanoj aŭ dramoj: ili legas nur peticiojn!

124

Peticio n-ro 1. Temo: **Ekonomio (Pri graso)**

Mi sendos al Vi multajn peticiojn.

Mi komencas per ekonomia temo. Mi scias ke la okcidenta civilizacio estas konstruita sur materialismaj bazoj. La ekonomiko estas Via Evangelio. Mi estas verkisto, kaj la verkisto estas atestanto. La unua kvalito kiun oni postulas de atestanto, estas la senpartieco. Do, miaj peticioj estos atestaĵoj pri la vero.

La problemo ŝajnas al mi ekstreme grava. Temas pri graso.

Vi scias, kia manko de graso estas nuntempe en la universo.

Kiam mi alvenis en la koncentrejon, la prizonuloj dormis surplanke, unu apud la alia. Mi apenaŭ trovis lokon por kuŝi. Mi tiam venis el mallibereo kaj estis tre laca. La ĉirkaŭa kampo ŝajnis al mi tre granda: mi ne komprenis kial Vi ne faris pli granda la ĉirkaŭbaritan areon, en kiun Vi enfermis la homojn. La dek kvin mil personoj estas premitaj unu kontraŭ la alia.

— 251 —

Kiam ili staras, ja estas spaco, sed kiam ili kuŝas, la spaco estas tiel malgranda, ke ili estas unu super la alia. Mi mem ne povis etendi la krurojn dum la tuta nokto. Tiuj ĉirkaŭ mi etendis la krurojn sur mian kapon. Iliaj kruroj estis varmaj kaj, ĉar ili tenis ilin sur mi, al mi ne estis malvarme. Mi kredas ke Vi faris la ĉirkaŭbaritan areon tiel malgranda por ŝpari la herbon sur la kampo: la prizonuloj damaĝas ĝin, kaj la herbo estas multekosta. Ja estas domaĝe se la prizonuloj surtretas ĝin: pli bone ĝin manĝu bovino, ĉar bovinoj donas lakton. La prizonuloj donas nenion.

Krome por pli granda barilo necesas pli da pikdrato. Kaj ankaŭ la fero multekostas. Ne indas elspezi monon por pikdrato, nur por ke la prizonuloj havu pli da spaco kaj dormu kun la kruroj etenditaj.

Triavice, mi kredas ke el la dek kvin mil prizonuloj, tre multaj mortos kiam komenciĝos la pluvoj kaj malvarmo. Kelkaj eĉ antaŭ tiam. La restantoj havos, do, sufiĉe da spaco por etendi la krurojn. Certe, konstruante la koncentrejon, Vi enkalkulis tion. Mi multe admiris Vin kiam mi komprenis ke Vi nenion preteratentis.

Antaŭ ol ekdormi mi aŭskultis – sen mia volo – prelegon. La preleganto, kiu deklaris sin profesoro en la Universitato de Berlino, parolis pri graso. La temo de la prelego estas la celo de tiu ĉi peticio.

La profesoro kalkulis ĉiutage la fazeolfabojn en la supo kiun ni ricevas en la koncentrejo. Dum tridek tagoj, li kalkulis ĉiujn fabojn en sia bovlo, tagmeze kaj vespere. Poste li adiciis ilin kaj kalkulis la averaĝon. Li asertas ke prizonulo ricevas dek fabojn tage en la du supoj. Ankaŭ la asistantoj de la profesoro kalkulis, same dum tridek tagoj, la fabojn en sia bovlo kaj konfirmis la ĝustecon de la kalkulo. Poste, la profesoro kalkulis kiom da terpomaj ŝeloj kaj faruno eniras la supon. Ĉi tie nur proksimume, car li ne rajtas eniri la kuirejon.

Vi scias ke la germanoj, estante tre paciencaj, estas fakuloj pri mezurado kaj kalkulado. Mi, do, kredas ke ni povas fidi la rezultojn de la esploro.

Post plena monato da esploroj, la profesoro finis la studaĵon kaj faris prelegon, kiu estis ege aprezata de la aŭskultantaro.

(Pretere, la germanoj faras aŭ aŭskultas prelegojn pri ĉiaj temoj. Estas kutimo, kiun ili heredis el la mezepoko.) Post kiam li klarigis kiel li kalkulis la fabojn, kribrante la supon ĉiutage, la profesoro sciigis al ni kiom da kalorioj estas en unu fabo. Mi ne memoras la ekzaktan nombron. Poste li kalkulis kiom da kalorioj havas la dek faboj kune; al tio li aldonis la nombron de kalorioj en la terpomŝeloj kaj faruno, kiujn la prizonuloj ne vidas en la supo, sed pri kies ekzisto la profesoro ne dubas. Li konkludis ke ĉiu prizonulo en la koncentrejo ricevas tage po 500 kaloriojn. Averaĝe. En iuj tagoj ili ricevas pli, en aliaj malpli. Ekzemple, la profesoro mem dum pluraj sinsekvaj tagoj trovis neniom da faboj en sia supo; en tiuj tagoj li havis nenion por kalkuli. Sed estis tagoj kiam li havis dek kvin fabojn kaj – foje – eĉ dek ok! Do, la averaĝo estas ĝusta.

Aliflanke, dormante, homo uzas mil kaloriojn en 24 horoj. La prizonuloj en la koncentrejo ne dormas la tutan tempon, do ili uzas pli da kalorioj. Sed la profesoro prenis kiel bazon, same kiel por dormantoj, mil kaloriojn. La prizonuloj ricevas 500 kaloriojn en la fazeolfaboj. La ceteron, kiun ili uzas, ili donas el sia graso, t.e. el la kapitalo akumuliĝinta en la korpo. Elspezante ĉiutage po 500 kaloriojn el tiuj kun kiuj ili venis ĉi tien, ĉiu prizonulo perdas po ses funtojn ĉiumonate. Ankaŭ tiu kalkulo estas averaĝo. La pesadon faris ĉiutage la asistantoj de la profesoro, per improvizitaj pesiloj kaj peziloj. Tamen ili ŝajnas esti ekzaktaj.

Nun, se oni kalkulas ses funtojn, t.e. tri kilogramojn, da graso, kiun perdas – transformante ĝin en kaloriojn – ĉiu prizonulo en la koncentrejo kiun Viaj Moŝtoj havas la honoron estri, oni malŝparas 45 000 kilogramojn da graso. Kvin vagonoj da graso vaporiĝas ĉiumonate el la koncentrejo! La 15 000 prizonuloj disipas tiun monton da graso! Nu, Viaj Moŝtoj pensu, kia malŝparo!...

Mi ne estas ekonomikisto kaj povas sugesti neniun solvon. Sed mi estas konvinkita ke Vi scios rekuperi, pere de la evoluinta tekniko kiun Vi disponas, ankaŭ tiun vivan grason. Kial ĝi perdiĝu senutile?

Jen la celo de mia peticio. Mi esperas kaj kredas ke mi trovos ĉe Vi la necesan komprenemon. Viaj Moŝtoj apartenas al la plej evoluinta branĉo de la okcidenta civilizacio. Eble vi povas sendi raporton al la Akademio pri Sciencoj en via lando. Estus vera barbarajô lasi ĉiumonate forvanui 45 000 kilogramojn da graso. Krome, Vi havas aliajn koncentrejojn – en Germanio sola kelkcentojn, se mi ne eraras. Ĉiumonate Vi povus kolekti montojn da pura graso.

Ekde kiam mi aŭskultis la prelegon de la berlina profesoro, mi sentas ke la aero odoras je homa graso. La koncentrejo de Viaj Moŝtoj estas enorma premilo, kiu elpremas la grason el la homoj. Ĉu Viaj Moŝtoj ne sentas la odoron de homa graso kiam Vi malfermas la fenestrojn? Mi kredas ke eĉ Viaj vestaĵoj estas saturitaj. Demandu Vian edzinon – aŭ amatinon – ĉu Viaj hararo kaj haŭto ne odoras je homa graso nokte, kiam Vi enlitiĝas apud ŝin. La virinoj havas pli delikatan flarsenton kaj diros al Vi. Mia stomako ribelas pro naŭzo!

Nun mi salutas Vin kaj certigas Vin ke mi estas granda admiranto de Via civilizacio. Mi certas ke Vi utiligos, per efikaj teknikaj rimedoj, ankaŭ nian grason.

(Ne forgesu ke ankaŭ mi proponas monate tri kilogramojn el mia korpo!)

LA ATESTANTO

125

Peticio n-ro 2. Temo: **Estetiko (La idealo de la homa beleco en la okcidenta teknika socio)**

Hieraŭ vespere mi parolis pri estetiko kun germana profesoro. Mi disputis kun li: la germanoj, same kiel la aliaj eŭropanoj, daŭre restas ĉe klasikismo. Pro tio ili falegis. Sana kaj progresema socio havas modernan arton, tian kian Vi havas en la okcidenta teknika socio.

La germana profesoro montris al mi kelkajn prizonulojn, kiuj promenis sur la korto de la koncentrejo kaj kiuj – kiel Vi bone scias – konsistas el nur haŭto kaj ostoj. Li diris ke ili estas malbelaj. Li restis ĉe la helenaj idealoj pri beleco.

Male, mi trovas ke la homoj reduktitaj al haŭto kaj ostoj estas belegaj, veraj artaĵoj. Tiu estas la speco de homa belo en la moderna teknika socio. Mi provis konvinki la germanon ke Via socio taksas la Belon pli ol iu ajn alia socio kaj ke Viaj Moŝtoj elpremas la grason el la homoj pro kialoj pure estetikaj, por plibeligi la universon. Li ne komprenis. La germanoj komprenas tre malfacile. Pro tio oni diras ke ili estas ŝtipkapaj. Morgaŭ mi prelegos pri la idealo pri homa beleco en la moderna okcidento.

Estas svisa skulptisto, Alberto Giacometti[59], kiu aplikis en plastiko la principojn kaj idealojn pri la maskla kaj virina beleco, kiujn Viaj Moŝtoj realigas je praktika nivelo, forigante la grason kaj karnon el la homa korpo. Prilaborante siajn statuojn, li penis forigi la grason el la homa korpo kaj el la spaco. Tiel, la korpo, reduktita al unu dimensio, alprenas la longecan, magran formon de drato. Ekzakte tio kion ankaŭ Vi faras en la koncentrejo. Mi scias de ĉiam ke Via civilizacio regas sin laŭ la principoj de la estetiko.

Kiel bela estos la morgaŭa universo, kiam la tuta tero estos loĝata de homoj kun korpoj harmoniigitaj laŭ la estetika kanono de la arto de Giacometti kaj de Vi!

LA ATESTANTO

126

– Kara Moritz, – diris Traian Korugă, – ĝis nun mi skribis plurajn peticiojn, pere de kiuj mi provis riveli la veron kaj igi ilin ne plu turmenti la homojn. Mi scias ke mi pravis en ĉio kion mi skribis. Mi lerte kunmetis ĉiun peticion, sed vane. Mi uzis la juran stilon, la diplomatan stilon, la telegraman stilon, tiun de la kuirlibroj, de la reklamoj; mi estis sentimentala, ironia, petema... Mi petis justecon en ĉiuj manieroj kiujn la malespero instruis al mi. Mi ricevis neniun respondon. Mi diris al ili la plej

<hr>

59 1901-1966.

kruelajn verojn, sed ili ne ĉagreniĝis. Mi skribis genue, sed ili ne kortuŝiĝis. Mi insultis ilin impertinente, sed ili ne ofendiĝis. Mi provis ridigi ilin, eksciti ilian scivolon. Vane! Mi ne sukcesis veki en ili ajnan superan senton aŭ malsuperan emon: ili havas neniajn sentojn. Ili konas nek haton nek venĝemon. Nek kompaton. Ili laboras aŭtomate: nur tion kio estas en la programo. Se mi elŝirus la haŭton de mia brusto kaj skribus sur ĝin peticion per varma sango, ili tamen ne legus ĝin! Ili ĵetus ĝin en la rubujon, same kiel ili faris kun la aliaj. Simple ili ne rimarkus ke temas pri haŭtŝiraĵo el viva homo. Ili estas indiferentaj rilate la homon. La indiferento de la civitano superas eĉ tiun de la maŝino!

– Povra vi! – diris Johann Moritz kompate. – Kaj nun kion vi intencas fari? Mi sugestas ke vi ne plu skribu al ili!

– Mi daŭre skribos, – respondis Traian. – Mi neniam haltos. Mi daŭrigos ĝis la fino de mia vivo! La homoj malsovaĝigis ĉiajn bestojn. Kial ni ne malsovaĝigus la civitanojn?

– Provu alian vojon! – diris Johann Moritz. – Per skribado vi atingas nenion!

– Ĉiuj venkoj de la homo, ekde kiam ĝi estas sur la tero, estas venkoj de la animo. Per la animo ni malsovaĝigos ankaŭ la civitanojn en la oficejoj. Se ni ne sukcesos, ili ŝiros nin ĉiujn. Ni devas instrui ilin ne plu ŝiri la homon, kiam ili renkontas ĝin. Dum ni ne instruas tion al ili, ni ne povas kunvivi sur la sama planedo, en la samaj urboj, sur la samaj stratoj. Estos pli malfacile ol kun la tigroj. Sed mi neniam estis pli fidoplena ol nun. Temas, eble, pri la antaŭmorta optimismo. La spasmo de mia agonio estas, eble, la ĉapitro de la peticioj de la horo 25. Sed mi ja verkos ĝin!

127

Peticio n-ro 3. Temo: **Ekonomio (Pri la prizonuloj kiuj havas nur duonon aŭ trionon de la korpo)**

Dum kvar tagoj mi kaj amiko, kiu estas libroteknisto, kalkulis la nombron de la prizonuloj en la koncentrejo, kiuj havas nur duonon, du trionojn aŭ kvar kvinonojn de la korpo. Li kompetentas pri kalkulado. Mi rapidas skribi al Vi, ĉar la problemo ŝajnas al mi urĝa el ekonomia vidpunkto. Vi povus ŝpari ĉiutage milojn da markoj!

Jen pri kio temas. El la 15 000 prizonuloj ĉirkaŭ mi, 3 000 ne havas kompletan korpon. Ĉirkaŭ 200 tute ne havas krurojn. Ili trenas sin tra la koncentrejo kiel reptilioj. 1 200 havas nur unu kruron. Aliaj havas nur unu brakon. Al kelkaj mankas ambaŭ brakoj. Kaj tio koncernas nur la eksterajn korpopartojn. Sed estas ankaŭ tre multaj al kiuj mankas partoj el la interno, kiel ekzemple pulmo, reno, ostopecoj kaj aliaj. 40 prizonuloj tute ne havas okulojn.

Ĉiuj estis arestitaj aŭtomate, same kiel mi. En la komenco mi kompatis ilin. Mia amiko Johann Moritz forturnas la kapon ĉiufoje kiam li vidas la kripligitojn kaj mutilitojn en la koncentrejo. Sed Johann Moritz estas primitivulo. Li ne komprenas ke, se la aresto estas aŭtomata kaj se oni apartenas al kategorio, kiu devas iri en malliberejon, oni ne povas eviti pro tio ke oni ne havas krurojn, okulojn, nazon aŭ pulmojn. La aŭtomata aresto ne antaŭvidas esceptojn por tiuj kun nefunkciantaj korpoj. Kaj tiel decas! La justeco estu la sama, unu por ĉiuj!

Ĉi tie estas profesoro. Al li mankas ambaŭ brakoj, kiujn li perdis sur la fronto. Kiam Vi ordonis la aŭtomatan arestadon de la profesoroj, estus maljuste ŝpari mian amikon pro tio ke li ne havas brakojn. Kia ligo estas inter brakoj kaj aŭtomata aresto? Nenia! Li estis profesoro, sekve arestenda kiel la tuta kategorio. Ĝuste kiel Viaj Moŝtoj agis. Ĉar Vi neniam eraras. Ĝuste pro tio mi admiras Vin tiel multe. Mi pretas, en ajna momento, foroferi mian vivon por Via granda civilizacio! Vi estas la personigo de Justeco kaj Precizeco!

Sed mi revenu al la temo. Ĉi tiuj homfragmentoj, kiuj havas nur partojn de korpo, ricevas la samajn manĝâĵporciojn kiel la kompletaj prizonuloj. Tio estas granda maljustaĵo!

Mi proponas ke al tiuj prizonuloj oni donu manĝâĵon proporcie kun la korpopecoj, kiujn ili ankoraŭ havas. La registaro de Viaj Moŝtoj pagas per kontanta mono ĉiun manĝâĵporcion, kiun ricevas la prizonuloj. Sed per "prizonulo" kompreniĝas kompleta individuo. Se Vi kolektus la 3 000 mutilitojn kaj kalkulus iliajn brakojn, krurojn, okulojn kaj pulmojn, Vi konstatus ke ili estas, en haŭto kaj ostoj – t.e. en la realo – maksimume 2 000 homoj.

Vi povus do, ŝpari 1 000 manĝaĵporciojn ĉiutage. Kial Vi pagu por nutri la korpopartojn, kiujn tiuj prizonuloj ne havas? Tio estas donacemo, kiu ne rajtas plu daŭri!

Mi kredas ke la superaj instancoj estos tre kontentaj se Vi atentigos ilin pri ĉi situacio. Eĉ eblas ke ili dekoracios Vin: Vi estos ŝparintaj la monon de la ŝtato! Kaj la mono estas la sola realaĵo.

Per tiu ĉi slogano vin salutas

LA ATESTANTO

128

Peticio n-ro 4. Temo: **Armeo (Pri ŝanĝo de sekso)**

Pro la malsato, la prizonuloj en la koncentrejo suferas iujn transformiĝojn, kiuj povus havi por Viaj Moŝtoj apartan armean intereson. Jen, mallonge, pri kio temas.

La prizonuloj arestitaj de pli longa tempo kaj kiuj travivis per nur 500 kalorioj tage, ne plu bezonas razi sin. La viroj kiuj hejme razis sin unu aŭ eĉ du fojojn tage, ĉi tie komencis razi sin nur unu fojon en kelkaj tagoj, poste unu fojon semajne, du fojojn monate kaj nun… tute ne! Ilia barbo iĝis pli kaj pli rara kaj silkeca, poste lanuga ĝis ĝi tute ne plu kreskis. Ilia vizaĝo iĝis senhara, kiel tiu de virino.

Sed ne estas nur tio. Ankaŭ ilia voĉo iĝis virineca. Al ili komencis kreski mamoj. Kelkaj havas mamojn kiel 13-jaraĝulinoj. Ilia haŭto estas velureca, kiel tiu de la virinoj. Kaj ankaŭ iliaj kutimoj estas virinecaj. Mi ne scias, kio okazas al iliaj seksorganoj, sed mi kredas ke kun ĉi tiu reĝimo (kaj se Vi plu reduktas la manĝaĵporciojn) defalos iliaj falusoj kaj ĉiuj viraj alpendaĵoj, kio signifas ke la transformiĝo en virinojn iris ĝis la fino.

La kuracistoj asertas ke tio okazas pro malsato kaj ke "senigo je nutraĵo havas kiel efikon konsiderindan reduktiĝon kaj pres-

kaŭan ĉeson de la hormonaj sekrecioj kun duobla funkcio: androgenaj (viraj hormonoj) kaj estrogenaj (inaj hormonoj). Eĉ pli: la hepato, malfortikiĝinte, ne plu povas plenumi la funkcion de hormona reguliganto; ĝi ankoraŭ kapablas detrui la troon da androgenaj hormonoj, sed daŭre lasas trapasi la estrogenajn hormonojn. Pro la damaĝita hormonekvilibro, la organismo ekpostulas kaj montras sian inan flankon."[60]

Ĉi tiu konstato povus havi enorman armean gravecon por Via civilizacio. Pensu, kia trankvilo estus sur la tero se, kiel Vi jam komencis fari, Vi sendus ĉiujn virojn de la malamikaj ŝtatoj en koncentrejojn kaj nutrus ilin per kelkcent kalorioj tage ĝis ili iĝas virinoj! La malamikaj nacioj restus sen viroj kaj ne plu povus militi kontraŭ Vi!

Mi kredas ke la Ĉefstabo utiligos tiun ĉi ideon. Kaj, se enkalkuli la praktikan kaj inventeman spiriton de Via civilizacio, mi ne dubas ke Vi provos ankaŭ la inversan operacion: supernutrante la volontulinojn en Via patrio, Vi povos transformi ilin en virojn. Tiel Vi havus pli da viroj militkapablaj kaj pli da laborforto.

Konklude mi proponas ke la porcioj 500-kaloriaj, kiujn oni donas al la prizonuloj en la koncentrejo kiun Vi estras, estu reduktitaj: eble tiel kelkaj el ili transformiĝos pli rapide en verajn virinojn!

LA ATESTANTO

129

Prepariĝo por marŝado. 15 000 prizonuloj estas transportotaj al alia koncentrejo. Estas la dua horo nokte. La koncentrejo estas ĉirkaŭita de blenditaj ĉaroj kaj kamionoj.

La lanternoj de la kamionoj lumas. Pro la reflektoroj de la tankoj estis lume kvazaŭ dumtage. Ĉiuj aŭtomataj pafiloj estas turnitaj al la homamaso, kiu fluas kiel rivero al la pordo. Traian Korugă kaj Johann Moritz marŝas flank-ĉe-flanke. La nokto estas friska. Ili sentas reciproke la varmon de la korpo. Moritz tremas kaj liaj dentoj kunfrapiĝas.

---

60   Leŭtenant-kolonelo d-ro Eugene C. Jacobs.

Ĉe la pordo staras du soldataj skipoj kun lignaj bastonoj. Ili kalkulas la elirantajn prizonulojn kaj dividas ilin en grupojn.

– Ili volas enŝovi nin po sepdek en kamionon en kiu estas spaco por nur dek aŭ dek du homoj! – diris Traian. – Kiel ili faros tion? Ĉu vi aŭdis pri la leĝo de la nepenetreblo de la korpoj?

Moritz ne respondis. Li daŭre tremis pro malvarmo.

Traian rigardis kiel ŝarĝiĝas la unua kamiono. En la komenco eniris dudek. Oni povus kredi ke restis neniom da spaco. La soldatoj frapis per la bastonoj tiujn en la kamiono, kiuj kunpremiĝis. Enkamioniĝis dek pliaj. La bastonoj komenci frapi la ĵusajn enkamioniĝintojn. Ankaŭ ili premiĝis kontraŭ tiujn kiuj jam estis en la kamiono. Kaj denove fariĝis spaco. Dek pliaj enkamioniĝis. Nun ŝajnis ke infano ne plu povus eniri. La soldatoj komencis frapi per la kolboj. Refoje eniris dek homoj. El la sepdek eĉ ne unu restis ekstere. La kamiono pretis.

Traian Korugă enkamioniĝis tenante la manon de Johann Moritz, por ke ili ne disiĝu.

– Kara Moritz, ne ekzistas absolutaj leĝoj, – diris Traian. – Eĉ la fiziko ne havas senvariajn leĝojn! Ĝi asertas ke du korpoj ne povas okupi samteme la saman spacon. Niakaze sep homoj okupas la spacon de unu. Ĉu plu fidi la fizikon? Ĉu vi aŭdis pri Picasso?

– Ne, sinjoro Traian!

La voĉo de Johann Moritz sonis strangolata. Traian estis alta kaj lia kapo estis supre, ekstere. Moritz estis malalta: lia kapo estis premata inter la brustoj de la aliaj, kiuj premis ankaŭ liajn pulmojn. Neniu aerbloveto atingis lin.

– Mi sufokiĝas! – diris Moritz.

Paniko kaptis lin. Li preskaŭ ploris. Sed moviĝi li ne povis. Liaj naztruoj serĉis aeron, sed vane.

– Mi sufokiĝas, sinjoro Traian! – ripetis lin. – Mi sentas kiel mi mortas.

– Respondu unue, ĉu vi aŭdis pri Picasso!

– Mi aŭdis nenion! – diris Moritz. – Mi scias nenion! Mi sufokiĝas! Mi vidas mian finon!

Traian volis levi la kapon de Moritz, sed ankaŭ li ne povis movi la brakojn kaj la muskolojn: lia korpo estis premata, reduktita al minimuma volumeno. Nur la kapo estis ekstere, super la aliaj.

– Tiu Picasso estas la plej granda pentranto de la okcidenta socio! – diris Traian.

– Mi povas aŭskulti nenion! – diris Moritz. – Mi volas eligi la nazon, almenaŭ unu truon! Sinjoro Traian, bonvolu, helpu min. Mi mortas!

Traian ensuĉis sin eĉ pli. La kapo de Moritz estis kontraŭ lia brusto.

– Picasso faris vian portreton, tia kiel vi nun staras, en la kamiono, kara Moritz!

– Mian portreton? – demandis Moritz. – Mi ne aŭdas. Miaj oreloj estas kovritaj.

– Jes, vian portreton! – konfirmis Traian. – Ekzakte kiel foton. Kaj la portreton de nia kamiono. Sep homoj kiuj okupas samtempe la saman spacon! Unu havas kvin krurojn, alia tri kapojn, sed ne havas pulmojn, vi, kiu havas voĉon, sed ne havas buŝon, kaj mi, kiu havas nur kapon: kapon kiu flugas super kamiono. Kiam mi la unuan fojon rigardis la pentraĵon – tio okazis en Parizo –, ĝi plaĉis al mi, sed mi ne sciis kion ĝi prezentas. Apenaŭ nun mi komprenas ke temis pri nia kamiono. Pentrita ekzakte! Neniu detalo mankas. Li pentris eĉ nian koncentrejon! Li pentras kvazaŭ li fotus: nur veraĵojn. Li estas genia pentranto!

– Ĉu nun vi povas spiri? – demandis Traian.

– Mi ne scias. Ŝajnas ke mi povas, sed nur per unu naztruo kaj nur jen kaj jen, – respondis Moritz. – Ĉi tie, ĉe via brusto, inter la ripoj...

– Unu naztruo sufiĉas! Nun aŭskultu: mi volas diri al vi ion gravan!

– Mi povas aŭskulti nenion... Pardonu min! – diris Moritz.

– Penu aŭskulti! – diris Traian. – Temas pri gravaĵoj.

Every horror had its definition,
Every sorrow had a kind of end:
In life there is not time to grieve long.
But this, this is out of life, this is out of time,
An instant eternity of evil and wrong.
We are soiled by filth that we cannot clean, united to
supernatural vermin,
It is not we alone, it is not the house, it is not the city that
is defiled,
But the world that is wholly foul![61]

– Parolu pli laŭte, ĉar mi aŭdas nenion! – diris Moritz.
Traian daŭrigis tiel laŭte kiel li povis:

Clear the air! clean the sky! wash the wind!
Take the stone from the stone, take the skin from the arm,
take the muscle from the bone, and wash them!
Wash the stone, wash the bone, wash the brain,
wash the soul,
wash them, wash them![62]

– Mi komprenis nenion! – diris Moritz. – Kiel bone, sinjoro
Traian, ke vi povas stari kun la kapo super la aliaj! Vi ne
sufokiĝas!

En la koncentrejo, la malaltaj homoj suferis pri malsato
malpli ol la altaj. En la kamiono transportanta sepdek personojn,
rapidanta kiel spirito laŭ la stratoj de Ohrdruf, la malaltaj
prizonuloj estis preskaŭ mortantaj pro manko de aero...

– Sinjoro Traian, ne plu parolu: kiel ajn mi ne aŭdas! – diris
Johann Moritz.

– Se vi ne aŭdas, vi pagos per via vivo!

---

61 Ĉiu hororo havis sian difinon, ĉiu ĉagreno havis iun finon: en la vivo ne estas
tempo por longe lamenti. Sed ĉi tiu estas ekster la vivo, ekster la tempo, estas
nuna eterno da malbono kaj maljusto. Ni estas makulitaj de malpuraĵo ne-
forigebla, parenca al la supernatura pesto. Ne nur ni, ne nur la domo, ne nur
la urbo estas profanitaj. Sed la tuta mondo estas putra!

62 Klarigu la aeron! purigu la ĉielon! lavu la venton! Prenu la ŝtonon el la ŝtono,
prenu la haŭton de la brako, prenu la muskolon de la osto kaj lavu ilin! Lavu
la ŝtonon, lavu la oston, lavu la cerbon, lavu la animon, lavu ilin, lavu ilin!
(Ambaŭ citaĵoj el T. S. Eliot)

– Kion mi aŭdu?

– La germana profesoro eraris! – diris Traian. – Li faris grandan pekon kaj mortos pro tio!

– Kiu germano eraris? – demandis Moritz.

– La profesoro kiu pesis niajn grason kaj karnon! – respondis Traian. – Li pesis ilin vivaj, por mezuri nian suferon. Sed la homa doloro ne mezureblas kilograme aŭ tune. Ankaŭ la vivo ne mezureblas. Tiu kiu faras tion, faras mortopekon!

– Mi ne aŭdas! – diris Moritz.

– Neniu domaĝo se vi ne aŭdas! Oni falegas ankaŭ sen aŭdi! Nek la ŝoforo de nia kamiono, nek la sentineloj, nek la soldatoj kun lignaj bastonoj, nek tiuj kun mitraloj, kiuj senpaciencas pafi nin, aŭdas ion ajn! Eĉ ne unu! Tamen ili falegas samtempe kaj samkiel ni... Ĉu vi vidas kiel ili falegas?

– Miaj okuloj estas kovritaj! – respondis Moritz. – Mi vidas nenion!

– Ĉu vi ankaŭ sentas nenion? – demandis Traian.

– Nenion! – diris Moritz. – Sed mi sufokiĝas.

– Vidu: vi sentas la esencon! – diris Traian triste. – Kial vi diras ke vi sentas nenion? Ĉiuj sentas tion, sed ne volas konfesi!

130

La prizonuloj estis puŝitaj en vagonojn por brutoj. La vagonoj havis sur la pordon la surskribon 24 ĈEVALOJ. En ĉiun vagon oni enfermis 140 homojn. La pordoj de la vagonoj fermiĝis unu post la alia; en la lastaj, la virinoj. Tri mil virinoj. La trajno estis longa. Plaĉus al Traian vidi ĝin pasi, de for.

– Nia trajno similas al la procesio kiu supreniris Golgoton, nur ke ĝi estas meĥanizita. Ni supreniras Golgoton per teknikaj rimedoj; Jesuo supreniris piede, inter la du rabistoj! Ĉu vi scias kial oni krucumis lin kune kun du veraj rabistoj?

– Mi ne scias, – respondis Moritz.

– La juĝistoj, por puni senkulpulon, flankas lin per du kulp-
uloj. La truko estas klasika. La hebreoj ne aŭdacis krucumi
Jesuon sola, do ili metis lin inter du famaj rabistoj. Dum la
ekzekuto la atento de la amaso estis devojigita for de la sen-
kulpulo. Mi, vi, mia edzino kaj la multaj aliaj, ĉiu havas dekstre
kaj maldekstre kulpulon. Samkiel sur Golgoto! Nur la proporcio
ŝanĝiĝis: tiam senkulpulo estis flankita de du kulpuloj, nun
dekmilo da senkulpuloj staras inter du kulpuloj. Sed la diferenco
estas sensignifa: la sistemo estas la sama. Krome, ni surkruciĝas
aŭtomate, per teknikaj rimedoj. Sed la manovro estas infaneca.
Tuj post la fino de la ekzekuto, la amasoj parolas ne pri la du
kulpuloj mortigitaj kune kun Jesuo, sed nur pri Jesuo. Tiel okazis
ĉiam, tiel okazos ankaŭ nun. Eĉ se la krucumo fariĝas aŭtomate
kaj eĉ se ni supreniras Golgoton per lokomotivo.

Traian Korugă proksimiĝis al la kradita fenestro de la vagono.
La trajno haltis.

– Kion vi vidas? – demandis Moritz, kiu ne sukcesis atingi
ĝis la fenestro.

– Ni estas en iu stacio, – diris Traian. – Estas alia trajno apud
la nia.

– Ĉu ankaŭ ĝi kun arestitoj? – demandis Moritz scivole.

– Trajno kun eksarestitoj. Estas eksterlandaj sklavoj liberigitaj
el Germanio, – diris Traian rigardante la amason da viroj kaj
virinoj svarmantan ĉirkaŭ la apuda trajno. – Ĉiuj fumas
cigaredojn!

Moritz englutis la salivon.

– Nun eltrajniĝas virino kiu manĝas kolbason kun blanka
pano! – daŭrigis Traian, ankaŭ li englutante la salivon.

– Ankaŭ mi ŝatus vidi ilin, – diris Johann Moritz. – Eble mi
konas iun. El kiu etno ili estas?

– Ili estas miksitaj, – respondis Traian rigardante la kolorojn de
la flagoj desegnitaj sur la vagonoj kaj la flagetojn ĉe la butontruoj.
– La virino kiu manĝas buterpanon kaj havas gambojn blankajn
kiel la pano el kiu ŝi mordas, estas danino. Malantaŭ ŝi estas
francino. Bela! Nigraj okuloj!

– Ĉu estas aliaj francoj? – demandis Moritz.

– Ĝuste apud nia vagono estas grupo de gefrancoj, – diris Traian. – Miksitaj kun geitaloj kaj gebelgoj.

– Mi volas vidi la gefrancojn! – diris Moritz senpacience.

Lia malnova ŝato de la francoj ne malaperis.

Traian levis lin je la akseloj por ke li atingu ĝis la fenestro.

– Ili ja estas francoj! – diris Moritz. – Tiu apud la italo bone similas al Joseph. Ĉu vi vidas lin?

– Kiu Joseph?

– Mia amiko Joseph! – diris Moritz. – Ĉu mi ne rakontis pri li? Tiu kiun mi helpis eskapi. Se mi ne certus ke li estas en Francio, mi eĉ kredus ke estas li, tiel ili similas. Ĉu vi volas diri ion al li?

– Kion mi diru?

– Kion ajn, – diris Moritz. – Mi ne scias la francan, sed mi volas ke ni diru ion al li. Diru al li bonan tagon kaj bonan vojaĝon al Francio!

Johann Moritz ne povis preterpasi francon sen diri al li ion aŭ almenaŭ rideti amike.

– Nun li estas apud ni! – diris Moritz. – Nun diru ion al li!

Traian Korugă daŭre silentis. Johann Moritz ne plu povis regi sin kaj kriis en la germana:

– Bonan vojaĝon al Francio!

Li prononcis dolĉe. Lia vizaĝo elradiis ĝojon ĉar li povas alparoli homon kiun li amas, nur ĉar franco.

La voĉoj sub la fenestro eksilentis abrupte. La grupo sur la kajo ŝtoniĝis, kun la rigardo al la fenestro de la vagono kie estis Moritz. Traian aŭdis kiel tiu kiu similis al Joseph demandis en la franca:

– Kion diras la nazia porko?

La okuloj de la viroj kaj virinoj sur la kajo fiksrigardis Johann'on Moritz, kiu, de malantaŭ la krado, ridetis al ili amike.

– Probable, la porko volas cigaredon! – diris virino.

La junulo kiu similis al Joseph pretis enpoŝigi la manon, sed abrupte haltigis la geston. Li kliniĝis, prenis ŝtonon kaj ĵetis ĝin al la fenestro ĉe kiu ridetis Johann Moritz. La ŝtono trafis inter la kraderoj kaj falis en la centron de la vagono frapante unu el la prizonuloj.

– Jen cigaredo! Ĉu vi volas fumi, porko? Tri jarojn vi tenis min fermita en Germanio!

La dua ŝtono bruis en la vagonmuro; poste venis la tria. Pluvo da ŝtonoj komencis flui kontraŭ ilian vagonon; la prizonuloj kuŝis sur la planko, kun la kapo for de la fenestroj. La ŝtonoj falis kiel hajlo. Ekstere aŭdiĝis sakroj kaj krioj, kiel dum atako. Estis la voĉoj de idignantaj virinoj, viroj, infanoj. Voĉoj en la franca, itala, rusa, dana, flandra, norvega. En ĉiuj lingvoj eĥiĝis la samaj sakroj, la sama neregata hato. La sonoj de la vortoj falis samtempe kun la sonoj de la ŝtonoj sur Johann Moritz: nazia porko, nazia krimulo, nazia murdisto, nazia, nazia, nazia...

Ĉiuj en la trajno por "personoj translokataj" eltrajniĝis kaj aliĝis al la unua grupo, ĵetante ŝtonojn kontraŭ la trajnon de la prizonuloj. La sentineloj kaj la armepolico provis regi la situacion, sed la atako estis tro violenta por esti malpliigebla kaj daŭris furioze. La polico komencis pafi en la aeron. Ribela krio, unuanima fi! eksonis el la brustoj de la liberigitaj sklavoj, kontraŭ la polico, kiu defendis la naziojn kontraŭ linĉado.

Johann Moritz restis ĉe la fenestro eĉ post kiam la unua ŝtono siblis preter lia orelo. Li ne foriris de la fenestro kaj ne ĉesis rideti eĉ post la komenciĝo de la atako. Li tute ne komprenis, kio okazas. Kaj eĉ se li komprenus, li ne povus kredi ke la franco kiu similis al Joseph, ĵetas ŝtonojn kontraŭ lin kaj volas frakasi lian kapon.

Dum Johann Moritz gapis al la amaso sur la kajo, kiu atakis lin per ŝtonoj, la aliaj prizonuloj en la vagono lin kaptis je la dorso kaj tiris malantaŭen faligante lin sur la plankon. Dekoj da pugnoj pretiĝis super li kaj ĉiu serĉis lin por bati, por ŝiri lian karnon, por frakasi lin. Johann Moritz subite troviĝis sub dekoj da piedoj kiuj surtretis lin kun hato, despero, bestieco, dum el la ekstero la ŝtonoj pluvfalis sur ilin, frapante la fenestrojn, la murojn, la kapojn.

La prizonuloj ne povis pardoni al Moritz la fakton ke li startigis la koleron kaj atakon de la liberigitaj sklavoj sur la perono.

Ili volis dispecigi lin. Ĉirkaŭ li estis ne homoj sed la amaso, tiu apokalipsa besto kun milo da piedoj, kiuj surtretis liajn karnon kaj korpon. Ekstere, alia amaso, la apokalipsa besto kun milo da brakoj, kiuj ĵetis kontraŭ lin ŝtonojn. Sango invadis la nazon kaj buŝon de Moritz; en tiu momento li kredis ke li mortos.

Kiam rezignacie li komprenis ke alvenis la mortohoro, li sentis nek la botojn frakasantajn lin, nek la pugnojn frapantajn lin. Li sentis nenian doloron: li sentis nur ke la fino de la suferoj estas proksime kaj pensis pri la popo Alexandru Korugă, la preĝejo en Fântâna kaj la ikono de la Dipatrino. En liajn menson kaj korpon descendis paco. Li aŭdis la ŝtonojn kiuj frapis la murojn de la vagono kaj, nun, sciis ke ili celas lin. Nur lin. Ĉiuj deziras la morton de Johann Moritz. La mondo ne plu povos vivi kaj sur la tero ekzistos neniu progreso, se li restas viva: kulpa pri ĉiuj malbonaĵoj en la universo estis Johann Moritz. Pro tio ĉiuj volas mortigi lin. Pro tio la prizonuloj dispremas lin piede. Pro tio el ekstere atakas lin ŝtone la eksprizonuloj. Pro tio lin tenis arestita la soldatoj. La amaso ne kvietiĝos antaŭ ol Johann Moritz mortas. La armepolico ne povos trankviligi la "personojn translokatajn" antaŭ ol Johann Moritz estas mortigita. Ankaŭ la prizonuloj en la vagono ne estos kvietigeblaj antaŭ ol Johann Moritz estas murdita. Ankaŭ la soldatoj kun aŭtomataj pafiloj kaj tankoj ne povos reveni hejmen, trans la oceanon, antaŭ ol Johann Moritz estas dispecigita. Li devas morti: li estas la *Homo*. Por li ne ekzistas pardono.

"Kiel mi eraris, Dio?" demandis sin Johann Moritz. Poste li pensis: "Mi amas la francojn kaj volis diri al ili amikan vorton. Pro tio ili mortigas min. Ankaŭ Jesuon oni mortigis, ĉar li amis la homojn!" La vortoj de Traian Korugă revenis en lian menson: "Ni supreniras Golgoton per lokomotivo: ni supreniras mekanikan Golgoton!"

Johann Moritz havis la impreson esti sur kruco kaj sentis kiel fariĝas nokto kaj mallumo, mallumo, mallumo…

131

Johann Moritz vekiĝis malfrue, kun la kapo kaj brusto bandaĝitaj. Lia kapo estis apogita kontraŭ Traian. Li volis demandi lin, kial li demetis la ĉemizon, sed li ne havis la forton.

– Mi soifas! – flustris Johann Moritz.

Traian ŝajnigis ne aŭdi.

– Mi soifas! – ripetis Johann Moritz.

Dum kelkaj horoj li kuŝis senkonscie en la brakoj de Traian, kiu bandaĝis lin ŝirinte la propran ĉemizon kaj farinte al li spacon por kuŝi.

Ĝis tiam Johann Moritz eligis eĉ ne unu vorton. Traian tenis manon sur lia brusto por senti liajn korbatojn. Kelkfoje Traian metis orelon sur la bandaĝojn por aŭskulti: la koro de Moritz batis tiel malforte, ke la mano ne sentis. Ĝi apenaŭ aŭdeblis per la orelo.

Nun Moritz parolis. Traian ĝojis kvazaŭ li mem estus resurektinta.

Johann Moritz deziris akvon. Li estis soifa kiel Kristo sur la kruco. Sed en la vagono ne estis akvo. De dudek horoj la prizonuloj estis ŝlositaj, sen ricevi ion ajn por manĝi aŭ trinki, sen permeso plenumi necesaĵojn.

En la vagono stinkis je putro, je acido, je fekaĵoj. La urino etendiĝis sur la planko, ĉien. Johann Moritz kuŝis sur urino: li urinis sur sin senkonscie. Sed li sentis nenion. Ankaŭ la okulojn li ne malfermis ĝis nun; nur la lipojn li malfermis.

– Mi soifas! – diris Johann Moritz denove.

– Mi bedaŭras: ni ne havas akvon! – diris Traian. – Ni havas nenion por trinki!

Li pensis, per kio li povus malsekigi la lipojn de Moritz. Li memoris esti leginta ie ke la soldatoj de la ĥano Ĝingis, rajdante tra la stepo sen io ajn por manĝi kaj trinki, malfermis per tranĉilo vejnon en la kruro de la ĉevalo. Perlipe ili suĉis kelkajn sangogutojn post kio ili bandaĝis la vundon kaj daŭrigis la rajdadon. Sinsekvajn tagojn la rajdantoj de la ĥano Ĝingis manĝis kaj trinkis nenion krom tiujn kelkajn gutojn da varma sango. La bildo obsedis Traian'on. Li donus al Johann Moritz kelkajn gutojn el sia sango por malpliigi lian soifon: la sango vigligus lin.

– Mi soifas! – diris Johann Moritz petvoĉe.

– Ni havas nenion por trinki, kara Moritz! La sola likvaĵo, kiun oni povus trinki kaj el kiu mi volonte donus por ke vi malsekigu viajn lipojn, estas mia sango. Sed oni devas ne trinki sangon: kiu trinkas homan sangon, tiu iĝas fantomo. Ĝi daŭre similas al homo, sed ne plu estas homo! Ĝi estas maŝino, diablo, maso! Ĝi havas ĉion kion la homoj havas, krom animon.

– Mi soifas! – flustris Johann Moritz.

– Mi kredas vin, – diris Traian. – Sed sangon vi ne trinku kaj ion alian mi ne havas por doni al vi. Vi estas la sola ĉirkaŭ mi, kiu ne trinkis homan sangon. Ĉu vi aŭdas, kion mi diras al vi? Ĉiuj aliaj trinkis sangon kaj nun ili estas fantomoj. Ili ne plu estas homoj! Nek la prizonuloj, nek la sentineloj, nek la eksprizonuloj kiuj atakis vin per ŝtonoj! Nur vi restis homo, ĉar vi ankoraŭ amas la homojn…

– Mi soifas!

– Mi ja kredas ke vi soifas kaj ke, se vi ne trinkas, vi mortos! Sed pli bone morti kiel homo ol vivi kiel fantomo! Ne trinku homan sangon! Ĉu vi aŭdas min?

– Mi soifas, – flustris denove Johann Moritz.

132

La peticio de Johann Moritz

La subskribanto Moritz Ion el Rumanio, vilaĝo Fântâna, sendas ĉi tiun peticion al la regantoj de la lando en kiu mi troviĝas, por ilin demandi, kial ili tenas min enfermita kiel rabiston kaj turmentas min samkiel Kristo estis turmentata surkruce.

Mi ne faris tiun demandon pli frue. Mi devintus fari, sed mi estas pacienca homo. Mi estas kamparano. Kaj la kamparanoj scias atendi.

Mi atendis, laŭ mia naturo, tutan printempon. Mi atendis tutan someron. Mi atendis la tutan, longan vintron. Nun estas denove printempo. Mi estas nur haŭto kaj ostoj. Mia animo estas nigra pro ĉagreno kaj sufero, samkiel la karbo kaj la inko. Nun mi ne plu povas atendi. Pro tio mi demandas vin: kial vi tenas min enfermita?

Mi ne ŝtelis, ne murdis, ne trompis kaj faris neniun malbonaĵon el tiuj malpermesataj de la leĝo kaj la eklezio. Se mi estas nek ŝtelisto, nek murdisto, nek trompisto, kial vi tenas min en malliberejo?

Vi malsatigis kaj suferigis min, tiel ke hodiaŭ mi estas kvazaŭ ombro. Mi estis en dek kvar koncentrejoj. Alvenis la tempo, mi kredas, demandi vin: kion vi havas kontraŭ mi?

Ĉi tiun peticion mi sendas al la regantoj perpoŝte. Kaj ankaŭ per la sentinelo ĉe la pordo de la malliberejo. Ĝi devas atingi la orelojn de la regantaro, eĉ se ĝi ĉirkaŭiros la teron. La regantoj devas aŭdi, eĉ se ili promenas kun la oreloj ŝtopitaj.

Mi gluos la peticion sur ĉiujn pordojn en la malliberejo. Mi ĵetos ĝin per katapulto en la straton. Mi kaptos per maŝo la birdojn kiuj flugas super la koncentrejo kaj ligos mian peticion al ilia piedo, por ke ili portu ĝin tra la tuta tero.

Ekde hodiaŭ mi krias ke oni faru al mi justaĵon. Vi fermos min en la kelo de la malliberejo, por ke mia voĉo ne aŭdiĝu. Se mi ne havos krajonon kaj paperon, mi skribos la peticion per la ungoj sur la murojn. Kiam la ungoj eluziĝos, mi atendos ke ili rekresku, kaj skribos denove.

Se vi pafos min, mi iros nek en paradizon, nek en inferon, nek en purgatorion. Mia animo restos ĉi tie, sur la tero, kaj hantos vin ĉie, kiel ombro. Mi vekos vin nokte centojn da fojoj – vin kaj viajn amatinojn – kaj diros al vi ke mi pravas. Kaj vi ne plu povos fermi la okulojn. Ĝis la fino de viaj tagoj, vi aŭdos nek muzikon nek karesvortojn nek ion alian: viaj oreloj pleniĝos per miaj paroloj, la paroloj de Ion Moritz.

Mi estas homo kaj se mi faris nenion malbonan, neniu rajtas teni min enfermita kaj turmenti min. Mia vivo kaj mia ombro estas nur miaj kaj sendepende de tio, kiu vi estas, kiom da tankoj kaj mitraloj kaj aviadiloj, kaj kiom da koncentrejoj kaj kiom da *mono vi havas, la rajton tuŝi mian ombron kaj mian vivon vi ne havas!*

Mia deziro en la vivo estis labori, por havi kie ŝirmiĝi, kun miaj edzino kaj infanoj, por havi kion manĝi. Tiel kiel faras ĉiuj estaĵoj surtere.

Ĉu pro tio vi arestis min?

La rumanoj sendis la ĝendarmon por rekvizicii min, same kiel oni rekvizicias aĵojn kaj bestojn. Mi lasis min rekvizicii. Mi estas homo nudmana kaj povis batali nek kontraŭ la reĝo, nek kontraŭ la ĝendarmo, kiu havas pafilon kaj pistolojn. Oni diris al mi ke mi ne nomiĝas Ion, tiel kiel mia patrino baptis min, sed Iacob. Oni fermis min kun la hebreoj en koncentrejoj ĉirkaŭitaj de pikdrato, kiel bruton, kaj submetis min al punlaboroj. Oni pelis nin al dormejoj, kiel la brutojn en grego; oni pelis nin al manĝoj en gregoj, al tetrinkado en gregoj, kaj ni atendis esti pelataj al la buĉejo, ja kiel gregoj. La aliajn oni ja portis al la buĉejo; mi eskapis.

Ĉu pro tio vi arestis min? Ĉar mi eskapis antaŭ ol esti portita al la buĉejo?

La hungaroj diris al mi ke mi nomiĝas ne Iacob, sed Ion kaj arestis min, ĉar mi estis rumano. Ili batis kaj turmentis min. Poste ili vendis min al la germanoj.

La germanoj diris ke mi nomiĝas nek Ion, nek Iacob, sed János kaj turmentis min denove, ĉar mi estis hungaro. Poste venis kolonelo kaj diris ke mi nomiĝas nek Ion, nek Iacob, nek János, sed Johann. Kaj li soldatigis min. Unue li mezuris mian kapon, kalkulis miajn dentojn, kribris mian sangon en vitraj ujoj. Ĉio ĉi nur por pruvi ke mi havas alian nomon ol tiun donitan al mi de la patrino.

Ĉu pro tio vi arestis min?

Kiel soldato mi helpis francajn prizonulojn eskapi el la malliberejo. Ĉu pro tio vi arestis min?

Kiam la milito finiĝis kaj mi kredis ke estos paco ankaŭ por mi, venis la usonanoj, kiuj manĝigis min kiel bojaron, per ĉokolado kaj siaj manĝaĵoj. Poste, senvorte, ili ĵetis min en malliberejon. Ili portis min tra dek kvar koncentrejoj, kiel plej teruran rabiston sur la tero. Kaj mi volas scii, kial?

Ĉu vi ne ŝatas mian nomon János, Ion, Johann, Iacob? Ĉu vi volas ŝanĝi ĝin? Ŝanĝu ĝin! Mi scias ke la homoj ne plu rajtas havi sian baptonomon!

Nun vi estas informitaj: mi ne plu povas elteni! Mi volas ekscii kial mi estas arestita kaj turmentata. Mi atendas vian respondon kaj respekte salutas vin.

MORITZ Ion-Johann-Iacob-János,
kamparano kaj patro

– Moritz, kial vi ploras? – demandis Traian Korugă leginte la peticion.

– Mi ne ploras!

– Mi vidas larmojn en viaj okuloj…

– Eĉ mi ne scias kial!

– Ĉu vi timas sendi la peticion? – demandis Traian. – Ĉu ne estas vera ĉio kion vi skribis en ĝi?

– Mi ne timas! – respondis Moritz. – Ĉio skribita tie estas vera!

– Tiam, kial vi ploras?

– Pro tio mi ploras, – diris Moritz, – ĉar tio estas tro vera!

133

Tri tagojn post kiam li sendis la peticion, Johann Moritz estis alvokita por pridemandado. Traian Korugă pruntedonis al li siajn ĉemizon kaj pantalonon dirante:

– Ni sukcesis! Nia peticio efikis!

La okuloj de Moritz brilis. Li jam vidis sin libera…

– Ni sukcesis! Vin mi devas danki! – diris li. – Vi skribis en la peticio tiom da vero!…

– Ne timu! – diris Traian. – Ili devas timi, ĉar ili kulpas!

Moritz iris al la pridemandado ridetante. Tagmeze li revenis. Traian atendis lin ĉeporde.

– Kiel estis? – demandis Traian. – Ĉu ili diris, kiam ili liberigos vin?

Moritz rigardis grunden. Li ĉiam afektis sin mistera, kiam demandate.

– Mi rakontos poste, – diris li. – Nun mi ne povas.

– Ĉu vi freneziĝis? Ekde kiam vi foriris mi atendas vin ĉi tie, ĉe la pordo, por ekscii, kio okazas, kaj vi respondas ke vi diros al mi poste!

Johann Moritz estis kolektinta cigardestumpojn sur la koridoro de la kancelario. Nun li elpoŝigis kaj zorge malfaris ilin dividante la tabakon en du egalajn amasetojn, unu por si mem, la alian por Traian. Poste el sia amaseto li komencis volvi cigaredon el ĵurnalpeco.

– Pli bone mi diru alian fojon, sinjoro Traian!

– Ĉu ili diris ke ili ne liberigos vin?

– Tion ili ne diris.

– Ĉu ili sakris kontraŭ vin?

Moritz gluis la cigaredon.

– Ili ne sakris kontraŭ min, – diris li.

– Ĉu ili batis vin?

– Ne.

– Tiam, kial vi ne parolas? – demandis Traian. – Mi komprenas ke nenio malbona okazis al vi.

– Ja nenio, – diris Moritz bruligante sian cigaredon.

– Ĉu ne venis via vico por la pridemandado? – demandis Traian insiste. – Tio ne estas malbona. Ili revokos vin morgaŭ.

– Ja venis mia vico.

– Ĉu ili pridemandis vin?

– Jes.

La lango de Moritz ŝajnis blokita. Li apenaŭ elbuŝigis la vortojn. Traian perdis la paciencon.

– Diru al mi ĉion kion ili demandis, – diris li. – Komencu ekde kiam vi eniris.

– Mi estis la unua, – diris Moritz. – Kiam mi eniris en la oficejon, oni invitis min sidiĝi. Antaŭ la skribotablo estis seĝo.

– Mi vidas ke ĉio komenciĝas perfekte. Se oni invitis vin sidiĝi, estas bona signo. Ili estis jam rigardintaj en viajn dokumentojn kaj vidis ke vi estas senkulpa. Pro tio oni invitis vin sidiĝi. Mi kredas ke ili ne traktas ĉiujn same. Nun, daŭrigu!

– Min pridemandis serĝento.

– Ĉu li estis afabla?

– Li ja.

– Kiu estis la unua demando?

– Unue li rigardis en miajn dokumentojn, – diris Moritz. – Poste li demandis: "Ĉu vi estas Johann Moritz?" Mi respondis: "Jes!" Li rigardis min kaj poste denove en la dokumentojn, kaj demandis: "Kiel vi skribas *Moritz*, ĉu kun ţ aŭ kun *tz*?" Mi respondis ke mi skribas kaj kaj: en Rumanio mi skribis kun ţ, en Germanio kun *tz*.

Johann Moritz ĉesis kaj rigardis malespere en la okulojn de Traian.

– Daŭrigu! – diris Traian senpacience. – Kial vi haltis?

– Poste la serĝento diris: "Dankon. Nun vi povas eliri!"

– Ĉu tio estis ĉio?

– Kaj ĉu vi ne provis paroli? – demandis Traian. – Kial vi ne diris tion kion mi instruis al vi?

– Mi provis, sed la serĝento ne volis aŭskulti min. Li diris, sen rigardi min: "Voku la sekvan!"

– Kaj kion vi diris?

– Nenion.

– Absurde! – diris Traian polmfrapante la frunton. – Plene absurde! Kaj ĉu vi eliris?

– Mi eliris.

– Jen la pridemandado kiun ni atendis tutan jaron en malliberejo! – diris Traian. – Ĉu vere estis nenio alia? Eble vi forgesis diri al mi ion.

– Nenio alia! – diris Moritz. – Mi eliris. Kiam mi fermis la pordon, mia mano tremis. Poste oni vokis la sekvan. Thomas'on Mann.

– Kaj kion oni demandis de li?

– Oni demandis lin, ĉu *Mann* skribiĝas per unu *n* aŭ per du.

– Ĉu nur tion?

El la okuloj de Johann Moritz fontis du larmoj, grandaj kiel perloj.

– Rezignaciu, kara Moritz! – diris Traian frapetante lian ŝultron. – Post la morto de la blankaj kunikloj, restas neniu solvo, krom rezignacio!

134

Peticio n-ro 5. Temo: **Justico (Pri meĥanizo de pridemandadoj)**

Mi scias ke vi ricevis ordonojn pridemandi aparte ĉiun prizonulon en la koncentrejo. Ili estas stultaj ordonoj. Se enkalkuli ke la homoj estis arestitaj amase kaj aŭtomate, estas absurde pridemandi ilin individue. Sed mi komprenas kial oni donis tiun ordonon. Via civilizacio scias fari kelkajn ĝentilec-gestojn rilate la indiĝenajn kutimojn. Tio estas nur formala kaj ĝentileca koncedo.

Viaj oficiroj devas pridemandi 500 prizonulojn matene kaj 500 posttagmeze. Mi rimarkis ke al ĉiuj vi faras la samajn demandojn kaj ne aŭskultas la respondojn. Fakte, estus stulte aŭskulti kion diras ĉiu individuo. Kion interesan oni povas aŭdi de prizonulo? Nenion! Sed mi pensas pri la energio konsumita por fari la demandojn. Estas giganta peno fari milfojojn ĉiutage la samajn demandojn; mi imagas ke la makzeloj kaj lipoj de la oficiroj doloras vespere.

Mi proponas al vi fari gramofondiskojn kun demandoj. La aferoj status tiel:

La oficiro taskita pri pridemandado sidas ĉe skribotablo. Li devas sidi, ĉar tiel postulas la proceduro de la individuaj pridemandadoj. Li pretigas la gramofonon. Kiam prizonulo eniras, la disko diras: "Sidiĝu!" La prizonulo sidiĝas. La disko turniĝas. Aŭdiĝas la unua, dua kaj tria demandoj. Poste la disko anoncas: "Dankon! Vi povas foriri!" La prizonulo stariĝas kaj foriras. Kiam li estas ĉe la pordo, la disko alvenis al la fina frazo: "Voku la sekvan!"

Jen la tuta pridemandado. Venas la sekva. Kaj la disko turniĝas ripete. Per unu sola disko eblus pridemandi kvar aŭ kvin cent prizonulojn!

Dume la oficiro kiu pridemandas, sidas ĉe la skribotablo kaj legas krimromanon. Tagmeze, kiam li iras manĝi, li povas manĝi normale: liaj makzeloj ne doloros pro troa parolado.

Necesas enkalkuli la fakton ke la pridemandadoj okazas nur por demandi, ne por aŭskulti respondojn. Sekve, la laboro taŭgas – logike – por maŝino! Necesas respekti formalaĵon, ne trolacigi la enketantojn!

Tiel la justico povus nur gajni. La justico de civilizita socio devas esti teknikizita kaj ne funkcii kiel en la tempo kiam la elektro estis nekonata. Kial tiom da teknikaj inventoj, se la justico ne utiligas eĉ la gramofonon?

LA ATESTANTO

135

La dekkvina koncentrejo, en Darmstadt[63]. Ĝi similas al la aliaj dek kvar, krom ke ĝi havas ortodoksan preĝejon; improvizitan.

Traian Korugă kaj Johann Moritz malkovris la kapon kaj eniris en la tendo-preĝejon. Funde, la altaro; la ikonoj estas desegnitaj sur kartonpecoj per karbo kaj kolora kreto. La interno ne havas plankon: oni paŝas sur la nuda grundo. La pasintan nokton pluvis. La akvo likis en la tendon kaj nun la grundo estas kota.

Centre de la preĝejo estas krucifikso granda kiel homo. Traian genuis antaŭ ĝi. Jesuo estas el kartono. La dornoj de la krono estas el pecigita lado de konservskatoloj. Traian Korugă levis la rigardon al la vundoj faritaj de la najloj en la piedoj kaj manoj de Jesuo, kaj al la lancovundo inter la ripoj. La pentrinto ne havis ruĝan kolorigilon por desegni la sangon. Tie, kie estu la vundoj, li gluis ruĝan paperon el cigaredpakaĵoj Lucky Strike.

---

63 Urbo en okcidenta Germanio.

La nigraj literoj de la nomo de la cigardeoj ne estis forviŝitaj kaj estis ankoraŭ legeblaj.

– Jesuo, neniam mi vidis Vin krucumita pli dolorige! – diris Traian. – Mi venis por preĝi al Vi pro miaj vundoj, sed mi ne povas. Pardonu min, Jesuo, se mi unue preĝas pro Viaj vundoj el Lucky Strike, kiuj sangigas Viajn ripojn, piedojn kaj manojn! Viaj vundoj estas pli dolorigaj ol la miaj el sango kaj karno. Lasu min unue preĝi pro la dornoj en la krono sur Via kapo, farita el ladskatoloj!

La rigardo de Traian malkovris sur la brusto de la Savanto la literon *M*, skribitan per nigra tipografia inko. Estis la *M* sur la kartono de la skatoloj de *Menu Unit*[64], el kiuj estis farita la krucumita korpo.

Traian stariĝis kaj kisis la piedojn de Jesuo.

– Jesuo, nun mi sentas ke mi komuniiĝis per Via korpo, nia eterna espermenuo. Mastro, mia unika menuo, mi neniam komprenis pli bone ke Via korpo estas nia nutraĵo! Kiel okazis ke la majstro-prizonulo bildigis Vin ĝuste el la kartono de skatoloj de *Menu Unit*? Nun Vi enkorpigas miajn idealojn pri dieco, pano kaj libereco!

Traian ekstazis; li vidis nenion ĉirkaŭe. Johann Moritz esploris la anĝelojn faritajn el staniolo el la cigaredskatoloj, la ikonojn de la Dipatrino, kun kolĉenoj faritaj el la orecaj skatoloj de *pudding*[65]. Moritz adorkliniĝis antaŭ la ikono de Sankta Nikolao, kiu similis al la popo Alexandru Korugă, kaj poste venis apud Traian kaj mem genuis. Li rigardis la ruĝajn vundojn de Jesuo.

– Sinjoro, – diris Traian, – mi ne petos ke Vi forigu ĉi glason de miaj lipoj! Mi scias ke tio ne eblas. Sed, mi petegas, helpu min eltrinki ĝin! Tutan jaron mi havas ĝin ĉe la lipoj. Tutan jaron mi estas ĉe la limo inter vivo kaj morto, inter sonĝo kaj realo. Mi eliris el la tempo, tamen mi estas viva. La vivo kaŝfluis inter miaj poroj kaj nun mi ne plu havas ĝin. Tamen, mi ankoraŭ spiras, trenas min kaj enigas en mian korpon akvon kaj panon, kvankam mi ne emas al ili. Mia tuta sufero startas el la fakto

---

64 Menu-unuo. (angl.)
65 Pudingo. (angl.)

ke mi ne komprenas, ĉu mi estas prizonulo aŭ liberulo. Mi vidas ke mi estas enfermita, sed mi ne povas kredi ke mi estas enfermita. Mi vidas ke mi ne estas libera, sed mia menso diras ke ekzistas neniu kialo por mi ne esti libera. La turmento de tiu nekompreno pli pezas ol sklaveco. La homoj kiuj malliberigis min, ne malamas min, ne volas puni min nek deziras mian pereon. Ili deziras savi la mondon. Tamen, *ili* min torturas kaj mortigas malrapide. *Ili* torturas kaj mortigas malrapide la tutan homaron, ne nur min. La mondaj granduloj parolas pri libero; mi scias ke ili ne mensogas kiam ili asertas deziri liberon por la homaro. Sed, parolante pri libero kaj luktante por ĝi, ili konstruas malliberejojn. La tero plenas je malliberejoj! Iliaj paroloj celas bonon, sed ili mavas kiam ili tuŝas la karnon de la homo, kiel venenitaj sagoj. La mondaj granduloj ekis konstrui enormajn hospitalojn, por kuraci la vundojn de la homaro. Sed el iliaj truloj altiĝas ne hospitaloj, sed malliberejoj por la homoj. Ĉio ŝajnas sorĉita, kaj mia menso ne komprenas. Pro tio mi volas morti! Helpu min, Sinjoro, povi morti! Ĉi tiu horo estas tro peza por mi. La horo en kiu mi troviĝas, ne apartenas al mia vivo, kaj ne eblas, kun karno kaj sango, pasi tra ĝi: estas la horo 25, kiam estas tro malfrue por savo kaj por vivo kaj por morto! Por ĉiuj ĉi estas tro malfrue! Ŝtonigu min, sed ne lasu min sola ĉi tie! Se Vi forlasas min, mi eĉ morti ne povos! Jen, miaj karno kaj spirito estas mortintaj, sed mi daŭre vivas! La mondo mortis, sed vivas! Ni estas nek spiritoj, nek homoj...

Traian Korugă apogis la kapon sur la manojn. Johann Moritz karesis timeme lian ŝultron, sed li ne sentis.

En la preĝejon eniris pastro. Li estis vestita per usonaj soldatvestaĵoj, sur kiuj estas skribitaj la inicialoj *PW*[66], kiel ĉe ĉiuj prizonuloj. Moritz bonvenigis lin kaj kisis lian manon; Traian restis genuanta.

La pastro demandis Moritz'on, de kie ili estas kaj kiun naci-econ ili havas. Aŭdinte ke ankaŭ la edzino de Traian estas prizonulo, li krucis la manojn sur la brusto kaj preĝis por ŝi. Traian'on, kiu genuis antaŭ la krucifikso sen vidi ion ajn ĉirkaŭe, li benis.

66   Mallongigo de la anglalingva *Prisoner of War* (militkaptito).

– Ĉiutage, je la sesa horo ni havas diservon! – diris la pastro.
– Mi estas la metropolito Paladiusz de Varsovio. Ankaŭ mia pastraro estas ĉi tie: ni ĉiuj estas prizonuloj. Venu ankaŭ vi: ni havas belajn mesojn! Jen kaj jen diservas kun ni ankaŭ rumana pastro. Nun li estas en la hospitalo.

Johann Moritz rigardis fikse la metropoliton.

– Mi mesaĝos al la rumana pastro en la hospitalo, – diris Lia Sankta Moŝto Paladiusz de Varsovio. – Sciante ke estas rumanoj ĉi tie, li venos por beni vin.

136

Je la sesa horo, pastraro kun stolo super la prizonula soldat-uniformo komencis la diservon.

Traian Korugă kaj Johann Moritz staris unu apud la alia. La metropolito surportis diservajn vestaĵojn kaj mitron. La juvelŝtonoj, kiuj devis esti sur la vestaĵoj kaj la mitro, mankis. La voĉo de la metropolito estis dolĉa kaj solena, kiel la sonoj de violonĉelo.

Traian proksimiĝis al la altaro, sed antaŭ la krucifikso li falis. Moritz rapidis helpi lin stariĝi, pensante ke li nur glitfalis. La korpo de Traian estis mola, kvazaŭ liaj ostoj fandiĝis. Liaj okuloj estis vakse flavaj. En la preĝejtendo estis neniu alia, krom la pastroj, kaj Johann Moritz levis la okulojn al ili, por peti helpon. En tiu momento li komprenis kial Traian falis.

– Popo Korugă! – nur tion Johann Moritz sukcesis diri antaŭ ol fali genue antaŭ la popo, kvazaŭ kisunte liajn piedojn.

Sed la popo Korugă ne plu havis piedojn. Li venis al ili apogante sin sur bastonojn. Lia kapo estis nun eĉ pli blanka. Sed li ridetis kun enormaj boneco kaj feliĉo. Tra liaj okuloj kaj rideto videblis la ĉielo.

– Traian, mia filo! – diris la popo, sed kiam li volis kliniĝi, unu el la bastonoj eskapis el lia mano kaj falis.

La popo ne falis: li restis stara apogante sin sur la alian bastonon. Poste li lasis ankaŭ tiun ĉi fali kaj staris, apud Traian, sur la restantaj krurstumpoj. Li lasis la bastonojn fali por liberigi la manojn kaj brakumi sian filon.

Johann Moritz levis la bastonojn kaj staris apud la du.

137

Johann Moritz, la popo Alexandru Korugă kaj Traian Korugă loĝas nun en la sama tendo, en la Darmstadt'a koncentrejo. Nun – post unu jaro – oni permesas al la prizonuloj ricevi korespondaĵojn perpoŝte. La unua kiu ricevis leteron estis Johann Moritz. Skribis al li la patrino de Hilda:

Kara Johann,

la 9an de majo 1945 via domo forbrulis. Mi scias ke vi ne povis informiĝi. Ĝi ekbrulis posttagmeze, ĝuste kiam la rusaj trupoj komencis eniri nian urbon. Hilda kaj via filo, Franz, estis en la domo...

En la unuaj semajnoj mi eĉ ne sciis ke ili brulis vivaj. Poste, serĉante en la rubo, por trovi eventualan restaĵon, mi trovis la du forbrulintajn korpojn. Hilda mortis kun la filo ĉesine. Mi ne scias, kial ŝi ne fuĝis el la domo post la ekfajro. Ŝajne ŝi dormis. Tamen mi ne emas kredi ke Hilda dormis tiuhore ĝuste en la tago kiam la rusoj envenis. Preskaŭ ĉiuj fuĝis el la urbo, precipe la virinoj. Vi scias, Hilda neniam dormis posttagmeze: kiam ŝi venis tagmeze el la hospitalo, ŝi tuj eklaboris.

La forbrulintajn ostojn de Hilda kaj la infano mi kolektis kaj enterigis, en unu ĉerko, en nian tombejon. Mi ne povis farigi du ĉerkojn, ĉar nun ĉio multekostas kaj neniu volas labori por aliaj. Centoj da mortintoj estis ĉe ni enterigitaj sen ĉerko. Malfacilas trovi tabulojn kaj eĉ najlojn ne troveblas! Mi devis preni la najlojn de la bildoj sur la muroj kaj transdoni ilin al la ĉarpentisto por la ĉerko. Kaj eĉ tiel li ne volis labori: li diris ke la najloj estas tro mallongaj kaj maldikaj por ĉerko. Por persvadi lin mi donacis al li unu el viaj ĉapeloj. Bonvolu ne koleri ĉar mi faris tion sen demandi vin. Se mi ne donintus ĝin, li tute rifuzus konstrui la ĉerkon. Kaj mi ne povis lasi la ostojn neenterigitaj. Ili ja estis en la domo tutan semajnon! Mi farigis ankaŭ lignan tombokrucon. Kiam vi revenos, vi farigos ŝtonan. En nia familio ĉiuj mortintoj havas belan, ŝtonan krucon en la tombejo!

En la rubo troviĝis ankaŭ la forbrulinta korpo de oficiro. Ŝajne temas pri oficiro, kiu ŝirmis sin aŭ volis ŝanĝi sian uniformon al civilaj vestaĵoj: kiam envenis la rusoj, ĉiuj armeanoj eniris domojn kaj vestis sin civile. Lin oni enterigis en nian tombejon, elspeze de la urbodomo. En lia leda teko, kiu ne brulis komplete, mi trovis liajn dokumentojn. Li nomiĝis Iorgu Iordan kaj estis el Rumanio, same kiel vi. Mi skribas tion, ĉar eble li estis amiko aŭ parenco via, kiu venis serĉi vin.

138

– Eble pli bone tiel! – diris la popo Alexandru Korugă, tenante Johann'on Moritz je la ŝultro por konsoli lin. – Se Hilda vivus, vi, kara Moritz, ne scius kien iri post via liberiĝo. Kiu homo scius al kiu el la du virinoj iri kaj kiun forlasi?

– Do, Suzana ne divorcis disde mi! – diris Johann Moritz.

Estis la unua fojo kiam li aŭdis ke Suzana ne perfidis lin.

– Kaj, do, ŝi atendas min reveni hejmen? – demandis li.

– Suzana vin atendas kaj atendos ĝis la fino de siaj tagoj! – respondis la popo. – Ŝi restis via edzino. Ŝi subskribis la divorc-dokumenton nur por eviti ke oni ĵetos ŝin kaj la infanojn en la straton. Ŝi faris tion pro despero. Sed eĉ ne momenteton ŝi konsideris sin disigita de vi!

– Do, la divorco estis mensogo! – diris Moritz batante siajn tempiojn. – Kaj mi, en mia stulteco, kredis ke ŝi edzigis alian… Pro tio ankaŭ mi edziĝis duan fojon, kun Hilda. Mi kredis ke Suzana forlasis min. Kiel mi ne kredus ke ŝi forlasis min, kiam mi legis propraokule ke ŝi divorcis? Sed mia peko estas ja granda, tion mi scias! Dio neniam pardonos ĝin!

– Tiu peko pardoniĝos! – respondis la popo. – Ĝi estas peza peko, kara Moritz, sed ĝi estas nek via nek de Suzana, kiu sub-skribis. Ĝi estas de la ŝtato kaj de la leĝoj. Kaj, mi kredas, la ŝtato ne estos pardonita: Dio punos ĝin, same kiel Ĝi punis Sodomon kaj Gomoron. Ne nur nia ŝtato estos punita, sed la tuta nuna socio, kiu faras la samajn punaltirajn pekojn!

<h1 style="text-align:center">139</h1>

Traian Korugă estas ĉe la unua pridemandado.

– Ĉu vi volas diri ke vi ne scias, kial vi estas arestita kaj restas en la koncentrejo jam unu jaron? – demandis la oficiro. – Inter la 25 000 prizonuloj estas eĉ ne unu kiu diros ke li scias, kial li estas arestita. Ĉiuj asertas ke ni sturmis Eŭropon kaj hazarde arestis homojn. Sed vi eraras. Neniu estis hazarde arestita: ĉiuj malliberigoj okazis baze de leĝo!

Traian Korugă ridetis. La oficiro rimarkis lian rideton.

– Vi volas diri, ke niaj leĝoj ne konformas al la eternaj jurprincipoj. Ĉiutage mi aŭdas tiun riproĉon. Vi, kiuj aludas la mankon de eterna valideco, de universaleco de la leĝoj baze de kiuj vi estas malliberigitaj, estas ridindaj. Unue, ĉiu lando havas la rajton fari leĝojn laŭ kiuj ĝi konduku sin: la leĝoj de ni faritaj en nia lando, koncernas nur nin! Due, ne ekzistas eternaj jurprincipoj. La justicon faras homoj kaj nenio homa estas eterna. Kiel tuto, ĉiu leĝo estas same bona kiel la alia: ĉiuj estas same efemeraj kaj eternaj. Tiuj kiu asertas la malon, eraras certe! Laŭ la leĝoj aplikeblaj ĉi-momente en la okupacia teritorio, vi estis arestita kiel funkciulo de malamika ŝtato. Jen la leĝo! Ankaŭ via edzino estas arestita baze de la sama leĝo, kiu stipulas ke ankaŭ la edzinoj de la altfunkciuloj malamikaj estas aŭtomate arestendaj. Ankaŭ via patro estas aŭtomate arestita kiel funkciulo de malamika ŝtato. Eble ĝi estas tro dura, sed tia estas la leĝo. Laŭlonge de la historio, la leĝoj ja estis duraj. Vi ne povas pretendi ke ni devintus peti vian konsenton kiam ni promulgis niajn proprajn leĝojn!

Traian Korugă stariĝis. Li volis eliri: li sciis, ekde kiam li komencis verki *La horo 25*, ke venos la momento kiam la leĝoj malpermesos al la homo vivi sian homan vivon. Li sentis ke tiuj leĝoj jam aplikiĝas, ekde kiam li estis arestita. Tamen, en sia profundo li esperis ke li trompiĝis. Nun oni diris al li oficiale ke la leĝoj aplikatas kaj respektatas rigore, ke temis pri neniu eraro. *Do, la homoj kiuj neniel eraris povas esti laŭleĝe arestitaj, torturataj, malsatigataj, prirabitaj kaj ekstermitaj...*

– Mi scias ke vi persone ne kulpas, – diris la oficiro. – Kvin fojojn mi petis vian liberigon, tiun de viaj edzino kaj patro, kvankam estas strikte malpermesate peti individuan liberigon de tiuj arestitaj aŭtomate. Evidente mi ricevis neniun respondon. La liberigordonoj aprobiĝas ne aŭtomate, sed laŭ kategorioj de individuoj.

– Do la aspekto de kulpeco kaj nekulpeco de la individuo tute ne interesas vin, ĉu ne? – demandis Traian. – Eĉ pro scivolo?

– Ne! – respondis la oficiro. – Kaj, eĉ se tio insultas la sentemon de via individuisma, teologia aŭ humanisma edukiĝo, mi povas ŝanĝi nenion. Fakte eĉ ne necesas ŝanĝi ion ajn. Nia sistemo povas aperi seka, teknika, matematika, sed ĝi ja estas justa. Ankaŭ la Universo mem funkcias laŭ sistemo de *mathematical way*[67] kaj neniu kuraĝus ŝanĝi ĝian direkton.

– Do, la farita pridemandado ne intersas vin kaj, sekve, ĝi povintus ne okazi, ĉu ne? – demandis Traian. – Ĉu rilate individuon nenio interesas vin?

– Nenio! – respondis la oficiro. – Pri individuo ni volas scii nenion alian krom la personajn informojn, t.e. precizajn nomon, daton kaj lokon de naskiĝo, profesion k.s., kiujn oni enskribos en niajn sliparojn kaj statistikojn. Fakte, la pridemandadoj okazas nur por kontroli la informojn kaj distribui la prizonulojn laŭ la kategorioj. La decidoj pri pluteno en aresto aŭ liberigo doniĝas, kiel mi jam diris, nur laŭ kategorioj. Nia laboro ĉi tie konsistas el lokado de ĉiu prizonulo en la kategorion al kiu li apartenas. Laboro matematika, preciza.

– Ĉu vi ne trovas malhumane nuligi la homon kaj trakti ĝin kiel eron de kategorio? – demandis Traian.

---

67 Matematika vojo. (angl.)

– Ne, mi ne trovas tion malhumana, – respondis la oficiro. – La sistemo estas multe pli praktika, rapida kaj – precipe – pli justa. Per tiu ĉi proceduro la justico povas nur gajni; ĝi alproprigis al si la metodojn de la matematiko kaj fiziko, t.e. la metodojn kiuj garantias la certecon de la ekzakteco. Nur la poetoj kaj la mistikuloj trovas ilin netaŭgaj. Sed la moderna socio eliris el la epoko de mistikismo kaj poezio. Ni estas en la epoko de la matematiko kaj ekzaktaj sciencoj, kaj ni ne povas retroirigi la horloĝojn pro sentimentalaj kialoj. Fakte, la sentoj mem estas kreaĵo de la poetoj kaj mistikuloj.

La oficiro signis la finon de la pridemandado.

– *Take it easy!*[68] – diris li.

Traian Korugă malfermis la pordon. En tiu momento li aŭdis la malvarman voĉon de la oficiro kiu ordonis:

– Voku la sekvan.

140

Johann Moritz volas eskapi. Ekde kiam li eksciis ke Suzana ne vere divorcis kaj fidele atendas lin, kune kun la infanoj, Moritz ne plu povas regi sin.

– Estas malutile provi, – diris Traian. – Se vi proksimiĝas al la barilo, la poloj pafos vin.

Moritz rigardis la polajn sentinelojn, vestitajn per blukoloraj usonaj uniformoj. Ankaŭ ili rigardis lin fikse, kvazaŭ ili divenis liajn pensojn kaj, kun la pafilo en la manoj, pretis pafi.

– Eĉ se vi eskapas la polojn, – daŭrigis Traian, – pafos vin la usonaj aŭ germanaj patroloj. Ĝis Rumanio trafos vin patrolo aŭstra, ĉeĥa, franca, hungara, kaj vi ja ne alvenos hejmen: oni pafos vin survoje. Se vi eskapas la kuglojn de unu nacio, pafas vin alia! Inter vi kaj via familio, inter vi kaj via hejmo, kara Moritz, estas ĉiuj nacioj de la mondo, kun la armiloj pretaj pafi. Inter ĉiu homo kaj ĝia intima vivo estas tiu internacia armeo! La homo

---

68   Restu trankvila! (angl.)

ne plu havas la rajton vivi sian propran vivon: se ĝi provas tion, oni pafos ĝin. Jen al kio servas la tankoj, la aŭtomataj pafiloj, la serĉlampoj, la pikdrato!…

– Tamen mi fuĝos! – diris Johann Moritz.

La pola sentinelo ŝajnis rigardi lin eĉ pli atente.

Ĝuste en tiu momento en la korton de la koncentrejo eniris du usonaj oficiroj, kiuj aliris la flegejon. Johann Moritz rigardis kaj abrupte alkuris ilin, lasante Traian'on senparola. Li kuris al la usonanoj kaj haltis antaŭ ili. Ankaŭ la oficiroj haltis. Ili rigardis Moritz'on kaj tiu ĉi rigardis ilin. Tio daŭris mallongan momenton. Poste, unu el la oficiroj, dika kaj pli aĝa, brakumis Johann'on Moritz kaj kisis lin amike. La prizonuloj kolektiĝis cirkaŭe mirigite: ĝis nun ili ne vidis usonan oficiron brakumi prizonulon. Nun Johann Moritz iris al la flegejo kun usona oficiro tenanta lin je la ŝultroj. Ili ambaŭ eniris la konstruaĵon de la flegejo.

Traian, kiu mem alproksimiĝis, restis ĉe la pordo. Scivola li atendis trovi, kio okazis. Moritz revenos por rakonti al li. Sed Moritz malfruis.

Post iom da tempo Traian aŭdis lian voĉon. Moritz eligis la kapon tra la fenestron, el la oficejo de la flegejo. Liaj nigraj okuloj brilis kiel flamoj.

– La usona oficiro estas mia amiko, doktoro Abramovici! – diris Johann Moritz. – Mi tuj rekonis lin. Li estas tiu kun kiu mi fuĝis el Rumanio. Nun mi eliros el la koncentrejo. Tio certas!

Johann Moritz fermis la fenestron: lia amiko alvokis lin por paroli kun li.

141

Kun doktoro Abramovici Johann Moritz parolis nur jide, kaj en Rumanio kaj en Hungario. Ankaŭ nun ili parolis jide. Leŭtenanto-doktoro Abramovici sincere ĝojis renkonti Moritz'on kaj atente aŭskultis ĉiun lian vorton. Moritz rakontis mallonge ĉion kio al li okazis post ilia disiĝo, en la Budapeŝta stacidomo. Doktoro Abramovici skuis la kapon komprene. Precipe kiam Moritz rakontis kion li suferis en la dek kvin koncentrejoj tra kiuj li pasis en la lasta jaro.

– Mi devas foriri, – diris la doktoro rigardante sian oran brakhorloĝon. – Ci, kara Iankel, bezonas helpon. Mi scias tion. Estas nature ke ci bezonas helpon. Diru al mi kion ci bezonas kaj mi helpos cin. Ni ja estis kunsuferantoj.

Li amike frapetis la vizaĝon de Moritz.

– Nun mi estas forta, – li daŭrigis. – Ci ankoraŭ suferas. Ĉu ci bezonas cigaredojn, manĝaĵon, vestaĵojn? Diru ĉion kion ci volas!

– Mi volas liberiĝi! – respondis Johann Moritz. – Mi volas reveni hejmen, al miaj edzino kaj infanoj.

– Nu, petu de mi ion eblan, kara Iankel! – diris la kuracisto ĉagrenite. – Petu ion kion mi povas fari. La liberigo venos aŭtomate. Ci eĉ ne devas pensi pri ĝi. Havu, ja, paciencon!

– Mi ne kulpas! – diris Johann Moritz. – Kial oni tenas min enfermita?

– Ne miksu kulpecon kaj liberigon! – diris la kuracisto, nun kolera. – Ĉu iu diris ke ci, Moritz Iacob, estas kulpa pri io? Mi supozas ke neniu diris tion. Mi konas cin. Mi scias ke ci estas bona homo. Sed la kulpeco kaj la liberigo havas nenion komunan. Nenion! La liberigo estas afero de pacienco.

– Mi jam paciencis sufiĉe! – diris Johann Moritz.

– Tio estas cia opinio! Ci ja restis kamparano: ĉu ci kredas ke prizonulon povas liberigi ajna oficiro, nur ĉar li estas senkulpa? Se tiel estus, la koncentrejoj malpleniĝus. Ĉiu nazio pruvus sian senkulpecon. La liberigoj okazas nur laŭ la aprobo de la Generala Stabo en Frankfurto. Poste la dokumentojn oni sendas al Vaŝingtono kaj de tie oni sendas la decidon al Wiesbaden[69]. Ĝi pasas tra speciala komisiono en Esslingen[70], kiu plusendas ĝin al Berlino. Kaj en Berlino oni eldonas la liberigordonon! La ordono

---

69 Urbo en sud-okcidenta Germanio.
70 Urbo en sud-okcidenta Germanio.

venas al Heidelberg[71], kie cia slipo estas elprenita el la sliparoj en centoj da oficejoj kaj nur poste ci estas liberigebla. Temas pri komplika maŝinaro, kiu laboras aŭtomate. Ĉiu prizonulo havas propran slipon: la usonanoj utiligas sliparojn grandajn kiel la kazerno antaŭ ni. En la momento kiam la liberigordono eldoniĝis kaj sendiĝis por plenumo al Heidelberg, cia slipo aŭtomate eliras el la spliparoj en Vaŝingtono, Stuttgart[72], Ludwigsburg[73], Munkeno, Kornwestheim[74], Parizo, Frankfurto... tra la tuta mondo. Cia nomo estas registrita ĉie. Ĉe F.B.I.[75], ĉe la Supera Stabo de la Aliancanoj en Parizo, ĉe la Kontrol-Komisiono en Berlino, en ĉiuj koncentrejoj, en ĉiuj malliberejoj, en ĉiuj oficejoj de C.I.C., C.I.D., M.P., S.P., S.O.S. ... ĉie! Ĉe ĉiu cia moviĝo, eĉ plej malgranda, eĉ kiam oni movas cin de unu koncentrejo al alia, cia slipo ŝanĝiĝas en ĉiuj sliparoj tra la mondo. Ĉu ci sciis tion?

Johann Moritz vidis sian nomon skribita en ĉiuj urboj en la mondo, ripetata de elektraj maŝinoj, kiuj lumigas kaj mallumigas ĝin, kiel serĉlampoj super la pikdrata barilo de la koncentrejo. Li sentis ke ĉiu lia movo estas fotata kaj lumigata...

– Mi ne sciis, – respondis li.

– Se ci sciintus, ci ne petus de mi liberigon! Pro tio mi ankaŭ ne koleras ke ci petis. Ĉu ci supozis ke mi povas eligi cin el tiu giganta maŝino?

Samuel Abramovici ridegis.

– Eĉ la prezidento de Usono ne povus eligi cin! Ci devas atendi ĝis venos cia vico!

– Sed, se mi estas senkulpa, kial mi restu enfermita? – demandis Moritz. – Kiel la maŝino rilatas al mi, se mi faris nenion malbonan? La maŝino pri kiu vi parolis, estis farita por ŝtelistoj, murdistoj kaj trompistoj!

– Lernu ne plu pensi kiel stulta kamparano, kara Iankel! – diris la kuracisto. – El ĉiu problemo ci faras personan aferon.

---

71 Urbo en sud-okcidenta Germanio.
72 Urbo en sud-okcidenta Germanio.
73 Urbo en sud-okcidenta Germanio.
74 Urbo en sud-okcidenta Germanio.
75 *Federal Bureau of Investigation* (la usona federacia enketad-buroo).

La grandaj kaj riĉaj landoj ne okupiĝas pri individuaj kazoj. La fakto ke ci kulpas aŭ ne, estas nur cia afero, kiu povas interesi ciajn edzinon, najbarojn kaj aliajn kamparanojn en cia vilaĝo. Nur ili ankoraŭ okupiĝas pri personaj aferoj. La civilizitaj landoj laboras grandskale, ne kun individuoj!

– Tiam, kial oni arestis min?

– Ni ekplenumis preventajn arestojn, laŭ kategorioj. Se ni bezonas kulpulon – militkrimulon, ekzemple, – ni scias ke ni havas lin ĉemane kaj ne necesas ekserĉi lin tra ĉiuj vilaĝoj kaj arbaroj. Ni perdus tempon. Oni premas la elektran butonon de la koncerna inicialo en la sliparo kaj, antaŭ ol oni levas la okulojn, aperas la slipo de la individuo, kun la foto, alteco, pezo, hararkoloro, nombro da dentoj, naskiĝloko kaj ĉio alia kion oni volas scii pri li. Oni poste prenas la parolilon kaj anoncas per radio la koncentrejon aŭ malliberejon kie li troviĝas, kaj post kelkaj horoj oni havas la individuon, en karno kaj ostoj, antaŭ la Internacia Tribunalo de Nurenbergo. Tio estas mirinda! Jen produkto de la evoluinta tekniko! Ĉio funkcias elektre, aŭtomate! Kiel ci volas ke oni liberigu cin? Tio signifus eligi cin antaŭtempe. Kaj cia tempo ankoraŭ ne alvenis. Ci estas kiel fadeno en teksilo: post kiam ĝi eniĝis, oni ne povas elpreni ĝin, sendepende kiom lerta oni estas. Necesas atendi ĝis ĝi estas teksita kune kun la aliaj. Ĝis venis ĝia momento. Antaŭ tiam ne eblas. La maŝinoj estas precizaj; sed necesas esti pacienca kun ili. Ci estas nun en la maŝino. Ci povas agitiĝi kiom ajn ci volas, ci ne povas eliri: la maŝino estas surda! Ĝi nek aŭdas nek vidas: ĝi *laboras*. Kaj ĝi laboras admirinde, tiel kiel homoj ne povas labori. Ci atendas kaj ci estas certa ke venos ankaŭ cia vico: la maŝino ne forgesas... malkiel la homo. Ĝi estas preciza! Ĉu ci komprenis?

Moritz ŝultrolevis.

– Do, vi povas fari nenion por ke oni liberigu min, ĉu?

– Homo, ĉu mi ne klarigis al ci ke ci estas en maŝino kaj ke nenio fareblas?

– Sed, se vi diros ion bonan pri mi, tio multe helpos! – diris Johann Moritz. – Ankaŭ la komandantoj estas homoj, same kiel ni, kaj ili komprenos. Eble ili liberigos min, se vi diros al ili ke mi havas edzinon kaj infanojn, kaj ke mi suferas en koncentrejoj dum tiom da jaroj, sen ajna kulpo…

– Kun ci mi neniam finos! – diris la kuracisto kolere. – El ĉiu problemo ci faras ion personan! Ci tute ne povas abstrakti cin! Tio estas trajto de la primitiva, necivilizita homo. Pli bone diru, kion ci bezonas. Mi devas foriri. Ĉu ci volas cigaredojn, nutraĵon, vestaĵojn?

– Mi volas ke oni al mi faru justaĵon, sed mi vidas ke la homa justeco malaperis el la mondo! – diris Johann Moritz. – Nenion alian mi volas!

– Tamen cigaredon ci povas preni, – diris doktoro Abramovici proponante al li, kun rideto, paketon de Lucky Strike. – Ni ja estis kunsuferantoj, kara Iankel.

Johann Moritz etendis la manon por preni cigaredon, sed la paketo estis malplena. La kuracisto serĉis en siaj poŝoj, sed ne trovis alian paketon.

– Mi donos al ci cigaredon kiam mi estos ĉi tie la venontan fojon, kara Iankel! – diris li kaj foriris.

142

La popo Alexandru Korugă sidis, kun la apogbastonoj sur la genuoj, antaŭ la pridemandanta oficiro.

– Kion vi faris en Germanio, se vi estas nek nazio nek kun-laboranto de la nazioj? – demandis la oficiro. – La rakonto ke vi vekiĝis en germana hospitalo, ke vi scias nek kiam, nek kiel vi alvenis tien, taŭgas por infanoj. Tio okazas nur en viaj balkanaj fabeloj, sed ne en la vivo! Por usona oficiro via rakonto estas tro nekredebla: ĝi estas tro *märchenhaft*[76]. Kial la germanoj tenis vin en sia hospitalo, se vi ne estis ilia amiko kaj kunlaboranto? Kial ili flegis vin duonan jaron kaj amputis viajn krurojn? Ĉu ĉar vi estis ilia malamiko? Ĉu nur pro humanaj kialoj? Ekde kiam iĝis la germanoj humanaj? Ili, kiuj malliberigis kaj gasumis ĉiujn

---

76 Fabela. (ger.)

siajn malamikojn! Vi estis ilia kunlaboranto kaj pro tio ili flegis vin. Mi supozas ke vi ege bedaŭras ke Hitler ne venkis!

La popo Korugă silentis. Lia vizaĝo estis pala. Super la brovoj vice fluis gutoj da ŝvito. Li malfacile sidis sur la seĝo. Ekde kiam oni amputis liajn krurojn, li povis nur kuŝi. Nun li havis febron. Li volas ke la pridemandado finiĝu kiel eble plej baldaŭ, ke li povu stariĝi.

– Vi multe ĝuus se Hitler gajnintus la militon, ĉu ne? – ripetis la oficiro. – Hitler igus vin metropolito de Rumanio, se li venkintus! Diru, ĉu vi ĝojus se la nazioj estus venkintaj?

– Ne, mi ne ĝojus! – respondis la popo.

– Ĉu vi ĝojas pro la venko de la aliancanoj?

– Ankaŭ pro la venko de la aliancanoj mi ne ĝojas! – diris la popo.

La leŭtenanto sulkis la frunton. La popo Alexandru Korugă ridetis kaj daŭrigis:

– Mi ĝojas pro neniu milita venko!

Tion dirante, la popo Korugă rigardis la fotojn el la koncentrejoj, sur la muroj de la oficejo kaj pensis pri la kadavro de la prokuroro George Damian, la kadavroj de Vasile Apostol kaj la aliaj kamparanoj en Fântâna, samtempe pafitaj de Marcu Goldenberg kaj ĵetitaj en la rubfosaĵon malantaŭ la vilaĝdoma stalo. Li pensis pri la kadavroj de la infanoj en Dresdeno, Frankfurto kaj Berlino… Pri la kadavroj en Dunkerque[77] kaj Stalingrado… Kiel li povus ĝoji pro tiuj kadavroj, per kiuj akiriĝis la venko? Por atingi ĉi tiun, la tero kovriĝis per kadavroj de senkulpaj homoj…

Eĉ en venko ne ekzistas belo,
kaj tiu kiu nomas ĝin bela
apartenas al tiuj kiuj trovas ĝojon en masakro,
kaj tiu kiu trovas ĝojon en masakro
ne sukcesos, en sia ambicio, regi la mondon.
Krioj de malfeliĉo devus akompani la buĉitajn amasojn
kaj la venko estas festenda per funebra ceremonio.[78]

---

77 Komunumo en la norda Francio.
78 Laocio. La citaĵo de C. V. Gheorghiu estas proksimuma. Ĝi baziĝas sur Ĉapitro 31 de *Dao de jing*.

– Tre bela poemo! – diris la oficiro. – Ĉu vi verkis ĝin?

– Ĝi estas la verko de ĉino kiu vivis antaŭ du mil kvin cent jaroj.

– Donu ĝin al mi skribita! – diris la oficiro. – Mi volas sendi ĝin al mia familio en Usono.

– La oficiro ridetis pensante, probable, pri sia familio. Poste lia frunto malheliĝis kaj li rigardis suspekteme la popon:

– Ĉu vi certas ke la versoj kiujn vi ĵus citis estas verkitaj de ĉino?

– Certe! – respondis la popo. – Sed se ili plaĉis al vi, ne gravas kiu verkis ilin. Ili estas belaj. Jen ĉio! La cetero ne gravas!

– Jes ja, gravas! – diris la oficiro. – Estas bone ke ilia aŭtoro estas ĉino. Ĉinio estas lando alianciĝinta al Usono kaj la versoj plaĉos al mia familio. Se ili apartenus al poeto malamika, mi ne sendus ilin. Skribu ilin morgaŭ matene. Mi donos al vi paperon kaj krajonon. Ĉu vi lernis ion aliaj krom teologion?

– Ĉion kion la vivo permesis kaj mia spirito ŝatis!

– Ĉu la ĉinan vi scias? – demandis la oficiro.

– Ne!

– Bedaŭre ke vi ne scias la ĉinan! Mi petus vin skribi la poemon per ĉinaj karaktroj. Tio estus surprizo por miaj familianoj: ili ne atendas de mi leterojn en la ĉina. Sed, se vi ne scias la ĉinan, skribu ĝin en la angla. La ĉino kiu verkis la versojn havas humuron. Kaj, krome, li estas aliancano de UN.

Kiam li revenis en la koncentrejon, la popo estis plene elĉerpita. Johann Moritz helpis lin kuŝiĝi kaj metis kompresojn sur lian kapon.

– Ĉu li diris ion pri liberigo? – demandis Traian.

– Nenion! – respondis la maljunulo.

– Kion li demandis de vi?

– Li petis min skribi poemon de Laocio. Li volis havi ĝin en la originalo kaj bedaŭris ke mi ne scias la ĉinan.

– Ĉu tio estis la tuta pridemandado?

– Tio estis ĉio! – diris la popo.

Traian Korugă ricevis leteron de Nora.

– Mi sciis ke Nora estas ankoraŭ arestita, – diris Traian, – premante enmane la koverton kun la surskribo *Prisoner of War*. Sed mi esperis ke intertempe ŝi estis liberigita. Nun eĉ la iluzion mi ne plu havas. Mi estas certa ke ŝi estas enfermita, same kiel ni, en koncentrejo kiel la nia, gardata, inter pikdratoj, de poloj kun aŭtomataj pafiloj, kiel ni. Mia tuta spirito ribelas!

Kiam ŝi skribis al li, Nora ne sciis la adreson de Traian. Tial ŝi skribis sur la koverton lian nomon kaj la nomon de ĉiuj koncentrejoj en la usona zono. Antaŭ ol trafi en liajn manojn, la letero trapasis ĉiujn koncentrejojn.

– Ankaŭ al ŝi oni ne diris, kie mi troviĝas, kaj ankaŭ al mi oni ne volis diri, kie ŝi troviĝas! – eksplodis Traian.

La popo, kiu kuŝis sur la lito, kun la kapo kovrita de kompresoj, provis vortkaresi lin. Traian estis surda je ĉiaj konsolvortoj.

– Ĉia sufero havas limon! – diris Traian stariĝante. – Mi kredas ke mi atingis ĝin. Neniu homo povas transpasi ĝin kaj vivi!

Traian Korugă eliris el la tendo.

– Sinjoro Traian finos sin! – diris timeme Johann Moritz, kiu estis apude la tutan tempon.

La popo kuŝis kun la vizaĝo supren kaj la okuloj fermitaj. Li ne aŭdis la vortojn de Moritz: li preĝis. Ne nur por Traian, sed ankaŭ por Nora. Li preĝis ankaŭ por Moritz kaj por ĉiuj homoj kiujn ĉi tiu teknika socio okcidenta puŝis ĝis la limo kiun neniu povas transpasi viva.

– Sinjoro Traian finos sin, se mi lasas lin sola! – ripetis Johann Moritz.

La popo malfermis la okulojn. Li milde tuŝis la manon de Moritz kaj lasis lin foriri.

– Bonvolu doni vian manon! – diris la popo Korugă.

Li sidis kun la okuloj duonmalfermitaj. Lia vizaĝo estis pala: la tuta sango malaperis el ĝi. La maljunulo prenis la manon de Traian kaj tenis ĝin sen diri vorton. La varmo de la du manoj kuniĝis, kvazaŭ la sango pasis de unu al la alia. Ili sentis sin proksimaj, kiel nur patro kaj filo povas senti sin. Iliaj koroj batis samritme. Sed la batoj de la koro de la maljunulo estis malfortaj. Pli kaj pli malfortaj.

Johann Moritz demandis, ĉu li ŝanĝu la kompresojn. La malsanulo signis ke ne necesas. Li ridetis. Moritz eksidis rande de la lito.

– Ĉi-momente ŝajnas al mi ke mi varmigas miajn manojn ne per la viaj sed per la vivo-fajro! – diris la popo. – Vi estas varmega kiel la vivo. Mi pensas ke mi pretas foriri…

Traian premis liajn manojn eĉ pli forte: ili estis malvarmaj, sed li ridetis.

– Du grandajn revojn mi havis, – diris la popo. – Ke viva mi estu popo en Usono kaj ke, post la morto, mi estu enterigita en la tombejon en Fântâna. Vi konas ĝin: tombejo senbarila, kun sovaĝaj floroj kaj herbo, kvazaŭ herbejo. Tie ŝajnis al mi taŭga loko por alfonti la eternecon. Ambaŭ miaj revoj plenumiĝis, sed en iu stranga formo. Ne mi iris al Usono, sed Usono venis al ni. Mi mortos en ĉi tiu malliberejo, super kiu flirtas la stel-kaj-stria flago de Usono. Mi ankaŭ ne estos enterigita en la tombejon en Fântâna. Sed la tombejo de Fântâna dume kreskis ĝis la dimensioj de Eŭropo. Fântâna, Rumanio kaj Eŭropo estas hodiaŭ unusola nigra makulo sur la mapo. Kiel tuĉmakulo. La tuta kontinento estas silenta kaj forlasita de ĝojoj, samkiel la nuna tombejo en Fântâna. Baldaŭ ĉie kreskos sovaĝaj herbo kaj floroj, kiel en nia tombejo. Ĉie en nia kontinento mi sentos min kiel en la senbarila tombejo en nia vilaĝo.

– Kial vi diras al mi ĉion ĉi? – demandis Traian. – Estus pli bone se vi ripozus.

– Vi pravas! – diris la popo. – Sed mi volas diri al vi ion alian. Sciu, Traian, ke "la vivo neniam havas objektivan celon, krom se per tiu ĉi kompreniĝas la morto: en la realo ĉiu celo estas subjektiva".[79] La socio de la teknika civilizacio volas doni al la vivo objektivan celon kaj tiel ĝi mortigas ĝin. Ĝi reduktis la vivon al statistiko. Sed "al ĉiuj statistikoj eskapas la kazo propramaniere unika kaj, ju pli la homaro evoluos, des pli gravos ĝuste la unikeco de ĉiu individuo kaj de ĉiu aparta kazo".[80] La nuna socio iras ĝuste en la mala direkto, ĝeneraligante ĉion. "Ĝeneraligadante kaj provadante aranĝi ĉiujn valorojn en la ĝeneralon, la okcidenta homaro perdis la senton pri unikeco kaj, sekve, pri la individua ekzisto. De tio venas la enorma danĝero de la kolektivismo, ĉu rusa, ĉu usona".[81] Pro tio estas preskaŭ certe ke tiu ĉi socio disfalos, ĝuste kiel vi diris iun vesperon en Fântâna. La socio iĝis malkongrua kun la vivo de la individuo, ĝi sufokas tiun ĉi. La homoj mortas, same kiel mortis la kunikloj en via romano. Ni ĉiuj mortas, murdate de la venena atmosfero de tiu ĉi socio. Nur la teknikaj sklavoj, la maŝinoj kaj la civitanoj ankoraŭ povas vivi en ĝi, ĝuste kiel vi volis rakonti en via libro. Tiel la homoj pekas antaŭ Dio: per nia tuta povo ni agadas kontraŭ nia propra bono, kontraŭ Dio! Tiu ĉi estas la lasta grado de forfalo, kiun povas atingi homa socio; alveninte tien, ĝi mortas same kiel multaj aliaj dum la historio kaj antaŭ ĝi! La homoj provas ĝin savi per logika ordo, sen kompreni ke ĝuste la ordo mortigas. Jen la krimo de la okcidenta teknika socio: ĝi mortigas la vivantan homon, oferante ĝin al plano, teorio, abstraktado. Jen la nuna maniero en kiu oni praktikas la homan oferon. La ŝtiparo kaj la bruligo en publika placo malaperis. Ilian lokon prenis la oficejo kaj statistiko, la du sociaj mitoj en kies flamojn oni barbare ĵetas la homan oferon. La demokratio, ekzemple, estas formo de socia organizo nekontesteble supera al la totalismo, sed ĝi reprezentas nur la socian dimension de la homa vivo. Konsideri la demokration kiel sencon de la vivo kaj

---

79 Hermann von Keyserling.
80 Same.
81 Same.

celon en si mem, signifas mortigi la homan vivon, reduktante ĝin al unusola dimensio. Jen la enorma eraro kiun faras la komunistoj kaj faris la nazioj. La homa vivo havas sencon nur en sia tuteco. Kaj la finan sencon de la vivo oni povas penetri nur per la rimedoj per kiuj ni komprenas la arton kaj la religion: ili estas la rimedoj de la *kreado*. En ĉi krea kompreno, la racio havas nur duarangan rolon. La matematiko, statistiko kaj logiko estas same netaŭgaj por kompreni kaj organizi la homan vivon kiel por aŭskulti la muzikon de Betoveno kaj Mozarto. La nuna okcidenta civilizacio obstinas meti Betovenon kaj Rafaelon en matematikajn formulojn; ĝi obstinas kompreni la homan vivon kaj plibonigi ĝin per statistikoj. Provo absurda kaj tragika! La homo povas atingi, en la plej bona kazo, apogeon de socia perfekteco, sed tio neniel helpos al ĝi. Reduktite al socio, aŭtomatismo, al la leĝoj de la maŝino, ĝia vivo ne plu ekzistos. Ĉar la vivo malaperas, se oni malpermesas al ĝi la sencon – la solan – kiu estas senpaga kaj super la logiko. La senco de la vivo estas absolute individua kaj intima. La nuna socio forlasis jam delonge tiujn ĉi veraĵojn kaj direktiĝas, kun senesperaj rapideco kaj forto, al aliaj vojoj. Tie kie fluis Rejno, Danubo kaj Volgo, komencis flui nur larmoj de sklavoj. Kaj ili fluados en la fluejoj de ĉiuj riveroj de Eŭropo kaj de la mondo, ĝis la maroj kaj oceanoj pleniĝos de la amaraj larmoj de la homoj sklavigitaj de tekniko, ŝtato, burokratismo, kapitalo. Fine, Dio degnos kaj savos la homon, tiel kiel Dio savis ĝin tiom da fojoj. Dume, same kiel Noa flosis en sia arkeo, flosos sur la surfaco, sen esti tiratoj de la sklavecoĉenoj al la fundo, tiuj homoj kiuj restis homoj. Ili estos savitaj. Kaj per ili ne estingiĝos, same kiel ankaŭ antaŭe ne estingiĝis, la homa vivo. Sed la savo venos nur por la homoj prenitaj kiel individuoj: la homa specio saviĝos per personoj, ne per kategorioj! Neniu eklezio, neniu nacio, neniu ŝtato kaj neniu kontinento povos savi siajn anojn amase aŭ laŭ kategorioj. La homoj saviĝos individue, sendepende de religio, raso aŭ kategorio socia aŭ politika. Pro tio homon oni ne prijuĝu laŭ la kategorio al kiu ĝi apartenas. "Kategorio" estas la plej barbara kaj diabla sensencaĵo naskita de la homa cerbo. Krome ne forgesu ke ankaŭ nia malamiko estas homo, ne "kategorio"...

Traian profitis la paŭzon kaj demandis, kun voĉo plena je timo:

– Patro, kial vi klarigas ĉion ĉi al mi? Eble estus pli bone ripozi!

– Tion mi faros, – diris la popo. – Mi ripozos. Sed antaŭ tio, mi volis diri al vi tiuj aferojn, kiujn vi scias kaj sentas same kiel mi. Ĉiu homo sentas ilin same: ankaŭ Johann Moritz sentas ilin! Sed por mi estis bone ripeti ilin. Mi ne povus ripozi sen diri ilin...

– Via mano estas malvarma, patro!

– Mi scias, Traian! Estas pro kurioza stato de maltrankvilo, kiun mi ne povas regi. Ĝi estas pli forta ol mi...

– Patro, mi ne komprenas! – diris Traian – Kion vi volas diri? Ĉu vi sentas vin malbone?

– Ne! – diris la popo.

La lipoj de la popo Korugă tordiĝis kvazaŭ pro doloro kiu trasagas lian tutan korpon. Traian klinĝis super lin. Subite la vizaĝo de la popo heliĝis pro varma rideto plena je amo, kvazaŭ ie, sub lia frunto, eklumis forta lanterno. Liaj lipoj murmuris ion malfortan, kiel senvoĉan sonaron. Estis la fino...

Traian genuis apud la lito kaj ekploris kun singultoj.

Johann Moritz stariĝis kaj demandis:

– Ĉu mi venigu la kuraciston?

Traian ne respondis. Li daŭre premis la manon de sia patro kaj ploris, kun despero antaŭe ne konata. Ankaŭ Johann Moritz komprenis. Li demetis la ĉapon kaj genuis apud Traian kruco-signante.

Post kelkaj momentoj Johann Moritz stariĝis. La prizonuloj kolektiĝis ĉirkaŭe; ili venis eĉ el aliaj tendoj. La spaco inter la litoj plenis je homoj. Moritz faris al si vojon inter la prizonuloj, kiuj rigardis silente kun la kapo malkovrita. Li revenis al la kapo de la mortinto kun kandelo farita el vakso deskrapita el ĉokolad-skatoloj. Ĉe la kapo de la mortinto li ekbruligis ĝin en malplena ladskatolo.

145

En la tendon kie mortis la popo Korugă aperis la kuracisto, ankaŭ li prizonulo, sekvate de du flegistoj kun brankardo.

– Kion vi volas? – demandis Traian.

– Preni la kadavron, – respondis la kuracisto. – Ni ne povas lasi kadavrojn en la tendoj.

– Kien vi volas porti ĝin?

– Necesas porti ĝin el la koncentrejo. Kien oni portos ĝin, ni ne scias. Ni informas la komandanton kaj la usonanoj venos per aŭto por forporti ĝin.

– Unue mi volas scii, kien vi portos la korpon de mia patro!

– Ankaŭ ni volus scii multon, sed tio ne eblas! – diris la kuracisto firme.

La flegistoj proksimiĝis al la lito por movi la kadavron sur la brankardon. La kuracisto haltigis ilin:

– Unue mi devas konfirmi la morton. Eble li ankoraŭ vivas!

Li prenis la manon de la popo kaj dum momento tenis inter la siaj. Poste li metis la orelon sur la bruston de la maljunulo.

– Vi ja povas forpreni lin! – li ordonis al la flegistoj.

– Ne! – kriis Traian.

– Kial vi kontraŭstaras? – demandis la kuracisto. – Ankaŭ ni estas simplaj prizonuloj, same kiel vi, kaj nur plenumas ordonojn.

– Unue mi volas scii, kien vi portos la korpon de mia patro! Almenaŭ tion, se mi ne rajtas partopreni lian enterigon. Mi volas scii, ke li estos enterigita kristane; eĉ se mi estas prizonulo, mi havas tiun rajton. En la momento kiam li mortis, mia patro ĉesis esti prizonulo kaj li rajtas la respekton ŝuldatan al la mortintoj.

– Kiu diris ke la mortintoj ne estas respektataj? – demandis la kuracisto.

– Mi ne diris tion! – respondis Traian. – Sed mia patro estas ortodoksa pastro kaj mi volas ke li estu enterigita laŭ la ritoj de la eklezio kiun li servis.

– Morgaŭ sendu petleteron al la komandanto! – diris la kuracisto.

– Ĉu vi garantias ke morgaŭ ne estos tro malfrue?

– Mi garantias nenion, – diris la kuracisto. – Mi estas prizonulo, same kiel vi!

– Tiam la korpo de mia patro ne forpreneblas de tie ĉi antaŭ ol oni promesos al mi ke li estos enterigita laŭ la kristanortodoksa ritaro!

– Vi vane kontraŭstaras! – diris la kuracisto.

– Eble! Sed mi kontraŭstaras!

– Ni devas forpreni la kadavron: ja ekzistas ordono ne teni kadavrojn en la koncentrejo.

– Tiam prenu ĝin perforte! – diris Traian. – Sed se vi faras tion, vi bedaŭros.

La flegistoj kaptis de malantaŭe la brakojn de Traian kaj flankenpuŝis lin. La kadavro estis metita sur la brankardon. Traian baraktis en la manoj de tiuj kiuj tenis lin. Kiam la brankardo preterpasis lin, li vidis nur la frunton de sia patro, altan kaj helan kiel la luno.

Johann Moritz paŝis malantaŭ la flegistoj, kun la kapo malkovrita kaj klinita; li portis la ladskatolon en kiu ankoraŭ brulis la kandelo.

– Vi pagos por tiu peko! Ekzistas faroj kiuj neniam forgeseblas! – kriis Traian. – Doktoro, vi rememoros ke vi malpermesis al mi akompani la korpon de mia patro ĝis la pordo de la koncentrejo.

– Ne mi malpermesis al vi! – diris la kuracisto. – Tiu estas la regularo.

– Kvietiĝu! – diris al Traian la tendestro veninta apud lin. – Se oni aŭdas vin krii, oni fermos vin en la bunkron!

– Nenio kvietigos min ekde hodiaŭ! Ne ekzistas bunkroj kiuj sufoku miajn kriojn! Ekde ĉi tiu momento mi fastos ĝis la morto, meze de tiuj ĉi dudek mil homoj en la koncentrejo. Proteste mi volas morti iom post iom, horon post horo. Mia morto estos krio kiu registriĝos en la oreloj, okuloj kaj karno de tiuj enfermitaj kun mi kaj de tiuj kiuj tenas min enfermita. Ĝi estos portita en la kvar direktoj de la vento kaj de ĝia furiozo vi neniam eskapos! Eĉ ne en la tombo!

146

– Ĉu vi vere volas morti? – demandis Johann Moritz. – Morti pro malsato kaj soifo?

Estis la kvara tago ekde la deklaro pri malsatstriko. Estis varme. Traian kuŝis en la ombro de la tendo, kun la vizaĝo supren. Marŝi lacigis lin. Paroli lacigis lin. Stari aŭ aŭskulti la parolojn de aliaj, vidi la ĉielon, ĉio ĉi lacigis lin. La vivo mem lacigis lin. Eĉ lia propra ĉeesto estis laciga kaj troa por li.

Oni sonorigis la tagmanĝon. Moritz faris unu plian provon.

– Ĉu mi portu ankaŭ al vi ion por manĝi? – demandis li.

Li tenis la gamelon de Traian.

– Ili ĝojos se vi mortas! – aldonis Moritz. – Sed estus domaĝe se vi mortus.

– Se vi volas, vi manĝu ankaŭ mian porcion, – diris Traian. – Mi ne volas ĝin.

Moritz foriris. Li revenis kun la gamelo plena je supo kaj metis ĝin apud sin. Poste li sidiĝis sur la grundon, elpoŝigis la kuleron, viŝis ĝin permane kaj metis la gamelon inter la genuoj. El la supo eliĝis vaporo, kiun li esploris per la nazo.

La gamelo de Traian estis apude, malplena.

– Kial vi ne prenis ankaŭ mian porcion? – demandis Traian. – Ĉiel al vi ne sufiĉas la manĝaĵo. Ĝi sufiĉas al neniu.

– Mi ne povas manĝi vian porcion, – diris Moritz. – Dio punus min. Vi suferas kaj mi manĝu vian porcion? Estus peko! Mi ne povas!

Kun la gamelo inter la genuoj, Moritz ekrigardis la plumbe grizan ĉielon. Li restis tiel kelkajn momentojn, kun la vizaĝo al la ĉielo kaj la lipoj duonmalfermitaj. Poste li krucosignis.

Traian sekvis ĉiun lian movon. Moritz trempis la kuleron en la supon kun la malrapido kun kiu oni komencas plenumon de rito. Li plenigis ĝin duone, portis ĝin al la buŝo kun ampleksa, sacerdota movo de la brako. Kvazaŭ komunio. Englutinte li faris mallongan paŭzon. Li tenis la kuleron senmove en la mano.

Kvazaŭ ĝi estus plena. Liaj okuloj atente rigardis ien for, al loko, kiun nur li vidis, trans la limojn de la terglobo.

La kulero trempiĝis refoje en la supon, kun la samaj malrapido kaj ampleksa gesto de la brako, ĉi-foje tiel apetitige, ke Traian englutis la salivon.

Moritz plenigis denove la kuleron, ankaŭ ĉi-foje nur duone: li ĉiam prenis nek pli nek malpli ol duonan kuleron da supo. Li portis ĝin al la buŝo en la sama ritmo kaj kun la sama profunda seriozeco

Johann Moritz manĝis solenante, kun mezurata volupto. La manĝado estis por li sankta ago – *la ago de la nutrado* – venigita al sia origina amplekso. Kiel ĉiu grava ago, ĝi ekskluzivis haston kaj disvolviĝis kun rita ceremonieco. Eĉ ne unu guto restis sur la lipoj, falis sur la grundon aŭ forgesiĝis sur la kulero.

La grava religieco, kun kiu manĝis Johann Motitz, paralizis ajnan skeptikecon kaj trudis silenton. En li estis nenio teatreca, nenio superflua. En ĉi tiu manĝhoro Johann Moritz integriĝis en la grandan ritmon de la naturo. Li manĝis same kiel la arboj suĉas la sevon el la profundo de la grundo. Lia estaĵo unuiĝis kun la ago kiun li plenumis: sen vidi ion ajn ĉirkaŭ si, li estis en tiu ĉi momento si mem kaj per la esenco de sia estaĵo li tuŝis la naturon, iĝante parto de la naturo mem.

Fininte kolekti per la pinto de la kulero ĉiujn supogutojn en la gamelo, li restis kelkajn sekundojn profunde kontemplanta la spektaklon antaŭ siaj okuloj – spektaklon, kiun nur li vidis –, poste li kunigis tri fingrojn de la dekstra mano kaj denove krucosignis.

Kvazaŭ descendante el songo, li turnis sin al Traian kaj diris:

– Estas peko manĝi la manĝaĵon de aliulo!

Poste li stariĝis kaj iris lavi sian gamelon.

Traian restis kun la okuloj fiksitaj al la horizonto, sen vidi ĝin, ĉar sur ĝi ankoraŭ projekciiĝis la bildo de Johann Moritz plenumanta la riton de la manĝado, la solenan agon de la manĝ-ado, pri kiu li, Traian Korugă, rezignis.

– Mi rifuzas ajnan kuracistan prizorgon! – diris Traian Korugă.

Estis la vespero de la kvara tago de plena fastado. La estro de la koncentrejo, leŭtentanto Jacobson, sciis ke en Stuttgart alvenis grupo de usonaj ĵurnalistoj por viziti la koncentrejojn por militkaptitoj en Germanio. Li ordonis al la *Bürgermeister*[82] kaj ĉefkuracisto porti Traian'on ekster la koncentrejon. Lia kazo ne estis konenda de la amaskomunikiloj: ĝi estis tro sensacia. Traian Korugă ne estis nazio, kaj lia patro mortis antaŭ nelonge, estis popo kaj havis la krurojn amputitaj. Krome, la edzino de Traian estis juda. Por raportisto nuraj elementoj por skandalo. Jacobson ne deziris ajnan reklamadon. Se lanĉiĝus gazetara kampanjo, li estus tuj revokita al Usono. Li estis baldaŭ kompletigonta kolekton de germanaj porcelanaĵoj, kiujn li akiris kontraŭ kelkaj paketoj da cigaredoj. En Usono, ili valoras milionojn! Li jam ŝirmis kelkajn kestojn en kelo en la brita zono. Restis al li nur sendi ilin trans la oceanon. Li vivus senzorge ĝis la fino de sia vivo, se li sukcesus akiri la tutan kolekton, disigitan tra diversaj urboj kaj vilaĝoj en Germanio. Li, do, devis resti ĉi tie ĝis la kompletiĝo de la porcelanaro.

Se ne estus la ĵurnalistoj kaj la timo pri skandalo, la kazo de Traian Korugă disvolviĝus en silento; li eĉ ne mencius ĝin en la raporto. Tiom da prizonuloj mortas pro malsato en la koncentrejoj! Kian gravecon havas la fakto ke iuj mortas pro manko de manĝoj kaj aliaj pro rifuzo manĝi? Sed skandalo nun fuŝus liajn planojn rilate la porcelanaĵojn kaj ĝi estis plene evitenda: temas pri milionoj!

La *Bürgermeister* Schmidt, eksa SS-kolonelo kaj eksestro de la polico en Weimar, promesis al la leŭtenanto ke li solvos la problemon rapide kaj senbrue.

– La kuracisto estas devigata helpi ĉiun malsanulon, kun aŭ sen ties ĉi volo! – diris la *Bürgermeister*. – Vi havas febron. Ni portos vin al la flegejo de la koncentrejo.

---

82 Urbestro (ger.). Ĉi tie, estro de la prizonuloj, mem prizonulo.

Estis la deka vespere. Johann Moritz sidis rande de la lito de Traian kaj, kiel ĉiufoje kiam li aŭdis Schmidt'on paroli, li havis ektremon. Kvazaŭ estus la voĉo de Iorgu Iordan: la du havis la saman voĉon.

– Mi rifuzas moviĝi de ĉi tie! – diris Traian. – Vi volas preni min el la tendo ne ĉar mi estas malsana, sed ĉar vi timas skandalon! Sed la skandalon vi ne povos sufoki! Ĉu ŝajnas al vi ke mi mortas tro rapide? La aliaj dudek mil kadavroj kiujn vi tenas enfermitaj ĉi tie ne ĝenas vin! La aliaj mortas malrapide. Kaj kiam oni mortas malrapide, oni ne kreas skandalon: ilia lanta, sed certa morto ne kreas bruon. Kial vi ne portas ankaŭ ilin al la hospitalo?

– Mia tasko kiel kuracisto estas enhospitaligi vin, – diris profesoro Dorf, la kuracisto de la prizonuloj. – Via stato, sinjoro Korugă, estas ekstreme serioza. Ni ne povas lasi vin unu plian nokton en la tendo.

Du flegistoj prenis Traian'on kaj kuŝigis lin sur brankardon, kiel objekton. Moritz kunpremis la pugnojn kaj grincigis la dentojn. Li volus defendi Traian'on. Sed la batalo estis perdita eĉ antaŭ ol komenciĝi…

– La plej granda krimo estas fari ion ĝustan pro kialo malĝusta! – diris Traian.

La kuracisto ŝajnigis ne aŭdi.

– Ni iru! – ordonis la profesoro.

La flegistoj kun la brankardo eliris el la tendo. La prizonuloj lasis ilin eliri senvorte. Neniu dormis. Estis silento kiel ĉirkaŭ la morto. Ĉiuj sentis ke okazas io serioza, sed neniu sciis, kio.

Ekstere brilis la luno. Johann Moritz paŝis malantaŭ la brankardo kiel malantaŭ ĉerko, portante la vestaĵojn, botojn, okulvitrojn kaj pipon de Traian Korugă. Li paŝis kun la kapo klinita, kvazaŭ li sekvus mortinton. Poste, subite, li konsciis ke la homo sur la brankardo ankoraŭ vivas.

Ĉe la pordo de la flegejo Moritz estis haltigita.

– Vi ne rajtas plu iri! – diris la *Bürgermeister*. – Tiaj estas la ordonoj! Neniu rajtas paroli kun Traian Korugă aŭ vidi lin! La vestaĵojn kaj botojn portos mi mem.

Dum tiu nokto Johann Moritz promenis laŭ la pikdrata barilo de la flegejo. Li ja ne povis lasi Traian'on sola...

148

Traian Korugă estis enfermita sola en ĉambro kun ses litoj, ĉiuj ne okupitaj. La ĉambro estis malplenigita speciale por li. Du junaj flegistoj ricevis la ordonon gardi lin.

Traian kuŝis sur la lito kun la vizaĝo al la muro. Liaj lipoj estis cindre sekaj. Revoj, kiel kolora filmo, trapasis lian menson. Liaj okuloj estis fermitaj, sed forta lumo, kiel tiu de la neontuboj, venanta el la interno, blindigis lin. La lumo estis varmega kaj bruligis liajn palpebrojn. Ĉiuj liaj pensoj estis koloraj kaj lumaj. Ankaŭ lia korpo ŝajnis estis el lumo, lumo varmega kaj malpeza, same kiel la revoj... Li ŝvebis. "Nun mi scias, kial la sacerdotoj kaj la mistikuloj fastas", li pensis. "Kiam oni malsategas, oni povas disigi sin de la tero. Dio estas proksima; oni kvazaŭ tuŝas la ĉielon per la frunto..."

Traian ne restis longe en tiu ekstaza stato. Lian nazon trafis forta odoro de manĝaĵo. Unu el la flegistoj metis pleton sur seĝon apud la lito. Traian kuŝis kun la dorso al ĝi kaj ne vidis ĝin. Sed li ja sciis, kio troviĝas sur ĝi. La nazo de Traian malkovris unue la odoron de terpomoj frititaj en butero. Poste la odoron de kafo. Li perceptis la manĝaĵojn sur la pleto kvazaŭ li vidus kaj gustumus ilin. Lia flarsento akriĝis. Antaŭe li ne povintus tiel precize distingi unu odoron disde alia. Sur la pleto estis ankaŭ taso kun varma lakto. La laktovaporo odoris same forte kiel la kafovaporo, kaj same la fritita viando, kies pikecon Traian sentis kvazaŭ koloron tro fortan sur pentraĵo. La odoro de la butero kaj bruligita viando altigis la provokan efikon de la manĝaĵoj sur la pleto. Ili penetris la litkovrilon, la murojn, liajn ĉemizon kaj hararon...

Traian havis la senton ke la odoro de fritaĵo iom bruliĝinta, de butero, de lakto kaj de kafo gluiĝas al li kiel ungvento. Li sentis ĝin penetri, per ĉiu spiro, en liajn pulmojn kaj eĉ en la stomakon. Tio donis al li la senton ke li manĝas, ke li ne fastas aŭstere, tiel kiel li volas. Li komencis forigi la odoron de manĝaĵo el la aero kiun li spiris. Sed estis maleble. Ju pli pasis la tempo, des pli insista iĝis la parfumo de la manĝaĵoj.

Traian Korugă komencis ĝin analizi konscie, same kiel oni analizas la lumon disigante ĝin en la sep kolorojn de la spektro. "Estas maniero kontroli la kapablojn de mia flarivo", diris li lasante sin kapti en tiun operacion, kiu donis al li la impreson ke li regas sin kaj sukcesas trakti la manĝaĵon nur kiel studobjekton.

Inter la unuaj malkovroj estis ke la viando estas nek bovina, nek porka. Kvankam ĝi estis preparita kun multaj ingrediencoj, Traian sukcesis konkludi ke temas pri birdaĵo, probable meleagraĵo. Li emis kontroli, sed sukcesis regi sin kaj restis kun la vizaĝo al la muro.

La lakto havis iun svagan fumodoron. Probable, laktopulvoro tre koncentrita; pro tio, eble, ĝi bruletiĝis. Sur la pleto estis ankaŭ kompotskatolo. Ĝia odoro estis malpli forta ol de la aliaj. La nazo de Traian apenaŭ perceptis ĝin, kiel svagan koloron. La fakto ke li malkovris la ekziston de la kompoto donis al li profundan intelektan kontenton, kvazaŭ li faris laboratorian malkovron aŭ superis rekordon.

La sola demando kiun li ne povis respondi, estis, ĉu sur la pleto troviĝas aŭ ne pano. Se jes, ĝi devas esti blanka pano tre malnova, farita el usona faruno, kiu konsistas el preskaŭ nur amelo.

– Vi devas manĝi nun! – diris la flegisto proksimiĝante al la lito. – Malvarmiĝinte la manĝaĵo ne plu bonas!

Traian ne respondis. Li volis daŭrigi la analizadon de la manĝaĵoj sur la pleto sen rigardi ilin, sed li ne plu povis. Lia koncentriĝo estis ĝenita kaj li ne plu retrovis la necesan kvieton. Nun ĉiuj odoroj miksiĝis kaj ŝajnis unusola, same kiel la sep koloroj de la spektro kolektiĝas en unusola, blanka lumo. La paroloj de la flegisto miksis la odorojn, kiel ŝtono ĵetita en basenon, kiu fuŝas ĝian harmonian ondadon.

Traian Korugă tristiĝis ĉar li ne plu povis kapti kaj ĝui la odorojn. Poste li endormiĝis.

Sekvamatene la pleto estis ankoraŭ tie. Sed la odoro estis malfortiĝinta, kvazaŭ la manĝaĵoj ne plu estus vivaj. Ili frostis kaj mortis.

Traian estis laca. Li nek turniĝis, nek malfermis la okulojn. Li malsekigis plurfoje la lipojn perlange kaj tristis ke liaj lipoj estas aspraj kaj havas amaran guston.

La flegisto portis alian pleton kun manĝaĵoj kaj metis ĝin apud la liton forportonte la antaŭan. Ĉi-foje estis ovaĵo fritita en butero. Ĝia odoro estis penetra kaj forta, kiel estas la koloroj de la afiŝoj. Apud la ovaĵo, oranĝ-marmelado. Krome, lakto, kafo kaj butero. Nun Traian Korugă sentis kiel la odoroj de la manĝaĵoj vundas lin. Ili dolorigis kiel sagoj penetrintaj lian karnon. Traian kunpremis la palpebrojn pro doloro.

– Dio helpu min fini kiel eble plej rapide! – flustris li pete. – Estas tiel malfacile superi la tenton kiam oni estas enfermita en homa korpo…

Sed li konsolis sin per la penso ke, ene de du-tri tagoj, la malliberejo el karno kaj ostoj disfalos. "Post du aŭ tri tagoj mi estos mortinta!" pensis li kaj endormiĝis denove.

149

Traian Korugă leviĝis apogante sin sur kusenon kaj rigardis tra la fenestro. Estis tagmezo. La prizonuloj estis kolektitaj en tri vicoj. Ĉiuj plene nudaj. La tuta korto de la koncentrejo estis plena de nudaj viroj.

Ĝuste sub la fenestro de la flegejo haltis ĵipo. Apud ĝi estis grupo da soldatoj maĉantaj *chewing gum*[83]. La prizonuloj venis, po unu, antaŭ la soldatojn. Ili proksimiĝis kun malcertaj paŝoj: la nudaj homoj paŝas kun malcerteco. Traian ja konis la senton.

"Ĉu denove priserĉado?" pensis li. "Kion ili volas trovi nun?" La priserĉadoj ripetiĝis plurfoje monate.

Antaŭ la soldatojn nun venis maljunulo.

83 Maĉgumo. (angl.)

– La metropolito Paladiusz de Varsovio! – diris Traian.

La metropolito estis alta. Li marŝis iom klinite. Li estis tre maldika: eĉ de distanco oni povus kalkuli liajn ripojn. Skeleto kovrita de haŭto. La barbo de la metropolito estis blanka – la sola blankaĵo en la korto de la koncentrejo. Kiam oni vidis ĝin, la okuloj pleniĝis de dolĉa, heraldika blanko...

Rigardante lin veni, la soldatoj komencis ridi. La metropolito ŝajnis ne vidi ilin: li rigardis super iliaj kaskoj la ĉielon, kiu en tiu tago estis blua, kiel estas la kupoloj de la bizancaj preĝejoj.

La soldatoj kontrolis la fingrojn de la metropolito.

– Disigu ilin! – ordonis la interpretisto.

La maljunulo disigis la fingrojn kaj la soldatoj atente kontrolis ilin. La prizonulo ne havis ringojn.

– Manojn supren! – ordonis la interpretisto.

La maljunulo levis la brakojn, unue antaŭen, super la bruston, kiel por bena gesto, poste super la kapon. Li rigardis nek la interpretiston, nek la soldatojn, sed tiuj ĉi atente kontrolis, ĉu li havas juvelojn en la akseloj. Poste ili kontrolis la hararon ĉe lia nuko: la longa kaj blanka hararo de la metropolito povus kaŝi juvelojn. La soldatoj palpis unue per bastono, poste per la fingroj. Ili palpis la hararon sur lia verto, fine sur la nuko; ili atente palpis lian barbon, por certi ke li ne havas ringojn en ĝi.

– Turniĝu! – diris la interpretisto.

La metropolito turniĝis kun la dorso al la soldatoj.

– Kliniĝu!

Li kliniĝis, sed tio ne sufiĉis.

– Disigu la krurojn! – ordonis la interpretisto.

La metropolito disigis la maldikajn kaj blankajn krurojn. La interpretisto kaj soldatoj kliniĝis kaj kontrolis, ĉu li havas oraĵojn kaŝitajn en la pugo. Foje la prizonuloj kaŝis siajn ringojn inter la kruroj. Sed la metropolito havis nenion kaŝitan. Unu el la soldatoj diris ion al siaj kamaradoj. La maljunulo ankoraŭ klinstaris kun la kruroj disigitaj kaj la dorso al ili.

– For! – diris la interpretisto.

La soldatoj ektraktis la sekvan. La metropolito foriris de ili per la sama timema paŝado. Blovis la vento. Liaj barbo kaj har-aro flirtis kiel la silkecaj ondoj de blanka flago. Traian havis la impreson ke la metropolito ne estas nuda, kiel estis la aliaj prizonuloj: li ŝajnis esti vestita.

Traian Korugă sekvis lin perokule ĝis la maljunulo eniris la kolonon de nudaj viroj. Nun li estis inter ili, sed ne miksita kun ili: la okuloj de la rigardanto restis fiksitaj sur li. Li havis ion ĉirkaŭ la kapo. Eble la blanko de la hararo igis onin rigardadi lin. Aŭ eble la blanko de la barbo. Eble la maniero en kiu li tenis la kapon… Io igis rigardi al li kiel al ikonoj.

– Nun mi scias kion mi vidas! – diris Traian kun eksalto.

La flegistoj rigardis lin, sed Traian rigardis tra la fenestro.

– La metropolito havas ĉirkaŭ la kapo lumringon! Nimbon! Malantaŭ lia frunto estas lumo forta, pli forta ol la neontuboj, kiu disradias ĉirkaŭ lia kapo! Lumo oreca…

Reenirinte la vicon, la maljunulo levis la okulojn al la fenestro de la flegejo. La radiringo ĉirkaŭ lia kapo brilis eĉ pli forte.

– La nimbo ne estas inventaĵo de la ikonpentristoj, – diris Traian.

Li esploris scivole la aliajn prizonulojn. Ankaŭ aliaj havis nimbon. Li ne konis ĉiujn. Ankaŭ Lia Moŝto la rektoro de la Akademio en Vieno havis nimbon. Same, juna ĵurnalisto el Berlino, greka ministro, la ambasadoro de Rumanio en Germanio… Estis aliaj kun nimbo: el ilia frunto fontis radioj kiel el forta fajro aŭ elektra reflektoro. Sed tiuj ĉi radioj estis pli belaj ol tiuj de fajro aŭ elektra lumo! Oni povus lumigi la tutan teron per la lumo fontanta el iliaj fruntoj. Kaj ne plu estus nokto sur la tero.

150

– Kial vi ne manĝas? – demandis la leŭtenanto Jacobson.

Li venis en la flegejan ĉambron de Traian. Li eligis la *Bürger-meister* kaj la kuraciston, kaj restis sola kun Traian.

– Fakte, kion vi volas? – daŭrigis la leŭtenanto. – Kial vi kreas tiun ĉi tumulton en la koncentrejo?

– Mi ne manĝas ĉar mi ne havas apetiton, – diris Traian. – Mia apetito malaperis. Subite! Krome, mi naŭziĝas, terure naŭziĝas. Miaj intestoj renversiĝas. Ĉu vi, sinjoro leŭtenato, ne naŭziĝas?

Jacobson silentis. Li bedaŭris esti restinta sola kun Traian Korugă. Ĉi tiu prizonulo ŝajnis freneza: liaj okuloj brulis. "Eble li alsturmos min kaj strangolos min!" pensis la oficiro kaj rigardis la pordon. Poste li ridetis.

– Trankviliĝu, sinjoro Korugă! – diris li. – Vi estas tro ekscitita. Estas kompreneble: ĉi tiu estas la sesa tago kiam vi nek manĝas nek trinkas.

– Sinjoro leŭtenanto, ne foriru! Mi ne estas freneza. Ne timu! Mia demando pri naŭzo estis stulta. Vi ne povas naŭzi! Se ekde la komenco oni fermas la okulojn kaj ŝtopas la nazon, ne plu estas danĝero. La homo kutimiĝas ankaŭ al naŭzo. Temas nur pri volo. Mi ne havas volon. Pro tio estiĝis en mi la naŭzokrizo. Ekzistas laboristoj kiuj matenmanĝas kaj tagmanĝas kaj vespermanĝas ĉe la kloakbuŝoj aŭ latrinoj, kaj ili ne naŭziĝas. Ili alkutimiĝis! Mi vidis ilin manĝi panon kun salamo kaj butero, engluti grandapetite kaj eĉ leki la lipojn. Ili estis gajaj kaj ŝercis. Eĉ se oni havas delikatan nazon, oni alkutimiĝas. La nazioj bruligis la kadavrojn de la prizonuloj en la koncentrejoj kaj poste fermis la pordon de la kremaciejo kaj iris por manĝi. Kaj ili ne naŭziĝis! Estas ĉi tie homoj kiuj plenigis matracojn per la hararo de virinoj mortintaj en la koncentrejoj, kaj sur tiuj matracoj ili amoris kun siaj amatinoj. Sur tiuj matracoj ili generis infanojn kun sia edzino! Sur la matracoj plenigitaj per hararo de murditaj kaj bruligitaj virinoj! Kaj ili ne naŭziĝis… Iliaj intestoj ne renversiĝis… Al ili plaĉis. Kaj ili estis gajaj. Mi estis en la sama malliberejo kun virino kiu havis en la dormoĉambro kaj buduaro lumŝirmilojn faritajn el homa haŭto. Ili kreis lumon flavecan, lascivan. Ĉe la lumo filtrata de la lumŝirmiloj el homa haŭto, ŝi amoris, manĝis, drinkis, lasis sin brakumi kaj kisi. Ŝi ankaŭ dancis. Kaj ŝi ne naŭziĝis. Ŝi eĉ estis feliĉa! Kiel mi jam diris, la homoj kutimiĝas al naŭzo! Temas nur pri kutimo kaj volo. La rusoj perfortis virinojn 80-jarajn. Sennombrajn! Ili perfortis ilin laŭvice: po dek la saman virinon. Kaj ili ne naŭziĝis: ili trinkis vodkon. Mi scias, vi ne faras kiel ili. Vi ne perfortas, Dio gardu! Vi donas al la virinoj ĉokoladon kaj uzas kondomojn kiam vi seksumas kun ili! Ankaŭ tion kion la nazioj faris, vi ne faras. Ĉiu popolo havas siajn kutimojn. Ne timu ke vi naŭziĝos, sendepende de tio kion vi faros: mi certas ke vi estas ekster ajna danĝero! La naŭzo, sciu, estas terura! Vi ja vidas, kion mi suferas. Ĉiu mia intesto renversiĝas, kiel ganto. Mi sentas tion en la buŝo. Ankaŭ miaj galveziko kaj stomako… *Kaj mi kompatas la homojn.* Treege kompatas ilin! Kiel vi volas ke mi manĝu en tiaj kondiĉoj? Kiel vi volas ke mi havu apetiton? Ĉu vi agnoskas ke tio ne eblas?

Nerimarkate la leŭtenanto Jacobson proksimiĝis al la pordo. La *Bürgermeister* kaj la kuracisto estis dirintaj al li ke la paciento ne estas freneza, ke li estas plene lucida. La faktoj montris ke ili mensogis.

– Vi pravas, sinjoro Korugă! – diris la estro de la koncentrejo. – Estas neeble havi apetiton en tiaj kondiĉoj!

– Ne foriru! – diris Traian. – Al mi estas malfacile moviĝi. Rigardu mem tra la fenestro kaj diru al mi, ĉu finiĝis la priserĉado sur la korto!

– Ĝi ankoraŭ ne finiĝis, – respondis Jacobson.

Traian miris kiel homo, kiu vidis tion kio okazis sur la korto, ne perdas sian apetiton. ”Jacobson iros rekte al la manĝejo. Estas la 12a horo…”

– Ĉu vi diris ke ĝi *ankoraŭ* ne finiĝis? Ĝi ankaŭ ne finiĝos tre baldaŭ: ĝi apenaŭ komenciĝis. Unue vi serĉis oron en valizoj, en domoj, inter la vestaĵoj, en poŝoj, en ŝuoj, en la subŝtofaĵoj, en la kalsonoj. Nun vi serĉas en la buŝoj de la homoj, en iliaj pugoj kaj akseloj. Sed ankaŭ rilate al tiuj ĉi vi estas en la komenco. Morgaŭ vi elŝiros la haŭton por serĉi oron sub ĝi. Poste vi eltiros la muskolojn disde la ostoj kaj frakasos la ostojn por vidi, ĉu ili kaŝas en si orajn monerojn. Vi elpremos la cerbon de la homoj, vi renversos iliajn internaĵojn. Vi dispecigos ilin por trovi oron: orajn monerojn, orajn ringojn, orajn juvelojn. Vi distranĉos la korojn… Oro, oro, oro! Nun ni estas ĉe la komenco: vi apenaŭ atingis la haŭton. Sed ĝi estas elŝirota! La priserĉado daŭras!

La leŭtenanto Jacobson ne plu estis en la ĉambro. Traian turnis sin kun la vizaĝo al la muro.

151

Peticio n-ro 6. Temo: **Ekonomiko (Valoraĵoj troviĝantaj ĉe la prizonuloj)**

Dum la priserĉadoj de la prizonuloj oni konfiskis la juvelojn, ringojn, braceletojn, horloĝojn, fontoplumojn, monon kaj ĉiujn valoraĵojn. Sed la priserĉado, eĉ se ĝishaŭta, estas malperfekta. Hodiaŭ mi rimarkis ke prizonuloj daŭre havas ĉirkaŭ la kapo kronon, tiel kiel havas la sanktuloj en ikonoj.

Mi scias ke la kronoj de la sanktuloj estas el oro. Tiuj de la prizonuloj estas nek el oro, nek el alia metalo. Se ili estus, la kronoj – aŭ nimboj, kiel ili estas nomataj – estus, certe, jam konfiskitaj. Tamen ili ja estas tre valoraj, eĉ se ili entenas neniun noblan metalon.

Mi ne estas sciencisto, sed mi kredas ke tiuj kronoj, rezultantaj el certaj radiadoj kiujn emanas la spirito de prizonuloj posedantaj ilin, havas tre grandan valoron. Estas interese rimarki ke en la okcidenta teknika socio oni ne konstatas tiajn fenomenojn ĉe la individuoj. Ŝajnas ke ili estas trajto de la necivilizitaj socioj – la kronoj ne estas lasendaj en la posedo de la prizonuloj. La ordono estas strikta: la prizonuloj ne rajtas posedi valoraĵojn. Mi memoras ke laŭlonge de la historio oni ja konfiskis tiajn kronojn kaj nimbojn. Eĉ barbara konkeranto kiel la ĥano Ĝingis konsciis pri la valoro de tiuj ornamaĵoj malkovritaj ĉe kelkaj prizonuloj, kaj alproprigis ilin. Sed tiam la transportrimedoj estis primitivaj. Por ke ilia formo ne difektiĝu kaj por ke la brileco de la nimboj ne perdiĝu, la ĥano Ĝingis ordonis ke oni prenu ilin kune kun la kapo. La kapoj kun nimboj, fortranĉitaj de prizonuloj en Ĉinio kaj Arabio, estis surŝnurigitaj kaj ligitaj al la ĉevalseloj kaj transportitaj al Mongolio. Sed survoje – probable pro la klimatkondiĉoj kaj la abruptaj ŝanĝoj de temperaturo – la nimboj malaperis el ĉirkaŭ la kapoj, kiujn oni devis forĵeti. Fakte tiuj ĉi komencis stinki.

Por eviti tian perdon, estus bone se Vi ne fortranĉus la kapon de la prizonulo, kiel ĥano Ĝingis faris. La prizonuloj dotitaj per tiaj valoraj kronoj estas enmetendaj en etuvojn kun klimatizado kaj konstanta temperaturo, kaj transportendaj en Vian landon.

La granda feliĉo de nia nuna socio estas la fakto ke ĝi disponas je la necesaj teknikaj rimedoj kaj ni, do, povas eviti perdojn kiel tiuj de la ĥano Ĝingis. La kronikoj asertas ke la ĥano perdis altvalorajn nimbojn de duona miliono da fortranĉitaj kapoj de prizonuloj!

Kun la sama admiro – Keep similing![84]

LA ATESTANTO

152

– Post kvin minutoj ni transportos vin al la hospitalo, – diris la *Bürgermeister*, promenante kun la manoj ĉe la dorso, en la ĉambro de Traian Korugă. – Tie vi estos nutrata perforte. Mi bedaŭras; ni provis ĉion eblan. Ankaŭ la leŭtenanto Jacobson. Sed vi ne komprenis. Ni volas vian bonon kaj vi turnas al ĝi la dorson.

Traian, kuŝanta sur la lito, kun la vizaĝo al la muro, silentis.

– Tio kion vi faras, estas manko de kamaradeco! – daŭrigis la *Bürgermeister* kolere. – Per viaj personaj demandoj vi forrabas mian tempon kaj tiun de la kuracistoj kaj la leŭtenanto. Ni devas okupiĝi pri 20 000 prizonuloj, ne malŝpari tempon pri unusola: vi agas kontraŭ la interesoj de viaj kamaradoj, kaj tio ne estas akceptebla! Vi estas unu kaj ili estas dudek mil! La personaj demandoj estas preterlasendaj. Ĉiu el ni havas familion, edzinon, infanojn kaj ĉagrenojn. Kio okazus se ni ĉiuj agadus kiel vi? Vi tute ne havas ajnan senton pri kolektiveco! Vi estas egoisto! Mi sekvis la leŭtenanton Jacobson, kiu estas romantika kaj kredeas je demokratio – kiel ĉiuj usonanoj – kaj, en la lastaj tagoj, malŝparis kvin horojn okupiĝante pri unu homo kaj neglektante la aliajn 19 999 en la koncentrejo! Tio estas pura frenezaĵo!

– Vi okupiĝas pri neniu homo en la koncentrejo! – diris Traian.

– Vi okupiĝas pri administra maŝino, kio estas io nepersona. Ne konfuzu la homojn en la koncentrejo kun tiu maŝino farita el

---

84 Laŭvorte: Ridetadu! Laŭsence: Restu bonspirita(j)!, Ne perdu l' esperon! (angl.)

registroj, tajpiloj kaj ciferoj! Pri tio ĉi vi okupiĝas, sinjoro *Bürger-meister*, ne pri la 20 000 homoj en la koncentrejo! La prizonuloj estas karno, sango kaj spirito. Ili estas suferoj, kredoj, sopiroj, malsato, esperoj, desperoj kaj iluzioj. Vi okupiĝas nek pri iliaj karno kaj sango, kiuj estas io individua, nek pri iliaj esperoj kaj desperoj, kiuj estas eĉ pli individuaj! Vi okupiĝas pri ciferoj kaj paperaĵoj! Vi konas eĉ ne unu el la prizonuloj: ĉu vi povas pre-tendi okupiĝi pri 20 000 homoj, dum vi okupiĝas eĉ ne pri unu? Same kiel Jacobson, vi okupiĝas pri nocioj, ne pri homoj. Ankaŭ min vi ne vidas homo: vi vidas min nur ero el la 20 000. Pro tio vi ĉagreniĝas ke vi malŝparis tempon. Min, kiel individuon, vi nek vidis nek povos vidi. Ankaŭ vian edzinon vi ne vidis kiel homon: vi vidis ŝin kiel edzinon, patrinon, purigistinon, sed ne-niam en ŝia tuto. Tamen ŝi ekzistas nur kiel tuto! Vi vidis nur ŝiajn partojn. Ankaŭ vian patrinon vi ne konis, nek vin mem! Vi konis eĉ ne unu homon sur la tero! Alie, neniam ŝajnus al vi ke vi oferas tro da tempo por ĝi. Vi konis nur homojn reduktitajn al unu dimensio; sed tiuj ne plu estas homoj, same kiel la kuboj kun unu faco ne povas esti kuboj!

Flegisto venis por anonci ke la ambulanco estas sur la korto.

– Mi volas adiaŭi la amikon Johann Moritz! – diris Traian.

– Estas malpermesate al vi paroli kun aliaj prizonuloj.

Sur la lito, Traian turniĝis kun la dorso al la *Bürgermeister*. La flegistoj lin volvis en litkovrilo kaj prenis, kiel pakaĵon, kaj portis al la ambulanco.

La fenestroj de la ambulanco estis ŝutritaj. Tamen Traian Korugă sciis ke Johann Moritz estas ĉe la pordo de la flegejo kaj rigardas la forirantan ambulancon. Pense li ridetis kaj diris al li: "Adiaŭ!"

153

– Du usonanoj portis al ni frenezan prizonulon el la kon-centrejo.

La estro de la hospitalo-malliberejo en Karlsruhe[85] leviĝis el la lito, lumigis la ĉambron kaj rigardis la horloĝon. Estis la 1-a

---

85 En la sudokcidenta Germanio, ĉe la landlimo kun Francio.

nokte. La flegisto kiu vekis lin, helpis lin vestiĝi. La kuracisto eliris el la ĉambro malbonhumora.

La prizonuloj estis portitaj al la hospitalo nur en grupoj. En la koncentrejoj oni atendis ĝis la nombro de la malsanuloj atingis cent, kaj nur tiam oni sendis ilin al la hospitalo. Eĉ tiuj serioze malsanaj atendis en la koncentrejo tri aŭ kvar semajnojn, ĝis kompletiĝis la cento por la transporto. En tuta jaro estis nur du esceptoj. Nun estis la tria.

– Kia frenezulo estas tiu ĉi, se oni sendis lin sola kaj meze de la nokto? – demandis la kuracisto enirinte la kancelarion.

– Mi kredas ke estas io tre seriza, – diris la flegisto. – Mi ne vidis lin, ĉar li dormis en la ambulanco. Sed se la usonanoj venis kun li ĉi-hore, tio signifas ke temas pri io tre serioza.

Ekstere estis malvarme kaj la kuracisto estis elirinta el la varma lito: li tremis subskribante la dokumentojn pri la akcepto de la prizonulo. La usonanoj kaj la ambulanco foriris. La kuracisto reiris por enlitiĝi, rezignante vidi la malsanulon. Al li estis malvarme. Tamen li ordonis ke oni fermu la malsanulon en la taŭgan sekcion.

Traian Korugă ne scias ke ili alvenis. Li ankaŭ ne scias ke survoje ili havis pneŭmatikan paneon, kiu malfruigis ilian alvenon ĝis la noktomezo. Li eĉ ne scias, kiomas la horo. Li malfermis la okulojn kiam oni portis lin sur brankardo tra la hospitala korto kaj li vidis la bluan ĉielon stelkovritan.

– La Lakta Vojo! – diris li ridetante al la blanka vojo sur la ĉielo.

Post tio revenis en lian menson la vortoj de la *Bürgermeister*: "Ni transportos vin al hospitalo, kie vi estos nutrata perforte!" Traian decidis kontraŭstari ajnan medicinan traktadon. "Dum mi estas konscia, mi rifuzos manĝi kaj trinki!"

La flegistoj, kiuj aŭdis lin diri "La Lakta Vojo", demetis la brankardon. Unu kliniĝis super Traian kaj diris ironie:

– Ni alvenis sur la Laktan Vojon!

Traian ne aprezis la ŝercon kaj fermis la okulojn. Poste li sentis sin prenata kaj metata en liton.

154

Traian Korugă rigardas la ĉambron en kiu li estas. La lampo en la plafono estas kovrita por dratokrado. Ankaŭ la fenestro havas dikan ferkradon. En la ĉambro estas kvar litoj.

Du malsanuloj interbabilas unu apud la alia. Ili surportas germanajn armeajn kitelojn. Kiam Traian estis enportita, ili eĉ ne turnis la kapon kaj daŭre interparolis. Ambaŭ estas junaj. La tria kuŝas sur la lito, kun la kapo kovrita per litkovrilo. Videblas nur liaj ŝuoj, kiuj eliras el sub la kovrilo. Traian demandis sin, kial li dormas kun la botoj.

Apud la pordo, flegisto en blanka kitelo sidas sur seĝo. Lia kapo similas al tiu de la *Bürgermeister* Schmidt: masiva, kvadrata. Ŝtona kapo. La muskoloj de lia vizaĝo aspektas mortintaj. Ankaŭ lia rigardo ne aspektas viva: ĝi estas vitreca. La flegisto ne havas kapon de mortinto, sed kapon de iu kiu neniam estis viva.

La flegisto proksimiĝis al Traian:

– Kian rakonton vi volas diri al ni? – li demandis kaptante Traian'on ĉe la mentono, kiel skoldotan bubon.

Traian Korugă movis defende la kapon sen respondi.

– Vi volas diri al ni neniun rakonton, – diris la flegisto. – Vi estas inter tiuj kiuj silentas!

Li deprenis la manon de sur la mentono de Traian kaj polmobatis lian vizaĝon:

– Faru laŭ viaj plaĉo kaj volaĉo! – diris li

Poste li residiĝis sur la seĝon ĉe la pordo.

155

– Ili fermis min en la frenezulejon, ĉar mi malsatstrikis!

Traian mordetis la lipojn. Lia laco malaperis: restis la impulso lukti. "Mi estas en frenezulejo" pensis li. "Ilia plano estas bona: mi ne trafis tian eĉ en la romanoj kiuj priskribas la torturojn en rusiaj malliberejoj. La prizonuloj-kuracistoj, la prizonulojuniversitatanoj en la koncentrejo subskribis la atestilon ke mi estas freneza, por montri ke mia striko estas signo de frenezo. Sed, en la vivo estas aferoj, kiuj ne solviĝas tiel rapide kaj, precipe, tiel simple! Ankaŭ mia lukto ne finiĝos tiel!" Traian premis la pugnojn. "Mi devas montri ke mi estas lucida!" pensis li kaj leviĝis alironte la flegiston. Sed li ŝanceliĝis. Li devis apogi sin kontraŭ la muron.

– Ĉu vi venas por diri al mi vian rakonton? – demandis la flegisto. – Mi ja sciis ke vi diros rakonton!

Li ridis.

– Ĉi tien venas neniu kiu ne havas rakonton por diri. Sed, karulo, nun mi ne havas tempon por aŭskulti vin. Lasu, vi rakontos al mi morgaŭ, postmorgaŭ, post unu monato aŭ unu jaro! Vi ja dirados al mi vian rakonton. Ni havos la necesan tempon.

La flegisto tenis ĵurnalon: li volis daŭrigi la legadon.

– Tiu en la fundo estas via lito, – aldonis li. – Iru kaj kuŝu trankvile tie. Ne kuŝu en alia lito! Ĉu vi aŭdas?

– Mi volas demandi ion, – diris Traian.

– Mi scias ke vi volas demandi ion, – diris la flegisto tedite. – Sed nun mi ne havas tempon. Iru kaj kuŝu sur la lito! Ĉi tie vi devas esti knabo obeema, tre obeema… Alie… la vipo!

El la tirkesto de la tablo li prenis rajdistan vipon kaj montris ĝin al li; poste li reenmetis ĝin. Traian Korugă komprenis ke ajna vorto estas senutila. Li iris al sia lito.

156

"La malliberejo ne sufiĉis: Nun mi estas en la mensmalsanulejo de la malliberejo!" Traian fermis la okulojn. Li farus planon por la sekva tago, sed ne povis: li endormiĝis kun la pugnoj premitaj.

– Stariĝu!

Traian saltetis. Li ĵus endormiĝis. Apud li estis unu el la flegistoj, kiuj portis lin sur la brankardo, tiu kiu diris ke li alvenis sur la Laktan Vojon. Traian rekonis lian voĉon.

– Elprenu ĉion el la poŝoj.

Traian stariĝis ŝanceliĝe. Li enigis manon en la poŝon; la mano tremis. Li elprenis la poŝtukon kaj donis ĝin al la gardisto. Poste li elpoŝigis la pipon kaj donis ankaŭ ĝin. En la ĉebrusta poŝo li havis ikoneton de la Sankta Antonio. Li rigardis ĝin kaj poste metis ĝin en la manon de la flegisto.

– Ĉu vi havas nenion alian en la poŝoj?

– Ne, – respondis Traian. – Tio estas ĉio kion mi havas.

– Manojn supren! – ordonis la flegisto.

Traian levis la brakojn, sed nur ĝis la nivelo de la brusto: liaj okuloj nebuliĝis kaj li ne povis levi la brakojn pli supren.

– Manojn supren! – ripetis la gardisto.

– Mi ne povas, – respondis Traian. – Mi sentas min malbone. Mi svenas…

La flegisto prenis liajn brakojn kaj metis ilin sur lian kapon. Traian sentis sur la verto la proprajn manojn kvazaŭ ŝtonojn. Li ne povus imagi antaŭ tiam ke liaj manoj povus esti tiel pezaj. Ili restis rigidaj sur lia kapo.

La flegisto kontrolis liajn poŝojn. Al Traian ŝajnis ke fremdaj manoj esploras ne en liaj poŝoj, sed en lia karno, sub la haŭto.

– Lasu la manojn suben!

La flegisto disigis la manojn kaj lasis ilin fali laŭlonge de la korpo de Traian.

– Elprenu viajn ŝulaĉojn!

– Lasu lin en paco! – diris la gardisto en la ĉambro de Traian. – Ĉu vi ne vidas ke li estas vakse pala?

Ili kuŝigis lin sur la liton kaj prenis la laĉojn el liaj ŝuoj. Poste ili subentiris lian pantalonon, malligis la kalsonŝnuron kaj forprenis ĝin. Fine, ili forprenis ankaŭ liajn okulvitrojn.

– Ne forprenu miajn okulvitrojn! – petis Traian, kiu estis ege miopa.

– Ĉu vi volas tranĉi la vejnojn per ilia vitro?

– Mi vidas nenion sen okulvitroj!

– Estas nenio vidinda ĉi tie!

La flegisto faris paketon kun la okulvitroj, poŝtuko, pipo kaj ikoneto de Traian Korugă. Estis ĉio kion li ankoraŭ posedis. Poste la flegisto foriris kun la paketo.

157

– Leviĝu por manĝi!

Estis la unua mateno en la mensmalsanulejo. Traian rigardis la bovlon kun supo, kiun la flegisto tenis enmane.

– Mi ne manĝas!

– Ĉi tie ne funkcias kiel vi volas! – diris la flegisto.

Li demetis la bovlon surplanken ĉe la kapo de la lito, poste aliris la sekvan liton.

– Mi malsatstrikas de sep tagoj! – diris Traian.

– Ĉi tie ĉiuj malsatstrikas, pupeto! Vi ne estas la sola!

La flegisto proksimiĝis al la lito de la malsanulo, kiu dormis kun la kapo kovrita kaj kun ŝuoj. Tiu rigardis timigite la gardiston kaj turnis sin kun la vizaĝo malsupren.

– Kion vi volas de mi? – demandis li premante la kapon sur la kusenon.

Ankaŭ la du junaj frenezuloj venis ĉe la liton de la maljunulo. Ili staris gluite unu apud la alia, kvazaŭ timante disigon. La flegisto nomis ilin "Virhundoj".

– Ek al li, Virhundoj! – ordonis la gardisto kvazaŭ incitante hundojn.

Unu el la Virhundoj prenis de malantaŭe la maljunulon je la akseloj, la alia kaptis lian kapon kaj ili starigis lin en sida pozicio.

– Ĝentile… vi ne rompu liajn ostojn! – diris la flegisto ridante.

La maljunulo ploris. Li apogis la mentonon sur la bruston kaj rigardis malsupren.

– Malfermu la buŝon, paĉjo! Venis la nutristino kun la suĉilo! – diris la flegisto.

La maljunulo premis la mentonon kontraŭ la bruston plenforte kaj kunpremis la makzelojn.

– Malfermu lian muzelon, sed malrapide!

La Virhundoj genuis sur la liton. Ili enigis la fingrojn en la buŝon de la maljunulo kaj disigis liajn makzelojn. Per unu mano la flegisto pinĉpremis lian nazon por bloki la naztruojn kaj, per la alia mano, verŝis supon en lian buŝon.

La malsanulo ektusis disŝprucante la supon sur la bruston de la Virhundoj. Ili ridis. La flegisto verŝis la duan kuleron en la buŝon de la maljunulo kiu, ĉi-foje, ne plu povis elŝpruci ĝin. La manĝaĵo haltis en lia gorĝo kaj li devis engluti ĝin, alie li sufokiĝus. Per la nazo li ne povis spiri: la flegisto blokis liajn naztruojn.

– Mi sufokiĝas! – balbutis la malsanulo.

La operacio daŭris. Jen kaj jen la maljunulo balbutis ke li sufokiĝas kaj baraktis inter la manoj de la Virhundoj; tamen tiuj ĉi tenis lin forte.

– Nu, paĉjo, ĉu vi vidas ke eblas? – diris la gardisto.

La vizaĝo de la maljunulo estis vakse pala; lia frunto kovriĝis per ŝvitgutoj. Traian fermis la okulojn por ne vidi la spektaklon.

– Ĉu vi timas? – demandis lin la flegisto. – Baldaŭ venas via vico!

– Ĉu ni manĝigu ankaŭ lin? – demandis la Virhundoj unuvoĉe.

– Se li ne estas bonkonduta, ni manĝigos lin!

La Virhundoj ne plu rigardis la maljunulon: ili nun rigardis la makzelojn kaj gorĝon de Traian. Tiu ĉi kliniĝis, prenis la bovlon kaj komencis manĝi. Li manĝis rapide, sen maĉi. Fininte li diris:

– Vi, sinjoro flegisto, pravas. Tiu kiu rifuzas manĝi, estante en mensmalsanulejo, estas ja freneza. La frenezuloj ne povas deklari malsatstrikon, ĉar ili ne respondecas pri siaj faroj. Mi ne estas freneza kaj manĝis. Sed mi ne ĉesigis la lukton.

158

"Mi devas pruvi al la kuracistoj ke mi estas sana!" pensis Traian.

Lia kapo doloris. La manĝaĵon li sentis kiel ŝtonon en la stomako. Sed li penis stari vertikale; li provis paroli. Poste li proksimiĝis al la flegisto.

– Mi volas paroli kun la kuracisto de la sekcio! – diris li.

– Atendu lian viziton! – diris la flegisto. – Dum la vizito vi povos paroli kun la kuracisto.

– Ĉu antaŭ tiam ne eblas?

– La pacientoj en nia sekcio ne rajtas alvoki la kuraciston!

– Mi komprenas, – diris Traian. – Kial kuracisto venu, kiam vokas lin frenezulo! Sed mi ripetas: mi ne estas frenezulo!

– Tiam, kial oni sendis vin ĉi tien, se vi ne estas frenezulo?

– Por ke mi ĉesigu la malsatstrikon, – diris Traian. – Mi jam diris, kiel estis. Nun, post kiam mi manĝis, estas neniu kialo por konsideri min freneza. Se mi ne estus manĝinta, vi povus konsideri mian geston kiel frenezaĵon kaj ne kiel protestaĵon. Sed nun estas al vi klare!

Traian konsciis ke la flegisto legas la ĵurnalon dum li parolas. Li aŭskultis Traian'on eĉ ne unu momenton.

– Ĉu vi konsideras min freneza eĉ nun, post kiam mi manĝis? La voĉo de Traian tremis.

– Iru al via lito kaj lasu min legi la ĵurnalon! – ordonis la flegisto.

– Homo, mi diras al vi ke mi ne estas freneza.

– Mi kredas vin, – diris la flegisto. – Nun iru al via lito kaj restu kvieta. Ĉi tie vi devas estis bona knabo: tiu kiu ne estas obeema ricevas vipadon!

159

La doktoro ne venis en tiu mateno por la vizito.

Tagmeze unu el la Virhundoj eliris el la ĉambro, akompanate de flegisto. Post duona horo li estis reportita sur brankardo kaj metita en la centron de la ĉambro. Liaj naztruoj, ŝtopitaj per vato, vibris. Lia frunto palis. El lia buŝo likis blankeca ŝaŭmo miksita kun verdeca galo, kiel ĉe rabia hundo. Liaj lipoj tremis.

– Kio okazis? – demandis Traian.

La alia Virhundo ridis rigardante kiel la rigida korpo de lia amiko estas agitata de spasmoj. Lia brusto leviĝis kvazaŭ blovata de aŭtomata balgo. La muskoloj de la brakoj kaj kruroj tremis, kvazaŭ disigite de la cetera korpo, kaj la haŭto havis alian koloron. Ĝi ne plu estis haŭto de viva homo. Lia spino rigidiĝis kvazaŭ mortinta. Ankaŭ liaj tordiĝoj estis kiel de mekanika pupo. Viva estis nur la blank-verdeca ŝaŭmo kiu likis el lia buŝo kaj fluis sur lian bruston kaj de tie sur la ŝtofon de la brankardo.

– Kio okazis al la Virhundo? – demandis refoje Traian.

– Nenio, – respondis mallonge la flegisto. – Injektoj!

– Kiaj injektoj? Kial li tiel baraktas?

– Ne estu scivola, knabo, – diris la flegisto, – ĉar ankaŭ vi spertos ilin! Morgaŭ estos via vico!

– Mia vico?

Traian rigardis longe la rigidan korpon sur la brankardo, jen kaj jen trafatan de spasmoj.

– Kial vi miras? – diris la gardisto. – Ĉu vi ne emas kredi? Ĉi tie ĉiuj devas ricevi injektojn!

Poste li ŝanĝis la vaton en la nazo de la Virhundo kaj pinĉis lian vizaĝon. La Virhundo ne reagis.

– Oni nun povas tranĉi lin: li sentas nenion! Li nur baraktas! Ĉi tiujn injektojn devas ricevi vi ĉiuj: ili aktivigas la nervojn. Vidu kian belan gimnastikon faras liaj nervoj!

Traian falis sur la liton, kun la vizaĝo en la manoj. La pordo malfermiĝis, sed ne estis la kuracisto. Venis alia flegisto, kiu prenis en la brakojn la alian Virhundon kaj elportis lin.

Post mallonge oni reportis ankaŭ lin kaj remetis en la centron de la ĉambro, apud lia kamarado. Ankaŭ li havis vaton en la naztruoj kaj el lia buŝo likis blu-verdeca ŝaŭmo kiel ĉe rabiaj hundoj. La korpo, kun la vizaĝo supren, tordiĝis el sia rigideco.

Poste sekvis la maljunulo, kiun oni revenigis same, sur brankardo. Traian rigardis la tri korpojn kiuj baraktis en la sama ritmo, kvankam ili ne apartenis al la sama organismo.

– Kiaj injektoj estas tiuj?

– Pentilentrazolo[86]! – diris la flegisto. – Ŝokoj por la nervoj! Ili skuas la cerbon kaj forigas de ĝi la mallumon de la frenezo.

La flegisto ridis.

Traian rigardis denove la tri korpojn sur la brankardoj, kiuj baraktis mekanike kiel robotoj. Iliaj nazoj ŝvelis kaj tremis je regulaj intervaloj, samritme kaj samintense. La brustoj leviĝis kaj mapleniĝis en la ritmo de la aŭtomataj pupoj.

---

86 $C_6H_{10}N_4$.

La tuta vivo kiu restis en la tri homaj korpoj, reduktiĝis al la refleksaj moviĝoj de la muskoloj. La volo, instinktoj, spirito estis mortintaj. Restis nur la reflekso, spasme pligrandigita.

En tiu momento Traian Korugă havis la vizion de la homa stato en la okcidenta teknika socio. La ĉambro en kiu li troviĝas, gigantiĝis kovrante la tutan Eŭropon, la tutan Okcidenton, la tutan Teron. Antaŭ li, nun, ne tri homoj baraktis en aŭtomatizitaj spasmoj, kun la vivo reduktita al refleksoj, laŭ la modelo de la robotoj, sed la tuta homa specio sur la tuta tersurfaco!

Estis stulta imago, troigita, sed ĝi obsedis lin. Ŝajnis al li ke la *Bürgermeister* Schmidt estras la koncentrejon en Kornwestheim laŭ la fantasta ritmo de la spasmoj de la tri korpoj kuŝantaj ĉe liaj piedoj. Ne nur la *Bürgermeister*, sed ankaŭ Jacobson, majoro Brown, doktoro Samuel Abramovici, ĉiuj saltis en la sama ĵaza, maŝina, ŝoka ritmo kaŭzita de la injektoj kun Pentilentrazolo. Socio, kiu pulsis, baraktis spasme!

Traian kovris la okulojn kaj kriis:

– Mi ne volas! Mi ne volas!

160

– En via persona slipo estas skribita nenio pri malsatstriko!

La kuracisto rigardis suspekteme Traian'on.

– Se temus pri ajna striko, ĝi estus menciita ĉi tie, – diris li. – En via slipo mi trovas: seriozaj mensaj perturboj, suicidobsedo, violentatakoj, ideoj pri persekuto. Jen! Nenio pri striko, eĉ ne unu vorto! Striko estas konscia ago; ĝi estus menciita ĉi tie. La diagnozo estas subskribita de du profesoroj, du pintoj de la medicino en Germanio. Kiun vi volas ke mi kredu? Ĉu vin aŭ la du profesorojn?

La kuracisto estis konvinkita ke ĉio kion diras Traian, estas pura inventaĵo.

– Ĉu vi certas ke via edzino estas arestita? – demandis li. – Mi kredas ke vi eĉ ne estas edziĝinta! Kie estas via edzoringo?

– La soldatoj konfiskis ĝin okaze de priserĉado! – diris Traian.

– Eblas ke tio veras, – diris la kuracisto. – Sed mi havas neniun pruvon pri tio. Mi devas akcepti kiel veran nur tion kio estas en via slipo. Ne ĉagreniĝu, sed mi devas eki de la supozo ke via edzino ne estas arestita, ke eble vi eĉ ne estas edziĝinta, ke via patro ne mortis en la koncentrejo, ke vi mem ne estis arestita sen ajna kialo, kiel vi asertas! Mi estas devigata abstrakti ĉion kion vi rakontas!

Traian Korugă pensis: "Ĉu eblas pruvi al iu ke vi havas klaran menson? Ĉiu via vorto kaj gesto, kiujn ĝis nun oni konsideris normalaj, ĉe analizo ŝajnas tipaj agoj de frenezuloj! La samaj vortoj, frazoj, opinioj, kiuj surstrate aspektas normalaj, ĉi tie, en la mensmalsanulejo, estas taksataj kiel simptomoj de evoluinta frenezeco. Kiel desegni la limon inter frenezeco kaj normaleco? Ne eblas! Sed *mi devas* pruvi ke mi ne estas freneza!"

– Doktoro, mi petegas vin helpi min! – diris Traian.

– Kion vi volas ke mi faru?

– Kredi min!

– Tio helpas al nenio! – respondis la kuracisto.

– Mi petas ne ke vi diru ke vi kredas min, sed ke vi vere kredu min! – diris Traian. – Poste submetu min al rigora esploro.

– La duan deziron mi plenumos eĉ sen via peto! La unuan, ne! Mi estas sciencisto: mi povas kredi nur kion mi konstatas. Sen pruvoj mi kredas nenion!

– Kredu min kiel homo!

– Mi estas sciencisto! – ripetis la kuracisto emfaze. – Mia profesia konscienco malpermesas al mi kredi vortojn nepruvitajn per faktoj!

161

Traian Korugă estis submetita al medicina esploro. Oni eltiris sangon el liaj vejnoj. Poste el la fingropintoj kaj denove el la vejnoj – ĉi-foje pli multe. Li permesis ĉion rezignacie. La homo devas doni sangon. Ĉie.

Sed la sango ne sufiĉis. En la unua vespero oni pikis per injektilo lian kapon, en la nuko: oni eltiris kelkajn gutojn de cerba likvaĵo. Li eltenis la doloron. Ĝi estis ege ĝena. La operacio ripetiĝis. Traian neniel kontraŭis. Li sciis ke la homo devas pagi ankaŭ per la cerbo, ne nur per la sango: alie, ĝi ne havas la rajton vivi.

Oni ekscitis liajn glandojn kaj oni elpremis intimajn sekreciaĵojn, kiujn oni analizis sur vitraj lamenoj, sub la forta lumo de elektraj lampoj. Liaj urino, salivo, stomaka suko, ĉiuj estis esploritaj per mikroskopo, en provtuboj kaj retortoj, en la laboratorio de la malliberejo-hospitalo.

La kuracistoj radiografis liajn pulmojn. Poste la kapon. Ili rigardis lian skeleton, oston post osto kaj artikon post artiko, per X-radioj.

Ili serĉis la vundon kiu kaŭzis lian desperkrion por justeco. Ĝi estis en alia loko, sed la kuracistoj obstinis serĉadi ĝin en la korpo de Traian, en liaj pulmoj, ostoj, cerbo, sango kaj internaj organoj. Li lasis sin traesplori.

Poste oni esploris liajn muskolojn kaj nervojn, por vidi kiel ili reagas en ĉiu parto de la korpo: en la genuoj, manoj, stomako.

Oni aŭskultumis lian koron. La orelo de la kuracisto kontrolis la sekretajn moviĝojn de la sango. Oni pesis la korpon de Traian. Poste oni mezuris liajn alton, dikon, torakon, ostojn brakajn kaj krurajn. Oni malfermis lian buŝon; oni rigardis, kalkulis, frapetis liajn dentojn. Oni esploris lian langon, same kiel oni esploras sur telero manĝon kiu ne aspektas tute freŝa.

Lia tuta korpo estis esplorita ekstere kaj interne, kiel dubinda varo.

Fine venis la psikiatria pridemandado. La kuracisto interparolis kun Traian matene, tagmeze kaj vespere. Foje eĉ nokte. Liaj respondoj al demandoj, ŝajne, banalaj estis registritaj skribe kaj en ili oni serĉis la signon de lia frenezeco, same kiel detektivoj serĉas indikojn pri krimo en la domo de la viktimo. La psikiatro instigis Traian'on paroli pri sia infanaĝo, pri la patrino kaj fratinoj, pri la patro kaj la virinoj kiujn li konis. Traian konis bone la kaŝitajn vojojn de la subkonscio, kiujn la kuracisto volis malkovri, kaj helpis tiun ĉi penetri iliajn sekretojn.

La animo de Traian estis malmuntita kiel ŝranko kun malnovaj vestaĵoj kaj malpuraj subvestaĵoj. La kuracistoj ne naŭziĝis rigardi kaj flari ĉiun faldaĵon de la kaŝita vivo.

Per tio la esplorado finiĝis.

– Vi estas plene sana! – diris la kuracisto. – Temas nur pri ne-eviteblaj kompleksoj, subnutrado, senvitaminozo kaj subnorma pezo! Krome, ĉio estas en ordo. Mankas iom da ruĝaj globuloj; ŝvelintaj artikoj pro manko de nutraĵo; dentaro damaĝita pro la sama kialo; pulso iom malorda, pro la ĝenerala malpezeco de la organismo; iom da nedanĝeraj makuloj sur la pulmoj; fine, iom da reŭmatismo. Ĉiuj ĉi estas naturaj aferoj sen aparta graveco!

– Do, ĉu vi konvinkiĝis ke mi ne estas freneza? – demandis Traian.

Li estis laca. Same laca kiel Jesuo en la Getsemane-ĝardeno, ĉe la piedo de la Olivarba monto.

– Mi petas vin tuj elhospitaligi min! – diris Traian.

– Ni metos vin en la medicinan sekcion. Vi estas treege malforta fizike!

– Mi volas reveni en la koncentrejon!

– Tio kion vi petas, estas malsaĝa! – diris la kuracisto.

– Mi volas esti resendita en la koncentrejon kiel eble plej baldaŭ! – ripetis Traian.

Post sep tagoj Traian Korugă estis denove en la koncentrejo. Li venis kun kuracista atestilo, kiu montris ke li neniam estis freneza. Liaj okuloj brilis pro kontentiĝo pri venko. Sed, pro laco kaj sufero, lia korpo ŝanceliĝis kiel ombro.

162

– Aŭtomata aresto estas metodo, ne akuzkialo! – diris Traian Korugă. – Por ĵeti homon en malliberejon, por trakti ĝin kiel krimulon kaj mortigi ĝin, pli-malpli lante, necesas kialo. Necesas ke tiu homo estu kulpa pri io. Kion mi faris? Kiun kulpon havas mia edzino? Kion faris mia patro? Pri kio kulpas Johann Moritz?

En la momento kiam mi demandis vin pri tio – kun la natura malespero, post dek kvin monatoj da mallibero –, vi traktis mian krion kiel atakon de frenezeco. Kiam la krio de homo por justeco kaj libereco estas markita kiel frenezaĵo, la homo ĉesis ekzisti! Ĝi povas havi la plej perfektan civilizacion en la historio; tio ne plu utilas al ĝi!

La leŭtenanto Jacobson ekbruligis cigaredon. Li venigis al si Traian'on Korugă tuj post ties ĉi reveno el la hospitalon. Nun li bedaŭris.

– Vi, la eŭropanoj, traktas ĉiujn problemojn kiel tragedion! – diris la leŭtenanto. – Tio estas via specialaĵo.

– Vi pravas, – diris Traian. – Temas pri difekto. Sed kontempli, kun rideto sur la lipoj, la tragedion kaj baraktadojn de la homo estas multe pli grave. Tio estas io alia ol simpla difekto aŭ eraro.

– Mi provis fari ion por vi, – diris Jacobson, – sed ne sukcesis akiri ion ajn. Mi petis vian liberigon…

– Mi certas ke vi faris ĉion eblan, sen ajna utilo! – diris Traian. – Vi ne povus sukcesi. Neniu homo plu sukcesos liberigi alian, eĉ ne sin mem. La homo estas minoritata; ĝi ne povas fari ion ajn – nek por si, nek por siaj similuloj. La homo portas mekanikajn ĉenojn. Ankaŭ vi portas ilin: ĉiuj katenoj de la teknika burokrateco malliberigas viajn manojn kaj piedojn! Nur tion povas proponi – al ni, homoj – la nuna rafinita civilizaco de la okcidento: *katenojn*!

– Iru en la koncentrejon! – diris Jacobson. – Ripozu! *Take it easy!* Kaj ne plu faru stultaĵojn!

– Mi faros nur tion, kio ankoraŭ eblas por la homo en tiu ĉi malfrua horo de la historio!

– Refoje vi trafiĝas de melankolio! – diris la leŭtenanto. – Ne plaĉas al mi vidi vin tia. Ĉu vi volas cigaredon?

– Plezure!

Traian ekbruligis la cigaredon kaj demandis:

– Ĉu vi, sinjoro leŭtenanto, ne havas la impreson ke ni estas spektantoj, kiuj obstinas resti en la ejo post kiam la spektaklo finiĝis? Ĉi tiu obstino servas al nenio: oni eligos nin ĉiujn. Ĝis la lasta! La ejo estas aerumenda, la seĝoj faldendaj. La kontinentoj bezonas aerumadon: baldaŭ komenciĝos nova spektaklo! La historio prezentas siajn spektaklojn. Hieraŭ sur la afiŝoj estis la *Peticioj*, t.e. la petegoj de la homo al la oficejoj de la teknika socio por esti lasata vivi. La peticio postulanta la absolvon de la homo de mortopuno estis rifuzita. Ĝi eĉ ne estis legita: la spektaklo ne plaĉis. Ĝi ne havis *happy end*! Morgaŭ ni havos premieron: *La mekanika baleto*. Spektaklo sen homoj: sur la scenejo aperas nur robotoj, maŝinoj kaj maskitaj civitanoj. Mi ne ĉeestos. Por mi tiu spektaklo komenciĝas tro malfrue. Vi havas rezervitan loĝion; sed sciu ke nur por la unuaj prezentoj. Iru kaj havu belan amuziĝon! Kaj, tamen, ne forgesu ke vi havas la loĝion nur por la komenco de la sezono!

Traian Korugă lasis la brulantan cigaredon nefinita en la cindrujo sur la skribotablo de la leŭtenanto kaj foriris.

163

Traian renkontis Johann'on Moritz ĉe la enirejo de la koncentrejo, tuj ĉe la pordo. Moritz estis trista. Kiam li vidis Traian'on, larmoj aperis en liajn okulojn.

– Ĉu estas vi? Mi kredis ke mi neniam plu revidos vin!

– Ĉu vi bedaŭrus?

– Mi bedaŭrus ĝismorte! – diris Johann Moritz premante la manojn de Traian. – Mi eĉ ne povis adiaŭi vin kiam vi foriris. Oni ne lasis min eniri en la flegejon; mi ja provadis! Kie vi estis?

– En la frenezulejo! – respondis Traian.

Johann Moritz kovris la buŝon rigardante fikse Traian'on.

– Mi ne kredas! – diris li. – En la frenezulejo?!

– En la frenezulejo, – ripetis Traian. – Kaj mi alportis ion por fumi.

Traian malvolvis la poŝtukon, en kies angulo li havis iom da tabako.

– Ĉu tie oni enfermis vin? Povra sinjoro Traian!…

Ambaŭ sidiĝis sur la varman grundon, apud la pordo de

la koncentrejo, kaj komencis pretigi cigaredojn. Moritz estis ankoraŭ konfuzita, sed ne kuraĝis demandi ion ajn.

– Vi ĉiam ŝatis mian pipon, ĉu ne? – demandis Traian.

– Se oni havas pipon, oni ĉiam povas fumi ion, – diris Johann Moritz. – Oni povas meti en ĝin ajnajn kaj ĉiajn tabakrestaĵojn, el kiuj oni ne povus fari cigaredon! Pro tio mi bedaŭris ne havi pipon. En la koncentrejo estas malfacile sen pipo.

– Mi donacas al vi mian pipon, – diris Traian kaj donis al li la pipon kiun li tenis, preskaŭ ĉiam malplenan, inter la dentoj dum unu jaro kaj duono.

– Tio ne eblas! – diris Moritz. – Pipo estas vera riĉaĵo en la koncentrejo. Kaj per kio vi fumos?

– Mi ne plu fumos, – diris Traian. – Tiu ĉi estas la lasta cigaredo!

– Ĉu la kuracisto ordonis al vi ne plu fumi?

– Tute ne! Sed mi mem ne volas plu fumi.

Johann Moritz prenis la pipon kaj plenigis ĝin per tabako.

– Mi dankas vin! – diris li. – Sed sciu: se vi ne sukcesas ĉesigi fumi, mi redonos ĝin al vi! Mi ĝin akceptas nur ĉar vi rezignas pri fumado.

– Mi certe ĉesas!

Moritz ridetis:

– Ankaŭ mi plurfoje intencis ĉesi, sed mi ne sukcesis. Estas malfacile forlasi la tabakon!

– Mi scias, – diris Traian. – Sed ĉi-foje mi ja ĉesos fumi.

Traian Korugă ekbruligis sian cigaredon kaj Johann Moritz la pipon. Ambaŭ fumis en silento. Poste Traian deprenis la okulvitrojn kaj rigardis ilin atente kaj ame. Ili havis dikan, nigran kadron. Li rigardis ilin kvazaŭ adiaŭe. El ĉiuj aĵoj, kiujn li kutime havis kun si, restis nur la okulvitroj. Liaj tabakujo, brakhorloĝo, ringoj, fontoplumo kaj krajono estis laŭvice konfiskitaj. Li ankoraŭ havis nur la okulvitrojn…

La kruceton, kiun li portis ĉe la kolo lastatempe, li metis sur la bruston de sia patro, post lia morto, por ke li estu enterigita kun ĝi. La popoj estas enterigitaj en la diservaj vestaĵoj en kiuj ili servis kaj kun ikono sur la brusto. Lia patro ne estis enterigita en diservaj vestaĵoj. Li estis vestita en usona bluzo kun la surskribo *PW* surdorse kaj surmanike. Eĉ ĉemizon li ne havis: lia ĉemizo estis sekiĝanta. Johann Moritz lavis ĝin matene kaj post kiam mortis la popo, li estis tiel rapide forportita el la tendo, ke ili ne havis la tempon reporti la ĉemizon kaj vesti lin per ĝi. Tamen Traian sukcesis enmeti inter la bluzon kaj la haŭton sian kolkruceton. Lia patro estis enterigita kun ĝi. Aŭ eble li estis kremaciita kun ĝi...

Nun Traian havis nur la okulvitrojn. La sola persona posedaĵo krom la propra korpo. La propra korpo kaj la okulvitroj estis la solaj materiaj elementoj kiujn li savis el la antaŭa vivo. Nun li rigardis la okulvitrojn, analizante ilin kun tristo kaj melankolio. Poste li donis ilin al Johann Moritz.

– Ĉu vi volas gardi ilin?

– Ĉu vi nun vidas sen ili? – demandis Moritz, kiu ĉiam kredis ke estas grandaj peno kaj puno ĉiam surporti okulvitrojn.

Li sincere ĝojis ke Traian ne plu bezonas ilin.

– Mi ne vidas sen ili! – respondis Traian. – Sed estas pli ripozige sen okulvitroj. Mi neniam plu portos ilin!

– Mi ja miris kiel vi povas surporti ilin la tutan tagon, – diris Moritz. – Vi demetis ilin nur nokte. Mi neniam vidis vin sen ili.

– Se vi liberiĝos antaŭ mi, mi petas vin porti al mia edzino la okulvitrojn, – diris Traian. – Eble vi ne tuj renkontos ŝin: tamen konservu ilin ĉe vi la tutan tempon! Oni neniam scias, kie vi trovos ŝin. Eble poste vi renkontiĝos en Rumanio. Zorgu ne rompi ilin!

Moritz prenis la okulvitrojn kaj rigardis ilin. Li sentis ke Traian forkaŝas ion de li. La fakto ke unue li donis al li la pipon kaj nun la okulvitrojn ja havis signifon...

– Ne timu, Moritz! – diris Traian. – Mi volas nur ke vi gardu ilin! Mi ne plu metos ilin sur la nazon! Mi ne plu volas surporti okulvitrojn kaj ankaŭ ne volas ke ili trafu en fremdajn manojn. Tiom da aferoj mi vidis tra ili dum la vivo! Ĉu vi komprenas, kial mi tiom amas ilin? Tra ĉi tiuj okulvitroj mi unuafoje vidis mian edzinon. Tra ili mi vidis mil kaj unu belajn knabinojn. Mi vidis pentraĵojn, statuojn, muzeojn, urbojn, landojn. Mi rigardis la ĉielon, maron, montojn. Helpe de ĉi tiuj okulvitroj mi legis nekalkuleblajn librojn, nokton post nokto. Tra ili mi vidis mian patron morti. Tra ili mi rigardis vin kaj ĉiujn miajn amikojn.

Tra ili mi vidis kiel disfalas Eŭropo. Tra ili mi vidis kiel homoj mortas pro malsato, estas malliberigitaj, torturitaj, kiel ili pereas en koncentrejoj. Mi vidis sanktulojn, homojn kaj frenezulojn. Tra ĉi tiuj okulvitroj mi vidis kiel mortas kontinento, kune kun siaj homoj, leĝoj, kredoj kaj esperoj, nesciante ke ĝi mortas, fermite en la koncentrejoj kaj kanonoj teknikaj de socio reveninta al la barbara rigideco.

Ĉi tiuj okulvitroj, kara Moritz, estas kvazaŭ miaj okuloj; foje mi eĉ konfuzas ilin: ili estas nedisigeblaj. Tra ili mi vidis ĉion vidindan ĝis nun. Ekde hodiaŭ mi ne plu volas vidi ion ajn. Mi estas laca: la spektaklo daŭris tro longe!

Ekde hodiaŭ, se mi konservus la okulvitrojn, restus al mi vidi nur ruinojn – de urboj, de homoj, de landoj, de preĝejoj kaj kredoj. Tra ili mi vidus mian propran ruinon: la ruinon de la ruinoj! Estas furiozige vidi ĉie, tiom kiom la okuloj povas vidi, nur ruinojn. Kaj mi ne estas sadisto: mi ne povas vidi ilin!

Super ĉi tiujn ruinojn venas – ili jam komencis veni – novaj pioniroj, civitanoj de nova mondo, kiu komencas grimpi en la historio. Ili konstruas furioze. Mi ne povas konstrui kune kun ili! La konstruado de ilia civilizacio komenciĝas per malliberejoj. Tio koncernas ilin! Mi ne volas konstrui kune kun ili! Pro tio mi devus restis la tutan vivon spektanto; kaj vivi kiel spektanto, kiel atestanto, ne signifas vivi! La nuna socio havas por homoj nur lokojn por spektantoj.

Amara ironio! La sola aĵo, kiun oni ĝis nun ne konfiskis de mi dum la priserĉadoj, estas la okulvitroj! Ili indikis al mi ordone la solan sintenon kiun mi rajtas konservi por la cetero de la vivo. Mi trovis nobla la geston de la soldatoj lasi ĉe mi la okulvitrojn. Poste mi komprenis: ne temis pri nobleco sed pri sadismo.

Tiel ili fiksis ne nur mian pozicion de spektanto, sed ankaŭ la spektaklon: la koncentrejo! Ion alian mi ne rajtis vidi: nur koncentrejojn, malliberejojn, frenezulejojn, soldatojn, pikdraton.

Pro tio mi rezignas pri la okulvitroj. Mi rezignas pri la sola afero kiun oni ankoraŭ permesis al mi. La okulvitroj estas, same kiel la okuloj, mirindaĵo senkompara; sed nur dum oni estas viva. Kiam oni ne plu havas vivon aŭ kiam oni havas nur kelkajn gutojn da ĝi, aŭ nur portempan aliron al tio kio signifas vivon, la okulvitroj estas sinistra ŝerco. Ĉu vi iam vidis mortinton kun okulvitroj?

– Sed vi ne estas mortinto!

– Jen nia nura espero: ke ni ne estas mortintoj! Sed la espero ne povas anstataŭi la vivon. La espero estas herbo kiu kreskas eĉ sur tomboj!

– Sed ni ankoraŭ vivas, sinjoro Traian! – diris Moritz.

– Ni esperas ke ni vivas!

Johann Moritz rigardis Traian'on: li memoris ke tiu ĉi ĵus venis el la frenezulejo. Li mem konfesis ke li estis en la frenezulejo.

– Ne timu, kara Moritz, – diris Traian. – Mi ne estas freneza. Se ankaŭ vi kredus min freneza, mi estus tre ĉagrenita. Vi diras ke mi ankoraŭ estas viva, ĉar, se ne, vi vidus min mortinta. Vi vidus kiel miaj okuloj fermiĝas, kiel mia koro ĉesas bati, kiel mi malvarmiĝas. Sed, kara Moritz, ekzistas mortintoj, kiuj ne postlasas kadavrojn! Kontinentoj mortas kaj iliaj kadavroj ne postrestas. Ankaŭ la leĝoj ne postlasas siajn kadavrojn. Ankaŭ landoj mortas, sen kadavro. Foje ankaŭ homoj mortas, antaŭ ol oni pruvas ilian morton per kadavro. La fakto ke vi ne vidas mian kadavron, ne estas garantio ke mi ankoraŭ vivas. Ĉu vi komprenas min?

Johann Moritz komencis plori.

– Kio okazis al vi, kara Moritz?

– Vi estas malsana, sinjoro Traian!

– Vi volas diri ke mi estas freneza kaj diras galimatiojn, ĉu ne?

– Mi ne diras tion, sinjoro Traian! Kiel mi povus diri ion tian?

– Vi kredas ke mi estas freneza, – diris Traian. – Pro tio vi ploras. Sed vi vane ploras: mi ne estas freneza, kara Moritz! Mi estas pli lucida ol iam ajn.

– Ĉu, sinjoro Traian?

– Certe!

– Mi ne kredis ke vi estas freneza; mi kredis ke via kapo doloras! – diris Moritz. – Tiom da tagoj vi manĝis kaj trinkis nenion, kaj tie kie vi estis oni, eble, turmentis vin... Eĉ dum momento ne venis al mi en la kapon ke vi estus...

Johann Moritz evitis prononci la vorton "freneza".

Traian faris plian cigaredon kaj pensis ke la homoj, kiuj suferas vidante la disfalon de la eŭropa kulturo, disfalas kaj malaperas kune kun ĝi. Tiuj kiuj ĉeestas tiun disfalon, sed restas vivaj, fremdas al la dramo. Ili aŭ apartenas al meĥanizita civilizacio, kiel Jacobson, kiu kredas lin freneza, aŭ estas primitivaj estaĵoj, kiel Johann Moritz, kiu ankoraŭ vivas en la fazo de instinktoj kaj superstiĉoj, kaj kiu, same, konsideras lin freneza. Ambaŭ havas neniun rilaton kun Eŭropo kaj ambaŭ nomas frenezo la momenton kiam la homo atingas la limon de la spirita sufero.

La sola, kiu povus kompreni ke ne temas pri frenezo sed pri sufero portita ĝis la lasta limo, estus Nora. Ŝi havas la heredan trejnadon de sklaveco kaj humiligo jarmilaj. Ŝia raso lernis la sklavadon kaj la suferadon en Egiptio penlaborante por altigi la piramidojn, travivis la religiajn persekutojn en la inkvizicia Hispanio, la pogromojn en Rusio, la koncentrejojn en Germanio. La raso de Eleonora West rezistos ankaŭ la novan teknikan civilizacion.

Traian Korugă ĝojis pro Nora kaj ridetis. Poste li diris:

– Moritz, ekbruligu la pipon kaj poste iru kaj zorge metu la okulvitrojn en la tendon, tiel ke ili ne rompiĝu! Vi ja scias ke vi devas doni ilin nerompitaj al mia edzino!

– Mi ja portos ilin, sinjoro Traian!

Johann Moritz ekmarŝis en sia lanta maniero, kun la ŝultroj iom falintaj, fumante sian pipon. Subite al Traian Korugă ŝajnis vidi Moritz'on trairi ne la korton de la koncentrejo, sed la jarcentojn de la historio, per la samaj egalaj paŝoj, izolite de tio kio okazas ĉirkaŭ li, de la radikoj enprofundiĝintaj en la grundon kaj kun la okuloj al la blua miraklo de la ĉielo, sen iam ajn demandi sin, kial ĝi estas blua...

"Johann Moritz kaj Nora West postvivos Eŭropon!" pensis Traian. "Ili vivos ankaŭ en la teknika okcidenta socio. Sed ne longe. Neniu homo rezistos tro longe! Eble ili spektos nur la unuajn prezentaĵojn. Poste malaperos ankaŭ la lastaj homoj, la plej fortaj, kaj alvenos la robotoj el la oriento kaj okcidento, el la sudo kaj nordo!"

164

Johann Moritz malaperis inter la tendojn. Traian Korugă ekstaris, ĵetis la cigaredon kaj aliris la ĉefan enirejon de la koncentrejo.

Al la prizonuloj estis malpermesite eniri la korton kiu portas al la ĉefa enirejo. Traian Korugă sciis tion, same kiel ĉiuj aliaj, sed daŭrigis la marŝadon, kun paŝoj firmaj, nek tro lante, nek tro rapide: la ritmo en kiu oni hejmen venas vespere, post tago da laboro, konscia ke oni povas permesi al si la lukson ne rapidi, sed – samtempe – decidita ne tro malfrui.

La prizonuloj troviĝantaj sur la korto – kaj ĉiam troviĝis kelkmil tie – rimarkis ke malliberulo eniras la malpermesitan aleon, kaj proksimiĝas al la pikdrato por vidi lin pli bone. Ili kredis ke temas pri kuriero aŭ kuracisto: nur tiuj rajtis iri tra la aleo. La prizonuloj atente rigardis lin, ĉar en la koncentrejo neniu ago okazis nerimarkate de miloj da avidaj okuloj.

La okuloj devigataj vidi ĉiutage la samajn aferojn, avide serĉas novaĵon, eĉ se ne gravan; ion kio ne apartenas al la ĉiutago. Temas pri la soifo de la homa spirito eliri el aŭtomateco kaj trovi novan, personan elementon, vivfakton apartan kaj unikan...

Prizonulo kiu trairas la malpermesatan teritorion... Jen evento inda je atento, eĉ se li – estante kuracisto aŭ kuriero – havis la permeson trairi la korton. Ili rigardis lin kun la intereso kun kiu oni rigardas la aktorojn sur scenejo, nur ĉar ili plenumas agon kiu por la amaso estas nealirebla.

Traian Korugă sciis ke li estas sekvata de la okuloj de miloj da prizonuloj; li sciis ankaŭ ke la polaj sentineloj en la lignoturoj super la pikdrata barilo rigardas lin konfuzite nekomprenante kion li volas kaj kien li direktiĝas.

Traian rigardis nek malantaŭen al la prizonuloj kolektiĝintaj ĉe la barilo, nek supren al la sentineloj en la turoj. Li marŝis rekte antaŭen. Li ne nur marŝis per paŝoj firmaj, ritmaj de homo furioza kaj decidinta transpasi ajnan obstaklon, sed liaj paŝoj estis elastaj, kiel tiam kiam oni ŝatas promeni.

Traian Korugă trovis neniun sportan plezuron en marŝado: li nur sciis ke ĝi havas sencon, nome tio plezurigis lian spiriton. Pro tio, lia paŝado estis nek peza, nek monotona, kiel la aŭtomataj moviĝoj de la maŝinoj aŭ de la homoj regataj blinde de pasioj kaj celoj. La paŝado de Traian ne estis fanatika.

Li marŝis kun la okuloj larĝe malfermitaj: sen la okulvitroj li vidis tre malbone. Sed la okuloj de la koro kaj tiuj de la menso klare distingis ĉion: la vojon, la sencon de la vojo, la ĝojon kaj la dramon de la vojo. Akravidanto povus distingi en la marŝo de Traian, en liaj sursablaj paŝoj al la pikdrata barilo, triston profundan, diskretan, pudoran. La triston de la homoj irantaj for de sia hejmo, la triston de la maristoj forlasantaj la havenon. Iu ajn kiu scius rigardi, povus legi ĉion ĉi en la paŝoj de Traian. Liaj piedoj enskribis ilin en la sablon. Sed la okuloj por legi ilin mankis…

La okuloj de la polaj sentineloj kaj la okuloj de la prizonuloj vidis nur ke Traian proksimiĝas al la pikdrato. Neniu rajtis proksimiĝi al la barilo malpli ol unu metron kaj duonon. Tamen Traian Korugă faris tion.

La prizonuloj metis la manojn ŝirme super la okulojn por maltrafi neniun moviĝon. Aliaj kovris la buŝon permane atendante la sekvon, kvazaŭ ili spektus ekscitan matĉon aŭ sensacian filmon, aŭ legus enigman krimromanon.

Ankaŭ la pola sentinelo en la turo miris. Probable ankaŭ li metus la manon super la okuloj por vidi pli bone. Sed lia mano estis sur la pafilo: kiam li volis levi ĝin al la frunto, li levis ankaŭ la pafilon. Tiam li memoris ke, se prizonulo proksimiĝas al pikdrata barilo, li devas pafi. Kaj li premis la ellasilon.

En la momento kiam la pafilo pafbruis, li konsciis ke li faris eraron: li ne celis antaŭ ol pafi. Kiam oni pafas, oni ja devas unue celi. Tio estas la regulo, li sciis: ĝi eniris lian subkonscion. Pro tio aŭtomate li riparis la eraron: la duan fojon, antaŭ ol pafi, li celis.

Traian Korugă aŭdis la unuan pafon. Poste li aŭdis la duan. Li sentis fulmon pasi antaŭ la okuloj, lacon, kiu varme penetris lian korpon, similan al la laco kiu invadas onin vintre, kiam oni revenas el ekstero, el la frosto, kaj trinkas varman teon kun rumo. Liaj manoj malsekiĝis je io varma. Poste lia korpo kurbiĝis kaj falis sur la varmegan grundon apud la pikdrata barilo, same kiel bulfalas palto glitinta el la pendhoko.

Traian sentis fortan kompaton por la mola korpo falinta sur la grundon. Tiu korpo estis lia plej bona amiko: apenaŭ nun li konsciis kiom multe li amas ĝin. Poste li pensis pri Nora kaj sia patro, kiuj estis al li same proksimaj kiel lia korpo. Ankaŭ la bildoj de Nora, popo Korugă, lia patrino, Johann Moritz, prokuroro George Damian kaj kelkaj aliaj falis antaŭ la okulojn de Traian, same kiel falas pentraĵoj de sur la muro, post kiam oni eltiris la najlon de kiu ili pendis.

La pentraĵoj kun karaj bildoj falegis sur la grundon, same kiel la korpo de Traian Korugă, amasiĝante unu super la alia. La spirito ne plu povis teni ilin antaŭ la okuloj. Ĝi ne plu havis forton. La lasta ne falinta afero estis la kapo: la frunto ankoraŭ restis supren. Sed, post kelkaj momentoj, ankaŭ ĝi fariĝis tro peza.

Li gluis la vizaĝon al la varma grundo kaj provis memori ion, sed lia memoro estis kiel flaga ŝtofo kiu kovris, per siaj ondaj faldaĵoj, la malnovajn bildojn, samtempe kun la moliĝinta korpo, el kiu fluis la sango.

Traian Korugă sciis kion li volis diri, sed ne diris. Preĝon kiun li ŝatis. Sed, kiel tiom da aferoj en la vivo, ĝi restis nur penso. Ĝi ja ne estis longa. Se li vivus nur kelkajn pliajn momentojn...

Erde, du Liebe, ich will…
Namenlos, bin ich zu dir entschlossen – von weit her.[87]

Liaj vangoj kaj lipoj kisis la varman grundon, tenere, amike, ame.
Ĉio estis solena, plena. Ĉar ĉio okazis simple, kun la majesta
lanto kun kiu oni estingas fajron.

En la korto de la koncentrejo Johann Moritz, kiu volis krii,
kovris la buŝon kaj detenis sin. Kial krii?

Moritz ekrigardis grunden kaj krucosignis.

165

La kvaran tagon post la morto de Traian Korugă, Johann Moritz
ricevis leteron de Suzana. Jen la letero de Suzana al Johann
Moritz:

Kara Iani,

*Eble vi kredas min mortinta. Jam naŭ jarojn ni ne plu scias
ion ajn unu pri la alia. Ankaŭ al mi la menso diris plurfoje ke
vi ne plu vivas. Mi pretiĝis preĝi por vi en la preĝejo, tiel kiel
oni faras por mortintoj. Sed, en la lasta momento, mi hezitis:
la koro diris al mi ke vi ne mortis. Nun mi ĝojas ne esti farinta
rekviemon por vi, ĉar estas granda peko rekviemi por iu vivanta.*

*Vian adreson donis al mi s-ro Perusset de la svisa Ruĝa Kruco.
Li diris ke vi estas malliberigita de kelkaj jaroj. Dankinte Dion
ke ĝi tenis vin viva, mi petis ĝin lumigi la menson de tiuj kiuj
maljuste tenas vin en malliberejo, ĉar ili ja scias ke vi estas nek
rabisto, nek murdisto, kaj estas malliberigita vane.*

*Estas multe da aferoj, kiujn mi devas diri al vi. En tiuj naŭ jaroj
multo okazis. Sed en unu letero ne estas spaco por ĉio.*

*Vi estos kolera ekscii ke mi troviĝas nun en Germanio. Ke mi
forlasis la domon, la grundon kaj nian tutan bienon kaj tenas la
infanojn inter fremduloj. Tial mi skribos al vi kiel ĉio disvolviĝis.*

---

87 Tero, vi kara, mi volas…
Sennoma, mi decidiĝis por vi, defore. (Rainer Maria Rilke)

Vi foriris du tagojn post la festo de la Sanktaj Konstantino kaj Helena[88]. La homoj en la vilaĝo diris ke la ĝendarmoj forakompanis vin kun la fusilo viadorse. Mi ne kredis, ĉar mi sciis ke vi kulpas pri nenio kaj la ĝendarmoj havis neniun kialon forporti vin kun la fusilo viadorse kaj ankaŭ ne malliberigi vin kvazaŭ ŝteliston.

Kiam pasis kvar semajnoj ekde via foriro, mi faris panon kaj atendis vin. Mi sciis ke vi revenos soifa kaj malsata. Sed, post kiam la pano sekiĝis, mi ĝin donis al la infanoj kaj faris plian, por ke ĝi estu freŝa kiam vi revenas, ĉar – mi ne scias kial – la koro diris al mi ke vi baldaŭ revenos. Mi atendis vin ĉiutage. Mi kredis ke vi venos vespere kaj lasis la kortopordon malŝlosita por ke vi ne devu atendi ĝis mi venos por malŝlosi ĝin. Mi sciis ke vi revenos laca kaj viaj piedoj doloros, kaj tial mi ne volis ke vi atendu ĉe la pordo. Sed vi, kara Iani, ne venis. Mi ne plu faris panon por vi, ĉar mi ne plu havis farunon, sed mi ja atendis vin ĉiutage.

Iun tagon, proksiman al la tago de la Sankta Nikolao, la ĝendarmo venis kaj diris al mi ke vi estas hebreo kaj oni devas forpreni la domon. Por lasi min kaj la infanojn plu vivi en la domo, li igis min subskribi divorc-dokumenton. Mi subskribis. Ja estis vintro kaj mi ne havis, kien iri. Sed mi ne eksedziniĝis kaj daŭre atendis vin kiel antaŭe, kun eĉ pli da senpacienco…

Kiam en la vilaĝon venis la rusoj, ili pafis popon Korugă kaj la plej bonajn en la vilaĝo. Mi kaj panjo Aristiţa dumnokte prenis el la urbodoma rubujo la popon, kiu ankoraŭ ne mortis, kaj volis kaŝi lin en la arbaro. Survoje ni renkontis kolonon de germanaj soldatoj kaj donis al ili la popon por ke ili portu lin al hospitalo. Mi ne scias, ĉu ni faris bone aŭ ne. Sed ankaŭ lasi lin morti ni ne povis. Pro tiu faro panjo Aristiţa estis sekvamatene mortpafita de Marcu Goldenberg. Li volis mortpafi ankaŭ min. Sed mi prenis la infanojn kaj kune fuĝis el la vilaĝo. Mi laboris kaj suferis en multaj lokoj. Mi timis ke la rusoj pafos ankaŭ min samkiel panjon Aristiţa, se ili kaptas min. Kaj mi fuĝis de ili kiel eble plej for. Sed la rusoj kaptis min en Germanio, post la fino de la milito. Ili ne pafis min. Ili estis tre bonaj kun mi. Al viaj

---

88 La 21an de majo laŭ la rumana ortodoksa rito.

infanoj la rusoj donis panon, bombonojn kaj vestaĵojn, ĉar ili ne estas germanaj infanoj. Ankaŭ mi ricevis de la rusoj manĝaĵojn kaj vestaĵojn. Nun mi bedaŭras ke mi fuĝis el Fântâna pro ili.

Tio daŭris kvar tagojn. Mi atendis resaniĝi, ĉar mi estis malsana, kaj reveni en nian landon. Iun nokton, oni frapis sur la fenestron. Estis la rusaj soldatoj. Ili rompis la pordon kaj eniris la domon. Ili serĉis ĉie por trovi aliajn virinojn kaj venigis la dek-kvarjaran filinon de la domposendantino. Ili drinkigis nin ambaŭ. Ili elprenis la pistolojn kaj minacis ke, se ni ne drinkas, ili mortigos nin. Poste ili ordonis ke ni nudiĝu. En la ĉambro estis ankaŭ miaj infanoj. Mi diris ke mi preferas morti ol tute nudiĝi. La soldatoj tute ŝiris la jupon kaj la ĉemizon. Poste ili perfortis min kaj la junan germaninon. Ĝis la mateno ili perfortis nin laŭvice. Ili perforte verŝis al mi brandon en la buŝon, ĉar mi rifuzis drinki. Poste ili verŝis brandon en miajn orelojn kaj denove perfortis min. Pardonu min, kara Iani, sed mi volas kaŝi nenion for de vi. Kiam mi rekonsciiĝis, la rusoj ne plu estis en la ĉambro kaj la infanoj ploris ĉe mia kapo, kiel ĉe la kapo de mortinto.

Sekvavespere la rusoj venis denove. Estis la samaj. Ili portis ankaŭ la filinon de la gastigantino kaj denove perfortis nin.

Mi kaŝiĝis kun la infanoj en la kelo por ke la rusoj ne trovu min. Sed la trian nokton ili trovis min en la kelo. Kaj denove okazis kiel en la antaŭaj noktoj, sed mi memoras nenion ĉar mi svenis jam antaŭ ol ili perfortis min.

Tiel okazis dum du sinsekvaj semajnoj. Mi kaŝis min en la ĝardeno, ĉe la najbaroj, en la subtegmentejo. Sed la rusoj trovis min ĉie. Eĉ ne unu nokton mi eskapis. Mi decidis sinmortigi. Sed, vidante la infanojn apud mi, mi ne povis lasi ilin sen patrino – ja sufiĉis ke ili ne havas patron. Kion la povraj faru, ĉi tie, en fremda lando? Nur pro ili, kara Iani, mi restis viva. Sed, alimaniere, mi estas mortinta ekde tiam.

Por eskapi la rusojn mi fuĝis okcidenten. Mi alvenis ĉe la angloj kaj poste ĉe la usonanoj, kie mi nun troviĝas. Survoje la rusoj kaptis min plurfoje. Kaj ĉiufoje kiam ili kaptis min, ili perfortis min same kiel ili perfortis ankaŭ la aliajn virinojn, en la ĉeesto de la infanoj. Antaŭ ol alveni ĉe la angloj, la rusoj tenis min ĉe la landlimo kaj perfortis min tage kaj nokte. Kiam la rusoj ĉe la landlimo perfortis min la lastan fojon, mi gravediĝis. Nun mi portas en la ventro kvinmonatan infanon. Mi demandas vin kion fari. Skribu, ĉu, post ĉio kio okazis al mi, vi ankoraŭ konsideras min via edzino kaj ĉu vi iam revenos al mi.

Mi atendas vian respondon senpacience kaj larmoplena, por ke mi sciu kion fari.

Suzana

166

Johann Moritz finlegis la leteron sed ankoraŭ longe tenis la foliojn en la mano. Li aŭdis, kvazaŭ en sonĝo, kiel oni sonorigis por la manĝo, sed li ne moviĝis. Li kuŝis sur la lito, kun la vizaĝo supren.

Liaj rigardo, vizaĝtrajtoj kaj la maniero en kiu li kuŝis estis nun tute aliaj. Li ne plu estis la iama Johann Moritz, la ĉiama Johann Moritz. Liaj korpo kaj animo estis kvazaŭ kablo tra kiu pasis elektro tro forta. El ĉio restis nur la cindro de tio kio estis. Se iu pikus lin per nadlo, li sentus nenian doloron. Li sentis nek malsaton, nek soifon. Li estis nek trista, nek indiferenta, nek gaja. Li ne estis ia. Li povus ridi kaj plori sammomente, ĉar li ne plu partoprenis ion ajn.

Johann Moritz stariĝis kaj eliris el la tendo, sen senti kie li paŝas.

Ĉe la pikdrata barilo li haltis senkonscie, pro kutimiĝo. Se en tiu momento li transpasus la malpermesitan linion kaj estus pafita, same kiel Traian Korugă, al li estus indiferente. Sed li ne volis transpasi. Li ankaŭ ne volis ne transpasi. Li volis nenion.

Post iom da tempo ĉe la alia flanko de la barilo aperis du usonaj soldatoj, kiuj alproksimiĝis por foti lin. Moritz nek moviĝis, nek rigardis ilin. Nur kiam tria soldato alproksimiĝis, Moritz saltetis kaj alvokis lin duonvoĉe:

– Ştrul, kion vi faras ĉi tie?

La soldato haltis, kun la fotilo direktita al Moritz, kaj rigardis lin fikse. Estis Ştrul, la kuriero de la koncentrejo por hebreoj en Rumanio, kiu fuĝis kune kun Moritz kaj doktoro Abramovici en Hungarion. Ili rigardis unu la alian kaj rekonis sin reciproke. Sed, kiam Moritz vokis lian nomon, Ştrul metis la fotilon antaŭ sian vizaĝon kaj kaŝis la okulojn ŝajnigante foti. Poste li foriris rapide sen respondi.

Johann Moritz restis, senmova, malantaŭ la pikdrata barilo kaj vidis Ştrul'on kaj la aliajn du soldatojn eniri ĵipon kaj malaperi. Kiam la aŭto startis Ştrul turnis unu plian fojon la kapon al Moritz, poste rigardis en alia direkto, hontigite de la interkruciĝo de la rigardoj.

Moritz ne ĉagreniĝis. Eble alian fojon, li kolerus ke Ştrul, lia iama kunsuferanto, ŝajnigis ne rekoni lin. Sed hodiaŭ li indiferentis pri ĉio, kaj nenio tuŝis lin.

Johann Moritz restis longe apud la barilo.

De malantaŭe iu kaptis lin je la ŝultro. Li ne turnis sin.

– Moritz, pretiĝu por foriro!

Nun Moritz turniĝis: li kredis ke alvenis la liberigordono. En liaj okuloj brilis nova sparko.

– Ĉu la liberigo? – demandis li la tendestron, kiu estis kaptinta lin je la ŝultro.

– Bedaŭre ne, kara Moritz!

– Ĉu alia koncentrejo?

– Nurenbergo!

Johann Moritz skuis la kapon indiferente. Li sciis jam delonge ke li estas deklarita militkrimulo same kiel ĉiuj SS-anoj. Estis do nature ke oni sendu lin ankaŭ al Nurenbergo, kie troviĝas la aliaj militkrimuloj: marŝalo Göring[89], Rudolf Heß[90], Rosenberg, von Papen[91]... Ili rajtis kondamni ankaŭ lin al morto, ili rajtis pendumi lin. Li indiferentis. Tial li daŭre gapis en la foron, inter la pikdratoj.

---

89 Hermann Göring (1893-1946), politikisto kaj oficiro en la nazia Germanio.
90 Rudolf Walter Richard Heß (1894-1987), politikisto en la nazia Germanio.
91 Franz Joseph Hermann Michael Maria von Papen zu Köningen (1879-1969), germana nobelulo kaj politikisto.

La tendestro metis manon sur lian ŝultron kaj diris:

– Ene de duona horo vi foriros!

Moritz ne moviĝis.

– Iru kaj pretigu vian bagaĝon! – insistis la tendestro. – Poste vi ne plu havos tempon. Je la unua horo, la kolektiĝo!

– Mi ne havas bagaĝon! – respondis Moritz.

– Ĉu vi havas nenion por kunporti?

– Nenion!

– Eĉ ne litkovrilon?

– Ne!

La tendestro pensis dum momento ke, se Moritz ne prenos sian litkovrilon, li havos du kaj lia kuŝloko estos pli mola. Sed li forigis la penson kaj diris:

– La litkovrilon vi devas kunpreni! En la malliberejo de la Internacia Tribunalo en Nurenbergo estas malvarme kaj malseke. Vi bezonos la kovrilon!

– Mi bezonas nenion!

– Zorgu ne malfrui! – aldonis la tendestro antaŭ ol foriri. – Je la unua horo!

Moritz restis surloke. Li staris kun la pinto de la botoj sur la blanka linio sur la limo netrapasenda de la prizonuloj. La pinto de la dekstra boto de Moritz moviĝis ĝis la mezo de blanka linio. Li levis la kapon kaj rigardis la polon en la turo. La sentinelo, kun la fusilo pafpreta, rigardis fikse al Moritz. Sed Johann Moritz ne transpasis la blankan linion. Li nur staris tie, ĉe la limo, tuŝante ĝin per la pinto de la boto.

Post duona horo li foriris al Nurenbergo, kune kun la aliaj militkrimuloj en la koncentrejo.

Ankaŭ la letero de Suzana restis en la tendo, kune kun ĉiuj posedaĵoj de Johann Moritz. Liaj kamaradoj provis legi ĝin, sed ili komprenis nenion: ĝi estis en la rumana.

La papero sur kiu skribis Suzana estis tre maldika. La prizonuloj disŝiris ĝin kaj faris el ĝi folietojn por cigaredoj. Poste ili fumis ĝin.

167

Peticio n-ro 7. Temo: **Justico (La puno de la militkrimulo Johann Moritz)**

(Peticio ricevita post la morto de LA ATESTANTO)

La Internacia Tribunalo de Nurenbergo decidis, en la nomo de kvindek du nacioj, ke mia amiko Johann Moritz estas militkrimulo.

Tre bone. Ekde la publikigo de la kondamnodecido, mi ne plu promenas kun li sur la korto de la koncentrejo. Estas malagrable kaj, samtempe, riske esti en la kuneco de krimuloj.

Sed Johann Moritz indiferentas pri la decido de la Tribunalo kaj pri la graveco de siaj faroj. Tio estas la temo de mia peticio.

Li asertas ke li eĉ ne mus̄on kaj, do, ne povas esti krimulo. Tio estas, evidente, falsa, se enkalkuli ke kvindek du nacioj konkludis, kadre de internacia tribunalo, ke li ja estas krimulo.

Krome Moritz asertas ke li ec̄ ne konas la kvindek du naciojn, do li ne povintus krimi kontraŭ ili. Lia rezonado estas naiva. Tamen mi legis al li la liston de la akuzantaj nacioj. La nomon de la plejparto el ili li aŭdis unuafoje de mi: li ec̄ ne konsciis pri ilia ekzisto. Sed tio ne estas ekskuzo.

Poste Johann Moritz c̄agreniḡis ke inter la landoj kiuj kondamnis lin estas ankaŭ Francio kaj Grekio. Li ec̄ nigriḡis pro kolero kaj ne volis kredi. Li asertas esti koninta foje ses francojn, kiujn li savis el la malliberejo. Krom tio li ne havis aliajn rilatojn kun Francio. Grekojn li ne konis, krom unu, kiu estis en la sama koncentrejo kiel li, kaj al kiu li donacis duonon de sia pano. Krom tio li ne havis aliajn rilatojn kun Grekio. Sed c̄i tie miksiḡis aferoj tute personaj. Li ja estas krimulo ankaŭ kontraŭ tiuj du alianc̄iḡintaj landoj. La decido estas klara kaj firma.

Por ke ankaŭ li mem konvinkiḡu ke li estas krimulo kontraŭ c̄iuj alianc̄iḡintaj nacioj, mi proponas ke Johann Moritz pasigu po unu jaron da mallibero en c̄iu el la kvindek du landoj. Tiel li konvinkiḡos ke li ja estas krimulo kaj lia indiferenteco malaperos.

Ĉar estas tre malprobable ke Johann Moritz vivos pliajn 52 jarojn pro tio ke li estas fizike tre malforta – kiel estas ĉiuj krimuloj – kaj, sekve, se li mortus antaŭ la tempolimo, iuj el la viktimaj nacioj estus senigitaj je la eblo teni lin mallibera, mi proponas ke li pasigu po nur ses monatojn da bagno en ĉiu lando. Sume, 26 jarojn.

Se li ne mortos en tiuj 26 jaroj (kaj estus domaĝe se li mortus antaŭ ol pasigi minimume ses monatojn da mallibero ĉe ĉiu nacio), oni sendu lin, kun katenoj ĉe la manoj kaj la piedoj, en turneo de po unu monato tra la mallliberejoj de la kvindek du nacioj. Kiam li finos ĝin, li rekomencu.

Tiel ĉiuj nacioj havos egalajn partojn. Neniu estos lezita. Ni devas fari justecon. La justeco estas la bazo de la okcidenta teknika socio.

Tamen, se enkalkuli ke kelkaj landoj – ekzemple Rusio, Pollando kaj Jugoslavio – ne tenas la prizonulojn en perfekta stato kaj foje eĉ forgesas ilin en mallliberejoj, mi proponas ke, antaŭ ol komenci la turneon, Johann Moritz estu pesita kaj ke okazu detala inventaro de ĉiuj korpopartoj kiujn li posedas. Ĉiu nacio akceptu Johann'on Moritz el la Internacia Tribunalo kaj redonu lin al la sama Tribunalo, kun la sama pezo en funtoj kaj kun la membroj menciitaj en la inventaro en la sama stato en kiu ĝi akceptis lin.

Tiel Johann Moritz estos tenadata funkcikapabla kaj, sekve, utiligata de ĉiuj mallliberejoj de la kvindek du nacioj. La okcidenta teknika socio havas kiel principon la eviton de la damaĝo de aĵoj.

Estas nia devo postuli ankaŭ de la nacioj malpli civilizitaj ol ni ne trakti la aĵojn kiel barbaroj. Nia misio estas civilizi la tutan terglobon. Jen nia rolo, pri kiu ni fieras!

LA ATESTANTO

INTERMEZO

168

Fine Johann Moritz estis liberigita. Li forestis dek tri jarojn. Dume li restis en dekoj da koncentrejoj. Nun li estas kun la edzino kaj infanoj.

Estas la deka vespere. La unua vespero kune.

Johann Moritz manĝis. Li nun sidas kun la frunto apogata sur la manoj, kun la kubutoj sur la tablo, kaj rigardas la infanojn.

Petru, la plej aĝa filo, estas dekkvinjara. Moritz rigardas lin, palpebrumante, por konvinkiĝi ke li ne sonĝas. Tamen li ne povas kredi ke temas pri lia filo.

Nun, ĉar ili loĝos en la sama ĉambro, ili provas amikiĝi unu kun la alia.

– Mi parolos kun la estro kaj eble li donos al vi iun laboron en la ateliero kie mi laboras, – diris Petru.

Johann Moritz ridetis.

– Se mi rekomendas vin, li akceptos vin! – daŭrigis Petru. – Kutime li ne akceptas senkvalifikajn laboristojn kaj vi ja estas senkvalifika. Sed li faros escepton kiam mi klarigos al li ke vi estas mia patro!

Johann Moritz rigardis la duan filon, Nicolae'n. Li similis al Suzana: li estis same blonda kaj havis mildan, veluran rigardon.

Johann Moritz rigardas nun la trian infanon. Li estas kvarjara. Tiu ne estas lia infano: Suzana faris lin kun ruso. Sed li pardonis ŝin. Ŝi ne kulpis…

Johann Moritz ekbruligis plian cigaredon. Bonvenige Petru donacis al li plenan paketon… Li sentis sin laca, sed ne emis enlitiĝi.

En la ĉambro estas du litoj. Suzana dormos kun la plej malgranda infano en unu el ili; li dormos sola en la alia. La aliaj knaboj dormos sur litkovrilo, surplanke.

– Tio estas portempa, – diris Petru. – Poste ni trovos plian ĉambron, aŭ almenaŭ plian liton.

La knaboj sidiĝis sur la surplankan kovrilon kaj komencis senvestiĝi.

Johann Moritz ankoraŭ sidas ĉe la tablo kun la kapo inter la manoj. Li rigardas kiel Petru kaj Nicolae senvestiĝas kaj kuŝiĝas. Ili diris al li "bonan nokton" germanlingve... Al Moritz plaĉus se ili dirus rumane, sed ili ne bone parolas la rumanan.

Suzanas enlitigis la plej junan infanon. "La infano de la rusoj..." pensis Moritz. Li estas bela kaj havas blondan kaj buklan hararon. Al Moritz ne plaĉas rigardi lin. En la letero kiun li sendis al ŝi el la koncentrejo, li skribis al Suzana ke li amos tiun trian infanon kvazaŭ sian.

Ankaŭ al Suzana ne plaĉas kiam Moritz ne rigardas lin. Nun ŝi malvestas kaj enlitigas lin, kvazaŭ ŝi kaŝus lin.

Suzana restis dum momento stare meze de la ĉambro nesciante kion plu fari. Poste ankaŭ ŝi venis ĉe la tablo, vid-al-vide de la edzo. Ŝi sciis ke Moritz estas laca, sed ne kuraĝis inviti lin enlitiĝi. Ŝi sentis sin kulpa pri ĉio okazinta. Kaj pri la aresto, kaj pri lia restado en la koncentrejo. Ja stulta sento, sed ŝi ne povas seniĝi je ĝi. Ankaŭ pri la fakto ke la rusoj perfortis ŝin...

Ŝia rigardo ne povas trafi tiun de Moritz. Pro tio ŝi ne kuraĝas diri al li enlitiĝi.

Ŝi sciis ke li venos kaj pretigis por li manĝaĵon kaj liton... Li estis lupe malsata. Li manĝis preskaŭ ĉion sur la tablo kaj el la cigaredoj ricevitaj de Petru li fumis preskaŭ duonon...

Nun, post kiam la infanoj endormiĝis, Suzana levis la rigardon al sia edzo. Iliaj rigardoj renkontiĝis kaj restis tiel dum momento. Kvazaŭ ili estus interplektitaj.

– Ĉu ĉi tiu estas la sama jupo kiel en tiu nokto?

Moritz rigardis la bluan, dekoltitan jupon, kiun Suzana surportis en la nokto kiam Iorgu Iordan malkovris ŝian fuĝon; tiun jupon ŝi surportis kiam li portis ŝin enbrake hejmen, al siaj gepatroj, kie Aristiţa ne akceptis ilin... En tiu jupo dormis Suzana ĉe la la popo Korugă, en la ĉambreto apud la kuirejo. En la komenco ŝi havis nur tiun jupon. Eĉ ĉemizon ŝi ne havis. Kelkajn semajnojn, post kiam ŝi fuĝis de hejme, ŝi surportis nur la bluan jupon. Nokte ŝi deprenis ĝin kaj dormis nuda. Poste ŝi faris pliajn jupojn. Sed tiu ĉi restis por ŝi la plej bela. Ankaŭ al ŝia edzo ĝi plej plaĉas: iliaj plej karaj rememoroj estis ligitaj al ĝi.

– Post kiam mi foriris el Fântâna mi ne plu surportis ĝin! – diris Suzana. – Kiam oni arestis vin, mi ĵuris al mi ke mi surmetos ĝin nur kiam mi vidos vin eniri la korton! Dum dek tri jaroj mi konstante havis ĝin kun mi: mi senĉese atendis vin reveni! Sed ĝis hodiaŭ mi neniam surportis ĝin!

Suzana ekrigardis al la grundo kvazaŭ ŝi diris ion hontindan. Kiam ŝi relevis la rigardon, ŝi trafis tiun de Moritz. Li volus al- voki ŝin sur siajn genuojn por diri al ŝi ke li sopiras ŝin. Sed li diris nenion.

Li ekbruligis plian cigaredon kaj rigardis la infanojn: ili dor- mis. Li rigardis denove Suzana'n. Ŝi aspektis kiel antaŭe. Nur ŝia vizaĝo havis sulkojn kaj la haŭto ne plu estis tiel glata. Ŝia hararo senkoloriĝis, griziĝis. Ŝiaj mamoj pendis. Sed ŝi restis Suzana. Johann Moritz ne povis kredi ke ŝi estas lia Suzana, kiun li postlasis en Fântâna. Okazis tiom en dek tri jaroj!

– Mi volas promeni iom! – diris Moritz.

Sed li ne stariĝis. Li atendis ke ŝi stariĝu unua.

– Ĉu ankaŭ mi venu? – demandis Suzana.

Li ne respondis: li atendis ke ŝi vestiĝu.

Ambaŭ eliris en la straton. Ili eliris silente por ke la infanoj ne aŭdu ilin eliri: ambaŭ iom hontis.

Dum ili malsupreniris laŭ la ŝtuparo, iliaj ŝultroj kuntuŝiĝis dufoje. Dum iom da tempo ili diris nenion. Moritz volis promeni laŭ la ĉefstrato; ŝi kondukis lin.

Antaŭ luma montrofenestro ŝi prenis lian manon por montri al li paron da ŝuoj, kiun ŝi volas aĉeti por li. Ili plu iris kaj restis man-en-mane. Ili rigardis aliajn montrofenestrojn.

Ili diris nenion pri la koncentrejo; nek pri ilia domo en Rumanio. Nenion pri la pasinteco. Ili volis havi sian propran vesperon sen dolorigaj memoroj.

– Mi ripozos du tagojn poste mi serĉos laboron! – diris Johann Moritz. – Eble mi trovos tie kie diris Petru.

– Unue vi ripozos kelkajn semajnojn, – diris Suzana, – kaj nur poste vi serĉos laboron! Nun vi estas tro malforta. Petru kaj mi gajnas sufiĉe bone por ke ni ĉiuj vivu. Mi lavas vestaĵojn. Mi havas bonajn klientojn!

Ŝi eĉ pli forte tenis lian manon. Plaĉis al li ke ŝi diris ke li devas plu ripozi.

Ili atingis la randon de la urbo. Dekstre kaj maldekstre de la vojo etendiĝis fruktarbaroj.

– Ĉi tie estas kiel en Fântâna! – diris Johann Moritz.

– Ĝuste kiel en Fântâna, – respondis ŝi.

Ili plu marŝis. Ili pensis pri siaj kunaj noktoj en Fântâna. Pri la strigokrioj. Ambaŭ pensis pri la samaj aferoj.

– Miaj piedoj doloras! – diris li. – Ĉu ni sidiĝu iomete?

Ili eniris ĝardenon kaj eksidis sur la herbo.

– Estas ĝuste kiel en Fântâna! – ripetis li ekkuŝante kun la vizaĝo supren kaj la manoj sub la kapo.

– Flaru ankaŭ vi! Estas kiel la herbo en la malantaŭa ĝardeno ĉe via domo! Vi ja scias... tie kie ni renkontiĝadis...

Ŝi kliniĝis kaj flaris la herbon. Ŝia koro bategis. Ŝi ne respondis: ŝia voĉo tremus se ŝi dirus ion.

Johann Moritz metis manon sur ŝian ŝultron. Ŝi longe restis klinita, kun lia mano sur la ŝultro. Ili estis for unu de la alia. Ili ne kuraĝis tro proksimiĝi.

– Sciu ke en la koncentrejo mi ege sopiris je vi! – diris Moritz.

Sur la ĉielo aperis kelkaj steloj. Suzana rigardis la lumetojn supre kaj kliniĝis pli al Moritz. Tiu ĉi ne konsciis ke ŝi ankaŭ proksimiĝis al li. Ŝi hontis.

– Pardonu min, – diris li. – En la koncentrejo mi ĉiam sonĝis vin nuda. Tiel estas kiam arestita. Mi diras la veron... Mi sonĝis vin nuda, sur la herbo, en la ĝardeno malantaŭ via domo... Tiu estis la plej bela somero en nia vivo!

Suzana proksimiĝis eĉ pli al li kaj apogis la kapon sur lian ŝultron. Li karesis ŝiajn ŝultrojn kaj dorson. Poste li metis la manon inter ŝiajn mamojn.

– Vi ĉifos la belan jupon, kiun vi konservis tiom da jaroj!

Ŝi volis diri ke ŝi ne ĉifos ĝin, sed silentis.

– Pli bone ĝin demetu kaj sternu sur la herbon, kiel vi faris en Fântâna.

Ŝi demetis la jupon rapide, kvazaŭ kaŝante sin. Ŝi restis nuda. Ŝia korpo estis blanka kiel marmoro sur la verdo de la herbo. Ŝi ankoraŭ sidis for de li. Li ĉirkaŭbrakis ŝin kaj miris:

– Vi estas sama kiel en Fântâna. Vi neniel ŝanĝiĝis! Vi estas sama kiel tiam kiam ni renkontiĝadis en la ĝardeno… Kiel eblas ke vi ne ŝanĝiĝis?

– Ne estas vere! – respondis ŝi. – Mi maljuniĝis. Sed vi ja estas sama!

Moritz kaptis ŝin je la talio; ŝi evitis.

– Kaj vi evitas same kiel tiam! – diris li. – Kvazaŭ ne pasintus dek tri jaroj!

Ankaŭ ŝi same pensis pri li: ankaŭ tiam li same kaptis ŝin…

Li tiris ŝin al si kaj kovris ŝian buŝon per la sia, tiel ke ŝi eĉ ne plu povis spiri. Ŝi sentis lian bruston kiel ŝildon. Ĉio estis kiel tiam…

– Via korpo odoras je herbo el Fântâna! – diris ŝi. – Via korpo ĉiam odoris je herbo kaj fojno. Sciu ke ankaŭ mi nur pri vi pensis! Mi ĵuras! Malgraŭ ĉiuj miaj problemoj mi pensis pri vi tage kaj nokte. Nur vi estis mia suno, mia edzo, mia ĉielo! Nur mia!

Johann Moritz sentis ke ŝi ne mensogas. Ŝi estis nur lia. Li sentis tion el la varmo de ŝia korpo, el la batoj de ŝia koro, el ŝiaj paroloj, kiuj bruligis lian orelon. Johann Moritz sciis ke li estas ŝia suno, ŝia ĉielo, kaj ke ŝi nur pri li pensis. Ke nur lin ŝi atendis. Vane pasis la dek tri jaroj kaj vanaj estis ĉiuj provoj! Nun ili estas denove kune, kiel tiam! Ili du kaj antaŭ ili… la vivo!

Johann Moritz ne plu timas la vivon.

Je la mateniĝo ili stariĝis de sur la herbo. Ili hontis unu de la alia.

– Ni ne plu estas junaj, – diris ŝi. – Ni devintus reiri hejmen pli frue!

Li ridis. Ili decidis reveni al la sama loko ankaŭ en la sekva vespero.

– Kaj en ĉiuj vesperoj! – diris li. – Ĉi tie estos nia loko. Nur ĉi tie! Ĝi estas kiel en Fântâna. Ŝajnas al mi esti tie. Kaj ke mi estas ĉi tie. Kaj ke okazis nenio el tio kio okazis.

Survoje hejmen ili ridis. Ili estis feliĉaj. Ili ne plu sentis sin fremdaj unu al la alia kaj ankaŭ ne plu hontis. Li ĉirkaŭbrakis ŝian talion plurfoje. Ŝi permesis tion.

– Sciu, – diris li, – mi tute ne plu estas laca. Morgaŭ matene mi iros kun Petru por serĉi laboron. Kial mi atendu pliajn tagojn? Ni akiru loĝejon kun du ĉambroj. Mi lukros kaj ni estos feliĉaj!

Ŝi insistis ke li devas plu ripozi; sed Moritz jam decidis.

– Morgaŭ matene mi foriros kun Petru. Mi estas kutimiĝinta al laboro. Dum ĉiuj ĉi jaroj mi laboris de la mateno ĝis la vespero kaj ne ellaciĝis. Kaj estis nur pezaj laboroj!

Ili alvenis antaŭ vendejo kun lumigata montrofenestro.

– El la unua salajro mi aĉetos por vi bidan kolringon, – diris li. – Ĉu la ruĝaj plaĉas al vi?

Ŝi rigardis unue la prezon poste lin. Ŝi ne sciis kion diri sed estis feliĉa. Ŝiaj revoj ke Iani revenos kaj aĉetos por ŝi bidojn, realiĝis.

– Ni neniam plu disiĝu! – diris ŝi.

– Se mi komencos labori morgaŭ, – diris li, – sabate mi aĉetos la bidojn!

Kiam ili atingis sian straton, jam tagiĝis. Moritz premis Suzana'n siabrusten kaj kisis ŝin.

– En la domo ni ne povis, ĉar la infanoj vidus kaj priridus nin, – diris li. – Ili pensas ke ni estas maljunaj. Sed ni ne estas maljunaj. Ĉu ne, ni ne estas maljunaj?

Antaŭ ilia domo haltis kamiono kun la lanternoj lumantaj.

La koro de Johann Moritz komencis bati tre rapide. Li palpis la poŝon kun dokumentoj: li havis ĉion. Tamen li eksentis maltrankvilon. La kamiono similis tiujn en la koncentrejo kaj ĝiaj lanternoj lumis same forte. Moritz ja sciis ke ĉiuj liaj dokumentoj estas en ordo kaj ke ĉiuj kamionoj havas similajn lanternojn.

– Kio okazas al vi!? – demandis Suzana.

Li ne respondis kaj rapidis en la domon.

Suprenirante laŭ la ŝtuparo, ili trafis du policistojn, kiuj mal-supreniris venante ĝuste de ilia loĝejo. Ili vekis la infanojn kaj diris al ili ke je la sepa horo tiumatene ili ĉiuj devas esti antaŭ la pordo pretaj foriri, kun po maksimume 50 kilogramoj da bagaĝo.

Nun, trafinte ankaŭ Johann'on Moritz, ili diris ankaŭ al li.

– Je la sepa horo ekzakte estu en la strato!

– Kien vi portos nin?

– Ĉiuj eksterlandanoj el la orienta Eŭropo estas internigataj! – diris la policisto. – Temas pri politika internigo: viaj landoj estas en militstato kun la okcidentaj aliancanoj. Sed en la koncentrejo estas tre bone: usonaj manĝaĵoj! Ne timu! Ne temas pri aresto, sed pri sekurecaranĝo.

Johann Moritz volis fuĝi en tiu nokto.

Li jam estis foje invitita rakonti al la urba komandanto kiel li savis la francojn. Tiam li kredis. Kaj pro tio li restis mallibera tiom da jaroj. Nun Johann Moritz ne plu kredis. Li prenis la sakon kun kiu li venis de Dachau[92], antaŭ dek ok horoj, kaj vekis la knabojn por adiaŭi ilin.

Vekiĝinte Petru komencis ridi vidante lin pretan foriri. Petru flue parolis la anglan kaj estis fervora amiko de la usonanoj.

– Paĉjo, kien vi volas fuĝi? Ne estu naiva! Mi konas la uson-anojn. Ĉiuvespere mi estas kun ili. Se ili diras ke ne temas pri aresto, ne temas pri aresto! Se ili internigas nin pro politikaj kialoj, tio signifas ke ili donos al ni usonajn manĝaĵojn, veran kafon, ĉokoladon, cigaredojn… Kaj krome ni ne devos labori. Estus stulte fuĝi! Vi ne konas la usonanojn!

Johann Moritz pensis pri ĉio kion li sciis, kion li suferis, kion li vidis. Poste li rigardis Petru'n kaj silentis: li ne volis detrui liajn iluziojn.

Li deŝultrigis la sakon kaj metis ĝin sur la tablon. Kiel ajn li ne havis kien fuĝi. Se li forfuĝos de la usonanoj, li trafos ĉe la rusoj. Kaj ĉe ili estas eĉ pli malbone. Sed ankaŭ ke ĉe la usonanoj estas bone li ne kredas. Li bone sciis tion. Sed nun li estis laca. Li eĉ ne povus fuĝi. Do li restas. Li restas por esti arestita – unu plian fojon!

---

92 La unua nazia koncentrejo en Germanio, en la sudo de la lando.

– Vi pravas! – diris Johann Moritz al Petru. – Estus stulte fuĝi.
Petru frapetis lin sur la ŝultron:

– Ni iĝu volontuloj ĉe la usonanoj! – diris li. – Ni venku la
rusojn kaj poste revenu en Rumanion! Temas pri milito de la
civiliziteco kontraŭ la barbareco. Paĉjo, ankaŭ vi devas enskribiĝi
kiel volontulo!

Johann Moritz ne plu aŭskultis lin. Li pensis pri la pikdrataj
bariloj en Dachau, Heilbronn[93], Kornwestheim, Darmstadt, Ohr-
druf, Ziegelheim[94], la pikdrato de ĉiuj 38 usonaj koncentrejoj en
kiuj li restis en la lastaj jaroj kaj en kiuj pereis la patro kaj filo
Korugă, en kiuj li estis turmentata kaj malsatigata... Montoj da
pikdrato pikis lian koron ĉi-momente.

"Nur dek ok horojn mi estis libera", pensis li. "Nun mi re-
venos en la koncentrejon. Ĉi-foje ne ĉar mi estas hebreo, rumano,
hungaro, germano aŭ SS-ano. Oni arestas min ĉar mi naskiĝis en
la orienta hemisfero."

La okuloj de Moritz pleniĝis je larmoj.

– Ĉu vi ne pakas, paĉjo? – demandis Petru entuziasma pri la
foriro.

– Mi estas preta! – respondis Johann Moritz. – De dek tri
jaroj mi faras nur unu aferon: translokiĝi de unu koncentrejo en
alian! Esti preta por foriro! Ankaŭ vi lernos tion. Mi bedaŭras,
sed ĉiuj homoj devos lerni tion. Nur tion: koncentrejo, pikdrato,
transportado. Mi restis en 105 koncentrejoj. Ĉi tiu estos la 106a!
Bedaŭre ke mi estis libera nur 18 horojn! Kiu scias, ĉu mi plu
estos libera antaŭ la morto!

Johann Moritz turnis sin al Suzana:

– Sed estis tiel bele... Nun mi povus morti! Mi eĉ ne povis
imagi ke mi iam vivos tiel bele! Estis kiel en Fântâna. Ĉu ne,
Suzana?

---

93 Urbo en sud-okcidenta Germanio.
94 Komunumo en orienta Germanio.

EPILOGO

169

– S-ino West, mi volas paroli al ci pri persona afero!

Eleonora West demetis la dosieron en la mano kaj rigardis la leŭtenanto'n Lewis, kiu sidis ĉe la skribotablo, kruro-sur-krure, apogante sin kontraŭ la dorsapogilo kaj fumante.

Lewis estis la estro de la buroo por rekrutigo de fremdaj volontuloj, kie Nora West laboris kiel oficisto kaj interpretisto. Ŝi laboris kun li de ses monatoj.

"Kial li ne havas ĝarterojn?" sin demandis Nora rigardante la ŝtrumpojn de Lewis, falintajn balge sur la maleoloj. "Kaj kial li ĉiam sidas sur la seĝo rajde, kiel maristoj en drinkejoj? Lewis estas tamen juna, devenas el bona familio kaj havas universitatan edukitecon. Sendepende kiom emancipita socio estas, malbelas montri la krurojn al sinjorino, en oficejo!" Nora sentis sin kvazaŭ polmbatata ĉiufoje kiam li manpremis kun ŝi, kun la cigaredo en la buŝo, aŭ ĵetis al ŝi dosieron super la skribotablon, same kiel oni ĵetas manĝaĵon al hundo.

La leŭtenanto havis neniun supozon pri tio kio trapasas la menson de Nora. Li estis konvinkita ke ŝi rigardas lin admire. Sed ŝiaj okuloj estis ĉiam timoplenaj.

– Mi aŭskultas! – diris ŝi.

– S-ino West, ĉu ci akceptos esti mia edzino?

La leŭtenanto fiksiĝis eĉ pli kontraŭ la dorsapogilo, balancante la seĝon, kiu nun staris sur nur du kruroj.

– Mi ne akceptas, s-ro Lewis! – respondis Nora.

– Ĉu ci havas aliajn planojn por la estonteco?

– Mi ne havas aliajn planojn por la estonteco, – diris ŝi, – sed mia respondo estas "ne"!

Nora West malfermis la dosieron antaŭ si, sed ŝi ne plu povis labori. Kun la kapo klinita super la paperoj ŝi pensis pri la pasinteco. Ŝi estis en la koncentrejo dum du jaroj, post kio ŝi liberiĝis aŭtomate, same kiel ŝi arestiĝis. Kiam ŝi liberiĝis, ŝi havis nenion: nek monon, nek juvelojn, nek eĉ jupon. Oni konfiskis eĉ ŝian edziniĝringon. Ankaŭ la mono deponita en eksterlando estis konfiskita. Ŝi estis komplete malriĉa. Oni komunikis al ŝi ke Traian mortis. Suicido. Nur tion. Pli ŝi ne povis ekscii. Al la rusoj ŝi ne povis reveni, pli for ŝi ne povis iri. Ŝi restis en Germanio kaj laboris kiel tradukisto por revuo. Poste venis la ordono por la internigo de la fremdaj civitanoj venintaj el la oriento. Komenciĝis nova milito kaj ŝi estis denove internigita. Same aŭtomate. Sed ne estis kiel en la unua fojo. Nun ŝi laboris kiel funkciulo ĉe la buroo por rekrutigo de volontuloj por la fronto kaj uzinoj. Ŝi havis loĝejon en la koncentrejo, manĝojn kaj salajron. Ekster la laborhoroj ŝi verkis. Ŝi daŭrigis la romanon *La horo 25*, kiun Traian postlasis nefinita. Ŝi sukcesis savi, en kofro iam lasita en Aue[95] kaj poste retrovita, la tri unuajn ĉapitrojn, kiujn ŝi konsideris esencaj. Pri la estonteco ŝi ne pensis. Ŝia sola projekto estis fini la libron, sed tio ne signifis verdire planon por la estonteco: estis precipe maniero eviti fari "planojn por la estonteco". Ŝi lasis sin absorbi de la laboro, kiu faris al ŝi grandan plezuron. Ŝi penis imiti la stilon de Traian, verki tiel kiel li mem verkus. Per ĉiu paĝo, ŝi estis apud li kaj li daŭre vivis apud ŝi kaj per ŝi. Kvazaŭ ili verkus kune. Li jam rakontis al ŝi detale la daŭrigon de la romano kaj ŝi volis fini ĝin tiel kiel li planis ĝin.

– O.K.![96] – diris s-ro Lewis post mallonga paŭzo. – Ĉu ci povas diri al mi kial ci rifuzas?

– Se vi nepre insistas mi diras: pro la aĝdiferenco.

– Sensencaĵo!

La leŭtenanto ridegis.

– Ci, s-ino West, estas unu jaron pli juna ol mi – mi vidis ciajn dokumentojn! Kie ci vidas la diferencon? Male: estas aĝtaŭgeco!

– Vi malpravas! – diris Nora.

– Ci ŝercas! – diris s-ro Lewis. – Kiom aĝa ci estas?

– Ĉu ni ŝanĝu la temon?

95 Urbeto en orienta Germanio; dum la dua mondmilito tie situis sekcio de la koncentrejo Flossenbürg.
96 En ordo! (angl.)

– Ne antaŭ ol ci diros kiom aĝa ci estas!

– Estas malĝentile insiste demandi virinon pri ŝia aĝo! Sed mi diros. Mi estas 969-jara. Kaj ne forgesu ke la virinoj ĉiam deklaras sin pli junaj. Fakte mi estas multe pli maljuna!

– *O.K.*, s-ino Metuŝelaĥo! – diris la leŭtenanto amuzite.

Tamen Nora West ne ridetis.

Lewis kredis ke Nora akceptos lian edzinigproponon. Sed ŝi eĉ pli fortigis la rifuzon.

– Ne sentu vin ofendita, – diris Nora, – sed mi ne povus vivi eĉ 24 horojn en la sama domo kun vi, s-ro Lewis!

– Kial?

– Mi jam diris: la aĝdiferenco! Vi estas junulo simpatia, afabla kaj egoisma. Same kiel ĉiuj junuloj. Dume mi estas virino de alia planedo!

– Mi ne komprenas!

– Ĝuste pro tio mi rifuzis klarigi al vi, – diris Nora. – Estas normale ke vi ne komprenas. Mi havas malantaŭ mi pli ol mil jarojn. Mil jarojn da sperto, rezignado, turmentado, kiuj igis min tio kio mi estas. Vi havas la estantecon kaj estontecon! *Eble* la estontecon! Mi diras *eble* ne ĉar mi havus iun dubon, sed ĉar pri la estonteco oni neniam povas paroli kun certeco.

– *Too sophisticated!*[97] – diris li, nun nervoze.

– Aŭskultu, s-ro Lewis! Aŭskultinte la amdeklarojn de Petrarko, Goeto, Bajrono, Puŝkino, aŭdinte Traian'on Korugă paroli al mi pri amo, aŭskultinte la kantojn de la trobadoroj kaj vidinte ilin genui ĉe miaj piedoj, diskutinte pri amo kun Valéry[98], Rilke[99], D'Annunzio[100], Eliot[101], kiel povus mi preni serioze la edzinigproponon kiun vi ĵetis antaŭ min kune kun via cigaredfumo?

– Do, ĉu mi devas esti Goeto, Bajrono aŭ Petrarko por edzinigproponi al virino?

---

97 Tro komplike! (angl.)

98 Ambroise-Paul-Toussaint-Jules Valéry (1871-1945), franca poeto, eseisto kaj filozofo.

99 René Karl Wilhelm Johann Josef Maria Rilke (1875-1926), aŭstra poeto kaj prozisto.

100 Gabriele D'Annunzio (1863-1938), itala poeto, ĵurnalisto kaj dramisto.

101 Thomas Stearns Eliot (1888-1965), usona-brita eseisto, dramisto, kritikisto kaj poeto.

– Ne, s-ro Lewis! – diris Nora. – Vi devas esti eĉ ne Rilke aŭ Puŝkino, por edzinigproponi al virino. Sed vi devas ami ŝin!

– Konsentite! – diris s-ro Lewis. – Sed kiu diris ke mi ne amas cin?

Eleonora Westo ridetis.

– Amo estas pasio, s-ro Lewis, – diris ŝi. – Tion ankaŭ vi aŭdis aŭ legis.

– Denove ni konsentas! Amo estas pasio!

– Sed vi ne estas kapabla por pasio, – diris Nora. – Por nenia pasio. Kaj ne nur vi: neniu homo en via civilizacio estas kapabla por pasio. La amo, tiu impona pasio, povas ekzisti nur en socio kies valoroj devenas el la sento pri la unikeco de la homa estaĵo. Sed la socio al kiu vi apartenas, taksas la homon tute anstataŭigebla. Vi ne vidas en homo, do ankaŭ en la virino kiun vi pretendas ami, unikan ekzempleron, neripeteblan, kreitan de Dio aŭ de la naturo en unusola eldono. Ĉe vi ĉiu homo estas seria produkaĵo kaj ĉiu virino estas – en viaj okuloj – egala al ĉiu alia virino. Tiel estu! Sed, kun tiaj konceptoj ne plu ekzistas amo. La enamiĝintoj en mia socio scias ke, se ili ne konkeras la koron de la amata virino, ili ne povos anstataŭigi ŝin per alia virino. Tial iuj sinmortigis pro la amataj virinoj: la rifuzita amo ne estis anstataŭigebla per alia. Viro kiu vere amas min, estigos en mi, la virino, la senton ke mi estas la sola virino kiu povas feliĉigi lin. Nur mi! Li pruvos al mi ke mi estas estaĵo unika, kiel neniu alia sub la suno, kaj mi estos konvinkita pri tio! La viro kiu ne kreas en mi la senton de mia unikeco en la universo, la senton ke mi estas neegalebla, ne amas min. Virino kiu ne ricevas tiun konfirmon de sia amato, ne estas amata. Mi, se mi ne estas amata de viro, ne povas edziniĝi kun li. Ĉu vi, s-ro Lewis, donas al mi tiun senton? Ĉu vi kredas ke mi estas la virino kiu egalas neniun alian virinon en la mondo? Ĉu vi supozas ke, sendepende kiom vi serĉus, vi ne povus anstataŭigi min? Vi scias tute bone ke vi estas konvinkita ke, se mi rifuzas vin, vi trovos alian kiu estus via edzino. Kaj se ankaŭ tiu rifuzas vin, vi trovos trian. Ĉu ne?

– Tiel estas! – respondis la leŭtenanto. – Sed mi bedaŭrus se ci rifuzus min. Mi ĵuras!

– Pli bone ni daŭrigu la sanktan laboron de nia buroo, s-ro Lewis! – diris Nora West.

Ŝi malfermis dosieron kaj diris:

– En la koncentrejo restis neniu kiu ne sinproponis kiel volontulo. Infanoj, maljunuloj, virinoj, ĉiuj petis enskribiĝi kiel volontuloj. Ĉiuj volas batali viaflanke!

Nora ridetis amare, pensante pri la dekoj da miloj da civitanoj troviĝantaj en la okcidento, kiuj forfuĝis de la rusa teroro. Ili rifuĝis ĉe la usonanoj, angloj, francoj. Ili ne zorgis kie ili alvenas. Ili nur forfuĝis de la rusoj. La barbareco. La teroro. La morto. La torturo. Ili kuris, kun la okuloj fermitaj, al loko kie ne estis rusoj. Ili sciis nur ke ili ne povos reveni. Malantaŭ ili estis la nokto kaj la sango, la teroro kaj la krimado. Ili genue kisis la grundon kie ne plu troviĝis rusoj kaj nomis ĝin la loko promesplena kaj savdona. Ili kisis ĝin sen eĉ rigardi ĝin, sen demandi sin, kia ĝi estas. Nur ĉar tie ne estis rusoj. Sendepende kiu estis la renkontita nacio. Ili nur volis ne plu vidi rusojn.

La usonanoj arestis la fuĝintojn, sed tiuj ĉi ne ĉagreniĝis. Ili estis savitaj. Ili petis de la vivo nur eskapon for de la rusoj. Kaj ili eskapis. Pro tio ili ne ĉagreniĝis ke la usonanoj arestis ilin. Eĉ se la usonanoj murdus ilin, ili ne protestus. Nun venis la milito. La tria. La rifuĝintoj estis lacaj, malsataj, enfermitaj. Ili deziris manĝaĵojn, ripozon, laborlokojn kaj liberon. Ili ne ribelis ĉar ili ne havas ilin. Ili eskapis for de la rusoj kaj tio estis ege grava.

La usonanoj promesis al tiuj kiuj enskribiĝas kiel volontuloj en la brigadoj de la okcidento liberigon el la koncentrejo. La homoj enskribiĝis. Ne por batali, sed por ne plu resti enfermitaj. Por ne plu malsatsuferi.

– Kolosa entuziasmo! – diris s-ro Lewis. – La tuta mondo aliĝis al la kaŭzo pro kiu la Okcidento batalas kontraŭ la barbareco de la Oriento. Ĉiuj homoj konscias ke alvenis la horo kiam ili devas aŭ morti aŭ venki. Jen milito epokfara, kia neniam antaŭe estis en la historio! La civilizita Okcidento kontraŭ la barbara Oriento! Milito vere tutmonda. Eble la unua tutmonda milito en la historio!

S-ro Lewis interfrotis la manojn.

– Estas honoro kaj feliĉo partopreni ĝin! La venko estas nia. La tuta tero estos civilizita. Ne plu estos militoj. Komenciĝas erao de progreso, prospero, komforto!

Eleonora West ridetis.

– Ci ne ŝajnas aparte entuziasma, – diris s-ro Lewis. – Mi rimarkas ke la kaŭzo de la Okcidento ne emocias cin. Ĉu, hazarde, ci estas bolŝevismema? Nur ci estas deteniĝema: ci estas la sola persono kiun ne trafas la ĝenerala entuziasmo.

– Neniu homo estas entuziasma, – respondis Nora West. – Nur vi vidas ilin tiel!

– Ĉu ne ĉiuj niaj volontuloj estas plenanime kontraŭbolŝevismaj?

– Ili ja estas, – diris Nora. – Sed nur tio: kontraŭbolŝevismaj! Tio signifas ke ili volas vivi liberaj. Ili ne plu volas esti murdataj, malsatigataj, deportataj, torturataj. Ilia sinteno estas politika: estas la reago de la homo kontraŭ krimado, teroro, sklaveco.

– Kion pli ci volas? – demandis s-ro Lewis. – Tio signifas ke ili estas plene flanke de la Okcidento. Ĝuste por tio ni batalas: doni al la homoj liberecon, sekurecon, protekton, demokration.

– Ne lasu vin trompi de vortoj, s-ro Lewis! – diris Eleonora West. – Tiu ĉi milito – la tiel-nomata tria mondmilito – ne estas milito de la Okcidento kontraŭ la Oriento. Propradire ĝi eĉ ne estas milito, kvankam la fronto etendiĝas de unu poluso al la alia, sur la tuta tersurfaco. Tiu ĉi "milito" estas nur interna revolucio kadre de la okcidenta socio. Simpla interna revolucio, ekskluzive okcidenta!

– Sed ni batalas kontraŭ la Oriento! Kontraŭ la tuta orienta Eŭropo! – diris s-ro Lewis.

– Malvere! – respondis Eleonora West. – Vi, la Okcidento, batalas kontraŭ unu el la branĉoj de via socio!

– Ni batalas kontraŭ Rusio!

Post la ekonomia revolucio, Rusio iĝis la plej avancinta branĉo de la okcidenta teknika cilvilizo. De la Okcidento ĝi prenis kaj aplikas ĉion. Ĝi reduktis la homon al nulo, tiel kiel ĝi lernis de la Okcidento. Ĝi transformis la socion en maŝinon, tiel kiel ĝi lernis de la Okcidento. Rusio kopiis la Okcidenton en maniero en kiu nur barbaro aŭ sovaĝulo povus fari. De si mem ĝi metis en la komunisman socion nur la fanatikecon kaj kruelecon. Nur tion! Escepte de la sangosoifo kaj la ideologia bigoteco, ĉio estas okcidenta en Rusio. Kontraŭ tiun flankon de la okcidenta civilizacio vi luktas nun! Kontraŭ la komunisma branĉo de la okcidenta teknika socio! La atlantika kaj eŭropa branĉoj de la okcidenta socio batalas kontraŭ la okcidenta komunisma grupiĝo. Temas pri interna batalo, inter du kategorioj, inter du klasoj de la sama socio; estas, se vi tiel deziras, klasa revolucio, same kiel estis la burĝa revolucio de 1848. La Oriento ne partoprenas en tiu interna okcidenta revolucio. Neniu, krom la okcidenta socio, partoprenas tiun ĉi revolucion. Kaj, ĉar ĝi estas tipe okcidenta, s-ro Lewis, ĝi ne fariĝas por la bono de la homoj. La okcidenta socio ne havas homojn!

– Mi ne komprenas!

– Estas tre simple! – diris Nora West. – La interesoj de la okcidenta socio ne estas ankaŭ la interesoj de la homoj. Male! En la okcidenta teknika socio la homoj vivas same kiel vivis la unuaj kristanoj: en katakomboj, en malliberejoj, en preĝejoj, en getoj – rande de la vivo. Ili estas kaŝitaj! La homoj ne havas la rajton aperi publike; ili ne havas la rajton havi funkciojn, ie ajn, sed precipe en oficejoj, ĉar via civilizacio anstataŭigis la altarojn per oficejoj. La homoj devas kaŝiĝi, ĉar ili estas homoj, aŭ konformiĝi al la teknikaj leĝoj, kiel maŝinoj. La homo estas reduktita al unusola dimensio: la socia. La homo transformiĝis en civitanon, kio ne estas sinonima kun la nocio de homo. La teknika socio rekonas la homon nur kiel abstraktaĵon, kiel *civitanon*. Se ĝi nek konas, nek rekonas la homon, kiel ĝi farus revolucion por ĝi? La nuna revolucio, estante tipe okcidenta, fremdas al ĉiuj interesoj de la homo kiel individuo: delonge la homo estas proleta minoritato de via socio. Kaj, sendepende kiu flanko gajnus la nunan batalon, la homo restos proleto en tiu ĉi socio. La nuna kolizio estas inter du kategorioj de robotoj, kiuj tiras post si la vivajn sklavojn, en karno kaj ostoj. La homoj partoprenas tiun konflikton same kiel la sklavoj en la romiaj galeroj partoprenis la militojn de la imperio: en katenoj. Kaj, kiam katenite, oni ne povas partopreni la batalon.

– Ĉu la internigitoj en la koncentrejo enskribiĝas laŭvole aŭ ne? – demandis s-ro Lewis. – Cia aserto estas riska. Mi ne minacas, sed kontraŭdiras cin plenenergie. Ĉu ĉiuj volontuloj venas bonvole? Ĉu ci asertas ke ni devigis iun ajn? Ci estas atestanto ĉe la scenoj de malespero, kiujn havigas al ni tiuj kiujn ni devas rifuzi: ili minacas per sinmortigo se ni ne akceptas ilin! Ĉu tio ne estas laŭvola ago? Ĉu tio ne estas entuziasmo? Ili estas pli fanatikaj ol ni kaj konsideras sin punataj se ni rifuzas ilian peton! Ĉu tio kion mi diras estas vera?

– La homoj ne havas alian savelirejon! – respondis Nora. – Ili estas nun kiel en mallibereja ĉelo kaptita de fajro, el kiu ili povus eliri tra nur unu pordo. Jen kio estas la petoj enskribiĝi kiel volontulo en la brigadoj de la Okcidento, kiujn ni ricevas ĉi-oficeje. Ĉiu el ili estas desperkrio ĉe la sola ekzistanta pordo. Ĉiuj sendas petojn: ne nur tiuj fuĝintaj el la Oriento, sed la tuta Eŭropo!

– Erare, – diris s-ro Lewis. – Tiu peto ne estas la sola savelirejo. La homoj povus aliĝi al la rusa flanko. Kial ili ne faras tion kaj venas ĉe ni?

– Ne! – diris Nora. – Montri al la homoj la vojon portantan al la rusoj signifus montri al ili la muron detruitan de flamoj, tra kiu ili saltu el la ĉelo. Tra ĝi ili ĵetus sin rekte en flamojn kaj morton. Neniu homo volas salti en flamojn, almenaŭ tiel longe kiel ekzistas pordo. Tiu pordo estas ni. Ili ne scias kien portas la pordo kaj tio eĉ ne interesas ilin: ili devas eliri, ĉar ili sufokiĝas! Pordo pli bonas ol flamoj. Eĉ se ili scius ke trans ĝi estas flamoj, ili tamen volus trapasi ĝin. Ĉar ili ne vidas la fajron malantaŭ ĝi, ili ankoraŭ havas iluzion. Estas tre grave plu havi esperon, negrave kiom absurdan.

– Ci vidas ĉion tragika! – diris s-ro Lewis. – La volontuloj ne pensas kiel vi. Ili entuziasmas kiam ni akceptas ilian peton kaj feliĉas ke ni akceptas ilin. Ili batalas vivriske por nia kaŭzo: ili estas niaj plej bonaj soldatoj! Malfermu la pordon kaj rigardu kiel ili atendas antaŭ nia oficejo! Centoj da ili! Miloj! Ĉiuj volas esti volontuloj kaj batali por la civilizacio. Ĉiuj pretas oferi la vivon por nia granda venko morgaŭa, kiu alportos al la homoj feliĉon, civilizon, pacon, panon, liberecon, demokration. Ĉu ci ne kredas?

– Ne! – respondis Nora West. – La homoj ne kredas en tiu batalo. Eble ili ne pensas kiel vi, ĉar tro suferantaj por pensi pri io. Sed ili sentas kiel mi kaj suferas kiel mi. Ili malesperas kiel mi. Ĝuste kiel mi! Ĉie en Eŭropo la homoj sentas kiel mi.

– Ni lasu la faktojn paroli, s-ino West! Mi montros al ci kun kia entuziasmo la homoj venas por enskribiĝi. Unusola ekzemplo, tute hazarda!

La leŭtenanto Lewis stariĝis kaj malfermis la pordon.

– Rigardu! – diris li. – Ankaŭ hodiaŭ estas pli ol kvin cent kandidatoj!

Li montris al Nora la vicon da viroj kaj virinoj atendantaj ĉe la pordo de la oficejo.

– Ni prenu la unuan!

S-ro Lewis invitis enen la viron kape de la vico. Li ne estis sola: akompanis lin la edzino kaj tri infanoj. Viro nigrahara, kun la tempioj iom grizaj kaj la vangoj velkintaj. Sed liaj okuloj estis grandaj, belaj kaj tristaj.

Nora rigardis en liajn okulojn. *Il y a une mélancolie qui tient à la grandeur de l'esprit*[102] – pensis ŝi. La viro antaŭ ŝi ŝajnis laboristo. Sed liaj okuloj brilis pro spirita lumo. Ankaŭ la spirito havas grandecon. La tristo kiu senteblis en li, estis ne karna sed anima.

La virino akompananta lin portis bluan jupon tro larĝan. En ŝia blonda hararo, kelkaj grizaj haroj. Sed ŝi estis aparte bela. Ne nur ŝia korpo estis bela: emanis el ŝi, tra ĉiuj poroj, perfekta virineco.

Nora West volis rideti al ŝi, kiel al fratino. Sed la virino rigardis malsupren. Ne triste sed timigite.

---

102 Ekzistas melankolio, kiu rilatas al la grandeco de la spirito. (fra.)

Unu el la knaboj havis la samajn nigrajn okulojn kiel la patro. La liaj ne estis tristaj. Ili ardis je aŭdaco. La junulo esplorrigardis Nora'n kun scivolo. Ankaŭ la alia knabo rigardis malsupren. Li estis blonda kaj aspektis foresta. Li revis, kun la pensoj aliloke. La plej juna ŝajnis esti ĉirkaŭ kvarjara. Blonda, bukla hararo, bluaj okuloj. Nora ne povis diveni, ĉu temas pri knabo aŭ knabino: li estis bela kiel la anĝeloj de Rafaelo.

– Jen tuta familio kiu volas enskribiĝi kiel volontuloj! – diris la leŭtenanto Lewis. – Demandu ilin kaj ci vidos, ĉu ili pensas kiel ci! Ci konvinkiĝos ke ne pro malespero ili aliĝas al niaj vicoj. Ili venis ĉar ili soifas liberecon kaj justecon. Ili konscias ke ili pretas batali por paco kaj civilizo. Demandu kion ajn ci volas kaj konvinkiĝu!

– Ne necesas! – diris Nora. – Mi ne volas konvinkiĝi pri tio kion ĉi homoj havas en sia animo. Mi ja scias! Kaj mia propra doloro sufiĉas: ne devigu min agiti ankaŭ la malesperon de aliaj. Vi mem faru la kutiman pridemandadon. Mi ne bezonas scii ion ajn.

– Bonvolu demandi kion ajn! Mi certas ke ci ŝanĝos cian opinion.

– Bone, – diris Nora West.

La lastaj vortoj de Lewis estis ordono. Li levis la rigardon al la viro staranta ĉe la pordo, kun la ĉapelo en la mano, kaj trafis lian rigardon.

– Kiel vi nomiĝas?

– Johann Moritz, – respondis li. – Mi volas enskribiĝi kiel volontulo kune kun la tuta familio. Bonvolu akcepti nin! Mi bezonas esceptan aprobon pro la aĝo: mi estas tro maljuna, mi superis la aĝon enskribitan sur la afiŝoj. Sed mi sentas min juna. Miaj filoj estas tro junaj: ili ankoraŭ ne havas la aĝon postulatan por iĝi volontulo. Sed ili estas laboremaj kaj honestaj. Ni ĉiuj estas kontraŭbolŝevistoj, laŭ la informoj en la afiŝoj. Ni kredas je la venko de la civilizacio, kiel estas skribite sur la afiŝoj en la koncentrejo. Ni nur ne havas la postulatan aĝon. Eĉ ne unu! Pro tio ni petas vin doni al ni esceptan aprobon. Se vi ne akceptas nin, ni estas perditaj! Ni ne plu povas elteni…

La nigraokula knabo kubutumis sian patron por signi ke li tro parolis. Johann Moritz ĉesis, ruĝavizaĝe. Li konsciis ke li ne devintus diri la lastajn vortojn. Li eraris. Eble nun oni rifuzos ilian peton... Li rigardis pete Nora'n West:

– Bonvolu akcepti nin! – ripetis li. – Ni estas laboremaj kaj puranimaj homoj...

Petru jam instruis Johann'on Moritz diri ankaŭ aliaĵojn, sed li ne volis. Li ne povis paroli pri sia kredo en civilizacio, Okcidento kaj en ĉio alia... Al li ne estis komforte kaj li ne povis elbuŝigi la vortojn de Petru. La knabo ĉagreniĝos kaj skoldos lin post la eliro. Sed li ja ne povas; li nur rigardas pete la rufharan virinon, kiu sidas ĉe la skribotablo. Kaj ŝi rigardas lin. Ili ambaŭ silentas, rigardante sin reciproke. La okuloj de la sinjorino ĉe la skribotablo estas varmaj, brilaj...

Ankaŭ la edzino de Johann Moritz levis la rigardon al la virino ĉe la skribotablo. Ankaŭ la infanoj kaŝrigardis ŝiajn gestojn, ŝiajn okulojn. Ŝi restis rigardanta la viron kaj silentis...

La leŭtenanto Lewis eliris el la oficejo. Eleonora West daŭre silentis rigardante la viron antaŭ si.

– Ĉu vi konas Traian'on Korugă! – demandis ŝi.

Johann Moritz havis eksalton.

– Ni estis kune... – diris li.

Li ne volis mencii la koncentrejon. Tiel instruis lin Petru.

– Ni estis kune ĝis la lasta momento. Ankaŭ kun popo Alexandru. Kun sinjoro Traian mi estis ĝis la malfeliĉo...

Li haltis. Poste li daŭrigis:

– Li estis la plej bona homo, kiun mi renkontis iam ajn: sanktulo, ne homo... Ĉu ankaŭ vi konis sinjoron Traian?

– Mi estas lia edzino!

Johann Moritz apogis sin kontraŭ la pordon. Li paliĝis. Li volis elpoŝigi la poŝtukon, sed ne trovis ĝin. Liaj fingroj tuŝis ion vitran: la okulvitrojn de Traian Korugă. Li kunprenis ilin matene por fari por ili ledan ujon: en la kofro ili povus rompiĝi.

Moritz elpoŝigis la okulvitrojn kaj dum momento tenis ilin enmane, pensante ke ne plu necesos fari ujon por ili. Ili ne plu restos en lia kofro... Li metis ilin sur la skribotablon, antaŭ Nora West.

– Ili estas de sinjoro Traian!

Li tusetis por klarigi la voĉon. Li raŭkiĝis.

– Antaŭmorte li petis min transdoni ilin al vi. Ĝuste antaŭ ol okazis...

La voĉo de Johann Moritz tremis. Li ne plu povis paroli. Li serĉis denove la poŝtukon kaj trovis la ledpecon el kiu li volis fari la ujon. Li elpoŝigis ĝin nesciante kion fari. Kaj, por ion fari, li metis ankaŭ la ledpecon sur la skribotablon, apud la okulvitroj.

– Mi volis pretigi ledan ujon por ili, – diris li. – Por ke ili ne rompiĝu...

Li reprenis la ledpecon kaj restis kun ĝi en la mano.

– Mi ja faros la ledan ujon! Mi havas sufiĉe da tempo en la koncentrejo. Vi tenos ilin en la ujo. Estas pli bone: ili ne rompiĝos.

– Do, ĉu ci konvinkiĝis ke ili estas veraj volontuloj kaj entuziasme venas por dungiĝi? – demandis s-ro Lewis reveninte en la oficejon.

Nora West englutis la salivon en la gorĝo, tusis kaj diris decide:

– Nun mi estas konvinkita! Vi pravis! La homoj petegas ke ni donu esceptan aprobon: ili ĉiuj volas enlistiĝi. Tuta familio!

Lewis ridis kontenta:

– Donu esceptan aprobon kaj pretigu la necesajn dokumentojn! – diris li. – Mi fotos ilin, la tutan familion, por revuoj.

La leŭtenanto rigardis la etan infanon kaj karesis lian kapon. Poste li demandis Suzana'n:

– Ankaŭ li estas kontraŭ la rusoj, ĉu ne?

Suzana turnis la rigardon malsupren, sed pensis ke ŝi ja devas respondi ion:

– Jes, ankaŭ li estas kontraŭ la rusoj! – ŝi diris mallaŭte.

Ŝi esperis ke Moritz ne aŭdos. Sed li ja aŭdis. Ŝi mordetis la langon.

Eleonora West komencis plenigi la formularon.

– Venu ĉi-vespere ĉe mi! – diris ŝi. – Ankaŭ mi loĝas en la

koncentrejo. Ni kune trinkos teon kaj babilos. Vi rakontos kiel okazis kun Traian!

Eleonora West tusis. Ŝi sufokiĝis.

– Nun, por ke mi plenigu la formularon, diru al mi kie vi estis de 1938 ĝis hodiaŭ. Laŭorde. La peto aprobiĝos, ne zorgu.

La plej aĝa knabo ridetis. Li sukcesis kaj estis feliĉa.

Ankaŭ la eta estis feliĉa: li manĝis la bombonojn ricevitajn de la leŭtenanto Lewis kaj ridis plenbuŝe.

Suzana daŭre rigardis malsupren.

S-ro Lewis pretigis la fotilon. Li volis foti la tutan familion ĝuste en la momento kiam Johann Moritz subskribas la formularon. Ĉio devis esti kiel eble plej aŭtentika.

Moritz diktis al Elonora West:

– En 1938 mi estis en la koncentrejo por hebreoj en Rumanio. En 1940, en la koncentrejo por rumanoj en Hungario. En 1942, en Germanio mi estis en koncentrejo por hungaroj... En 1945 en la usona koncentrejo. Antaŭhieraŭ mi estis liberigita el Dachau. Dek tri jaroj da koncentrejo.... Mi estis libera dek ok horojn. Poste oni venigis min ĉi tien.

– *Keep smiling!* – diris s-ro Lewis.

La objektivo de la fotilo estis direktita al Johann Moritz kaj lia familio.

Moritz pensis pri la miloj de kilometroj da pikdrato kiun li vidis. Ĝin tutan li sentis volvita ĉirkaŭ la kolo. Li ne levis la kapon kiam la leŭtenanto parolis. Li ne komprenis la anglan.

– Tio estis de 1938 ĝis hodiaŭ! – finis Moritz. – Koncentrejo, koncentrejo, koncentrejo! Dek tri jaroj da koncentrejo!

– *Keep smiling!* – ripetis la leŭtenanto Lewis.

Johann Moritz komprenis nun ke lin alparolas la leŭtenanto kaj demandis Nora'n:

– Kion diras la usonano?

– Li ordonis ke vi ridetu.

Moritz rigardis la okulvitrojn de Traian. Li vidis Traian'on en liaj lastaj momentoj, falintan ĉe la barilo. Kaj denove senfinajn kilometrojn da pikdrato, kiu ĉirkaŭis la koncentrejojn... La trančitaj kruroj de la popo Korugă kaj ĉio kion li vidis en la dek tri jaroj da koncentrejoj fulmrapidis tra lia menso.

Li turnis sin al Suzana kaj rigardis la plej etan infanon. Lia frunto sulkiĝis. Larmoj venis en liajn okulojn. Nun, kiam oni ordonis al li ridi, li ne plu povis. Li plorus singulte kiel virino. Pli ol tion li ne povas. Neniu homo povus.

– *Keep smiling!* – ordonis la oficiro fotante Moritz'on. – *Smiling! Smiling! Keep smiling!…*

FINO

ENHAVTABELO